中国古典文学名著丛书

梼杌闲评

[明] 佚 名 著

华夏出版社
HUAXIA PUBLISHING HOUSE

图书在版编目（CIP）数据

梼杌闲评／（明）佚名著．—北京：华夏出版
社，2013.01（2024.09重印）
（中国古典文学名著丛书）
ISBN 978 – 7 – 5080 – 6377 – 5

Ⅰ．①梼… Ⅱ．①佚… Ⅲ．①章回小说 – 中国 – 明代
Ⅳ．①I242.4

中国版本图书馆 CIP 数据核字（2011）第 083810 号

出版发行：华夏出版社
　　　　　（北京市东直门外香河园北里 4 号　　邮编 100028）
经　　销：新华书店
印　　制：永清县晔盛亚胶印有限公司
版　　次：2013 年 01 月北京第 1 版
　　　　　2024 年 09 月北京第 2 次印刷
开　　本：670 × 970　1/16 开
印　　张：29
字　　数：441.1 千字
定　　价：60.00 元

前　言

《梼杌闲评》又名《魏阉全传》、《明珠缘》，共五卷五十回，卷首有总论一卷。作者不详，现代多数学者认为是明代李清所著。李清（1602－1683）字映碧，南直隶兴化（今江苏兴化）人，曾在明崇祯和弘光两朝为官，明亡不仕。李清的史学造诣颇深，亦善于小说创作。

《梼杌闲评》是一部描写宦官专权乱政的小说，在清代有着广泛的影响。中国历史上操权乱政的宦官不乏其人，但如明代天启年间的魏忠贤这样把持朝政、结党营私、权倾天下、为害之巨的大太监，却罕有能与之比肩者。他除了擅权干政，又复扰民害民，尤为世人所切齿。崇祯皇帝即位后，一举铲除了横行朝野六七年的魏忠贤集团。当时人心大快，一批暴露魏忠贤滔天罪恶的小说竞相问世，形成一股颇为壮观的创作潮流。最早问世的有《阴阳梦》、《斥奸书》等，在当时都有不小的影响。魏阉系列小说最成熟的佳作当数《梼杌闲评》。

《梼杌闲评》以魏忠贤一生的经历为主要线索，展示了明末社会较为广阔的历史画卷。小说前二十回主要描写魏忠贤入宫前的经历，后三十回则主要描写其进宫后乱政的行为。与同类小说相比，《梼杌闲评》对魏忠贤的身世没有作孤立的叙写，而是将它与黑暗社会诸色相的描绘紧密结合，并形象地说明阉祸并非个别的偶然事件，它与社会种种弊病有着千丝万缕的内在联系。

《梼杌闲评》是一部融讲史和人情为一体的作品。小说中魏忠贤的掌权经过、专断国政、残害东林党人、最终畏罪自缢等主要情节，基本符合历史事实，明末宦官专政的黑暗政治在作者笔下暴露无遗。小说整体上显得内容厚重，历史感较强，并具有时效性和新闻性，也被称为“时事小说”。作为小说创作，书中又描叙了魏忠贤同死党如李永贞、田尔耕、崔呈秀等在年轻时就已相识并臭味相投的关系，使我们看到了一个大奸大恶作为有七情六欲的人的多性格侧面。他豪侠义气、温柔多情又耳软心活,本性中又有一份狠毒和贪焚,最后成为一个祸国殃民的大奸大恶,这完全符合他的性格特征,显得真实可信。同时,小说又增加了一些言情及神怪虚幻的成分,增强了可读性和吸引力。

《梼杌闲评》得心应手地用"小说"来统摄"时事",在"小说"的格局中容纳"时事"的丰富内容;既不排斥虚构,也不将虚构作为一二点缀依附于史实之后,而是让虚构居于全书艺术构思的主导地位,以此来支配统摄作品的情节和人物。这是对《水浒传》和《三国演义》成功创作经验的发展和突破。

《梼杌闲评》的语言清丽典雅,非一般通俗小说可比,不论从思想内容还是艺术成就来说,都不失为一部优秀作品。

此次再版,我们对原书中的笔误、缺漏和难解字词进行了更正、校勘和释义,对原书原来缺字的地方用□表示了出来,以方便读者阅读。由于时间仓促,水平有限,其中难免有所疏失,望专家和读者予以指正。

编　者
2011 年 3 月

目　录

第 一 回

朱工部①筑堤焚蛇穴　碧霞君显圣降灵签

诗曰：

极目洪荒动浩歌，英雄淘尽泪痕多。

狂澜一柱应难挽，圣泽千秋永不磨。

望里帆樯时荡漾，空中楼阁自嵯峨②。

临流无限澄清志，驱却邪螭③净海波。

　　且说尧有九年之水，泛滥中国，人畜并居。尧使大禹治之，禹疏九河归于四渎④。哪四渎？乃是江渎、淮渎、河渎、汉渎。那淮渎之中，有一水怪，名曰支祁连，生得龙首猿身，浑身有四万八千毛窍，皆放出水来，为民生大害。禹命六丁神将收之，镇于龟山潭底，千万年不许出世。至唐德宗时，五位失政，六气成灾，这怪物因乘沴气⑤，复放出水来，淹没民居。观音大士悯念生民，化形下凡收之，大小四十九战，皆被他走脱。菩萨乃化为饭店老妪⑥，那怪屡败腹饥，也化作穷人，向菩萨乞食。菩萨运起神通，将铁索化为切面与他吃。那怪食之将尽，那铁索遂锁住了肝肠。菩萨现了原身，牵住索头，仍锁在龟山潭底。铁索绕山百道，又于泗州立宝塔镇之，今大圣寺宝塔是也。又与怪约道：“待龟山石上生莲花，许汝出世。”

　　历经八百余年，正值明朝嘉靖⑦年间。七月三十日，乃地藏王圣诞，寺中起建大斋，施食放灯，莲灯遍满山头。此怪误认石上生莲花，遂鼓舞凶勇，逞其顽性，放出水来。江淮南北，洪水滔天，城郭倾颓，民居淹没。

---

① 工部——官署名，最高长官为工部尚书。掌握工程、交通、水利和屯田等。

② 嵯峨（cuó é）——山势高峻。

③ 螭（chī）——古代传说中没有角的恶龙。

④ 渎（dú）——通海的河流。

⑤ 沴（lì）——灾气。

⑥ 妪（yù）——老年妇女。

⑦ 嘉靖——明世宗朱厚熜年号。

江北抚按官员,水灾文书雪片似的奏入京师。正值世宗皇帝早朝,但见:

祥云笼凤阙①,瑞气霭②龙楼。数声角吹落残星,三通鼓报传玉漏。和风习习,参差③龙楼。数声角吹落残星,三通鼓报传玉漏。和风习习,参差御柳拂旌旗;玉露瀼瀼④,烂漫宫花迎剑佩。玉簪珠履集丹墀⑤,紫绶金章扶御座。麒麟不动,香烟欲傍衮龙浮;孔雀分开,扇影中间丹凤出。八方玉帛进明皇,万国衣冠朝圣主。

是日,天子坐奉天殿,众官礼毕,殿头官喝道:"有事出班早奏,无事卷帘退朝。"只见左班中闪出两员大臣,当阶俯伏。左首是玉带金鱼,乃工部尚书,奏道:"臣连日接得凤阳等处水灾文书,道淮河水溢,牵连淮、济,势甚汹涌,陵寝淹没,城郭倾颓,淮南一带,尽为鱼鳖。臣不敢不奏,请旨定夺。"右首红袍象简,乃是通政司⑥,手捧着几封文书奏道:"臣连日收得凤阳等处奏疏数封,敬呈御览。"两边引奏官接了奏章,一面进上御前拆封。读本官跪下宣读,皆是水灾告急。天子听了,即传旨道:"凤阳陵寝重地,淮扬漕运⑦通衢⑧,尔等会推干员,速往经理。"众臣叩头领旨。

天子驾起,诸臣退班,即于松蓬下会集阁部九卿台谏部寺各官,会议推得材干大员朱衡。这朱衡乃江西吉安府万安县人,由进士出身,现任河南左布政⑨。曾任中河,因治河有功,故众人会推他,遂奏闻。旨下,升他为工部侍郎⑩,兼金都御史⑪,总理河务。颁了敕书,差官赍送⑫,星夜到

---

① 阙(què)——宫门前供瞭望的楼,指帝王住所。
② 霭(ǎi)——云气,这里作笼罩。
③ 参差(cēn cī)——长短不齐。
④ 瀼瀼(ráng)——形容露水多。
⑤ 墀(chí)——台阶。
⑥ 通政司——官署名,掌内外章奏、封驳、臣民密封申诉之件。
⑦ 漕运(qú)——四通八达的道路、大路。
⑧ 通衢(qú)——四通八达的道路、大路。
⑨ 左布政——官名,一省最高行政长官。
⑩ 工部侍郎——官名,明清升至正二品,与尚书同为工部堂官。
⑪ 金都御史——官名,明都察院长官。
⑫ 赍送(jī)——送东西给人。

河南开封府来。朱公接了旨与敕①印，即刻起身，走马到凤阳来上任。府州县迎接过了上院，次日谒②陵行香，回院。徐、颖、扬三道进见，朱公道："本院栎材初任，不如虚实，诸公久任大才，必有硕见赐教。"扬州道拱手道："大人鸿材硕德，朝野瞻仰，晚生辈何敢仰赞一词。"朱公道："均为王事，但请教诸位谋略，共成大功，何必太谦。"凤阳府推官上前打一躬道："明日请大人登盱贻③山，一观水势再议。"

次日，各官齐集院前，具鼓吹仪从伺候，辰时放炮开门，朱公八人大轿，众官或轿或骑相随，一行仪从，早来到盱贻山上下轿。朱公同众官纵目一观，但见：

汪洋浸日，浩漫连天。数千里浪脚拍长空，一望里潮头奔万马。连山倒峡，喷雪轰雷。悠然树顶戏鱼龙，惨矣城头游蟹鳖。民居荡漾，萧萧四野尽无烟；蜃气④重迷，隐隐八方浑没地。子胥威势未能消，大禹神功难下手。

朱工部同众官观看良久，吓得目瞪口呆，道："本院只道是淮水泛溢，与黄河堤坏相同，似此汹涌，何策能治？"众官你我相视，嘿⑤然无言。又见东北上涛浪卷起，互相冲击，有数十丈高。朱公道："这是何处？"泗州知州上前禀道："这是淮、黄合流之所，两边浑水中间一线分开，原不相杂。如今淮水势大，冲动黄河浊水，故冲起浪来相击。"朱公道："似此如之奈何！"众官道："大人且请回衙门再议。"

朱公同各官下山，时日已过午，见山脚下金光焰焰，瑞气层层。朱公问道："那放光的是什么？"巡捕官禀道："是大圣寺宝塔上金顶映日之光。"朱公道："大圣寺是何神？"巡捕道："是观音化身，当年曾收服水母的。"朱公道："既然有此神灵，何不到寺一谒。"随行仪从径到寺中。本寺僧人闻知，便撞钟擂鼓前来迎接。众官俱下轿马，同入寺内。果然好座古寺。有诗为证：

---

① 敕(chì)——皇帝的诏令。

② 谒(yè)——进见，拜见。

③ 盱贻(xū yí)——县名，在江苏。

④ 蜃(shèn)气——指虚幻的水气。

⑤ 嘿(hei)——表示惊异。

古寺碑题多历年,澄湖如练倚窗前。

寒云自覆金光殿,蔓草犹侵玉乳泉。

竹隐梵声①松径小,门迎岚色石桥联。

龟山一派横如案,永镇淮流荫大千。

朱公走到二门内,见两行松翠,阴阴无数,花香馥馥②。正中一座宝塔,碍日凌霄,十分雄壮。但见:

七层突兀③在虚空,四十门开面面通。

却怪鸟飞平地上,自惊人语半天中。

声传梵铎④风初起,光射清流灯自红。

水怪潜藏民物泰,万年佛力镇淮东。

朱公上殿焚香,同各官下拜,礼毕,寺僧献茶。廊下来看碑记,上载着:"唐时水母为灾,观音化身下凡,往黄善人家投胎。后来收服水母。"朱公忽自猛省道:"本院当日在河工时,曾有个宿迁县县丞姓黄,亦是敝府人。彼时河决,刘伶台百计难塞,多亏此人奇计筑完,如今不知可在了?若访得此人来应用,或可成功。"扬州道道:"现在只有高邮州州同,姓黄名达,是吉安人,管河甚是干练,不知是否?"朱公道:"正是黄达,那人生得修长美髯。"扬州道道:"正是长须。"朱公道:"待本院行牌,调来听用。"遂上轿回院,各官皆散。朱公随即发牌调高邮州州同赴辕⑤听用。

且说那黄州同,乃江西吉水人,母梦白獭入怀而生,生来善浽⑥水,水性之善恶,一见便知。他由吏员出身,自主簿⑦升至州同⑧,治高宝河堤有功,一任六年。士民保留,故未升去。一闻河院来传,随带了从人径往泗州来。一路无词,到了泗州,便在大圣寺住下。次日上院叩见,朱公见是他,便十分欢喜道:"一别数年,丰姿如旧,扬属各上司个个称赞,可贺

----

① 梵(fàn)——念佛诵经。

② 馥馥(fù fù)——形容香气很浓。

③ 兀(wù)——高耸。

④ 梵铎(duó)——佛教用的大铃。

⑤ 辕——辕门,白署外门,借指衙署。

⑥ 善浽(fù)——善于游泳。

⑦ 主簿——官名。

⑧ 州同——官名。

可羡。"立着待了一杯茶。部院体统，即府佐也不待茶，这也是十分重他。朱公遂将治水之事，一一对他说了。黄达禀道："如今淮水汹涌，与黄水合流，汪洋千里，且牵动九道山河之水，势甚猖獗，急切难治。须求地理图一观，或原有故道可寻，或因地势高下，再行去处。"朱公邀至后堂，命他坐了。门子捧过文卷，乃是黄河图、淮河图、盱贻等志，一一看过。上面大青大绿，画着河道并村庄店镇，皆开载明白。拐得淮、黄分处，原有大堤，名为高家堰，由淮安杨家庙起，直接泗州，其有五百七十里，乃宋、元故道，久不修理，遂至淹没。朱公道："既有旧堤，必须修复。"黄达道："恐陵谷变迁，水势汹涌，难寻故道。"朱公道："堤虽淹没，必有故址可寻。筑堤之事，再无疑议，专托贵厅助理。"命摆饭亩食毕，黄达叩谢。辞出回寓，嘿坐无言，想道："这官儿好没分晓，他把这样天大的事看为儿戏，都推在我身上。"

正自踌躇①未决，忽报泗州太爷来拜，传进帖来，上写着眷生②的称呼。原来这知州也是吉水人，平日相善，相见坐下，知州道："河台特取老丈来，以大事相托，想定有妙算。"黄达道："河台意欲于湖心建堤，隔断淮、黄之水，岂非挑雪填井，以蚁负山？何得成功？着晚生奔走巡捕则可，河台竟将此事放在晚生身上，如何承应得起？"知州道："老丈高才，固为不难，但此公迂阔③，乃有此想，可笑之至。"黄达道："事出无奈，敢求划船十只，久练水手二十名，容晚生亲去探视水性再处。"知州道："即送过来。"

相别去了一会儿，州里拨到划船十只，二十名水手，又送下程、小菜。黄达即将下程赏了众水手，小菜赏了船家。收拾下船，一齐开向湖心里来。已是申牌时候，行有三十里，只见东方月上。是夜微风徐动，月色光明，照得水天一色，倒也可爱。船到了一个涡口，黄达觉得水浅，叫水手下去探试。两个水手脱了衣服下去，约有顿饭时，不见上来。众人等得心焦，黄达又叫两个下去。众人见先下去的不上来，便你我相推，乱了一会

---

①　踌躇(chóu chú)——犹豫。

②　眷生——旧时姻亲互称，对晚辈自称"眷生"。

③　迂阔(yū kuò)——不切合实际。

儿;拣了两个积年①会水的下去,又不见上来。等至三更,月色沉西,也不见上来。黄达又叫人下去,众人道:"才两人是积年会水的,水里能走几十里的,也不见上来。"各人害怕,皆延挨②不肯下去。黄达怒道:"你们见我不是你本官,故不听我调度。我是奉院差来,明日回过,一定重处。"众人见他发怒,只得又下去了两个。那些人皆唧唧哝哝的抱怨。

少顷,又命两个下去。正脱衣时,只见一阵大风,只刮得:

> 星斗无光昏漠漠,西南忽自生羊角③。中溜千层黑浪高,当头一片炮云灼。两岸飞沙月色迷,四边树倒威声恶。翻江搅海鱼龙惊,播土扬尘花木落。呼呼响若春雷吼,阵阵凶如饿虎跃。山寺亭台也动摇,渔家舟楫难停泊。天上撼动斗牛宫,地下掀翻瓦官阁。连天涛浪与山齐,千里清淮变浑浊。

这一阵狂风,把一湖清水变作乌黑。十只船吹得七零八落,你我各不相顾,眼见得都下水去了。那黄州同也落在水里,抱住一块大船板,虽是会水,当不得风高浪大,做不及手脚,只得紧抱着板,任他飘荡。半浮半沉,昏昏暗暗,不知淌有多少路。忽觉脚下有崖,睁眼看时,已打在芦洲上。把两脚蹬住,一浪来又打开去了。心中着忙,用手去扯那芦苇,没有扯得紧,又滑下去。顺着水淌,又挣到滩边,尽力将身一纵,坐在岸上,那浪花犹自漫顶而过。又爬到高处坐了一会儿,风也渐渐息了,现出月光。独自一人,怕有狼虎水怪,只得站起来。四面一望,但见天水相连,不见边岸,身上衣服又湿,寒冷难禁,更兼腹中饥饿。正在仓皇,忽听得远远有摇橹之声,走到高处看时,见一人摇着一只小渔船而来。看看傍岸,忽又转入别港里去,黄达高声叫道:"救人。"那人哪里理他,径向前摇,渐渐去远。

也是合当有救。那人正摇时,忽的橹扣断了,挽住船整理,离岸约有里许。黄达顾不得,又下水泅到他船边,爬上船去。那人道:"你好大胆!独自一人在此何为?"黄达道:"我是被风落水的,你不见我衣服尚湿。"那人整了橹扣,摇着船穿芦苇而走。黄达偷眼细看,那人生得甚是丑恶,只

---

① 积年——多年。

② 延挨——拖延。

③ 羊角——指弯曲而上的旋风。

见他：

> 铁柱样两条黑腿，龙鳞般遍体粗皮。蓬松四鬌赤虬须①，凛凛威风可畏。叱咤声如雷响，兜腮脸若钟馗②。眉棱直竖眼光辉，一似行瘟太岁。

那人摇着船问道："客人何处上岸？"黄达道："泗州。"那人道："泗州离此四百里，不得到了，且到我小庄宿一夜，明早去罢。如今淮水滔天，闻得朝廷差了个什么工部来治水，不知可曾治得？"黄达道："如今朱河院现在泗州驻扎，要识水势深浅阔狭，然后有处。"那人冷笑一声道："有处，有处，只会吃饭屙屎，如今淮水牵连河水，势甚汪洋，若不筑大堤隔断，其势终难平伏。只是苦了高、宝、兴、泰的百姓遭殃。"黄州同听了，想道："此人生得异样，且言语有理，莫不他也知道地理法则？"因说道："在下是高邮州的州同黄达，奉河院差委来探水势，遭风落水。如今河院要寻高堰旧堤，故迹俱已淹没，欲向湖心筑堤，岂不是难事？"那人道："世上无难事，只怕有心人。驱山填海，炼石补天，俱是人为，何难之有？高堰虽淹，自有故址可寻，也尽依不得当时旧迹。"

说着，船已摇到一个洲上。那人挽住船，邀黄达上岸。过了一座小板桥，只见篱菊铺金，野梅含玉，数竿修竹，一所茅堂。那人邀黄州同进去坐下，命童子烹茶。举头看时，满屋皆取鱼器具，却也幽雅。童子献过茶，又取出香杭③饭、干鱼、烹鸡相待。饭罢，黄达谢过，坐着对谈，问道："请教老丈高姓大号？"那人道："小人姓赭名巳，这村唤做练塘，小人隐此多年，只以取鱼为业。洪泽湖并高、宝诸湖，无处不到。近因年老，在此习静。"说话时已夜深了，赭巳道："有客无酒，奈何？请安置罢。"是夜月色昏暗，又无灯火，赭巳让床与黄州同睡，自己在中堂打铺。

黄达一夜无眠，翻来覆去，村中又无更鼓，约有三更时候，忽听得有人言语，往来行走之声。悄悄起来，摸门不着，只听得赭巳鼾呼如雷。悄悄

---

① 虬(qiú)须——拳曲的胡子。
② 钟馗(kuí)——传说中能打鬼的神，旧时民间常挂钟馗的像，认为可以驱除邪祟。
③ 杭(jīng)——同,粳。稻子。

从壁缝中往外看时，只见七八个人坐在地下，将土堆成路径，却埽①去，又堆，约有一二十遍。又见几个人将竹竿在地上量来量去，也有一二十遍。仔细看时，却是些小儿，不知是何缘故。看了约有一个更次，听见赭巳翻身，他便轻轻上床睡下。

天明时起来，四下看了，并无一人，止有一短童炊饭，因向赭巳问筑堤之法。赭巳笑道："且请用早饭。"饭毕，赭巳道："小人隐此多年，并不出门。昨日偶过湖上访友，得遇足下，亦是前缘。我授你治水之法。"遂向袖中取出一张纸，乃是画成的图本，指着上面说道："如今筑堤，必由高堰旧迹。然亦有改移处，不可尽依故迹，此图上开载明白，依此而行，可建大功。"黄达道："老丈指教，必定有成。但水势湍激②，难以下桩，奈何？"赭巳道："事已有定。"遂携着黄州同的手，走到屋后，见一园紫竹，对黄达道："吾种此竹多年，以待今日之用。必做楠木大桩，以生铁裹头，只看有紫竹插处，即可下桩，管你成功。"黄州同谢道："隐居行志，何如出世行道？敢屈同见河院，共成大绩，垂名竹帛。"赭巳道："村野之人，不识官府，幸勿道我姓字。"又同到岸边，已有童子舣舟③相待。上得船，拱手相别，又嘱咐道："筑堤时毋伤水族，慎之，慎之！"

二人别后，童子撑开船。黄达取出图来细看，少刻困倦，便隐几昏昏睡去。忽听得童子叫道："上岸了。"睁开眼看时，人船俱无，却坐在大圣寺前石上。只得回到自己寓所，从人俱各惊骇道："老爷不见已七日了，在何处的？院中差人四处找寻。"黄达急忙换了衣服，到院前进见。一见便问："从何处来？曾探出旧堤来否？"黄达隐起前情，捻词④禀道："卑职已访出来，计较停妥，望大人作速催趱⑤钱粮应用。仍求大人令箭，使卑职得便宜行事，各县工匠人夫都要听卑职调度。仍要拨几员官，分工修筑，方可速成。"朱公一一依允，当即行牌分头行事。

正是国家有倒山之力，不到半月，各事俱备，择定十一月甲子日起工

---

① 埽(sào)——防水冲刷的水工建筑物。

② 湍(tuān)激——水势急。

③ 舣(yǐ)舟——使船靠岸。

④ 捻词——现编词儿。

⑤ 趱(zǎn)——赶，快。

于大圣寺前,建坛祭告天地、山川、河渎等神。河院亲递了黄州同三杯酒,各管河官员俱饮一杯,一起上船。四五十只大船,装着桩石一起开船,鼓乐喧天。

行不上四五里,见水中果有紫竹影。黄州同就叫住船,将大船锁住,扎起鹰架,依竹影下桩。十数人上架竖起桩来,将石打下。众官并从人俱各暗笑。谁知那桩打了一会儿,果然定住了,便将大石凿孔套在桩上,一层层垒起,众皆骇然。凡遇竹影,即便下桩,一百四十里湖面,用桩三百六十根。定桩之后,水势就缓了。各官分工,加工修筑。不到二月间,五百七十里长堤,俱已完成。有诗道得好:

谁道仙凡路不通,有缘天遣入鲛宫①。

狂澜不借神工助,安得黄君建大功?

各管河官纷纷申文报完工,朱公即发牌由陆路至淮安看堤,就从新堤上一路而来。果然桩石坚固,有二十丈阔。又令两边种柳,使将来柳根盘结,可以固堤。行了三日,到白卢镇住下。因无官舍,只得借民舍居住。朱公睡至半夜,梦中忽听得一声喊起,有千军万马之声,鼎沸不止。朱公慌忙披衣起来,差人打探。只见流星马来报道:"赤练村新堤决了有二百余丈,水势冲激。离此有七里路,不妨事,大人不要惊慌。"朱公忙叫巡捕官安慰居民,遂驻扎在镇上。天明时查是何人所管,即请黄州同来议事。拐得系淮安府通判所管,因未遵黄达规划,近了十五里,堤做直了,故容易冲倒。朱公即将本官参革,戴罪督修。其时黄州同因感冒风寒,不能来见,只得具了个禀帖,说:"赤练村堤势太直,且当淮水发源之处,故此冲决。须建闸洞四座,起闭由人,旱则闭之以济漕运,水则起之以固堤。"朱公依议,即行牌,仰扬州府通判同造。

两个通判昼夜催趱人夫,下桩卷埽兴工,众人并力下埽。到中间时,只见一条小红蛇,绕桩一箍,那埽便淌去,反卸下十数丈土去。又带下一二十丈去,不见踪迹。从新又卷起埽来再下,依旧小蛇出来一箍,那埽就崩了。一连卷了二三十个埽,都被冲去了,又淹死一二百人,二官无奈。有本村老人说道:"此处一向闻人传说有老龙在此,莫非是他作怪?"二官商议着水手下去看看真假,随即差了四名水手下去,半日不见上来。又差

---

① 鲛宫——鲛指海鱼,鲛宫即海龙宫。

四个下去，过了好一会儿，才爬上两个来。

众人齐上前拉起，只见二人浑身战栗，说不出话来。定了半晌，才说道："初下水时，泝去十数丈，并不见动静，后绕岸寻了一遍，也不见什么。及回到东首傍岸，见有个大穴，我等爬到穴边，伸头下去看时，穴口有宣缸大，里面尚宽大许多，有无数红蛇在内。还有几条大的，头如斗大，不知多长，见人时便窜出来。亏我等走得快，想先下去的，不提防滑了脚掉下去了，自然被它吃了。"二官听见道："可见村人之言不谬，既称为龙，想必自有灵异，且祭他一祭看。"遂叫人备牲醴①到穴边行礼。祭毕，将猪羊等照定穴口倾下去。然后又卷埽下桩，依然淌去，那里打得住？

二官无奈，只得具禀申院。朱公来看了，心中大怒道："本院奉皇上钦命治水，大功已完，何物妖蛇，敢行无状！"遂行牌仰两府管工官员，纵火焚烧，倾其巢穴。二官遂备竹缆火把，遍涂鱼油，内包硫磺焰硝引火之物，又用竹筒打通节，藏着药线，再用火炮地雷等物将乱草碎木填塞穴口，令水手将利刃架在洞口，敲石取火，点着药线。不上半个时辰，水中火起，十分猛烈。但见：

> 乒乒乓乓，轰轰烈烈。千条火焰彻天红，一片黑烟随地滚。金轮飞上下，华光神倒骑火马离天关；震炮响东西，霹雳将共策火龙来地藏。火老鼠随波乱窜，水鸳鸯逐浪齐飞。土穴焦枯，石崖崩损。浑如赤壁夜鏖兵②，赛过阿房三月火。

那火足烧了三昼夜，腥秽之气臭不可闻。忽听得一声响，如天崩地裂一般，从火光中卷起一阵黑气，冲到半天，化作十数道金光，四散而去。这火直烧到七日方息。管工官叫挖开土来看时，只见一穴赤蛇，尽皆烧死。才下住了桩，加工修筑，三十里内造了四座闸，一月间功成。

朱公就由新堤前往淮安，见两岸波光如练，柳色拖金，绿草依人，红尘扑马，心中欢喜。有沧溟先生诗道得好，诗曰：

> 河堤使者大司空，兼领中丞节制同。
>
> 转饷千年军国重，通漕万里帝图雄。

---

① 牲醴——古代祭神用的牛、羊、猪等祭品。

② 鏖（áo，间敖）兵——激烈的战斗。

春流无恙桃花水，秋色依然匏①子宫。

大绩但怀沟洫②志，帝臣何减丈人风。

朱公将五百七十里河堤逐一看来，淮安一路官员迎接。是时黄达已病痊了，跟随看视，抚院设宴相待。朱公又往南去巡视高、宝河堤，下船由水路进发。将近午牌时，忽闻一阵香气飘过，遂问道："到何处了？"巡捕官禀道："已过泾河。"离宝应县只二十余里，香气越发近了，便问："香气是何处的？"巡捕官道："宝应县城北泰山庙，香烟最盛，四季皆是，挨挤不开。香气尝闻四五十里。"朱公道："有何灵异？"巡捕官道："去年黄淮决口，有一潭其深莫测，正与决口相联。两水相激，再打不住桩。正是三月清明日，因水溜，往来船只俱不敢过。岸上游春的男女都到潭边玩耍，见水上有一尾金鱼游戏，有人说是龙变化的，有的说是妖物，亦有丢面食引他，也有抛土块打他的。忽人丛中走出一个少年美貌女子来，道：'这是潭龙，待我下去擒他上来。'内中便有个少年人，见那女子有姿色，遂调戏了他两句。那女子含羞，众人才转眼，他便跳下潭去。众人慌了，怕干连自己，都一哄而散。只有那少年两脚便如钉钉住一般，莫想走得动。少顷，只见潭内水涌起来，高有数丈。只见一个女真人，骑一条白龙乘空而去。众人一齐下拜，半日方没。那个少年人忽然乱跳乱舞起来，口里说道：'吾乃泰山顶天仙玉女碧霞元君，奉玉帝敕旨来淮南收服水怪，保护漕堤，永镇黄河下流，为民生造福。可于宝应城北建庙。因留金箸③一双为信。'说罢，倒在地下，慢慢苏醒来。头发内果有一双金箸，上面有字，乃宣德④元年钦赐泰山神的。众人奔告，知县申文抚按，题请立庙，至今香火日夜不绝。祈祷立应，远近之人络绎不绝。黄淮决后即打住，潭中有白龙蜕一副。"朱公道："既然灵应，本院去行香。"巡捕传宝应县备办香烛等伺候。

少刻，船抵皇华亭，官吏等见过，朱公上轿，各官跟随，一行仪从来到

---

①　匏（páo）——匏瓜，比葫芦大。

②　沟洫（xù）——水道，渠道。

③　箸（zhù）——筷子。

④　宣德——宋徽宗（赵佶）年号。

庙中,只见人烟凑集,香气纲缊①,果然好座庙宇。但见:

> 凌虚高殿,福地真堂。凌虚高殿,巍巍壮若斗牛宫;福地真堂,隐隐清如兜率院。花深境寂散天香,风淡②谷虚繁地籁。珍楼杰阁,碧梧带雨尝遮;宝槛朱栏,翠竹留空拥护。风云生宝座,日月近雕梁。龙章凤篆,悬挂着御墨辉煌;玉简金书,镌勒着神功显赫。钟鼓半天开玉道,香烟万结拥金光。万方朝礼碧霞君,永护漕河福德主。

朱公同众官至庙前下轿,礼生引导至大殿瘂手焚香。拜毕,见香案上有四个签筒,遂命道士取过来。朱公屏退从人,焚香嘿祝道:"弟子工部侍郎朱衡,奉旨治水修筑河堤,上保陵寝,中保漕运,下护生民,皆赖神功默助,侥幸成功。未知此堤可能日后常保无虞③否?乞发一签明示。"说罢将签筒摇了几摇,一枝签落在地下。从人拾起,道士接过签筒,朱公看时,乃是八十一签中吉。道士捧过签簿,拐出签来,签上四句诗道:

> 帝遣儒臣缵④禹功,独怜赭巳丧离宫⑤。
>
> 若交八一干⑥开处,散乱洪涛滚地红。

朱公见了,不解其意。传与各官详解,众官亦不能解。只有黄州同看了道:"怪哉!怪哉!"众官只道他详解出来,一齐来问。黄达选着两个指头,言无数句,有分教:琼楼玉宇,藏几个雌怪雄妖;柏府乌台,害许多忠臣义士。正是:

> 伤残众命惊天地,报复沉冤泣鬼神。

不知黄州同说出什么来?且听下回分解。

---

① 纲缊(yīn yūn)——烟或云气浓郁,同氤氲。
② 淡(dàn)——安静。
③ 虞(yú)——忧虑。
④ 缵(zuǎn)——继承,继续。
⑤ 离宫——旧时皇帝在都城以外的宫殿。
⑥ 干(qián)——八卦之一。

第 二 回

魏丑驴迎春逞百技　侯一娘永夜引情郎

诗曰：

光阴百岁如梦蝶①，管甚冬雷与夏雪。

杯行到手莫亩残，今人不见古时月。

花前拍手唱山歌，须信人生能几何。

能向花前几回醉，明朝青镜已婆娑②。（集句）

话说黄州同看了签语，大讶起来。各官一齐来问，黄达才将向日落水所遇之事，细说一遍。众官皆吐舌，便解道："赭者，赤也；巳者，蛇也；练塘者，赤练村也，乃是隐着'赤练蛇'三字。"朱公道："前二句明白了，后二句如何解？"黄达道："或是九九之数，还有水灾，亦未可知。"

道士献茶毕，朱公回船南去，由扬州、瓜、仪一路来。只见和风拂拂，细柳阴阴；麦浪翻风，渔歌唱晚。处处桑麻深雨露，家家燕雀荷生成，非复旧时萧条③之象。朱公满心欢喜。

巡视毕，回到淮安，择日排庆成大宴。山阳县动支河工钱粮，就于清江浦总河大堂上铺毡结彩，摆开桌席。上面并排五席，乃是河漕盐抚按五院，俱是吃一看十的筵席。金花金台盏，银壶银折盂，彩缎八表里。左首雁翅三席是三司；右首雁翅三席乃徐、颖、扬三道，也是吃一看十的筵席。金花金台盏，彩缎四表里。卷蓬下乃四府正官并管河厅官乃佐贰，各折花红银五两，惟黄州同与府县一样。这筵席是抚院为主，是日先着淮、扬二

---

① 梦蝶——古代寓言，庄子梦见自己变成蝴蝶，分不清自己到底是庄子还是蝴蝶，谓人生虚幻短暂。

② 婆娑（suō）——盘旋。

③ 萧条——寂寞冷清，毫无生气。

府来看过,各官纷纷先来伺候。已①牌时,抚院先来,是日官职无论大小,俱是红袍吉服,各官于门外迎接抚院进来。只见鼓乐喧天,笙歌聒耳②,果然好整齐筵宴。但见:

　　屏开金孔雀,褥隐绣芙蓉。金盘对对插名花,玉碟层层堆异果。簋③盛奇品,满摆着海馐山珍;杯泛流霞,尽斟着琼浆玉液。珍馐百味出天厨,美禄千钟来异域。梨园子弟,唱的北调南音;洛浦佳人,调的瑶琴锦瑟。趋跄④的皆锦衣绣裳,揖让的尽金章紫绶。齐酺大醑⑤感皇恩,共乐升平排盛宴。

　　话说各官随抚院到堂上看过了席,巡捕官忙来禀道:“各院大人都到了。”抚院即至阶下迎接。相见礼毕,阶下乐声嘹亮。茶毕,抚院起身,举杯酬过天地,回身安席,首敬朱公,称贺道:“大人鸿才硕德,障此狂澜,奠安陵寝,生民乐业,福山禄海,当与淮、黄并永。敬贺,敬贺!”朱公接杯,谦逊道:“弟荷圣主威灵,承诸位大人教益,偶而侥幸,敢叨佳誉? 愧赧⑥之至!”朱公也转奉了抚院酒。各院彼此酬酢⑦过,然后司道并各官奉酒相贺。朱公也一一酬毕,方入席。常下各官皆分班告坐。上过头汤,戏子参堂

　　演戏。虽无炮凤烹龙,端的是肉山酒海,箫韶迭奏,锣鼓齐鸣,饮至申时,各院起身,于堂上摆设香案,向北谢恩,相让上轿而去。府县等收拾花缎桌席,具手本分送各衙门交割,一齐散了。

　　次日,朱公上本举荐管河官员,并求河工新旧诸神庙额。不日旨下:加朱公太子太保、工部尚书,荫一子入监。各官皆加二级,惟黄达绩劳独多,升为两淮盐运同知,兼管河务。有诗道他们的好处道:

----

① 　巳(sì)——地支(子丑寅卯辰巳午未甲酉戌亥)第六位,旧式计时约为上午九时到十一时。
② 　聒(guō)耳——(声音)杂乱刺耳。
③ 　簋(guǐ)——古代盛食物的器具,圆口、双耳。
④ 　趋跄(qū qiāng)——趋前行礼。
⑤ 　醑(pú)——聚会饮酒。
⑥ 　愧赧(nǎn)——羞愧,难为情而脸红。
⑦ 　酬酢(zuò)——宾主相互敬酒。

砥柱①狂澜建大功，洪恩千载在淮东。

封奔荫子皆荣显，始信男儿当自雄。

朝廷又差了临淮侯李言恭、礼部尚书徐阶，祭告二陵，并分祀河神。朱公闻信，即起马往临清候接。二人祭告毕，回京复命。路过临清，来拜朱公。是时正值冬尽春回，临清打点迎春。

却说临清地方，虽是个州治，倒是个十三省的总路，名曰"大马头"。商贾辏集②，货物骈填③。更兼年丰物阜，三十六行经纪，争扮社火，装成故事。更兼诸般买卖都来赶市，真是人山人海，挨挤不开。次日正值迎春，知州率领众官郊外迎春，但见：

和风开淑气，细雨润香尘。当街鲍老④盘旋，满市傀儡⑤跳跃。莲台高耸，参参童子拜观音；鹤双联翩，济济八仙拱老寿。双双毛女⑥，对对春童。春花插鬓映乌钞，春柳侵袍迎绿绶。宓丹亭唐王醉杨妃，采莲船呆王拥西子⑦。步蟾宫三元及第，占鳌头五子登科。吕纯阳⑧飞剑斩黄龙，赵玄坛⑨单鞭降黑虎。数声锣响，纷纷小鬼闹钟馗；七阵旗开，队队武侯⑩擒孟获。合城中旗幡乱舞，满街头童叟齐喧。斗柄回寅，万户笙歌行乐事；阳钧转泰，满墀桃李属春宫。

是日，朱公置酒于天妃宫，请徐、李二钦差看春。知州又具春花、春酒并迎春社火，俱到宫里呈献，平台约有四十余座，戏子有五十余班，妓女百十名，连诸般杂戏，俱具大红手本。巡捕官逐名点进，唱的唱，吹的吹，十

---

① 砥（dǐ）柱——比喻坚强的人能起支柱作用，就像立在黄河激流中的砥柱山（在三门峡）一样。

② 辏（còu）集——形容人聚集像车辐集中在车毂一样。

③ 骈（pián）填——形容多、丰富。

④ 鲍老——宋代舞队中引人笑乐的角色。

⑤ 傀儡（kuǐ lěi）——木偶戏中木头人。

⑥ 毛女——少女。

⑦ 西子——即西施。

⑧ 吕纯阳——即吕洞宾，道教八仙之一。

⑨ 赵元坛——即赵玄坛，赵公元帅，道教财神。

⑩ 武侯——诸葛亮。三国故事中七擒孟获。

分闹热。及点到一班叫做靺鞨技,自靺鞨国传来的,故叫做靺鞨①技,见一男子,引着一个年少妇人并一个小孩子。看那妇人,只好二十余岁,生得十分风骚。何以见得?有词为证:

> 嫣嫣润润,袅袅婷婷。不施朱粉,自然体态轻盈;懒御铅华,生就天姿秀媚。眼含一眶秋水,眉湾两道春山。惯寻普救西厢月,善解临邛②月下琴。

那男子上来叩了头,在阶下用十三张桌子,一张张迭起。然后从地下打一路飞脚,翻了几个筋斗,从桌脚上一层层翻将上去,到绝顶上跳舞。一回将头顶住桌脚,直壁壁将两脚竖起。又将两脚钩住桌脚,头垂向下,两手撒开乱舞。又将两手按在桌沿上,团团走过一遍。看的人无不骇然,他却猛从桌子中间空里一一钻过来,一些不碍手脚,且疾如飞鸟。

下来收去桌子,只用一张,那妇人走上去,仰卧在上,将两脚竖起,将白花绸裙分开,露出潞绸③大红裙子,脚上穿着白绫洒花膝衣,玄色丝带,大红满帮花平底鞋,只好三寸大,宛如两钩新月,甚是可爱。那男子将一条朱红竿子,上横一短竿,直竖在妇人脚心里。小孩子爬上竿上去,骑在横的短竿上跳舞。妇人将左脚上竿子移到右脚,复又将右脚移到左竿子,也绝不得倒。那孩子也不怕,舞弄了一会儿,孩子跳下来,妇人也下桌子。

那男子又取了一把红箸,用索子扣了两头,就如梯子一样。那妇人拿一面小锣"当当"的敲了数下,不知口里念些什么,将那把红箸望空一抛,直竖着半空中。那孩子一层层爬上去,将到顶,立住脚,两手左支右舞。妇人道:"你可上天去取梅花来,奉各位大老爷讨赏。"那孩子爬到尽头,手中捻诀,向空画符。妇人在下敲的锣,唱了一会,只见那孩子在上作折花之状。少顷,见空中三枝梅花应手而落,却是一红二白。那孩子一层层走下,到半中间,一路筋斗从箸子空中钻翻而下。妇人拾起梅花来,上堂叩头,献上三位大人面前,遂取金杯奉酒。三公大喜。李公问道:"今日迎春,南方才得有梅花,北方尚早,你却从何处来?"妇人只掩口而笑,不敢答应。

---

① 靺鞨(mò hé)——我国古代东北方的民族。
② 临邛(qióng)——地名。
③ 潞绸——明代产于潞州(今山西长治)的著名丝绸。

　　徐公是个风月中人，即将自己手中酒递与妇人。妇人不敢吃。朱公道："大人赏你的，领了不妨。"妇人才吃了，叩头谢赏，复斟酒奉过徐公。朱公问道："你是那里人？姓什么？"妇人跪下禀道："小妇姓侯，丈夫姓魏，肃宁县人。"朱公道："你还有什么戏法？"妇人道："还有刀山、吞火、走马灯戏。"朱公道："别的戏不做罢，且看戏。你们奉酒，晚间做几出灯戏来看。"传巡捕官上来道："各色社火俱着退去，各赏新历钱钞，惟留昆腔戏子一班，四名妓女承应，并留侯氏晚间做灯戏。"巡捕答应去了。

　　原来明朝官吏，只有迎春这日可以携妓饮酒，故得到公堂行酒。翻席后，方呈单点戏，徐公点了本《浣纱》。开场，范蠡①上来，"果是人物齐整，声音响亮。一出已毕，西施上来，那扮旦的生得十分标致，但见：

　　丰姿秀丽，骨格清奇。艳如秋水湛芙蓉，丽若海棠笼晓日。歌喉宛转，李延年浪占汉宫春；舞态妖娆，陈子高枉作梁家后。碎玉般两行皓齿，梅花似一段幽香。果然秀色可为餐，谁道龙阳②不倾国。

　　一本戏完，点上灯时，住了锣鼓。三公起身净手，谈了一会，复上席来。侯一娘上前禀道："回大人，可好做灯戏哩?"朱公道："做罢。"一娘下来，那男子取过一张桌子，对着席前放上一个白纸棚子，点起两支画烛。妇人取过一个小篾箱子，拿出些纸人来，都是纸骨子剪成的人物，糊上各样颜色纱绢，手脚皆活动一般，也有别趣。手下人并戏子都挤来看，那唱旦的小官正立在桌子边。侯一娘看见，欲要去调，又因人多碍眼，恐人看见不像样。正在难忍之际，却好那边的人将烛花一弹，正落在那小官手上。那小官慌得往后一退，正退到侯一娘身边。一娘就趁势把他身上一捻，那小官回过脸来，向他一笑。一娘也将笑脸相迎，那小官便挨在身边，两个你挨我擦。

　　直做至更深，戏才完。二公起身，朱公再三相留。徐公道："再立饮一杯罢。"侯一娘上来先奉了徐公酒，妓女们也斟酒来奉朱、李二公。徐公扯住一娘的手，一递一杯吃，妓女们来唱小曲。李公道："叫那唱旦的戏子来唱曲。"妓女下去说了。那小官尚未去，只得上来与诸妓并立，俨然一美姝也。那小旦奉了一巡酒，才开口要唱，李公道："不必大曲，只唱

---

　　① 范蠡(ǐ)——春秋时人，越大夫，助越王勾践发愤图强，灭掉吴国。
　　② 龙阳——以男色事人。

小曲罢。"递扇子与他打板,唱了一曲,徐公与他一杯酒。李公道:"各与他一杯。"侯一娘也满斟一杯递与他,乘势在他手上一抓,又丢了一个眼色。那小官也斟了一杯奉答,一娘就如痴了一般。

　　饮了一会,二公叫家人赏众戏子每名一两,那小旦分外又是一两,四妓女并侯氏亦各赏一两。众人谢过赏,李、徐二公作谢上轿而去,众人皆散。只才是:只愁歌舞散,化作彩云飞。有诗道得好:

　　　华堂今日好风光,凤管鸾萧列两行。

　　　艳舞娇歌在何处? 空留明月照东墙。

　　却说那小官也姓魏,名子虚,字云卿,苏州人。自矜色艺,不肯轻与人相处。晚间自庙里回到下处,思想那妇人风流可爱,且十分有情。想了一夜,恨未曾问得她姓名下处,心里又想道:"他是过路的人,不过只在马头上客店里住,等天明了寻他一遭。"巴到天初明便起来,见同班的人俱未醒,他悄悄的叫打杂的往对门店里买水来,洗了脸,锁上房门,竟往南门马头上来。见几家店,却不知下在谁家。

　　是日正是新春,家家俱放爆竹烧利市。魏云卿走来走去,又不好进店去问。原来北方人家,时节忌讳,不许生人进门。他又是个小官儿的性格,觍觍①怕问人。走了几遍,没情趣,只得回来到下处。见班里人都在那里斗牌,一个道:"蚤②辰寻你烧子个利市,只道你上厕去了来,何以这样齐整? 上街做甚子? 这样早独自一个行走,这临清马头是乌豆换眼睛的地方,不要被人粘了去。"云卿道:"不妨,他只好粘我去做阿爷。"一个道:"不是做阿爷,转是要你去做阿妈哩!"云卿笑将那人背上打了一拳,就坐下来看牌。正是:

　　　朝来独自访多情,空向桃源不遇春。

　　　默默芳心惟自解,难将衷曲语他人。

　　再说侯一娘在庙中见那小官去了,心中怏怏,没奈何,只得收起行头③,出庙回到下处。丑驴买了酒来,吃上几杯,上床睡了。思想那人情儿、意儿、身段儿,无一件不妙,若得与他做一处,就死也甘心。心中越想,

---

①　觍觍(miǎn tiǎn)——害羞,不自然。

②　蚤(zǎo)——同"早"。

③　行头——戏剧演员演戏时用的服装道具。

欲火越甚，一刻难挨，打熬不过，未免来寻丑驴杀火。谁知那丑驴辛苦了一日，又多吃了几杯酒，只是酣呼如雷，就同死人一样，莫想摇得醒。翻来覆去，总睡不着，到鸡鸣时才昏昏睡去。犹觉身在庙中，丈夫孩子不知何处去了。走到先前，见殿上灯烛辉煌，又走到东廊下戏房里，见众戏子俱不在，只那小官伏在桌上打睡。走到他身边，见他头戴吴江绒帽，身穿天蓝道袍。一娘将他摇了几摇，那小官醒来，两人诉了几句衷情，便搂在一处。正做到妙处，只听得人喊来道："散了！散了！去呀！"那小官将手一推，猛然醒来，乃是南柯一梦。醒来情愈不能自已，再去扯丈夫时，丑驴已起去久矣。睁眼看时，见窗上已有日色，听得丑驴在外烧纸。又听得一片爆竹之声，只得勉强起来，没情没绪，只得做些饭吃了。马头上也有几班戏子，留心访问，又不知他姓名，难以问人，只是心中思念，终日放他不下。

不意自立春后，总是雨雪连绵，一直到正月，没个好晴天。一娘也不得上街，只得丑驴领着孩子，终日上街打花鼓翻筋斗，觅些钱钞来糊口。自己独坐在楼上，终日思想那人。

却说这店主人姓陈，有个儿子名唤买儿，才十九岁，生得清秀，也是个不安本分的浮浪子弟，终日跟着些客人在花柳丛中打混。见侯一娘风骚，他也常有心来撩拨。只因连日天雨，见妇人独坐在家不出门，遂来效小殷勤，终日在楼上缠，竟勾搭上了。那买儿不但代她出房钱，且常偷钱偷米与她，日近日亲。一娘终日有买儿消遣，遂把想小魏的念头淡了三分。

不觉光阴易过，又早到二月初旬，连日天气晴和，依旧上街做生意。一日晚间归来，店家道："明日王尚书府里生日，今日来定，你明日须要绝早去。"侯一娘答应，归楼宿了。次日天才明，王府管家就来催促。夫奄收拾饭吃了，到王府门首伺候，只见拜寿的轿子并送礼的盒担挨挤不开。等至巳牌，才见那管事的出来唤他进去。到东首一个小厅上，上面垂着湘帘，里面众女眷都坐在帘内。丑驴将各色技艺做了一遍，至将晚方完。一娘进帘子来叩头，王奶奶见她人品生得好，嘴又甜，太太长奶奶短，管家婆他称为大娘，丫头们总唤姑娘，赚得上上下下没一个不欢喜，老太太问了他姓名，道："先叫你家长回去，你晚间看了戏去。"又向媳妇道："可赏他一匹喜红，一两银子。"一娘便到外边来对丑驴说了。丑驴收起行头，领着孩子先去。

一娘复到帘间来谢赏，王奶奶叫看座儿与她坐。一娘不肯坐，说之再三,才扯过一张小杌子①来坐了。然后众女客吃面,一娘也去吃了面。少顷,厅上吹打安席,王太太邀众女客到大厅上上席。女客约有四十余位,摆了十二席,宾主尊卑相让序坐。外面鼓乐喧天,花茵铺地,宝烛辉煌,铺设得十分齐整。有献寿诗二首为证:

> 阿母长龄拟大椿②,相门佳妇贵夫人。
> 原生上第鸣珂族,正事中朝佩玉臣。
> 振振琳琅皆子姓,煌煌簪绂总仙宾。
> 金章紫诰多荣显,况是潘舆燕喜辰。
> 自是君家福祉③高,朱轮华毂④映绯袍。
> 光从天上分鸾诰,恩向云中锡凤毛。
> 金母木公参鹤驭,紫芝碧玉奏云璈⑤。
> 持觞欲侑⑥长生酒,海上新来曼倩桃。

却说正中一席摆着五鼎吃一看十的筵席,洒线桌围,锁金坐褥,老太太当中坐下。王尚书夫妻红袍玉带,双双奉酒拜了四拜。次后王公子夫妇也拜过了,才是众亲戚本家,俱来称觞上寿。老太太一一应酬毕,王太太同媳妇举杯安席。

众人告坐毕,侯一娘才上去到老太太前叩头,又到太太奶奶面前叩头。王奶奶一把扯住道:"岂有此理,多谢你。"便叫管家婆拿杌子在戏屏前与他坐。吹唱的奏乐上场,住了鼓乐,开场做戏。锣鼓齐鸣,戏子扮了八仙上来庆寿。看不尽行头华丽,人物清标,唱一套寿域婺星⑦高。王母娘娘捧着仙桃,送到帘前上寿。王奶奶便叫一娘出来接。一娘掀开帘子,举头一看,见那扮王母的旦角,惊得神魂飞荡,骨软筋酥,站立不住。正是:

> 难填长夜相思债,又遇风流旧业冤。

毕竟不知见的这个人姓甚名谁?且听下回分解。

---

① 杌(wù)子——凳子(多指矮小的)。
② 大椿——树名,上古谓大椿以八千岁为春,八千岁为秋,喻长寿。
③ 福祉(zhǐ)——福气。
④ 华毂(gū)——华丽的有花纹的轮子。
⑤ 云璈(áo)——古乐器名。
⑥ 侑(yòu)——劝人(吃喝)。
⑦ 婺(wù)——古星名,即"女宿"。旧时用作对妇人的颂辞。

第 三 回

陈老店小魏偷情　飞盖园妖蛇托孕

诗曰：

　　色即空兮自古，空兮即色皆然。人能解脱色空禅，便是丹砂炮炼。

　　西子梨花褪粉，六郎落瓣秋莲。算来都是恶姻缘，何事牵缠不断。

　　却说侯一娘出戏帘来接仙桃，见那扮王母的就是前在庙中扮西施的小官，不觉神魂飘荡，浑身都瘫化了，勉强撑持将桃酒接进，送到老太太面前。复又拿着赏封，送到帘外。小旦接了去，彼此以目送情。戏子叩头谢赏，才呈上戏单点戏，老太太点了本《玉杵记》，乃裴航蓝桥遇仙①的故事。那小旦扮云英，飘飘丰致，真有神游八极之态，竟是仙女天姬，无复有人间气味。那侯一娘坐在帘内，眼不转珠，就如痴迷了一样，坐不是站不是的难熬。

　　等戏做完，又找了两出，众女眷起身，王太太再三相留，复坐下，要杂单进来。一娘拿着单子到老太太面前。老太太道："随他们中意的点几出罢。"女眷们都互相推让不肯点。一娘走了一转，复拿到老太太席前道："众位太太奶奶都不肯点，还是老太太吩咐是个正理。"老太太道："何妨。"只见背后走过一人来，将一娘肩上拍了一下，道："劳了你一日，你也点一出。"一娘转脸看时，乃是王公子的娘子，年方十八，为人和气蔼然，虽生长宦家，却一味谦虚，不肯做大。就是侯一娘在此，他也以客礼相待，不肯怠慢。他遂取过单子来，道："老太太请奶奶点出玩耍。"王奶奶笑道："不要推我们，一家点一出。"一娘要奉承奶奶欢喜，遂道："小的告罪了，先点一出《玉簪》上《听琴》罢。"他意中本是要写自己的心事燥燥脾，

---

　　①　裴航蓝桥遇仙——蓝桥，今陕西省蓝田县东南蓝溪之上。裴航在蓝桥驿遇云英求得玉杵臼捣药，后结为夫妇。

别人怎知他心事。又有个杨小娘，是王尚书的小夫人，道："大娘，我也点出《霞笺·追赶》。"大娘笑道："你来了这二年，没人赶你呀！我便点出《红梅》上《问状》，也是扬州的趣事。"一娘遂送出单子来。戏子一一做完，女客散了，谢酒上轿而去。阶下响动鼓乐送客。

客去完了，一娘也来辞去。王奶奶道："更深了，城门关了，明日去罢。"携着手同这老太太到后堂，还有不去的女客，同邀到卧房楼上吃茶。不题。正是：

艳舞娇歌乐未央①，贵家风景不寻常。

任教玉漏催残月，始向纱橱卸晚妆。

却说小魏见了一娘，心中也自恋恋不舍。吃了酒饭，正随着众人出门，只见个小厮扯他一把道："大爷在书房里请你哩。"小魏遂别了同班，随着小厮到书房。见王公子同着个呆相公秉烛对坐，见云卿进来，迎着道："今日有劳云卿，道该服侍的。"原来王尚书只有这个公子，年方二十，新中了乡魁，为人十分谦厚，待人和气，生平律身狷介②，全无一点贵介气习。与云卿相处，真是一团惜玉怜香之意。那吴相公名宽，字益之，郓城县人，也是个有名的秀才，是公子请来同看书的。云卿见过，坐下，吴益之道："今日戏做得好。"王公子道："只是难为云卿了，一本总是旦曲，后找的三出又是长的。"吴益之道："也罢了，今日有五六两银子赏钱，多做几出也不为过。"三人笑了一回。小厮拿了果盒团碟来，公子道："先拿饭来吃，恐云卿饿了。"云卿道："我吃过了。"公子道："既吃过了，就先泡茶来吃。"

少顷，小厮拿了壶青果③茶来，吴益之扯住他问道："你今日在帘子里看戏么？"小厮道："是在席上接酒的。"吴益之道："我有句话问你，若不实说，明日对老爷说，打你一百。"小厮道："小的怎敢不说？"吴益之道："后头找戏可是大娘点的？"小厮不言语，只把眼望着公子。公子道："但说何妨。"小厮才说道："一出是杨小娘点的，一出是大娘点的，一出是做把戏的女人点的。"吴益之拍手笑道："我说定是这些妖精点的，可可的不出吾

---

① 未央——未尽。

② 狷介(juàn jiè)——性情正直，不肯与人同流合污。

③ 青果——橄榄。

之所料,到与我是一条心儿,那撮把戏的女人到生得风骚有致,此时断不能出城,何不叫他来吃杯酒儿谈谈。"公子便问道:"那女人可曾去?"小厮道:"没有去,在大娘楼上弹唱哩。"公子道:"你去叫他来。"云卿道:"将就些罢,莫惹祸大娘若打出来,连我们都不好看。"公子道:"他若吃醋时,连你也要打了。"小厮就往里走。呆益之又叫转来道:"你去说,若是你大娘要听唱,就请他同出来听,我们大家欢乐欢乐。"

小厮走到楼上,扯住一娘袖子道:"大爷请你哩。"一娘道:"大爷在哪里?"小厮道:"在书房里。"一娘道:"我这里要唱与众娘们听哩,你去回声罢。"大娘道:"书房有谁在哪里?"小厮道:"吴相公同魏云卿。"一娘道:"哪个魏云卿?"小厮道:"是唱旦的魏师傅呀!"一娘听见是唱旦的,身子虽坐着,魂灵儿早飞去了,便说道:"既是大爷叫我,不好不去。"大娘道:"那魏云卿到也像个女儿。"一娘笑着起身,同小厮走至书房,见了礼。公子道:"今日有劳,就坐在小魏旁边罢。"一娘笑应坐下。

小厮斟酒,四人共饮。一娘见了云卿,说也有,笑也有,猜拳行令,色色皆精,把个公子引得甚是欢喜,又缠小魏唱。云卿唱了套《天长地久》,真有穿云裂石之妙。唱毕,又取骰子①来掷快饮酒。一娘输了几色,又与呆相公赌拳吃大杯,连赢了七拳,吴益之连吃七大杯。一娘连连打鼓催干,又不许人代,把个呆益之灌得大醉,伏在桌上打睡。公子此刻也有七八分酒了,起身去小解。那一娘见没人在面前,遂搂住云卿做了个串字,低低说道:"心肝!我住在马头上陈华宇家饭店里,你明日务必偷个空来走走。"正说完时,却好公子进来,二人便分开手了。其时已有三更,一娘只得起身要进内里去。公子道:"我要留你在此,怎奈吴相公又醉了。"云卿道:"就陪大爷罢!"公子道:"只怕有人吃醋。"一娘笑着去了。公子便同云卿宿了。

次早起来,二人吃了早饭,吴益之犹自中酒未醒。云卿要去,公子道:"你莫去罢,今日有城外的客戏做得早呀。"云卿道:"走走就来。""等你吃午饭。"云卿道:"知道。"走到下处,袖了些银子,来到码头,上西首去,见一带都是客店,问个小孩子道:"陈华宇饭店在哪里?"孩子道:"那里不是。牌上写着陈家老店么!"云卿便走到门首,见一老者,那老者道:"请

---

①　骰(tóu)子——一种游戏用具,方言作色(shǎi)子。

坐。"云卿道:"岂敢。"便坐在门前凳上,终是怕羞不好问。老者见他生得
清秀,知是南边人,只望着他,不知他来做什么。云卿只是低着头,拿着扇
子在手里弄。坐了一会,心里正想要回去,只见河边船上有人叫道:"魏
云老为何独坐在此?"云卿抬头看时,见一只船上装着行头一班子弟,认
得叫他的是陈三,也是个有名的净角。云卿起身走到河边,道:"我在这
里看个乡亲,等他讨家书,阿兄哪里做戏?"陈三道:"关上衙门里请客。"
云卿道:"饮三杯去。"陈三道:"多谢,多谢!"遂拱手别了。

云卿因要进城,便把扇子忘记在店内桌子上走了。一会儿忽然想起,
复回来寻时,竟没得。因问那老者道:"曾见小弟的扇子么?"老者道:"没
有见。"云卿又探袖捡衣的寻。老者道:"我坐在这里也没有离,又没有人
来。"云卿只道是掉在河边上,也就罢了。只见远远两个孩子赶了来,前
头一个跑,后面一个哭着赶来,喊道:"快还我!"原来后面的是老陈的小
儿子。老陈拉住道:"你要他什么?"孩子道:"我在门前桌上拾得一把扇
子,上头还有个东西扣着,都被他抢去了。"老陈道:"是这位官人的,拿来
还他。"孩子道:"他抢送与他娘去了。"老陈道:"官人请坐,我去要来还
你。"说着便往里面去,叫道:"侯一娘,快把扇子拿来还这位官人。"云卿
取出二十文钱来与两个孩子,孩子欢天喜地跳往外去了。

云卿便跟着老陈往里面来,只见侯一娘拿着扇子从楼上下来。一娘
见了云卿,不觉喜从天降,笑逐颜开,道:"官人请里面坐。"却好有人来寻
老陈说话,老陈出去了。云卿遂到一娘楼上,深深一揖。一娘还过礼,取
凳与他坐了,起身把楼门关上,搂住云卿道:"心肝! 你怎么今日才来,想
煞我了。"急急解带宽衣上床,好似那:

交颈鸳鸯戏水,并头鸾凤穿花。软温温杨柳腰揉,甜津津丁香舌吐。
一个如久渴得浆,无限蜂狂蝶恋;一个如旱苗遇雨,许多凤倒鸾颠。一个
语涩言娇,细细汗漫红玉颗;一个气虚声喘,涓涓露滴灸丹心。千般恩爱
最难丢,万斛相思今日了。

云卿与一娘完了事,起来穿衣,一娘忙斟了杯热茶与他吃。叙谈了一
会儿,时日已将西,云卿道:"我去了,再来看你,今日王府戏早,恐去迟
了。"袖内取出一包银子,递与一娘道:"买点什么吃吃罢。"一娘道:"岂有
此理! 我岂是图你的钱的? 只是你把情放长些,不时来走走就是了。"仍

把银包放在他袖内，摸到那把扇子，拿出来道："转是①这把扇子送我罢。"云卿道："你既爱就送你罢。"临下楼时，又扯住约定日子，云卿才别去。店中人往来混杂，有谁知道？自此为始，不时来走动，得空便弄弄，不得空就坐谈而去，也有十数次。

　　不觉是三月天气，和风习习，花雨纷纷。绿杨枝上啭②黄鹂，红杏香中飞紫燕。踏红尘香车宝马，浮绿水画舫歌船。那王公子终日在外游赏，他是个公子，又是少年科第，兼之为人和气谦虚，奉承他的不计其数。今日张家请，明日李家邀，一春无虚日。一日，正与吴益之在书房闲谈，见门上又拿进帖来。公子愁着眉道："哪家的帖？"门上道："张老爷请酒的。"公子道："终日如坐酒食地狱，病都好吃出来了，快写帖辞他。自今日起，凡有请我的，都一概辞他，说我往园子里去了。"午后，门上来回道："园丁来说，园内海棠大开，请大爷去看。"公子道："正好。吩咐他回去打扫洁净，我明日来。"门上去了，对吴益之道："明日同兄去看花，且可避喧数日。"叫小厮吩咐厨子，明日备酒饭送到园上去。次日叫小厮唤小魏来同去。吴益之道："何不把侯一娘也叫他去要要，倒也有趣。"公子便令家人备马去接。三人先上马去了。

　　这里家人来到陈家店内，问道："侯一在家么？"老陈道："都出去了。"管家道："可知在哪里？"店家道："不知道。"管家只得进城来，却好遇见个相识的，问道："何往？"管家道："去叫侯一，不在。"那人道："在盐店里不是？"管家道："在谁家？"那人道："史老三家。"管家别了那人，来到史家。进门来，静悄无人，只见丑驴独坐吃饭。管家道："你婆娘哩？"丑驴也不起身，答道："在里面哩。"管家心里便不快活，道："叫他出来，王老爷府里叫他哩。"丑驴道："做戏么？"管家道："不是，叫他去陪酒哩。"丑驴道："要陪酒，请小娘去，怎么叫我们良家妇人陪酒？"管家大怒，走上去一个耳巴子，把他打了一跌，抓住头发掼在地下，打了几拳，又踢了几脚。丑驴大叫，惊动里面男女都出来看。史三认得是王府管家，上前解劝，管家才住了手，骂道："我不看众人面，打杀你这王八蛋！"一娘上前赔笑道："得罪老爹，他这个瘟鬼，不知人事，望老爹恕罪。不知有何吩咐？"管家道：

---

　　①　转是——只是。

　　②　啭（zhuàn）——鸟婉转地叫。

"大爷到园上看花,叫我拿马来接你。这王八口里胡说,你婆娘不是小娘是什么?"众人道:"老爹请息怒,他说话不是,也须看看人。王大爷平日也不是个使势的,抬举你妻子,也是你的造化,求之不得,反来胡说么?"史三道:"请坐坐,老一还没有吃饭哩。"管家道:"我家爷也好笑,多少名妓不叫,却来寻他!"那一娘见势头不好,忙对史老三道:"别了罢,改日再来。"史老三也不好再留,送他出门。丑驴背上行头,领着孩子,垂头丧气而去。

这里管家犹自气愤愤的上马,一娘也上了马,同到园上来。只见门前一道涧河,两岸都栽着桃柳,一带白粉墙。走过石桥,一座三沿滴水磨砖门楼,上横着玉石匾额,三个石青大字,乃是"飞盖园"。后写着"郓城吴宽题",原来就是吴益之写的。下马进来,只见一带长廊,大厅前便是一座假山,从山洞里穿进去三间卷篷,公子三人坐在内。一娘见公子,叩头谢道:"前日多谢大爷,又承老太太、太太、奶奶与列位娘们的赏赐。"公子扯起道:"只行常礼罢,前日慢你。"又拜了吴相公。吴益之道:"你偏生记得这许多太太奶奶的,就不忘了一个!"众人笑耍一会。一娘吃了茶,小厮摆饭,公子道:"因等你,把人都饿坏了。"一娘道:"因盐店里叫去做戏,故来迟了。大爷莫怪。"吴益之道:"来迟了打孤拐。"公子道:"谁忍打他。"

四人吃毕饭,云卿道:"看花,看花!"公子携着一娘的手,同到各处游玩。果然好座花园,但见:

索回曲槛,纷纷尽点苍苔;窈窕绮窗,处处都笼绣箔。微风初动,虚飘飘展开蜀锦呆绫;细雨才收,娇滴滴露出冰肌玉质。日烘桃杏,浑如仙子晒霞裳;月映芭蕉,却似太真摇羽扇。粉墙四面,万株杨柳啭黄鹂;山馆周围,满院海棠飞粉蝶。更看那凝香阁、青蛾阁、解酲①阁,层层掩映,朱帘上钩挂虾须;又见那金粟亭、披香亭、四照亭,处处清幽,白匾中字书鸟篆。看那浴鹤池、印月池、濯缨②池,青萍绿藻跃金鳞;又有那洒雪轩、玉照轩、望云轩,冰斗琼鋆③浮碧液。池亭上下

① 酲(chéng)——喝醉了神志不清。
② 濯(zhuó)缨——洗缨。出于《诗经》:"沧浪之水清兮,可以濯我缨。"
③ 鋆(yún)——金子。

有太湖石、紫英石、锦川石,青青栽着虎须蒲;轩阁东西有翠屏山、小英山、苔藓山,簇簇丛生凤尾竹。茶蘼①架、蔷薇架近着秋千架,浑如锦帐罗帏;松柏屏、辛夷屏对着木香屏,却似碧围绣模②。芍药栏、灸丹砌,朱朱紫紫斗繁华;夜合台、茉莉槛、馥馥香香生妩媚。含笑花堪画堪描;美人蕉可题可咏。论景致休夸阆苑③蓬莱,问芳菲不数姚黄魏紫。万卉千葩齐吐艳,算来只少玉琼花。

　　四人游玩了一回,到厅上坐下。是日天气暴热,都脱了衣服,只穿得件单褂。公子道:"才三月底就如此热!"云卿道:"不但热,且潮湿得难过。"吴益之道:"只怕有大雨哩。"公子道:"炖茶吃,我们就在这里对花坐罢。"家人移桌在卷篷下。四人坐下,小斯斟酒来吃了几巡,公子叫斟大杯来,请吴相公行令,一娘奉酒,小魏奉曲。云卿唱了一支《折梅逢使》,吴益之行个四面朱窝的令,掷了一遍,收令时,自己却是四红。一娘道:"该四杯正酒。"吴益之道:"折五分吃罢。"一娘道:"令官原无此令。"斟得满满的,定要他吃,还要速干。云卿又斟了一大杯谢令。吴益之道:"吃不得了!"公子道:"谢令是个旧规,怎么推得?"吴益之道:"既要谢令,也要酬东。"一娘便斟酒奉了公子,取提琴在手,轻舒玉指,唱了一套《半万贼兵》,也是北曲中之翘楚④。

　　一娘因提琴,便忘记将小魏送他的那柄扇子放在桌上。公子无心取来看,一娘想起要夺,时已不及。公子见是把金钉铰的川扇,上系着伽南香⑤坠。公子道:"这扇子是我的,如何到你手里? 事有可疑。"一娘道:"我没有带扇子来,才借的他的。"公子道:"他说是借的,云卿快招,若未直招,罚一大碗酒。"公子原是逗他耍的,却未疑到别事上去。谁知云卿心虚,满面通红。吴益之道:"不好了,小小猫儿也会偷嘴了。这扇子是

---

①　茶蘼(tú mí)——落叶小灌木,攀缘茎,茎上有钩状刺,羽状复叶,小叶椭圆形,花白色,有香气,可观赏。

②　秀模(mù)——有绣花的,为遮挡而悬挂的布绸子、丝绒等。

③　阆(láng)苑——传说中神仙住处。

④　翘楚(qiáo chǔ)——比喻杰出的人或物。

⑤　伽南香(qié nán xiāng)——又名沉香、奇南香、常绿乔木。茎很高、叶卵形或披针形,花白色,产于亚热带。木质坚硬而重。黄色、有香味;中医入药,有镇痛、健胃等作用。

你与云卿的？只看云卿袖内可再有把了，若不得，便是借的。"云卿道：
"只得这把。"吴益之忙扯住他袖子，公子便来摸他袖内，却有把在内。公
子道："这是什么？"一把拿出来，却是柄棕竹真金扇，上面是李临淮写的。
公子道："我们逐年打雁，今年到被小雁儿嗛①了眼睛。这样个小孩子，转
被他瞒过了。"吴益之道："这并不干云卿的事，都是老一的骚风发了来缠
他的。"一娘道："可是说胡话，你看见的？"吴益之道："不要犟嘴，好好拜
我两拜，我代你做媒。"一娘道："无因怎么拜得起来。"公子道："却也怪你
们不得，这样一对娇滴滴的人儿，怎叫他们不动火？吴相公连日也想你得
紧，如今也说不得偏话，拿骰子来掷掷看，遇着双喜相逢的，今日就陪伴
他。我先掷起。"一掷不遇。次到吴益之，只遇一个，饮了一杯。到云卿，
一掷，却是三二六么三四，遇了个单的。再到一娘，又遇了，却是双喜相
逢，乃是二二四二四六。吴益之呵呵大笑道："真是天定的了，取两个大
杯来吃合卺②。"就与公子二人各奉一杯，云卿害羞，起身要走，被吴益之
抓住。又替他二人串了酒，各饮交杯。公子唱曲，吴相公奉肴，众人取笑
了半日。吴益之道："媒人是大爷，伴婆便让我，老吴不来讨喜，只讨个头
儿罢。"一娘还是假意推却，云卿转认真害羞起来。

　　正在花攒锦簇的饮酒，忽见个家人慌忙进来禀道："郓城县张爷钦取
了吏部，来拜老爷，老爷叫请大爷去会哩。"原来这张公是公子的房师。
吴益之道："我也要会会他，只是误了他二人的佳期，怎处？"公子笑道：
"不妨你两人竟在此宿罢，我叫人送铺盖来，明早来扶头罢！"一娘道："不
好，还是回去罢。"吴益之道："又来撇清了。"公子带笑向一娘道："他是个
童男子儿，你开他的黄花时，须婉款些。"说过，遂同吴益之出门上马
而去。

　　二人送到门外，携手回来，百般欢笑玩耍，巴不得到晚。在洒雪轩耍
了一会儿，就炉上炖起天水③泡新茶来吃。将晚时，只见两个小厮押着铺
盖进来，铺在凝香阁上。晚间，云卿讨了水来，二人洗了手脚上床，那两个

---

① 嗛(qiǎn)——衔在口中。
② 合卺(jǐn)——成婚(卺是瓢，把一个匏，把一个匏瓜剖成两个瓢，新娘新郎
　　各执一个，用来饮酒，是旧时成婚的一种仪式。)
③ 天水——雨水。

小厮也去睡了。

　　是日天气甚热，不用盖被；银烛高烧，二人交媾直至三更，方搂抱而卧。哪知交四更晚，忽然雷生西北，闪起东南，只听得倾盆大雨，电掣鞭雷。好大雨，足下了一个更次才渐小了。正是：

　　　　电掣①紫蛇明，雷轰群蛰②哄。萤煌飞火光，霹雳崩山洞。列缺满天明，震惊连地纵。红绡③一闪发萌芽，万里江山都撼动。

　　二人睡思正浓，忽被霹雳惊醒，觉得有些寒气逼人，遂扯被来盖了。一会儿雷雨才住，檐溜无声，只听得楼板上窣窣④有声，云卿掀开帐子低头一望，却好一闪过去，见地下有一堆红东西，没有看得明白。接着又是一闪，才看见是一条大赤蛇盘在楼板上，昂着头向床上望。云卿吓得缩进被去，蒙头紧抱而睡，不敢喷声。又隔了一会儿，闪也住了，才伸出头来，不见动静。小便急了，没奈何，轻轻揭开帐子，见窗上有月光，照见楼板上，并无蛇影。想道："花园中草木多，该有大蛇。想是因雷雨大，从屋上下来的，雨住时自然去了。"摸摸一娘时，犹自酣睡未醒。只得爬下床来，披上衣服，见月明如昼。虽不见蛇的踪迹，却又不敢开门，只得站在桌上，从窗眼里往外溺。溺完下来，正要上床，才掀开帐子，一手摸着蛇尾，吓了一跳。忙把帐子打开看时，只见一条大红蛇，盘在一娘身上，闪头向外，眼放两道金光，见了人，往被里一站。吓得云卿大叫一声，跌倒在楼板上。未知性命如何，先见四肢不动。正是：身如五鼓衔山月，命似三更油尽灯。毕竟不知云卿性命若何？且听下回分解。

---

①　掣（chè）
②　蛰（zhé）——小虫。
③　红绡（xiāo）——生丝织成的绸子染成红色。
④　窣窣（sū sū）——同窸窣。象声词，形容细小的摩擦声。

第　四　回

赖风月牛三使势　断吉凶跛老灼龟

诗曰：

　　世事等蜉蝣①，朝暮营营不自由。打破世间蝴蝶梦，休休，涤尽尘氛不惹愁。富贵若浮鸥，几个功名到白头。昨日春归秋又老，悠悠，开到黄花蝶也愁。

　　话说魏云卿上床，见了赤蛇，吓倒在地。一娘闻声惊醒，身边不见可人，口里连叫："莫冷呀，可曾穿衣服？"又叫两遍，也不应。揭开帐子不见人影，再低头，只见月光映着衣服在地下。忙坐起扯那衣服时，只见云卿睡在地下。忙下床来摸时，浑身皆冷，四肢不动，只口中微微有气，不知何故。忙扯下被来代他盖好，抱住了以口度气，少顷才伸出气来。自己才穿上衣服，开了楼门叫起小厮来。那小厮道："早哩，忙起来做甚？"一娘道："魏官人肚痛哩，快烧些汤②来。"小厮忙起来开门，去了一会才送上滚汤来。看见云卿睡在地下，道："正经床上不睡，在地下舞弄做甚。"一娘接过滚水来，度了几口下去，渐渐身上才暖，同小厮扶他上床。

　　小厮才去，一娘复脱衣上床，搂着云卿偎了一个时辰，方伸出气来，翻转身来说道："吓煞我也！"一娘心中的一块石头才落下去，又不敢劳动问他，只得又搂着睡了一会儿，方说道："吓煞了。"一娘道："怎样的？"云卿道："打闪时，见一条赤蛇盘在地下；你睡着了，我要小便，伸出头看时，窗上月光明亮，蛇已不见，我便起来小解。回来上床时，一手摸着个蛇尾，已是害怕；及揭开帐子看时，见一条大红蛇盘在你身上，见我来，就往被里一钻，我故此吓倒了。"一娘道："想是你眼花了，我并不觉，你没有吓得死，

---

①　蜉蝣(fú yóu)——昆虫的一科。若虫生活在水中一年至五六年。成虫有翅两对，尾部有丝状物二至三条。成虫常在水面飞行，寿命极短，只有数小时至一星期左右。

②　汤——热水，开水。

我到好被你吓死了。你如今好些么?"云卿道:"此刻不觉怎么的,只是心里还有些跳。"

二人依旧搂着睡。云卿兴动,又要弄了。一娘道:"你脸都吓黄了,将就些罢,日子长哩。"于是把云卿捧在身上,上上下下摸了一遍,道:"你这样个羊脂玉雕的人儿,不知便宜哪个有福的姐姐受用。"云卿道:"你这样朵海棠花,怎禁得那老桑皮揉擦?"一娘叹口气道:"这是前世冤孽①。就是王大爷也是天生有福的,家里一个赛观音的大娘,且是贤惠,又不吃醋。房中有三四个姐儿,外边又有你这样个人儿陪伴。"云卿道:"只因他做人好,心地上拈②来的福分。"

二人说了一会儿,云卿忍不住,又弄起来了。只听得楼下有人说话,乃是公子差小厮送梳盒来,说道:"大爷送张爷上了船,就来了,先着我送点心同梳盒来的。"一娘对云卿道:"起去罢,莫撞见老吴来吵死。"云卿遂起来下楼,洗了脸,同一娘吃了点心,才去梳头。梳盒内一应抿刷油粉,件件俱全,又有个纸包,包着两根金花簪儿。一娘道:"大爷真是个趣人,无所不备。"梳完时,园丁送花来,二人各穿一枝戴了,携手来到四照亭看花。

夜来风雨,吹得落花满地,如红茵铺就。枝上半开的犹带水珠,初日照耀,浑如红锦上缀着万颗明珠,分外精光夺目。两人倚着栏杆,玉面花容,互相掩映。却好公子同吴相公进来,道:"花枝与笑脸相迎,令人应接不暇。"吴相公道:"赏名花,对妃子,古今绝唱。今日兼此二美,使明皇见此,亦拜下风。"公子道:"恨无《清平调》③耳。"吴益之道:"魏郎一曲,何减龟年④。"一娘道:"王大爷、吴相公两位,不日玉堂金马,岂不是两个风流学士,事事皆胜明皇。"公子道:"老一虽善为吾辈藏拙,亦为我辈增愧。"四人欢笑坐下,见云卿清减⑤了些,公子道:"我原叫你将就把他些,一夜就他弄瘦了。"二人俯首而笑。

———————————

①　冤孽(niè)——迷信谓冤仇罪孽。

②　拈(niān)——捡。

③　清平调——古曲名,后用作词牌。

④　龟年——李龟年,唐代宫廷乐师。

⑤　清减——变瘦。

公子吩咐小厮道:"昨日张爷送的新茶,把惠泉水泡了来吃。"小厮扇炉煮茗①。公子取过拜匣来开了,拿出个纸匣来,道:"这是新作的玉凉簪,带来与你二人的。"却是洗的双凤头,玲珑剔透。公子道:"玉质虽粗,做手却细。"将一枝递与云卿,一枝递与一娘,道:"权作暖房②礼罢。"二人称谢过,各插在头上。小厮摆上饭来。一个小厮将个小纸匣儿递与一娘道:"这是大娘带与你的。"一娘才来接,被吴益之劈手夺去,打开看时,却是一条白绫洒花汗巾,系着一副银挑牙,一双大红洒花褙衣,两副丝带,两副玉纽扣,一包茉莉香茶。吴益之将汗巾袖了,又倒了一半香茶,将余下的递与一娘道:"我两个分了罢,各人感情就是了。"一娘向公子谢了。公子道:"看骂罢。"吴益之道:"随他咒骂,我若有些伤风头疼,我就睡到他床上去。"

四人吃了饭,云卿到炉上泡了茶来吃,果然清香扑鼻,美味滋心。公子道:"赙安备马送老一到船,往南门去,刘荣回马来随我们回去。"二人应去。吃毕饭,赙安备了马,请一娘动身。一娘作别,公子袖内取出二两银子递与一娘道:"些须③之物,表意而已。"一娘推辞道:"连日打搅大爷还不够哩!这断不敢再领。"公子道:"不多,意思。"遂放在她袖子里。一娘对云卿道:"你不自在哩,调理几日再做戏。我再来看你。"吴益之道:"活活的疼煞人,我就肉麻死了。"一娘道:"你就惯会说胡话。"笑着上马而去。吴益之将汗巾也还了他。三人立在门外垂杨之下,望着她一直去了。

园上至河边只有二里远,一娘放开缰,登时到了一座大石桥。一娘马到桥边,收住缰,等赙安叫船。谁知上流并无一只船。刘荣道:"如今游春的多,凉篷船都雇尽了,寻渔船去罢。"寻了一遍回来道:"湾子里也没船,一娘且下来站站,先叫刘哥回马去接大爷,等我再去寻船。"一娘下了马,刘荣骑马回去,赙安又往下流头寻船。一娘独立桥边柳荫之下,只见柳色侵衣,花香扑鼻,红尘拂面,绿水迎眸,春光可爱。

忽见桥边转过一簇人来,但见:

---

① 煮茗(míng)——烧茶。

② 暖房——旧俗在亲友结婚的前一天前往新房贺喜。

③ 些须——些许;一点儿;少许。

个个手提淬筒,人人肩着粘竿。飞檐走线棒头拴,臂挽雕弓朱弹。架上苍鹰跳跃,索牵黄犬凶顽。寻花问柳过前湾,都是帮闲蠹汉。

那一伙人拥着个戴方巾的,骑匹白马,正上桥来,见一娘独自在此,都站住了。三四个上前来看,一个道:"好模样儿!"一个道:"好苗条身段儿!"有的道:"好双小脚儿!"一娘见他们看得紧,把脸调转向树。那些人便围上来看。一娘没法,只得把扇子遮了脸。那戴方巾的见扇子上有字,便上前劈手夺去道:"借与我看看。"念诗又捉不过句来,又认不得字,口里胡诌①乱哼。一娘听了,又好笑又好恼。那些人起初还是看,后来便到身边乱拉乱捻的。一娘正没处躲避,却好赖安来了,道:"是什么人!敢在此调戏人家妇女!"忙将那干人乱推乱搡。怎当的人多,推开这个那个又来。

正在难分之际,却好远远看见公子等来了。赖安道:"好了,大爷来了!"说罢走到桥上喊道:"大爷快来!不知哪里来的一起人,在此胡闹!"公子听见,放开马先跑到桥上。那起人见公子来,都站开去,只有那戴方巾的迎上来作揖道:"王大兄何来?"公子看那人时,但见生得:

龌龊②形骸,猥獕③相貌。水牛样一身横肉,山猿般满脸黄毛。咬文嚼字,开言时俗气喷人;裸袖揎拳④,举手间清风倒射。家内尽堆万贯,眼中不识一丁。花营柳市醉魔君,狗党狐群真恶少。

公子却也认得,这人姓牛名金,排行第三,也是个故家子弟⑤,平日不宜学好,目不识丁⑥,专好同那起破落户泼皮们终日在花柳中闲串。只是悭吝⑦,一文不出,在姊妹家专一撒酒风,赖嫖钱。睡几夜,临去撒个酒

---

① 胡诌(zhōu)——编造(言辞)。

② 龌龊(wò chuò)——不干净。

③ 猥獕(wěi cuī)——丑陋难看,庸俗拘束。这里主要指相貌难看。

④ 揎拳(xuān quán)将袖子露出手臂,握着拳头。

⑤ 故家子弟——世家子弟,大家子弟。

⑥ 目不识丁——《旧唐书·张弘靖传》:"不如识一丁字"。据说"丁"字为"个"字之误,意思是技能拉弓不如识一个字。后以"目不识丁"形容一个字也不认得。又作"不识一字"。

⑦ 悭吝(qiān lìn)——吝啬,过分爱惜财物,当用不用。

风,打一场走路。市上开店的并那小本营生的都被他骗怕了,见好东西便要,只是不还钱。这些泼皮只好图他些酒食,要一文也赚不动他的。小民畏之如蛇蝎,士夫恶之如狗屎。公子见他作揖,只得下马答揖道:"自小园来。"牛三道:"久慕佳园风景,也要一观,又恐惊动尊翁老伯,不敢轻造,今日可曾来?"公子道:"今日正在园中请客,改日领教罢。"拱拱手别了。贻安见公子与他说话,他遂牵过马,叫一娘上了鞍,加上一鞭,飞奔往南而去。牛三别了王公子,转身看见小魏,赞道:"好盛从。"因他身上穿着元色绉纱直裰①,故把他认做个小厮。公子道:"这是个敝相知。"说毕,才别过。因马系一娘骑了一匹去,只有两匹在此,公子等三人遂步行而归。

再说那牛三,领着一班泼皮到野外放鹰走犬,问柳寻花,玩了半日,众皆饥渴。牛三道:"饿了,回去罢。"内中一个指道:"前面不是个酒店么?少饮三杯解渴。"于是众人沿溪而走,早来到一座酒肆前,地步到也幽雅。众人进来拣了座头坐下。但见那酒肆:

> 门迎绿水,屋傍青山。数竿修竹在小桥尽头,一所茆②堂坐百花深处。青帘高挂,飘飘招住五陵人;白瓮深藏,往往挽回三岛客。菊吐秋花元亮③宅,柳含春色杜康④家。

众人簇拥着牛三,把几副座头都坐满了。小二道:"相公们是要茶要酒?"牛三道:"茶酒都要,只是放快些。"小二铺下茶果,才去烫酒。内中一个道:"早间那个妇人不知是个什么人,为何独站在那里?"一个道:"有王家小厮跟着,自然是王家的下人,想是往亲戚家去的,在哪里等船。"一个道:"不是,不是,那妇人脸有些熟,在哪里见过他的,一时忘了。"一个道:"好双俏眼!"牛三道:"那个小官又好,不像是我们北边人,我们这里没有这样好男子。"旁边桌上一个跑过来道:"那小官我认得,他是昆腔班

---

① 直裰(zhí duō)——僧道穿的大领长袍。

② 茆(máo)——同"茅"。

③ 元亮——东晋大诗人。陶渊明又名陶潜,元亮是字,私谥靖节,浔阳柴桑(今江西九江)人。长于诗文辞赋,多描绘自然景色及田园生活。著有《陶渊明集》。

④ 杜康——即少康。传说中酿酒的发明者。《说文解字·巾部》:"古者少康初作箕帚、秫酒。少康,杜康也。"

里的小旦。若要他时何难,三爷叫他做两本戏就来了。"一个道:"做戏要费得多哩! 他定要四两一本,赏钱在外。那班蛮奴才好不轻薄,还不肯吃残肴,连酒水,将近要十两银子,三爷可是个浪费的?"一个道:"那小郎还专会拣孤老哩! 如今又倚着王家的势,再没人敢惹他,恐弄他不来到没趣。就弄得来,王家分上也不雅相。而且些小点东西,那蛮奴才又看不上眼。如今到是弋腔①班的小王,着实不丑,与他不相上下,只消用几两银子在他身上,倒也有趣。与人合什么气!"牛三道:"也是。"

只见旁边桌上跑过个人来,气愤愤的拍着桌子道:"怎么说这不长进的话? 为人也要有些血气。王家有势便怎么样人? 他欺遍一州里人,也不敢欺压三爷子弟们。他玩②得,三爷也玩得,怕他怎么! 一个戏子都弄不来,除非再莫在临清为人! 我们晚间多找几个人,访得在谁家做戏,回来时搀他到家里玩耍。那蛮子依从,便以礼待;若不肯,便拿条索子锁他在书房里,怕那奴才跑到哪里去! 料王家顾体面,也不好来护他。若不得到手,先雇些人打他一场,也打不起官事来。"众人齐声道:"好计,好计! 还是你有血气,大家去来!"此时不由牛三做主,把他平抬了去。内中有个老成的正要开口,被先悬阻的那人就捻他一把,那人知窍,就不言语了。原来这几个畜生也知弄不过王家,只是要弄出事来,他们好从中撰钱③。正是:

> 贪他酒食骗他钱,还要乘机进祸言。
>
> 异日天雷应击顶,铁锅再用滚油煎。

那班泼皮把牛三拥出店来,一齐便走,店家上前道:"相公,茶酒钱共该一两二钱银子,尚未会帐,如何就去?"牛三道:"记了账罢,明日送来。"小二道:"我们小本营生,求相公赏了罢。"一个道:"我们三爷自来是年终算账。"小二道:"我不认得相公府上,明日对谁讨?"一个道:"你不知世事,牛三爷还是欠过谁的钱不还的? 不快走还要讨打哩!"小二道:"世界都反了! 青天白日吃了茶酒不还钱。"一个走上前拦脸就是一拳,把店家

---

① 弋(yì)腔——戏曲声腔剧种。大约元末明初起源于江西弋阳一带,盛于明嘉靖年间,特点是台上演员独唱,后台众人帮腔,只用打击乐伴奏。

② 顽——同"玩"。

③ 撰(zhuàn)——同"赚",获得(利润,好处)。

打倒在地,一哄而散。可怜这店家白白的舍了两把银子东西,天理何在!

　　不说这些人造谋生事。且说王公子回来,同吴益之在书房内坐至更深,才进内来。正脱衣上床,忽听得外边敲得云板声急,忙叫丫头出来问。一会越敲得急了,等不得丫头回信,急急披衣出来,走到楼下,迎到丫头说道:"门上有紧要事回大爷。"公子恐是火事,吩咐道:"不要乱嚷,莫惊醒老爷。"急急走到厅上问道:"什么事?"门上道:"魏云卿被人打坏了。"公子忙把钥匙开了大门,只见云卿进来,蓬着头,一把扯住公子,放声大哭。公子问道:"什么人打你的?"云卿哽咽说不出话来。同来的班中人道:"小的们从吴家当店做戏回来,小的同他先走,将到四牌楼,忽有三四个人拦住,要他同去吃酒。平日素不认得,他不肯去,几个人就动手动脚的乱扯。云卿叫喊起来,一个就劈面一掌,后有一二十人齐来乱打。却好班中人都到了敌住,是小的拍开手护得他来。求大爷做主!"公子道:"奇怪!"叫过四五个家人来,吩咐道:"你们去暗暗查看是什么人,不可出头生事,快来回话。"家人领命,同那班里人去了。

　　公子携着云卿的手到书房里来看时,脸上抓去一块皮,口内打出血来,头发都乱了,衣服也扯破了,伏在桌上只是哭叫。小厮取水来与他洗脸梳头,头发梳下一大把来。公子也不忍,吴相公也起来,看见吃了一惊。取热茶来吃,公子吩咐煨①粥来,二人温存着他。公子道:"你莫恼,我替你处这干人。"家内又送出果子煨茶来。公子自己拿来与他吃,才住了哭,吃了两口。

　　一会儿,家人们来回道:"是牛三那些泼皮要抢他去,又打到他们下处,想要乘机打抢。见小的们到,就发话说爷把云卿占在家,爷顽得,他们也顽得。说的胡话都听不得。街上过路的都抱不平,听见叫巡捕快手,才散去了。下处失了许多物件。"公子道:"这个畜生,如此可恶!他到来欺我。要处他,乡里面上不像体面,不处他,又气他不过。"家人道:"不必单告牛三,只叫他班中人递个黑夜打抢呈子②,到捕衙③叫地方打报单。爷只须发个帖子与捕衙就是了。这些奴才若不打他们一顿,连小的们出去

---

①　煨(wēi)——烹调法,用微火慢慢煮。

②　呈子——呈文旧时公文的一种,下对上用。

③　捕衙——旧时官府中起缉捕作用的部门,长官叫捕头,差役叫捕快。

也无体面。"公子道："你们明早走去看看,不要现身。"家人们退去。小厮拿了粥来,云卿不肯吃,只是恼。公子安慰他睡了,才进去。

次早,家人领了帖子去。及至公子起来时,家人同捕衙的差人来回道："地方已打进报单去,捕衙已差了十名快手①拿人,候爷吩咐。"公子道："叫他们进来。"众差人叩了头。公子道："你们不可说我有帖子去说的,这牛三裉诈②人也多,叫你本官多取他些不妨,不可轻易放过他。你们也多取他些差钱。"叫人取出一两银子赏众差人。众人都感激叩谢,欢天喜地而去。

公子到书房,见云卿尚睡着哭,吴益之坐在他床沿上劝他。公子道："好呆呀!"忙扶他起来通了头③,见他衣服扯破了,说道："我的衣服宽,你穿不得,我叫裁缝来做两套与你。"云卿道："不消,我寓所有衣服。"便将钥匙取出,交与贻安,叫他带人往下处取箱子。公子道："一发连行李都拿了来,连日园上牡丹已开,你到那里住几日解解恼。你同吴相公先去,我带了老一来陪你——恐牛三也要去吵她。"三人吃罢早饭,贻安取了行李来,换了衣服,备了两乘轿,送相公同云卿坐了往园上去。公子叫："贻安,备马去接侯一娘,叫他也到园上躲避几日,我自把包钱与她。"贻安领命去了。

却说那班泼皮打闹了一场,顺路将弋腔班的小旦抬到牛三家来,说小魏是王家人夺去了。牛三见那小官生得到也还丰致④,道："也好。"遂取酒来吃。众泼皮齐口称赞,把他抬到半天里,把小魏说得一文不值。缠到三更,牛三才搂去睡了。众人就在他家厅上,东倒西歪的去睡,直睡到次日辰牌时分才起来。等到日午,才送出两盆黄米粥、十数个糙碗来,小菜也没有。

众人正在那里抢食,只见外面走进一二十个快手来,见一个锁一个,把那些人都锁了,带进衙门。捕衙即刻升堂,见面将每人打了二十板。又把为首的夹起来,要招主使之人。起初犹自遮饰,当不起拷打,只得招出

---

① 快手——即捕快。

② 裉诈(kèn zhà)——假借某种理由向人强索财物,威恫刁难。

③ 通了头——梳了头。

④ 丰致——同"风致",指容貌美好。

牛三来。遂标了签来捉牛三。牛三早躲个不见面了。捕衙因王府吩咐过，况牛三又是个有钱的，怎不想他两个儿？半日，又差了四个人捉差。牛三出了三十两差钱，又央了几个秀才到官里说情。捕衙道："黑夜打抢，与强盗何异！失主又是异乡人，恐他向上司处告，反与弟不便。诸年兄见教，弟也不敢擅专，只得具个由堂呈子，凭堂上发落罢了。"众秀才见说不下来，只得出来。牛三死也不肯出头。后来捕衙揩了五十两，衙门中用了三十两，将那些泼皮又打了三十，枷在四牌楼示众。

着人来园上回复公子道："等枷满日，再问罪。"公子道："这起奴才既枷打过，就饶他罢。若再问罪，恐牛三不代他们纳赎，便要为匪。只是把打抢的对象都要追给还他。"家人道："已陪过三十两银子。"公子道："这也罢了。"遂叫家人拿帖去回官。云卿尚不慊意①，公子道："看他先人之面，如今费了他百十两银子，就比杀他还狠些。那起泼皮已打了几十，若再问罪，恐急了，做不出好事来。你还要在此地做戏哩，恐黑夜难防这许多。"一娘道："大爷说得极是，再不要孩子气。俗语说得好：'得饶人处且饶人。'"云卿只得罢了。

少顷，见合班的人都来叩头，相谢而出。又叫云卿出去说话，回来道："唱生的母亲殁②了，要回去，众人也要散班歇夏。"公子道："你可回去么？"云卿道："也要去，八月再来。"公子道："你家去也无事，不如在这里罢。如今丁老爷要教几个孩子清唱，班中的确有人，寄些银子回去，你就在园中过夏，我也要来避暑。老一天热也难上街，也在这里过夏。你意下如何？"云卿道："也罢。"遂写了家书，带了三十两银子回去。竟在园中朝欢暮乐，无限快活。公子同吴相公也常来与一娘盘桓③。

不觉时光迅速，又是秋来。住至九月间，云卿被班中人催了上班去了。一娘也辞别公子离了园上，仍回下处住了。因身孕渐大，不能上街。丑驴也自去领孩子舞弄赚钱，终日出去。一娘是王府常时送供给与他，云卿也常来住住，贴他些银钱。丑驴寻几个钱，只是吃酒。

看看冬尽，又早春来。一娘已足了月，不见生；又过了两个月，也不分

①　慊（qiè）意——满足。

②　殁（mò）——死，也作"没"。

③　盘桓（huán）——逗留。

娩,心中疑惑。又想起在飞盖园云卿见蛇钻入被内,甚是忧疑,便对丈夫道:"我过了两个月也不分娩,你去寻个灵验先生去占占卜,看我在几时生?"丑驴道:"闻得关上来了个起课①先生,是个跏②子,叫做什么李跛老,门前人都跕挤不开哩。人称他做'赛神仙'。等我明早去。"一夜无辞。

次日,丑驴绝早来到关上,见肆门前人都挤满了,他挤在人丛里,朝内观看,但见:

四壁珠玑③,满堂书画。宝鸭香常袅④,磁盂水碧清。座畔高县悬谷⑤形,两边罗列河图⑥像。端溪砚、松烟墨,相衬着大笔霜毫;火珠林、郭璞数,谨对了新颁政历。六爻⑦透熟,八卦精通。能知天地理,善测鬼神机。一盘子午安排定,满腹星辰布列清。真个已往未来观如明镜,当兴应败鉴若神明。知凶断吉,定死决生。开言风雨迅,下笔鬼神惊。招牌有字书名姓,神课先生李鹤峰。

那先生坐在上面,手不停披,口不辍讲,打发不开。丑驴生得矮小,挤不上去。只见那先生谈了一会,猛抬头一望,向外说道:"请那位矮客人上来。"丑驴挤了一会儿,才到案边,垫起脚来,伏在案旁。那先生道:"你头直有些喜气,又有些凶气。何也?"丑驴道:"我求先生起一课。"先生道:"姓什么?"丑驴道:"我呀,姓魏。"那先生拈了个时点,起课来道:"问什么事?"丑驴道:"问生产的。"那先生道:"六甲定是男喜,且是个贵胎。

---

① 起课——旧时迷信的人一种占卜法,主要是摇铜钱看正反面或掐指头算干支,推断吉凶。

② 跏(jiā)——即跏趺(fū),盘腿而坐。

③ 珠玑——珠子。玑,不圆的珠子。

④ 袅(niǎo)——形容烟气上升缭绕的样子。

⑤ 鬼谷——相传战国楚人。姓名传说不一,隐于鬼谷,因以自号,长于养性持身和纵横卑阖之术。

⑥ 河图——河图洛书图。古代儒家关于《周易》和《洪范》两书来源的传说。《易·系辞上》说:"河出图,洛出书,圣人则之。"传说伏羲氏时,有龙马从黄河出现,背负"河图",有神龟从洛水出现背负"洛书"。伏羲根据这种"图""书"画成八卦,就是后来《周易》起源。系神话。

⑦ 爻(yáo)——组成八卦的长道横道,"—"为阳爻,"——"为阴爻。

今日分娩,只是有些凶险,我代你炙炙龟看。"取过龟板来,焚香默祷过,取火灼龟,看上面两道火路,道:"是个男喜。天门两丁发用,非男而何?"丑驴道:"生的时候还不妨么?"先生道:"不碍。"又细看了一会,忽拍案叫道:"怪哉!怪哉!"取过一幅纸来,写了四句道:

干①门开处水潺潺,山下佳人儿自安。

木火交时逢大瑞,新恩又赐玉绦环②。

那先生写完,递与丑驴道:"留为后日应验。"丑驴送了课钱,那先生也不争竞。

丑驴出了肆门,欢天喜地跑到下处,对老婆说了,将卦词与他。一娘接来看了,不解其意,只得搁过去了。却也作怪,更余时,果然肚里渐渐就疼起来了。少顷,更坠得慌。直至半夜,疼得急了,才叫起丑驴来,打火上灯,提个灯笼去叫稳婆③。时星斗满天,及稳婆来时,天上忽然乌云密布,渐渐风生。稳婆进房道:"是时候了。"扶上了盆,丑驴送上汤来。霎时大风拔木,飞沙走石,只听得屋脊上一个九头鸟,声如笙簧④,大叫数声,向南飞去。房中蓦的一声叫,早生下一个孩子来。正是:

混世谪⑤来真怪物,从天降下活魔王。

毕竟不知生下个什么人来?且听下回分解。

---

① 干(qián)——八卦之一,卦形"☰"代表天。

② 绦环——用丝线编织成圆或扁平的带子叫绦,系在带上的环子叫绦环。

③ 稳婆——接生婆。

④ 笙簧(shēng huáng)——管乐器。

⑤ 谪(zhé)——神仙受了处罚,降到人间(迷信)。

第 五 回

魏丑驴露财招祸　侯一娘盗马逃生

诗曰：

> 伯劳①西去燕飞东，飘飘身世等萍踪②。
>
> 沾唇酒恨千杯少，满眼花无百日红。
>
> 财与命连谁自悟，福来祸倚尽皆蒙。
>
> 谁知扰扰生机变，深愧当年失马翁。

话说侯一娘见生下是个孩子，夫妻俱各欢喜。因是年岁次戊辰，遂取名辰生。洗了孩子，谢了稳婆。次日，送信与云卿并王府两处。王奶奶差人送了钱米柴炭来，小魏也送银钱与他。是主顾人家多有送钱米食物的。三朝、满月，王奶奶皆着人来送百索③衣袄等类。一娘也不上街。

正是日久生厌，他几件技艺，人都看熟了，人家也不来叫，街上人看的少，也不肯出钱。丑驴见生意淡薄，又为老婆有了孤老，且因王府中势要，怕人心难测，想离此地，遂常时要去。一娘因恋着情人，不肯动身。那陈买儿见一娘回来，逐日又来缠缠，见妇人不甚理他，便有吃醋之意，常在丑驴面前撺唆④。丑驴醉后回来，常寻事吵闹，自此无日不吵闹。

又混了半年，丑驴终日心中有物，再加那陈买儿常时在耳边掇弄，家来便倚醉拿刀弄杖的吵。一娘虽与他硬做，也知不是常法，便来对王公子说了，讨他的主意。公子道："我也代你们想，却终非常法，我也将要上京去会试，我去后谁看管你们？且寻云卿来计较。"遂叫小厮唤了小魏来。

---

① 伯劳——鸟，额部和头部的两旁黑色，颈部蓝灰色，背部棕红色，有黑色波状横纹。旧时多用劳燕分飞喻朋友、夫妻分离。

② 萍踪——形容踪迹漂泊不定，像浮萍一样。

③ 百索——旧俗，婴儿满月时，亲友送来许多人家讨来的绳、线以求拴住婴儿寿命，预祝其长寿健康。

④ 撺唆(cuān suō)——从旁鼓动人；怂恿。

见一娘面有愁容,问道:"为什么恼?"公子道:"她丈夫见生意淡薄,要往别处去哩。"云卿道:"莫理他,就没生意,难道大爷这里养不起你?"公子道:"也不是这样说,你们终非长久之策,我也顾不得你们一世。况我也就要上京,我去后,连你在此地也住不得了,牛三那起畜生必要来报复的。我想不如让老一先行,你同我上京去,改日再来相会,只怕你班里人不肯放你。"云卿道:"我要去,谁阻碍?"公子道:"你去了,岂不要散班么?"云卿道:"原旧有个旦,新又添了一个,我可以去得。"公子道:"老一几时起身?"一娘道:"要去,明日就可去了。"说毕,二人便扯住哭起来。公子道:"暂时相别,不久自会,也不必哭了。"再三劝住。公子道:"该留你们坐坐,我今日又要去吃酒。"又想想道:"也罢,我早些去见个意先来,你二人在此等我。"叫小厮拿饭吃。摆上饭,他二人哪里吃得下?公子再三劝,他们只得各吃了几口就放下来了。

公子吃毕起身。二人关上门,送行一回,云卿道:"想当日在庙里相逢,蒙你十分相爱,铭感至今,后又承大爷好心成全,你我相处了二年。如今一旦分离,正是海枯石烂,此恨难消;地久天长,此情不老!"一娘道:"你这样青春年少,愁没有好女儿匹配?只是我跟着那厌物,几时才得有出头的日子?若得此生重会,死也甘心!你此去须要保重身子,不要为我伤感坏了,谁人知你疼热!"云卿道:"我如今做戏也非善策,明日跟大爷上京,只望他中了,我也要上个前程,就有几年在京里住。你若有情,可到京里来相会。"又哭了半日。云卿道:"我到下处走走就来。"一娘道:"我也要到里面去辞别。"二人起身。

一娘走进来,向老太太、太太磕了头,又向王奶奶磕下头去。王奶奶扯起来道:"为何行此大礼?"一娘道:"小的一向蒙老太太、太太、奶奶抬举,感恩不尽,明日要往南去,今特来辞谢。"王奶奶道:"可是作怪!好好的住着罢了,又去怎的?"一娘道:"丈夫见生意淡薄,要往南去赶趁。"王奶奶道:"就没生意,难道我家养不起你?别处去也只吃得一碗饭。"一娘道:"多谢奶奶美意。叫做'梁园①虽好,终非久恋之乡'。我就去也去不远,异日再来服侍。"王奶奶叫丫头摆茶与一娘吃。众女眷都赠他银钱衣

---

① 梁园——汉梁孝王所造,故址在今河南商丘东,梁孝王好宾客,司马相如、枚乘等词赋家曾延居园中,因而得名。

食。王奶奶另是五两银子并花翠等物。

　　看看日晚，公子也回来了。一娘到书房来，却好益之不在此，就是他们三人。公子道："你要往何处去？"一娘道："打算往南边去。"公子道："昨有人自南来，说南边大水，米麦甚贵，徐州一带都淹没了，如何去得？不如往东三府去好，泰安州我有个同年，姓白，他也是个四海的人，如今丁忧①在家，与我至厚，我写封书子与你，去投他，他自看顾你。等我出京时，便着人来带你一同下来。"一娘道："大爷如此费心，真是杀身难报。"小厮摆下酒来，公子举杯递与一娘道："淡酒一杯，聊壮行色。愿你前途保重，异日早早相逢。"一娘接了放下，也斟了一杯回奉公子，就跪下拜谢道："小的两人承大爷厚恩，今生恐无可报答，只好来生作犬马补报罢。今日一别，不知可有相见之日！云卿在爷身边，望爷抬举他，若得个前程，也是在爷门下的体面。"公子道："不劳费心，这是我身上的事。"

　　一娘又斟了一杯，双手奉与云卿，才叫了一声哥，就哽咽住了，顿时泪如泉涌，说不出话来。泪都滴在杯内，二人抱住，放声大哭。公子也两泪交流，劝住了，重又斟酒。他二人哪里吃得下去？两人你相我，我相你，眼泪汪汪；相了一会，复又大哭起来。连旁边服侍的人，都垂下泪来。足足挨到二更时，点水也未曾下咽。一娘没奈何，只得硬着心肠起身作别。公子向袖中取出一包银子来，说道："这是薄仪十两，权为路费，明年务必来过下。"一娘道："用得大爷的还少哩！又蒙厚赐。"复又叩头谢了。云卿也是十两，放在他袖内。又向手上解下一个金牌子来，道："这是我自小儿带的，与你系着，他日相会，以此为证。"就连绳子扣在他手上，重又抱头大哭一场。三人携手出门。公子挥泪道："前途保重，叫贻安打灯送你去。"将别时，好难分手。正是：世上万般哀苦事，无过死别与生离。有诗道得好：

　　　　悲莫徨兮生别离，登山临水送将归。

　　　　长堤无限新栽柳，不见杨花扑面飞。

　　一娘回到下处，早已三更将尽，收拾了一会，天将亮了。丑驴雇了车子，装上行李，辞了店家上车。只见贻安拿了两封书子并礼物来道："这是送白爷的。"又取出件潞绸羊皮小袄、一床小抱被道："这是大娘怕你冷

---

　　① 丁忧——旧时遭父母之丧。

送你穿的,被儿送你包孩子的,又是一袋炒米并糕饼,叫你路上保重,明年等你过下哩。"一娘道:"难为哥,烦你禀上奶奶,等我回来再叩谢罢。"说毕,抱着辰生,驱车奔大路而行。只见:

> 憔悴形容,凄凉情绪。驱车人上长亭路,柔肠如线系多情,不言不语恹恹①的。眉上闲愁,暗中心事。音书难倩鳞鸿寄。残阳疏柳带寒鸦,看来总是伤心处。

一娘在路,凄凄惨惨,不饭不茶,常是两泪交流,没好气,寻事与丑驴吵闹。

上路非止一日,只见前面尽是山路,虽是小春天气,到底北方寒冷。是日北风大作,一娘穿上皮袄,用小被儿将孩子包紧了,又将行李内毡毯,与大小厮孝儿披着。看看傍午,忽然飞飞扬扬,飘下一天大雪来。但见:

> 彤云②密布,惨雾重遮。彤云密布,朔风凛凛号空;惨雾重遮,大雪纷纷盖地。须臾③积粉,顷刻成盐。飘飘荡荡剪鹅毛,渐渐潇潇裁蝶翅。灞桥渔叟挂蓑衣,茅舍野翁煨榾柮④。客子难沽酒,家童苦觅梅。寒威难棹剡⑤溪船,冷气直穿东郭屦。千山飞鸟尽潜踪,万径行人都绝影。

那雪渐渐一阵大似一阵,下个不止,顷刻间积有数寸。车子推不上,车夫道:"离火楼铺还有二十里,没有宿头怎么好?"心中甚是着忙。丑驴叫道:"好了,你看那树林子里不是个人家么?"车夫道:"那不是正路,就从这斜路去近些。"车夫推车下坡。不多时,到了一所庄院前住下。但见:

> 乱竹堆琼,苍松挂玉。数层茅屋尽铺银,一带疏篱俱饰粉。冰凝檐角,浑如玉笋班联;冻合溪桥,一似晶盘灼烁⑥。树底炊烟犹湿,田间平路皆漫。猲猲⑦小犬吠柴门,阵阵栖鸟啼古树。

---

① 恹恹(yān yān)——形容患病而精神疲乏。
② 彤(tóng)云——下雪前密布的阴云。
③ 须臾(xū yú)——极短的时间;片刻。
④ 榾柮(gǔ duǒ)——短小的木头。
⑤ 剡(shàn)——后县名,在今浙江嵊县。
⑥ 灼烁——形容明亮。
⑦ 猲猲(yín yín)——狗叫的声音。

　　那丑驴先走到柴门下，只见疏篱开处，走出一个老者来。那老者头戴深檐暖帽，身穿青布羊裘，脚穿八搭翁鞋，手拄过头藤杖，问道："做什么的？"丑驴道："小人是行路的，因雪大难走，投不着宿头，告借一宿。"老者见他有家眷，便道："请进来。"丑驴扶一娘下了车，抱着孩子，走到堂前与众女眷见了礼。妈妈问道："大嫂从何处来？"一娘道："自临清来的，要往泰安州去。"妈妈取了热汤来，一娘吃了，请到前面客房里坐下。妈妈见一娘寒冷，家去取出些木柴来烧火。丑驴、孝儿都来烘衣服。到晚送出四碗小米子饭，一碗菜汤来，道："随便晚饭，请用些。"一娘道："借宿已是吵闹，怎敢相扰？"妈妈道："仓促①无肴，请用些。"说毕去了。

　　一娘吃了两口汤，没盐没油的不好吃，他平日在王府里吃惯了好的，再加心绪不佳，这样粗糙之物怎能下咽？只得向主人家借了个罐②子，在火上炖起些滚汤，泡些炒米吃了，打开行李，带着孩子和衣而卧。孝儿同丑驴也睡了。一娘想道："这样雪天，他们定是红炉暖阁的赏雪，哪晓得我在此受这凄凉？"又不好哭，只得泪汪汪的。睡至五更，觉得头疼脑闷，身体拘倦。被车夫催了起身，没奈何只得起来，别了主人上车。

　　是日天气虽晴，怎禁得北风如箭，寒气如刀，到傍午才抵火楼铺客店，拣了一间房歇下。一娘熬不得，裹着被睡了。丑驴取了馍馍来叫一娘吃，叫了几声不应，走来摸摸，浑身如炭炙的一般。少顷又发起战来，连床都摇得响。这病南方谓之疟疾，北边叫做摆子。这个病急切难得脱体。怎见得他的狠处？但见：

　　　头如斧劈，身似笼蒸。冷来如坐冰山，热时若临火窟。浑身颤抖，太行山也自根摇；满口焦枯，黄河水恨难吸尽。少陵③诗句也难驱，扁鹊④神功须束手。

　　一娘这病，因心中郁结，连日未曾吃饭，又受了风寒外感酿成。此症十分沉重，丑驴只得打发了车钱。一住两个月，还未得好。丑驴身边盘费俱尽，只得瞒着一娘拿衣服去当。被一娘看见，说道："不要当。"旁边取

---

①　仓促（cù）——匆忙。

②　罐（cuī）

③　少陵——唐大诗人杜甫，字子美，自称少陵野老。

④　扁鹊——古代医学家，姓秦，名越人。渤海郡鄚（今河北任丘）人。

过拜匣来,拿出一两散碎银子与他道:"我想口鲜鱼汤吃,不知可有?"丑驴道:"等我去寻看。"店家听见道:"我们这里平日鲜鱼甚少,况如今冻了河,哪里去寻? 我家到有些虾米,且做些汤与大嫂吃。"少刻,店家婆做了汤送来,一娘吃了两口,觉得有些香味,就泡了半钟大米饭吃了,哪知那疟疾竟止了。对店家婆谢道:"两个月没有尝一颗米,今日承赐汤吃了些,才知道饭香。"店家婆道:"胃气开就好了。"

那丑驴拿着银子上街,见人看纸牌,他就挨在旁边说长论短。一个道:"你既会说,何不下来斗斗?"丑驴真个也下来看,起初赢了百十文钱,买酒请了众人。此后遂日逐去斗,身边银子输尽了,要去攀本,又怕老婆骂,想道:"老婆拜匣沉重,必有私房。"便去寻了把捵子①,等老婆睡熟了,捵开了锁,见匣中有许多银包,起初也不料有这些,拣了一封多的袖②了,正是王公子送的十两盘缠,复好好锁起。次日便带到街上去斗牌,大酒大食的请人,老婆的茶饭全然不管。吃醉了回来,一娘问着,他反大睁着眼乱嚷。一娘也没气力理他,若要吃时,自己买些吃,却也不料他偷银子。看看冬尽春来,又早是二月天气,雇了车子上路,丑驴银子也用尽了。正是日暖花香,与那冷天不同。

一日,上路行了有三十多里,到一带平坦大路上,两边都是深涧,四无人烟之地。忽听得"嗖"的一声,一枝铇头箭射来。车夫道:"不好,响马③来了!"一娘抱着孩子下车蹲在路旁,只是发抖。只见远远的两个强盗,放马冲来。但见:

一个青脸獠牙欺太岁,一个黄须赤发赛丧门。一个眼放金光如电掣,一个口中叱咤④似雷鸣。一个满面威风尝凛凛,一个浑身杀气自陵陵。一个手中执定三尖刃,一个肩上横担扢搭⑤藤。

那两个响马跑到车前,跳下马,劫掠财物。丑驴伏在车上,被强盗一

---

① 捵(tiàn)子——拨灯芯的灯具。

② 袖——用袖子装。

③ 响马——强盗。

④ 叱咤(chì zhà)——发怒吆喝。

⑤ 扢搭——同疙瘩。

脚踢翻，将细软①装在马上，粗重的都丢在涧里。丑驴见了舍不得，叫道："大王，用不着的还留与我罢，可惜丢了。"那强盗将丑驴衣服剥下，用条绳捆了。又来剥一娘的衣服，掀起脸罩，见她生得标致，就没有剥；收拾停当，把一娘抱了上马。一娘哭着乱扭，那强盗紧紧夹住，莫想挣得动。车夫并孝儿不知跑向何处去了。丑驴高声叫喊，强盗大怒，下马提起两腿，往涧里一掠，扑通一声响，顺水流去。一娘看见，放声大哭。那二盗将马一拍，那马飞也似的去了。一娘泪眼昏花，也不辨东南西北，不一时到了一所庄院。强盗抱一娘下马，进屋里来，把物件取到里面。打开看时，却无甚值钱的，只拜匣内约有二十多两银子，几件绸绢女衣。二人笑说道："原来竟没有什么，怎么那样挥洒②，枉送了他的命。"

　　原来丑驴拿银子在镇上用时，露在二盗眼内，只道他有许多银钱，谁知没什么东西。一个道："财物虽少，却得了一件活宝。"将衣物收过，便来温存一娘。一娘只是哭。强盗道："事已至此，哭也无用。你若好好的从我们，便丰衣足食，管你快活得半世；若是倔强，先把你孩子杀了，再叫你慢慢的受罪。"劈手将孩子夺去。一娘想着："丑驴那个厌物，就在临清住着罢了，却要来寻死，也死得不亏他，只是这孩子是云卿的点骨血，我若不从，这强盗有甚人心？且暂从他，慢慢的再寻出路。"主意定了，就渐渐住了哭。强盗见她心转，便将孩子仍递与她，忙去安排酒菜来请她，百般的奉承。一娘一则怕他凶恶，二则被他们软缠不过，起初还有些羞涩，后来也就没奈何，吃酒随顺了。正是：明知不是伴，事急且相随。有诗道得好：

　　　　驰驱名利向东游，岂料中途遇寇仇。

　　　　身陷牢笼何日出，桩桩旧事挂心头。

　　一娘被二盗缠住，尽意做作，哄得二盗满心欢喜，百依百顺。起初一个出去，一个在家看守，终日有得吃用，玩耍快活。二盗把他当为至宝，真个是要一奉十。谁知一娘别有一条心，都是假意奉承。

　　不觉光阴易度，早已过了五六年。一日，二盗都出去了，那住处只他一家，并无邻里。此时正值春天，风日可爱，孩子往外面去顽，一娘连叫他

---

　　①　细软——首饰、贵重衣服等便于携带的东西。

　　②　挥洒——这里指任意花钱。

吃饭都不答应，只得自己到门外来找寻，只见东边一株大树，鸟声清脆。信步去到树下，那棵大树直挺挺的约有四五丈高，就如伞盖，见孩子在树边打上面的鸟儿。一娘挽着孩子四下观看了一会，只见四周俱是乱山，山上野花娇艳，芳草蒙茸。又见那黄莺对对，紫燕双双，不觉触动心事，一阵心酸，止不住簌簌泪落。又在树下坐了一会，挽了孩子来家。见路旁有一所庙，便进庙来看是何神像。只见上面供着一尊红脸黄须三只眼的神像，手执金鞭，威风凛凛。面前一个金字牌位，上写着"王灵官之位"。一娘倒身下拜，祷祝道："尊神听者，我信女侯氏，被二盗杀了丈夫，强占在此，不知何日方得脱难，恳求尊神暗中保佑，早离此地。"拜了出门，正撞见一盗回来，问道："你在此做什么？"一娘道："孩子出来玩耍，我来寻他，偶到这庙里来看看。"强盗道："我们这老爷极有灵验的，你若触犯了他，至少也要抽你百十哩。"一娘道："想是个贼菩萨，管着你们的。"强盗笑道："贼菩萨专一会偷婆娘。"三人同到屋内。

强盗少刻又去了一会儿，挑着许多海味鸡鹅果酒等物归来。一娘问道："买这些东西做甚？"强盗道："不是买的，是人送的。"坐下吃了饭，就将肴馔①安排停当，摆上桌筛过酒来。一娘道："等你哥回来同吃。"强盗道："他同个朋友往北边去了，有几日才回来哩。我们落得快活的。"二人对酌。强盗道："人有善念，天必从之。"一娘道："怎么？"强盗道："我久要备桌酒儿与你对酌②谈谈，碍着他不便，今日得他去了，正愁没甚肴馔，却好有人送这些东西来。"一娘道："送礼的为何不送到家里来？"强盗道："这哪里是送我的？他是送别人的，路上遇见我，将那挑礼的吓走了，就都送与我了。"一娘笑道："阿弥陀佛，这样善念多行几个。"强盗笑道："一日常行个把儿。"二人饮至天晚，乘兴簸弄颠狂了一夜。

次日睡至日中方起。遂不出门，终日在家行乐，一连有二十余日。强盗道："明日是初一了，买些香烛来烧烧。"一娘道："我在路上害病时曾许下泰山香愿，一向未曾还得。近来有些夜梦颠倒，你多买些香烛来，我要还愿哩。"强盗下山，果然买了许多纸马香烛回来。一娘向空烧化了一半，对天拜过，藏起一半，等强盗出去，便来庙中烧香祷告，求早脱难。凡

---

① 肴馔（yáo zhuàn）——指宴席上的，或比较丰盛的菜饭。

② 对酌（zhuó）——相互斟酒；饮酒。

遇朔望①，便来烧香。一夜，梦见灵官道："你灾难将满，情人相会有日。只是上公②将我脸上搠③破了，还求他不要来我庙中玩耍。"醒来心中甚喜。打发强盗出了门，便走来庙中拜谢了。走近前看时，果然脸上去了一条金。问辰生道："菩萨脸上怎的破了的？"辰生道："我昨日在这里捉雀子，一个飞上龛子去，是我爬在菩萨肩头上捉的，屋上一块砖落下来擦破的。"一娘心中暗喜道："菩萨叫他上公，想必后日有些好处。"因吓他道："你把菩萨脸上擦破了，他夜里要来打你哩。你以后莫再来玩耍。"辰生吓怕了，果然不敢再来顽。

过了些时，那一个强盗也回来了，骑着一匹高头白马，背着许多衣物。一娘看见生得甚是高大。有诗赞曰：

光横碧练耳披霜，汗血沙场侠骨香。

名重有人求逸足，尘埋何用数骊黄④。

千金燕市谁增价，一曲吴姬惜减妆。

莫向华山愍伏枥⑤，秋风指日看鹰扬。

一娘问道："这马不是你的原马，哪里来的？"强盗道："好眼色，是北方一个官宦的，一日能行五百里，值二百两银子，是我偷来了。我的那马送与朋友了。"一娘置酒与他接风，饮了一晚，两人上床，欢乐异常。

一娘见了这马，就存心要走，等二盗不在家，便将箱笼打开，也有二三百两银子，将二三钱的小块子拣出来，将贴身的件小袄脱下，将银块衲在内，又将细软装些在裆裢里。乘空来灵官庙内，烧香祷祝，要偷空逃生。取筶⑥在手，求个圣筶，丢下去，却是个阳筶。又祷祝一番，拾起筶来，再卜，又是个阳筶。一娘又祝道："若果不该去，再赐个阳筶。"拍的果又是个阳筶。安了筶拜谢回来，耐性又过了年余。整整住了十个年头。

去心一动，一日难挨。又是秋天，但见金风淅淅，秋雨霏霏，足足下了

---

① 朔望——朔日和望日。每月农历初一叫朔日，每月农历十五日叫望日。

② 上公——敬称。

③ 搠（shuò）——刺扎。

④ 骊黄——骊珠黄金。骊珠，一种珍贵的珠。

⑤ 伏枥（lì）——"枥"亦作"历"，马槽。马伏于槽枥，谓关在栏中饲养。

⑥ 筶（gào）——卜具，掷于地上正为阳，反为阴，一阳一阴谓圣筶。

一个月。二盗没处去，只在家里盘桓，终日饮酒取乐。一娘虽是个好家，也当不得他们虎狼般的身体昼夜盘弄。

一日饮酒间，强盗取出三颗珠子来，有鸡头子大，光明圆洁得可爱。一娘道："是哪里来的？"强盗道："是北方庄户人家一个小孩子手上的，是我摘来了。"一娘道："也不怕吓坏人家的孩子。"强盗道："那孩子都吓痴了，丫头养娘还不知是什么缘故哩。"一娘道："你真是强盗心，不怕吓死了人。"看玩一会儿道："送我了。"强盗道："要，便拜我拜。"一娘道："若不肯，我就打碎了。"强盗笑道："痴子，家里哪一件不是你的？"三人欢乐了些时。

已是中秋之后，秋风渐起，景物凄凉。一娘熬不过，又来庙里讨筶要去。却好是个圣筶，满心欢喜，又祝道："若真可脱身，再发个圣筶。"果又是个圣筶。一娘又拜祝道："尊神若保佑我脱离此难，情人重遇，愿来装金建庙，求尊神默佑。"拜毕回来。

次日交秋社，二盗备了牲醴去祭社神①，吃得大醉回来。一娘乘二个睡熟，忙去打点行装，将银衣穿在里面，叫辰生来，将要走的话向他说了。辰生此时已十余岁，知道些人事了。把白马备了，挂上褡裢包袱，牵出后门。复进来，一娘见二盗沉醉未醒，心里恨他，取过壁上挂的刀来，要杀他们。却又手软了，想道："罢，饶他罢。我虽受他们污辱，这孩子却也亏他们抚养。"遂把前后门都反锁了，出来对马说道："你既是良马，自通人性，我今仗你逃生，却不知路径，随你去到就是路了，我母子性命俱在你身上。"便对马拜了四拜，又遥向灵官庙拜祝道："尊神既许我侯氏今晚逃难，无奈不知路径，望尊神护佑。"拜毕，便抱了孩子跳上马，夹一夹，那马如风似电的向北去了。正是：

> 摔碎玉笼飞彩凤，掣开金锁走蛟龙。

毕竟不知一娘逃往何方？且听下回分解。

---

① 社神——古代的土神。

第 六 回

客印月初会明珠　石林庄三孽聚义

诗曰：

零落孤身何处投，凄凉玉露点征裘①。

飘飘宛似离群鸟，泛泛浑如不系舟。

掌上珠还增喜色，意中人杳起新愁。

天涯倾盖成知己，一笑风前解百忧。

话说侯一娘盗马逃生，任马所之。出门时已是日落，渐渐天晚。此时正是中秋之后，月色上得渐迟，好一派夜景。但见：

渐渐金风渐爽，瀼瀼玉露生凉。高低萤火乱辉煌，四野蛩②声嘹亮。

天淡银河垂地，月移树色苍茫。数声砧杵③落村庄，敲断客情旅况。

一娘起初原是乘兴而逃，及至夜深，孤身行路，四野风声，猿啼鹤唳④，草木皆兵。正行之间，忽闻人声，细听却似老人咳嗽。心中想道："此刻怎还有人咳嗽，莫是歹人？"没奈何，硬着胆任马所之⑤。再听，那响声渐近，走了一会，却在头上响，抬头看时，原来是路旁一株大树上，有老鹳⑥做窠在上面嗑牙，就像人咳嗽一般。马窜过树来，才放了些心。只见月色朦胧，风声渐渐，觉得后面似有人追赶来，恐怕是二盗追来，越发心

---

①　裘（qiú）——毛皮做的衣服。

②　蛩（qióng）——古指蟋蟀。

③　砧杵（zhēn chǔ）——洗衣用工具，砧为石制捶或砸衣物垫在底下的器皿，杵是一头粗，一头细的圆木棒用来在砧上捶衣。

④　鹤唳（lì）——鹤鸣叫。

⑤　之——去，往。

⑥　鹳（guàn）——鸟类的一属，形状像白鹤，嘴长且直，羽毛灰色、白色或黑色。生活在水边，吃鱼虾。

焦。又见前面一个长人，手横长棍，站在当路。一娘想道："罢了，今番必是死了，这定是个短路的，至此地位，也只好听命于天罢了。"及马到跟前，却又不是人，却是一株参天秃树，上面横着一个大枝子，宛似人拿着棍子一样。走过树，来到一个草坡。马方下坡来，忽见一个东西有狗大，猛然一跳，从马头前蹿过去，把马惊得倒退了几步，几乎把一娘掀下来。急带缰时，那马把头摇了两摇又跑。忽听得后面一片声喊，约有二三十人的声音赶来。一娘想道："不好了，此番必是二盗赶来了！"撒开缰放马飞跑。正跑间，忽然马蹄一滑，又几乎掀下来。勒住马看时，原来前面有一条涧河阻路，马蹄已陷在沱内。后面喊声又起，心中万分徨苦，道："早知如此，不如死在强盗家里，还有个全尸，如今只有投河罢。"忽又想道："我也罢了，只是这孩子可怜！"哭了几声，又向天祷祝道："灵官菩萨！原许我逃生我才来的，当此患难之时，如何不来救我？"正说着，那马猛然耸身一跃，早跳过涧河去了。有诗赞那马道：

的卢①当日跳檀溪②，又见孙权败合淝。

今日夜行能脱险，试看水上玉龙飞。

一娘过得河来，以手加额，顶谢神灵，得脱此难。才放下心来，忽听得后面喊声又起，也过河来了。原来那河上有桥，马走得慌了，未曾从桥上走过来；那些人的路熟，从桥上过来，故又近了。一娘一腔苦楚又上心来。辰生又哭起来了。后面人声更近。正在危急，只见远远的闪出一线灯光，一娘道："好了。"带着马也不管是路不是路，迎着灯光而走。那田中路又不平，高一步低一步的乱缠乱撞，还亏是匹名马，若是差些的也难行。

又走了二三里，那灯光到不看见了，喜得月光明亮。走到一林子边，一娘下了马，到林子内，见几处破墙败壁，把马牵着走进墙里伏着，向外望了一会，不见有人声。复又到墙外来，四下细望，并无人影。原来那干人

---

① 的卢——良马名。亦作"的颡"。额部有白色斑点。

② 檀溪——《三国志·蜀志·先生传》裴松之注引《世语》："备（刘备）屯樊城，刘表礼焉惮其为人，不甚信用。曾请备宴会，蒯越蔡瑁欲因会取备，备觉之，伪如厕，潜遁出。所乘马名的卢，堕（入）襄阳城西檀溪水中，溺不得出。备急曰：'的卢，今日厄矣，可努力！'的卢乃一踊三丈，遂得过。""潭溪"亦"檀溪"。

是赶獐①的，都向南去了。忽见灯光在对面树里。原来那灯在树下，远了倒望得见，越近越低，故此到看不见了。一娘搂着孩子牵着马，走到树下看时，却是三间草屋。从壁缝里看时，见一女人坐着纺棉。一娘遂上前敲门，那女人问道："半夜三更，何人叩门？"一娘道："我是借宿的。"里面听是女人声音，忙开了门，请一娘进去。看那女人，只好三十余岁。两下见了礼，那女人道："因何半夜至此？"一娘道："迷了路径，特来求宿。"那女人问也不问，便说道："把行李拿进来，这里空得紧，恐有失落。"一娘出来把马上行李卸下。女人道："把马牵到后园去。"一娘扣了马，又讨了个草喂马，才进来坐下。女人道："无奈夜晚没看馔奉客，怎处？"烧了壶茶来，一娘向褡裢内取出几个肉馍馍，就热茶与辰生吃了，问道："大娘尊姓？为何独自住此？"女人道："贱姓朱，丈夫经商在外，有些薄田在此，只得自己来收割。"说着，安排下床铺与一娘睡了。

一娘睡下，因路上辛苦，倒头便睡熟了。梦中忽听得外面有人言语，便惊醒了，怕是歹人。再听时，外面说道："前村人家有斋，你何不去赶趁些？"那女人道："今日有客不得去，你便中代我带些来罢。"外面又道："有甚紧要客不得去？"那女人道："上公在此借宿，山神着我在此守护，恐斑子们无礼。"外面道："也罢。我去了。"一娘心中骇异，又睡着了。

一觉醒来，已是日出，睁眼看时，忽见日光照在身上，原来是睡大树之下，房屋也不见了。急忙起来，却是个坟院。忙唤起辰生，寻马时，也扣在坟后树上。收拾起行李，见坟前一块石碣，上写道："朱六娘墓"。一娘看毕，倒身下拜道："蒙六娘救济，异日若有好处，必来安坟建醮②，报答厚恩。"遂牵马携着孩子出坟院来，见一路皆有虎狼脚迹。走出林子来四下观看，见西边大路上有人行走，抱了孩子，跨上马，竟奔大路而来。那马如飞似箭的向北去了。

原来北方女人骑马是常事，故不以为异。走了一日，渐渐晚来，路上又无饭店，腹中又饿。又走了一会，才远远望见一座庄村，那马也饿了，溜了缰从斜里竟奔庄上来，那里收得住？任他乱跑，直跑到小桥边，才缓缓

① 獐(zhāng)——獐子。
② 建醮(jiào)——本指道士设坛念经做法，这里有祭奠之意。

的行过桥来。见那庄上一簇人家,总是苫檐蔀①屋,倒也甚是齐整。但见:

> 野花盈径,杂树遮扉。远岸山光映水,平畦②种麦栽葵。蒹葭③露冷轻鸥宿,杨柳风微倦鸟栖。青柏间松争翠碧,红莲映蓼比芳菲。村犬吠,晚鸦啼,牛羊饱食牧童归。炊烟结雾黄筠熟,正是山家入暮时。

一娘到庄上下马。见一个婆子出来唤鸡,一娘上前迎着道:"婆婆,我是迷了路的,借问一声。"那婆子见一娘生得俊俏,说道:"此刻还走什么路?请到咱家坐。"一娘将马上行李解下,放在门楼内,着孩子看着马。一娘跟着婆子进来,一家女人都来看。婆子道:"这位大娘迷了路来问,我见天色晚了,留他过一宿去。他这模样不像是乡下人。"一娘与众人见了礼,讨些水来洗了脸。婆子道:"快拿米做饭与大嫂吃,定是饿了。"只见一个小厮,慌慌张张跑进来道:"饿了!饿了!快拿饭来吃。"婆子道:"你有甚事忙,一日也不来家吃饭,这样慌张做甚?"小厮道:"还是为那珠子,老爹去求签打卦,都说今日有个贵人送来着。我们四处去迎接,从早到此刻也没见个影儿,叫吃了饭还到大路上去等哩。快些,快些!"那小厮等了一会,守不得饭,又跑去了。

一娘问道:"是什么珠子?"他家一个女儿说道:"是庄主老爹的孙女儿手上带的三个大珠子,半月前不知怎么失去了,那孩子日夜的哭着要那珠子。老官儿求神问卜的寻,丫头小厮使得两头跑。"一娘道:"多大的珠子?"那女儿道:"却也是件好东西,足有鸡头子大,又圆又白,说是女孩子带着黑夜里走都不用灯火的,那珠子会放光哩!"婆子道:"这样东西,原不该带在孩子手上,歹人见了怎不摘去?没有吓坏孩子还是造化哩。不见了半个月,也不知到那里去了,还想有么?他也是有钱的性儿。"一娘想道:"莫不就是这三颗珠子?强盗原说从小孩子手上摘来的。"遂说道:"我在路上却拾得三个珠子,不知可是不是?"那婆子听得,就来讨看。一娘道:"须等他原主来看。"婆子道:"可是真话?"一娘道:"我哄你做什

---

① 蔀(bù 又读 pǒu)——遮蔽。

② 畦(qí)——有土埂围着的一块块排列整齐的田地。一般是长方形的。

③ 蒹葭(jiān jiā)——芦苇。

么?"那婆子飞奔的报信去了。不多时,只见七大八小的跑了一阵,丫头小厮来围住一娘,把屋都好挤满了。那婆子回来道:"老爹来了。"一娘抬头,只见走进一个老翁来。你道怎生模样? 只见他:

　　　身弱手持藤杖,冰须雪鬓蓬松。金花闪灼眼朦胧,骨瘦筋衰龙钟①。

　　　曲背低头缓步,庞眉②赤脸如童。深衣鹤氅③任飘风,好似寿星出洞。

　　那老者走进门来,众人让开了路,一娘站在下手,深深道了个万福。老者还了揖,见一娘丰姿秀雅,礼数从容,说道:"请大嫂到舍下去拜茶。"那老者先走,婆子引一娘随后。来到门前,老者叫道:"小厮把行李带了进来,把马牵到槽上去上料。"众丫头簇着一娘母子,又过了一座板桥,才到庄前。果然好座庄子,但见:

　　　路傍青龙④,水缠玄武⑤。一周遭绿树遮阴,四下里黄花铺径。草堂高起,尽按五运八门⑥;亭馆低昂,真个傍山临水。转屋角牛羊饱卧,打麦场鹅鸭声喧。田园广布,为农为圃有滋基;庾廪⑦丰盈,乃积乃仓歌乐岁。正是:家有稻筥鸡犬饱,户多书籍子孙贤。

　　老者邀一娘进庄来,入了中门,早有女眷出来迎接,请到中堂,相见坐下。丫头献了茶。老道问道:"请教大嫂上姓? 从何处来的?"一娘道:"贱姓魏,山东人氏,因进京探亲过此,迷了路,特造贵庄借宿。不意惊动公公,多有得罪。"老者道:"好说。适才闻那老婆子说,大嫂曾拾得三颗珠子,求借一看。"一娘道:"昨夜从个林子里过,见草里有光,取起来看时,却是三个珠子。才听见府上姐儿失落了珠子,数目相同,一时乱道,不知是与不是。"说着向手上解下,递与老者。老者见了,笑逐颜开道:"正

————————————

①　龙钟——身体衰老、行为不灵便的样子。
②　庞眉——多而杂乱的眉毛。
③　鹤氅——白外外套。
④　青龙——道教所奉东方的神。
⑤　玄武——道教所奉北方的神。
⑥　五运八门——原指五行阵和八门阵。这是古代两种战术变化很多的阵势。比喻变化多端、花样繁多,同"五花八门"。
⑦　庾廪(áo lǐn)——粮仓。

是他。"老者重又作揖相谢道："我们这里是蓟州所管,此地叫做石林庄,老汉姓客,年近八旬,尚未有孙,止有一孙女,年才七岁。他母亲梦赤蛇衔珠而生,适值老汉自京中回来,换得三颗珠子,就取明珠印月之意,名唤印月。就将这珠子系在他手上。忽于半月前不知怎么失去,据他说是被人解去了。孩子整日哭着要,昨老汉去求签,说今日有个贵人送来,果然大嫂下降。看大嫂仪容,定是个大福气的。快摆饭来吃,大嫂饿了。"丫头摆上菜来,老者起身道："我少陪。"向妈妈道："叫媳妇出来陪陪。"说毕出去了。

媳妇陈氏出来,见过礼,一娘同婆婆对坐,辰生、陈氏打横①。酒饭上来,吃了一会儿。一娘道："请姐儿来坐坐。"陈氏道："睡觉哩。叫丫头醒时带了来。"不一会,丫头搀了个女孩子出来。一娘看那女儿生得甚是清秀。但见他:

> 体态自天然,桃花两颊妍。头如青黛染,唇若点朱鲜。臂膊肥如瓠,肌肤软胜绵。发长才覆额,分顶渐垂肩。缨珞当胸挂,金珠对耳悬。逍遥无俗气,谪降蕊珠仙。

那女儿走到婆婆跟前,婆婆道："这位大娘是送珠子来与你的,你可拜谢大娘。"那女儿真个端端正正拜了一拜。一娘拉着他手儿玩耍,他母亲把珠子依旧扣在他手上,便欢喜如故。就伏在一娘怀中玩了一会,才坐在他母亲身边。婆婆道："他自珠子吊②了,整日的哭,终日茶不茶饭不饭的,此刻就说也有笑也有了。"一娘道："孩子们心爱的东西不见了,怎么不想。"

正在饮酒,只见外面摇摇摆摆走进两个小后生来,一个眉清目秀,一个胖脸重眉,都是头挽抓髻③,身穿青布道袍,便鞋净袜。婆婆道："过来作揖。"就坐在婆婆身边。一娘道："二位官人是谁?"婆婆指着那清秀的道："这是外孙李永贞,他父母都去世了,故我带在身边。这个刘瑀是老人家朋友之子,也是父母双亡托孤在我家的,同在这里读书。"又饮了几杯,吃了晚饭,收拾东厢与一娘安歇。一夜无辞。

---

① 打横——围着方桌坐时,坐在末座叫打横。

② 吊——同"丢",丢失。

③ 抓髻(zhuā jì)——同"髽髻"。

次日，一娘告辞，婆媳们哪里肯放，说道："难得大娘到此，宽住些时再去。"一娘道："舍亲久别，急欲一见，迟日再来。"客老道："也不敢久留，略住几日再处。"一娘见他情意谆切①，只得住下。原意只过数日，不意八月尽间，秋雨连绵，久阴不止。及至晴时，已是暮秋天气。好一派凄凉景况，只见：

　　箱降水痕收，浅碧磷磷映远洲。征雁北来人未醒，悠悠，月照寒檠②无限愁。

　　凉气薄征裳，长笛一声人倚楼。紫艳半开篱菊净，休休，江上芦花尽白头。

一娘一住两月，天气渐寒，客老买了些绸绢布匹与他母子做几身冬衣。天晴了，一娘又要起身，陈氏苦留，又住下来了。客老道："不是久留大嫂，只因北路天寒荒险，连客商都难走，何况你女流家？京中近日米粮甚贵，要五两多一石，倘到那里，令亲或不在，岂不两下耽误了？不如权在此过了冬寒，遇便人，先寄个信去，等到春暖花香时，再去不迟。若大嫂为不方便，我后面西边收拾几间洁净屋与大嫂住，着两个丫头服侍你。"陈氏道："不须别处去，就是我对面房里好。他一向不在家，我正无人作伴，早晚谈谈闲话也好。"竟去收拾洁净，铺了床帐，将行李搬去。一娘却③不过他一家的情，只得又住下了。陈氏道："你家哥儿在此闲旷④，我家到有现成的先生，何不叫他去读书识字？"一娘道："只是打搅得不安。"婆婆道："先生是我家包定的，不过添些纸笔罢了。"遂择了吉日，送辰生上学，取名进忠，与李永贞、刘瑀同学。那两个已是顽劣，不肯读书的，又添上这个没笼头的马，怎么收得住野性？那先生不过是村学究浑帐而已，每日三人寻壶烧酒，把先生灌醉了，听他们闲游放荡。客老年迈，也不能照管到，他们终日去踢毽子、打拳、使棒、粘雀、赶獐的玩耍。正是：

日日遨游废学规，诗书不读任胡为。

---

①　谆切——淳朴真切。

②　寒檠（qíng）——寒夜中的灯。

③　却（què）——推辞。

④　闲旷——不干正事、荒废耽搁。

小徒顽劣犹堪恕，如此蒙师①应杀之。

三人一日在场上玩耍，坐在柳树下闲谈，只见一群鹅自上流游来，那白毛浮绿水，红掌漾清波，却也可爱。鹅见了人，都齐声叫起来。进忠戏将土块迎面打去，正打在个鹅头上，那鹅把头摇了摇，钻下水去了。三人遂你一块我一块乱打。刘瑀拿起一块大砖飘去，刚把个鹅颈项打断了。李永贞道："不知是谁家的，莫惹他骂，公公晓得又要生气了。"刘道："不妨。一不做二不休，拿去煮了吃，只推不晓得。"进忠便将棍子捞上岸来，道："哪里煮去？"刘瑀道："土地祠去罢。"永贞道："不好，和尚吃斋，决不肯的，反要说与人知道。不如到前村酒店去好。你们先去，我向外婆讨些钱来买酒。"刘将鹅提起，藏在衣服下，不敢走庄前，过了桥，从田埂上转去，来到个酒店内。那酒店到也幽雅，只见：

前临大路，后接澄溪②。几丛残菊傍疏篱，数点早梅依古岸。处处轩窗明亮，层层坐具清幽。翩翩酒旆③舞西风，短短芦帘迎暖日。壁边瓦瓮，白渗渗满贮村醪④；架上瓷瓶，香馥馥新开社酝⑤。白发田翁亲涤器⑥，红颜村女笑当垆⑦。

二人坐下，将鹅放下，叫酒保拿去煮。小二提起来看了，说道："噫！不是杀的，是打折了的呀。"刘道："话多。"小二笑着，提到溪边，褪去毛。一会儿，李永贞也来了，刘瑀道："有多少钱？"永贞道："彀⑧一醉了。"小二拿了酒肴，把桌子移到菊篱边慢酌，等鹅熟了，取面来打饼。饮至下午，都醉饱了起身。刘将银子与店家，小二道："多哩。"进忠道："收着，下次再算。"

三人乘着酒兴到野外闲步，只见山坡上睡着一群羊，就如大雪遍地。三人走到跟前，有四五个牧童坐在地上玩耍，见是庄上三位官人，都齐站

① 蒙师——启蒙老师。
② 澄（chéng）溪——清溪。
③ 酒旆（pèi）——酒旗。旆：古时末端燕尾状的旗。
④ 村醪（láo）——乡村中自酿的浊酒。
⑤ 社酝（yùn）——祭土神的酒。
⑥ 涤器——洗酒具。
⑦ 当垆（lú）——卖酒。垆，酒店里安放酒翁的土台子，借指酒店。
⑧ 彀（gòu）——同"够"。

起来。进忠道："这群羊有多少？"牧童道："有三千多只，庄上老爹有二千多只，前村鲍家一千多，陈家三百有零。"永贞道："总在一处，怎么分得出？"牧童道："各有印记号头的，吹起号头来，便各自归群了。"刘道："你分开我们看。"那牧童呼了几声哨子，各家的羊果然分开三处站立。三人拍掌大笑道："妙呀，这羊可会斗么？"牧童道："怎么不会？"进忠道："你叫他斗斗看。"牧童道："今日晚了，明日斗罢。"三人携手同归。

次日早饭后，便往羊坡上来，见牧童都在棚里吃饭，羊尚未出棚。三人前后顽了一遍，见牧童驱羊出圈，随后跟来山坡下。等羊吃了半日草，牧童才嗯哨①两声，那羊都齐齐摆开，分为三队。几个牧童在中间跳舞了一会儿；又唤了几声，那羊忽的斗起来了，也各张声势一般进退有法。斗了一会儿，牧童执着鞭子分开来。进忠道："再斗一会儿何妨。"牧童道："恐斗起性来，有伤损哩。"三人又到酒店内饮酒，唤了牧童跟到店内，赏你们酒吃。从此终日无事，便来看斗羊、饮酒，引得些孩子们都来看。又在前后庄上聚集五六十个孩子，分为两队，进忠为元帅，永贞为军师，刘瑀为先锋，四个牧童为头目。削木为刀，砍竹为标，操演斗阵，先斗人阵，后斗羊阵。一日，羊斗起性来，触死了几只，便剥了皮，就在羊棚内煮熟了，买了一石酒来，大赏三军。三人上坐，四个头目坐在肩下，众孩子分作两班席地而坐，大酒大肉吃了一日。又到庄上备了马来，众人簇拥着元帅，得胜而归。自此日日来玩耍，搅乱村庄，只瞒着客老一个。

一日晚间，三人吃得大醉，乘着月光信步而行，不觉走错了路，忘记过桥，便一直向南走去，说着拣大路走。走有一个更次，来到一座大树林子，三人走进林内，见有座破庙。三人坐在门楼下观看，只见那庙：

寂寞房廊倒榻，荒凉蔓草深埋。雨淋神像面生苔，供桌香炉朽坏。

侍从倚墙靠壁，神灵臂折头歪。燕泳雀粪积成堆，伏腊②无人祭赛③。

进忠道："这是个什么庙，如此倒塌？"永贞道："这是个三义庙，闻得

———————————

①　嗯哨（hū shào）——用手指放在嘴里用力吹出尖锐的像哨子的声音。

②　伏腊——夏冬。

③　祭赛——祭神，以供品致祭行礼酬报神恩。

公公说,张翼德是我们这里人,故立庙在此。前日要约前后庄出钱修理。"刘瑀道:"我想当日刘、关、张三人在桃园结义,誓同生死,患难不离。后来刘玄德做了皇帝,关、张二人皆封为神。我们今日既情投意合,何不学他们,也拜为生死弟兄,异日功名富贵、贫贱患难,共相扶持,不知你们意下若何?"二人道:"甚妙。"三人寻路归来。次日,择了吉日,宰了一肥羊,买了一大坛酒并金银纸马,叫了几个孩子抬到庙上摆齐,对神歃血①为盟。进忠年长为兄,永贞第二,刘瑀第三。正是:

德星未见从东聚,恶气初看自北来。

毕竟不知三人结义后如何?且听下回分解。

---

① 歃(shà)血——古人盟会时,嘴唇上涂上牲畜的血,表示诚意。

第 七 回

侯一娘入京访旧　王夫人念故周贫

诗曰：

拟效桃园结孔怀①，须知天意巧安排。

乘时②事业轰天地，未遇身名困草莱③。

贫里光阴情不已，难中知遇果奇哉。

从今母子分南北，回首云山天一涯。

话说进忠等发誓同盟，祭拜毕，烧化纸钱，将福物④煮熟，聚会众孩子饮了一日散去。果然情投意合，终日游荡。看看岁残⑤，人家都收拾过年。

光阴迅速，不觉又是早春天气。但见：

三阳⑥转运，万物生辉。三阳转运，满天明媚似开图；万物生辉，遍地芳菲如布锦。梅残数点雪，麦涨一川云。渐开冰冻山泉溜，尽放萌芽经路青。正是那：太昊⑦乘震，勾芒御辰。花香风气暖，云淡日光新。道旁杨柳舒青眼，膏雨滋生万象春。

交了新春。那石林庄虽是个村庄，到也风俗淳厚。人家贺节，皆尊长敬客。一娘在庄上也是这家请那家邀，到元宵还请不了。又住了个把月，只见风和日丽，草绿花香，人家士女皆车马纷纷拜扫先茔⑧。又早是清明节近，客妈妈也备酒肴，请几个亲眷并一娘同去上坟游春。众女眷也轮流

---

① 孔怀——《诗经》："兄弟孔怀"。后以孔怀为兄弟。

② 乘时——利用时机。

③ 草莱(lái)——野草。

④ 福物——祭神用的肉类食品。

⑤ 岁残——年底。

⑥ 三阳——三、月、星的通称，又称"三光"。

⑦ 昊(hào)——广大无边，天。

⑧ 先茔(yíng)——祖先的坟地。

作东，又顽了几日。过了清明，一娘也思及丑驴死得可怜，无人烧化纸钱，浪荡游魂不知飘泊何所，也备了些羹饭，唤着辰生，就在溪边树下摆设了，望空遥祭，哭了一场，正是：

> 垒垒荒坟陌路边，从来客死更凄然。
>
> 试观嫠妇①山头望，野祭招魂鬼不前。

一娘哭了半日，众妇女劝住。回来见这春光明媚，触景生情，想起云卿临别之言，余情不断，又要入京去寻。先唤辰生来与他说知进忠道："这样好安稳日子不过，却要去投人，倘或不在，那时怎处？"一娘道："在此住着也非常法，久住令人厌，他虽不赶你，你自己住得也没趣。不如走一遭，过些时再来，人情也新鲜些。"进忠见他必于要去，料难拗②他，答应了。出来对刘、李二人说道："明日要与贤弟们分别了，不知何时再会。"永贞道："哥哥要去，我们也同你去。"刘道："你不得去的，你公公如何肯放你去？只是望哥哥早些回来，我们到店里去吃杯叙叙别。"

不说他三人去吃酒。且说一娘来对客妈妈说了要上京，客老道："既是大嫂坚执要去，也不好再留，只是务望还来走走。"妈妈便置酒与一娘送行。一娘吃过酒，谢了，回房收拾行李。陈氏晚间又备酒在房内饯行，举杯向一娘道："难得大娘下顾，一向怠慢。幸喜情投意合，本意常在此相聚，不料又要远行，只是我有句话，久要向大娘谈，又恐不允。"一娘道："一向承大娘恩情，感激不尽，今一旦别去，原觉没情，奈因舍亲久别，急欲一见。有甚话，但请吩咐，无不从命。"陈氏道："你我相处半年多，一旦分离，恐日后相逢，或孩子们他日相见，情意疏了，意欲与大娘拜为姊妹，将月儿聘定③辰生，不知意下如何？"一娘道："多承大娘美意，只是我仰攀④不起，姊妹已不敢扳，况姐儿下配犬子，怎么当得起？"陈氏道："什么话？我们也不过庄户人家。"遂令丫头摆下香案，同拜天地，却是一娘长些。二人又对拜过了，复拜了亲。向客老夫妻也拜过，又叫过辰生并印月，各拜了姨娘、丈母。小夫妻又交拜过。陈氏吩咐印月道："以后哥哥

---

① 嫠（lí）妇——寡妇。

② 拗（ǎo）——拦。

③ 聘定（pìn dìng）——定亲。

④ 嫡亲（dí qīn）——血统较近的亲属，这里是亲人。

相见，不要生疏了，须以嫡亲相待。"复坐下吃酒，正是：

　　莫把他人强作亲，强来到底不为真。

　　谁知今日称兄妹，翻作西厢待月人。

饮至更深方散。

　　五鼓起来，吃了饭。客老送了五十两盘费并衣服行李，陈氏又送了二十两并衣服首饰等物。一娘谢了，收起，叫进忠备马。客老道："一匹马难骑两个人，到路上也无人寻草料，不如留在这里，迟日再来取罢，且雇两个骡子去。"一娘拜谢了众女眷，到厅上，等骡夫到了，遂将行李等搭上。客老道："脚钱一两六钱，我已付清与他，送到前门上卸的。恐他们路上须索，不要理他。"一娘又谢了众人，大哭一场。印月也知，扯住姨娘，大哭不放，丫头们强抱了去。一娘同进忠上了牲口，凄凄惶惶而去。

　　此时日色才出，走了有二三里路，进忠道："两个兄弟说来送我，怎么还不见来？"骡夫道："想是在大路上哩。"又走了里许，只见有人在后面喊道："哥哥缓行！"进忠勒住牲口，回头看时，见刘、李二人也骑着马来了，后面挑了两担走到，三人并辔①而行。永贞道："哥哥来行恁②早，我们半夜里宰了羊，煮熟了才来。且到前面柳阴下去。"挑担的先走，众人来到树下芳草坡前，铺毡坐下。请一娘上坐，众人围坐，摆下肴馔。永贞斟酒奉一娘道："孩儿们一向未曾孝敬得母亲，今日远行，聊备一杯水酒，略申孝敬之意。请母亲满饮此杯，望前途保重。"一娘接酒称谢。饮毕，刘瑀也敬了一杯。二人又敬了进忠。众人狼吞虎咽，吃了一会儿。

　　日色将中，骡夫来催道："晏③了，走罢，要趱④路哩。"一娘等起身。三人扶一娘上了牲口，刘瑀道："我们再送母亲、哥哥一程。"进忠道："兄弟们回去罢，送君千里终须别。只是兄弟们前程万里，须各努力保重要紧。"永贞道："哥哥到京有便，务望寄封书子来。若寻到亲戚，望早早回来。小弟们有便，自也来京看你。"三人相对大哭，好难分手。有诗为证：

---

①　并辔(pèi)——并马而行。辔，驾驭牲口用的嚼子和缰绳。

②　恁(nèn)——方言，那么。

③　晏(yàn)——迟。

④　趱(zǎn)——赶路，快走。

驻马高林日欲晡①，嗟君此别意如何。

东风吹酒壮行色，万里雄心一剑孤。

进忠别了二人，随了一娘上路。正是暮春天气，一路上山明水秀，草色花香，飞尘扑面。说不尽饥餐渴饮，夜宿晓行。非止一日，到了京师。在前门上寻了客店，安下行李，打发牲口去了。母子二人进内城来观看，果然是玉京天府，载进金城，比别府大不相同。只见：

虎踞龙盘气势高，凤楼麟阁彩光摇。

御沟流水如环带，福地依山插锦标。

白玉亭台翻鵁鸡②，黄金宫殿起鲸鳌③。

西山翠色生朝彩，北阙恩光接绛④霄。

三市金缯⑤齐凑集，五陵⑥裘马任逍遥。

隗⑦台骏骨千金价，易水高歌一代豪。

都会九州⑧岛传禹贡，朝宗万国祝嵩高。⑨

应刘文字金声重，燕赵佳人玉色娇。

召公遗爱歌熙皞⑩，圣祖流风乐舞尧。

晓日旌旗明辇路，春风箫鼓遍溪桥。

重关拥护金汤⑪固，海晏河清⑫物富饶。

一娘到了前门，见棋盘街上衣冠齐楚，人物喧闹，诸般货物摆得十分热闹，比别处气象大不相同。看了一会儿，走到西江水巷口，各店都挨挤

---

① 欲晡(bū)——快到申时。晡，午后(三时至五时)申时。

② 鵁鸡(yuè zhuó)——古书上说的一种水鸟。

③ 鳌(áo)——传说中海里的大龟或大鳖。

④ 绛(jiàng)——深红色。

⑤ 缯(zèng)——丝织品。

⑥ 五陵——长陵、安陵、阳陵、茂陵、平陵。(今咸阳市附近)。

⑦ 隗(wěi)

⑧ 九州——古行政区划，起于春秋战国。详见"禹贡"。

⑨ 嵩高(sōng gāo)——嵩，山大而高。

⑩ 皞(hào)——亦作"暤"。白而明亮。

⑪ 金汤——"金城汤池"略语，指城池坚固。

⑫ 海晏河清——天下太平。

不开。见故衣铺内一个老者独坐柜外，进忠上前拱手问道："借问爷，子弟们下处在哪里？"老者道："一直往西去，到大街往北转，西边有两条小胡同，唤做新帘子胡同、旧帘子胡同，都是子弟们寓所。"进忠谢了，同一娘往旧帘子胡同口走进去，只见两边门内都坐着些小官，一个个打扮得粉妆玉琢，如女子一般，总在那里或谈笑，或歌唱，一街皆是。又到新帘子胡同来，也是如此。进忠拣个年长的问道："这可是戏班子下处么？"那人道："不是。这都是小唱弦索。若要大班，到椿树胡同去。"进忠道："有多远？从何处去？"那人道："有五六里远哩。往西去不远就是大街，叫驴子去，那掌鞭儿的认得。"进忠拱拱手别了，出巷子来，引着娘走上大街。见牌楼下有一簇驴子，进忠道："赶两头驴来。"那小厮牵过驴问过："哪里去的？"进忠道："椿树胡同。"

母子二人上了牲口，一刻就到了。掌鞭儿道："是了，下来罢。"进忠道："送我到班里去。"驴夫道："进胡同就是了。"二人下来，还了钱。一娘站在巷口，进忠走进巷来，见沿门都有红纸帖子贴着，上写某班某班。进忠出来问一娘，是甚班名，一娘道："是小苏班。"进忠复问人。那人道："你看门上帖子便知，你不识字么？进忠却不甚识字，复来对娘说了。一娘只得进巷来，沿门看去，并无。只到尽头，有一家写着是王衙苏州小班，一娘道："是了，或者是他借王府的名色也未可知。"自己站在对墙，叫进忠去问。

进忠到门前，并不见个人；站了半会，也没人出来，只得走进去，看见门都锁着，没人在家。进忠便往外走，撞见一人进来，喝道："做什么？撞日朝哩！"进忠往外就跑，那人赶了出来。一娘迎上前，道了个万福，道："借问老爹，这班可是苏州小班？"那人道："正是。"一娘道："班里可有个姓魏的？"那人想了一会，道："有个哩。"一娘道："他是我的亲眷，相烦老爹进去唤他出来。"那人道："不在家，到内相家做戏去了，明日来罢。"一娘谢别，走上大街，叫驴子回下处来。一路心中暗喜道："也不枉受了许多苦楚，今日才有好处。"回到寓所，心中有事，哪睡得着？正是：

良夜迢迢玉漏①迟，几回歌枕听寒鸡。
举头见月浸窗纸，疑是天光起着衣。

———————————

①　玉漏——玉制的古代计时工具。

一娘巴不得天明，正是：点头换出扶桑①日，呵气吹残北斗星。天色才明，就起来梳洗，吃过饭，日已出了，心中想道："我若自去寻他，恐怕班里人看见不雅；要不去，又恐辰生不停当。"踟蹰②了一会儿，"还是叫辰生去罢。"遂叫辰生来，吩咐道："你到昨日那班里去问声，可有个魏云卿，他是苏州人，是我姨弟。你寻到他，说我特来投他，是必同他来。"说毕，进忠往外就跑，一娘叫转来道："你可记得么？"进忠道："记得。"又去了。一娘又唤回来道："你莫忘了，说遍我听。"进忠道："这几话有甚难记？"一娘把了些钱与他叫驴、买东西吃，进忠接了，才走出门，一娘又叫回来。进忠急得暴跳道："又叫我做什么？你要去自去，我不会说！"把钱向地一掠，使性子坐着不动。一娘央了他半日，才拾起钱来要走。一娘扯住他道："我把件东西与你带去。"向手上解下一个小小金牌子来，代他扣在指头上，道："这是我姨娘与我的，你带去，见了他，把他看，他就知道我在这里了。"进忠拿了，飞也似的去了。

一娘独坐等信，好不心焦。心中忖度道："此刻好到了。"过一刻，道："此刻好说话了。"一条心总想着他，直等到傍午，也不见回来，想道："大约是留他吃酒饭哩！"又等了半日，渐渐天晚，也不见回来，又想道："我昨日耽搁了许多工夫，回来也只午后，他是熟路，怎么此刻还不见来？定是在路上贪玩了。"自己坐在店门前，等到日落，才远远望见辰生独自跑回。一娘迎到檐前，问道："你怎么去这一日才来？可曾寻到他？怎么不同他来？"进忠喘了一会儿气，才说道："鬼也没得一个。"一娘道："怎么说？"进忠道："我到他门前，见门关着，我不好敲，直等到小中，才有人开门。我正要问他，他又出动了，又等了半日才回来。又要问他，他又同人说着话进去了，我只得坐在门槛上。半日才见昨日那人家来问我：'可曾见他？'我说：'没有'。那人道：'等我叫他出来。'那人进去，叫出个髡③头小孩子来，才好十七八岁，问道：'哪个寻我？'我说：'寻魏云卿的。'那小人道：'没有'。竟关上门进去了。那人后又出来问道：'可是他？'我说：'不是魏云卿。'那人道：'这一带班里总没有个魏云卿，想是在别的班里。'我说

---

① 扶桑——古代神话中海外的大桑树，据说太阳从这里出来。
② 踟蹰（chí chú）——心中迟疑，要走不走的样子。
③ 髡（kūn）——剃去头发。

'不认得。'那人道：'我同你走走去。'将一条巷子都走遍了，也没得。那人道：'五十班苏、浙腔都没有，想是去了。前门上还有几班，你再去寻寻看。'那人就去了，我也来了。"一娘听见不是，正是：

眉头搭上三横锁，心内频流万斛①愁。

不觉眼中垂泪，心里想道："我受了千辛万苦，死中得活，也只为这冤家，谁知今日又成画饼！"连晚饭也不吃，就和衣睡了。一夜忧苦自不必说。

次早起来，只得又叫进忠到孝顺胡同去访问，并无消息。住在店内，逢着吴下人便问，也无一人知道。又想道："他莫不是上了前程，在哪个衙门里？"又央人到各衙门里访，也无踪迹。又住了些时，客店里人杂，进忠便搭上了一班人，抓色子，斗纸牌。一娘着了忙，把他手上金牌子解下来。后来便整几夜不归。一娘说说他，他便乱嚷乱跳。一日回来，反向娘要钱买酒吃，一娘回他没钱，他竟将一娘的新花绸裙子拿着就走，又几夜不归。一娘气得要死。正值京中米粮贵，又无进入，正是坐吃山空，不上半年，盘费都完了。思量要回客家去，又怕人情世态，当日苦留不住，今日穷了又来，恐人恶嫌。进忠也恋着那班人玩耍，反说道："当日谁叫你来的？如今又带着鬼脸子去求人。"母子们又吵闹了一场。渐渐衣服当尽，看看交冬，天气冷得早，衣食无措，一娘只得重整旧业，买了个提琴沿街卖唱。走了几日，觅不到三五十文钱，连房钱也不够。一则脚小难行，二则京中灰大，一脚下去，连鞋帮都陷下去了，提起来时，鞋又掉了，一日走不上几家，故无多钱。回到下处，坐着烦恼，店家道："走唱最难觅钱，如今御河桥下新开了个酒馆，十分齐整，你不如到那里赶座儿，还多得些钱。"

次早，一娘走进城来，径往御河桥来，迎着北风，好生寒冷。不一时望见一所酒楼，只见：

湘帘映日，小阁临流。一条青旆招摇，几处纱窗掩映。门迎禁院，时间仙乐泠泠②；轩傍宫墙，每见香花馥馥。金水河，牙墙锦缆，时时知味停舟；长安街，公子王孙，日日闻香下马。只少神仙留玉珮，果然卿相解金貂。

---

① 斛(hú)——古量器。

② 泠泠(líng líng)——形容声音清越。

一娘进店来，先对店主道了个万福，道："爷，我是个南边人，略知清曲，敢造宝店，胡乱服侍贵客，望爷抬举。"店家见他生得标致，先引得动人，便说道："且请坐，还没有客来哩。"一娘坐下。店家道："大嫂寓在哪里？"一娘道："前门陆家饭店。"店家道："共有几口？"一娘道："只有一个小孩子。"店家道："这也容易养活。"一娘道："全仗爷抬举作成。"店家道："一路风吹坏了，小二拿壶暖酒与大嫂烫寒。"店家收拾了四个碟儿，小二拿上酒来，店家走来陪他。一娘奉过店家酒，拿起提琴来，唱了一套北曲，店家称赞不已，连走堂的、烧火的都挤来听，齐声喝彩。店家喜他招揽得人来，就管待了中饭。到晚，吃了晚饭，又吃了壶热酒，才回寓所，一日也有二三钱三五钱不等，甚是得济。

一日回来，进忠已四五日不归，到黄昏时，吃得大醉而来。一娘也不理他，只到次日天明，才说他道："你终日跟那起人做一处，必做不出好事来。这禁城内比不得石林庄，若弄出事来，你就是死了。不如跟我到馆内代他走走堂，每日好酒好食，还可寻钱贴用。"进忠道："没得舍脸。"说着跑出去了。一娘气了一会儿，才到酒馆中来。唱了半日，到东边一个小阁里来，见有两个人在那里对饮，上手是个清秀小官，对坐的那个人，头戴密绒京帽，身穿元色潞绸直身，生得肥伟长大，见了一娘，上一眼下一眼目不转睛的看他。那小官扯一娘坐下吃了几杯，一娘起身走到对席上唱，那人犹自看着他。又唱过一遍，钱都收了，重到阁子上，见那两个人已去了。一娘走出来，见那二人还伏在槟上与店家说话。一娘站在旁边伺候，只听得店家道："晓得！领命！"二人拱拱手去了，竟没有把钱与一娘。店家点头，唤一娘到面前说道："才二位是吏科里的掌家，他晚间要留你谈谈。"一娘道："使不得，我下处没人。"店家道："如今科道衙门好不势耀利害，我却不敢违拗他，当不得他的计较。"把一娘硬留住了。

到晚客都散了，店家将小阁儿收拾干净，铺下床帐等候。到黄昏时二人才来，到阁上坐下，请一娘上来，坐在那小官肩下，摆上看馔①。店家道："二位爷请些，总是新鲜的。"一娘奉过一巡酒，取提琴唱了一套北曲，又取过骰子，请那小官行令。斟上酒，一娘又唱了套南曲，二人啧啧称羡。

---

① 馔(zhuàn)——饭食。

那人道:"从来南曲没有唱得这等妙的,正是'词出佳人口'。记得小时在家里的班昆腔戏子,那唱旦的小官唱得绝妙,至今有十四五年了,方见这位娘子可以相似。如今京师虽有数十班,总似狗哼一般。"一娘道:"二位爷贵处哪里?"那人道:"山东。"一娘道:"我也曾走过山东的,爷是哪一府?"那人道:"临清。"一娘道:"我也曾在临清住了二年的,那里有位王尚书老爷,爷可知道么?"那人道:"王太老爷去世了,你怎么认得的?"一娘道:"我在山东走过好几府,惟在临清最久,每日在王府内玩耍,王大爷十分和气,不知可曾中否?"那人道:"你莫不是侯一娘么?"一娘道:"正是。爷怎么认得的?"那人道:"我说有几分面熟哩!先见了你,想了半日也想不起来,原来比当日胖了。"一娘道:"老了。"那人道:"还不觉,丰姿如旧。如今大爷做到吏科给事,奶奶时常想念你,常差人四路访寻你哩。你家老丑与辰生好么?"一娘将前事大概说了一遍。那人道:"怪道寻你不见,原来遭了这些大变。"一娘道:"爷上姓?"那人道:"我还认得你,你到不认得我了?我是贶安。"一娘道:"爷发了身①子,故此不认得。这位爷尊姓?"贶安道:"你真老了,他是吴爷家的六郎。"一娘笑道:"一别十五六年,当初只好十多岁。"店家道:"正是他乡遇故知了。各饮一杯。"六郎道:"我们就行个喜相逢的令罢!六个骰子凑数算,少一点吃一杯。"令行完了,又猜拳赌酒,直至三更方散。贶安去了,六郎同一娘宿了。两人都是久旷的,说不尽一夜欢娱。

次日还未起来时,王府里早差了长班来接。一娘慌忙起来梳洗,吃了早饭,上马同至王老爷赐第。门上回过,里面传梆②,着家人出来唤一娘进去。管家婆引进后堂,王奶奶尚未梳洗。一娘叩下头去,王奶奶一把扯起来道:"好人呀,一去就不来了,叫我何处不着人问到了你!一向在那里的?辰生好么?"一娘道:"多谢奶奶挂念。"遂将别后事细说一遍。王奶奶道:"原来受了这许多磨难的!我说怎的不见你来?"丫头拿茶来与他吃,王奶奶才来梳洗。一娘坐在旁边,只听得房内孩子哭,一娘道:"奶奶有几位公子?"王奶奶道:"我生了两个,都读书去了。这是丫头生的。"

----

①　发了身——胖。
②　梆(bāng)——打更器具。

梳洗毕,拿上茶来,一娘吃了点心。王奶奶见他身上衣服单薄,取了两件新棉衣与他换了。

少顷,王老爷回来。一娘出来迎接,见王老爷比前胖了许多。见了一娘道:"贵人难见面,一向在哪里的?"一娘叩了头,王老爷换了便服道:"坐着。"一娘道:"老爷未坐,小的怎敢坐?"王老爷道:"你又讲起礼来了。"一娘只得坐下。王老爷道:"你没有到泰安州去,一向在哪里的?"王奶奶将他遇难之事说了。王老爷道:"你家老丑殁了,可曾另寻个对儿?"一娘道:"没有。"王老爷道:"你家辰生哩?"一娘道:"在前门陆家饭店里。"王老爷道:"吩咐长班把他行李发来,并唤他孩子来。"小厮答应去了。王老爷道:"老一来得恰好,我刻下正要出差。家眷回去,正要人作伴,你少不得也同到临清去顽顽。王奶奶道:"什么差使?"王老爷道:"因关白平复了,差我去安抚朝鲜。先打发你们回去。"三人同吃了早饭,王老爷出去拜客,午后才回。

长班取了行李同进忠来。小厮领他入内,一娘道:"来叩老爷、奶奶头。"王奶奶道:"去时才几个月,如今这样长大了。"取酒饭与他吃,三人坐下饮酒。王老爷道:"你几时到京的? 米贵得狠哩!"一娘道:"来有八个月了。当初云卿原约来京一会,不意到此遍访不遇,故此耽搁至今。王老爷道:"他到京第二年就上了前程,在京中住了七八年,去年春间才选到广东去了。却好吴益之是他的上司,甚是看顾他。前日有书子来,说新丧了偶。你如今也是寡居,不如还与他做一对也好?"一娘道:"他如今有钱有势,愁没有娇妻美妾,还要我么?"王老爷道:"他倒是个有情的,提起来就眼泪汪汪哩!"饮至更深方睡。

次日,王老爷伺候领敕、辞朝、送行、请酒,逐日不闲。进忠仍旧恋着那班人,不肯随娘去。一娘求王老爷处治他,王老爷道:"京中光棍①最多,且不怕打。今日处了,明日又是如此,只有管你儿子为是。"王奶奶对王老爷道:"老一随我们回去,你把他儿子带去吧。"王老爷道:"那小厮眼生得凶暴,不是个安静的,带去恐他生事。我看别衙门有用得着人的,荐

─────────────

① 光棍——地痞、流氓。

他去做个长随①,有了管头,那起光棍就不敢寻他了。"次日对一娘说了,
叫长班来吩咐道:"这魏进忠的母亲要随家眷回临清,他在此无依,你去
看那个衙门用得着人,可作成他去做个长随。"长班回道:"只有中书程爷
对小的说要个长随的,请老爷发个帖去,没有不收的。"王老爷进来对一
娘说了。娘儿们商议停当,王老爷发了帖,长班领他到程中书寓所来。
正是:

　　未入黄扉②称上相③,蹔④栖徽省作亲随。

　　毕竟不和进忠去做长随后来如何? 且听下回分解。

---

　①　长随——差役。
　②　黄扉(fēi)——皇门。借指宫廷宦海。
　③　上相——拜相当官。
　④　蹔(zàn)——同"暂",时间短;暂时。

第 八 回

程中书①湖广清矿税　冯参政②汉水溺群奸

诗曰：

莫把行藏③问老天，惟存方寸④是良田。

粗心做去人人忌，冷眼看时个个嫌。

树出高林先被折，兔谋三窟⑤也遭歼。

瘠人肥己⑥如养虎，用尽机关⑦亦枉然。

话说王府长班拿了帖，领进忠到程中书寓所。门上禀知，唤进忠同长班进去。都叩了个头。长班道："小的是吏科王老爷差来的，王老爷拜上老爷：这魏进忠的父亲是家太老爷门下写书启的，他今在家老爷衙内服侍。因家老爷出差去，因老爷吩咐要一个长随，小的禀过家老爷，送来服侍老爷的。"程中书见进忠生得干净，说道："人恰用得着，只是这我这冷淡衙门，比不得你老爷那里，恐他受不惯。"长班道："他年纪小，也还伶俐，叫他习些规矩，若得老爷抬举，成人何难。"程中书道："拜上你老爷，容日面谢罢。"发了回贴，赏长班五钱银子。长班叩头谢了赏，道："小的还领他去，等家老爷起身后，他收拾了衣服行李，再送他来。"程中书道："也罢。"二人同辞了出来，回复王老爷话。

次日，王老爷先打发家眷出京。一娘叫进忠来，吩咐道："你如今有了管头，比不得往日了，须要小心谨慎服侍。我去不多时，就同奶奶回来，

---

① 　中书——官名。官阶为七品，内阁中掌握撰拟；记载、翻译、缮写。

② 　参政——明布政使下设左、右参政，以分领各道，后仅作兼衔。

③ 　行藏——旧指对出仕退隐的处世态度；形迹。

④ 　方寸——指人的心。

⑤ 　兔谋三窟——窟：窝。狡猾的兔子准备好几个藏身的窝。比喻隐蔽的地方或方法多。

⑥ 　瘠人肥己——损人利己。

⑦ 　机关——周密而巧妙的计谋。

你须安分学好，免我牵挂，衣服行李都与你。"又把金牌子解下，代他扣在手上，道："恐遇见我姨弟，与他看，他就知道了。"进忠直送至良乡，才洒泪别娘回京。正是：

怀抱瞻依①十数年，艰难困苦更堪怜。

今朝永诀长亭畔，肠断孤云泪雨悬。

进忠回京，次日伺候王老爷起了身，才回来拿了行李，长班送他到程中书处。进忠到也小心谨慎，服侍殷勤。他为人本自伶俐，又能先意逢迎人，虽生得长大，却也皮肤细白，程中书无家眷在此，遂留在身边做个龙阳。凡百事出入，总是他掌管，不独办事停当，而且枕席之间百般承顺，引得个程中书满心欢喜。随即代他做了几身新衣，把了几银金玉簪儿，大红直身，粉底京靴，遍体绫罗，出入骑马。那班光棍也都不敢来亲近他。

那程中书乃司礼监掌朝田太监的外甥，山西大同府人，名士宏。他母舅代他上了个文华殿的中书。虽是个贵郎，却也体面。九卿科道官因要交结他母舅，故此都与来往。还有那钻刺②送礼求他引进的，一日也收许多礼。田太监忽然死了，他也分得许多家私。

一日，程中书退朝，气愤愤的发怒，打家人、骂小厮，焦躁了一日，家人都不知为何。晚间上灯时，犹是闷闷不乐，坐在房内。进忠烧起炉子炖茶，又把香炉内焚起好香来，斟的杯茶，送至程中书面前。程公拿起茶吃了两口，又叹了口气。进忠恃爱，在旁说道："爷一日没有吃饭，不要饿了，可吃什么？"程公停了一会道："先炖酒来吃。"进忠忙到厨下，叫厨子做速整理停当。

进忠先拿了酒进来，接了菜摆在桌上，取杯斟酒。程公连饮了两杯，道："你也吃杯。"进忠接过来，低下头吃了，又斟了杯奉上二人遂一递一杯，吃过了一会，程公颜色才渐渐和了。进忠乘机问道："老爷为甚着恼？"程公道："今日进朝，受了一肚子气。"进忠道："谁敢和老爷合气？"程中书："怎耐二陈那阉狗③，着实可恶。"进忠道："为什么？"程公道："因杨

----

① 瞻(zhān)依——看顾依恋。

② 钻刺——钻营。

③ 阉(yān)狗——指宦官。

太监要往陕西织造驼绒，送我一万银子，央我讨他分上①。我对他说，他倒当面允了，只是不发下旨来。后又去求他几次，总回我：'无不领命，只等皇爷发下来，即批准了。'如今等了有两个多月，也不发下来。杨爷等不得，又去央李皇亲进去说了，登时旨意下来了。你说可恼么？当日内里老爷在时，好不奉承，见了我都是站在旁边呼大叔，如今他们一朝得志，就大起来了。早间我要当众人面前辱他们一场，被众太监劝住。"进忠道："世情看冷暖，人在人情在。内里老爷又过世了，如今他们势大，与他们争不出个什么来。只才是'早上不做官，晚上不唱喏②。'李皇亲原是皇上心坎上的人，怎么不奉承他？那些差上的太监们撰了无数的钱，进朝廷者不过十之一二，司礼监到得有七八分。据小的意思，不如上他一本，搅他一搅。"程公道："怎么计较哩？"进忠道："老爷本上只说历年进贡钱粮拖欠不明，当差官去清查。皇上见了，无不欢喜，自然是差老爷去了。"程公道："好虽好，又恐那狗骨头见与他们不便，又要按住了哩。"进忠道："内里老爷掌朝多年，难道没有几个相好的在皇上面前说得话的么？就是他同伙中也有气不忿的，老爷多请几位计议，就许他们些礼物，包管停妥。"一席话，把个程中书一肚子怒恼都销入爪哇国③去了，满面上喜笑花生，将他一把搂过去亲嘴道："好聪明孩子，会计较事。若成了，也够你一生享用哩。"只才是：

> 自古谗言可丧邦，一时耸动恶心肠。
>
> 士宏不悟前贤戒，险把身躯葬汉江。

两人一递一杯，饮至更深，上床安歇。程中书因心中欢喜，更觉动兴。进忠欲图他欢喜，故意百般做作，极力奉承，二人颠狂了半夜，才相搂相抱而睡。

次日起来，不进朝，便来拜殷太监。这殷太监原是在文书房秉笔的，田太监殁了，就该他掌朝，因神宗欢喜二陈，就越次用了，却把他管了东厂④，也是第一个大差。他平日与田太监极厚，故程中书来拜他。传进帖

---

① 分上——人情，面子。

② 唱喏（rě）——方言，作揖；或一边作揖，一边出声致敬。

③ 爪哇国——极远的地方。

④ 东厂——明朝官署名，从事特务活动。

去,正值殷太监厂中回来,至门首下轿。门上禀知,就叫请会。程中书进来,见了礼,到书房坐下。殷太监道:"自令母舅升天后,一向少会,咱们这没时运的人,是没人睬咱的。今日甚风儿吹你到此? 承你不忘故旧,来看看咱好。"程中书道:"因家母舅去世,被人轻薄,也无颜见人。今日没有进去,特来叩请老公公的安。"殷太监道:"承受你。小的们,取酒来烫寒,闲叙闲叙。"家人移过桌子放在火盆边,大碗小碟的摆了一桌肴品,金杯斟上酒来。

二人对酌多时,程中书道:"近日又差了几位出去了?"殷太监道:"那些狗养的,办着钱只是钻刺他们出去,撰了无数的钱来,只拣那有时运的,便成几万的送他,似咱们这闲凉官儿,连屁也不朝你放个。"程中书道:"这也不该。杨柳水①大家洒洒才是。难道就没得用人之时。"殷太监道:"这起狗骨头儿,眼界无人,会钻刺的都弄了去。你留他,我明日不弄他们个尽根也不算手段。包管叫他们总送与皇爷,大家穷他娘。"程中书道:"朝廷的钱粮,年年报拖欠,总是他侵挪去了。"殷太监道:"什么拖欠?都是他们通同作弊,只瞒着皇爷一个。"程中书道:"何不差人去清查?"殷太监道:"咱也有此意。若差内官去,又是他们一伙子的人;要差个外官去,又恐不体咱的心。"程中书道:"小侄倒无事,可以去走走。只是内里无人扶持。要求个分上又没钱使。似昨日杨公公的事,是李皇亲说的,就灵验了。"殷太监道:"这狗养的也是神钻哩! 我说怎么下来得这样快,原来是这个大头脑儿。若你老先儿肯去,都在咱身上。咱有个好头儿,管你一箭就上垛。"程中书道:"多谢老公公美意。但不知是哪个头儿?"殷太监道:"李皇亲是小李娘娘的兄弟。咱明日去郑娘娘位下求个分上,只求皇爷批下,竟落文书房,看那小狗养的可敢留住么!"程中书道:"妙极,妙极! 但不知要多少礼物?"殷太监道:"少也得万石米。"程中书道:"小侄是个穷官,怎办得起?"殷太监道:"你措一半,我代你垫一半,等你回来补我。"程中书道:"拜托,回来加利奉还。"殷太监道:"田哥分上,说什么利钱? 只是弄得这些狗养的头落地,方称我心。"程中书辞了起身,殷太监道:"你把礼儿先送来,本也预备现成,等皇爷在郑娘娘处玩耍,咱着人送信来,你再进本,咱央娘娘实时批出,这叫做迅雷不及掩耳,叫他们做手脚

---

①　杨柳水——本指观音菩萨手中净瓶中的杨柳水,这里是好处。

不迭。"说毕,别了。

程公回来。进忠随来,脱了衣服。程公道:"果如你的计,十分停妥。"便将殷太监的话对进忠说了。进忠道:"事不宜迟,恐久则生变,就乘今夜送去。"程中书忙取出一百个元宝,用食盒装好,差了四个人抬着,进忠拿了帖子,送到殷太监家来。时已初更,大门关了,门上不肯传。进忠道:"我们是福府差来,有机密事来见的。"门官才开了门,进忠领人将食盒抬进,门上人大嚷大骂。进忠道:"与人方便。自己方便,咱是中书程爷送礼来的。早间与公公约定,吩咐叫此刻送来的,这是薄敬五两,请收,借重传一声。"门上接了,似有嫌少之意,回道:"公公睡了,不敢传。"进忠只得又送了他三两,才去传点。过了一会,家人才出来问道:"什么事?"进忠对他说了,也送了他五两银子,才进去说知。少顷,叫抬进去。

抬进中堂,见堂上灯烛辉煌,火盆内丛着火。殷太监头戴暖帽,身着貂裘,南面而坐,前列着十数个亲随。进忠跪下叩了个头,家人接上帖去。殷太监看了道:"就到明日罢了,怎么这样快?你爷做得事。"进忠道:"蒙老爷盛意,先送地来,好乘机行事。"旋将食盒打开,一锭锭在灯下交代明白。殷太监叫管库的收了,说道:"好乖巧孩子,会说话,办事也找绝。"遂向身边顺袋内摸出十个金豆子来赏进忠,道:"拜上你爷,早晚有信就送来。"进忠答应,叩谢回来回信。程中书次日把本章备下。

过了几日,殷太监差人来送信。程中书忙将本送进,果然就批出来。道:"湖广矿税钱粮,着程士宏清查,着写敕与他。"科道见了交章奏劾①,俱留中不发。程中书来谢了殷太监,忙收拾领敕辞朝。京中那起光棍钻谋送礼,希图进身。又有湖广犯罪拿访的约来帮助。发了起马牌,由水路而来,摆列得十分气焰。但见他:

> 行开旗帜,坐拥楼船,喧天鼓乐闹中流,乱杂从人丛两岸。黄旗金额,高悬着两字钦差;白纸朱批,生扭出几行条例。驿传道火牌清路,巡捕官负弩②先驱。列几个峨冠博带③,皆不由吏部自除官;摆

---

① 奏劾(hé)——劾,揭发罪状。这里指官员向皇帝奏请弹劾的奏章以揭发他人。

② 负弩(nǔ)——背着弩弓。

③ 峨冠博带——峨,高;博,宽。穿着高冠宽带。为官宦的打扮。

许多棕帽宣牌,乃久困圜扉①初漏网。过马头威如狼虎,趱人夫势类鹰鹯②。搜剔③关津,飞鸟游鱼皆丧胆;掘伤丘陇,山神土地也心惊。

程中书带了这班积棍,一路上狐假虎威,虚张声势,无般不要,任意施为。那些差上的内官奉承不暇他。敕上只叫他清查矿税,与百姓无涉,他却倚势横行,就是他不该管的事,他也滥管民情,网罗富户,掯诈有司。山东、江淮经过之地,无不被害。及到湖广,是他该管地方,便把持抚按,凌虐有司,要行属官礼,勒令庭参,牌票,仰示,一任施行。若与抗衡,即行参劾,说他违旨,不奉清查。各府院道,任其放纵,莫敢谁何。荆湘一带,民不聊生。正是:

当路豺狼已不禁,又添虎豹出山林。

东南膏血诛求尽,谁把沉冤诉九阍④。

程中书舟过汉江,将到均州地方,只见前面一座高山,遂问从人道:"这是什么山?"巡捕禀道:"是武当山。"进忠道:"闻得武当是玄天上帝的圣迹,何不去游游?"程中书遂传令要往武当进香。船家领命,即放船北去。行了一日,早有均州吏目带领人夫迎接。离均州三十里便是头天门,知州来迎接,吏目禀道:"从此上山,俱是旱路,请大老爷坐轿。"程中书吩咐,只着几名亲随跟去,余者俱着守船,不许乱行取罪。遂搭扶手上岸,坐了大轿,一行鼓乐仪从竟上山来。到山脚下,早有五龙宫道士迎接,入宫献茶办斋,天色已晚,就在本宫歇了。

次早,吃过早斋,道士禀道:"从五龙上去,山路甚险窄,坐不得大轿,须用山轿,方好上去。"程中书上了山轿,从人不能骑马,也是山轿,皆用布兜子抬,两人在上扯拽而行,坐轿的皆仰面而上。一层层果然好座山,但见:

巨镇东南,中天神岳。芙蓉峰竦杰⑤,紫盖岭巍峨。九江水接荆扬远,百越山连轸翼多。上有太虚宝殿,朱陆云台。三十六宫金磬

① 圜(huán)扉——指牢狱。
② 鹯(zhān)——鸟名。
③ 搜剔——搜刮。
④ 九阍(hūn)——皇宫;阍,门。
⑤ 竦(sǒng)杰——高耸直立。

响,百千万众进香来。舜巡禹狩,玉简金书。楼阁飞丹鸟,幢幡摆赤襟。天开仙院透空虚,地设名山雄宇宙。几树榔梅花正放,遍山瑶草色皆舒。龙潜涧底,虎伏崖中。幽禽如诉语,驯鹿近人行。白鹤伴云栖老桧,青鸾向日舞乔松。玉虚师相真仙地,金阙仁威治世宫。

程中书来到半山,有太和宫道官带领一班小道士来接,从人喝令起去,小道士齐声响动,鼓乐一派,云韶箫管之声清泠可听。进到宫里,道官备下香汤,丛了火,请程公沐浴上山。直至太和绝顶,祖师金殿前下轿,抬头观看,好座金殿。真个是:

辉煌耀日,灿烂侵眸①。数千条紫气接青霄,几万道黄云笼绛阙。巍巍宝像,真个是极乐神仙;级级金阶,说什么只②园佛地。参差合瓦,浑如赤鲤揭来鳞;上下垂帘,一似金虾生脱壳。戊巳③凝精团紫盖,虹霓贯日放金光。

程公上殿拈香,拜毕起来,四下观看,皆是浑金铸就,赞叹不已。直至山顶,放眼一望,真个上出重霄,下临无地,汉江仅如一线,远远见西北一座大山不甚分明,如龙蛇蜿蜒,问道:"那是什么山?"道官道:"那是终南山的发脉。"程公道:"久闻武当胜概,果然名不虚传。"遂下山来到太和宫,道士设宴管待,一般有戏子、乐人承应。只一人独酌,饮过数杯,觉得没趣,即令撤去,止留桌盒与老道士清谈用。两个小道童奉酒,饮至更深始散,就在楼上宿了。只听得隔壁笙歌聒耳,男女喧哗,一夜吵得睡不着。次早起来,唤道官来问道:"隔壁是什么人家,深夜喧哗?"道士道:"是山下黄乡官的家眷来进香,在隔壁做戏。"程中书记在心头。

吃过早饭,道官请游山,程公换了方巾便服,带了从人,满山游玩,说不尽花草争妍,峰峦耸翠。来到紫盖峰,乃是一条窄路,两山接榫④之处,正在转湾之地。轿夫站在两崖上缓缓而行,轿子悬空,已令人害怕。只见底下一簇轿子蜂拥而来,两下相撞。进忠等喝道:"什么人?快下去让路!"吏目忙向前说道:"钦差大人是本处的上司,你们快些让让。"那些人

---

① 侵眸(móu)——夺目;眸,眼睛。

② 只(zhī)——恭敬。

③ 戊巳(wù sì)——地支第五、六位。

④ 接榫(sǔn)——相接。

道："什么上司，我们是女眷，怎么让他？"乱嚷乱骂，竟奔上来。程公见他势头来得汹涌，忙叫轿夫退后，在宽处下轿让他。只见一齐拥上有二十多乘轿来，轿上女眷都望着程中书笑。众人吆喝道："不许笑！"半日才过完了。程公心中着实不快。上了轿，回到太和宫，道士献了茶，吃了午饭。程公叫道士来问道："才是谁家的女眷？"道士道："就是昨夜做戏的黄乡官的公子，带着些女眷来游山。"程公道："他是个什么官儿，就这样大？"道士道："他是个举人，做过任同知①的。"程公大笑道："同知就这等大？"道士道："此地没有宦家，只他是做过官的，故此大了。"程公吃了饭，因夜里未曾睡觉，就和衣睡熟了。

　　原来这黄同知极不学好，在山下住着，倚着乡官势儿，横行无忌，有天没日的害人。小民是不必说了，就是各宫道士，无不被其害，将他山上钦赐的田地都占去了。但遇宫内标致小道士，就叫家去伏事教戏。家内有两班小戏子，都是揹陷②去的，到有一大半是道士，买的不过十之二三。山上道士个个痛恨，正没法报复他，却好见程公恼他，便乘机在火上浇油。因进忠是程中书的心腹，家人先摆了桌在小阁子内，乘程公睡熟，便请进忠到阁上吃酒。两个道士相陪。进忠道："老爷尚未用酒，我怎么先吃？"道士道：

　　"乘此刻消闲，先来谈谈。"三人一递一杯，吃了一会儿。那道士极称黄同知家豪富，真是田连阡陌③，宝积千箱，有几十个侍妾，两班戏子，富堪敌国，势并王侯。进忠道："他不过做了任同知，怎么就有这许多家私？"道士道："他的钱不是做官撰的。"进忠道："是哪里来的？难道是天上下的？"道士道："虽不是天上下的，却也是地下长的。"老道士正欲往下说，那个道士道："你又多管闲事了，若惹黄家晓得，你就是个死了。"那老道士便不敢说了。进忠道："你说不妨，此处又无外人。"道士道："只吃酒罢，莫惹祸，太岁头上可是动得土的？"进忠站起身来道："说都说不得，要处他，越发难了，我去禀了老爷，等老爷问你。"那道士道："爷莫发躁，我

　　① 同知——官名。明时知州、知府佐官，分掌督粮、缉捕、海防、江防、水利等。分驻指定地点。
　　② 揹陷——强迫抓去。
　　③ 田连阡陌(qiān mò)——广有田地。阡陌，田地中间纵横交错的道路。

说与你听罢。"道士未曾开言,先起身到门外看看,见没人,把门关上,才低低说道:"我们这武当山,自来出金子,就是造金殿,也是这本山出的。金子被永乐皇帝封到如今不敢擅开,只有黄家知道地脉,常时家中着人去开挖,外人都不知金子的本源,他也一些不露出来,带到淮、扬、苏、杭等处去换,他有这没尽藏的财源,怎么不富?"

正说间,程公醒了咳嗽,进忠忙过来斟茶与程公吃,便将道士之言一一说知。程公道:"武当乃成祖禁地,与南北二京紫金山一般,他敢擅自开挖,罪也不小。若要处他,却无实据。"进忠道:"擅开金矿,毁挖禁地,这都是该死的罪,况爷是奉旨清查矿税的,这事不查,更查何事?"程公道:"事之有无,也难凭一面之辞,这事弄起来甚大,恐难结局。"进忠道:"且去吹他一吹,他若见机,寻他万把银子也好。"程公道:"怎得有便人吹风去?"进忠道:"均州吏目现在外面,等小的去吹个风声与他,看是如何。"遂下楼来到殿上。

那吏目正睡在凳上,见进忠来,忙起身站立。进忠与他拱拱手道:"贵处好大乡绅。"吏目道:"此地无朱砂,赤土为上。"进忠道:"明对他说是钦差大人,他还那等放肆。"吏目道:"他在此横行惯了,那些人总是村牛,哪里知道世事!"进忠道:"老爷十分动怒,是我劝了半日才解了些。闻得他家有好金子,老爷要换他几两公用,可好对他说声?"吏目道:"他家果是豪富,恐未必有金子。"进忠道:"他家现开金矿,怎说没有?"吏目道:"人却是个不安静的,若说他开金矿,实无此事。且武当自来没有出过金子。"进忠道:"一路来主闻得他家开金矿,有没有,你都对他说声。"吏目道:"金子本是没有,若大老爷怪他,待我去吹他吹,叫他送份厚厚的礼,自己来请个罪儿罢。"进忠道:"也罢,速去速来。"

吏目走出宫来,见松树下一族人坐着吃酒,吏目认得是黄家的家人。吏目走到跟前,那些人认得,都站起身来。吏目唤了个年长的家人到僻静处说道:"早间你家的轿子在山上遇见的是钦差程大老爷,来湖广清查矿税的,你家女眷冲撞了他,他十分着恼。"那家人道:"总是些少年小厮们不知世事,望爷方便一言。"吏目道:"我也曾代你禀过,他说闻得你家有金子换,他要换几两哩。"家人道:"这是哪里的话?我们家金子从何而来?"吏目道:"他原是个没毛的大虫①,明知你家巨富,这不过是借端生发

---

① 大虫——老虎。

的意思。你去对你家公子说声，没金子，就多少送他份礼儿罢。恐生出事来，反为不美。"家人道："爷略等等，我去就来。"吏目道："你须调停调停，他既开了口，决不肯竟自干休。"

那家人来到楼上，埋怨那起家人道："老爷原叫你们跟大爷出来，凡事要看势头，怎么人也认不得，一味胡行？你们惹了程中书，在那里寻头儿哩！"公子听见，问道："什么事？"家人便将吏目的话说了一遍。那黄公子是少年心性，听了这话，便勃然大怒，骂道："放他娘的狗屁！我家金子从何处来？那吏目在哪里？"家人道："在树下哩。"公子往外就跑，哪里悬得住？一气跑到树下，一片声骂道："充军的奴才，你只望来揸我，你代我上覆那光棍奴才，他奉差管不着我，他再来放屁时，把他光棍的筋打断他的。"那吏目听见骂，飞也似的跑去了。那黄公子犹自气愤愤的赶着骂。

吏目跑到楼上，将黄公子骂的言语一一对进忠说了。进忠来回程公，程公大怒道："畜生如此无礼！这却不干我事了，他到来欺负我！"遂发牌到均州上院，把老道士拿去补状，连夜做成本章，次日差人背本进京。一面点了四十名快手、二百名兵，将黄同知宅子围得铁桶相似，候旨发落。正是：

　　　　忍字心头一把刀，为人切勿逞英豪。

　　　　试看今日黄公子，万贯家私似燎毛。

黄公子只因一时不忍，至有身家性命之祸。少年人血气之勇，可不忍乎！均州知州①遂将此事申闻抚按②，黄同知也着人到抚院里辩状。抚院上本辩理，总是留中不发。偏他的符水灵，本上去就准了，不到一个月，旨下，批道："黄才擅开金矿，刨挖禁地，着程士宏严刑拿问，籍没③定罪。"程中书一接了旨，便又添些快手、兵丁，把黄同知父子拿来收禁，把家财抄没入官。田地房产仰均州变价，侵占的田地准人告覆。将妇女们尽行逐出。那些兵丁乘势将妇女的衣服剥去。赤条条的东躲西藏，没处安身，都躲到道士房内，只好便宜了道士受用。也是黄同知倚势害人，故有此报。

---

①　知州——官名。州一级行政地方长官。

②　抚按——官名。

③　籍没（jí mò）——对犯罪的人财产强制收归公有。

黄同知父子苦打成招，问成死罪，候旨正法，也是天理昭彰①。

忽一日，有个兵备道，姓冯名应京，江南泗州盱眙县人，两榜出身，仕至湖广参政，来上任，到省见抚院，回来正从武当山过，观看景致。忽听得隐隐哭声，便叫住轿，着家人去查。家人访到一间草房里，那蓠荆门推开，只见两个年老妇人坐着绩麻。家人问道："你家什么人哭？"老妇人道："没有。"家人道："明明听见你家有哭声，怎么说没有？我们是本处兵备道冯大老爷差来问的。"那老妇人还推没有。只见一个少年妇人，蓬头垢面，身无完衣，从屋里哭着跑出来道："冯大老爷在哪里哩？"家人道："在门外轿子里哩。"那妇人便高声大叫道："青天大老爷，救命！冤枉！"直喊到轿前跪下。冯老爷问道："你有什么冤枉？好好说，不要怕。"那妇人哭诉道："小妇人是本处黄同知的媳妇，被钦差程中书害了全家。"将前情细诉一遍。冯公听了，毛发上指，道："青天白日之下，岂可容此魑魅②横行？"遂叫拿两乘小轿，将妇人并老婆子带一个去。回了衙门，差人问到他亲戚家中安插，叫他补状子来。冯公袖子呈子，上院见抚院，禀道："本道昨过武当山下，有妇人称冤，系黄乡宦的媳妇，被钦差程士宏无端陷害，全家冤惨已极。原呈在此，求大人斧断③。"抚院道："本院无法处他。""本道却有一法可以治之，俟行过方敢禀闻。"抚院道："听凭贵道处治得他甚好。"

冯公辞了回来，到衙门内取了十数面白牌，朱笔写道："钦差程士宏，凌雪有司，诈害商民，罪恶已极，难以枚举，今又无轴陷害乡官黄氏满门，惨冤尤甚。本道不能使光天化日之下，容此魑魅横行。凡尔商民，可于某日齐赴道辕，伺候本道驱逐。特示。"白牌一出，便有万把人齐赴道前。冯公道："尔等且散，不可惊动他。本道已访得他于某日船到汉口，尔等可各备木棍一条，切不可带寸铁。有船者上船，无船者岸上伺候。俟本道拜会他，尔等只看白旗为号，白旗一招，炮声一响，便一齐动手，将他人船货物都打下水去。切不可乘机掳抢，亦不可伤他们性命，只把程中书捆起送上岸来。"传谕毕，众人散了。

---

① 天理昭彰——天理像高举着日月一样不容怀疑。
② 魑魅（chī mèi）——害人的妖怪。
③ 斧断——公断，以辩明（事）是非。

　　再说程中书扬扬得意，自均州而来，渐抵汉口，五六号座船，吹吹打打，鼓乐喧天。到了汉口，随役禀道："兵备道冯大老爷来拜。"程中书出舱相迎，挽往船，冯公下船相见。程公道："老先生荣任少贺。"叙了一会儿闲话，茶毕起身。程公送上岸，才回到舱，忽听得一声炮响，岸上一面白旗一展，只见江上无数小船望大船边蜂拥而来，岸也挤满了人。大船上只疑是强盗船，正呼岸上救护，忽又听得一声炮响，岸上江中一齐动手，把五六号大船登时打成齑①粉，把程中书捆起送上岸来，余下人听其随波逐流而去。正是：

　　　　昔日咆哮为路虎，今朝沉溺作游魂。

　　毕竟不知程中书并手下人性命如何？且听下回分解。

---

　　①　齑(jī)粉——细粉碎屑。

第 九 回

魏云卿金牌认叔侄　倪文焕税监拜门生

诗曰：

逝水滔滔日夜流，堪嗟①世事水中沤。

散而忽聚浑无定②，绝处逢生亦有由。

但养知能存正气，莫图侥幸动邪谋。

礼门义路儒家事，齐治须从身内修。

话说众商民将程中书座船打碎，从人并金银礼物俱付东流，只把程中书捆了送上岸来。冯公道："放了，取衣服与他穿。"已先着人将船上敕印并他随身行李取来，用暖轿把他抬到公馆内安插，命地方官供给。发放众人散去，会同两司来见抚院。抚院已先有人报知，骇然。各人见过礼，抚院道："贵道鼓大勇以救商民，固为盛举，但如君命何？"冯公道："本道为民司牧③，岂可任虎狼吞噬④？心切耻之。今日之举，已置死生于度外，只求大人据实参奏。"众官相议道："如今只好说程士宏暴虐商民，以致激变，冯参政救护不及。"冯公道："始而不能御虎狼以安百姓，既又饰浮词以欺君，罪不胜诛。只求大人据实直奏，虽粉骨碎身亦所不辞。"抚院只得具题出去，毕竟本内为他回护。

不日旨下，道："程士宏暴虐荆、湘，以致激变商民，着革职解交刑部严审。冯应京倡率百姓毁轩钦差，着锦衣卫⑤差官扭解来京，交三法司审拟具奏。其余愚民着加恩宽免，钦此。"抚院接了旨，官校即将冯公上上刑具，荆、湘之民扶老携幼，皆各出资财送与官校，才放松了刑具。有送至

---

① 堪嗟（jiē）——感叹。

② 无定——变幻无常。

③ 为民司牧——官为百姓办事。

④ 噬（shì）——吞咬。

⑤ 锦衣卫——明设置保卫皇宫的亲军，后兼侦缉，从事特务勾当。

中途者,有直送至京到法司处代他打点的,各衙门都用到了钱。旨下,先廷杖一百再审。法司拟成斩罪,监候秋后处决。旨下依议。有诗赞之曰:

驱除狼虎保黔黎①,为国亡家死不辞。

荆楚万民沾惠泽,泪痕不数岘山②碑。

冯参政虽然受刑,却因百姓打点过,故未曾重伤。后遇神宗恩赦,只于刹职,此是后话。

再讲魏进忠,被人打碎船落在水中,昏昏沉沉随波上下,就如昏睡一样,任其漂泊。忽然苏醒过来,只觉得身上寒冷,开眼看时,却是睡在一块大石之上。只见明月满天,霜华满地,正是九月中旬天气,身上只穿着两件夹衣,已被水湿透,好生寒冷。站起身来一望,只见面前一派大江,滔滔聒耳,芦花满岸,心中甚是凄惨。忽隐隐闻犬吠之声,爬下石头来沿江而走,前面一条小路,不知方向。正走时,只见路旁两个雪白的猫儿相打,进忠上前喝了一声,那猫儿跑入苇中去了。进忠又不敢进去,恐有虎狼。站了一会,那猫又跑出来在前面打。进忠又赶上几步,那猫又进去了。进忠只得跟着他走。及走进去,却是一条大路。那两个猫仍在前面赶跑,进忠便紧紧跟着他走,就如引路的。走有三四里远,望见前面高岸上有一簇人家居住,到也齐整。但见那:

倚山通路,傍岸临流。处处柴扉掩,家家竹院扃③。江头宿鹭梦魂安,柳外啼鹃喉舌冷,短篴④无声,寒砧不韵。红蓼⑤枝摇月,黄芦叶头风。陌头村犬吠疏篱,渡口老渔眠钓艇。灯人稀,人烟静,半空皓月悬明镜。忽闻一阵白苹香,却是西风隔岸送。

进忠爬到岸上,那猫也不见了,人家都关门闭户,没处投宿。见前面有座门楼,及走至跟前看时,却是一座庙宇,两扇红门紧闭,不敢去敲,只得在庙门前檐下坐着避风露。少顷,忽听得“当当”的锣响,梆声正打三更。又见对过小巷内走出头小狗儿来,望着进忠汪汪乱吠。那更夫走近

---

① 黔黎——老百姓。

② 岘(xiàn)山——山名,在湖北。

③ 扃(jiōng)——自外关闭的门闩,闩环;借指门扇。

④ (suí)——古代一种竹管带孔乐器。

⑤ 蓼(liǎo)——一种水草。

庙前,见狗乱叫,便走来看;见进忠独坐在此,遂把锣乱敲。后面走出七八个人来,手持枪棍走上前,一条绳子把进忠锁起,不由分说拉着就走众人拥着,一直来到一处。众人敲门,里面问道:"什么事?"外面应道:"捉了贼来了。"里面开门,只见门内两边架上插满刀枪。那些人把进忠带到里面,锁在柱子上,众人去了,关上门也不来问他,竟自一哄而去。这才是:

运不通时实可哀,动心忍性①育雄才。

已遭三日波涛险,又受囹圄②一夜灾。

进忠锁在柱上,懊恼了半夜。天明时,众捕役吃了早饭,正要来拷问他,只见一人手持一面小白牌进来道:"昨夜拿的贼哩? 老爷叫带去哩,坐堂了。"众捕快答应,带了进忠,来到一个衙门进来,只见那:

檐牙高啄,骨朵③齐排。桌围坐褥尽销金,笔架砚台皆锡铸。双双狱卒,手提着铁锁沉枷;对对弓兵,身倚定竹批木棍。白牌上明书执掌:专管巡盗、巡盐;告示中更载着委差:兼理查船、过税。虽然是小小捕衙官,若论威风也赫耀④。

快手将进忠带到丹墀下,见上面坐着个官儿,生得十分清秀,年纪只好三十多岁。进忠心内想道:"我在京时,这样官儿只好把他当做蚂蚁,今日既然到此,只得没奈何跪下。"正是:

在人矮檐下,不敢不低头。

那官儿先叫上更夫问道:"这人从何处捉来的?"更夫道:"小的夜里巡更,至龙王庙前,见他独坐在门楼下,故此叫保甲同捉了来。"官儿道:"带上来。"问道:"你是哪里人? 姓什么? 为何做贼?"进忠不敢说出真姓名来,遂假说道:"小的姓张,北直人。因贩货到荆州来,卖在汉江口,遭风落水,亏抱住一块船板流到这里。夜间爬到岸上,人有俱闭了门,无处投宿,只得在门下避风,被他们拿来。其实没有做贼。"那官儿听了,走下公座来,看见他身穿白绫夹袄,下衬着白绸裆子,穿的花绸裤子都被扯坏

---

① 动心忍性——语出《孟子》。这里指磨炼心志、锻炼性情。

② 囹圄(líng yǔ)——监狱。

③ 骨朵——古兵器。铁或硬木制,像长棍子,顶端爪形。后只用于仪仗。叫金爪。

④ 赫耀——盛大显著的样子。

了,心中想道:"此人身上穿得齐整,却不像个做贼的。"故意喝道:"半夜独行,非做贼而何? 再搜他身上可有赃物。"皂隶上前,将他身上搜了一遍,没有东西。只见他手指上扣着个金牌子,禀道:"身上并无一物,只手上有个小金牌子。"官儿道:"取上来看。"皂隶将绳子扯断拿上来。那官儿接过来一看,吃了一惊。沉吟了一会,正要问他原由,忽见报事的慌慌张张的来报道:"禀老爷,本府太爷的船快到界口了。"那官儿道:"且收禁。"又叫过个家人来,向他耳边说了几句,遂下公座上马去了。衙役将进忠带到仓里,送他在一间房里坐下。

少顷,忽见一人送点心来与他吃,午后又送出酒饭来。进忠想道:"我是个犯人,为何送点心酒饭我吃?"心中狐疑不解。直至上灯时,只见个穿青衣的走进来道:"老爷叫你哩。"进忠跟他走过穿堂,直至私衙,心中愈觉可疑。见上面点着桦烛①,那官儿坐在堂中。进忠走至檐前跪下,那官儿道:"你实说是那里人? 姓甚名谁? 因何到此?"进忠道:"小的委实姓张,北直人,因坏船落水至此。"官儿道:"你是几时落水的?"进忠道:"九月十二日在汉口落水,昨夜三更时上岸的。"官儿道:"胡说,你是十二落水,今日已是十六了,岂有人在水中三四日不死的? 况汉口至此是上水,岂有逆流的理? 这都是虚言,你若不实说,我就要动刑了。"进忠想道:"我若说出真情,又恐惹起前事来,若不说,又恐动刑。"半日不敢开言。那官儿道:"我且问你,这金牌子是谁与你的?"进忠道:"是小的自小带着的。"官儿道:"是谁与你带的?"进忠道:"是小的母亲与小的带的。"官儿道:"你母亲姓什么?"进忠道:"姓侯。"官儿道:"这等说,你不是姓张了,你起来对我实说。这牌子的缘由,我也知道些,你若不实说,我就夹你哩!"那官儿屏退左右。进忠被他强逼不过,又见左右无人,只得实说道:"小的实系姓魏,名进忠,肃宁县人。去年随母亲往北京寻亲。小的母亲有个姨弟在京,叫小的拿这牌子去寻,说这牌子原是他的后找寻不遇,在京中住下。后遇吏科王老爷荐小的到中书程老爷衙内做亲随,今跟程中书来湖广清税,昨在汉口被盗把船打碎,落水漂到此地。爬上岸在庙门前避风,被巡更的拿来。这是实话,并无半字虚情,求老爷开恩。"那官儿听罢,即忙走下来拉他坐。进忠道:"小的是犯人,怎敢坐?"那官儿道:"我

---

① 桦烛——用桦皮卷蜡而成的烛。

就是你母亲的姨弟魏云卿。我一向想念你母子，不意在此地相会。"

二人见了礼坐下。云卿道："令堂今在何处？"进忠道："陪王吏科的夫人往临清去了，刻下尚在临清。"云卿话毕，叫人取棉衣出来与进忠换，只顾拿着金牌子看来看去，不觉眼中流泪。正是：

> 十载分离无见期，一朝重会不胜徨。

> 可怜物在人何处，各自天涯不共归。

云卿道："我与你母亲别了十数年，无日不想念，他一向在何处的？我在京中等他许久，怎么到去年才进京？"进忠又将途中遇难的事说了一遍。云卿嗟叹不已，便叫拿酒吃。少顷，摆上酒，二人对酌。进忠问道："王老爷说老爷荣任广东，怎么在这里？"云卿道："这是湖广沙市，我先在广东做巡检①，新升荆州卫经历②，刻不奉差在此收税。你且宽住些时，我差人去接你母亲来此相会。"饮至更深，安点进忠后衙安歇。

云卿此时尚不知程中书的事，过了几日，才接到抚院的牌道："凡程中书所委的官员及一切随从人役逃窜者，俱着该地方官严缉解省。"云卿看毕，来对进忠说道："抚按行下牌来，叫拿程中书的余党，你正是文上有名字的。我这里是个川广的要路，耳目极多，你在此住不得了。"进忠道："既住不得，我去罢。"云卿道："你往哪里去？"进忠道："到临清看母亲去。"云卿道："不好。你到山东去，这汉口是必由之路，那里恐有人认得你，如何去得？如今却有所在，你可以安身，到那里权避些时，待事平了，再向临清去不迟。"进忠道："哪里？"云卿道："扬州府我有几个亲戚在那里开缎铺，那里是个花锦地方，我写两封书子与你去，盘缠③馆谷④都不必愁。"

次日，置酒与他饯行，又做了些寒衣，行李置备齐全。云卿写了书子并送人的礼物，都交与进忠道："这两封书子，一个姓陈号少愚，一个姓张号白洋，总是我的至亲，你今认做我的侄子，恐路上有人盘问，你换了巾儿去，拿两只巡船送你到江西界口，切不可出头露面，要紧。"进忠收拾行

---

① 巡检——官名。明代州县有巡检、多设司于距城稍远之处。

② 经历——官名。明之布政使司、按察使司均设经历。职掌出纳文书。

③ 盘缠——路费。

④ 馆容——指提供给客人的食宿。

李,云卿把了一百两盘缠,着个家人次日黎明送进忠上船,拜别而去。
正是:

> 西风江上草凄凄,忽尔相逢又别离。
>
> 从此孤舟天际去,云山一片望中迷。

进忠上了船,终日躲在舱内,顺风而下,不日到了江西界口。搭上盐课船,打发差船回去。一路上正值暮秋时候,只见枫叶拖丹,波光迭翠,山高月小,水落石出,无限真山真水。十数日才到仪征。江口换船,不半日,便到了扬州府钞关口。住舡①上岸,进得城来,只见人物繁华,笙歌聒耳,果然好个扬州城。只见:

> 脉连地肺,势占天心。江流环带发岷峨,冈势回龙连蜀岭。隋宫佳胜,迷楼②风影尚豪华;谢傅甘棠,邵伯湖堤遗惠泽。竹西歌吹,邗水③楼舡。青娥皓齿拥高台,掩映红楼连十里。异贝明珠来绝域,参差宝树集千家。玉人待月叫吹箫,豪客临风思跨鹤。诗成东阁,梅花佳句美何郎;景集平山,太守风流怀永叔。九曲池锦帆荡漾,廿四桥④青帘招摇。粉黛如云,直压倒越、吴、燕、赵;繁华似海,漫夸他许、史、金、张。正是:文章江北家家盛,烟月扬州树树花。

进忠入城来到埂子上,见一路铺面上摆设得货物璀璨,氤氲⑤香气不息。到街尽处,一带高楼,一家门面下悬着粉牌,上写道"定织妆花销金洒线";一面上是"零剪纱罗绫缎绢绸"。楼檐下悬着一面横牌,写着"陈少愚老店"。进忠走进店来,见槟栏前拥挤不开,五六个伙计都在那里搬货不闲。进忠只得坐在柜旁椅子上。等了一会,只见柜上一个少年的道:"老兄要什么货?请过来看。"进忠站起身,拱拱手道:"我不买货,九老官可在家么?"少年的道:"家叔还未出来,老兄有何见教?"进忠道:"云卿家叔有书要面会令叔。"那少年道:"家叔就出来,请进去坐。"进忠来到厅上坐下。

---

①　舡(chuán)——船的异体字,同"船"。

②　迷楼——隋炀帝时建在宫中的建筑。

③　邗(hán)水——河水,在江苏。

④　廿四桥——桥名,在南京。

⑤　氤氲(yīn yūn)——形容烟气很盛。

　　少顷，少愚出来，见了礼坐下，那少年的出去了。少愚道："不知大驾降临，失迎得罪。"进忠道："岂敢。"把书子递上道："家叔致意老丈。"少愚道："岂敢。"看了书子，道："原来令叔高升了，失贺。反承厚赐，到觉不安。"便叫小厮将礼物收进去，道："催面来。"进忠道："还要到张老丈处去。"少愚道："吃过面，我奉陪了去。"少刻面来，不独气味馨香，即小菜也十分清洁。吃毕，同少愚来候张白洋。

　　却好白洋在家发货，见少愚，便来见礼。少愚道："这位乃魏云老令侄，新自湖广来奉候。"白洋道："请后面坐。"同到厅上坐下，把书递上。白洋看了，道："前日有人进广，我还寄了信去，不知已高升了。这湖广沙市是个好地方，我曾去买过板的，真是鱼米之乡。令叔得此美缺，可羡！可羡！老兄行李在何处？"进忠道："在钞关外陈华亭饭店里。"白洋道："叫坐店的取来，就在我这小楼上住罢。"进忠道："只是相扰不当。"白洋道："至亲怎说这话？"置酒相待。次日，凡亲眷相好的缎店，都同他候过。

　　原来云卿在广东时寻了几万银子，有几个机房缎店都有他的资本。他既认进忠为侄，这些人如何不奉承他？今日张家请，明日李家邀，戏子、姊妹总是上等的。进忠本是个放荡惯的，遂终日沉缅酒色，不到一月，将百金盘费都用尽了，来向陈少愚借银子。少愚来与白洋商议道："云卿原叫他来避难，以馆谷相托，没有叫把银子他用，须作个计较，回他方好。"白洋道："云卿家里的事，我都尽知，他并没有侄子，此中有些蹊跷①。"少愚道："他既有亲笔书子，料也不假，我们也不必管他是不是，只是支了去难算账。"白洋道："他既开口，又不好回他，酌量处点与他，存着再算，不日也要差人去贺他，那时再关会他也可。"于是两家凑了百两与他。进忠得了银子，又去挥洒，不上两个月又完了。又向别家去讨。

　　光阴迅速，又早到暮春天气。一日，同了个好朋友闲步到小东门内城河边一个酒馆内饮酒，拣了河房内座头坐下。果然好座临流酒肆，但见：

　　　门迎水面，阁压波心。数株杨柳尽飘摇，几处溪塘还窈窕。四围空阔，八面玲珑。阑干倒影浸玻璃，轩槛晶光浮碧玉。盛铺玉馔，游鱼知味也成龙；满贮琼浆，过鸟闻香先化凤。绿杨影里系青骢，红叶桥边停画舫。

　　━━━━━━━━━

　　① 蹊跷（qī qiāo）——奇怪。

　　进忠等倚窗而坐，但见荷钱①贴水，荇带②牵风。饮了半日，进忠起身小解。只听得背后有人叫道："魏大哥几时来的？"进忠回头一看，说道："贤弟何以也在此处？"你道此人是谁？乃进忠在石林庄结拜的盟弟刘瑀。二人相见，真是他乡遇故知，欢喜不尽，携手在垂杨之下叙阔。进忠道："贤弟因何也在此？"刘道："自别哥哥之后，久无音信，不到一年，客老并你姨丈俱去世了。小弟同李二哥上京访问哥哥消息，住了两三个月也没人知道。后遇吏科里的长班谈起，方知哥哥往湖广去了。李二哥也回去了。小弟承一个朋友荐到鲁公公门下，今鲁公公奉差到此清查盐务，故小弟在此，有一年多了。近日闻程中书事坏，正虑哥哥没信，前有湖广出差的，已托他去访信。不知哥哥怎么到此？"进忠便将汉口遇难的事说了一遍。刘道："正是吉人天相，兄弟在此相会，也是奇缘。"二人复入座来与那人见礼，刘瑀邀过盐政府的众人各个见礼。通过姓名坐下，将两桌合做一桌，叫小二重拿肴馔，大家痛饮，至晚方散，刘道："我们同到哥哥寓所去认识认识，明日好来奉候。"众人同进忠来到张白洋家楼上。白洋听见是盐政府里的人，不敢出来。进忠对张家的小厮道："请你家老爹出来，这是我的兄弟。"白洋听了，才出来相见。进忠道："这是我结义的兄弟。"白洋就叫留他们吃酒，刘瑀道："恐府里关门，改日再领。"说罢别了。

　　次日清晨，进忠才起来，刘瑀同陆士南、李融已来了。后又有两三乘轿子来，都是昨日同席的。因刘瑀面上，故此个个都来拜。相见茶罢欲别，进忠道："反承诸位先施，少刻即同舍弟到府奉谒。"刘道："明日再陪哥哥奉看诸公，今日先有小东在湖船上，并屈白老谈谈。"白洋道："小弟尚未尽情，怎敢叨扰。"进忠道："总是亲戚，不必过谦。"白洋道："也罢。弟先作面东。"众人一同来到面馆吃面。进忠问刘道："客老并姨爷殁了，姨母可好么？"刘道："姨娘多病，月姐也嫁了。姨娘生了一子尚小，家事没人照管，也渐渐凋零了。"进忠叹息一会。吃过面，同到小东门城河边上舡，见湖船上已有两个姊妹在内，出舱迎接，真是生得十分标致，但见他：

　　冰肌玉骨，粉面油头。杏脸桃腮，酝酿就十分春色；柳眉星眼，妆

----

①　荷钱——贴水的初生的小莲叶。
②　荇（xìng）带——多年生草本植物，叶呈圆形，浮在水面，根在水底，花黄色。

点出百种丰神。花月仪容，蕙兰心性。灵窍中百伶百俐，身材儿不短不长。声如莺啭乔林，体似燕穿新柳。一个是迎辇司花女，一个是龙舟殿脚人。

众人下舡，让进忠首座，两个姊妹见了礼，问道："此位爷尊姓？"张白洋道："是魏爷。"进忠道："请教二位尊姓雅号？"刘道："这位是马老玉，这位是薛老红，皆是邗上名姝①。"又有一班清唱，开了船，吹唱中流，过虹桥，到法海寺、平山堂各处游玩了半日，才卜船入席。众人觥筹交错，笑语喧阗。只见画船红袖，柳岸青骢②，果然繁华富丽。直饮至更深，各处尽是红灯灼灼，箫管盈盈。酒阑人散，进忠把薛红儿带到白洋店里宿了。次日刘来扶头，同进忠去回候，众人各家轮流请酒，进忠、白洋也各复席，整整吃了个月多酒。

刘瑀对进忠道："鲁公公原是殷公公的门下，哥哥何不去见见他，挂个名儿，在府里也体面些，外人也不敢忽略你。"进忠道："我是坏了事的人，怕他生疑不肯收。"刘瑀道："不妨，书房里我也说过，众人无不依的，老头儿是内官性子，你只是哄骗着，他就欢喜的，这不用愁。"进忠便允了。择日备酒，请监里众人共有四十余个。刘瑀道："家兄之事，内里在我，外边全仗诸公扶持。"众人道："岂敢，无不领命。"席散，进忠又拜托了，众人个个慨允。

数日后，内外料理停妥，进忠写了个手本，当堂参见，叩了头。鲁太监道："你就是魏进忠么？"进忠道："是。"鲁太监道："程爷受人挫轩，我正在这里气恼，你来得好，在我这里听用。"叫管事的来道："权收拾间房儿把他住，拿酒饭他吃。"进忠叩头谢了。同衙门的都来贺他请酒，各缎店更加倍奉承，重新大摇大摆的起来，终日大酒大食，包姊妹，占私窝，横行无忌。

光阴易过，不觉又是二年多了。一日，偶然来到陈少愚店内闲步，少愚留饭。只见少愚面带忧色，进忠道："老丈似有不悦之色，何也？"少愚道："不如意事重迭而来。"进忠道："什么事？"少愚道："昨日府里出票要织造赏边的缎匹。铺家挤我为头，贴他几百银子还是小事，还管要解到户

①　姝（shū）——美女。
②　青骢（cōng）——青白相杂的马。

部交纳，这是不能不去的，再者小婿府考①失意，二事恼人。"进忠道："闻得府考都是有分上的才取，令婿为何不寻个路儿？"少愚道："江都县有二千童生，府里只取了一百三十名进院去，四个里进一个就有十分指望。所以有名的个个都有分上，还有一名求两三封书子的。前日也曾寻了个分上，不意又被个大来头压了去，这银子又下了水了。如今府尊有个乡亲在这里，要去求他续取，他定要百金一个。小婿是个寒士，那里出得起？都要在我身上，又有这件差事，如何经得起？"进忠道："前日到有几个童生来拜监主做老师，求他府荐，昨日总取了，老丈何不备份礼，叫令婿也拜在他门下。求他荐去续取，管你停妥。"少愚道："妙极，全仗老兄提拔。"进忠道："等我回去对椽房们说过，再来回信，令婿叫甚名字，好进去对监主说。事不宜迟，明日就来回信，恐迟了被人先挤了书子去，就难再发了。礼物不须金银，须是古玩方好，他也未必全收。"少愚道："小婿名叫倪文焕，我叫他把府考的文章也写了带去。"进忠道："好极！"说毕作别而去。少愚随即请了女婿来，商议打点礼物好去拜门生。正是：

　　未到宫墙沾圣化，先从阉寺乞私恩。

　　毕竟不知鲁太监肯收文焕做门生否？且听下回分解。

---

　　①　府考——经县试录取童生得参加管辖该县的府（直隶州、厅）试。

第 十 回
洪济闸显圣斥奸　峄山村射妖获偶

诗曰：

> 知者能将义命安，营谋岂可透天关。
>
> 神明显处威灵赫，奸党闻时心胆寒。
>
> 事向机缘寻凑合，人从快捷方式妄跻攀①。
>
> 赤绳已系氤氲使，呆越应教巧结欢。

却说陈少愚次日备了礼物，领着女婿到监院衙门前来。班上并巡捕各役都用到了钱，传进帖子到橡房内。刘瑀出来相见，领了文焕，带着礼物到书房里与众人相见。那倪文焕却也好一表人才，只见他：

丰神秀雅，气度雍容。胸罗锦绣焕文章，眉丽江山含秀气。虎头燕颔②，功名唾手可前期；鼠顾狼行，奸险存心真叵测③。不于盛世为麟凤④，甘向权门作犬鹰⑤。

文焕与众人一一见过礼，换了青衣等候。少顷，里面传点，众人齐上堂伺候。鲁太监出来坐下，众橡房叩头参谒过，进忠走上去禀过，才领文焕至檐前跪下。门子接上手本，起来禀拜见，鲁太监道："只行常礼罢。"文焕拜了四拜，将礼单呈上。进忠接了，摆在公案上。鲁太监道："请换了衣巾看座儿来。"文焕不敢坐，鲁太监道："就是师生也该坐的，坐下来好说话。前日也有几个门生，都是坐着谈的。"文焕才换了衣巾告坐，呈上府考未取的文章。鲁太监揭开卷子看了，道："字迹很好，文章自然也

---

① 跻(jī)攀——高攀。

② 颔(hé)——构成口腔上、下部的骨骼和肌肉组织。

③ 叵(pǒ)测——(贬义)不可推测。

④ 麟凤——人才。

⑤ 犬鹰——走狗。

是好的。府官儿没眼睛,怎么就不取? 我这里就写书子荐你去,定要他取的。"拿过礼单来道:"秀才钱儿艰难,不收罢。"刘瑁道:"赘仪①是该收的,就是孔夫子也是受束脩②的。"鲁太监道:"将就收个手卷儿罢。"进忠取上来看时,乃唐六如《汉宫春晓图》,笔墨甚工。门子捧上茶来吃了,倪文焕谢了。鲁太监命取书仪③出来,递与文焕道:"些须薄敬,拿回去买个纸笔儿罢。"文焕拜谢了。走至堂口,文焕候鲁太监回进去,才出了衙门,回到岳家,细细对少愚说了。看那书仪,却是十两,陈少愚十分欢喜。

过了两日,果然府里续取出二十名来,文焕取在第一。不日学院按临,江都县进了三十五名,文焕是第十。送学之日,鲁太监也有贺礼,各缎铺并运司,盐政府两处房科都来代他插花挂红,彩旗锦帐,极其华丽。一应请酒谢客,俱是陈少愚一力备办。又备齐整酒席请进忠同衙门的人酬谢。文焕出来奉酒,不论长幼,一概称为老伯,甚是恭敬。正是:

　　志大言高狂者侪,独全浩气是儒流。

　　堪嗟娇娇馋门④彦,折节阉人实可羞。

文焕出来奉酒,不论长幼,一概称为老伯,甚是恭敬。正是:

众人饮至更深,各留姊妹宿了。

次日辰牌方起,只听得店门外人声乱嚷,刘瑁走出来看,却是府里的差人。见他来,便站起身来道:"刘大爷来得早呀。"刘瑁道:"诸位有甚事?"差人道:"还是为织造的事。如今将近三个月来,府里日日催逼,拿过两三次的违限了。昨日又发在厅里比,他们连睬也不睬,这是瞒不过爷的,苏杭已拆号了,将近起身,这里还没些影响哩。"刘瑁道:"本是急了,略宽一日罢。"差人道:"一刻也难宽。"刘瑁叫陈少愚取出二十两银子与他们,他们哪里肯受? 众人出来,做好做歹的把他们撮弄去了,复人来同吃了早饭。刘道:"事甚紧急,须早作法,不要空使了瞎钱,到没用哩。"众人散去,少愚留下进忠、刘瑁来,道:"外日小婿的事,承二位盛情提拔,感激不尽,如今这差事还望计较。"刘瑁道:"奈刻下监主又在安东未回,怎处?"少愚道:"此事须是求你监主计较才好,不知几时才回来?"刘瑁道:

---

① 赘(zhì)仪——古时初次拜见老师所送礼物。
② 束脩——脩,干肉。送给教师的报酬。
③ 书仪——礼金。
④ 黉(hóng)门——古时学校。

"有些时哩！令婿进了学,也该去谢谢他,或可乘机与他谈谈。老头儿是个好奉承的人,见令婿远去,自然依允。"进忠道:"此话也是,须内里有个人提拨他才好,老头儿有些不拨不动哩！"刘瑀道:"到是李融还有些灵窍。"进忠道:"那孩子有些走滚,恐拿他不定。"刘瑀道:"他与陆士南厚,我们与他商议去。"三人起身到仓巷里陆士南家来,小厮进去说了,出来说:"请爷少坐,家爷就出来。"

茶罢,士南出来相见,又向少愚谢道:"夜来多扰,酒吃多了,此刻头还疼哩！"对小厮道:"快泡苦茶来吃。"进忠道:"有件事来与兄相商。少愚老丈的差事紧急,要叫他女婿往安东去走走,一则谢荐,二者求免差事,特来请教。"士南道:"好虽好,只是内里无人提拨老头儿。"刘道:"正为此,故来求老兄一字与尊可。"士南道:"与哪个?"进忠道:"李三儿。"士南笑道:"多承抬举,摸也没摸着,好不决裂的孩子,虽是心肠热,却也拿他不定。"少愚道:"否则,另求一位也好。"士南道:"别人都不中用,还是他有些用处,须寻他个降手去才得妥贴。如今他与徽州吴家的个小郎并卞三儿三人拜为姊妹,三人厚的狠哩！等我先去寻他个引头来。"遂叫小厮去寻做媒的高疯子。

三人坐着闲谈。士南便去取出几串钱来,道:"我们何不掷个新快顽顽。"进忠道:"好。"遂铺下毡条来,四人下场掷了一会,刘瑀赢了十六两。只见小厮领了高疯子,一路嘻嘻呵呵笑了进来,道:"爷们得了彩了,赏我个头儿。"刘瑀取了一百文与他,道:"拿去买酒助兴,有好私窠①子弄个来顽顽。"高疯子笑道:"大路不走,到去钻阴沟。"士南道:"你家新媳妇是个好的。"高疯子呵呵笑道:"丫头子到还顺手,只是小伙子有些吃醋。"士南道:"你家老爬灰②也未必放得过。"高疯子道:"我家老奴才转是循规蹈矩③的,不敢罗的哩。"刘瑀道:"我送你两锭雪白的银子,把他与我略搂搂儿。"那疯婆子笑嘻嘻的只是抢钱。士南又把打头的钱抓了些与他,道:"你不要疯,且干正经事去,我们要到卞三儿家要要去,你先去对他说声。你先拿一两银子去与他做东道,天热,叫他不要费事,就是桌盒酒儿罢,若

---

① 窠(kē)——鸟兽住的窝。

② 爬灰——翁媳不正当男女关系。

③ 循规蹈矩——遵守规矩,不敢违反。

吴家安儿在他家，叫他留住他，莫放他去。"那疯婆子接了银子，又抢些钱才去。小厮摆上饭来吃了，又下场掷了一会，刘瑀只赢了七两。至申牌时，士南道："我们去罢。"少愚道："这事不可骤说，慢慢的引他为妙，我却不好去得。"

四人出来，少愚回去，三人进旧城到牛禄巷，将近城边，高疯子早站在巷口等。三人到了，高疯子开了门，三人进去，把门关上。卞三儿下阶来，迎进房内相见，果然面若娇花，身如弱柳，十分标致。丫头献茶，士南道："昨日安东有人来，三儿，可曾有信寄你？"卞三儿道："没有。"刘道："再无没信的。"卞三儿笑道："花子哄你。"士南道："他有信与我，说想你得很哩，眼都哭肿了，你还笑哩。"卞三儿道："淡得很，好好哭怎的。你是他心上人，故此有信与你。"少刻摆上酒来，卞三儿各各奉过一巡，士南道："安儿可曾来？"卞三儿道："他往南京去了有二十多日，昨日才回来，说今日要来看我哩！"

正饮酒菜，只听得外面叩门，摇摇摆摆走进一个小官来，只见他：

桃花衬脸粉妆腮，时样纱衣着体裁。

鼠耳獐头狼虎性，破家害主恶奴才。

这小官乃徽州吴守礼家一个老家人之子。那老家人名唤吴得，在扬州管总，也撰了好几万银子。只生了这个儿子，取名保安，年方十六岁，教他读书，希图冒主人的籍贯赴考。原来徽州人家家法极严，主人不准冒籍，恐乱宗支。这老儿遂叫他儿子交结盐院里的人，图代他帮衬。谁知吴保安逐日同这班人在一处，遂习成了个流名浪子，拿着主人没疼热的钱任意挥洒。打听得主人到扬州来，他便躲往南京去，恐事发觉，只等主人回去他才回来，故此来看卞三儿。走进来一一相见，坐下。卞三儿道："昨日多承。"保安道："为了几匹纱，故此多耽搁了两日。拜匣没好的，已托人家去带了。"又问士南道："李哥可曾有信来？"士南道："前日有信的，说还有些时才得回来。如今有件事正要着人去问他。"保安道："几时有人去？我也要寄个信去。"士南道："因舍亲有件事托他，把他礼也收了，如今还不见下来，事已急了。"卞三儿道："他却是个极好的，只是懒得很，把事不放在心上。"保安道："他在这里还有你陆三爷提拔他，如今在那里没人说，想是忘记了。"士南道："自然是忘记了，你二人是他至交，就烦你们写封信与他，事成时，叫我舍亲送几匹好尺头与老三做衣服穿。"进忠道：

"什么尺头,折干的好。"向袖中取出二十两银子,放在桌上道:"事成之后再谢十方。"卞三儿道:"陆三爷是他至好,到叫我们写信去。"士南道:"到底朋友不如兄妹。"保安道:"什么事?"进忠遂将陈少愚的事说了。保安道:"这事不难,我写信去。"遂走到房里,拿个柬帖写了,送与众人看。士南道:"好详细,老三也写上一笔。"卞三儿笑道:"我不会写。"向手上除下个戒指来,道:"把这戒指封在信内,他就知道了。"刘道:"好,就套在他心坎儿上。"保安把信封了着上押,交与陆士南,同入席饮酒,至更深方散。进忠就在卞三儿家宿了。

士南将信交与少愚,次日收拾礼物,同倪文焕起身往淮安来,一路无辞。来到淮安西门,上岸问时,鲁公公已回在淮安府察院衙门住着。少愚遂将书子带到院前打听,见院门紧闭,悄寂无人,只有几个巡风的。等了半日,才见个老头儿挑了一担水歇在门外。少愚走上前问道:"你这水挑进院去的?"老儿道:"正是。"少愚道:"可走橡房过?"老儿道:"我直到厨房,走书房过哩。你有甚话说?"少愚便扯他到僻静处,道:"我有个信,烦你送与橡房里姓李的。"取出三钱银子与他,那老儿道:"门子是老爷贴身的人,恐一时不得见。"少愚见他推却,只得又与了二钱。老儿接了道:"午后来讨信。"少愚去了。少顷,等小开门进供给,老儿才挑水进去。

少愚领着文焕到总漕衙门前玩了一会儿,回下处吃了午饭,再来院前等信,只见那老儿挑着空桶往一条小巷内走,少愚跟他走到个菜园内。老儿见没人,才歇下桶,拿出一个小纸条儿来,递与少愚,竟自挑上桶去了。少愚打开一看,上写道:"知道了,明日清晨来见。"少愚看过,把纸条儿嚼烂,同文焕往酒馆内饮酒。

次早,将礼物抬到院前,门上各人俱用到了钱,通报少刻开门,鲁太监升常。倪文焕报门进去,当堂跪下,接上手本①。鲁太监道:"请起。"拉着手儿同到后堂,作揖,又呈上礼单。鲁太监道:"远劳已够了,又费这心做什么?收了罢,坐下拿饭来吃。"少刻摆下两席,文焕东道,鲁太监下陪。文焕告坐,鲁太监道:"礼多必诈,老实些好。请坐,我也不安席了。"遂大

---

① 手本——明清时代,学生见老师或下属见上司所用的帖子。上面有自己姓名、职位等。

碗大盘的摆上肴馔来，烹炮①俱是内府②制造，极其香美。鲁太监道："天暑远劳，又费了盘缠，须寻件事儿处处才好。"文焕出席，打一躬，将袖内手本缓缓取出呈上道："他事也不敢干渎老师，只有妻父陈少愚缎行差事，求老师青目③。"鲁太监便叫传管事的来。只见两个穿青衣的上来，鲁太监将手本与他看，那人道："这是府里的差，老爷这里只挂得个号儿，要免差，还要到扬州府里去，老爷这里不好免得。"鲁太监道："这事怎处？你须到府里去求，我不好管。"只见旁边走过一个门子来，道："倪相公既冒暑远来，老爷若不允他，未免不近情了，如今只有将这缎店留在本衙门听用，扬州府自不敢派他，必别派别铺去。"鲁太监道："这也有理，叫椽房写个条儿，用上印与倪相公。"椽房答应。少刻写了来，上写道："陈少愚缎铺，本院取用缎匹，各衙门毋得擅自派差。特示。"鲁太监看过，递与文焕。文焕起身禀谢，告别道："天暑就回，容日再请老师安。"鲁太监送到站台下就别了。

倪文焕来到门外，少愚已在院前等候。文焕将示条与他看了，少愚十分欢喜，即刻收拾下船回来。此时正值六月天气，但见：

赤日当正午，阴云半片无。

江河疑欲沸，草木势将枯。

毒郁天何厉，炎蒸气不舒。

征鞍挥汗雨，小艇锻人炉。

舟中热不可当，到了午后，西山酷日，晒得船板都烙人难坐。至宝应市门洪济闸下，文焕道："热得难受，走不得了，上岸寻个宿店乘乘凉再走。"翁婿二人上岸，饭店俱不洁净。见闸前有座庙，二人进来看时，却是座关帝庙，殿宇宽敞，高大凉荫，便与道士借殿上歇宿。道士道："本庙老爷最灵，天热恐相公们赤身露体，触犯神圣不便，竟请到小道房里宿罢。"文焕道："因为热极，殿上才得凉快，若到你房里住，又不如到饭店里宿了。"文焕不容分说，便叫水手取了行李，就在殿旁挂起帐子来睡了。水

---

① 烹炮（pēng páo）——做饭做菜。

② 内府——宫廷。

③ 青目——同"青眼"。指人高兴时正着眼睛看，黑色眼珠在中间，比喻对人喜欢和重视。

手也在廊上膝地乘凉,都睡着了。至三更时,水手醒来,忽听得人呵马嘶之声。坐起来看时,见庙门大开,一簇人马自空而下,竟奔庙中来。只见:

> 旌旗蔽月,戈戟凝霜。绛纱笼遍地散明星,黄罗盖半空擎紫雾。黄巾力士,肩担令字听传宣;金甲神人①,手捧圭璋②尝拥护。赤兔马嘶风蹀躞③,青龙刀偃④月光明。玉简金书,威振三天称护法;白旄⑤黄钺⑥,灵通九地号降魔。双双玉女傍龙车,对对金童扶宝辇。

那仪从一对对摆进庙来,吓得那水手浑身抖颤,没处躲,便挤到栅栏内,一团儿蹲在马夫脚下偷看。只见那神圣才进门来,只见一人跪下禀道:"殿上有生人困卧,请天尊驻驾。"旁边侍从道:"什么人?速去查来。"少顷,一个黄巾力士押着个老头儿跪下道:"是江都县生员倪文焕,拜与鲁太监做门生,进了学谢荐回来,在此借宿乘凉。"神圣道:"既为圣门弟子,乃拜太监做荐主,也是个不安分的,查他后禄如何。"力士押了那老儿去了。神圣下车走上殿坐下,真个神威赫奕⑦。但见:

> 蓝靛包巾光赫赫,翡翠征袍花一簇。
>
> 辉煌抹额凤穿金,玲珑宝带龙吞玉。
>
> 虬髯飘拂意舒徐,凤眼光芒威整肃。
>
> 浩然正气塞乾坤,千古英雄关壮穆。

关帝坐在殿前,力士又引那老儿跪下,道:"倪文焕后日身登黄甲,位列乌台。乃赤练村降来的一起混世妖魔。"帝君闻言,勃然大怒道:"此等孽畜,不即诛戮⑧,遗害不浅。"遂拔剑下座。旁边一员小将跪下禀道:"请天尊息怒,此人虽系奸党,亦由天命使然,天尊岂可违天擅杀?望天尊暂宥⑨。"帝君忿忿纳剑坐下:"叫狗庙祝来!"两个力士去将道士提来跪下,

---

① 金甲神人——传说中送子之神。

② 圭璋(guī zhāng)——一种贵重的玉制礼器。

③ 蹀躞(dié xiè)——小步貌。

④ 偃(yǎn)。

⑤ 旄(máo)——古代旗杆头上用牦牛尾做装饰的旗子。

⑥ 钺(yuè)——古代兵器,铜、铁制,形状像板斧而较大。

⑦ 赫奕——盛大。

⑧ 诛戮(zhū lù)——杀害。

⑨ 宥(yòu)——宽恕、原谅。

帝君道:"你既为庙祝,不守清规,怎么容奸邪在此赤身裸体,污触殿廷,是何道理? 扯下去打。"道士禀道:"他是扬州的相公。因天气炎热,来此乘凉,弟子再三哀告,他竟不依,实是不能与他争竞。"帝君道:"且恕你初次,可对他说:'既读圣贤书,当知义路礼门之戒,奈何屈身庵宦以求进身。自此改行从善,保他前程远大;若仍旧不端,必遭天谴。'去罢。"侍从喝退道士,帝君下殿上辇,仪从依旧一对对摆出庙门而去。

水手忙钻出栅栏,开了庙门看时,四顾无人。他也等不得天明,便来船上告诉,船家道:"可是见鬼! 我们一些也没有听见。"到天明,少愚翁婿二人起来,道士便来埋怨道:"小道昨日原劝相公们不要在殿上睡,夜来神圣发怒,要责罚小道。"便把帝君言语含糊说了一遍。文焕只道他说谎,及上船来,见水手说得甚是详细,才心中骇然。正是:

　　劝君切莫把心欺,湛湛青天先已知。

　　若使当年能悔过,免教合族受诛夷。

陈少愚同女婿回到家中,正值差人在店中吵闹。少愚拿出盐政府的示条与众人看了,同到府里当堂验过,府里只得另派别家。少愚置酒在卞三儿家酬谢进忠、刘瑀等,又送了卞三儿十两银子。吴保安已与进忠结为知己,日日在一处玩耍。一日正在卞三儿家赌钱,忽衙门内差人来唤他星夜至淮安听差。即忙收拾登程。赶至淮安,进府参见毕,鲁太监道:"今有中书汪老爷进京复命,我没有送得礼,你可速赶往北去送礼。"遂将礼物批文一一交与他,发了马牌,差了四个箭手伴送。

进忠将礼物包扎停当,上了背包,辞了出来。到山阳县要了四匹驿马,结束做承差打扮,上了马,径奔山东来。一路打探得汪中书。过了徐州,在东阿县养病,径奔东阿来寻客店,安下行李,到院打听。只见院门紧闭,静悄无人,门上贴着中书科的封条,柱子上挂着面牌,上写道:"本科抱疴①,凡一应公文俱于东阿县收贮,俟病痊日汇送。其余私书等一概不许混渎②。特示。"进忠只得回寓,见县里甚是荒凉,遂到东平州里寻客店住下。终日闲坐无事,只得同两个箭手郊外学箭。看看有一个多月,不见开门。

————————

① 抱疴(kē)——未痊(quán)——生病还没好。

② 混渎(dú)——不加注意混淆。

一日，射了一会儿箭，向村店中饮酒，吃至天晚，信步而回。正值仲冬天气，山崚赠①，木叶尽脱，满地皆茸茸荒草。忽见一群獐从草中窜出，呆呆木木的站在路旁。进忠便乘着酒兴，拈弓搭箭，拽满了扯起一箭，正中一只大獐腿上，回来就跑。那两个箭手一齐放箭，也中了两只。三人趁势赶来，獐子便四散跑去。三人分头赶去，进忠因跑急了，酒涌上来，走到个大林子内，獐也不见了，遂坐在一块石头上喘气，便倒在石上睡着了。直至更深醒来，见月色明亮，起身带了弓箭，再往前走，走到一座寺院前，进了二门，见上面有座宝塔。但只见：

　　五色云中耸七层，不知何代法门兴。

　　归来远客时凝望，老去山僧已倦登。

　　金铎无声风未起，宝瓶有影月初升。

　　忽闻梵语横空下，疑是檀那夜看镫②。

进忠走到殿上，见香火俱无，人烟寂静，站台上光洁可爱，就如人打扫过的，映着月色，极其光洁。忠进因贪看月色，坐了一回。忽听得有人言语，心中甚是疑惑。再细听，却是从塔内出来，想道："四外无人，如何塔内有人说话？必是歹人。"没处躲避，见站台旁有棵大柏树，忠进便从殿角的大柱爬上去，伏在树枝上望下。只见塔内走出三个人来，上了站台，席地而坐，一个清躯瘦骨，身穿白袷③；一个高视阔步，白衣元裳；一个长面多髯④，梅花黄服。三人谈笑了一会，那瘦者道："有客无酒，月白风清，如此良夜何？"黄衣者道："何不联句以消清况。"三人互相谦让，那白袷者道："我先放肆抛砖⑤，幸勿喷饭。"遂先吟道：

　　曾向巴山啸月明，洞庭霜落汉江清。

　　心神正处标仙籍，剑术传来有道经。

　　楚国加冠羞下士，唐家伐叛播忠名。

　　十年灵异称通臂，枯骨当时也着声。

---

① 崚赠（léng céng）——形容山高。

② 镫（dèng）——同灯。

③ 袷（jiá）——夹衣。

④ 髯（rán）——两腮的胡子。

⑤ 抛砖——即成语抛砖引玉。

黄衣者吟道：

　　碧水丹山日日游，苍松翠柏自为侪。

　　每衔芝草供灵药，常御云车列十洲。

　　名挂东华增上寿，身依南极驭千秋。

　　昏昏尘世皆蕉梦，高戴皮冠笑隐侯。

　　元裳者赞道："二公高才杰作，难以续貂①。既聆珠玉，不得不乱谈请教。"遂吟道：

　　南岳峰头振羽衣，每从胎息②见天机。

　　翩翩赤壁横江过，矫矫青城带箭飞。

　　雨后清溪看独步，月明华表美双归。

　　云间昨夜笙箫响，尝伴王乔与令威。

　　三人吟毕，互相赞羡。正自标榜③，忽外面又走进十余人来，各携酒肴，中间拥着一人，头戴唐巾④，身穿黄裳，携着一个少年女子走上站台。三人起身相迎，清躯者道："令君何处获此佳偶？"唐巾者道："适过前村，见此女凭栏凝望，故邀来玩月，三公对此佳景，何事清淡？"元裳者笑道："因夜深无酒，聊联诗遣兴耳。"唐巾者道："高雅之至。倘不吝珠玉，愿闻请教，或可续貂。"三人遂将前作各诵一遍。那人啧啧称赞道："清新俊逸⑤，一洗六朝⑥。赤壁青城，用典精确，且沉雄颇类老庄。"遂命取酒共酌。元裳者道："令君深知诗髓，何不请教大作以压诸卷。"那人笑道："班门弄斧，贻笑大方。"遂吟道：

　　心宿凝精赋质全，化形尝礼月中仙。

　　修成大道传刚子，养得雄才难茂先。

　　九尾击时能出火，千年丹就可通天。

---

①　续貂（diāo）——喻拿不好的东西补接在好的东西后面，两者极不相配。

②　胎息——有肚脐呼吸，喻修道的人道行高。

③　标榜——（互相）吹嘘、夸耀。

④　唐巾——唐代帝王戴的一种便帽，后为士人所服用。

⑤　喻文章清新不俗，文笔好。

⑥　六朝——三国的吴，东晋，南朝的宋、齐、梁、陈都以建康（今南京）为都，历史上合称六朝。

从来一液强多事，却笑维摩①枯寂禅。

三人齐声赞道："天工大匠，直压倒元、白矣。"清躯者道："明月满天，佳人在座，我辈何不联句以代催妆。"众人齐声道好。清躯者道："我先放肆起。"遂首倡道：

花月可联春，黄衣者道房栊映玉人。

动衣香满路，元裳者道移步袜生尘。

碧海悬金镜，唐巾者道凌波出洛神。

元浆颇合卺，清躯者道鸾凤日相亲。

联毕句，三人斟酒来奉道："小弟们借花献佛，各饮双杯。"一人来奉唐巾者，一人便持杯来劝那女子。那女子只是俯首不接。黄衣者来强之再三，渐至亵狎②，遂挤到站台口，近他身边，双手捧面，那女子推开手要望下跳，四人忙上前将他抗住。唐巾者道："我因你栏边独坐，若有所思，故相携至此，你若不好好依从，拿你洞中去，不怕你不成其事。"那女子闻言，便啼哭不理他。

进忠在树上想道："这几个男子逼一个女人，定非善类。"一时激烈起来，取弓箭在手，将两腿夹定树枝，扣上箭，认定了，"嗖"的一箭，正中那戴唐巾的左臂。那人大叫一声道："不好，有贼。"进忠还未等他说完，"嗖"的又是一箭，射中那清躯的背上。众人齐喊，一哄儿都跑出去了，只留下那女子在站台上啼哭。

进忠见人去了，便爬下树来，走到站台上。那女子见了，吓了蹲做一团。进忠道："不要怕，我不是歹人。你是何处人？为何同这些男子来此？"女子哭道："奴是峄③山村人，晚间独坐看月，被那个人拿来，昏昏沉沉，不知来到此处。我并不认得这起人。"进忠道："你不要哭，我送你回去。"说毕，扶了女子下了站台，出庙来走到路口。

等了天明，才见个赶脚的。进忠道："牲口来。到峄山村多远？"脚夫道："三十里。"进忠同那女子上了牲口，竟望东来。少刻到了一所村庄，脚夫道："是了。"那女子道："前面山口傅家庄才是哩。"又走了一会儿，到

---

①　维摩——大乘佛教居士名。

②　亵狎（xiè xiá）——淫秽。

③　峄（yì）。

一座靠山临水的庄子,女子道:"是了。"二人下了牲口,还过钱,到庄上女子家去。一刻,里面走出个婆子来,请进忠到草厅上。那婆子拜谢了,备出早饭来与进忠吃。女子梳洗毕,也出来拜了四拜,谢过。进忠看了那女子,真个生得端正,迥不同夜间所见。只见:

> 仪容俊秀,骨格端庄。芙蓉面浅露微红,柳叶眉淡舒嫩绿。轻盈翠袖,深笼着玉笋纤纤;摇曳湘裙,半露出金莲窄窄。疑并落雁沉鱼①,何用施朱傅粉②。

进忠还过礼! 便要起身,婆子道:"恩人说哪里话,怎么就要去?"进忠道:"你令嫒可曾告诉你?"婆子道:"去的缘故,恩人还不知详细哩!"进忠道:"令嫒已说过了,无非是山精野怪,不必说,亏令爱福大,遇见我;若在别处,也不得回来,妖精口里说要拿他到洞中去,此后须要未晚早关门,无事休出屋。吃斋念佛真是再生的。"婆子道:"女儿自小就敬佛。"进忠坚辞要去,婆子苦留。进忠道:"我有公事在身,不能久留。"婆子道:"恩人不要慌,夜来女儿不见了,劳动了村前村后的人跑了一夜。今女儿承恩人救回,老身就今日草草备个酒儿酬谢恩人,并谢谢亲眷庄邻,望恩人宽坐坐。"进忠道:"实系有紧要事,不得闲,非是推托,改日再来领罢!"婆子哪里肯放,那些来看的人也都来相劝,进忠只得坐下。婆子欢天喜地的去办酒。

少刻,一个个来了,有五六十人赴席。内中雅欲不等,都来问如何相救。进忠又说了一遍。众人称赞说道:"这傅婆婆寡居无子,止生此女;若再不见了,性命也难保全。亏官人搭救,使他母女完聚,真是莫大的功德。"说话间摆上酒来,众人都来与进忠把盏。进忠首坐,众人各各坐下,到有十多席。进忠也起身一一回敬。坐下,饮过三巡,便起身要走。内中一人道:"老兄请少坐,家姨母自然备牲口奉送。"又上了一道汤,进忠坚意要去。婆子出来正欲开言,进忠称谢道:"实不能再饮,因盛意不好固却,今已醉饱,就要告辞。"那婆子扯住不放道:"还求恩人宽住一日,老身还有句话说哩。"进忠道:"我是官身人,何能在此住,也无甚话说。"婆子只是不放。众人道:"老兄且请坐,自然她有甚话说。"进忠只得坐下,问

---

① 落雁沉鱼——形容女子貌美。
② 施朱傅粉——指女子画妆修饰。

道:"有甚话说就请教罢。"婆子道:"列位高领贤亲俱在此,老身已年将六十,并无子嗣,只有这个女儿。母子相依,孤寡半世,许多人家来说亲,老身都不肯嫁到人家去,指望招个女婿养老。不意昨晚坐在窗下看月,被一阵狂风刮了去,不知在个什么庙内遇见这位官人救护,得全性命,真是重生我女儿之身。老身今有句言语,只是唐突官人,就趁列位在此,借重作个保山①,愿将女儿嫁与官人。"众人齐声道:"好极!好极!"正是:

　　姻缘有分逢珠丽,邂逅②无端会大奸。

有分教:

　　巧言悦耳,已占下他年第一座的干儿;令色留情,早结下个身后解群冤的种子。

　　毕竟不知这人姓甚名谁?且听下回分解。

---

　　①　保山——旧称保人或媒人。

　　②　邂逅(xiè hòu)——偶然遇见。

第十一回

魏进忠旅次成亲　田尔耕窝赌受辱

诗曰：

千里相逢遂结缡①，一朝倾盖即相知。

漆胶虽合难心照，琴瑟调和可事宜。

便辟切须防佞友②，忠良深美得贤奄。

女中烈士真奇特，莫笑司晨是牝鸡③。

却说傅婆子扯住进忠不放道："我女儿生到十七岁，从来不出门边，日夜母女相依为命，心性也不是个轻薄的，情愿与官人为亲。"进忠道："这里哪里说起！你的女儿尚且不肯嫁与人家，我又是个远方人，如何使得？我为一时义气救他，难道要你酬谢么？"跳起身来就走。那婆子死紧扯住，哪里肯放。

进忠道："你老人家好没道理，我好意救你女儿，你反来缠住我，这倒是好意成恶意了。"婆子道："女儿虽蒙搭救，但孤男寡女同过一夜，怎分得清白？"进忠道："我若有一点邪心，天诛地灭！"婆子道："唯有你两人心上明白，谁人肯信？你若不从，我娘儿两人性命都在你是！"这两个人你一句我一句嚷将起来。

正在难分难解之际，只见外面走进一个人来，说道："有甚事，只须理论，何必吵闹。"走上草厅来将婆子拉开，与进忠作揖。只见那人生得：

面阔腰圆身体长，精神突千气扬扬。笑生满脸堆春色，邪点双睛露晓光。心叵测，意难量，一团奸诈少刚方。吮痈舐痔④真无耻，好色贪财大不良。

----

① 结缡(lí)——古指女子出嫁。

② 佞(nìng)友——巧语媚诌的坏朋友。

③ 牝(pìn)鸡——母鸡。

④ 吮痈舐痔——为人舐吸疮痔上的脓血，比喻卑劣地奉承人。

那人与进忠礼毕,坐下,问道:"请教贵处哪里? 尊姓大号?"进忠道:"小弟姓魏名进忠,北京人,因来东阿公干。请问尊兄上姓?"那人道:"小弟姓田名尔耕,本籍山西平凉。因在北京住久,只为有些薄产在此,特来收租。敢问老兄在何处救舍亲的?"进忠又将前事说了一遍。田尔耕满面春风,极口称赞道:"这是大丈夫奇男子义气的事,是舍亲疑错了。"婆子道:"我女儿为人你是晓得的人,他却不是肯苟且①的人,但只是传出去不雅相。"田尔耕道:"这是我家姨母,家姨丈当日在时积有数万贯家财,东平州里出名的傅百万。不幸去世得早,未有子嗣,族中也无可承继,且都是不学好的人争告家财,将田产分与族人,只留下数百亩养老田。目今尚有万金产业,人家利其所有,都来求亲,家姨母意思只要招个好女婿养老。我这姨妹乳名如玉,虽长成十七岁,从来不到门前玩耍。不意有这异事。虽蒙老兄拔救,但他寡妇人家的女儿,当不得外人谈论。俗话'舌头底下压杀人',老兄高朋之士,求详察。"进忠道:"令亲是富族名门,令姨妹是深闺艳质,须择门户相当的才好匹配。小弟是异乡人,且系官身,出身微贱,十分不称。"尔耕道:"千里姻缘使线牵,怎讲得远近? 看老兄这样像貌,愁什么富贵功名。姨妹也可称女中丈夫,这也不为错配了。"

进忠低头语,想起初救他时原是一团义烈之气,全无半点邪心。及见他生得端庄,又听得田尔耕说他家有许多田产,终是小人心肠,被他惑动了,故此踌躇不语。田尔耕本是个寡嘴夸诈之人,哪里真有这许多产业,见进忠不喷声,就知他有意了。遂笑道:"姨娘,你老人家且请进去,此事也不是一句话就成的。明日是个黄道吉日,好结婚姻。我亲到魏兄尊寓做媒,定要他成这事。"进忠才辞了起身,同田尔耕叫了牲口,别去。田尔耕道:"魏兄尊寓在何处?"进忠道:"州前。"尔耕道:"权别,明早奉候。"

进忠回到州里下处,天已将晚,见两个箭手在店里吃晚饭,埋怨道:"你两个怎么不等我?"箭手道:"我们醉了,跑了一会儿,獐子不知去向,寻爷不在,又怕关城门,故先回来了。爷在何处宿的?"进忠道:"我走到一个林子里,把獐子赶倒,被我捉住。醉中不觉月上,恐迟了,难得进城,寻着个人家借宿,请我吃酒饭,我就把獐子送他了。"箭手道:"便宜他好肚脏,店家取饭来吃。"进忠道:"明日再去院前探信,看可曾开门。"箭手

———————

① 苟且——这里指不正常的男女关系。

道："不必去，还未开门哩。早间州里差人送节礼，也没有送得。"进忠道："再等到几时？如今将近年节，怎么好？"箭手道："爷还是一个人，我们还有家小，少长没短，年下是欠负的，都来催讨，一夜也睡不着。"进忠想道："如今我要成这亲事，他二人在此也不便，不如打发他们先回去，倒也干净。"遂说道："却是你们比不得我，你们事多人众，我想你们在此无事，还恐老爷望信，不若我写个禀帖，先打发你们回去罢，马牌也把你们去，我回去时再向汪爷讨罢。"他两人千恩万谢，感激不尽。遂拿了马牌，到州里讨了马，次日五鼓起身。进忠道："你到扬州代我致意陈少愚，说我不及写书子。"候他二人应命别去，进忠到天明，便将行李礼物收拾停当。

　　傍午，有三四骑牲口到店门首来，问道："扬州魏提控可在这里？"店家道："在里面哩。"叫小二进来报知。进忠出来迎接，田尔耕同三四朋个友入来，一一相见坐下。进忠道："远劳下顾，旅邸茶汤不便，得罪，得罪！"众人道："客中何必拘礼。"田尔耕道："舍亲多拜上，亲事务望俯从。"进忠道："异乡微贱之人，怎敢仰攀？且是官身，事不由己，断难从命。"尔耕道："昨已说过，不必过谦，这几位都是至亲，故相邀同来作伐。"进忠道："小弟有何德能，敢劳列位下顾。"那三人道："舍亲孀居孤苦，只生此女，每要招个好女婿养老，以图照应。女儿也十分精细。今见老兄仪表，真是天生一对，郎才女貌，足以相当。"进忠犹自谦让，尔耕道："不必说，且到小庄权住，择个吉期，再到舍亲家入赘。"进忠道："远劳大虑，屈到馆中少叙代茶。"尔耕道："也好，就当谢媒罢。"遂同到馆中坐下饮酒。

　　忽对面桌上一人站起叫道："田先生为何久不到小庄走走？"尔耕起身拱拱手道："因为俗事羁绊①，疏阔②得罪，新正再来奉候。"饮毕，遂相别出店。到下处叫店主来算

　　还了房钱，取了行李，同往峄山村来。傅家置酒相待过，才到田尔耕庄上住下。时已腊月二十二日，择了二十五日吉辰，亲去谢允，就备了四十两礼金、八匹尺头下聘，选订正月十五日元家佳节成亲。终日田尔耕引一班乡户人家子弟，来同进忠赌钱、吃酒、玩耍。

　　不觉过到正月初七日，正在那里掷钱，只见个小厮拿进请帖来道：

————————————

　　①　羁（jī）绊——＜文＞缠住了，不能脱身。
　　②　疏阔——疏远。

"刘爷请酒。"田尔耕接来看,上写着:"翌午肃治春盘①,奉扳清叙②,祈早移玉③。"下写:"侍教生刘天佑拜订。"看毕,说道:"你回他说,多拜上他,爷知道了,明日来。"领取五十文钱赏他,小厮应声去了。次早,尔耕向进忠道:"小弟暂别,因刘家有约,晚间方回,失陪老兄。"后又道:"何不同兄去拜拜他? 此人极是四海的,却又好赌个钱儿。"进忠道:"素不相识,怎好唐突④?"尔耕道:"年时曾在酒馆中会过的。"进忠道:"改日罢。"尔耕道:"兄既不去,等我请他时再屈兄作陪罢。"遂赴席去了。

到次日,进忠取出五两银子定酒席。至十五日,便在傅宅草厅上摆列着喜筵。众亲邻都来送礼,暖房饮酒。晚夕,一派鼓乐,两行花烛,引着一对新人,双双立在毡上,拜堂合卺后,众女眷送入洞房。真是:天上人间,十分欢乐。有喜会佳姻词为证:

喜,喜珠垂鹊起,上眉峰,生靥⑤底。气溢门阑,春融帐里。猩红试海棠,秾艳歌桃李。绸缪⑥上苑鹓鸾,尤殢⑦巫山云雨⑧。笙箫引凤上秦台⑨,花烛迎仙归洛浦⑩。

会会锦营花队,燕成双,莺作对。鸾凤和鸣,鸳鸯同睡。带笑熄银灯,含羞牵玉佩。罗帏绣幕生春,杏脸桃腮增媚。庆朱陈两姓交欢,美牛女双星合配。

佳佳嫩玉奇葩,如月姊,似仙娃。香肌腻雪,云鬓堆鸦。结缡初奠雁,多子更宜家。天喜红鸾高照,郎才女貌堪夸。丹阜双生比翼鸟,池莲新发并头花。

---

① 春盘——旧俗,立春日用蔬菜、水果、饼饵装盘,馈送亲友。

② 清叙——闲聊。

③ 移玉——请别人来光临的一种婉转说法。

④ 唐突——冒犯。

⑤ 靥(yè)——酒窝。

⑥ 绸缪(móu)——缠绵。

⑦ 殢(tì)——困扰,纠缠不清;滞留。

⑧ 巫山云雨——"巫山神女"典故,神女在高唐与先生幽合,成云雨之情。

⑨ 引凤上秦台——传说萧史善吹箫,能以箫作鸾凤之音,秦穆公的女公弄玉也好吹箫,秦穆公就把她嫁给萧史,并筑台给他居住。后二人成仙而去。

⑩ 仙归洛浦——"洛神赋"典故,美人(洛神)来到洛水畔。

　　姻姻意合情真，联比目，结同心。阴阳交媾，兰麝氤氲。好合如胶漆，调和似瑟琴。宝镜双鸾共照，琼浆合卺同斟。此日金屏初中雀，明年绮阁定生麟。

　　进忠与如玉双双拜罢，同入洞房。众亲友都来看新人，欢声谑语，喧闹至更深方散。新人双双共入罗帏，脂香粉色，令人魂消。一个软款温柔，一个娇羞睥睨①。点缀之际，便见猩红，进忠十分欢洽。次日起来谢了亲，往众亲戚家去拜门，又置酒酬客。

　　三朝之后，如玉便问进忠："这些箱笼内是甚物件？"进忠将鲁太监差他送礼与汪中书的话一一说了。如玉就叫他到州里伺候去，婆子不肯道："我们山东的风俗要满月后才出门哩。"进忠在家，终日夫妇行坐不离，好生恩爱。

　　到二月尽间，进忠要到东阿探信。婆子道："东阿县有几个亲戚，前日都送礼的，你去拜望拜望。"进忠答应。打点衣服行囊，同个远房小舅子并田尔耕三人上马，同上州里来。到亲戚家拜望，各处留饭住了两日，才到东阿院前访问。汪中书尚未开门，只得又在亲戚家住了两日才回来。

　　田尔耕道："我们走刘家庄上过，何不同老兄去拜拜他，他问过兄好几次了。"进忠应允，三人遂并马往刘家庄来，见路上人不分男女，头上都贴着甲马②，捧着香盒，纷纷攘攘。也有年老的年少的，也有大家妇女穿绫着绢的，都在人丛里挨挤。进忠道："这些人做什么，这样不分男女的行走？"田尔耕道："这是到人家赴会去了。"进忠道："什么会？"尔耕道："叫做混同无为教，不分男女贵贱，都在一处坐。"进忠道："这也不雅。"尔耕道："内中奸盗邪淫的事也不少。"

　　三人说着，望见前面一所庄院，马到庄前，只见四面垂杨，一溪碧水，门楼高耸，院墙宽大，真个好座庄子。三人到了门前，只见门外两边放着两张长条桌，每桌上放着三四个册子，四个人在那里写号。那些男女们到了门前，记上名字，一个个点进去。门上有认得田尔耕的，道："田爷请进。"尔耕道："我是来拜你大爷的。"门上道："大爷不在家，到东庄去了。"尔耕遂将进忠的拜贴留下道："大爷回来说罢，我们回去了。"门上道："请

────────────

①　睥睨(pì nì)——眼斜着看。

②　甲马——迷信者礼拜神佛所贴的纸马。

用了斋去。"尔耕道："不消了。"三人回马而行。进忠道："好个大人家！"
尔耕道："他是个宦家，乃尊是个贡生①，在南边做知县。刘兄为人极好，
只是滥赌些。他祖母最向善，一年常做几次会，也要费若干银子。"回到
庄前，尔耕相辞而去。进忠进门对丈母说亲戚相留，故此来迟。又说去拜
刘天佑，如玉听见，便不有悦之色。吃过晚饭睡觉，夫妻一夜绸缪，正是新
娶不如远归。

　　不日刘天佑来回拜，进忠留他吃了饭，同到田尔耕庄上赌钱。半日进
忠输了五十余两，回家瞒着妻子取了还他。那班帮闲放头的，遂以他为奇
货可居，日日来寻他。刘天佑见进忠爽利，又有田产，也思量要算计他。
尔耕又在中间骑双头马撰钱。

　　一日，进忠打听得汪中书开门，发杠起身，忙收拾了礼物同尔耕来东
阿送礼。及到院前，汪中书已去了，进忠着忙道："这事怎处？"只得要赶
上去。此刻身边又无盘缠行李，要回去取，又怕耽搁了。再到县中访问，
说汪中书不能起早，是水路去的，进忠才放心欢喜道："他水路迟，我旱路
快，回家收拾了赶去不迟。"遂急急要回去，无奈又被个亲戚缠住不放，直
至日落方起身。

　　三人乘着月色并辔而行，至三更时才到刘天佑庄前。尔耕道："我们
到刘兄处借宿罢。"进忠道："再耽搁不得了。"尔耕道："起五更去不迟，半
日工夫就到了，此地前去旷野，你又有许多礼物，最是要紧，宁可小心为
妙。"进忠道："也有理。"遂到庄上叫门。刘天佑出来相见，取酒管待，饮
了一会儿，又要赌钱，进忠道："有事要起早。"刘天佑问道："有甚事？"进
忠把要赶去送礼的事说了一遍。天佑道："既有公事，就请安置罢。"尔耕
道："魏兄这礼据我说尽可不必送。常言道：'识时务者为俊杰。'如今汪
中书已去远了，一定是病重，才由水路去哩。"进忠道："不送没得回书，这
批怎缴？"尔耕道："你定要缴他怎么？你如今有家小在此，又有若干的家
私，这份礼也有千金之外，这银子拿了去生息，安居乐业，自在日子不过。
到在衙门里缠什么？自古道：'跟官如伴虎。'那鲁太监也是镶诈商人的，
不义之财，取之何害！"天佑道："田兄见道之言，甚是有理。"进忠犹自
沉吟。

_____

　　① 贡生——明科举制度下，由府、州县推荐到京师国子监学习的人。

尔耕道：“且拿骰子来耍耍。”小厮铺下毡条，点上两枝红烛，放头的取筹马来摆下。掷到鸡叫时，进忠输了二百两，尔耕赢了，说道：“天快明了，揭起场来睡睡罢。”进忠心上有事，又输了钱，再睡不着。及到天明，反睡熟了。醒来时已日高三丈了，忙叫起田尔耕。小厮进去半日，才讨出水与茶汤来。又等天佑慢慢出来同吃早饭，已是日中了。三人才上马，各自回家。

进忠到家，已是申牌时分，如玉接着，问道：“原何不送礼，又带回来？”进忠道：“他已动身去了。”如玉道：“去了，怎处哩？”进忠道：“我要赶到路上去送，老田叫我不要送。”如玉道：“你不送，那里讨回书哩？”进忠又将尔耕之言说了一遍。如玉道：“不可，受人之托，必当终人之事，鲁太监送这份厚礼，定是有事求他，你昧了他的，岂不误他大事？你平日在衙门里倚他的势，撰他的钱，他今托你的事，也是谅你可托，才差你的。你昧心坏了他的事，于自己良心上也过不去，他岂肯轻易饶你？老田是个坏人，他惯干截路短行之事。切不可信他，坏自己之事，快些收拾，明日赶了去。”亲自代他打点行李，备办干粮，五鼓起来催促丈夫起身，恐迟了，田尔耕又要来拦阻。天一亮，就备了牲口动身。

走未半里，早遇见田尔耕来了。尔耕也料定如玉不肯，必还要去，故起早从大路上兜来，问道：“兄早起何往？”进忠道：“还去送礼。”尔耕道：“好！沽一壶作钱何如？”进忠不好推却，只得下马，同到路傍酒店坐下。尔耕叫切三斤牛肉、两箸馒馍，二人对酌。尔耕道：“兄原意不去，为何今日又去？”进忠道：“夜来寻思，还是去的为是，才完此首尾，这批必定要缴的。”尔耕笑道：“这不是兄的意思，乃玉姐不肯。他们妇道家偏见，不知道世事。且问兄，这批文是几时领的？”进忠道：“去年八月领，限十月缴的。”尔耕道：“这就是过了。批限迟了半年，汪中书开过几次门，又发放了二十多日的文书才起身，你为何不投批？”进忠道：“我哪知他开门？”尔耕道：“你说的好太平话儿。你此来为何？你怎么回官？说我不晓得？再者，你纵赶去送礼，汪中书就要疑你有情弊，就受了礼，心中也必不快活，回书上定有几句不尴尬的话。批限又迟了，书子上言语又不顺，你罪过何逃？小则豚罚，大则责革问罪，岂不是惹火烧身？”进忠原是个没主意的人，被他几句话点醒了，暗自度量道：“却是迟了难以回话，况我已是湖广坏了事的人，倘被责革，岂不惹人耻笑？也罢，歇了罢。”

　　二人出店,要回家去,尔耕道:"不可,你若回去,玉姐必要吵闹,不如且到刘兄庄上暂住几日再回去,只说送过了,没有全收,就罢了。"二人径到刘家庄来,天佑出来相见道:"二位来得早。"进忠道:"昨日多扰,特来完欠账。"就把送礼的元宝取出四锭,叫他小厮送进去。少刻摆饭。才举箸,只见外面走进三四个人来,都是积年帮闲放头的人,上厅来坐下。天佑道:"来吃饭。"三人也不谦逊,坐下低着头,不论冷熟,只顾吃起,直吃得尽盘将军才住。天佑问道:"那事如何?"内中有个一只眼混名独眼龙的道:"已有几分了,他叔子已去,他也出来走跳了,只是不肯到这里来。"天佑道:"何不我们去就他。"独眼龙道:"今日他在新王指挥家吃酒,与老王说妥了,酒后耍耍罢。"天佑道:"王指挥我也贺过他的,他尚未请我,你去向他说,何不同席请我。你快去,我们就来。"那几个人飞奔去了。尔耕问道:"是谁?"天佑道:"福建小张惺,我想了他许多时,不能到手。今日同二位去,各备封人情送王指挥,合手赢他几千两买果子吃。"进忠道:"我不会赌,还是公平正道的好。我输赢都是现的我若赢了他,欠我的也不能。"天佑道:"兄既不肯合,只各干各的事。只得下场难保必胜,若输了不要懊悔。"即备了马,同进州里。

　　来到独眼龙家里,相见坐下,已预备下好茶来吃了,说道:"新王今日不请客,戏子是州里捉去了,张惺已向汪头拜客,小陆钩去了,只怕就好来了。"话未毕,只见小陆慌忙进来道:"来了,来了。"那独眼龙就如拾到珍宝一般,忙到门外等候。少刻,引进一个少年朋友来,甚是清秀,后面跟着四五个小厮,各各相见,问了姓名。茶毕,天佑道:"久违雅教。"张惺道:"岂敢。"独眼龙道:"老相公几时回府的? 也不知道,未得远送。"张惺道:"家叔暂到临清算帐,不久就来。"小陆道:"怎奈有好客没好主。"张惺叫小厮去取桌盒酒来。进忠道:"初识荆,怎好叨扰。"独眼龙道:"朋友原是从初相识起,何必拘礼。"少刻,取了桌盒来,摆在上面。独眼成道:"酒还未到,且手谈片刻何如?"尔耕道:"也好。"遂铺下毡条,刘、魏、张三人掷五子朱窝。进忠道:"还是头家管彩,还是各人自会?"张惺道:"头家没多食水,各人自备罢。"掷至过午,进忠赢了八百两,刘天佑连头输了五百余两,张惺输了四百两。

　　吃过饭,田尔耕代天佑下场,掷到三更,代他把输的都打在张惺身上,还赢起二百余两来,进忠共赢了九百余两,张惺连头共输一千三百两。进忠道："且歇歇再来。"揭了账。进忠道："取天平来。"张惺道："我没有带银子来，明日奉还。"进忠道："兄先原说过是现的。"张惺道："就是明日也不为迟，难道骗你不成？"尔耕道："老兄这话就差了。魏兄现带了银子在此，况又是兄说现的，怎又要到明日？"张惺道："偏要到明日，怎么？"站起身来就要走。进忠一把抓住道："兑了银子再走。"张惺道："半夜里银子从何而来？你这人好小气，几两银子甚要紧，就这样急。"进忠道："你该人银子不还，倒说我小气？你赖人银子反是大方？"张惺道："偏不还你，怎样我？"进忠道："你若没银子还我，把筋打断你的！"张惺急了，跳起来。进忠抢上前一把揪住，拉在壁上，捻起拳头要打。众人上前劝开。独眼龙道："我们的头钱宽两日罢，二位相公的多少先还些，杀杀火气，余下的就到明日何如？"张惺道："连你也乱缠！我原是出来拜客的，因小陆约我来吃新茶，并没有打点来掷钱，我有银子不把他，难道认真赖他的哩！"小陆道："张相公为人最直，每次却是分文不欠的，就到明日也罢。"进忠定不肯，说道："既如此，就总在这里宿，等明日取了银子来再回去，何如？"张惺道："我不能在此宿！"进忠道："我也决不放你去，枉说白话。"

张惺被他缠得没法，终是个小官儿，不曾受过人气的，便说道："也罢，我有个道理，我有庄田现在刘兄田腹子内，我意写个倚抵帖子与你，明日兑银子来取赎，何如？"进忠不肯。刘天佑道："既魏兄不肯倚低，竟把田暂写在我名下，我保你的银子何如？"进忠方肯。独眼龙忙取了纸笔，张惺写了抵约，连头钱共写了一千三百五十两。众人押了字。进忠道："不要写我名字。"尔耕道："这也是个意思儿，就不写兄也罢了。"天佑到写个欠帖与进忠，两下收了，才放张惺出门，三人就在独眼龙家宿了。

次日，天佑要回去，进忠道："他今日交银子，怎么到回去？"尔耕道："田在刘兄田腹子内，刘兄久要图他的，不得到手，今日却却的在他网里。我们且回去，他要田，自然到他庄上来取赎，那时再纳些利钱，不怕他飞上天去。"进忠心虽不悦，却又不好言语，只得一同回去。吩咐独眼龙道："他若来时，务必同他到庄上来。"又留下个小厮来探信。三人同到刘家庄上，等了一日，也不见来。进忠觉得眼跳耳热，心中不耐烦，想道："莫不是家中有甚事故？"遂托言有病，要回家去。取了礼物，别了田、刘二人，上马回家，家中安然无恙。如玉迎着问道："礼送了么？"进忠道："送了，没有全收。"如玉欢喜，置酒共酌道："这才是全始全终的，你几时往南去?"进忠道:"消停两日再处。"夫妻一夜欢娱,不提。

再言田、刘二人又等了一日,不见回信。到第三日,饭后无事,二人到庄前闲步,看庄上人割麦,只见远远的一簇人飞奔庄上来,乃到面前看时,乃是几个穿青衣的,走近来,一条索子将田尔耕锁起来。天佑忙问道:"为甚事?"后面人都到了,见小厮铁绳锁着,靠着手,哭啼啼说道:"张家的叔子回来了,知道他输了钱,将田拉出,到州里告了,将小的并小陆等四人都拿去各打了二十板,供出爷与田爷来,故押了米拿人,要追张家的抵约。"天佑听了,转身就要走,众差人阻住道:"去不得,要同去见官哩。"因他是宦家子弟,父亲现做官,故不好锁他。天佑道:"我不走,家去换了衣服同你们去。"众人才放他进去,取了二十两银子打发众差人,换了衣服同往州里来。

适值知州升堂,押了田尔耕上去,不由分说,打了二十大板。天佑看他父亲面上,免其责罚,家人代打二十。追出抵约来看,知州大怒道:"岂有一夜就赢他一千三百余两的理?这自然是你们一起光棍合手赢他的,可恨。"众人又禀出魏进忠来,知州道:"抵约上并没有个姓魏的名字,仍敢乱攀平人。"又打了二十个掌嘴,原赃着落在各人名下,追出入官。众人收监,俟赃完日定罪。原来这知州与张惺是同乡,十分用情,那几个破落户没取用,只苦了田尔耕吃苦,打了几次,要追出四百两赃银,仍解回原籍。正是:

惯使机心成陷阱,难逃天网入牢笼。

毕竟不知田尔耕怎生脱身?且听下回分解。

第 十 二 回

傅如玉义激劝夫　魏进忠他乡遇妹

诗曰：

> 祸患从来各有机，得便宜处失便宜。
> 知心唯有杯中酒，破梦无如局上棋。
> 逆耳忠言真药石，媚人软语是妖魑①。
> 苍苍自有成规在，莫羡聪明莫笑痴。

话说田尔耕坐了几日监，打了几次比较，哀求召保出来，变产完赃才释放回来，径到刘家庄来。门上已知来意，便回他大爷不在家。尔耕坐在厅上发话道："我本不认得什么小张，你家要谋他的田产，才请我做合手，如今犯了事就都推在我身上，代你家坐牢、打板子。如今也说不得了，只是这些赃银也该代我处处，难道推不在家就罢了么？"遂睡在一张凉榻床上喊叫。那刘天佑哪里肯出来？随他叫罢，没人理他。等到日中急了，提起桌椅家伙就打。天佑的母亲听不过，叫个丫头出来问道："少你什么钱，这等放泼？有语须等大爷回来再讲。"尔耕道："你家没人，难道都死尽了？没得男人，拿婆娘丫头来睡！"那丫头听见这话，飞跑家去了。

尔耕闹至晚，便碰头要寻死。刘家女眷才慌了，从后门出去，着人央了几个老年的庄邻来，解劝道："实在刘大爷自为官司到东庄去，至今未回，等一二日他家来，少不得代兄作法。"尔耕口里夹七带八的话，说出来人都听不得。一个老者道："你都是空费力，你们原从好上起，如今事坏了，他家怎说得没事的话？他如今不在家，我老汉保他，定叫他处几两银子与你完官，你且请回。"尔耕道："几两银够干甚事？四百两都要在他身上哩。"老者道："也好处，等他来家再讲。"尔耕也没奈何，只得气吁吁的坐着。刘家取出酒饭来与他吃了。众人做好做歹的撺他出来，尔耕道："既是众位吩咐，竟尊命拜托，他若不代我完赃，我与他不得开交，再来

---

① 妖魑（chī）——妖怪。

罢!"与众人拱手而别。尔耕也还指望天佑助他,故留一着,慢慢地走到
自己庄上宿了。

　　次日清晨来会进忠,傅家还未开门,尔耕等了一会儿才开门进来。又
过了一会儿,进忠才出来,问道:"张家银子有了么?"尔耕道:"还说银子,
你只看我的屁股!"遂掀起裤子来,只见两腿肉都打去了。进忠惊问道:
"这是怎么说?"尔耕把前事说了一遍。进忠道:"也是你们自作自受,前
日我说要他现的好,就不全也还得他一半,不致有今日。老刘却要谋他的
田产,这也是天理!难道老刘就不贴你几两么?"尔耕道:"昨日到他家
去,他推不在家,被我打闹了一场。官限明日要完一半,没奈何,特来求兄
挪借百金,容日卖田奉还。"进忠道:"那得许多?况这事又不是我惹出来
的,你还去寻刘兄去,我也只好贴补你些须。"尔耕道:"连你也说这没气
力的话,赢了银子可肯不要?"进忠道:"我是公平正道赢的,你们要图谋
他的田,反把我的事弄坏了,倒说我不是?"尔耕无言可答,说道:"如今长
话短话都不必说了,只求多赐些罢,就是兄的盛情了。"进忠道:"我送你
三十两,也不必说还了。"尔耕道:"随仁兄尊意,再添些。"进忠被他缠得
没法,只得又允他二十两。留他吃了饭,进来开箱子拿元宝。如玉问道:
"你拿银子做什么?"进忠将尔耕的事说知。如玉也不言语,向窗下梳头。
进忠取出银子就走,箱子忘记锁,来到前面将银子与他,送出庄前。尔耕
道:"会见老刘时,相烦代我说说。"进忠道:"你也难尽靠他。"拱手而别。

　　进忠回到房内,不见如玉,走到丈母房里看,又不在,问丫头时,说睡
在床上哭哩。进忠忙进房,掀开帐子,见如玉和衣朝里睡着。进忠摇他
摇,问道:"你睡怎的?"如玉也不理他,进忠双手搂住,才去温存他,如玉
猛然一个虎翻身,把进忠掀了一跌。爬起来坐在床沿上,忙赔笑脸说道:
"你为何这等着恼?"如玉骂道:"你真是个禽兽,不成人。我说你跟着田
家畜生,断做不出好事来!那畜生,在京里跟石兵部同沈惟敬通番卖国,
送了沈惟敬一家性命,连石兵部也死在他手里,他才逃到这里。如今又来
弄到我们了。他与你何亲何故?今日来借三十,明日来借五十,你就是个
有钱的王百万,你的银子是哪里来的?你自己坏了良心,昧下官钱,来把
别人去挥洒,是何缘故?我前日再三劝你,不要昧心,把礼送了去,你听信
着那畜生撮弄,就不去了,还哄我说没有全收,可可的都送与他了。"进忠
道:"送过了,谁说没有送?"如玉从床里面取出一封文书来,抛到他脸上

道:"你瞎了,不认得字罢了。难道我也瞎了?这不是去年八月的批文,注中书不收礼罢了,难道连文书也不收?你当初救我时,因见你还有些义气,才嫁你的,原来你是个狼心狗肺之徒!也是我有眼无珠,失身匪人。他文书上是一千二百两银子,如今在哪里?刘家欠你什么银子就有九百两?明是穿起鼻子来弄你的,你输了是现的,你赢了就将田产准折,还管田产归他们,只写张空欠票哄你,及至弄坏了事,又来揹借你的银子完官,就是三岁孩子也有几分知识,你就狗脂涂满了心了?"一头骂,一头哭,骂得进忠一声儿也不敢言语。丈母听得,走来劝解,女儿如玉也不理他。婆子坐一会儿,对进忠道:"贤婿,你也莫怪他说,只是那田家畜生本是个不学好的人,你也要防备他!"又坐了一会儿出去。

如玉整整睡了一日,水米也不沾唇。到晚夕,进忠上床,又絮聒起来。进忠温存了半夜,才略住口。进忠道:"好姐姐,你看往日之情,将就些罢!"如玉道:"你这样人,有甚情意?你一个生身之母寄食在人家,也不知受人多少眉眼,眼巴巴的倚门而望,离此不过几百里路,也不去看看,就连提也不提。"进忠道:"好姐姐说得是,我到秋凉些便去接他来。"如玉道:"早去接来,也好早晚服侍,尽一点人子之心。"进忠渐渐温存和洽,未免用着和事老人央浼①,方才停妥。事毕后,犹自假惺惺的叹气。进忠一连十数日不敢出门,终日只在庄上看人栽秧。有诗赞如玉的好处道:

　　法语之言当面从,妇人真有丈夫风。

　　进忠若守奄孥②戒,永保天年作富翁。

话说田尔耕先完了一百两官限,讨保在外,正是官无三日紧,就松下去了,依旧又来与进忠等在一处。见进忠还有银子,便日逐来引诱他进京去上前程。进忠本是一头水的人,又被他惑动了,却又不好对奔子直言,只得漫漫地引话来说,后才归到自己身上。如玉道:"我劝你歇歇罢!有银子置些田产,安居乐业的好。这又是那畜生来哄你,要骗你银子,你若跟他去,连性命都难保。"进忠便再不敢提了。尔耕见诱他不动,只得又来勾他赌钱。写张假纸来借银子,如玉执定不肯,他也没法了。因恨刘家不肯助他,又去闹了几次,总回"未曾家来"。尔耕气极了,常在人前酒

_____

①　央浼(měi)——央求,请托。

②　妻孥(nú)——妻子。

后，攻伐他家阴私之事，天佑奈不得，反同张家合手，送他到州里打了四十，下监追赃，把庄房田产都卖尽了也不够，又打了四十，递解回籍。又来进忠处求助，只得又送他几两盘缠而去。刘天佑只因一时小忿，酿成后日灭门之灾。正是：

> 交道须当远匪人，圣贤垂戒语谆谆。
>
> 只因小忿倾狐党，屈陷山东十万民。

自田尔耕去后，进忠恶刘天佑奸险，也不与他来往，只在家中管理田产，夫妻欢乐。

一日，有个州中亲戚来，傅家置酒相待。那人亲自临清来的，说道："北路麦种刻下涌贵①，若是这里装到临清去卖，除盘缠外还可有五六分利息哩。"傅婆婆道："我还有两仓麦，装了去卖到好哩。"进忠听见，次日等那人去了，便对丈母、妻子商议，要装麦到临清去卖，便船接母亲来。婆子应允。如玉道："你几时回来？"进忠道："多则三个月，少则两月。"如玉道："你须早去早回，恐我要分娩。"进忠道："知道，来得快。"即日雇船盘麦，共有二千石。进忠又买上一千石，装了六只船，收拾齐备，别了丈母、妻子上船，径往临清来。

一路早行夜宿，不一日到了临清关口，挽船报税，投了行家，卸下行李。主人家道："半月前果然腾贵，连日价平了些。"次日，就有人来议价看麦，五六日间都发完了。进忠乘间访问王府住处，行主人道："在南门内大街。"进忠便取了一个朱江州的手卷②，一件古铜花觚③，都是鲁太监送礼之物，走进南门大街。到州前转湾，往西去不远，只见两边玉石雕花牌楼，一边写的是"两京会计"，一边是"一代铨④衡"，中间三间，朝南一座虎座门楼，两边八字高墙，门前人烟凑集。进忠不敢上前，先走到对门一个手帕铺里问道："老哥借问声，王府里有什么事？"店家道："王老爷新升了浙江巡抚，这都是浙江差来头接的。"进忠道："惊动。"拱拱手别了。走到州前，买了两个大红手本，央个代书写了。来到门首，向门公拱拱手

---

① 涌贵——很贵。

② 手卷——书画裱成横幅长卷，只共案头观赏，不能悬挂。

③ 觚（gū）——酒器。

④ 铨（quán）——衡量轻重。

道："爷，借重回声，我原是吏科里长班魏进忠，当日服侍过老爷的，今有要事来见，烦爷回一声。"那管门的将手本往地一丢道："不得闲哩！"进忠低头拾起来，忙赔笑脸道："爷，那里不是方便处，我也是老爷府中旧人，拜烦禀声罢。"说着忙取出五钱银子递与门公道："权代一茶。"门上接过着，等一等类报罢。"进忠道："我有紧要事求见。"门上道："你若等得，就略坐坐，若等不得，明日再来。"进忠没奈何，只得又与他三钱，那人才把手本拿进去。

　　进忠跟他进来，见二门楼上横着个金字匾，写着"世掌丝纶"。进去，又过了仪门，才到大厅，那人进东边耳门里去了。进忠站在厅前伺候。看不尽朱帘映日，画栋连云。正中间挂一幅倪云林的山水，两边围屏对联，俱是名人诗画。正在观看，忽听得里面传点，众家人纷纷排立厅前伺候。少刻，屏风后走出王都堂来。进忠抢行一步，至檐前叩了头，站在旁边。王老爷道："前闻程中书坏了事，你母亲朝夕悬念。后有人来说你在扬州，怎么许久不来走走？"进忠道："小的自湖广逃难，一向在扬州，近收得几石麦来卖，闻得老爷高升，故来叩贺老爷。小的母亲承老爷恩养，特来见见。"说毕，又跪下，将礼单手本并礼物呈上道："没甚孝敬老爷，求老爷哂存①。"王老爷道："你只来看看罢了，又买礼物来做什么？"进忠道："两件粗物，送老爷赏人。"王老爷道："到不好不收你的。"叫家人拿进去，取酒饭他吃。进忠道："求老爷吩咐，叫小的母亲出来一见。"王老爷道："你且吃饭去。"进忠道："小的十多年未见母亲，急欲求见。"王老爷笑道："你母亲到好处去了。"笑着竟进去了。原来这王老爷就是王吏科，不十余年仕至浙江巡抚，这且不言。

　　单讲那小厮进去，不一会儿，捧出酒饭摆在厅旁西厢房内，叫了个青年家人来陪他饮了一会。进忠道："小弟远来，原为接家母，适才老爷不肯叫家母出来，只是笑，又道家母到好处去了，莫不是家母有甚事故？""向日老兄曾有书子来接令堂的？"那管家道。进忠道："没有呀！"管家道："上年有个姓魏的，差了人来，说是自湖广来接令堂的。老爷因路上无人照应，故未让令堂去。至去年老爷在京时，有个小官儿来见，后带令堂上任去了。"进忠才知是云卿接去。又问道："此人现在任何处？"管家

───────────────

①　哂(shěn)存——客套话，用于请人收下礼物。

道:"记不清了,想也就在这北方哪里。"

吃毕酒饭,进忠出来,却好王老爷也出来,进忠叩头谢过赏,说道:"小的要求见母亲一见。"王老爷道:"五年前云卿在湖广,有人来接你母亲,才知你的消息,我因路上无人伴送,故没有叫他去。去年春间他升了蓟①州州同,到京引见后,同你母亲上任去了。他曾说你若来时,叫你到蓟州相会。你可去不去?"进忠道:"小的这里麦价尚未讨完,还要收些绒货往南去,只好明春去。"王老爷道:"你若贩货到南边去,何不随我船去,也省得些盘费。"进忠道:"恐老爷行期速,小的货尚未齐。"王老爷道:"也罢,随你的便罢。"吩咐小厮进去取出五两银子赏与进忠道:"代一饭罢,无事可到杭州来走走。"进忠答应,叩谢出来。回到下处,心中凄惨,母子相离十数年,又不得见,闷昏昏早早睡了。

次日起来,出去讨了一回账,无事只在花柳中串。又相交上个福建布客,姓吴,号叫晴川,同侄纯夫。乃侄因坐监回家,在临清遇着叔子,等布卖完一同回去。其人也是个风月中人,与进忠渐渐相与得甚好。时值中秋佳节,进忠置酒在院中周月仙家,请吴氏叔侄并几个同寓的赏月。怎见得那中秋佳景?但见:

秋色平分,月轮初满。长空万里清光,阑干十二处,渐渐新凉。遥忆琼楼玉宇,美仙姬齐奏霓裳。风光好,南楼生趣,老子兴偏狂。更玲珑七宝,装成宝镜,表里光芒。婆娑桂子,缥缈散天香。一自嫦娥奔走,镇千年,兔捣玄霜。人生百岁,年年此夜,同泛紫霞觞②。

众人对月欢呼,直饮至更阑方散。自后众人轮流作东赏月,直到二十才止。

一日,进忠中酒,起早来约吴氏叔侄吃面解醒。走到房前,见尚未开门,隐隐有哭声,甚是疑惑,从窗缝里张见老吴睡在床上哭哩,纯夫才下床。进忠轻轻敲门,纯夫开了门,进忠问道:"令叔为甚徨伤?"纯夫道:"昨晚家里有信来,先婶去世了。"进忠道:"死者不可复生,况在客边,尤须调摄。"晴川起来道:"老奔丧后,儿女幼小,家中无人,急欲回去,只因这里的麦又未发得,故此忧煎。昨闻蓟州布价甚高,正打点要去,不意遭

---

① 蓟(jì)——古地名,在今北京西南。
② 觞(shāng)——酒杯。

此惨事。"进忠道："蓟州的信不知可确?"老吴道："布行孙月湖与我相交三十年,前日托人寄信来,怎不的确?"把来书拿出与进忠看。进忠道："我正要到蓟州去,老丈何不把布抄发与我,只是价钱求让些。"纯夫道："难得凑巧,我们都照本兑与你罢。"老吴也欢喜起来了,去照庄马查发,共银一千一百三十两。进忠三四日间把麦价讨齐了,交兑明白。吴晴川道："我车脚已写在陈家行里,一总也兑与你去罢。"进忠置酒与他叔侄送行,老吴感激,挥泪而别。

进忠也收拾车仗,望北进发。时值暮秋天气,一路好生萧瑟。但见:

山抹微云,天连衰草。西风飒飒秋容老。夕阳残柳带寒鸦,长堤古驿羊肠杳。

雁阵惊寒,鸡声破晓。霜华故点征裘耄。轮蹄南北任奔驰,红尘冉冉何时了。

进忠押着车子,晓行夜宿,不日到了蓟州城下。早有两三个人拉住车夫问道："投谁家行的?"进忠道："孙家。"那人道："孙月湖死了,行都收了,到是新街口侯家好,人又和气,现银子应客。"进忠道："也罢。"三人引着车子走进城来观看,好个去处,但见:

桑麻遍野乐熙恬,酒肆茶坊高挂帘。

市井资财俱凑集,楼台笑语尽喧阗①。

衣冠整肃雄三辅,车马邀游接九边。

幽蓟雄才夸击筑②,酣歌鼓腹荷尧年③。

一行车仗来到侯少野家行门首,见一老翁,领着一个小官出迎。进忠下了牲口,到客房楼上安下行李,拂尘洗面更衣,才宾主见礼坐下。侯老道："客官尊姓?贵处那里?"

进忠道："姓魏,贱字西山,山东东平州人。"进忠也问："老丈大号?此位何人?"侯老道："老汉贱字少野,只是小小儿,乳名七儿。"茶汤已毕,安排午饭,置酒接风。席间问及布价,侯老道："近来却是甚得价,明日自有铺家来议。"

---

① 喧阗(tián)——取处喧闹。

② 击筑——筑,古乐器,这里讲高渐离击筑送荆轲刺秦。

③ 尧年——太平之年。

次日,果然各铺家来拜,也有就请酒的。进忠问侯老道:"贵处二府好么?"侯老道:"好却好,只是性直些,山西人最强鲠①。"进忠道:"闻得是南边人。"侯老道:"他是山西沁州人。"进忠道:"姓什么?"侯老道:"姓王。"进忠道:"闻得是姓魏。"侯七道:"前官姓魏,是蓟州人,不上三个月就丁扰回去了。"进忠听见,惊讶起来。侯老道:"是令亲么?"进忠道:"是家叔。"说毕,心中抑郁,酒也不大吃,推醉去睡了。心中凄惨道:"千里而来,指望母子相会,不意又回南去!何时才得见面?"泪涔涔②哭了半夜。睡不着,只见月色横窗。推开楼窗,只见明月满天,稀星数点。坐了一会儿,觉得有些困倦,关上窗子上床睡下。忽听得琵琶之声,随风断续,更觉伤心。再侧耳听时,却是声从内里出来,时人有《春从天上来》词一首道得好:

> 海角飘零,叹汉苑秦宫,坠露飞萤。梦回天上,金屋银屏,歌吹竞举青冥。问当时遗谱,有绝艺鼓瑟湘灵。促哀弦,似林莺呖呖,山溜泠泠。梨园太平乐府,醉几度春风,鬓发星星。舞彻中原,尘飞沧海,风云万里龙庭。写胡笳③幽怨,人憔悴、不似丹青。醒醒,一轩凉月,灯火流萤。

进忠一夜无眠,早晨正要睡睡,只见侯老引着铺家来发布,进忠只得起来发与他,整整忙了一日。记完账目,已是傍晚,七官取酒来,吃了数杯,进忠觉得困倦要睡,遂收拾杯盘,讨茶吃了。进忠道:"我独宿甚冷静,你何不出来相伴?"那七官却也是个滥货,巴不得人招揽他,便应允道:"我去拿被来。"进忠道:"不消,同被睡罢。"二人遂上床同寝。进忠道:"昨日一夜也未睡着,听见你家内里琵琶弹得甚好,是何人弹的?"七官道:"想是家嫂月下弹了解闷的。"进忠道:"令兄何以不见?"七官道:"往宝坻岳家走走去了。"进忠笑道:"令兄不在家,令弟莫做陈平呀!"七官打了他一拳道:"放狗屁。"二人遂共相戏谑④,搂在一头去睡。

次早起来,同七官到各铺家回拜过,街上游玩了一回,归家吃午饭。

---

① 鲠(gěng)——耿直。

② 涔涔(cén cén)——形容泪不停流。

③ 胡笳(jiā)——古代北方少数民族弹拔乐器。

④ 红谑(xuè)——开玩笑。

无事坐在门前闲谈。只见卖菊花的挑了一担菊花过去,五色绚烂,真个可爱。此时是十月初的天气,北方才有菊花。进忠叫他回来,拣了六棵大的,问他价钱,要六钱银子。进忠还他四钱,不肯,又添他五分才卖。称了银子,七官家去取出四个花盆来,叫卖花的栽好,剪扎停当,摆在楼上。七官去约了他一班好友来看花。果然高大可爱,内中有两棵,一名黄灸丹,一名红芍药,着实开得精神,有诗为证。其咏黄灾丹道:

独点秋光压众芳,故将名字并花王。

陶家种是姚家种,九月香于三月香。

烂漫奇英欺上苑①,辉煌正色位中央。

谁言彭泽清操远②,篱下披金富贵长。

其赋红芍药道:

曾于河洛见名花,点缀疏篱韵自佳。

淡扫胭脂倾魏国,朝酣玉体赛杨家。

丹心浥③露争春艳,细蕊含娇晕晚霞。

正色高风原不并,只因早晚较时差。

进忠置酒请众人赏花。次日,众人又携分来复东,一连玩了几日。

一日,进忠出去讨了一回账回来,适七官外出,只得独自上楼。来到半梯间,听得楼上有人笑语,进忠住脚细听,却是女人声音,遂悄悄的上来,从阑干边张见一个少年妇人,同着两个小女儿在那里看花。那妇人生得风韵非常,想必是主人的宅眷,径直走上来。那妇人见有人来,影在丫头背后,往下就走。进忠厚着脸迎上来,深深一揖。那妇人也斜着身子还个万福。进忠再抬头细看那妇人,果然十分美丽,但见生得:

眉裁翠羽,肌胜羊脂。体如轻燕受微风,声似娇莺鸣嫩柳。眸凝秋水,常含着雨意云情;颊衬桃花,半露出风姿月态。说什么羞花闭月,果然是落雁沉鱼。欲进还停,越显得金莲款款;带羞含笑,几回家翠袖飘飘。蓝田暖玉更生香,阆苑名花能解语。

那妇人还过礼,往下就走。进忠道:"请坐。"那妇人道:"惊动,不坐

---

① 上苑——皇宫花院。

② 彭泽清操远——指陶渊明种菊事。

③ 浥(yì)——沾湿。

了。"走下楼时,回头一笑而去。进忠越发魂飞魄散,坐在椅子上,就如痴了一般,想道:"世上女人见了无数,从未见这等颜色。就是扬州,要寻这等的也少。"昏昏的坐着痴想。

少刻,七官上楼来,问道:"你为何痴坐?"进忠道:"方才神仙下降,无奈留不住,被风吹他飞去了,故此坐着痴想。"七官道:"胡说! 神仙从何处来?"进忠道:"才月里嫦娥带着两个仙女来看花,岂非仙子么?"七官道:"不要瞎说,想是家嫂同舍妹来看花时。"进忠道:"如此说,令嫂真是活观音了。带着善才龙女,只是未曾救苦救难。"七官道:"不要胡说,且去吃酒。"进忠道:"且缓。我问你,令兄既有这样个娇滴滴的活宝,怎舍得远去的?"七官笑道:"他若知道这事时,也不远去了。"进忠道:"何也?"七官道:"家嫂虽生得好,无奈家兄痴呆太过,两口儿合不得,就在家也不在一处,她也是活守寡,如今到丈人家去有两个多月了。"进忠道:"他岳家住在何处?"七官道:"玉坻。"进忠道:"姓什么?"七官道:"姓客。"进忠道:"是……是石林庄的客家?"七官道:"正是。你何以晓得?"进忠道:"他家也与我有亲。"七官道:"又来扯谎了! 就可可的是你亲戚?"进忠道:"你嫂子的乳名可是叫做印月? 他母亲陈氏是我姨母,自小与他在一处玩耍,如今别了有十多年了。你去对他说声,你只说我是侯一娘的儿子,乳名辰生,他就知道了。"七官道:"等我问他去,若不是时,打你一百个掌嘴。"

于是跑到嫂子房中,见嫂子坐着做针线,遂说道:"无事在家里坐坐罢了,出去看什么花,撞见人。"印月道:"干你甚事!"七官道:"送他看了,还把人说。"印月道:"放狗屁! 他看了我,叫他烂眼睛;他说我,叫他嚼舌根。"七官道:"你骂他,他还说出你二十四样好话来哩!"印月道:"又来说胡话,我有甚事他说?"七官道:"他连你一岁行运的话都晓得,你的乳名他也知道。"印月道:"我的他怎得知道? 定是你嚼舌根的。"遂一把揪住耳朵,把头直接到地,说道:"你快说,他说我什么二十四样话? 少一样,打你十下。"七官爬起来嚷道:"把人耳朵都好揪破了,我偏不说!"印月又抓住他头发问道:"你可说不说?"七官道:"你放了手我才说哩。"印月丢了手,他才说道:"他说你乳名叫做印月,自小同你在一处玩耍。"印月悬脸一掌道:"可是嚼舌根。他是那里人,我就同他一处玩? 好轻巧话儿。"七官道:"他说他是侯一娘的儿子,乳名辰生,你母亲陈氏是他姨娘。"印

月才知道:"哦! 原来是魏家哥哥。你为何不早说,却要讨打。"七官道:
"既然是的,如今也该到我打你了。也罢,饶你这次罢。"印月道:"你看他
好大话!"七官道:"报喜信的也该送谢礼。"印月道:"有辣面三碗。你去
对奶奶说声,好请他来相会。"七官道:"打得我好,我代你说哩!"印月道:
"你看丢了拐杖就受狗的气,你不去我自家去。"忙起身走到婆房内一一
说了。婆婆道:"既是你的表兄,可速收拾,请他进来相会。"印月回到房
里,叫丫头泡茶。七官去请进忠进来相会。正是:

　　只凭喜鹊传芳信,引动狂蜂乱好花。

　　毕竟不知二人相会如何? 且听下回分解。

第 十 三 回

客印月怜旧分珠　侯秋鸿传春窃玉

诗曰：

尤物①移人不自由，昔贤专把放心求。

颠狂柳絮随风舞，轻薄桃花逐水流。

水性无常因事转，刚肠一片为情柔。

试看当日崔张②事，冷齿千年话柄留。

却说印月换了衣服，忙叫丫头去请。七官陪进忠进来相见，礼毕坐下。印月道："先不知是哥哥，一向失礼得罪，姨娘好么？不知今在何处？"进忠道："自别贤妹后，同母亲到京住了半年，母亲同王吏科的夫人到临清去了，我因有事到湖广去，后又在扬州住了几年。今贩布来卖，不知贤妹在此，才七兄说起方知，连日过扰。贤妹来此几年了？公公并姨父母好么？"印月道："公公、父亲俱久已去世了，母亲连年多病，兄弟幼小，家中无人照管，也不似从前光景。我来此二年多了。"进忠道："当初别时，贤妹才六七岁，转眼便是十数年。"二人说着话，七官起身往外去了。

进忠一双眼不转珠地看着印月，果然天姿娇媚，绝世丰标，上上下下无一不好。又问道："妹丈何久不回来？"印月道："因母亲多病，叫他去看，就去了两个月，也不见回来。"进忠便挑他一句道："贤妹独自在家，殊觉冷清。"印月便低头不语。只见七官领着个小厮，捧着个方盒子，自己提了一大壶酒进来。印月问道："哪里的？"七官道："没酒没浆，做什么道场。新亲初会，不肯破些钱钞，只得我来代你做个人儿。"印月笑道："从没有见你放过这等大爆竹。也罢，今日扰你，明日我再复东罢！"叫丫头拿酒去烫。七官掀开盒子，拿出八碗鲜咸下饭，摆在印月房里，邀进忠进房坐下。进忠、七官对坐，印月打横，丫头斟上酒来。进忠对七官道："又

---

① 尤物——优异的人或物品。

② 崔张——指《西厢记》中崔莺莺与张生。

多扰。"三人欢饮了半日，丫头捧上三碗羊肉馄饨来。那丫头也生得眉清目秀，意态可人，十分乖巧伶俐，年纪只好十六七岁。七官将言勾搭他，他也言来语去的调斗。饮至天晚，进忠作辞上楼去睡。

　　次日，到街上买了两匹丝绸，四盘鲜果，四样鲜肴，又拣了八匹松江细布，送到印月房内道："些须薄物，聊表寸心。"印月道："一向怠慢哥哥，反承厚赐，断不敢领。"七官道："专一会做腔，老实些罢了，却不道'长者赐，不敢辞'。"印月道："三年不说话，人也不把你当做哑狗，专会乱谈。"便叫丫头将礼物送到婆婆房里，婆婆只留下两匹布，余者仍着丫头拿回，道："奶奶说既是舅舅送的，不好不收，叫娘收了罢。"进忠拉七官去要拜见亲母。七官去说了，黄氏出来，进忠见过礼坐下，看那妇人，年纪只好四十外，犹自丰致可亲。此乃侯少野之继室。吃了茶，进忠道："不知舍表妹在此，一向少礼。"黄氏道："才又多承亲家费事。"进忠道："不成意思。"遂起身出来。黄氏对印月道："晚间屈亲家坐坐。"进忠道："多谢。"走到前面，侯老回来遇见，又重新见了新亲的礼。

　　外面来了几个相好的客人，邀进忠到馆中吃酒，游戏了半日，来家已是点灯时候。才上楼坐下，只见丫头上来道："舅舅何处去的？娘等了半日了。"进忠道："被两个朋友邀去吃酒的，可有茶？拿壶来吃。"丫头道："家里有热茶，进去吃罢。"进忠道："略坐一坐，醒醒酒再进。"遂拉着他手儿玩耍，问道："你叫什么？"那丫头道："我叫做秋鸿。"说毕，挣着要走，道："同你去罢。"进忠起身开了箱子，取出一匹福清大布，一双白绫洒花膝裤，三百文钱与他。秋鸿道："未曾服侍得舅舅，怎敢受赏？"进忠道："小意思，不当什么。"遂强搂住他。秋鸿推开手道："好意来请你，到不尊重起来了，去罢。"进忠下楼来，同秋鸿走到印月房内，见他婆婆也在此等候，桌上肴馔已摆全了。印月道："哥哥何处去的？"进忠道："被几个朋友拉去吃酒，才回，到叫亲母久等。"印月道："七叔哩？"进忠道："在门前和人说话。"黄氏道："请坐罢。"进忠道："到叫亲母费事。"黄氏道："不成酒席，亲家莫见笑。"进忠道："多谢！"

　　少刻七官也家来了。黄氏道："客到坐了，你那里去的，全没点人气。"七官道："同人说话的，晦气①星进宫了。"印月道："什么事？"七官

――――――――――――

　　①　晦气(huì)——倒霉；不吉利。

道:"前日解棉袄的差事出来,我说须要用些钱推吊了,老官儿不听。如今可可的点到我家了,老官儿撅着嘴,我才略说说,就是一场骂,如今临渴掘井,才去寻人计较,鬼也没个,此刻在那里瞎嚷哩!"黄氏道:"他一生都是吃了强的亏。"进忠道:"棉袄解到何处?"七官道:"辽东。我们蓟州三年轮流一次,今年该派布行,别人都预先打点了,才拿我家这倔强老头儿顶缸①。"黄氏略饮了几杯,侯老请去说话了。

三人饮至更深,侯老又唤七官去了。进忠与印月调笑,秋鸿也在旁打诨。少刻七官进来,印月问道:"叫你说什么?"七官道:"今日院内的批出来了,后日便要进京领差,因一时盘费无措,要向魏兄借几十金,明日将用钱抵偿,为的是新亲,不好开口。"进忠道:"这何妨? 至亲间一时腾挪,何必计较。只是我身边却无现物,明日请亲家到铺家去支用罢。"七官欢然回了信,复来同饮。直至二鼓方散。这才是:

旅窗花事喜撩人,一笑相逢情更亲。

尊酒绸缪联旧好,就中透出十分春。

进忠次日同侯老到铺家,支付了三十两银子与他,又代他钱行。侯老感激不尽,吩咐七官道:"我出门,家中无人,门户火独要紧,不许出去胡行。魏亲家茶饭在心。"又对印月道:"你表兄须早晚着人看管,不可倚着七官怠慢了客。"次早领了批文,收拾起身上京去了。

七官原不成人,游手好闲惯了的,哪里在家坐得住,仍旧逐日同他那班朋友顽去,不管家务,把进忠丢在家,冷清清的,早晨上待讨一会账,过午回来在楼上睡觉。正自睡起无聊,忽见秋鸿送茶上来,问道:"舅舅为何独坐? 七爷那去了?"进忠道:"一日也没有见他的面。"秋鸿道:"又是赌钱去了,不成人。"说着,斟了一杯茶递与进忠。进忠接过这,便拉住他手儿玩耍。秋鸿道:"舅舅无事,何不同娘坐坐去?"进忠道:"心绪不乐。"秋鸿道:"想是思念舅母哩!"进忠道:"远水也难救近火,到是眼前的花好。"遂把秋鸿搂住。秋鸿也半推半就,假意挣挫。进忠抱他上床,紧紧按住,他两边乱扭。刚刚解她裤带,忽听得楼下有人说话,秋鸿道:"不好,有人来了。"进忠只得放他起来,秋鸿一溜烟去了。却是:

东墙露出好花枝,忽欲临风折取之。

---

①　顶缸——顶替别人承担责任。

却被黄鹂惜春色，隔林频作数声啼。

进忠一团高兴被人惊散，心中更加抑郁。吃了茶下楼来，到店门前闲望，见对门邱先生也在门前独立，进忠走过他馆中闲谈。印先生问道："老兄若有不豫之色，何也？"进忠道："睡起无聊，情思恍惚。"邱先生道："老七怎么不见？"进忠道："已两三日不回来了。"邱先生道："好个伶俐孩子，无奈不肯学好，少野不在家，没管头了。今日闻得城隍庙有戏，何不同兄去看看。"进忠道："恐妨馆政。"邱老道："学生功课已完。"遂叫儿子出来道："你看着他们不许玩耍，我陪魏兄走走就来。"

二人来到庙前，进忠买了两根筹进去，只听得锣鼓喧天，人烟凑集，唱的是《蕉帕记》，倒也热闹。看了半日，进忠道："腿痛，回去罢。"出了庙门，不远便是张园酒馆，进忠邀邱先生吃酒。邱老道："学生作东。"进忠再四不肯，邱老道："怎好叨扰？"进忠道："不过遣兴而已，何足言东。"二人临窗拣了座头坐下。小二铺下果肴，问道："相公用什么酒？"进忠道："薏米酒。"少顷烫来，二人对酌。忽听得隔壁桌上唱曲，进忠掀开帘子看时，只见十数个人，拥着一个小官在那里唱，侯七也在其内。进忠叫了他一声，七官看见，忙走出来坐下。进忠道："好人呀，你在这里快活，丢得我甚是冷清。"邱老道："令尊不在家，你该在家管待客，终日闲游，家中门户也要紧，陪着魏兄顽不好？"七官唯唯答应而已。进忠道："那小官是谁？"七官道："姓沈，是崔少华京里带来的。邱先生怎么得闲出来玩玩的？"邱老道："因魏兄无聊，奉陪来看戏散闷，反来厚扰。"进忠道："戏却好，只是站得难过。"邱老道："明日东家有事，要放几日学，可以奉陪几日。我已对刘道士说过，在他小楼上看，又无人吵。"七官道："他楼上并可吃酒，他还有俊徒来陪。"邱老道："你也来耍耍，何必到别处去。"三人吃至将晚，还了酒钱出店。七官又混了不见。邱老道："说而不绎，从而不改①，终不成人，奈何！"二人归来，邱老回去。

次日早饭后，邱老果然来约，七官也在家，同到庙中来。门前还不挤，戏子尚未上台，三人到刘道士房里，见礼坐下。刘道士道："邱相公久不枉顾，今日甚风吹到此？"

邱老道："一向因学生在馆，不得闲，今日放学，才同魏兄来看看戏，

---

① 说而不绎，从而不改——说了话却不按着做，听从意见却不改正。

要借你楼上坐坐。"刘道士道:"坐亦何妨。但是会首们相约,不许各房头容人看戏,恐他们见怪。"进忠道:"不防!不白看,与他些银子罢了。"遂取出五钱银子交与刘道士。那道士见了钱,便欢天喜地的邀上楼,又叫出徒弟来陪。开了楼间窗子,正靠戏台,看得亲切。进忠又拿钱打酒买菜来吃。刘道士酒量也好,见进忠如此泼撒,遂把徒弟也奉上了。进忠就在他庙中缠了数日,做了几件衣服与他徒弟玄照。

一日天雨无事,进忠走到印月房内谈了一会,因他小姑子在座碍眼,不好动弹,便起身出来。秋鸿道:"茶熟了,舅舅吃了茶再去。"进忠道:"送到前面来吃罢。"走到楼上,见盆内残菊都枯了,于是一枝枝摘下来放在桌上。秋鸿提了茶上来,将壶放在桌上,去弄花玩耍,说道:"这花初开时何等娇艳,如今零落了,就这等可厌。"进忠笑道:"人也是如此。青春有限,不早寻风流快活,老来便令人生厌。"那丫头也会其意,不言语,只低头微笑,被进忠抱上床,解带退裤,那丫头蹙①眉咬齿,若有不胜忍之意。事毕后,但见腥红点点,愁颜弱态,妖媚横生。扶他起来重掠云鬟,相偎相抱。

秋鸿道:"我几乎忘了,娘问你可有好洗白布?"进忠道:"没有好的,要做什么?"秋鸿道:"要做衬衣。"进忠道:"洗白做衬衣冷,我到有匹好沙坝棉绸,又和软,且耐洗,送你娘,可以做得两件。"秋鸿道:"把我去罢。"进忠道:"莫忙。我问你,你爷怎么不回来?这样寒冬冷月的,丢得你娘不冷清?"秋鸿说道:"他来家也没用,到是不来家的好。"进忠道:"怎么说?"秋鸿道:"娘太尖灵,爷太呆,两口儿合不着,常时各自睡,不在一处。"进忠道:"这样一朵娇花,怎么错配了对儿。"秋鸿道:"古语不差:'骏马每驮村汉走,娇奔常伴拙夫眠。'月老偏是这样的配合。"进忠道:"你娘原是我的块羊肉,如今落在狗口里。"秋鸿道:"又来瞎说了,怎么是你的?"进忠道:"你儿子哄你!当初我在姨娘家,姨娘十分爱我,曾把你娘亲口许我。不料我们去后便改却前言,嫁了你家。"秋鸿道;"你没造化,来迟了,怨谁?"进忠道:"我也不怨人,只是我日夜念他,不知他可有心念我?"秋鸿道:"他一夫一奔罢了,念你怎的!"进忠道:"你怎知他不念我?"秋鸿道:"我自小服侍他,岂不知他的心性?"进忠道:"这等说是没指望

---

① 蹙(cù)——皱(眉)、收缩。

了？回去罢。"秋鸿道："请行！快走！我好关门。"进忠道："去也罢了，只是你的恩情未曾报得。"秋鸿道："哎！我也没甚恩情到你，也不要你报，快些去罢！"进忠抱住道："姐姐，你怎下得这狠心来推我？"秋鸿道："这样坏心的人，本不该理你。"进忠道："我怎么坏心？"秋鸿道："你还说心不坏，该雷打你脑子才好。你不坏心，对天赌个咒。"进忠道："没甚事赌咒？"秋鸿道："你心里是要我做红娘，故先拿我试试水的，可是么？"进忠笑道："没这话。"秋鸿道："没这话，却有这意哩！"进忠跪下道："好姐姐，你既晓得，望你代我方便一言。"秋鸿道："你两人勾搭，我也瞧透了几分，她也有心，只是不好出口。连日见她愁眉忧郁，常时沉吟不语，短叹长吁，懒餐茶饭，见人都是强整欢容，其实心中抑郁。我且代你探探口气看。只是七主子面前，切不可走漏风声，要紧！去罢，我来了这一会，恐他疑惑。"进忠忙取出棉绸来与他。

　　秋鸿下楼到房内，印月道："你一去就不来了，做什么的？"秋鸿道："舅舅不在楼上，在邱先生书房里，没人去请。我在门前等了一会儿，才有个学生出来，叫他去请了来。舅舅说没有好洗白，到有匹好沙坝棉绸，把三四个箱子寻到了，才寻出来的。"印月接来看时，果然厚实绵软。放在桌上说道："楼上可冷么？"秋鸿道："外面要下雪哩！怎么不冷？"印月道："你种个火送了去。"秋鸿道："舅舅说日里冷得还可，夜里冷的难熬。"印月道："他独宿，自然冷。"秋鸿道："他说自己冷还罢了，又念着娘一个人受冷。"只这一句话，触动了印月的心事，不觉两泪交流，一声长叹。秋鸿道："娘这样凄凉，何不买些酒，请舅舅进来消闷也好。"印月道："我手内无钱，又没情绪。"秋鸿道："舅舅还说有许多话要同娘谈，连日因七爷在旁，""他有什么话对我说？""不好说得。"印月道：秋鸿道："他也曾对我略说了说。他说当日在处婆家同娘在一处玩，时刻不离。外婆极爱他，曾将娘亲口许过他的。不料他们去后，外婆改变前言，许到这里。如今在此相会，也是前缘不断。如今又知娘与爷不投，他却十分怜念。连日见娘没点情意到他，故此他也就要回去哩。"印月道："当初小时玩耍，果然相好，至于外婆许与未许他，我就不知道了。只是临别时，曾记得外婆说道：'异日哥哥相会，当以骨肉相待。'他去了十数年，音信不通。非是我负心，我也不知嫁了这个呆物，也是我前世的冤孽，但愿早死，便是生天。自他来了两个月，非不欲尽情，无奈手头短少，权不在已。我日夜在心，怎奈心有余而力不足,这是瞒不过你的。你只看我这些时,面皮比前黄瘦了多少?"秋鸿道:"他难道要图娘的酒食么? 只是娘把点情儿到他,留他留,他才好住下。"印月道:"你叫我怎样才是尽情?"秋鸿道:"只在娘心上,反来问我?"印月道:"你且去留他,把这话儿对他说就是了。"

秋鸿扇着了火,提到楼上,见进忠面朝里睡着,便去摇他。进忠知道是他,却推睡不理。秋鸿见壁上挂了根鞭子,取在手,认定进忠屁股上,"嗖"的一下,打得进忠暴跳起来,道:"是谁?"秋鸿道:"我奉圣旨到此,你不摆香案来接,还推睡哩!"进忠道:"你莫打,也来睡睡。"秋鸿"嗖"的又是一鞭子,进忠骂道:"好腺根子,我就……"秋鸿道:"你就怎么样? 还狠嘴,定打你一百。"又没头没脸的乱打。进忠急了,夺过鞭子就来抓好。秋鸿往外就跑,被进忠赶上,忾腰抱住着:"你打得我够了,也让我抽你几百。"秋鸿道:"才去迟了,娘疑惑哩! 如今且说正经话,东方日子长哩。"进忠才放了她,问道:"所事如何?"秋鸿道:"不妥,说不拢。"进忠道:"你可曾说?"秋鸿道:"我细细说了,她只是不认账。她说姨兄妹只好如此而已,若再胡思乱想,即刻赶你走路。"进忠道:"好姐姐,莫哄我。你才说奉圣旨,必有好音。"秋鸿道:"奉旨是送火与你的。"进忠道:"送火我烘还是一片热心。"秋鸿道:"接旨也该磕头。"进忠道:"若有好音,就磕一万个头也是该的。"秋鸿道:"只磕一千个罢。"进忠真个磕了个头,秋鸿道:"这是接旨的,还要谢恩哩!"进忠道:"等宣读过,再谢不迟。"秋鸿道:"也罢,先跪听宣读。"进忠没奈何,只得跪下。秋鸿便将印月的话一一说了。进忠爬起来道:"意思虽好,只是尚在疑似之间。"秋鸿道:"你去买些酒肴来,进去同他谈谈,随机应变,取他件表记①过来,使他不能反悔,若可上手,就看你造化何如。切不可毛手毛脚的,就要弄裂了,那时不干我事。我去了,你快些来。"

进忠同下楼来,到酒馆中买了酒肴,叫把势送了来。自己到里面叫秋鸿,同了小厮拿到房里。秋鸿已预备下热汤热酒,请过黄氏来。印月道:"小姑娘也请来坐坐。"黄氏道:"她怕冷,不肯下炕。"进忠道:"送些果子去。"印月拣了盘果肴并酒,着秋鸿送过去。三人饮了多时,点上烛来,黄氏先去了。二人谈笑谑浪,无所忌惮。秋鸿也在旁打哄。进忠向她丢个

---

① 表记——作为纪念品或信物而赠给人的东西。

眼色,秋鸿便推做事出去了。进忠道:"一向有些心事要同贤妹谈,因未遇空……"印月道:"哥哥心事,秋鸿已说过了,只是我在此举目无亲,得哥哥常在此住住也好。无奈为贫所窘,不能尽情,若有不到之处,望哥哥海涵,怎说要去的话?"进忠道:"因出外日久,要回去看看母亲,只为贤妹恩情难忘,故不忍别去。虽托秋鸿代陈,毕竟要求贤妹亲口一言,终当衔结。"印月道:"我两人自小至亲,情同骨肉,凡哥哥所欲,无不应命。"进忠道:"别的犹可,只是客邸孤单,要求贤妹见怜。"印月低头,含羞不语。进忠忙跪下哀求,印月作色道:"哥哥何出此言!"把手一拂,也是天缘凑巧,进忠刚扯着她手上珠子,把绳子扯断了,掉下来。秋鸿见印月颜色变了,忙走进来道:"呀!娘的珠子掉了。"进忠起来,拾得起珠子说道:"想当日在林子内拾此珠,才得相会,今已十数年,又得相逢。"拿在手中玩弄不舍。印月道:"这珠子蒙姨娘拾得还我,哥哥若爱,就送与哥哥罢。"秋鸿道:"送一颗与舅舅做个忆念,这两颗娘还带着,心爱的岂可总送与人?"遂拿了两根红绳子穿好,代他二人各扣在手上。进忠正要调戏与他,忽听得黄氏着小丫头问角门可曾关,进忠只得出去。秋鸿提灯送到楼上,回来关门宿了。

次早,侯七走上楼来,进忠道:"连日都不见,今日起得好早,天冷烫寒去。"侯七唯唯答应,下楼去了。少顷,秋鸿送上脸水来,进忠道:"老七可在家?同他烫寒去。"秋鸿道:"七主子像输了钱的光景,绝早才来家,娘儿们絮聒了一早,走投无路的哩。"进忠道:"他输了,把什么还人?"秋鸿道:"我料他必来寻你,你正好借此笼络他,那事须买动了他才得成哩。"进忠道:"瞒着他的好。"秋鸿道:"瞒不得他。他才不是个灵茧儿,若瞧着一点儿,就是一天的火起了,娘不肯,也是怕他要张扬出来。他自小与娘顽惯了的,见哥哥没用,他也不怀好心。若买通了他,便指日可成。须要等他到急时才可下着子哩。"

正说话间,七官又上来了。进忠梳洗毕,说道:"烫寒去罢?"七官道:"也好。"

秋鸿道:"家里还有些酒,我去煮些鸡蛋来,吃个头脑酒罢。"进忠道:"好乖儿子,莫煮老了。"秋鸿去不多时,拿了一壶暖酒,一盘鸡蛋上来。见七官默坐无言。便说道:"七爷就像被雷惊了的么!"七官道:"放屁!"秋鸿道:"放屁,放屁,我看有些淘气。"七官跳起身赶来打她,秋鸿早飞跑下楼去了。七官道:"留你去,我自有法儿抽你。"进忠道:"莫顽了,酒要冷哩。"二人坐下饮酒,七官只是沉吟。进忠挑他句道:"为甚事不乐?"七官欲言又止,进忠也不再问。吃毕了道:"我出去讨讨账就来。"七官道:"兄请便,我却不得奉陪。"二人下了楼,进忠出去了。

半日回来,在楼下遇见印月出来,道:"哥哥这半日到哪里去的?"进忠道:"出去讨账,铺家留住吃酒。"印月道:"哥哥家去坐罢。"二人同到房中,秋鸿取饭来吃了。只见小姑子来,向印月耳边说了几句,印月道:"晓得。"进忠道:"什么事?"印月道:"有个人央我向哥哥借几两银子。"进忠道:"是谁?"印月道:"七叔因输下人的钱,没出处,要向哥哥借十多两银子。他说:'若没得,就是绒店里驮两匹绒也罢,明年三月尽间就还他'。"进忠道:"至亲间原该相为,只是我刻下没现银子,绒店里又无熟和,他怎肯放心赊?况且利钱又重,三月不还,就要转头,将近是个对合子钱。倒是有好绒,我却要买件做衣服哩。"印月道:"我有两件的,总坏了,也想要做件,只是没钱买。"秋鸿向进忠丢了个眼色。进忠道:"绒是有好的,只是此地没甚好绫做里子。"

说着,小姑子又来讨信。印月道:"他说没得现成的。"秋鸿道:"姑娘且去着,等娘再说了,我来回信。"小姑子去了。秋鸿道:"舅舅代他设个法罢,他急得狠哩。早起四五个人在门外嚷骂要剥衣服,才直直的跪在娘面前,央娘求舅舅挪借。"进忠道:"他在哪里哩?请他来。"秋鸿过去请了七官来,印月道:"代你说了,你来下个数儿。"七官道:"有个约儿在此。"进忠道:"没得扯淡,撮些用罢了,要多少?"七官道:"要得十四五两才得够。"进忠道:"连日讨不起银子,你是知道的。"七官道:"我知道你没银子,故此说驮几匹绒。"进忠道:"驮绒既无熟人,再者利钱又重,不知布可准得?"七官道:"甚好,是货是钱?"进忠道:"我照发行的价钱与你,你还可多算他些。只是奉劝此后再不可如此了。"说毕,同他出来拿布。印月道:"我代你借了银子,把中资拿来。"七官笑道:"好嫂子,让我一时罢。"印月道:"你今日也有求人的日子,以后再莫说硬话了。"二人来到楼上,查了七桶布与他,欢天喜地的去了。

秋鸿来到楼上,对进忠道:"娘是后日生辰,你速去买绒,赶起衣服,送他生日,管你成事。"进忠随即取了银子,到绒铺里拣了匹上好毡绒,讲定三钱一尺,叫成衣算了,要二丈二尺。称了银子,又到缎店买绫子,都无好的。复同成衣到家上楼，把自己件白绫袄儿拆开，果是松江重绫。向秋鸿讨出印月的衣服来，照尺寸做。取了三钱银子做手工，道："明早务必要的。"成衣去了。进忠又与秋鸿欢会一回，计议送寿礼。秋鸿道："礼不可重，恐人疑惑。衣服有了，我先拿进去，等晚上奶奶去后，再代他穿上。"进忠欢喜之至

　　次早到成衣铺内坐首催趱，完了，又买酒与他们浇手，又到银匠铺打了两副荷梅金扣，换了几颗珠子嵌上，钉好拿回，交与秋鸿收入。次日，备了寿枕、寿帕、寿面、寿桃之类为印月上寿。印月道："多谢舅舅，这厚礼不好收。"秋鸿道："舅舅不是外人，每年娘生日，也没个亲人上寿，今日正该庆贺的。"送过去与黄氏看，黄氏道："既承亲家费心，不好不收，叫你娘晚上备桌酒请你舅舅坐坐。"

　　果然晚夕印月备了一桌齐整酒席，请进忠到房内，黄氏并小姑子也来了。印月道："我早起就约过七叔，怎还不家来？又没人寻他去。"进忠道："等等他。"黄氏道："畜生又不知到哪里去，不必等他，此刻不回来，又是不来家了。"秋鸿铺下酒肴，印月举杯奉进忠与婆婆的酒，进忠也回敬过，吃了面。进忠先把黄氏灌醉了，同小女儿先去了，二人才开怀畅饮。渐渐酒意上来，秋鸿道："我到忘了。"忙取出绒衣来，道："这是舅舅送娘的，穿穿看可合身。"代印月穿上，果然刚好。秋鸿道："好得很，也不枉舅舅费心。"印月也满心欢喜道："早间多谢过，又做这衣服做甚？"进忠道："穷孝敬儿，莫笑。"又饮了一会，秋鸿走开，进忠渐渐挨到印月身边，摩手捻脚的玩耍。印月含羞带笑，遮遮掩掩。进忠伸进手去抚摸双乳，胸前真是粉腻酥溶，滑不由手。渐渐摸到脐下，印月站起身把手推开，往卧房里便走，随手把门就关，被进忠挤进去，双手抱到床上，脱衣解裤，共入鲛绡①。

　　那印月一则因丈夫不中意，又为每常总是强勉从事，从未曾入得佳境，进忠正当壮年，又平时在花柳中串的骁将，御妇人的手段曲尽其妙，直弄至三更方才了事。遍身抚摩了半会，才并肩迭股而睡。

　　正睡得甚浓时，忽听得一片响声，二人俱各惊醒。正自惊慌，只见秋鸿掀开帐子道："天明了，速些起来，外面有人打门甚急哩！"进忠忙起来，

①　鲛（jiāo）绡——床帐。

披上衣服,提着袜子,秋鸿开了角门,放他出去,关好,才到前头门边来问。
正是:

　　　无端陌上狂风急,惊起鸳鸯出浪花。

　　毕竟不知敲门有何急事? 且听下回分解。

第 十 四 回

魏进忠义释摩天手　侯七官智赚铎头瘟

诗曰：

> 巫峡苍苍烟雨时，清猿啼在最高枝。
>
> 秋风动地黄云暮，竹户蕉窗暗月期。
>
> 一任往来将伴侣，不烦鸣唤斗雄雌。
>
> 相逢相戏浑如梦，独上莲舟鸟不知。

话说进忠被敲门惊起，慌忙出来。秋鸿复关上角门，才到前门来问："是谁打门，有甚急事？"外面道："你家老七犯了赌博，坐在总铺里，快着人去打点①，还未见官哩。"秋鸿道："什么人拿的？"外面道："不知道，我是地坊②来送信的。"秋鸿道："难为你，就有人来。"外面道："速些要紧。"说着去了。

秋鸿回来到黄氏房中说知，黄氏慌忙起来，叫丫头开了前门，央人去看。半日寻不出个人来。黄氏只得到印月房中，道："可好央魏亲家去看看？"印月叫秋鸿去向进忠说。秋鸿来到楼上，见进忠还睡着，就坐在他床沿上摇醒他道："夜里做贼，日里睡觉。"进忠扯他道："你也来睡睡。"秋鸿道："你吃过龙肝凤髓，再吃这山芹野菜就没味了。"进忠也不由他肯不肯，按在床沿上耸了个不亦乐乎。秋鸿道："你好人呀！他犯了事，还不快去看看他哩！"进忠吃一惊道："谁犯了事？"秋鸿道："早起敲门，是七主子犯赌博，坐在总铺里，没人去打点，奶奶向娘说叫央你去看看，你快收拾了去。"

秋鸿起来，进去拿水出来。进忠梳洗了，袖着银子，拉对门布店陈三官同去。进了总铺，见七八个人都锁在柱子上，七官同刘道士的徒弟玄照锁在一处。见了进忠，七官哭道："哥哥救我！"进忠道："怎样的？"玄照

---

① 打点——送人钱财，请求照顾。

② 地坊——本地。

道:"魏爷连日未来,七爷同了这起人逐日来顽,带了个姓沈的小官,晚间饮酒唱曲是实,并没有赌钱。昨晚二更多天,忽见一起快手进来,将众人锁了,又将行令的色子抢去,不容分说就送我们到这里,连小道也带在内,这是哪里说起!望魏爷搭救。"陈三官道:"还是地坊出首,还是另有原告?"铺上人道:"是崔相公送帖到捕衙里,说他们窝赌,小沈输去百十两银子并衣服。"陈三官道:"是那个崔相公?"铺上人道:"崔少华呀。"陈三官摇摇头道:"哎哟!这个主儿,不是个好惹的。"进忠道:"小沈可是那日在馆里遇见的?"七官道:"正是。"进忠道:"他不过是个小唱,那里就有百十两银子?"陈三官道:"这个崔少华是个无风起浪的人。"进忠便取出二两银子与地坊道:"可将众人放了,我寻人与他说,不必见官。"地坊道:"这班人放不得,他们白手弄人的钱用,也该拿出几两来我们发个利市。"陈三官道:"再不,先把老七同道士松松罢。"方上尚自不肯,众人再三说了,才将七官同玄照解开,带到后面一间小房内坐着。七官脸都吓黄了。陈三官安慰了他们。进忠去买了些牛肉馍馍,劝七官同玄照吃,又买些酒肉来,与众人吃了。临行,又安慰他们道:"你们放心,我央人到崔家讨分上去。"遂同陈三官出来,地坊道:"放快些,官上堂就要问哩。"

二人回来,向黄氏说知,黄氏道:"没人认得崔家,如何是好?"进忠道:"须得个学中朋友去说才好。"陈三官道:"崔少华不是个说白话的,闻得对门邱先生与他有亲,何不央他去说说看?"黄氏即叫小丫头去请过邱老来,说道:"闻得七兄出了事,其中必有缘故,陈三官道是崔少华呈的,特请老丈来,要奉托去说个分上。"邱老道:"孩子家不肯学好,直到弄出事来才罢。崔少华想是为的小沈,那小厮本是跟着这班人,原做不出好事来。"进忠道:"拜托大力。"邱老道:"只恐空口未必说得来。"进忠道:"拜烦先去探探他口气如何再处。"邱老道:"他与我无亲,却与小婿同会,他是个有时运的秀才,好不气焰①哩。也罢,我叫小婿去说说看。"邱老去了。陈三官见侯家忙乱,遂邀进忠到他店中吃了饭。

过了半日,邱老才来回信道:"这个小沈是本京的小唱,是崔少华带来的,被班光棍诱去赌钱,把衣服都当尽了,少华代他赎过几次。如今又去了半个多月,也不回来,终日在刘道士家赌钱。他开了个账,才有百十

①　气焰——比喻人威风气势(贬)。

两银子的东西,口气大得狠哩。"陈三官道:"小沈却是烂赌,每常不拿,专等他昨日在刘道士家才拿,这明是见道士有钱,借此揵诈他的,如今少野又不在家,怎处?"黄氏道:"我家里现在日用尚难,哪还有闲钱打官司?"陈三道:"如今也说不得了,空口也难说白话。"黄氏沉吟了一会,终是爱子之心重,只得又来央印月道:"还要求魏亲家救救他。"印月便出来对进忠说。进忠道:"须先约邱先生同去,先陪他个礼,再看是怎样。"陈三官道:"说得是,人有见面之情。"

进忠遂同邱老出来。走过州前往南去,朝东一条小巷内,一座小小门楼,邱老同进忠来到厅上坐下。只见上面挂了轴吴小仙的画,两边对联皆是名人写的。匾上写的是:"一鹗①横秋"。因他祖上曾中过乡魁的。下摆着十二张太师椅。少顷小厮出来,邱老与他说了。进去不多时,只见里面摇摇摆摆,走出一个青年秀士来,看他怎生模样? 只见:

　　碧眼蜂眉生杀气,天生性格玲珑。五车书史②贯心胸,敦、温应
并驾,操、莽更称雄。

　　奸佞③邪淫蓝面鬼,鬼幽鬼躁相同。戈矛常寓笑谈中,藏林白额
虎,伏蛰秃须龙。

这崔少华名唤呈秀,是蓟州城有名的秀才,常时考居优等,只是有些好行霸道,连知州都与他是连手,故此人皆惧他。出来相见坐下,问邱老道:"此位尊姓? 未曾会过。"邱老道:"魏兄,大号西山,是布行侯少野的令亲。"进忠道:"无事也不敢轻造,只因舍亲侯七兄得罪相公台下,因舍亲远出未回,小弟特代他来请罪,望相公宽恕。"呈秀道:"些小之事,动劳大驾,但是这小沈是京师有名的小唱,因得罪个掌科,京中难住,故此敝相知荐他到学生处暂避些时。不意外面一班光棍,见他有些衣囊,引诱他赌钱,输得馨尽。学生已代他赎过几次,久欲处治,也只为惊官动府,那里同他们合气。近日衣物又尽了,连我书房中书画古玩也偷去许多。访得刘道士是他窝家,终日在他庙中赌钱,故此才对捕衙说了,拿得几个。"进忠道:"光棍引诱人家子弟,原属可恨。就是舍亲也是个小孩子,被他们诱

---

　　①　鹗(è)——鱼鹰。

　　②　五车书史——比喻极有学问。

　　③　奸佞(nìng)——奸邪谄媚。

去,串赢了他若干银子,同是被害的。还求相公宽宥一二。"呈秀道:"赌钱没有首从,学生也不知其详,如今事属于官,由他们去分辨罢,老兄不必管这闲事。"邱老见他言语紧,便说道:"也不敢妄自讨情,只求宽容一进,便好从常计较,一到官便难分玉石了,还望海涵。下面处处的好,免得油把锅吃了去。"呈秀道:"老丈吩咐,自当从命。"进忠道:"有多少物件?"呈秀叫小厮取出个单子来,上面细细开着衣物,共有百十两银子东西。进忠道:"小弟领这帖子去与众人相商,再来复命。若他们不依,再凭尊裁。"

二人别了,又到铺里来,把单子与众人看。众人道:"实是赢了他几两银子,却见他当了几件衣服;至于玩器书画,影子也未见。"邱老道:"你们做光棍弄人,也该看看势头,崔相公的头可是好摸的? 如今讲不起,赔他些罢。"众人道:"腰内半文俱无,把什么赔他? 拼着到官,拶子①、夹棍挨去罢了。"进忠走到后面来,见七官睡着了。玄照见了,扯住哭起来。进忠见他嫩白的脸儿都黄瘦了,甚是怜他,问道:"你师父哩?"玄照道:"才去了。"进忠又买了些酒食来与他们吃,安慰道:"我已对崔家说过不见官了,我去会你师父,将就赔他些罢。"遂同印老来到庙中,寻到刘道士。

道士接着,说道:"邱相公,这是那里说起! 小徒自来不晓得赌钱,平日连门也不出,今日遭这样横事!"邱老道:"事已至此,不必抱怨了,明是想你两把儿。"遂将单子递与他看。刘道士道:"影子也没有见,怎样这没天理的肯人! 邱老道、崔少华才干过这件没天理的事么?"刘道士道:"这些须赔他点还可,若要许多,从那里来?"进忠道:"也说不得了,才照儿对我痛哭,我到怜他,你到舍得。"邱老道:"到官不止于打,还要追赔,还要还俗哩。你又没两三个徒弟,积下家私也是他的,不如花费些,免得出丑,况事又不是他惹出来的。"刘道士道:"依相公吩咐,要多少?"进忠道:"他说这些,难道就赔他这许多哩! 又不是圣旨,我们再去挨,少一两是一两,你要作个大头儿,侯家也出一份,众人再凑上一份,如何?"道士道:"随相公们的命,只是不要使孩子吃苦。"邱老道:"在我,只在今日了结,可速去弄银子。"

别了道士,回来对黄氏说知。黄氏道:"我家孩子被人哄去,输了许

---

① 拶(zǎn)子——古时夹手指刑具。

多钱,还要我赔人银子,天在哪里!"邱老道:"如今世情,说不得'天理'二字,只是有钱有势的便行了去,连天也不怕的。你若不赔他,到官吃了苦还是要赔的。我去看看学生就来,你们商议商议。"邱老去了。

进忠到楼上,秋鸿送饭上来,正自戏耍,只见印月同小姑子上来,秋鸿站开。进忠道:"请坐。"印月道:"七叔的事,家中一文俱无,奶奶叫拜托哥哥,还求借几两,照月加利奉还。"进忠道:"讨不起账来,手头没现钱,怎处?"秋鸿道:"人到急处,还要舅舅通融,奶奶决不肯负舅舅的。"进忠道:"至亲间怎说这话?等我讨讨看,也定不得数,用多少再算,也不必说利钱,只是如期还我就是了。"秋鸿道:"姑娘去请奶奶来当面说。"小姑子下楼请了黄氏来。印月道:"哥哥已允借了,只是要讨了来才有,难定数目,用了再算,请奶奶来约定几时还他,也不要利钱。"黄氏道:"累承亲家的情,我被这个畜生坑死了,只是不误亲家的行期罢。"进忠道:"也罢,亲母请回,我约邱先生来同吃了饭去,恐他家饭迟。"

黄氏着小丫头去请过邱先生来,同吃了饭,出去讨了些银子,带到崔家来。却好邱老的女婿也在此。他女婿姓孙,也是个有名的秀才,与呈秀同会相好。相见坐下,邱老道:"才到铺中,见那些总是游手好闲没皮骨的人,他们也自知罪,敢求老兄宽恕。"呈秀道:"这起畜生是饶不得的,你今日饶了他,他明日又要害人的,只是到官打他一顿,枷号示众,以警将来。这些人还可恕,只是刘道士也还有些体面的,大不该窝赌,殊属可恶。"进忠道:"他们因刘道士不在家,他徒弟年幼,不能禁止他们,却也不干他事。他今也情愿随众分赔,只望相公宽宥。"呈秀道:"衣物也要赔,罪也是要问的。"孙秀才道:"家岳因弟忝①在爱下,故来唐突,若兄如此坚执,到是小弟得罪了。"呈秀道:"既承众位见教,竟遵命免责罚何如?至所少的衣物,却是要照单赔的。"孙秀才取过单子看了:"这些人赢了去都花费了,一时难完原物,就有得也不敢拿出来,到是赔几两银子好。"进忠道:"但凭吩咐个数目。"孙秀才道:"论理我也不该乱道,既承少兄见委,依我看,照单赔一半,五十两。"呈秀道:"岂有此理,如此说到是弟开花账,揹他们的了。"邱老道:"笑话!少兄言重,本该一一奉赔,但是这班穷鬼,求兄宽去一分,则受一分之赐。"进忠道:"就略添些罢。"孙秀才道:

---

①　忝(tiǎn)——谦辞,表示辱没他人,自己有愧。

"顾不得少兄肯不肯，竟是六十两。他若再不依，等我收下，我同他打场官事去。"邱老笑道："我到没有见说情的反放起赖来了。"呈秀笑道："遇见这样泼皮，也就没法了，竟遵命罢。"进忠道："孙先生请坐，小弟同令岳走走就来。"

二人出来，却好刘道士已在旁边人家等信，迎着问道："多劳二位相公，所事如何？"邱老道："已讲过了，六十两。你出三十，侯家二十，众人十两，趁官不在家，结了局罢。"刘道士道："遵命，待小道取了来，在何处会齐？"进忠道："我们此刻要到铺里说话，你竟在陆家布铺里等罢。"刘道士去了，进忠又叫转来道："须多带几两来做杂费。"道士点首而去。二人来到铺里与七官、玄照说知，二人十分欢喜。七官道："家中分文俱无，奈何？还求老兄救济才好。"进忠道："不必过虑，都在我。"遂走出来向众人道："如今崔相公处已讲定六十两了，刘道士出二十，侯家出二十，你们也凑出二十两来好了事。"众人道："蒙二位爷天恩，感戴不尽！只是小的们一文也无，便拿骨头去磨也磨不出个钱来。"邱老怒道："你们这起畜生，弄出事来带累别人，人已代你们顶了缸去，你们反一毛不拔！"骂了几句。只得同进忠出来，走到陆家布店，刘道士已在那里了。就借天平兑了银子，才到崔家来。呈秀见邱老面有怒色，遂问道："老丈若有不悦之色，想是怪学生么？"邱老道："怎敢。只可恨这起畜生。"遂将前事说了一遍。孙秀才道："岳父平素公直，这样禽兽，廉耻俱无，何足挂齿。"进忠将五十两银子交与孙秀才，呈秀道："怎么少十两？"孙秀才道："这起畜生既不肯出钱，且把侯七并道士先放，只将众泼皮送官责处罢。"吩咐家人去了。

不多时，只听得门外一片喧嚷之声，七八个人齐跑进来，跪在地下喊叫求饶。呈秀大怒道："你们这起禽兽，专一引诱人家子弟破家荡产，今日送你们到官，把骨头夹碎你们的。"众人哀求道："小的们虽靠赌觅食，却不敢大赌，还求相公天恩赦免，已后改过，再不敢了，保佑相公三元及第①，万代公侯。"呈秀哪里听他？喝令家人叫快手来带去见官。那班人先还是哀求，到后来见事不谐，内中有一人混名摩天手的张三说道："有钱得生，无钱得死，人也只得一条命拼了罢。"夹七带八的话都听不得。

进忠见势头不伐，只得又取出五两银子来道："既是众人没得，小弟

---

① 三元及第——世代为官。

代他们完罢,这是五两,明日再完五两何如?"呈秀也是个见机的人,正要收科,见进忠如此慷慨,便转口道:"岂有此理!学生岂是为这几两银子?只是要处治他们以警将来。既是魏兄见教,且姑恕他们这次,以后若再如此,定重处不贷。"众人才叩谢而去。进忠也相谢过。呈秀道:"此银断不敢领。"放在邱老袖中。进忠道:"也罢,容明日补足进来。"呈秀道:"笑话,我要收,今日到收了。决不敢领。"送二人至门首别了,这正是:

　　　　赌博由来是祸胎,损名败行更伤财。

　　　　进忠若不施恩救,难免今朝缧绁①灾。

　　进忠同邱老到铺中,同七官、玄照回来。邱老别去,玄照叩头拜谢而去。七官母子也齐来拜谢,又去谢了邱先生回来。进忠劝了半日,出去买了酒肴来为七官压惊,在印月房内,请黄氏并小女儿来同饮,至更深方散。七官家去宿了。进忠仍旧等人静后,秋鸿开了角门,放他进去,与印月睡了。

　　至天将明,秋鸿送他出来。正值七官起来小解,听见角门响,便向门缝里一张,见秋鸿关角门,他便悄悄的开了腰门,闪在黑处,让秋鸿走过去,他从后面双手抱住,把秋鸿吓了一跳。回头细看,原来是七官,便骂道:"该死!你这遭瘟的,把我吓了一跳。"七官道:"你开门做甚?"秋鸿哑口无言,被七官抱到藤凳上,弄了个不亦乐乎。七官道:"你开门做什么?"秋鸿道:"你知道就罢了,只管问怎的?"七官道:"你每常扭腔摄调的,今日一般也从了。"秋鸿道:"遭瘟的,上了你道儿,还要燥皮哩!你不许乱向人嚼舌。"七官道:"莫说你,就是老魏,待我如此厚,我也不肯破他的法。只是你自图欢乐,把你娘丢得冷清清的,你心上也过不去。"秋鸿道:"各人干各人的事,也顾不得这许多。"七官道:"他两上调得狠哩。"秋鸿道:"怎么调?我就不知道。"七官道:"你这成精的小油嘴,你到会偷孤老,还说不知道怎样调!"秋鸿道:"花子说谎,当真我不知道。"七官道:"他二人眉来眼去,我也瞧透了,见你娘终日闷恹恹的,我却甚是怜他。你若肯成就了,我们也是积点阴德。"秋鸿道:"罢,罢!家里耳目多,不是玩的。"七官道:"除了你,我还怕谁?不妨事。"秋鸿道:"天大亮了,去罢。"二人整衣而散。七官道:"内事在你,外事在我。"秋鸿点首而去。进

----

①　缧绁(léi xiè)——缚罪人的绳子。

屋等印月起来,将七官的话对印月说了,印月道:"虽是如此,却也要防他。"秋鸿道:"防他做甚?就让他拈个头儿罢了。"

七官起来,走到楼上,进忠也起来了,说道:"你可成得个人,昨晚就不出来了,夜里好不冷。"七官笑道:"你拣热处去睡就不冷了。"进忠道:"那里有热处哩?"七官道:"两个人睡就热了。"进忠道:"也好,我去寻个婊子来玩玩。"七官道:"寻去又费事了,不如现成的好。"进忠道:"哪里来?"七官只是笑。

二人吃了早饭,进忠道:"我到崔家去谢他,把银子送与他,以完此事。"遂出来,同邱老到崔呈秀家。呈秀出来见了,道:"昨日多劳,尚未来奉拜,又承光顾。"进忠道:"昨日承受,感谢不尽,俟舍亲回时再来踵谢。昨所欠十金,特来奉缴。"呈秀道:"笑话,笑话!昨弟已说过,决不敢领。"再三推辞,发誓不收。进忠道:"相公不收,想是怪弟了。"邱老道:"既少兄执意不收,也罢,魏兄改日作东奉请,何如?"进忠道:"竟遵先生之命,再容奉屈罢。"二人拱手而别。

回来,秋鸿送饭上楼,七官问道:"那事如何?"秋鸿道:"也好讲了,他也有意,只是还假惺惺的哩!"七官道:"我自有法。"进忠道:"什么事?"七官一一说知。进忠也伴为欢喜。二人吃毕饭,七官走到印月房内,见他独自吃饭,坐了一会,问道:"嫂子你手上珠子少了一个,到哪里去了?"印月道:"想是掉在哪里哩。"七官笑道:"只怕是猫儿衔到狗窝里去了。"印月道:"放狗屁。"嘴里说着,脸便红了。七官笑着,扯过他膀子咬了一口道:"莫害羞。今朝管你受风流。"印月打了他一拳。七官飞跑而去。晚间对娘说道:"魏大哥独自冷清,我出去同他睡哩。"黄氏道:"想是你病又发了。"七官出来,与秋鸿会了话,等人静后,秋鸿引进忠进去。七官在窗外张见印月坐在床沿上裹脚,进忠坐在床上捻手捻脚的玩耍。印月裹完脚先进被睡了,进忠也脱衣上床。秋鸿带上门出来,同七官到厢房内玩耍。正是:

　　良夜迢迢露正浓,绣闱深处锁春风。

　　鸳鸯两地相和浃,会向巫山洛浦逢。

七官同秋鸿事毕后,遂披衣来到印月房里,爬上床,又与印月欢会了一度,三人相搂相抱而卧。将天明时,秋鸿进来,唤他们出去。自此朝朝如此,间与秋鸿点缀点缀。

过了几日，进忠道："崔家不肯收银子，原允他作东谢他，明日无事，何不请他？"印月道："做本戏看看也好。"七官道："费事哩！"进忠道："就做戏也够了，总只在十两之内，你定班子去。"七官问印月要什么班子，印月道："昆腔好。"七官道："蛮声汰气的，什么好！到是新来的弋腔甚好。"印月道："偏不要，定要昆腔。"七官不好拗他，只得去定了昆腔。进忠对黄氏说知，又去央邱老写了帖，请崔、孙二秀才同陈三官、玄照师徒等，连邱先生、进忠、七官共是七桌，内里一桌，叫厨子包了去办。

次早，厨子茶酒都来备办。楼上才摆桌子，忽听得门外闹热。七官下楼来看，回来说道："是家兄回来了。"进忠听见侯二回来，只得下来，叫厨子添一席，走到印月房内，与侯二官相会。只见他又矮又丑，上前行礼。那侯二官怎生模样？但见他：

　　垢腻形容，油妆面貌。稀毛秃顶若擂槌，缩颈卓肩如笔架。歪腮白眼，海螺杯斜嵌明珠；麻脸黄须，羊肚石倒栽蒲草。未举步头先地，才开眼泪自迎风。穿一领青不深蓝不浅脂垢直缀，着一双后无跟前烂脸挞撒翁鞋。尖头瘦骨病猕猴，曲背弯腰黄病鬼。

进忠见他这般形状，吃了一惊，心中想道："这样一个东西，怪不得印月怨恶。"遂问道："老妹丈何以久不回来？家姨母好么？"侯二官哪里懂他说的什么，只是白瞪着双眼乱望。印月把眼望着别处，也不理他。秋鸿扯住他说道："舅舅问外婆可好？"侯二官冒冒失失的应道："好，好。"进忠忍住了笑出来。

到午后，客都到齐了。上席，众人谦逊了一会儿，才序定坐下，点了本《明珠记》。那崔少华是个极有气概的人，见进忠如此豪爽，也不觉十分钦敬。这也是奸雄合当聚会。

众人饮至三更，戏毕方散。秋鸿打发侯二夫妻睡了，偷身来到楼上，七官早已备下桌盒热酒，三人共饮，谑浪欢笑。进忠道："你娘此刻到好处了。"秋鸿道："不知可曾哭得完哩！"进忠道："为什么？人说'新娶不如远归'，为何到哭？"秋鸿道："每常来家一次，都要恼上几日哩！"进忠道："真个不像人。"七官道："有名的铧头瘟，终日只是守着老婆，时刻不离。"三人饮了半日，同床而卧，轮流取乐。

一连半月，也没点空与印月相会。进忠与七官、秋鸿商议道："似此，如之奈何？"秋鸿道："不若今晚灌醉了爷，偷一下儿罢。"七官道："终非长法。"想了一会道:"有了,想起条调虎离山之计,可以弄他离家,只是费几两银子哩。"进忠道:"果能如此,就用百金也说不得了。"七官道:"我家铎头平生最好弄火药,他也会合。如今离年节近了,等我撺他开个火药铺子,先使他进京买硝黄去。十多日回来,叫他在铺子里宿,且卖过灯节再讲。"秋鸿笑道:"计虽是好计,只是天在上头望着你哩!"进忠也笑起来。遂下楼去,上街买了些酒肴,下楼请了侯二官并印月上来。进忠奉侯二酒道:"连日因有事,未得为老妹丈洗尘。"那呆子接杯在手,也不谦逊,一饮而尽。四人饮了一会,七官道:"今年徽州客人不到,还没炮竹过年哩。"进忠道:"此处也是个大地方,怎没个火药铺子? 到是扬州的火药甚好。"七官道:"我们这旁边到好开火药铺,只是我没这心肠弄他。"呆子道:"我会做。"七官道:"你会躲懒,借人的本钱,折了还没得还人哩。"呆子道:"若有本钱,包你有五分利钱,我搭个伙计就在店里睡,有甚走滚。"七官道:"你要本钱容易,同我除本分利,你明日先去收拾店面,管你明日就有本钱。只是这里的硝黄贵,要到京里买去才有利钱。"呆子道:"我明日就去,你在家里收拾店面。"进忠与七官心中暗喜,印月也巴不得离了眼头,欢饮至更深而散。次日,进忠取出十两银子与他,呆子欢天喜地的叫了牲口,上京去了。正是:

　　欲图锦帐栖鸾凤,先向深林散野鹰。

　　毕竟不知铎头瘟此去若何? 且听下回分解。

第 十 五 回

侯少野窥破蝶蜂情　周逢春摔死鸳鸯叩

诗曰:

　　暮暮朝朝乐事浓,翠帏珠幕拥娇红。

　　莺迷柳谷连家雨,花谢雕阑蓦地风。

　　啼鹆①无知惊好梦,邻鸡有意报残钟。

　　可怜比翼鹣鹣②鸟,一自西飞一自东。

　　话说侯七官定计,哄得铎头瘟进京去了,他们四人依旧打成一路,朝欢暮乐,无所顾忌。黄氏也略知些风声,对七官道:"你哥才来家几日,又哄他出去。他会做个什么生意? 你们靴里靴袜里袜,不知干什么事哩! 不要弄出事来呀!"七官道:"他自己要开店的,干我们甚事?"遂出来对进忠、印月等说知。秋鸿道:"这明是知道了,怎处?"四人上楼来计议,进忠道:"既然知道,我却不好久住了。且布账已将讨完。"秋鸿道:"他借的银子原说不误你的行期。你如今且去向他要,他没银子还你,定留你过了年去。等老爹回来,娘房里的事他自来未曾管过,认他有手段,也脱不过我们之手。"进忠道:"好计。"秋鸿道:"弄他们这几个毛人,只当弄猢狲③。"商议停当。

　　吃过早饭,进忠叫印月去,说:"我布账已将完,只在一二日内就清,这里有宗现货要买了回南去。向日借的银子,两三日内还我,我要动身赶到张家湾过年哩。正月内还要到临清去哩。"印月遂下楼到黄氏房中说道:"哥哥多拜上奶奶,他如今布账已讨完了,要买宗现货回南去哩。上日借的银子,叫请奶奶早些还他,他两三日内就要动身哩。"黄氏道:"刻下那里得有? 要等你公公回来才得有哩。"印月道:"当日是奶奶亲口允

---

① 鹆(yù)——鸲(qú)鹆;鸟名,嘴短尖、身体小、尾巴长、羽毛美丽。

② 鹣鹣(jiān jiān)——比翼鸟。

③ 猢狲——猕猴。

他不误行期的，没有说等爹爹回来。他说如今因要买宗现货，等着银子凑用，故此来讨。"黄氏道："目下年节又近了，该的债不计其数，你叫我到哪里弄来还他？且留你哥哥过了年去。"印月道："我已回过他，无奈他再三向我说，要买了货赶到张家湾过年，正月里要到临清去哩。他催过我几次，我不得不来说。当日奶奶亲口允他，今日还是奶奶自去回他。或者却不过情，留得他下来也未可知。"

黄氏只得同印月走到楼上，对进忠道："向日承亲家的情，原说是不误行期的；不料他公公去久不回，十分难处。非是我话不准，还望亲家竟住几日，过了年再去罢。"进忠道："刻下布账已清，众铺家算明，该尊府用钱四十二两，前亲家收过三十两，又零星付过十九两八钱，算多付了七两八钱，铺家都已算在我腹子内，那几两银子也不必说了。只是前日的借项，望亲母早些赐下，因这里有宗现货要买了去，明后日就打点起身，要赶到张家湾度岁，不然也不来催促亲母了，莫怪！"黄氏终是个女流，被他几句话定住了，没话回，脸涨得通红，好生难过。秋鸿便接口道："舅舅且竟住一时，等奶奶去再作计较。"黄氏才起身下楼。秋鸿道："也是为七爷的事借下来的，如今他连管也不管，人来催逼，他到不知往哪里去了，带累奶奶受逼。"黄氏叹气道："养出这样不长进的畜生，叫我也难处！"

正说话间，七官进来，黄氏道："你到哪里去的？没钱还人，也该设法留他，却叫我受逼。"七官道："可是扯淡！有钱拿了还人，没钱也说不得受些气罢了。"黄氏气起来，骂道："你这个坏畜生，不长进！惹下祸事来，借了人银子，反来说我？转是我做娘的贪嘴，大泼小用借下来的，你还说这样胡话！"七官犹自不逊，黄氏赶来打他，到被他推了一跌。黄氏坐在地上，气得大哭，七官早已去了。印月忙同秋鸿过来，扶进房去。晚上进忠又来讨信。黄氏无奈，次日只得着人去央邱先生并陈三官来说，才留下来过年。

隔了两三日，铎头瘟买了硝黄、纸张回来，就在隔壁门首收拾出一间门面，寻了个伙计，果然一夜做到三更，不来家宿。他们关上前门，任情取乐。这正是：

> 欺他良懦占他奄，乐事无端任所为。
>
> 堪恨狐群助奸党，不忧天谴与人非。

　　过了几日，正是人家祀灶①之日，家家都来买炮竹，人人赞好，铎头瘟越发有兴做。原来此地经纪②人家，本无田产蓄积，只靠客人养生③，在客人到，便拿客人的钱使用，挪东补西，如米面酒肉杂货等物都赊来用，至节下还钱。侯家自少野出门后，没人照管，七官不会当家，便把各客人的用钱都零碎支用完了，故年终各欠账都来催讨。起初还是好说，到二十七八，众人急了，都坐着不肯去。后来见无人理他，大家便拥到内里来吵闹。七官躲了不见，那铎头瘟人都知他是个呆子，也不去寻他，只有黄氏一人支持。到二十九，众人便发话道：“你家推没人在家，难道就赖去了么？你家撺了客人的钱不想还，别人是父母的资本，若没钱，拿丫头婆娘来，也准得钱。”污言秽语都听不得。黄氏急得走投无路，没奈何，只得叫小女儿来，向印月要首饰、衣服当。印月道：“我来了二年，连布条儿也没见一个，做了多少衣服与我的，开了账来，一一查去。再不然，知道我有多少东西也说了拿来。”小姑见她的话来的不好，就去了。黄氏无奈，急得大哭。他在里面哭，人在外边骂。

　　众人听见哭，有那知事的就出来了，看看天晚，还有几个坐着不去。秋鸿过来劝道：“奶奶且莫烦恼，少了钱，断没有抬人去的理，”黄氏道：“转是抬我去的好，骂的言语你可听得。今日虽去，明早又来叫骂了。怎受得这样气，不如寻个死到得耳根清净。”秋鸿道：“哭也没用，事宽即圆。”黄氏道：“明日到是年终了，再等到几时哩？像我这没脚蟹，坐在家里，怎么圆得来？”秋鸿道：“事已急了，不如再向舅舅借几两，过了年再处。”黄氏道：“前日借的没得还，被他说得没趣，怎好再向他开口？”秋鸿道：“他倒不是个吝财的，前日因要买货回去才来催讨，奶奶再央娘去向他说，必有些的。”黄氏道：“不知你娘可肯说哩？”秋鸿道：“人家这样吵骂，娘难道不听见？我去请他来。”黄氏道：“缓些，你先去对你娘说过，再去请他，我就过来。”

　　秋鸿过来对印月说过，就走到楼上对进忠道：“娘请你说话哩。”进忠道：“说什么？”秋鸿道：“被人骂急了，又来寻你，说不得再弄点与他救救

---

①　祀灶——旧俗腊月二十三或二十四祭灶神。
②　经纪——旧时为买卖双方撮合，从中抽取佣金者。
③　养生——养活度日。

急,大家好过年。"进忠道:"你的急还有得救,他的急却难救。"秋鸿劈面一掌道:"胡话! 还不快走,走迟了,打你一百。"进忠被他拉进来,黄氏也在印月房内。印月道:"如今各店账吵闹,家内没出处,没奈何还要同哥哥再借几两,出年一总奉还。"进忠沉吟不语。黄氏道:"前欠未还,原难再借。只因逐日骂得听不得,故此又要求告亲家挪借。他前日有信来说,只在正月内必到家,一定加利奉还,再不至误亲家的行期。"秋鸿道:"奶奶也是没奈何,舅舅不要推手。"进忠道:"至亲间怎敢推托? 只是元家后我一准要起身的,要不要似前番误事方好。"印月道:"爹爹回来就清结的。"进忠道:"要多少?"黄氏道:"有五十两的账。"进忠道:"都要全还么? 我有道理。"便点灯往楼上去了。黄氏对印月道:"你去代我催催,没日子了。"

印月叫秋鸿执灯,同到楼上,见进忠在灯下拣银子,印月便伏在桌上看,进忠拣了两锭,向印月道:"这银子可好? 你要,拿了去耍子。"印月道:"什么好东西,不要他。"秋鸿道:"银子若不好,奶奶到不急得哭了。"进忠道:"你专会伸脚起刁法儿耍哩,偏不把你。"秋鸿道:"我只是不要罢了。我若要,也不怕你不连包儿送来。"进忠道:"你就是个不打脸的强盗,一嘴也不放松。"印月笑道:"你吃了强盗什么亏的?"进忠拣了半日,也与了秋鸿一锭,遂拣了三十两呈色银子,包好,递与印月道:"三十两。"印月道:"为人须为彻,把几两好的与人,这就像猪尿的银子,他们还不要哩。"进忠道:"此刻有了这银子还不要么? 等我代他还,看他要不要。"印月袖了就走,进忠拦腰一抱,抱住道:"也不说个长短,怎么拿着就走?"印月笑道:"又不是我借的,说甚长短。"进忠道:"好呀,却不道'保人还钱。'"印月笑着分开手,下楼来将银子交与黄氏道:"这是三十两。"黄氏道:"三十不够呀! 况且呈色又丑,如何够打发?"印月道:"他说代我们开发哩。"

一夜过了。次日天才明,就有人来催讨,秋鸿把进忠送出去,关上角门,众人依然叫骂。进忠梳洗毕,下楼来对众人道:"舍亲不在家,列位历年都是寻过他钱的,今日怎么就破起言语来了? 请到这里来,我有个商议。"众人便随他到楼下来。进忠道:"舍亲远出,他家中委实难处,列位就是抬人去也没钱。我因同他是亲,特来代他借得些须,只好与列位杀杀水气,若要多,万分不能。"众人乱嚷道:"等了这几日,怎么还说这没气力的话？推不在家，难道就不还罢？他也有儿子哩！"进忠道："你们既如此说，请向他儿子要去，我就不管这闲事了。"站起身来就走。内中有几个老成知事的，悬住道："相公，你请坐。你们不明道理，只是胡闹，如今侯家少了我们的钱，正没人担当，难得魏相公出来调停，你们反乱嚷起来。不成事体。"于是众人才把进忠围住，又怕他要走。进忠道："列位若依我说，就请坐下来讲；如不依，听凭尊便。"众人道："但凭吩咐罢了。"进忠道："如今要说全无，也不能；若要多，却也没有，只好十分之二，余者等舍亲回来再清结。"众人道："二分忒少了，先还八分罢。"进忠道："不能，既列位如此说，再添一分，竟是三分。"众人还不依，讲了半日，才说定各还一半，余侯侯老回来再找。进忠进去，要出银子并账来，当众人算明了，共该二十八两四钱六分，众人也没奈何，只得拿去，尚余一两五钱四分，并账交与黄氏。

黄氏千恩万谢，感激不尽，说道："还有迎春差事，每年要贴一两银子，也称了去罢。"秋鸿道："只是没得过年了，怎处？"黄氏道："还讲过年哩，没人吵骂就吃口水也是快活。"少顷进忠又封了三两银子，进来送与黄氏道："本当买些薄物送亲母，又恐不得用，薄敬奉送自备罢。"黄氏道："岂有此理，才已承亲家情，怎敢再领赐？"秋鸿道："舅舅送的，又不是外人，奶奶老实些收了罢。"黄氏谢了又谢，才收下去置备年事。

进忠同秋鸿出来，把预备下的果子、衣服、首饰等物送到印月房中。七官见人去了，也家来走跳，手中拿几张当票子，到楼上来道："受这蛮奴才无限的气！"进忠道："受谁的气？"七官道："家里的几件衣服要抵出来，那蛮奴才死也不肯，嚷了半日。"进忠道："衣服也是要的。"七官道："没奈何，还要同你挪一肩哩。"进忠道："要多少？"七官道："共该四两七钱。"进忠道："掇些赎去罢。"称了银子与他。黄氏知道，愈加感激，便把他当做祖宗一般。

到晚来，人家都烧纸关门守岁。怎见得除夕的光景？但是：

门悬柏叶，户换桃符。家家岁火照田蚕，处处春盘堆细果。儿童拍手，齐烧爆竹喜争先；老子点头，笑饮屠苏①甘落后。戏班衣鲍老登筵，纪岁事椒花入颂。弹弦奏节入梅风，对局探钩传柏酒。气色空

———————

① 屠苏——古代一种酒名。

中渐改,容颜暗里相催。正是寒从一夜去,果然春逐五更回。

除夕,黄氏置酒在印月堂前,邀进忠守岁,烧松盆放炮竹。铎头瘟取了许多炮竹烟火来放,果然好。饮至更深方散。进忠同七官出来,只得让印月同铎头瘟睡了。人静后,秋鸿才到楼上来,与二人轮流取乐。正是:

明日春风又一年,高楼醉拥两婵娟①。

有人独守孤帏②冷,数遍更筹永不眠。

次日元旦,进忠起来各处拜了年,同七官终日到城隍庙看戏。刘道士加倍奉承。人见进忠慷慨爽利,与他交接的频多,逐日各家请春酒。吃了几日,又早元家将近,蓟州没甚好灯。一日二人同邱先生闲步,见人挑了两盏纸灯卖,进忠买了挂在楼上,晚间点起来,买了些酒肴,请邱先生同玄照等来饮酒。邱老道:"敝处没有好灯,我少年时在京师看灯,果然好。"进忠道:"京中灯除了内府的没有见过,就是灯市里并王侯家,也不过是些羊皮料丝夹纱珠灯而已,除此便无甚好的,总不如扬州的灯好,各色纸灯、包灯,果极精巧,世上有一件物事,他们便做出一盏灯来,却也奇巧。此时正是满城箫管,人山人海,鱼龙莫辨,那才叫做'一天皎月,十里香风'。"邱老道:"生在那里的人,真是有福的。"

到十三日,崔少华请了进忠同七官去看灯,也是几对羊皮料丝,皆是些粗货,蓟州人便以为奇,众人就十分夸赞,进忠也只得随声称好。呈秀在席间将小沈托在进忠身上,没奈何只得约他元宴小酌。至日请了几位斯文朋友来陪他,小沈唱曲、行令、猜拳,却也有些丰致。饮至三更散了,呈秀定叫留小沈陪进忠宿,进忠却不过,只得勉强留下住了一夜。次日送他二两银子,一方汗巾。

十六,置酒在内里,请黄氏并铎头瘟夫妇。还剩了许多火药,进忠都买了来放。但见:

金菊焰高一丈,木樨细落奇葩③。白纷纷雪炮打梨花,紫艳艳葡萄满架。金盏银台斗胜,流星赶月堪夸,鸳鸯出水浴晴沙,九龙旗明珠倒挂。

---

① 婵娟——美好的女子。

② 帏(wéi)——帷,床帐。

③ 奇葩(pā)——奇花。

　　内中有几种异样的,七官道:"这几样是哪里来的方子?"铎头瘟道:"这是在京里遇见李子正,他从殷公公家传来的。"进忠道:"他在京里做什么?"侯二道:"他在东厂殷公公家做主文,好不热闹。"进忠道:"我正想他,明日到京中看看他去。"大家开饮了半夜,把铎头瘟灌醉了,听他们欢乐。正是有钱使得鬼推磨,那黄氏已是感激进忠不尽,又被他逐日小殷勤已买通了,不但不禁止他们,且跟在里面打诨凑趣。大家打成一片,毫无忌惮,不分昼夜,行坐不离,印月已被他们弄有孕了。那铎头瘟虽然明知,而不敢言,只是把些酒食哄着他就罢了。正是:好事不出门,坏事传千里。

　　街坊邻舍都知些风声。到了正月尽间,侯老回来,黄氏将进忠的恩德说与侯老知道,也十分知感。过了些时,也渐渐知些风声,还是半信半疑。谁知人为色迷,遂不避嫌疑乱弄起来。

　　一日天初明,侯老便上楼来寻进忠说话,见他门儿半掩,不见动静,想是尚未起来。轻轻揭开他帐子一看,吃了一惊,原来印月同他一头睡着了。侯老也不惊醒他,到轻轻走下楼来,高声咳嗽了两声而去。二人惊醒了,慌忙起来,印月下楼进去,只见侯老在堂屋里乱嚷。见印月进来,便说道:"妇人家不在房里,外面去做什么?"黄氏也起来了,听见嚷,过来道:"想是看他哥哥去的。"侯老道:"胡说。就是嫡亲兄妹也该避些嫌疑,这样胡行乱走的。"印月红涨了脸进来,也还不知被他看见。秋鸿听见嚷,忙出来看时,被侯老赶上,踢了两脚,骂道:"你这奴才在哪里的,不跟着你娘?"黄氏道:"为甚事这样乱嚷乱骂的?"侯老道:"亏你做婆的,我不在家,就干出这样事来了!"黄氏才明白,悄语道:"事已如此,张扬出来也不好听,只看你儿子这般嘴脸,怎叫他不生心?你现欠他银子,传出去,人还说你没钱还他,拿这件事赖他的哩。如今唯有叫他们离开来罢了。"

　　侯老沉吟了一会道:"也是。"便叫秋鸿来说道:"你外婆病得狠哩,来接你娘的,叫他作速收拾回去看看。"秋鸿回到来对印月说了,见印月睡在床上,遂抽身到楼上。见七官与进忠对坐,便埋怨道:"你们做事也该放掩密①些,怎么就都睡着了,使老爹看见,嚷闹了一场!亏奶奶劝住。如今要送娘去看外婆哩。"进忠听见,吓痴了,半日才说道:"这怎么好哩?"秋鸿道:"我们去后,你也难住了,不如快收拾,也到那里相会罢。"说

――――――――――

　　①　掩密――严密。

毕去了。

进忠羞得置身无地,便打点行囊,去雇牲口,进来辞行,向侯老道:"外有亲家所借之项,今亲家初归,恐一时不便,我明早就要动身,改日再来领罢。"侯老也假意相留。次日早晨起身,辞了侯老夫妇,又来辞印月,印月不肯出见。这才是:

> 万种恩情一旦分,阳台去作不归云。
>
> 于今妾面羞君面,独倚熏笼①拭泪痕。

进忠怏怏而别,对七官道:"兄可送我一程。"遂同上了牲口。心心念念,放不下可人。

行了一日,来到长店。那长店是个小去处,只有三五家饭店,都下满了,没处宿。走到尽头一家店,内有三间房,见一个戴方巾的人独坐。进忠来对店家道:"那一个相公到占了三间房去,我也无多行李,你去说声,叫他让一间与我们住住。"店家上去说了,那人道:"可是公差?"店家道:"不是,是两个客人。"那人道:"不是公差,就请进来。"进忠便出来,看看搬行李进来。那人便叫家人收拾,让出一间房来。进忠同七官上前,与那人见了礼,进忠道:"斗胆惊动相公,得罪了。"那人道:"岂敢!旅邸之中何妨,请坐。"三人坐下。那人见七官生得清秀,遂将言语调他。进忠道:"七兄陪相公坐着,我就来。"遂出去买了些肴馔来,问店家道:"可有好酒卖?"店家道:"只有稀熬子,相公们未必用得惯。"进忠来问那人,那人道:"随乡入俗罢。"进忠出来买了酒,吩咐店家置备,回来坐下,问道:"请教相公贵处?尊姓?"那人道:"贱姓陈,江西新喻人,在监。因这里蓟州道是舍亲,特来看他。"又问了进忠并七官乡贯姓名,对进忠道:"这侯兄是魏兄的什么人?"进忠道:"是舍亲。"不一刻,店家摆上酒肴,陈监生谢扰过,三人共饮。那陈监生也是个风月中人,说到嫖赌上便津津有味,猜拳行令着实有趣,三人说做一个。

陈监生道:"我一向在京,只是玩耍,昨在蓟州衙门里住了二十多日,几乎闷死了。不意这里遇见二兄,豪爽之至,也是三生有幸。弟有个贱可在东院,也略通文墨,明日何不同二兄去耍耍。"进忠道:"东院里那一位?"陈监生道:"是刘素馨,乃鸳鸯叩的妹子。"进忠道:"定是妙的了,非

---

①　熏笼——焚燃香草、香料以放出香气的镂空器具,多以铜铁制成,有足。

佳人不可配才子，鸳鸯叩已是极标致的，如今也将有三十岁了。当日见他时才成人，不觉已十五六年了。"三人畅饮至更深，抵足而睡。次日至密云宿了。七官要辞回去，陈监生坚留不放，进忠道："你就同到京中耍耍再回去罢，家去也无事。"三人又上牲口，进得京城。进忠道："尊寓在哪里？"陈监生道："在监前。"进忠道："我们权别，明早再来奉候。"陈临生道："小寓房子颇宽，且又洁净，同到小寓住罢。"遂拉了去到下处，果然房屋宽大洁净。早有家人在内，各人卸下行李，洗了脸，取饭来吃了。

陈监生道："天色尚早，院中耍耍去。"叫了三匹马来，着一个小厮跟随。进了东院，到刘家门首下马，进门来，静悄悄无人迎接。在厅上坐了一会儿，才有个丫头出来，认得陈监生，进去了一会儿才出来，请进去到大姑娘房里坐。三人走到房中坐下，倒也帷幕整齐，琴书潇洒。丫头捧茶来吃了，妈儿出来拜了，道："陈相公来得快呀！"陈监生道："约定了素娘，怎好爽信①。素娘怎么不见？"妈儿道："他不在家。"陈监生道："哪里去了？"妈儿道："周公子请去了。"陈监生道："胡说！我原约他一个月，如今才二十四日，怎么就叫人请去了？"妈儿道："不好说得。"

正在分辨，只见来了一个姊妹上前拜见，看时，正是鸳鸯叩。虽然年纪过时，那一段丰神体态犹自大方。拜罢坐下，陈监生道："贵恙痊愈了？"鸳鸯叩道："这几日才略好些，尚未复原。"陈监生道："我原约令妹一个月，怎么就让人请法了？"鸳鸯叩道："周兵科的公子先请他，未曾去，就把我父亲送到城上打了，差人押着，定要他，没奈何只得弄去了。"陈监生道："去了几日了？"鸳鸯叩道："去了十多日，也快回来了。"陈监生大不悦意。进忠道："既是不久就回，老兄也不必动怒，小酌何如？"陈监生道："有甚情趣！"鸳鸯叩笑道："舍妹暂时不在家就不坐了，此后难道再不相会么？"陈监生被他说了，到不好意思起身。进忠遂取了一两银子与妈儿备酒。鸳鸯叩叫丫头铺下绒毡，看了一会儿牙牌。

陈监生起身小解，只见一个小厮，捧着两个朱漆篾丝小盒儿往后走。陈监生赶上去揭开看时，底下一盒是几个福寿同几十个青果，上一盒是鲜花。陈监生问道："你是谁家的？"小厮道："周大爷差来送与馨娘的。"陈监生让他走过，他便悄悄的随他走。那小厮穿过夹道花架边一个小门儿，

① 爽信——失信。

那小厮轻敲了三下，里面便有人开门，陈监生走出来，也不题起，仍旧坐下看牌。少刻摆上酒来，饮了半日，陈监生推醉出席，闲步轻轻走过夹道，也向那小门上轻敲了三下，便有个丫头来开门。开开门来，见是陈监生，到吃了一惊。陈监生忙挤进去，转过花架，见素馨独坐焚香。素馨见了陈监生，便起身拜见，问道："相公几时来的？"陈监生道："才到，就来看你，我原约你一月，今何负心若此？恭喜你如今有了贵公子了。"素馨道："再莫说起。我原非得已。那人粗恶之至，把我父亲送到城上打了，着人押着，定要来缠，不肯放我出去，终日如坐牢一般，你不要怪。"陈监生道："我也不怪你，今日赦你出去走走。"素馨道："怕他有人来看见。"陈监生道："不到别处去，到你姐姐房中饮一杯何如？"素馨不好推却，只得携手出来。鸳鸯叩见了，甚觉没趣。素馨上前逐一拜见。看时，果然生得甚美，但见他：

窄窄弓鞋雅淡妆，恍如神女下高唐①。

肤争瑞雪三分白，韵带梅花一段香。

素馨拜罢坐下，鸳鸯叩道："那人可来？"素馨道："今日不来。"鸳鸯叩道："世上也没有似这样粗俗的，全无半点斯文气，请了姊妹就如自己妻子一般，又不肯撒漫，就笑得死个人，说的话令人听不得。"进忠道："这样人可是作孽。"陈监生道："嗏声！莫惹他，可人儿怪！"素馨掩口而笑，起身奉了一巡酒，正开口要唱，忽听得外面一片嘈嚷之声，俱各停杯起视。只见丫头慌慌张张跑进来说道："不好了，周大爷带人打进来了。"素馨忙往外走，只见周逢春带了十多个人打进来，径奔素馨。素馨慌了，复跑进来。进忠恃着力大，忙上前挺身遮住，素馨便躲到床后。两个家人揪住陈监生就要打，进忠一声大喝，上前拍开手，把那人放倒，让陈监生同七官跑了。周逢春乱嚷，来寻素馨，因进忠力大挡住，人都不敢近身，众人便乱打家伙。鸳鸯叩忙上前分诉，被周逢春一把抓住云鬟，一手揪住衣领，向外边一摔，跌倒在花台边。只见他直挺挺的不动，众人忙上前看时，只见：

荆山玉损，沧海珠沉。血模糊额角皮开，声断续喉中痰涌。星眸

---

① 神女下高唐——"巫山云雨"典故，神女在高唐与先王幽会。

紧闭,好似北溟龙女①遇罡风②;檀口无言,一似南海观音初入定。

小园昨夜东风恶,吹折红梅满地横。

妈儿、丫头忙扶他起身,只见一口气不接,面皮渐渐转黄,呜呼哀哉了。妈儿等叫起苦来,忙去叫了地方③来,将周逢春并一行人都锁了,带上城去。正是:

饶君焰焰熏天势,看尔忙忙怎得逃?

毕竟不知周公子等拿到城上,后来如何脱身? 且听下回分解。

---

① 北溟(míng)龙女——溟:海。"龙女牧羊。"典故。

② 罡(gāng)风——强烈的风。

③ 地方——地方官府。

第 十 六 回

周公子钱神救命　何道人炉火贻灾

诗曰：

谁人识得大丹头，只在吾身静处求。

初向坎①离②分正色，再从木土叩真流。

苍茫紫气浮金鼎③，次第红光贯玉楼。

婴宅养成龙虎会，凌风直上凤麟洲。

话说周逢春摔死了鸳鸯叩，地方保甲把众人锁了，送到东城察院。衙门问了口供，将凶手等总寄了监。

进忠回到寓所，见门锁了，并无一人，心中着忙。往邻家来问信，只见一个小厮躲在间壁人家，忙出来扯进忠到僻静处，道："我家相公往刘翰林家去了，行李已发去，着小的在此等相公同去哩。"进忠即同他走过前门，往西首到手帕胡同，陈监生已差人来接。到了刘翰林寓所，陈监生迎着道："一时不忍，遇见这等恶人，带累老兄。"进忠道："事已至此，当早为之计，他必要攀扯的。"七官道："又没有和他争斗，为甚扳人？"陈监生道："他怎肯就自认？必要乱扳的。舍亲此刻赴席未回，须等他回来计较。"进忠道："我有个盟弟，在东厂主文，此事必到厂里才得结局，我先去会他，讨个主意。殷太监家离此不远，趁此月色去走走。"七官道："我也同你去。"陈监生道："七兄莫去，我独坐无聊。"进忠道："恐刘爷回来不便。"陈监生道："不妨，此处不通内宅。且舍亲也是极圆活的。"

进忠别了出来，路本熟的，走不过十数家，便是殷太监外宅，走到门上，尚未关门，进忠向门上拱一拱手道："府里李相公在家么？"门上道："寻他做甚？"进忠道："我是他乡亲，带了他家信在此，拜烦爷说声。"说

---

① 坎(kǎn)——八卦之一，代表水。

② 离(lí)——八卦之一，代表火。

③ 鼎(dǐng)——古器物，三足双耳。

完,取了三百文钱与他。门上道:"坐坐,我去请他出来。"只见进去未几,里面摇摇摆摆走出个秀士来,正是李永贞。有诗道他的好处道:

儒服裁成锦,云巾剪素罗。

脸红双眼俊,面白细髯多。

智可同苏贾,才堪并陆何。

幽幽真杰士,时复隐岩阿。

李子正走到门外,见了进忠,一把拉住道:"哥哥从哪里来的?请到我家内坐。"携着手走到对街一个小小门儿,敲开来到客位里,叙礼坐下。永贞道:"自别哥哥之后,无日不念。后闻得到湖广去。及闻程士宏事坏,日夜焦心。后刘弟自扬州寄书来,说哥哥来山东送礼,一向没有回去。今日甚风儿吹到此?"进忠道:"自别贤弟,到京寻亲不遇,母亲又同王吏科的夫人回临清去了,我便同程中书上湖广去。在汉口落水,幸遇家叔救起,荐我到扬州,得遇刘弟。后鲁太监差来送汪中书的礼,路上又遇见响马劫了,不得回去,只得又到临清探母,谁知母亲又同王巡抚家眷往浙江去了。闻家叔升了蓟州州同,故来看他,顺便带了些布来卖。及到蓟州,他又丁忧回去了。我在蓟州住了这半年,闻得贤弟在此,特来看你。"永贞道:"如此说,哥哥也别母亲多年了。"进忠道:"有十多年了。"永贞道:"月姐就嫁在蓟州侯家布行里哩! 哥哥在那里可曾会见?"进忠道:"我就是下在他家行里的,初时不知,后来说起才知道的。我今正是同他小叔子老七来的。"永贞道:"哥哥行李在哪里?"进忠道:"不远。"永贞道:"着人去请老七,并行李发来。"进忠道:"缓些,今早才到,就弄出件事来了。"永贞惊问道:"什么事?"进忠便把陈监生之事说了一遍。永贞道:"虽与陈家无涉,周家决不肯放他,必要扳他出来。虽然无碍,却也要跟着用钱哩。他可有条门路么?"进忠道:"刘翰林①是他表兄,蓟州道是他丈人。"永贞道:"前面有个刘翰林,可是他?"进忠道:"正是。我们的行李总在他家哩。"

小厮摆上酒来。永贞叫小厮去请侯七官,进忠道:"不要请他,我坐坐即要去哩。恐陈兄心中不快,不好丢他。"永贞举杯相属,进忠道:"毕

---

① 翰林——皇帝文学侍从官,从进士中选拔。

竟这事怎处?"永贞道:"打死娼妇,周掌科①岂肯叫儿子抵命？就是龟子②,也不过要多挣几两银子罢了。陈监生虽未与他争嫖,就是宿娼也有罪名,不如与周家合手,陈家谅贴他些。这事哥哥可以包揽下来,等我去处。只是口气须要放大些,好多寻他几两银子,就是城上事完,少不得也要到厂里才得结案哩。"进忠又饮了几杯,道:"我去了,恐他们等信。"永贞道:"吃了晚饭去。"进忠道:"不消了。"二人一同出来,进忠道:"别过罢。"永贞道:"我送哥哥几步,你去叫刘翰林去对城上说,若不肯,等我行牌提到厂里,不怕龟子不从。"永贞送到刘家门首道:"哥哥明日早来。"二人拱手别了。

进忠入来,刘翰林也在书房内。桌上摆着酒肴,进忠见了就要行礼,刘翰林忙一把拉住道:"岂有此理！行常礼罢。"才二人作揖坐下。陈监生道:"可曾会见令亲?"进忠道:"会见的。"刘翰林问道:"是哪一位?"进忠道:"在厂里主文的李舍亲。"刘公道:"可是李子正?"进忠道:"正是。"刘公道:"他却老成停当③,厂里甚是亏他,手下人却不敢胡行的。就是舍亲这事,也要到厂里才得结局,老兄可曾与他谈谈?"进忠道:"谈及的。舍亲已料得周家必不肯放,定要扳出的。"刘公道:"这自然,你虽未与他争头,到底要算个争风。就是你监生宿娼,也有碍行止。"进忠道:"舍亲也如此说。他说请刘爷出来与周掌科谈谈,令亲谅贴他些,与城上说声,处几两银子与龟子,不申送法司罢,若城上不肯,他便行牌提到厂里去结。"刘公道:"好极,城上是我敝同年,再无不依的。只是周掌科为人固执,难说话。"进忠道:"周爷虽固执,可肯把儿子去抵命?"刘公道:"有理。全仗大力为舍亲排解。"四人饮至更深,刘翰林进去。

次早,刘翰林打轿去拜周兵科④。传进帖去,长班到轿前回道:"家老爷有恙,尚未起来,注了簿罢。"刘翰林道:"我有要话同你老爷面谈,进去回声。"便下了轿,到厅上坐下。半日,周兵科才出来,相见坐下道:"承枉顾,弟因抱微疴,失迎,得罪。"刘公道:"岂敢！昨闻东院之事,特来奉

---

① 掌科——官名。
② 龟子——旧时妓院里做杂务的男子。
③ 老成停当——做事稳重周全。
④ 兵科——官名。

候。"周兵科道："不幸生出这样无耻畜生，还有何面目见人！"刘翰林道："世兄也是少年英气所激，慢慢熏陶涵育自好，老先生不必介怀①。幸的是个妓女，不过费几两银子与他罢了。"周公道："生出这样不肖②的畜生，自己也该羞死，还拿钱去救他么！弟已对城上说过，尽法处死他，免得玷辱③家门。"刘公道："子弟不正，该家中教责为是，哪有用官法的理？老先生还请三思。"开导再三，周公绝不转移。

刘翰林到觉没趣，只得回来。才到家，正欲换衣服，只见门上进来，拿着帖子道："周相公来拜，要见。"刘公见帖上是周春元的名字。这周春元乃刘公的门生，周兵科的嫡侄，刘公遂出来相会。周春元道："适蒙老师枉顾，家叔执拗④开罪，门生特来负荆⑤。"刘公道："令叔太拘泥了，我因忝在同朝，无非为好，倒使我没趣。才也养不才，怎么这样处法！"周春元道："家叔心性，老师素知，岂有坐视不救之理。还求老师海涵，若有可商，总在门生身上，但凭吩咐。"刘公道："龟子须要处几两银子与他，衙门中也要些使费。这事原与舍亲无干，如今说不得，也叫他贴上些。只要早些完事，免得声张。令叔可肯把儿子抵偿，且于自己官声有碍。"周春元道："老师见教极是，这样处置甚好，敢请令亲一见。"刘公遂引他到书房中与陈监生会了，议定每用百两，周家八分，陈家二分。周春元道："这也罢了，只是龟子须寻个人与他说定方好办。"刘公道："我这里有个姓魏的，为人老练，到可以托他去谈谈，无不停妥的。"遂请出进忠与春元会了。说过，春元去了。

进忠同侯七官来看李永贞，到他家时，永贞已在门前等候，一同进来，见礼坐下。永贞道："早间就要来奉候，又恐遇不见。快拿饭来吃。"茶罢，叫奔子出来拜见伯伯。三人吃过早饭，进忠将周家的话对他说了。永贞道："事不宜迟，我们就去；只是今日原意要屈哥哥与七兄谈谈的。"进忠道："他还不就去哩。再扰罢，且干正经事。"永贞道："也罢，就在刘家

---

①　介怀——把不愉快的事记在心中。
②　不肖——品行不好（多用于子弟）。
③　玷(diàn)辱——使蒙受耻辱。
④　执拗——固执任性，不听别人意见。
⑤　负荆——认错。

作东罢。"叫小厮唤了三匹牲口,三人同到东院,下了牲口,来到厅上坐下。妈儿出来,见了进忠,谢道:"昨日多承魏爷救护,只是大小女自成人至今十余年,陪过多少公子王孙,也无一个不爱惜他,谁知遭此横死。"说着便假意哭起来。进忠道:"死生有数,你也不要徨伤。馨娘呢?"妈儿道:"才起来,丫头去说声,快收拾了来拜客。"茶罢,素馨出来,花枝摇曳般①拜了三人,又向进忠谢道:"昨日若非魏爷救护,连我也是死了。"七官道:"他怎么舍得打你?"素馨道:"你看他那凶恶的样子,不是魏爷力大扦住,直打个粉碎。"进忠道:"就打也不过与你姐姐一样罢了,怎么就得粉碎?"大家笑了一会儿。

永贞取出一两银子递与妈儿道:"办个桌盒酒儿谈谈。"素馨遂邀到棬②里,穿过夹道,进了一个小门儿,里面三间小棬,上挂一幅单条古画,一张天然几,摆着个古铜花觚,内插几枝玉兰海棠。宣铜炉内焚着香,案上摆着几部古书,壁上挂着一床锦囊古琴,兼之玉箫、象管,甚是幽雅洁净。房内铺一张柏木水靡凉床,白绸帐子,大红绫幔,幔上画满蝴蝶,风来飘起,宛如活的。床上熏得喷香,窗外白石盆内养着红鱼,绿藻掩映,甚是可爱。天井内摆设多少盆景,甚是幽雅。柱上贴一副春联道:"满窗花影人初起,一典桐音月正高。"永贞道:"馨娘雅操③定是妙的,何不请教一曲。"素馨笑道:"初学,不堪就正大雅,请教李爷一曲,以清俗耳。"遂取下琴来,放好在桌上,和了弦道:"请教。"永贞道:"也罢,我先抛砖。只是贻笑了。"弹了一段《梅花引》,笑道:"真所谓三日不弹,手生荆棘。荒疏久了,请教罢。"素馨又让进忠,进忠道:"唯有棋琴不解。"素馨才坐下调弦促轸,凤吟龙睛,那一段意态,先自可人。弹起来真是冰车铁马,凤目鸾音,弹了《客窗》三段,起身笑道:"巴人下里④,贻笑大方。"三人啧啧称赞。

一会摆上酒来,永贞道:"请你妈妈来同坐。"丫头道:"他打发司里差人去了,就来。"四人饮了一会,妈妈才来。永贞道:"差人来做什么?"妈

---

① 花枝摇曳(yè)——形容妇女打扮十分艳丽。
② 棬(quān)——用枝条环成的门。
③ 雅操——平素弹琴。
④ 巴人下里——通俗粗浅。

儿道:"我家是原告,他们反来我家需索,吵得不耐烦。人已死了,还要花钱!"永贞道:"早哩,俗说:人命官司两家穷。若问到成招时,你也得好些钱用哩!"妈儿道:"打哪里来? 自大的死了,他都躲着不敢见客,钱也没一个,见面把什么使用? 今日到打发过两三次了!"永贞道:"早得很哩!要盘十三个衙门才得完哩!"妈儿道:"罢了,再盘几个衙门,我到好被他盘死了。"永贞道:"我到有个说法,不知你可依我?"妈儿道:"李爷吩咐,自然是为我的,怎敢不依?"永贞道:"自古贫不与富斗,富不与势争。他是个官长的公子,怎肯让他抵偿? 且到差人就不敢惹他,自然来你家要钱。他必是到城上说过分上了,所以只是迟延。岂有人命到此刻还不差人来相验的? 不如依我说,教他处几两银子与你,再寻个人,还干你的事。若再迟几日,法司濛泷①问问,题个本发下几两烧埋②银子,不怕你不从,那时岂不是双折贴么?"妈儿道:"人也曾劝我如此,只是女儿死得苦。"进忠道:"你女儿也是病久了的,你若舍不得,就买个好棺木,装着放厚些,做个把功果与他就是了。料你如何弄得过他? 你若肯依,都在我们身上,包你便宜。"妈儿便叫龟子来,商议停妥,三人又饮了一会儿才散。

进忠别了永贞,来到刘家,与刘翰林、陈监生说了。刘公便叫人请了周春元来,说定共出二千两,周家出一千六百,陈家出四百,凭他们用,只要早些完事。进忠带了银子到李永贞家来,永贞把了六百两与龟子,城上同兵马司一处一百,厂里也用了一百,各衙门使用了一百,打点停妥。当官审过,作"久病未痊,因下台基走失了脚,误推跌伤死"论。把家人们重笞四十,断十两烧埋银子与龟子,差人押着收殓③了。周、陈二人各问了个杖罪,纳赎了事。上下共享了千金,永贞落了一千两,送侯七官一百两为盘费,余者与进忠均分。这才是:

　　杀人偿命古来传,不论冤仇只要钱。

　　说甚天高皇帝远,大明律在也徒然。

是日,进忠同七官便搬到永贞家来住。次日,七官辞了回去,进忠送到城外,临别嘱咐侯七道:"嫂子若到宝坻去,你务必来把信与我,我同你

---

①　濛泷——含糊、不清楚。

②　烧埋——丧葬。

③　收殓(liàn)——把死人装入棺材埋葬。

去要些些时;若没有去,你也寄个信来,千万勿误,我在此专等哩。"七官答应去了。进忠终日望信,总不见来。

又过了有半个月,刘家妈儿得了银子,特备了酒席,来请进忠与永贞酬劳二人,遂叫了牲口到东院来。妈儿同素馨出来迎接。厅上摆了三席,旁边一席,吃过茶,戏子进来。永贞道:"你费这些事做什么? 一桌子坐坐就罢了。"素馨道:"前日动劳二位爷,没甚孝敬,今日新来了个妹子会做戏,特请二位爷来赏鉴赏鉴。"进忠道:"恭喜! 我们总不知道,少贺你,反来叨扰。"永贞道:"还有何客?"妈儿道:"还有一位水相公,是馨儿新相处的,山西人。丫头,去请水相公来。"少顷,水客人出来相见,其人生得魁伟长大。妈儿举杯安席,三人谦让。素馨道:"水相公虽是远客,却在此下榻,自不肯僭,况今日之设,原为二位爷的。"谦了半日才坐,进忠首席,水客人坐了二席,永贞是三席。素馨同妈儿一席在旁相陪。吃了汤,戏子上来请点戏。进忠点了本《双烈记》,乃韩蕲王与梁夫人的故事。那新来姊妹做的是正旦,果然音律超群,姿容绝世。只见:

> 罗衣迭雪,宝髻堆云。樱桃口杏眼桃腮,杨柳树兰心蕙性①。歌喉婉转,真如枝上莺啼;舞态翩跹②,恰似花间凤啭。腔依古调,音出天然。高低紧慢按宫商③,吐雪喷珠;轻重疾徐依格调,敲金戛④玉。舞回明月坠秦楼,歌遏行云遮楚岫⑤。

那女子只好十四五岁,乃吴下人,妈儿用银四百两买来的。唱至半本,住了戏,上来送酒。进忠问他多少年纪,叫甚名字,那女子道:"我今年十五岁了,名叫素娟。"进忠调调她,她便故作羞态。进忠本是个歪货,被他引动了,十分爱惜,素馨便在旁撮合,一时动了火,遂允他梳笼⑥。戏完后,又坐了一会儿才散。

次日,进忠取了五十两银子、四匹尺头送到院中,妈儿备了酒席,李永

---

① 兰心蕙性——喻女子内心贤淑、性情温柔。

② 翩跹(piān xiān)——形容轻快地跳舞。

③ 宫商——借指乐音调式。

④ 戛(jiá)——轻轻敲打。

⑤ 岫(xiù)——山。

⑥ 梳笼——妓女初次接客。

贞推有事不来，就是进忠与水客人二人，晚间花攒锦簇的饮酒行乐，进忠
着意温存。谁知这素娟已经梳笼过二次了，众人将进忠灌醉，送入罗帏。
那女子半推半就，故装出处女的腔调来，香罗帕只苦了鸡冠血挡灾。进忠
是醉了的人，哪里觉得？正是朝朝寒食，夜夜元宵。那水客人也是个直爽
人，二人甚相投契①，终日便不出院门，昏迷住了，并连行李也发到院
里来。

　　一日，正与水客人斗牌，只见一个小厮，拿了封书子同名帖，进来道：
"这是尚宝王爷的书子。"水客人见了帖子，上写着"眷生王习拜"。拆开
书子看时，原来是荐个修炼的人与他的。那王习乃内阁王家屏的儿子，与
水客人同乡，因水客人平日好谈外事，故荐与他。水客人道："请进来。"
小厮出去，领了一个道士进来。那道士怎生打扮？但见他：

　　五明扇齐攒白羽，九华巾巧簇乌纱。素罗袍皂绢沿边，白玉环丝
绦系定。

　　飘佛美髯过腹，露光两目明星。谈玄说性②假全真，说谎脱空真
马扁③。

　　那羽士进来，水客人下阶相接，叙礼坐下，水客人问道："请教先生仙
乡法号？"道人道："小道姓何，贱字太虚，久在终南修炼，不理人事。承
周、王二公屡招出山。昨在周府得遇王公子，他老相公有些贵恙，相邀同
来。久仰老丈尚玄，特来奉谒④。"水客人道："在下平生至爱玄理，恨未遇
明师，终是面墙⑤；今得老师下降指迷，幸甚，幸甚！不弃愚蒙，敢求大
教。"那道士便张眉铺眼，做出那有道的样子来。水客人平日最喜这等
人，况又是王公子荐来的，更觉十分恭敬，问道："便饭一谈，请教先生茹⑥
劳是荤素？"太虚道："这倒不论，随缘而已。"水客人便叫小厮去买新鲜肴
馔，后面楼里烹起好茶，邀他到后面与进忠等见礼坐下。

---

①　投契（qì）——投合，投机。
②　谈玄说性——谈论道家深奥玄妙的道理及修身养性的方法。
③　真马扁——真骗子，系文字游戏。
④　奉谒（yè）——拜见。
⑤　面墙——不能达到深彻悟的境界。
⑥　茹——吃。

水客人便请教太虚。太虚道："小道所炼者乘鸾跨鹤之事,但不可以言传,至于旁门小术,特易易耳。"水客人道："乘鸾跨鹤,乃先生之大道,我等愚蒙,安能企仰？只求一保身补益之方足矣。"太虚道："要求补益,何用他求,即眼前便是良方。请听小道说来:

人生寿夭因贪欲,听我从头说补益。要补益,锁心猿,牢拴意马养心田。若还不固贞元气,气散形枯命不坚。保性命,要坚精,坚精之法不易寻。鸳鸯枕上叮咛记:莫使男儿先动心。初下手,调鼎器,温存偎抱胸前戏。摩含双乳他兴浓,鸣唇哑舌通心气。手抚琴弦牝户开,滑津流液真情至。玉茎坚刚宜浅深,九一之法留心记。鼓囊钥,往来诀;进则呼兮退则吸。舌挂上腭紧牙关,莫教气喘鏊精泄。他要紧,我不忙,深则益阴浅益阳。龙弱虎强宜缓刺,虎弱龙强势要刚。情意浓,莫贪味,保守丹田牢固济,鼎中春气蔼融和,周理神龟慢慢戏。如火热,少时舌冷如冰铁。真铅一点过吾来,补益天年莫乱说。莫乱说,莫乱转,此事不比那寻常。一度栽培一纪寿,十二周时陵地仙。"

那何太虚料他在妓馆中,必是个好色的,故说此事一段。采战的言语掀动他。那个水客人满心欢喜,十分称赞。

吃过饭,又坐下闲谈,谈及外丹炉火之事,太虚道："这虽是旁门小道,却也非同容易。"进忠道："倘不吝教,望示一二。"太虚道："二公请静坐,听我道来:

金丹之理真玄妙,也要功夫同大造①。神仙借此积阴功,颠倒五行②成至要。得真铨,却交火里种金莲。坎从离里求真汞,木向金中乞善缘。桃结于亥子,交时真永死。铅中玉露长萌芽,万颗明珠生釜底。发光华,阳精聚处长金花。三五二八阴魂尽,牵转牛儿到故家。到故家,须把捉,莫使心猿空发作。无明一点起昆仑。顷刻丹心尽销灼。要存神,黄婆运水鲜氛尘。灵明打迭如珠走,大地乾坤总是春。真可乐,龙虎皆驯成大药。丹成九转得玄功,黄白③从心归掌握。"

---

① 大造——反复多次极费功夫。
② 五行——金、木、水、火、土五种物质,道家认为是世界万物的起源。
③ 黄白——黄金、白银的合称。

　　进忠道："先生玄谈至理,我辈凡人,一时不解,先生何不一试,以开愚蒙。"太虚道："此小术耳。我有金丹,可以起死回生,要点化何难,取火来!"两个姊妹听见可以点化出银子来,都要看,连忙叫丫头扇火,将大铜炉架起。太虚起身要洗手,丫头捧了水来,一个小小白铜盆。太虚道："这盆有多重?"妈儿道："只好二斤重。"太虚遂碎碎剪开,将一个瓦罐用盐泥封固了,放在火中,将铜片慢慢放在罐内,大火熔化。向葫芦内倾出几丸红药丢在里面。忽然一阵黑烟上来,人都闭了眼站开。少刻烟尽,将罐子取出倾在地下,取火并灰铺上。过了一刻取起,却是一个大饼子,果然是松纹细丝银子。众皆大喜,遂把他当活神仙奉承。

　　太虚洗了手上席饮酒,酒量甚大,也会调笑玩耍。进忠道："先生既有此神术,何不济救贫人?"太虚道："济人原是仙家的本意,却也要有缘,那人有福,方受得起。"水客人道："小子有缘得遇先生,意欲拜为门下。"太虚道："也不须如此,我看二公俱有大福,若有本钱,可为二公做一炉。"进忠道："可要择地?"太虚道："若二公要学,非深山修炼不可。然山人大道已成,无施不可,只须净室足矣。"素馨道："我后边有座小园子倒还清净,不知可用得。"太虚道："同去看看。"

　　众人同到后面来,只见一所小小园亭,也有几种花木,中间三间茅亭,尽是幽雅。太虚道："用得,只是将墙加高些罢了。"复来饮酒。二人问道："要用多少银子?"太虚道："大丹非万金不可,如今且代二公做一分看,成了,可有万金之得。先用母银一千两,药本三百两。"进忠等欢然允诺,与水客人各出一半。也是他二人合当晦气,撞着他。当将银子兑出,便留他在院中宿。晚间又对二人说几个口诀。各自归房试验,果然房术有加倍之功,越发奉之如神。

　　次日开单置药,将院墙加高,草亭上按卦位支起百眼风炉九座,将银子化成大饼,百两一块,放在炉内。九日后取起看时,满周围都是小珠儿。太虚道："二九后珠儿渐大,三九后珠儿更大,母银色便暗了,不似以前光亮。到四九时将珠儿敲下,不用母银,交五九便不取起,每日只加火三次,功满自成。"三人复来饮酒取乐,每日如此。

　　一日已是六月中旬,众人乘凉,至二鼓方睡,正睡熟时,忽听得辟朴之声,丫头起来喊道："不好了,那里火起了!"进忠并水客人慌忙起来,水客人道："这是后面。"二人忙来到园中,只见烈烈烘烘的烧起。众人忙上去扑灭。再来寻何太虚时，早已不知去向了。再看丹炉，已倒在一边，母银也不见了。二人大惊，跌足叫苦。正在喧嚷，只见东厂缉事的人进来，将龟子一索锁去。正是：

　　黄芽白雪成乌有，白虎①丧人又降灾。

　　毕竟不知此火从何而起？龟子拿去怎生处治？且听下回分解。

———————

　　①　白虎——传说中的灾星。

第 十 七 回

涿州城大奸染疠①　泰山庙小道怜贫

诗曰：

　　乐事从来不可常，莫教事后始商量。

　　钱财散去汤浇雪，时运低来虎化羊。

　　爽口物多终作疾，快心事过定生殃。

　　咬钉嚼铁铮铮②汉，到此闻知也断肠。

　　话说东院火起，惊动了东厂缉事的人，将龟子锁去。众人扑灭了火，忙将丹炉拆去，在灰里寻出母银来看时，都是黑的，毫无光彩，如煤炭样，敲时，应手而碎。原来他是用的瘦银法，把真魂都提去，留下些糟粕来。先那珠儿，就是银子的精华，总被他提尽，放起火来，从闹处走了。二人悔恨不已。正是：

　　九转③金丹可救贫，痴人遂耳起贪心。

　　他今果有神仙术，不自焚修肯授人？

　　进忠料得事体不好，把行李丢下，趁月下躲到李永贞家来。永贞起来相见，笑道："我从未见嫖客半夜出来。"进忠道："不好说得，又弄出件事来了。"永贞道："什么事？"进忠一一告诉他。永贞道："这事却有些费事哩！禁城④内失火，就该个杖罪⑤，再有这件事，就要问军哩！到有些缠手哩！"想了一会道："有了，你只躲在我家，不可出去，就有人知道你在此，也不敢来拿你。"进忠道："我去把行李发来。"永贞道："你去不得了，你一去，他就不放你了。等消停些时我着人去取罢。"遂领他到后面一个

---

①　疠(lì)——瘟疫、恶疮。

②　铮铮——金属撞击响亮，喻超过常人。

③　九转——谓须反复多次烧炼。

④　禁城——皇城。

⑤　杖罪——形罚一种，杖责问罪。

小书房里坐下,吩咐家人道:"拿水来与魏爷洗浴,你去把缉捕上的人叫个来。"小厮去了一会儿,叫了个人来。永贞出来问道:"何处失火?"缉捕道:"东院刘家。"永贞道:"可曾报厂哩? 若没有报时就瞒了罢。"缉捕道:"瞒不得了。才拿了龟子去做了一绳,已招出是两个嫖客烧丹失了火的,人都知道了。"永贞道:"既如此,须速去拿住人,莫放走了。"那人应声而去。

到天明时,永贞进厂打听了回来,对进忠道:"龟子已招出你二人来了,水客人已拿去问过,收了监,正在外头拿你哩! 素馨等已召保在外。哥哥只是莫出去,包你无事。"

过了数日,厂里已将水客人拟定军罪①,申②法司③。水客人买上嘱下,正是钱可通神,题准捐赎,纳了七千担米,便释放出来。坐了两个月监,将万金资本都花为乌有,只落得罄身④人回去。龟子责罚放去。进忠因未拿到,出了厂缉批文在外,完结了事。

进忠又过了些时才敢出头,便来院中发行李。到了厅上坐下,半日总不见有人出来。只得走到里面。妈儿看见道:"好人呀! 弄出事来你就躲了,带累我家打板子、花钱。"

进忠道:"如今都不必说了,娟娘好么?"妈儿道:"不在家,陪酒去了。"进忠道:"我在他房里走走,我还有行李在此。"妈儿道:"不必进去,我叫人取来还你。"进忠心内好生不快,竟向里走。妈儿拦他不住,直走到房门首,只见素娟陪着个秀才坐道。进忠道:"我特来看你的,为何回我不在家?"素娟道:"你前日不躲我,我今日也不躲你!"说毕把脸转向别处,不睬他。进忠忍着气问道:"我的行李在哪里?"素娟道:"在那里不是。"遂叫丫头搬了出来,乱掠在地下。进忠取出钥匙来,开了箱子看时,衣服散乱,银子一封也没有了。进忠道:"我的银子哪里去了?"素娟道:"你银子在哪里的? 有多少?"进忠道:"在这箱子里的,六百两又八十四两。"素娟道:"亏你不羞,你交与谁的? 既有银子,你当日不为不发去,还

---

① 军罪——刑罪的一种,充军。
② 申——说明。
③ 法司——掌握刑法审判的官署。
④ 罄(qìng)身——光身(无钱)。

放心丢在人家,过两三个月,你把谁看见的。"进忠气得暴躁道:"你偷了我银子还赖哩!"素娟劈面啐道:"没廉耻的! 来赖人,反说人赖你的银子。"进忠气狠狠的要打他,又怕做出周逢春的故事来,只得忍住了。素娟越发恶言秽语的乱骂,进忠气不过,打了他一掌,妈儿同素娟大喊道:"你同光棍来我家烧什么丹,做假银子把我屋都烧了。你逃走了,我为你打了两三个月官司,花了许多银子。如今事平了,你反来揸我,同你到官堂上还你银子。"二人扯住进忠碰头乱骂。那秀才忙出来劝住,把妈儿并素娟拉开,说道:"这事是老兄欠些礼,你当日若将银子交点与他,他却说不得不还你;当日既未交与他,如何问他要? 就是真有这宗银子,如今也说不得了。天下岂有将银子放在人家嫖的礼。老兄请回罢,吵闹出去,反要被子弟们笑。"进忠被他说得哑口无言,只得叹口气,叫人把行李搬到永贞家来,坐下来都气呆了,午饭也没有吃。

将晚,永贞回来,见了进忠,问道:"哥哥为何着恼?"进忠道:"再莫说起,可恨刘家那淫妇把我银子偷去,反辱骂我,明日到城上告他去。"永贞道:"不可。他们娼家行径总是如此,也不知害过多少人,何在乎你一个。你原不该把银子放在他家,告也无用。况现出了批缉你哩,你若去告他,反要提起旧事来,那时到不妙了。不如省些事罢。"进忠想了想,也知无益,也只得歇了。情绪昏昏,未晚便睡了。想道:"这也是我不听好人之言,至有今日。当日妻子原劝我安居乐业,我不听他,要出来,如今将千金资本都费尽了,只落得一身落魄,要回去,有何面目见她?"翻来覆去,睡不安枕。此时正是晚秋天气,但见一帘细雨,四壁蛩声,好生凄惨的景况。正是:

　　寻寻觅觅,冷冷清清,凄凄惨惨戚戚。正直授衣时节,归期未必。排闷全凭一醉,酒醒后、愁来更急,雁过也,正伤心,却是旧时相识。满地黄花堆积,憔悴损,如今有谁共摘。拥着衾①儿,独自怎生将息。梧桐更兼细雨,到黄昏、点点滴滴。这次第,怎一个愁儿了得。

进忠恼闷了一夜,次日来辞永贞要回去。永贞道:"我也不好久留哥哥,只是我此刻囊中羞涩,哥哥再宽住几日,等我看厂里有甚事,寻个好头儿照顾哥哥,得两百金做盘费,再去何如?"进忠只得住下。永贞买了些

---

①　衾(qīn)——被子。

绸绢代他做冬衣,见他终日愁闷,又去寻几个相好的,陪他到庙上各处消遣。进忠原是个旷达①的人,遂又丢下心来。

一日,闲游了一会儿,回来吃午饭,敲门,丫头开了门进去,再不见他出来。等了半日,也不见拿饭出来。进忠心内恼闷起来,就睡在椅子上。午后,永贞回来道:"哥哥何以独睡?"进忠道:"回来饿了,不觉睡去。"永贞忙家去对妻子道:"哥哥还未有吃饭哩!"他妻子道:"正吃饭时,他出去了,叫人撑前伺后的,那有这闲人来服侍他? 若等不得,不会往别处吃去。"永贞嚷道:"胡话! 乱说! 他是我哥哥,就是个外人,也不可怠慢。"妻子道:"是亲不是亲也来作家公,我来时也没有听见有个什么哥哥,半路上从哪里来的? 他有钱时就认不得兄弟,如今没钱就来我家等饭吃了,我没这些闲饭养人。"他两口儿吵闹起来。

原来这内室逼近书房,一句句都被进忠听见,心中焦躁起来,道:"罢了! 我魏进忠也是个男子汉,千金都挥尽了,却来寄食②于人,去罢。"忙将行李收拾起来,背上就往外走。永贞知道,急忙出来,一把扯住道:"哥哥往哪里去?"进忠道:"久住令人厌,去之为是。"永贞道:"哥哥,你我是何人,不要听那不贤之妇的胡言,我赔哥哥的礼。"进忠道:"终无不散的筵席,连日多扰,兄弟莫怪。"永贞料他决不能留,飞奔家中,取了三十两银子,赶出来,揣在进忠袖内道:"我本意要留哥哥多住一日,多凑点盘缠你回去;既然哥哥见怪,决意要行,这些须之物哥哥笑纳罢。只是未得尽情为恨! 如今哥哥到何处去?"进忠道:"先到宝坻看看姨娘,顺路南去。"永贞道:"见姨娘代我请安,便中务须捎个信来。"二人同行到哈德门外酒馆中饯别,进忠终是郁郁不乐。酒罢,二人洒泪而别。正是:

　　高馆张灯酒半醒,临岐③执手惜离群。
　　只因花底莺声④巧,至使天边雁影分。

进忠别了永贞,寻个客店安下。次早复进城买了些礼物,雇到宝坻的牲口。才出城,只见一簇花子悬住个出京小官儿的家眷讨钱,被那不知事

---

① 旷达——心胸开阔,想得开。
② 寄食——依靠别人生活。
③ 临岐——在路口。
④ 花底莺声——借指花言巧语。

的家人打了他,他们便一窝蜂聚起有三四百人,齐来乱打乱嚷,将女眷们的衣服都扯坏了。直闹到日中,乱抢东西,只等散了几串钱才散。进忠才得上路,赶到宿店,已是日落。卸下行李,再摸袖内银包,已不见了,左摸右摸都没有,只见袖底有一个小洞,五六层衣服总透了,原来被扒手剪去。细想道:"是了,就是从花子闹时剪去的。幸得买东西剩下的两许散碎银子还扎在汗巾内,未曾拿去。"心中好生烦恼,熬煎了一夜。

次日清晨打发了房饭钱,上了牲口赶路。将晚到了宝坻,赶到石林庄。到了庄上,打发牲口去了。通过名姓,少顷,走出一个小官来。迎接到厅上见礼。茶毕,叙起来,原来是他姨娘之子。请进忠入内,陈氏出来相见,问了一番。陈氏道:"自别了姨娘,日日望信,总不见来,还指望再得相会,不觉别了十五六年,今见官人,甚是伤心。"说着不觉泪下。进忠道:"当日我们去时,表弟还未生哩。"陈氏道:"生他那年,公公就去世了。次年他父亲也亡故了。月儿又嫁了远去。我又多病,家里事无人照管,也比不得当日了。"进忠道:"月姐可曾家来?"陈氏道:"今年三月来家,住到八月才去的。昨有人来说,已养了个儿子了。他说你在他家住了许多时,说你进京去了,就要来看我哩!哄我终日望你,怎么到此时才来?"进忠道:"因在京有事,耽搁至今。"少顷,丫头摆上酒来,三人共酌。饮毕,送他到前面房里安歇。进忠暗恨七官道:"我待他不薄,他如何误我大事?月姐来家,就不捎个信与我。我若早来,还有许多快乐,也不至费去这宗银子,也不至受那恶妇的气!"心中悔恨不已。这正是:

　　自恨寻春去较迟,不须惆怅①惜芳时。

　　繁英落尽深红色,绿树成荫子满枝。

次日,到庄前庄后闲步,庄上还有认得的,都来相见。只见庄上的光景萧条,颇不似旧,田也荒得多了,树木也凋零了,房屋也多倒塌了,羊栅内只好有三五百只羊了,牧童只有一个是旧人。又走到当日结义处看看,与牧童对坐话旧,不觉凄然泪下。想起当日刘、李以关、张自许,刘不知刻下何如,永贞虽稍稍得意,又遭那恶妇,致我不能久住,可见人心不古。闷闷而回。

无奈一冬雨雪连绵,不能起身,直至腊月下旬方止。陈氏坚留住进忠

_____

① 惆怅(chóu chàng)——伤感、失意。

过了年去。除夕在里面守了岁,出来睡觉,想起去年今日同月姐行乐,如今他那里知道我在这里凄凉,只好了七官快活。思想了一会,昏昏睡去。梦到家中,如玉接着,夫妻欢乐,拜见过丈母。如玉道:"你去后,我生了个儿子。"叫乳母抱来看时,如粉妆玉琢的一般,进忠抱着甚是欢喜。玩耍一会,乳母抱去。二人上床就寝,百般恩爱,共诉离情。正自绸缪,忽听得一声鸡唱惊醒,依旧是孤衾独抱。昏沉了一会儿。正是:

江海飘零,风尘流落,恨天涯一身萧索①。昨宴除夕,梦到家园行乐。最伤心,遮莫邻鸡惊梦觉。十载难逢知己友,三年到与身心却。向深林、且听子规②啼,归去着。

进忠定了片刻,想道:"我虽费了丈母麦价,家中尚有千金可偿,我妻子是个贤惠的,谅不怪我,不如回去罢。"一念乡心,收煞不住,只得勉强起来,贺了各处的节,饮了两三日春酒,挨过了初三,定要起身。陈氏苦留不住,送了他十两盘费。新年没长行③牲口,只得短盘到涿州再处。

别了姨娘,不日到了涿州。天晚了,客店俱满,直到路尽头一家,两间小店尚空,只得打发了牲口,去卸下行李安下。店中只得老夫妻两个。进忠是辛苦了的人,一觉睡去,到半夜时被狗叫惊醒了。听得房内有响动,猛睁开眼,见壁上透进亮来,即忙爬起来看时,见后壁上一个大洞,原来是篱笆被贼扒开。再看行李、衣服尽无,只丢下一件绵袄、一条被。忙敲起火来照时,裤子落在地下,只得拿起来穿了,坐待天明,心中好生气苦。丝毫盘费俱无,如何是好!便寻店家吵闹,要喊官。邻居皆来劝阻,有那解事的道:"老兄,你看他这两个老朽,已是与鬼为邻的人,就送到官,也不能夹打他。万一逼出事来,反为不美。不如且住在他店里,叫他供给你,速去访到贼再处。"进忠也没奈何,只得住下来,好生愁闷。自出世以来,从没有受过这样苦,虽经过几场大难,却也没有吃着苦,这逐日的粗粝④之食,何曾吃过,那能下咽?

不觉过了十数日,酿出一场大病来,浑身发热,遍体酸疼,筋都缩起来

———————

① 萧索——缺乏生机、不热闹。

② 子规——杜鹃。

③ 长行——走长途。

④ 粝(lì)——糙米。

难伸,日夜叫喊。有半个月,忽发出一身恶疮来,没得吃,只得把被当出钱来盘搅。过了几日,疮总破了,浓血淋漓。店家先还服侍他,后来见他这般光景,夫妻俩撇下屋来不知去向。进忠要口汤水也无人应,只得挨了起来,剩的几百文钱渐渐用完了。邻家有好善的便送些饭食与他,后来日久难继,未免学齐人的行境。幸的天气渐暖,衣服薄些还可挨得,只是疮臭难闻,邻家渐渐厌他臭味,虽讨也没得。一连饿了两日,只是睡在地下哼。有一老者道:"你睡在这里也无用,谁送与你吃? 今日水陆寺里施食,不如到那里去,还可抢几个馍馍吃。"进忠哼着道:"不认得。"老者道:"进了南门,不远就是。"进忠饿不过,只得忍着疼挨起来,拄着竹子,一步步挨进城来。已到寺了,只见许多乞儿都在寺门前等哩。见门外已搭起高台,铺下供养。到黄昏时,众僧人上台行事。只见:

　　钟声杳霭,幡影飘摇。炉中焚百和名香,盘内贮诸般仙果。高持金杵诵真言,荐拔幽魂;手执银瓶洒甘露,超升滞魄。观世音合掌慈恣,焦面鬼张牙凶恶。合堂功德,画阴司三途八难;达殿庄严,列地狱六道四生。杨柳枝头分净水,莲花池里放明灯。

　　直至二更后,法事将完,众僧将米谷馒道斛尖等物,念着咒语乱抛下来,众花子齐抢。正是力大者为强,进忠也抢到几个馒头,挨不动,只得就在山门下睡了一夜。只听见同宿的花子相语道:"明日泰山庙有女眷来游玩,我们赶趁去。"次日,进忠也挨着跟了来,见那泰山庙真盖得好。只见:

　　金门玉殿,碧瓦朱甍①。山河扶秀户,日月近雕梁。悬虾须织锦龙帘,列龟背朱红亮槅②。廊庑③下,磨砖花间缝;殿台边,墙壁搞椒泥。帐设黄罗,供案畔,列九卿四相;扇开丹凤,御榻前,摆玉女金童。堂堂庙貌肃威仪,赫赫神灵如在上。

　　进忠同众花子进庙,来到二门内,见一块平坦甬道,尽是磨砖铺的,人都挤满了。两边踢球、跌搏、说书、打拳的无数人,一簇簇各自玩耍。士女们往来不绝。烧香的、闲游的,鱼贯而入。众花子坐在前门,不敢进去,只

---

①　甍(méng)——屋脊。
②　槅(gé)——房屋挡板。
③　庑(wǔ)——堂殿周边的廊屋。

等人出来，才扯住了要钱。有那好善的还肯施舍，那不行善的便乱骂。还有一等妇女，被缠不过，没奈何才舍几文。一日到晚，会要的讨六七十文。进忠一者为疮疼挤不过人，二则脸嫩不会苦求，止讨得二三十文，买几个馍馍并酒，仅够一日用。日以为常。

一日，来了个大户家的宅眷烧香，进忠扯住求化，只见内中一个老妪道："可怜他本不是个花子，他是外路客人，被贼偷了，又害了病，才得如此的。"众女眷都也可怜他，分外多与他些钱。众花子还来争抢，进忠只落了二百余文。原来这老妪，就是那开饭店的房主人，进忠记不得他，他却认得进忠。这进忠本是个挥洒惯了的人，就是此时也拿不住钱，二百多钱到手，一日也就完了。天晴时日日还有得讨，天阴就忍饿了。

在庙中混了有两个多月，不觉又是四月中。每年十八日，大户人家都有素食、银钱施舍三日，众花子便摩拳擦掌，指望吃三日饱。及到了十五日，大殿上便撞钟擂鼓，启建罗天大醮①道场。怎见得那道场齐整？但见：

> 凌虚高殿，福地真堂。巍巍壮若蕊珠宫，隐隐清如瑶岛界。幡幢日暖走龙蛇，箫管风微来凤鸑。传符咒水，天风吹下步虚声；礼头拜章，鸾背忽来环佩响。香烟拂拂，仙乐泠泠。碧借蟠桃，五老三星临法会；交梨火枣，木公金母降云车。写微忱，表白高宣；答丹诚，清词上奏。海福山龄，愿祝元君无量寿；时清物阜，祈求下土有长春。

午斋后，众信善整担的挑了米饭等进来，各家堆在一处，将上等的供给道士，也有鞋袜的，也有银钱的，也有布匹、手巾、扇子的不等。每人一份，俱有咸食汤饭馍馍。两廊下行脚的众僧道并各斋公，俱留斋并衬钱五十文。其次分散众乞丐，每人米饭一碗，馒头四个，咸食汤一碗，钱五文。起初还是挨次给散，后来众乞儿便来乱抢，斋公们恼了，都丢在地下，听他们乱抢。那有力的便抢几分去，无力者一分也无。进忠挤不上去，只抢了一个馒头。众人把白米饭抢撒得满地，都攒在西廊下吃。那抢得多的便扬扬得意，见进忠没得吃，反嘲骂他不长进。进忠忍着饿，望着他们吃。

众人正在喧嚷，只见从大殿上摇摇摆摆，走下个少年道士来，到西廊下过。那道士生得甚是清秀，只见他：

---

① 罗天大醮（jiào）——道教中为禳除灾祟而设的规模盛大的道场。

头戴星冠,身披鹤氅。头戴星冠金晃耀,身披鹤氅彩霞飘。脚踏云头履,腰束紧身绦。面如满月多聪俊,好似蓬莱仙客娇。

那道士法名元朗,俗家姓陈,年方二十,生得十分聪俊,经典法事,件件皆精,乃道官心爱的首徒。其人平生极好施舍,他一头走一头看众花子抢食,及走到进忠面前,见他蹲着哼,没得吃,便问道:"他们都吃,你为何不吃?"进忠道:"我没有得,不能抢。"众花子道:"他是个公子花子,大模大样的要人送与他吃哩!"又一个道:"他是个秀才花子,妆斯文腔哩!"元朗将他上下看了一会,道:"你随我来。"进忠慢慢撑起,挨着疼跟到他房门首来。元朗开了门,取出四个馒头、一碗素菜,又把一碗热茶与他,道:"可够么? 若不够,再与你些。"进忠道:"多谢师父,够得很了。"元朗道:"你吃完了再出去,不要被他们又抢了去。"又向袖中取出两包衬钱来与他,竟上殿去了。进忠吃那馒头素菜,与赏花子的迥不相同。进忠吃毕出来,仍旧蹲在廊上。

几日醮事完了,天气渐热,烧香的并游人都稀少了,又无处讨,众乞儿是走得的都去了,只剩他们这疲癃①残疾者,还睡在廊下,臭味难闻。道士求捕厅出示,着地方驱逐这起人动身。元朗便只叫进忠到后面一间空屋里睡,又把了条布裤子与他。天晴出去求乞,天阴便是元朗养他,这也是前生的缘法②。进忠求乞无已,他也并不厌他;若进忠不去,务必留东西与他吃。一日天阴,正值元朗外出,进忠来寻他,走到房门前,见门锁了,便望外走,却却遇见老道士,喝道:"什么人? 来做什么的?"进忠道:"寻陈师父的。"老道士道:"胡说! 你是来偷东西的。"进忠道:"老爷,青天白日,何敢做贼? 你看我这般形状,可是个做贼的。"老道士大怒道:"你还胡说!"走上前一脚把进忠踢了,滚到阳沟里,老道士恨恨而去。正是:

才沾膏雨滋芳草,又遇严霜打落花。

毕竟不知进忠滚入沟内性命如何? 且听下回分解。

---

①　疲癃(lóng)——衰弱多病。
②　缘法——迷信的人认为人与人之间由命中注定的遇合的机会。

第 十 八 回

河柳畔遇难成阉　山石边逢僧脱难

诗曰：

祸福之生不偶然，也须一着在机先。

只知悻悻全无畏，讵①意冥冥别有天。

祸事临身逢鬼蜮②，福星照命遇仙缘。

劝君不必多劳碌，轴负日高花影眠。

却说老道士把进忠踢下沟去，疮都跌破了，又沾了一身臭水，挣也挣不起来。却好元朗回来看见，问道："你怎么跌在此的？"进忠道："我来寻师父的，见锁了门，我便出来。遇见老师父，疑我做贼，把我踢倒在此，望师父搭救。"元朗便去叫了道人，扶他起来，取水来代他冲净身上，又把件旧布裰子与他换了，盛两碗饭与他吃，说道："你在后面歇歇再来。"老道士犹自不悦。元朗道："人生何处不行方便，济人之难，胜似修持，他一人能吃你多少？我看此人相貌，定非终于落拓③的。"老道士道："等他做了官，来报答你。"元朗笑道："我岂图报才周济他的？祖师经上不云：'发一怜悯心，周遍婆娑世界。'这人若病好了，愁他没碗饭吃么！"老道士平日最爱他，虽心中不快，却又不好再说他，只得罢了。

进忠挨到后面，元朗又叫道人送个草席与他打铺，晚间自己送了三百文钱与他，说道："我明日要下乡收租，有十数日才回，这三百文把你盘搅。我已吩咐过道人，叫他每日送饭你吃。你不可再到我房里去，恐老师父恶你。我回来自然看顾你。"进忠道："多承师父厚恩，异日衔环结草④，

---

① 讵(jù)——反问。

② 鬼蜮——阴险害人的鬼。

③ 落拓——潦倒失意。

④ 衔环结草——衔环，见《续齐谐记》黄雀报恩；结草，《左传》武子嬖妾之父结草报恩；后以此作为报恩之喻。

补报万一罢！"元朗道："不要说这话,但愿你早早疮好罢了。"说毕而去。

　　初起道人还逐日送饭与他吃,后来老道士知道便禁止了。那三百文钱不几日用完了,依旧忍饿。此时正当五月,天气甚长,一日到晚饿得腹痛,挨到街上,人人掩鼻;到人家门首,非嚷即骂。进忠只得坐在地下,思想到："身上无一值钱之物,只有手上这颗珠子还值些钱。"那珠子自得病后恐人看见,常把泥土涂在上面,遂拿过来洗净,依旧光明夺目。睹物思人,不觉眼中流泪道："珠子呀！想你在佳人手里,常与玉体相偎,我魏进忠得月姐相爱,与他并肩迭股,粉香脂色,领略俱尽,与你一样。我如今流落尘埃,与你包在泥内总是一样,代你洗去泥,依旧光明,不知我可有个光明的日子！"一头想,一头哭,又舍不得当去,道："罢！就死我两个也在一处"。又转想道："我徒然饿死,这珠子终落他人之手,不如当了,或者将来还有取赎之日。"于是硬着心肠,挨了来寻当店。

　　走上大街,只见一座大门旁边有个当店,只得慢慢走进去。柜上人喝道："不到散钱的日子,来做什么?"进忠道："我不是讨钱的！"柜上道："不是讨钱是撞日朝子的。"进忠道："我来当银子的。"柜上人笑道："拿来看！"进忠将珠子解下,放在柜上。那人见了,惊讶道："好东西！你做花子,怎得有这东西? 必是偷的！"那一个人道："他本不是个花子,他是过路的客人,被贼偷了,后又害起病来,流落在此。前日当被就是他,这自然是他带着的。"又一人接去看道："必是偷来的,快赶他出去。"小厮们乱推乱打的赶了出来,也不还他珠子。进忠气得没法,路旁人闻之也不服。

　　忽听得人说道："站开些！公子来牙祭①了。"进忠候他下了轿,见是个青年秀士,向看门的道："为何容乞丐在门首?"进忠忙跪下道："小人是诉冤的,求公子救命！"公子道："为甚事?"进忠细细说了一遍,旁人皆道实有此事。公子便进来向柜上人要珠子看,柜上人不敢隐瞒,只得拿出递与。公子看了道："果然珠子好,叫他进来。"进忠入内跪下,公子道："起来。这珠子可是你的?"进忠道："正是。"公子道："你这珠子是哪里来的?"进忠道："小人也曾有千金资本,因连年失事,被困在此。这珠子是小人自幼手上带的,也是无奈才来当的。才柜上说我是偷来的。"公子道："就是偷的,我们也不应白拿下来。我想你不若卖与我,还可多得几

――――――――――

　　①　牙祭——古人平日蔬食,若干日肉食一回叫牙祭。

两银子。"进忠不肯,公子道:"你既不肯,就当十两银子与他罢。"进忠拿了银子,谢别公子,欢然出来。先去换些钱到酒饭铺内吃了一饱,思量算计,想不出个法来。忽想道:"我本钱费尽,又染了一身疮,与乞儿一般,纵走遍天涯也无安身之处,不如还归家去,虽受丈母妻子的气,到底还有些田房,尽还可过活,只好忍些气回去。"为是一念,乡心又动,便去买了些布回庙中来。途遇元朗回来,问道:"这布是那里的?"进忠一一告知。元朗道:"既有家,自然回去为是。"进忠便把布送到成衣铺里,做了几件衣服,又买了头巾鞋袜。

谁知众花子都知他有了钱,便来拉他去吃酒。进忠的银钱都收在元朗处,遂说道:"身上半文俱无,不好去得。"众乞儿道:"我们请你,代你饯行的,不要你出钱。"进忠推脱不得,只得同去。吃了一日酒,回来置备,不数日收拾停妥,来辞元朗。元朗道:"看你一貌堂堂,正在壮年,定有进步。你的银子我已代你夹碎装在搭包内了。"又把件蓝布道袍、零用钱一千文与他,又吩咐道人备饭与他。

次早吃了,走到方丈,叩谢了老道士与元朗,又谢了道人,洒泪而别。背上行李,慢慢出城来,及到人家尽处,早有众乞儿在此伺候着他。他要从大路走,众人却拉他走小路,道:"这条路近多哩!咱弟兄们有壶水酒代你饯行,管你到家得快。"进忠被众人拉得没法,只得同着走了一会。只见前面一道大河阻路,众人搀着进忠到柳荫下,将几罐子酒,荷叶包的菜拿出来,你一碗我一碗,把进忠灌得大醉睡倒。众人动手把他剥得赤条条的,抬起来向河心里一掠,大家分散了行囊,飞跑而去。

那水急如飞箭,一个回旋将进忠送到对面滩上。那滩上有两只狗在那里,忽见水里推上一个人来,那狗便走来,浑身闻了一会。那进忠是被烧酒醉了的人,又被水一逼,那阳物便直挺挺的竖起来。那狗不知是何物,跑上去一口,连肾囊都咬去了。进忠醉梦中害疼,一个翻身复滚下水去,一浪来打下去,竟淹得晕死过去了。正是:

可怜半世豪华客,竟作波中浪荡魂。

进忠被水淹死,一灵不冥,远岸而行,走到一个隘口,见有一条路亮,一条路黑,路上俱有男女行走,心中想道:"从那条路去是好?"只得坐下,踌躇定主意。忽然听见喝道之声,正思躲避,只见那条黑暗路上,拥出一彪人马来。但见:

绣旗飘号带,黄伞卷征尘。长戈①大戟②灿秋霜,短剑利兵欺瑞
雪。铜锣双响,浑如北海起苍龙;画角③齐吹,宛似南山来白虎。引
军旗齐分八卦,压阵幡天按四方。玉印丹书,对对金童常捧定;黄旄
白钺,纷纷天将任传宣。正如月孛④下云衢⑤,好似天蓬离斗府。

那人马仪从,一对对都从进忠面前过去。只见后面马上,端坐着一尊
神道。看他怎生打扮? 只见:

束发冠真珠嵌就,淡黄袍锦绣攒成。腰垂玉带衬黄渗⑥,肩簇团
花飞彩凤。正大面如满月,光芒眼露银星。名高东岳列仙卿,廉访
使⑦九幽位正。

那神道驻了马,将鞭指定进忠道:"此生者之魂,何以至此?"路旁走
出一个老者,跪下禀道:"魏进忠禄命未终,偶被群小所害,请大帝法旨定
夺。"那神道问:"他宅舍⑧如何?"老者道:"宅舍未毁,已命河神守护,只
阳道被伤。"那神道微笑道:"此亦天数使然,速领他回去。"那老者答应,
站起,便引着进忠随在马后,如风似箭的,只见那些人马渐渐向半空里去
了。老者领进忠走到一处,见一个人睡在地下。那老者连叫三声魏进忠,
猛将他一推,进忠一个翻身醒来,看时,依然睡在河边。

定了一会,心中明白,只是身上一丝衣服俱无,只得慢慢挨起。见岸
上有一所破庙,爬到庙中。觉得下身疼痛,伸手摸时,原来阳物不见了,到
摸了一手鲜血,吃了一惊。坐在庙中思量道:"莫不是做梦么?"想了一
会,才悟道:"是了,这是那几个花子谋我的钱财,灌醉了我,割去阳物要
害我的命。我已死去,遇见神道,说我寿未终,送我还阳。但是这里四无
人烟,衣食全无,如何是好?"且下部血流不止,这一会反疼起来,又无药

---

① 戈(gē)——我国古代主要兵器,青铜制,横刃。
② 戟(jǐ)——古代兵器。青铜制,戈矛合成一体。
③ 画角——古代管乐乐器。出于西羌。形如竹筒。本细末大。
④ 孛(bó)——月伯,月老。
⑤ 衢(qú)——街。
⑥ 鞓(tīng)——皮带。
⑦ 廉访使——使察使的尊称,官名。
⑧ 宅舍——本指房舍,道教中借肉体,取灵魂之居处之意。

止血。只见香炉内有香灰，只得抓起一把掩上。可是作怪，那香灰掩上，血就止了，疼也住了些。原来陈香灰可以止血定疼，却好暗合道妙。他就在庙内宿了一夜。

到天明时，便打算道："如今虽得了命，无衣无食，怎处？我想此地既有庙宇，左近自有人家，且挨了去觅些饭食充饥，但是身无寸丝，怎好见人？"忽抬头，见神前有顶旧布幔子，便扯下半边来围了下部。又扳下一条栏杆来拄着走，不论高低，只拣有人迹之处行。走了半日，总不见有人家，渐渐走入山里来。腹中饥饿难行，两脚又疼，血又流了，两腿走不动了，只得坐在一块大石上。想道"终不是法，还挨起去觅食要紧。"刚爬起来要走，远远望见有个人来了。进忠道："好了，有命了。"慢慢迎将上去。渐渐走近，看时，原来是个和尚，只见那僧家：

山里老僧真异样，身长腹大精神壮。

面如锅底貌狰狞，耳挂铜环光晃亮。

体裁柿叶作禅衣，手挽香藤为拄杖。

好如六祖下天堂，喇玛①独现西番像。

那僧人走到面前，进忠忙跪下道："师父救命！"那老僧道："这山里四无人烟，且多狼虎，你原何一人至此？"进忠道："小人是被难落水，逃得性命，不知路径，乱走至此，望师父救命。"老僧道："此是深山，离人境甚远，你须到有人家的去处才有抄化②。"进忠道："不识路径，已三日不食了，望师父指引。"那老僧定睛想了一会，道："你可走得动？若走得动时，随我到庵里去，方有饮食。"进忠道："愿随师父去。"那老僧前走，进忠跟着走。那老僧走得甚快，进忠赶他不上，叫道："师父等等我！"老僧道："你将棍子丢了，我这杖与你拄着走。"进忠接过来，拄了走时，只觉身轻体健，可是作怪，与老僧一样快。同进山口，真个好山，但只见：

青山迭翠，碧岫笼云。两崖分虎踞龙蟠，四面有猿啼鹤唳。朝见日升山顶，暮看月挂林梢。流水潺湲③，洞内声声鸣玉佩；飞泉激湍，

① 喇玛——藏语，意为"上师。"喇嘛教僧侣尊称。
② 抄化——用钵向人乞缘食物，是云游僧的一种修行。
③ 潺湲(chán yuán)——水徐流貌。《楚辞·九歌·湘夫人》）。

洞中隐隐奏瑶琴。若非道侣修真地，定有高僧习静庐。

老僧引着进忠，上了几层高崖，经过许多林壑，总是巅崖峭壁，苍翠玲珑，观玩不尽，却也不觉疲倦。又走上一条高岭，远远望见两株大松。老僧指着道："那松下便是庵了。"下岭又走了半会，才到那松下，果然好株大松。但见那松：

> 浑如伞盖，俨若龙蟠。峻.老干嵯岈①，屈曲虬枝突干。久经伏腊，铜皮溜雨四十围；历尽风霜，黛色参天二百尺。顶接云霞来白鹤，根盘岩谷戏玄猴。大用可堪梁栋器，高标不屑大夫封。

又有诗道他的好处道：

> 枝作蟠虬干作龙，月华扶上最高峰。
>
> 曾于太岳朝元见，不计先秦第几封②。

那松树亭亭直上，足有数十丈高，影罩十数亩地。树下一个天然白石池，碧沉沉的一池清水，满池边芝兰掩映，菊竹可观。不见有甚房屋。老僧又引他转过湾来，只见靠山崖上有两间棕篷，四围以竹笆为墙，也无窗。老僧推开门进来，放下拄杖，叫进忠入内，取了个草墩儿与他坐下，向火盆内抓起两个芋头来，有茶杯口大，拣了个大的，递与进忠道："权且充饥。"自食一小的。进忠正是饥不择食，接来几口就吃完了，觉得香美异常。老僧笑道："真个饿了。"又将手内剩的半个也递与他。进忠又吃了，觉得也有半饱。老僧也不问他来历姓名，竟自垂头打坐。正是：

> 万松顶上一茅屋，老僧半间云半间。
>
> 云到三更去行雨，回头却羡老僧闲。

老僧出定后，起身拾了些松枝，将磁罐子拿到池边，舀些水煮些山药、黄精③之类，各吃了两碗，就安歇了。

次日依然如此，并无米粮，渴则煎柏叶为茶。进忠虽不得大饱，却也免于饥。过了几日，老僧道："我绝粒④已久，恐你这山粮吃不惯，我下山去化些米粮来你吃。这里还有三四日山粮在此，你可自己煮食。"又取出

---

① 嵯岈（cuó yá）——高峻貌。

② 先秦第几封——"秦始皇泰山封神树为侯"的典故。

③ 黄精——百合科，多年生草本植物。可入药，能补气润肺。

④ 绝粒——不吃食物，是道家的一种修炼。

件布衫与他穿。他便背上棕围,携杖出门,吩咐道:"夜间不可出来,山上狼虎多。"说毕,行走如飞而去。看看天晚,只见月明如昼,不知今夕何夕。看月轮时,已是上弦时候,依着老僧之言,不敢出去,把蒲团忏好门去睡。

连日天气晴暖,日间到树下闲步,见池边菊花大放,叹道:"我是七月初离涿州的,如今菊花到大放了,想已是九月了。"正是:

山中无历日,寒尽不知年。

且喜天气晴暖,坐在池边,濯足一回,欲下去洗澡,又不知水有多深。忽脚下踹着块石头,便知水浅,缓缓将身子探下去,坐在石上洗了半日,觉得浑身爽快,浓血俱尽。到晚来,月光掩映,那松影罩在池内,犹如万条虬龙相戏一样,忍不住走到池边玩月。忽听得树下"嗖嗖"的响,回头看时,只见两个东西从树上下来,见人,便攒入树下去了。进忠只道是松鼠,也不在心,只待月色转西,方进屋去睡。

到次晚,见月光已圆,又走到树边看月,又听得响,他便躲在树后黑处偷看。只见两个小狗儿从树根下出来,爬上树去。少顷又爬下来,到池中洗浴,翻波濯浪的戏了一会,方上来蹲在树边看月。进忠也不惊动他,等到月色沉西,才见他钻入树下。进忠想道:"这里又无人家,何得有狗?想是狐兔之类,在这树下为穴,也未可知。我已久不吃血食了,怎么弄住他,到可得一饱。"回来睡下,思量了半夜,没法儿取他。早起起来,便到树下来寻,只见正东上一条树根,拱在土上,根旁有个小孔,只有鼠穴大。又看了他出入的脚迹,回来想了一会道:"有了。"遂将身上围的布解下来,见壁上有现成补衲衣的针线,拿来缝起个口袋,又做上一条口绳,将屋上败棕取下些来,长长的搓了条绳,弄好。

到晚间,将口袋放在树边洞口,用软枝子虚虚撑起,将口绳一头扣死在树根上,一头远远的带在手里,取两块鹅卵石在手,闪在树后。等到交亥子之时,那东西依然出来,竟到池边去戏水。进忠将口袋移在洞上。待他洗毕,正蹲在树下望月,进忠将石子掠去,一声吆喝,那两个东西忙来奔洞。觉得布袋撞动,进忠将手中绳子一收,忙来看时,只见一个在内乱跳,便将绳子解下,将口袋提回,还听得呦呦①有声。又无灯火,只得将绳子

---

① 呦呦(yōu yōu)——象声词,悠长的声音。

扎住口,挂在壁上。睡过一觉醒来,不见声响,忙起摸时,却还在内,只是不动了。到天明时,解开一看,原来是条金丝哈巴狗儿,细毛红眼,直挺挺的硬了皮色,就如树皮一样。又无刀割,只得敲块尖石,割开来并无血,雪白的就如山药。进忠惊疑道:"这是个什么东西? 不知可好吃? 且留他,待师父回来看是何物。"仍旧挂在壁上。

又过了两日,也不见回来,山粮已尽,进忠饿了,想道:"不若煮他充饥,不知可好吃?"便拿磁罐子到池边舀了些水,放他在内。谁知罐子小,放不下去,只得换了个瓦盆子。取三块石头支起,拾些松枝松皮烧起来。煮了半日,才软了,取起将皮剥去,闻见异样清香。又换了水煮,直煮到晚,才极烂的,尽量吃了一饱,香甜无比。又煎了些柏叶茶吃了睡下。

到半夜时,浑身作痒。到五更时,出了一身臭汗,身体生粘,过不得。等到天明起来,把瓦盆煎起水来,浑身一洗,才觉快活。到日中时,疮总结了疤了,腹中足饱了三四日,也不饿,也不渴。疮疤都落尽了,一身皮肉都变得雪白的,比前更鲜润些,连自己也惊讶不解。身体壮健更甚于前,自去寻些黄精、山药来吃。

又过了两日,老僧才背了米回来。见了进忠,问道:"你的疮怎么好得恁快? 这几日吃什么的?"进忠道:"自己寻些山粮充饥。"老僧道:"我原说三四日即回,因你的疮,去寻些药草,故尔来迟,不意你疮已好了,究竟你吃了什么东西才得好的?"进忠不敢隐瞒,只得将前事说了一遍。老僧跌脚叹道:"罢了! 可惜! 可惜! 我守了它三十余年,不意为你所有,可惜大材小用了!"进忠道:"师父,那是个什么东西?"老僧也不回答,只是叹惜不已。正是:

菊实有缘餐幼女,石膏无分食秕帐。

毕竟老僧嗟叹可惜者为何? 且听下回分解。

第 十 九 回

入灵崖魏进忠采药　决富贵白太始谈星

诗曰：

　　孤身落落走风尘，欲拟飞腾未有因。

　　箧有丹丸堪疗病，囊无黄白怎医贫。

　　一时物色成知己，八字分明识异人。

　　云汉泳涂同一瞬，劝君不必强劳神。

　　话说老僧因进忠吃了贮影，嗟叹可惜不已。进忠不知何故，问之再三，老僧才说道："凡松脂入地百年名为茯苓①，千年变成琥珀，三千年则赋性成形，出神游戏，名曰贮影。此物就是贮影。他感山川秀气，日月精华，乃仙药之上品。人得之，依方炼服，可与天地同寿。此柏乃黄帝时物，至今将及万年，日则红光贯天，夜则白虹入月，下有此灵胎故也。我结庵于此已三十余年，止见过二次，要等各色药料采全，设法取之，以此物为君，精虔制造，服之便可遐举飞升②，出无入有。不意为你所得，亦是我数不当得，只是可惜小用了，只祛了一身之病，若能绝粒服气，也能后天而老。《本草》云：'松脂愈癫'。正你之为也。"进忠道："只取了一个，还有一个哩，师父何不取之？"老僧道："此物乃天地之元精，神仙之至宝，安能尽取？一之已甚，岂可再乎？"进忠道："承师父救度，又遇仙药愈体，愿拜在师父门下，跟随师父修行。"老僧道："你尘缘未尽，杀性未除，六欲扰贼，安能修证大道"进忠道："弟子阳物已无，那里再有欲事？"老僧道："害道岂尽在女色，凡有一念之邪，一事之贼，皆是欲。你可速回人世，以了俗缘，只是得志之时，少戒杀性，就是无量功德了。"进忠跪下道："蒙师父救命，衔结难报。但此去资生无策，且又不成人道，还望师父收留。"老僧道："此乃天数，非人力所致。你在此久留不得，我有一枝药赠你，回去少

---

①　茯苓——寄生于松根的菌类植物，可利尿镇静。

②　遐举飞升——道教中喻得道成仙。

济目前。你从今厄运已去,后福将来。这一枝药可治虚怯之症,不论男女五劳七伤虚损劳症,皆可治之。这一枝膏子药,专治妇女七情六欲、忧愁郁结,并尼僧、寡妇独阴无阳之症。这一枝草药,治一切跌打损伤并毒蛇虎狼咬伤,酒调一服即效。膏药与丸药俱有,只这草药用完了,你须自采些去。"将前二药俱用绢袋盛着,各装一袋,又把了个药篮与他。同他走到前山,照样采几颗与他看道:"此路望南去,一路俱有,不拘多少,采毕到前面那个高岭上,有一池清水,可将此草到那池里洗净,揉去汁水,阴干为末,酒下三钱,即愈骨损折者,三服即接完矣。但那池内有龙,须先拜祷,方可洗药,切不可触犯,要紧!你自去取,我在庵里等你。"

　　进忠独自采来,一路上观看山景,真是万壑争流,千岩竞秀,云物周遭,溪山入画,走一回叹羡一番。采得篮中已满,上高岭一望,又别是一番境界了。只见:

半空苍翠拥芙蓉,天地风光迥不同。

十里青松栖白鹤,一池清水泛春红。

疏烟闲鸟浮云外,玉殿琼楼罨①画中。

谁道神仙不可接,赤城霞起此间通。

　　那岭上果有一池,无多大,清澄彻底。进忠双手掬起水饮了两口,将药俱洗净了,揉去汁水,放在篮内,又濯了一会足,起身四下观看了一会,竟忘了老僧之言,未曾祝告龙神。遂走到崖畔,见有一座石洞,都是碧绿的石头,上面石乳滴下,垂有一二尺长,就如玉笋一般。正中一尊观音像,进忠想道:"这高岭上四无人烟,为何也琢一尊神像在此?"再近前看时,原来不是雕琢的,就是那石乳滴成的,眉目衣服,俨若雕成,善才、龙女、净瓶、鹦鹉,件件皆精。进忠道:"正是天巧胜人工。"正打点回去,才走到池边,只见池内一缕烟起,渐渐升起,初如一条白带,次后如匹练悬空,顷刻间遍满山头。一阵大雨,鞭雷掣电齐来。只见:

云生四野,雾涨八方。摇天撼地起狂风,倒海翻江飞急雨。雷公忿怒,倒骑火兽逞神威;电母生嗔,乱掣金蛇施法力。大树连根拔起,深波彻底翻乾②。若非灌口斩蛟龙,定是泗州降水母。

————————

① 罨(yǎn)——本意捕鸟或捕鱼的网,这里作"入"讲。

② 翻乾——翻天。

那雷轰轰烈烈,竟似赶着打来,进忠吓得慌忙躲到观音像后。只听得雷声专在洞门外响,连山都震动了,进忠只是叫:"菩萨救命!"雷雨下了有两个时辰,渐渐雷声高起;过了一会,雨散雷收。那岭太高,上面水如倾崖倒闸一样。又过了一会,日色才出,进忠才走出洞外,忽猛省道:"是了,忘却老僧之言,定是龙王震怒。"复来池边拜祷道:"弟子魏进忠,愚蒙小人,触犯尊神,望恕弟子无知之罪。"又到观音面前叩谢了。正要回去,抬头看时,山间云雾遮满,不见来时路径,想是云还未尽。

坐了一会儿,又起来望时,只见重山叠叠,一些路也没有。四下寻路,止有东南上有条小路,却又险峻,只得扳藤负葛,一步步往下爬。挨到东岭,遇见一处,两山接榫,不得过去。那接榫处却只有三尺多宽,壁立而下,深有万丈,底下水流如箭。论平日也还跳得过去,因是爬了半日山路,脚软了,又见下面极深,心中又怕,两脚抖颤,莫想站得起来,坐在山崖上喘了一会儿气。

看看日已西去,正在着忙,只听得远远有人言语,又等了一会,见对山上一个人走来,口里唱着歌儿道:

　　破衲①穿云挂薜萝②,独耽生计在山阿。

　　世情险处如棋局,懒向时人说烂柯③。

只见那人头戴遮阳箬笠④,肩挑绳担,腰插板斧,原来是个樵夫。进忠道:"行路的哥,救我一救。"那樵夫叫道:"你从哪里来的,在这里坐着?这涧没多阔,跳过来罢。"进忠道:"爬了山路的,脚软了,跳不得。"那樵夫将肩上扁担拿下,担在上面,按住一头,拉着他手,才跳过来。那樵夫收过扁担,进忠与他唱个喏。樵夫道:"你从哪里来的。"进忠道:"岭上下来的?"樵夫道:"这岭壁万仞,从未曾见人上去,你怎么从上面下来的?"进忠道:"我是采药的,从前面山上误走过这岭上,因雷雨迷失了路,故从岭上爬下来了。"樵夫道:"闻得上面有龙王,你可曾见么?"进忠道:"没得见,只见一池清水。"樵夫道:"你这往哪里去?"进忠道:"我也不知路径,

---

①　破衲——破旧的僧衣。

②　薜萝——草名,薜即薜荔;萝即女萝。

③　烂柯——围棋的别称。

④　箬(ruò)笠——箬竹篾或叶子编成的帽子,可遮阳挡雨。

只是有人家的去处，便好借宿。敢问哥，这是什么地方？"樵夫道："这岭下是居庸关，此岭唤做摩天岭，离关二十里，向东去也是个隘口。本该邀到寒舍宿，奈我又入山深了，你便依着这条小路走去四五里，就有村落了。莫走大路，恐遇游兵盘诘①。"进忠作揖，相谢而别。果然走不上三五里，山下露出几个人家来。只见：

　　望里云光入暮天，柴扉几处结炊烟。

　　昏鸦点点栖林杪②，小犬狺狺③吠短檐。

进忠走近人家，见一老者在门前轧草喂马，遂上前与那老者见礼道："我是过路的，欲借府上一宿。"老者道："这是紧要的口子，要盘查奸细的，你从何处来的？"进忠道："我是个为客的，因在路上被小军们抢去行李，望老爹暂借一宿，明早便行。"老者道："拿文凭来看才能留宿哩。"进忠道："文凭在褡裢内，俱被抢去了。"老者道："没文凭不留，恐是奸细。"又见一少年人，捧了一盘热豆出来喂马，问道："这人做什么的？"老者道："他要借宿哩，因没文凭，不敢留。"那人道："也不妨，此人不像个奸细，留他住一宿罢。"遂邀进屋内，见礼坐下。天晚时取出面饭来同吃。进忠已半年多不见谷食了，吃罢就与少年同宿了。

睡至二更时，只闻隔壁有呻吟痛楚之声，进忠问那少年的道："什么人叫唤？"那人道："是俺哥，昨日走塘报，被虎咬了腿，故此叫唤。"进忠道："腿可曾折？"那人道："没有，只咬去一块肉，如今肿有小桶子粗。"进忠道："这不难，我带有仙药在此，吃了就止疼，只是要酒调服哩。"那人道："酒倒没有哩。"老者在间壁听见，说道："你起来，东边儿王家今日请客，该有剩的，你去讨讨看。"那人便起来，去了一会儿，回来道："酒有了，却没多。"进忠道："半碗也够了。"妈妈儿起来打火上灯，进忠也起来，将草药末了捻了一撮，放在酒内，入砂锅中煎了几滚，与他吃下，叫他盖暖了睡。各人复又睡下。

至天明，那老者起来，走过来谢道："多承老哥好灵药！"进忠道："好些么？"妈妈儿道："吃下不多时，就不疼了；五更时，出了有一盆黄水，肿

---

①　盘诘（jié）——追问，责问。

②　杪（miǎo）——树梢。

③　狺狺（yín yín）——狗叫的声音。

也消了，腿也伸缩得了。有缘得遇恩人。"谢了又谢。进忠也暗自称奇。一家儿奉之为神仙，杀鸡为黍①款待他，又向他讨了些药。进忠道："此药不独治此，凡一应跌打损伤，也只一服见效。"那老者道："骨头折了，可医得好？"进忠道："就是碎了，也能医。"老者道："如今俺们总府大人的公子，因跑马跌折了腿，有半个月了，老哥若能医，等俺去报知，荐你去医。"进忠道："好极！你去报知，若有谢礼，我分些与你。"老者道："我没谢得你，还敢望分你的钱么！"忙叫儿子备马，先到守备衙门报知。守备上关来禀报过，即差兵丁拿马来接进忠。接到衙门见过礼，问了一回，见进忠衣裳褴褛②，即着人取衣巾鞋袜与他换了。总府里差了四个家丁来接，进忠上了马，不一时到了关下，真个是峭壁悬崖，玉关金斗。有诗为证：

> 龙盘天险峻高楼，雉堞③连云接上游。
>
> 金壁万重严虎豹，牙旗百里拥貔貅④。
>
> 地连幽蓟吞沧海，势压山河捧帝州。
>
> 功业好期班定远，欲携书剑觅封侯。

进忠来到关下，家丁将令箭吊上去。少顷，放炮吹打，吆喝开关。守关官坐下，两边将弁⑤俱是戎装，刀枪密匝⑥，把守得铁桶相似。进了关，家丁引进忠与守关官儿见了礼。过了关，复上马，至总镇府，先与中军相见。传鼓开门，中军陪着至后堂，那总兵才出来接见。礼毕坐下，问道："先生贵处？尊姓大名？"进忠道："小人姓魏，贱字西山，肃宁人氏，家传医业。因出关采药，中途为游虏劫去行囊文凭。昨至关下借宿，闻得贵公子有恙，故此进谒。"总兵道："小儿因走马，跌伤右腿，今已半月，尚未痊可。今早关下守备来回说，先生仙药可治，故尔奉屈。倘得痊愈，自当重谢。"

门子捧茶来吃了。进忠道："请公子一看。"总兵遂邀至卧房。见公

---

① 黍（shǔ）——黍米，亦称黄米，比小米大。可酿酒。

② 褴褛（lán lǚ）——（衣服）破烂。

③ 雉堞（zhì dié）——古城墙上修筑的矮而短的墙，守城者可惜以掩护自己。

④ 貔貅（pí xiū）——古兽名，古代行军前有猛兽，以画貔貅警众。

⑤ 将弁（biàn）——武官。

⑥ 密匝（zā）——很稠密的样子。

子卧床叫唤，进忠走到床前，揭开被，见右腿用板夹住，将手略按一按，便叫唤不已。进忠道："可曾服药?"总兵道："服过。据医人说，接骨须过百日才得好，只是先止了疼方好。"进忠道："若等一百日，人岂不疼坏了么!"总兵道："正为此。"进忠道："不妨。我这药，一服便定痛，三服即可见效。"床后女眷们听见，十分欢喜，送出十两银子来开包，讲明医好时谢仪一百两。进忠道："取暖酒来。"丫环随即烫了酒来，进忠将草药取出三钱来，调与公子吃了，道："盖暖了，睡一觉就定疼了。"女眷在床后道："到有半个月没有睡了。"进忠道："不妨，包管一会儿便不疼。"总兵邀进忠到书房内吃了饭。总兵自去料理公事，进忠独坐。

过了半日，只见总兵走来拱手道："多蒙先生妙剂，服过一刻就睡了，才醒来，说竟不疼了，果是神速。"不觉十分钦敬。进忠口中谦逊，心中却暗自称奇。晚间又服了三钱。次早进来看，公子道："深蒙先生妙药。跌伤后半月中，上半截痛不可言，下半部就不知浑木了;自昨日服药后，下部方知冷暖，夜间骨里觉得微痒，隐隐的响声，如今也伸缩得了。"进忠道："不要扭动，恐劳伤了筋骨"。又调一服与他吃。

到书房来，正闲话间，只见家丁来报道："白相公要见。"总兵道："请!"不多时引进一个秀士来，总兵降阶迎入，各各见礼坐下。那人头戴方巾，身穿潞绸道袍，脚下绒袜毡鞋，生得面麻口阔，乱发虬须。那人问道："此位尊姓?"总兵道："魏先生，为小儿医病的。妙药三服，已愈了大半。"进忠亦请教，总兵道："江右星家白太始先生。"太始道："连日因公子有恙，未曾来进谒。今日竭诚奉候，吉人天相，必定痊愈的。"总兵道："连日未聆大教。"太始向袖中取出两本《流年》来，道："贵造已看来，令郎不过暂来灾晦，目下流土星进宫就平复了。"总兵道："请教太始一一细讲!"只见他讲一会，便起身到门外吐两口，进来又讲，不一时如是者四五次，一本《流年》说未完，就吐有十多口。进忠见他唇下有血渍，便道："先生唇下有血痕，何也? 为何频起作吐?"太始道："学生素有贱恙，话说多了，就要吐几口血。"进忠道："男子血贵如金，岂可频出? 这是劳伤肺气所致，何以不医?"太始道："也曾医过多回，未能痊可。医家叫我寡言，小弟业在其中，何能少言? 故尔难愈。"进忠道："弟到有药可治，只须三服，便可永不再发。"总兵道："魏先生妙剂，不消多服，定是神速的。"进忠便向囊中取出七粒丸药来，用白汤与他吃下。总兵道："且收下，迟日再请教。"

吩咐拿酒。家人摆上酒来,三人饮至更深,就留太始与进忠同宿。

次早,进忠又进内看公子,将夹板解去,已接完骨头,伸缩自如,并无痕迹了。总兵大喜。公子就要起来行动,进忠道:"缓些,骨虽接完,血气未充,恐又劳伤了,须到三七后方可行动,再用参补养之剂以济之。"回到书房内,太始又取出《流年》来谈,果然一些已不吐了。讲毕,进忠又与他一服,三日连进三服,果然全好了,面上也渐有血色,不似起初黄瘦了。

太始十分感谢道:"客邸无以为谢,奈何!"进忠道:"何必云谢,贱造拜求一拐足矣!"说了八字,排下运限,饰了五星,看了一会,忽拍案叫道:"大奇! 大奇!"进忠道:"请教有何奇处?"太始道:"小弟阅人多矣,从未有如尊造者,乃极富极贵之格。"进忠道:"多蒙过奖,务求直教。"太始道:"小弟虽是业此,却从不会面奉,蹈江湖的恶俗。尊造乃戊辰年、丙辰月、己巳日、庚午时,一派辰中禄马。入巳为天元,入丙为煞,月令带煞了。己巳日主生出年上戊土来,乃是正印。时上庚金,坐着天罡,又是地煞。子平云:'煞不离印,印不离煞,煞印相生,功名显达。'又云:'有官无印虚劳碌,有煞无官也落空。'月上丙火,透出官星。《经》云:'财为养命之源。'八字初排,须寻财地,我克者为财。辰中两点癸水,露出太旺。财官煞印俱要得令。辰、巳、午谓之三辰顺序,火土相生,大是得令。《经》云:'未看元辰,先寻大运。'贵造十岁逆运,十岁丙寅,二十乙丑,三十甲子,四十癸亥,五十壬戌。如今已交甲子,少年气运总不如,一事无成。这甲字五年亏你过,乃虎落深阱、凤下荒坡之厄。如今渐渐好了,日渐亨通,只待一交癸亥,富贵齐来。五十岁交了壬戌,就贵不可言,位极人臣,权倾天下。再查五星看命:正丑宫玉堂临照,火罗居于福德,大有威权。日升殿驾,迎天尺五,月照昆仑,常随玉辇;太阳朗照,水辅阳光;福禄随身,功名盖世。魁罡得令,生杀常操五星。子平合论极富极贵之命。但还有些小不足的事。子平云:'七煞无制,子息艰难。'月令带煞,少年克父。宫中木星犯主,鸿雁萧条。太阴星独照奔妾宫,妻子也不和合。留心花柳,刑伤太重,六亲无靠,虽然富贵,终是孤鸾①。功名富贵皆不从科甲第中来,文昌俱不入垣,却有平步登仙之兆。只是杀星太重,他日杀害的人却也不少,慎之! 慎之! 目下还有百日小灾,却无大害,过此无碍,皆坦途矣。有诗留

---

① 孤鸾——单身。

验。"写了四句诗在上道：

三十年来运未通，失身泥土恨飘蓬。

一朝点出飞腾路，指日扶摇上九重①。

过了几日，公子起床作谢，总兵治酒酬谢，谢了进忠百金，并彩缎铺盖行李。

次日收拾拜辞。白太始也辞了，要往大同去，总兵也送了盘费。太始道："魏兄要往何处去?"进忠道："弟无定处，意欲随兄也到大同一游，久闻大同风景甚好，欲去游览。"太始道："不可！你新运将通，何可浪游失了机会？须去速寻进步。"进忠道："不瞒兄说，小弟已净了身，是个废人，到哪里去求功名?"太始道："事非偶然，昨我看你贵造，功名富贵，原说皆不从正途上来。诸星却皆朝主，渐有日近龙颜之分。兄到京师去，即寻内相②进身，方得显贵。我京中却有个相知，姓殷，此人虽是个秀才，却也富堪敌国，平生以侠气自许。他专一结交官宦，皇亲、国戚无一不与他交好。凡有人投他，他都极力扶持周济。他宠君③素有吐血之症，弟写封书子荐兄去，并托他荐兄到内相里去，甚快捷方式。"随即写了书子与进忠。二人俱辞别了总兵，总兵又各送长马一匹，二人上路。

不说白太始往大同。只说进忠上路，非止一日，来到京师。前门上寻了寓所，卸下行李，来到棋盘街，见衣冠人物，还是旧时光景。访问殷秀才的住处，人说在城隍庙前，径奔西来。打从殷太监门首过，见李永贞家门闭着。意欲去看看他，忽想道："前此为恶妇所逐，我今番又不如前了，看他做甚。"直至庙前来问，人说左边门楼便是。

进忠走进门，见一个人出来，进忠拱拱手道："殷爷在家么?"那人道："家爷不在家，爷有甚见教?"进忠道："我自边上来，有书子要面交你爷的。"那小厮道："家爷到西山听讲去了，请坐献茶，爷有书子留下来罢。"进忠道："你爷几时回来?"小厮道："今日就回的。爷上姓？寓在哪里?"进忠道："我姓魏，明早再来罢。"才走出门来，小厮便道："魏爷请住，那里是家爷回来了。"只见西路上来了有四五骑马，来到门前，中间是一个青

①　九重——极高的(地位)。

②　内相——太监。

③　宠君——指妻子。

年秀士。下了马，小厮上前回道："这位魏爷有书子要面交哩！"殷秀才遂拱手躬身，邀进忠到厅上，见礼坐下。只见那殷秀才生得：

> 长须白面意谦虚，仗义疏财大丈夫。
>
> 爱客声名欺郭解①，居家豪富数陶朱②。

殷秀才同进忠坐下。进忠取出书子来递上，殷增光看了道："原来白太始会见先生的。他原说秋间来京，今又往大同去了。"进忠道："太始兄多叫致意。"增光道："岂敢！先生神医国手，今日幸会。"茶毕，便去摆饭，问道："先生行李在何处？我着人去取来。"

进忠道："识荆之初，怎好便来相扰？"增光道："既蒙下顾，即是知心，何拘形迹。"酒饭相待。家人取了行李来，收拾两间小楼与他宿，拨了个短童伺候。

次日，殷增光将他小娘子的病症一一说了，进忠道："此产后失调，劳伤血气所致，只须丸药数服即愈。"四五日间，病已全愈，增光十分欢喜。殷家逐日暄阗，各官宦出京入京的都来拜他，送礼的、下书的络绎不绝，门下食客一日也有数十人，终日不得闲。

一日，吩咐家人预备精致素斋果品，到西山供养。进忠道："久慕西山好景，未得一观，不知可好同游？"增光道："达观禅师久在西山六一泉习静，近因定国公太夫人寿诞，启建大醮，明日供养一餐小食。魏兄有兴同往，随喜一宿。"晚景已过。次日同上马，到西山来，一路上看不尽峰峦迭翠，蓝水飞琼。到了庵前下马，主僧出来迎接，邀至方丈坐下。茶毕，增光问童子道："老师曾放餐否？"答道："老师入定未回，已知殷爷有斋，吩咐下先供佛，供后即斋，大众不必等候。"众人铺下斋供，敲动云板放参，各僧众一一坐下，放餐毕，将午时，童子来说道："老师下榻了，请殷爷相见。"增光遂净手，同进忠到方丈来，持香到禅座前插在炉内，拜三匝。进忠偷眼看那禅师，果然仙姿佛像，不比寻常。这正是：

> 身似菩提树，心如明镜光。
>
> 此中无一物，朗朗照秋江。

增光拜过，进忠也俯伏稽首。达观道："此位何人？"增光道："山东名

---

① 郭解——西汉人，以喜客"任侠"闻名。

② 陶朱——范蠡助勾践灭吴后从事经营，巨富，称陶朱公。

医,友人所荐到此,特来参谒。"达观道:"大非好相识。"又对增光道:"一向久扰檀越①,刻将业障②到了,快些收拾回去。"增光道:"大师与天地合德,有何业障?"达观道:"业障深重,不能解脱,大家好自收拾归去。"增光再要问时,达观又闭目垂头,入定去了。正是:

　　心生种种魔生,心灭种种魔灭。

　　毕竟不知有何业障? 应在何处、何人? 且听下回分解。

---

①　檀越——佛教用语,施主。
②　业障——佛教指防碍修行的罪恶,这里指灾难。

第 二 十 回
达观师兵解释厄　魏进忠应选入宫

诗曰：

　　堪叹人生似落花，随风飘泊向天涯。

　　蜂须逐片过篱落，燕嘴持香拂绛纱。

　　争胜争强皆败局，图王图伯总抟沙①。

　　试将佛眼摩挲②看，若个回头认故家。

　　话说万历年间，皇上圣慈，太子仁孝，宫闱③和洽，万国熙恬④。不意有一等不安分的人，妄生事端，以图非望，密探宫闱之事，造成毁谤之书，名之曰《忧厄竑⑤议》，专用那不明不白的私语砌凑成书。就是皇上枕席间的蜜语，也都载在上面，大都如汉梁王、晋贾后的故事，意欲蒙蔽圣听，摇撼东宫。不知用何术，一时间六宫内苑并在京文武大小各衙门，俱散一本，内外俱遍。神宗见了，天威震怒，即刻发出旨来，着锦衣卫即速缉获妖人。

　　其中又有一等奸党，谋欲嫁祸于东林诸贤，如侍郎顾宪成、吏部于玉立、顺天府学教授刘永澄等二十余人，皆坐名排陷，拿赴法司刑讯。家眷都着人看守。次相沈龙江不能解救，是夜忧疑不决，不能安寝，只在廊下两头走来走去，总无策可救。忽听后面喧哗，心中疑惑。不唤家人，止着使女提灯同到后面堂屋内。再细听时，却是后边空院内留的鹅鸭声喧，便叫女使开了门来看，并无人。亲自提灯照时，只见墙脚下堆着许多板片。

---

①　抟(tuán)沙——用手聚合沙子。意为放手后不能成形。指功名利禄视为虚幻。

②　摩挲(suō)——用手抚摩。

③　宫闱——内宫。

④　熙恬——时世安平清明，人民生活快乐。

⑤　竑(hóng)——广大。

取起块看时,就是那妖书的印板。心中大骇,也不言,着忙叫女使唤起众丫头、养娘来,齐把些板都搬到厨下,命众人仍旧去睡。他亲同夫人到厨下,一块块都劈得粉碎,架起火来尽皆烧毁,把灰俱抛在井中。关好门回来,忧疑不宁,坐以待旦。家人等总不知道。

　　将至天明,忽听得外面嘈嚷,拥进了许多人来,乃是东厂殷太监领着人来搜板的。翻箱倒笼,掘地通沟,只有相公并夫人身上不好搜,其余侍妾、家姬、男妇等,皆遍身搜过,并无影响才去。这正是天佑正人,故此预先知觉,不然若搜出板来,怎免得杀身灭族之祸! 正是:

　　　　天网恢恢①不可欺,岂容奸党设危机。

　　　　圣朝福禄齐天地,笑杀愚人空妄为。

　　再说殷增光自西山回来,郁郁不乐,不知有何业障。正在踌躇,只见家人来报道:"朝中有作妖书的事发,在锦衣卫访拿,各文武大小衙门都闭了门,连街上行人都少了。"增光听了,忙叫人四外探信。去不多时,回来道:"昨晚妖书不知从何而来,一时内外都散遍了。内里传说是沈相爷知道,清晨东厂就领人去把私宅围住,搜了一遍,毫无影形。又将侍郎顾爷、吏部于爷都拿送法司,用兵看守家眷。今早又东厂上本说:'锦衣卫周爷同达观老爷做的。'此刻旨尚未下,凡一切山人、墨客、医卜、星相人等,俱拿下东厂监禁。家家关门闭户的了。"增光听了,大惊失色道:"罢了! 罢了! 达观师说的业障,想即是此。周家庆是我至亲,他平日与郑皇亲有隙,如今把这事坐害他,必至身家不保! 谅那班人怎肯饶我!"忙叫:"众门客快走,众家人速去逃命,家中财物是拿得的你们只管拿去。"吩咐众内眷姬妾等:"可速向亲戚家躲避,不可迟延,如今我也是没命的了。"一家人哭哭啼啼的乱窜。

　　正自慌乱,只见外面兵马司早领了兵丁进来。殷增光见势头不好,跑去投井,被众兵捉住。兵马司道:"年兄差了,这事毫无影响,难道就独坐在你身上么? 还须到法司里辩白,何须便寻短见?"兵马司见众人乱抢财物,忙禁止道:"我们奉旨拿人,不许骚扰,惊坏了女眷。"即用封条封了内宅,着兵丁看守,并将众门客都锁了,随殷增光跟在马后,同到北镇抚司来

---

　　① 天网恢恢——天道像一个广阔的大网,作恶者难逃不出这个网,也就逃不出天道的惩罚。

交割。兵马司去了,兵校等已将周家庆一干人犯都拿到了。问官立刻升堂,校尉将众人押进来,真个威风凛凛,杀气腾腾。但只见:

> 紫罗徼①壁,红缎桌围。正中间额篆真金,四下里帘垂斑竹。官僚整肃,香案上高供圣旨一通;侍从威严,宣牌内大书低声二字。公堂凛凛若阎罗,押狱森森如鬼判。坏眉吏卒,手持铁锁貌狰狞;竖目押牢,身倚沉枷威赫奕。严霜飞笔底,皓日见中天。聚来一阵虎狼,塑就满堂神道。正是军民生死路,果然官吏摄魂台。

那镇抚司掌刑官立在香案东首,众校尉将众犯带到丹墀下,将驾帖朗诵一遍,先打四十御棍。校尉动手将周家庆等捆起。因他是本衙正官,打了个出头棍子,未曾重伤。打完请过旨去,问官才坐下。两边吆喝一声,掌刑官问道:"汝等串同妖僧,妄造妖书,谋危社稷,可实供来!"周家庆道:"犯官系元勋世爵,世受国恩,有何不足,却要去做这非分之事?有何凭据,是谁首告,须叫他来对质。"问官道:"是奉旨搜出指板拿问的,那有告首!"家庆道:"无赃不拷贼,既无质证,怎见得是犯官妄造的?"问官道:"你结交妖僧,可是有的?"家庆道:"结交达观,何止犯官一人,凡在京勋戚大臣、文武大小各官,俱与他交好。就是太后,也常赐钱粮衣食,请问官大人详察!"问官道:"殷增光!你既是孔门弟子,为何不守学规,也结党生事,讪谤朝政?周家庆与你表里为奸,可是有的?"殷增光道:"生员素性不羁②,结交仕宦有之,并不敢妄为非分。今虽奉旨勘问,必有对质。"问官道:"胡说!奉旨拷问,有甚对质!"叫左右夹起来。夹了,又打上三十揸,把个殷增光夹得死而复生者再。周家庆道:"既无首告,又无证据,这'三字狱'岂是圣上的本意?不过是些奸党要做害我们,就死也无从招处。"问官道:"你且不要傲强,且收监,等拿到妖僧再问。"校尉将人犯带去收了监。

问官才退了堂,只见门上人报道:"东厂差人来请老爷说话。"镇抚司不敢稍迟,忙上马来到殷太监私宅。上班引到书房内,相见坐下。茶毕,殷太监道:"你勘问妖书的事怎样了?"镇抚司道:"周家庆、殷增光已拿来刑讯过一次,他们俱说既无首告,又无证据,不肯招认。如今寄在监里,等

---

① 徼(jiào)——边界。

② 素性不羁——向来不受约束,放荡不羁。

拿到达观再三面对理。"殷太监道:"咱正为这事请你来商议。早间二陈对咱说:'达观在京交结的官宦极多,连咱们内相也多与他交结,拿来时恐和尚夹急了,乱扳出来,反多不便。'你拿到他,只收在监里,不必拷问。只将周家庆、殷增光着实拷打,问他要主使之人就是了。须先把他两家家眷拿来,重刑拷问,妇人们受不得刑,自然招出。"镇抚司不敢违拗,只得唯唯而应。殷太监又把从人喝退,走下来附耳说道:"只要他们扳出老沈一党的人来便罢。"镇抚司点头受意,别了。上马回家,尚未坐定,忽门上进来回道:"东宫李公公来了。"镇抚司忙出来迎到厅上,礼毕,请坐。李太监道:"后面坐罢。"遂携手到书房晨,道:"小爷有旨。"镇抚司便跪下听宣。李太监道:"小爷着你勘问周家庆等,只宜宽缓,不许威逼,乱扳朝臣,妄害无轴。"镇抚司叩头领旨,李太监去了。那官儿行坐不安,好生难处。

到晚间,公子回来,见父亲纳闷,便问道:"爹为何着恼?"官儿道:"昨日奉旨审妖书的事,周家庆、殷增光今日夹打了,都不肯招,等拿了达观来对审。"他儿子虽是个武学,却颇通文墨,遂说道:"这事原无影响,怎么认得? 有何凭据? 况是灭族的大罪,他怎肯轻认?"官儿道:"旨上是结交妖僧,妄造谤书,谋危社稷①,非同小可。"公子道:"若说达观结交,岂止周家庆一个,满朝文武,十有七八,就是内臣,也无一个不与他来往。至于殷增光,平日好结交仕宦,任侠使气,倒是个仗义疏财的豪杰。如今独坐在他二人身上,其中必有缘故。"官儿道:"早起勘问回来,厂里殷太监请我去说,叫不要把达观动刑,恐打急了要扳出他们内相来,只监着他。又叫要他们扳出沈相公来。"公子道:"是了,这事有因了。周家庆原与郑皇亲有隙,欲借此事陷害他,便好一网打尽东林②诸贤,意在摇撼东宫。殊不知今上圣兹,太子仁孝,且有中宫娘娘在内保护,东宫定然无事。只是这班畜生,用心何其太毒!"官儿道:"殷太监还叫先把家眷拿来拷问,自然招认。我才到家,李太监又来传东宫的旨意,叫不许威逼,恐妄扳朝臣,波及

---

① 社稷(jì)——社指土神,稷指谷神,稷指谷神,古代君主都祭社稷,后即用社稷代表国家。

② 东林——明万历年间,顾宪成、高攀龙等人在东林书院讲学,以请议评击时政,称东林党。

无辄。"公子道："皇太子这才是圣明之主,处此危疑之时,犹恐妄害平人。如今有个善处之道:他既叫不要拷问达观,爹爹乐得做人情,竟把两家的女眷拿来审问一番,具过由堂覆本上去。等皇上批到法司去审,就与我们无干了,岂不两全其美?"官儿道："老周的夫人是我的表亲,怎好拷打?"公子道："事不由己,若不刑讯,如何复旨? 恐奸人又要从中下石①,反惹火烧身。只消吩咐手下人,用刑时略见个意儿就是了。"官儿点头道："此言有理。"

　　次早差人去拿两家的家眷,不许骚扰。校尉都解到了。官儿升堂,带上周家庆的奔妾四人,老母七十余岁,幼子三龄。殷增光妻妾三人,只一女才十四岁。镇抚司将两家的老母、幼子、弱女俱令还家,只把两人的妻妾提上堂来听审。两旁一声吆喝,众人早已魂飞天外了。但只见一个个:

　　　面如浮土,腿似筛糠。伏地倒阶,急雨打残娇菡萏②;心惊胆战,猛风吹倒败芙蓉。青丝发乱系麻绳,白粉颈尽拴铁锁。鞭笞方下,血流遍地滚红泳;棍杖初施,肉溅满墀飞碎雨。涕泪滂沱③,杜宇月中恋怨血;啼声婉转,老莺枝上送残春。梁园风雨飞恶,狼藉④残红衬马啼。

　　这几个妇女都是富贵家娇艳,怎禁得这般挫折,虽是用刑从轻,正是举手不容情,略动动手,就是个半死。起初还叫号哀痛,后来便没气了,随人摆布不动。堂上的伤心惨目,堂下的目击心酸。镇抚司问了几句口供,随意改篡,将妇女们收监,仍吩咐禁子不许作践,听各家送铺盖饭食,不许悬阻索掯。回来与儿子计较,上本复旨。

　　不日批下来道："众犯不肯招认,着三法司严审定拟,毋得妄及无轴,钦此!"这真是圣明天子,万物皆春,只这一句,便救了多少性命。镇抚司卸了肩。次日法司会集,齐赴午门会审。校尉提到犯人跪下。刑部问道："你等妄造妖书,是何人主使?"周家庆道："犯官若有此事,才有主使;此事毫无影响,那得有主使!"又问达观道："你既做出家人,如孤云野鹤,何

---

①　下石——落井下石,乘人之危加以陷害。

②　菡萏(hàn dàn)——荷花。

③　涕泪滂沱(pāng tuó)——形容哭得很厉害,眼泪流得很多。

④　狼藉(jí)——乱七八糟,杂乱不堪。

地不可飞,奈何栖迟于此,作此大逆之事?"达观道:"贫僧平日行止,久为诸大人洞悉。如今事已如此,何事深求,只请众位大人随意定个罪名,贫僧都招认不辞。"总宪道:"胡说! 你们做的事须自己承认,怎么悬定得罪?"达观道:"山僧一身皆空,有何作为,非不可潜空避难,但劫数难逃,故久留于此,以了此劫。随大人们定个罪罢了!"众官原明知冤枉,却没奈何,只得叫动刑。只有达观闭目不语,随他拷打。周家庆与殷增光犹辩难不已。达观道:"不须辩了,业障已临,解脱不得了,不如早早归去,免累妻子。"众犯终不肯认,法司计议不定。少顷,东宫又传旨,著作速审结。众官无奈,只得效"莫须有①"想当然的故事,将周家庆、达观二人,以不合妄造妖言惑众律,拟斩立决;殷增光为从,拟绞立决;余拟遣戍。

本上去,批下,着该科核覆。那起奸人也恐事久生疑,忙依拟上去,择日将一行人解到午门外,捆绑停当,两旁军校密密围绕,监斩官押赶市曹来。只见:

愁云荏苒②,怨气氤氲。头上日色无光,四下徨风乱吼。缨枪对对,数声鼓响丧三魂;棍棒森森,几下锣鸣催七魄。犯由牌高挂,人言此去几时回;白纸花双摇,都道这番难再活。长休饭,颡③内难吞;永别酒,喉中怎咽! 狰狞刽子仗钢刀,丑恶押牢持法器。皂纛④旗下,许多魍魉⑤跟随;十字街头,无限强魂等候。监斩官忙施号令,仵⑥作子准备扛尸。英雄气概等时休,便是铁人也落泪。

一行军校将众犯推到法场,团团兵马围住,将三人捆在桩上,只等旨下行刑。不一时报马飞来,恶煞到了,接过旨,一声炮响,刽子手刀起头落。正是:

三寸气在千般和,一旦无常万事休。

殷增光旋已绞讫。忽见一阵狂风,飞沙走石,日色无光,官军等都睁

---

① 莫须有——宋朝奸臣秦桧谋害岳飞,韩世忠质问他有无证据,他即回答说"莫须有",意思是"也许有吧"。后被用来表示凭空捏造罪名。

② 荏苒(rěn rǎn)——(时间)渐渐过去。

③ 颡(sǎng)——额,脑门子。

④ 纛(dào)——古代军队里的大旗。

⑤ 魍魉(wǎng liǎng)——传说中的怪物。

⑥ 仵(wǔ)——旧时官府中检验命案死尸的人。

不开眼来。风过处，又是一阵异香，忽从平地上一缕青烟，直上九霄，半空里青气中现出一尊古佛来。再细看来，就是达观长老，合掌作礼，冉冉升天而去。监斩官并军民人等皆罗拜于地。众人来收尸时，达观之尸早已不见了。众官嗟叹不已，识者谓此禅家兵解之法。监斩官便将此事隐起，不敢上闻。正是：

> 圣主如天万物春，奸谋生事害平人。

> 须如佛力高深极，兵解犹然现本真。

斩讫回奏，旨下："其余一应人等，俱着加恩宽释。"

魏进忠也在东厂监内，坐了三个月。遇赦出来，行李、银钱俱无，止留得孑然①一身，还有膏子药一袋。孤身无倚，往何处去好？意欲去寻李永贞，忽又想道："我禁在东厂，册上有名，他现在内主文，岂不知道？他既不来看我，我又身上褴褛，空惹他恶妇轻薄。"犹自踌躇不定。正是人急计生，猛省道："有了！不若投到花子太监中，各处去悬截客商，掳掠糊口。"进忠却生得身长力大，凡事当先，嘴又能言，遇见柔弱的便用硬降，刚强的便用软取。众花子遂倚他为先锋，弄得来大酒大食的吃。正是：

> 一日不识馐，三日吃饱饭。

不觉又过了两三个月，是值初秋，天气阴雨连绵，出路的少，没得来路。冷坐了几日，熬不过，便走到章义门酒居内赊酒吃。初起已赊过几次，未曾还钱。这一次酒家便有难色，口中便发起话来，你一句我一句，便斗起来。进忠便一时怒起，拿起酒壶乱打，一时间就拥上三五十花子太监来，把店中家伙打个罄尽。酒家扭住进忠不放，要喊官。正在难分之时，只见一个人走了来，劝道："二位莫打，我有道理。"横身在内解劝。进忠挣脱了手飞跑，那人也随后赶来，喊道："魏兄不要走，有话向你说哩。"进忠听见叫他，便站住了。

那人走到面前，看时，原来是相士张小山，浙江人，曾同在东厂监里坐一处的。张小山将进忠拉到一个僻静小酒店内坐下，问道："老兄何事与人争闹？"进忠道："不好说得。小弟因无盘费，才干这件无耻的事。"便将前事说了一遍。小山道："古人不遇时，多遭困厄：韩信乞食于漂母，范雎受衲于魏齐，这个何妨。但是兄在此终非长策。小弟阅人多矣，见兄相貌

---

① 孑(jié)然——孤独。

非凡,非久于人下者,将来贵不可言。我观之甚久,因监中人多,不好向兄说得。连日正寻兄不见,今日可同兄细谈谈。"酒保取了酒肴来,饮了一会。小山道:"兄虎头燕颔,飞而食肉;凤目剑眉,威权万里。熊背狼腰,异日定须悬玉带;龙行虎走,等闲平步上金阶,天庭高耸,中年富贵可期;地角方圆,晚岁荣华定取;土星端正,隆准齐于汉高;金革垂肩,虎视同乎魏武;行动如万斛舟,端坐若泰山之重;五星合局,七窍归垣,乃大富大贵之相。只可惜眼光而露,声急而小,面圆而薄,头窄而偏,没有帝王之分,然亦只下天子一等耳。位极人臣,威振天下,眉剔眼竖,面带紫气。只是杀心太重,他日杀戮不少。今年贵庚①多少了?"进忠道:"三十五岁。"小山道:"十岁发际,二十印堂,三十两眉头。如今好了,渐入佳境,有一朝近贵,咫尺②登云之喜,日渐亨通,再无阻滞了。一交五十,土星用事,那时福禄齐臻③,富贵无比,天子之下,王侯之上。我却又于好中寻出不足来,却有三不足。"进忠道:"请教那三不足?"小山道:"你

　　　　额蹙④形枯眼露光,眉头常锁泪汪汪。
　　　　六亲眷属皆无靠,父母双双定早亡。
　　　　面容娇媚带桃花,路柳墙花处处佳。
　　　　常得阴人来助力,风流到处不成家。
　　　　气促声粗眼带凶,头长项短类猪龙⑤。
　　　　波涛涌处须防险,急作良图保令终。

老兄一生富贵,小弟看得分明。况新运将到,只在京中,不日自有好处。"进忠道:"承兄指教,他日若果应兄言,定施犬马,生死不忘。"小山笑道:"富贵是各人带来的。如小弟相法,非敢夸口,却要算天下知名。若兄的贵相,定是人间少二。若兄无盘费,我这里有三十金奉赠,他日得志时,愿君少戒杀性,便是无量功德了。"又饮了一会儿才散。进忠称谢,又问小

---

①　贵庚——敬辞,用人年龄。
②　咫(zhǐ)尺——比喻距离很短。
③　臻——至,达到。
④　额蹙(cù)——皱(眉头)。
⑤　猪龙——猪婆龙,鼍(tuó)的通称。

山寓所,小山道:"我无定居,你只干你的事,不必来看我,异日再相逢罢。"二人拱手而别。

　　进忠拿了银子,置备行李衣服。又过了个月,银子将完,只得走到熟药店内,买了些现成丸散,摆了个摊子,在街上卖,拿账卖药。谁知世情宜假不宜真,竟颇有人来买,一日也觅百余文。便逐日在前门上胡谈乱道的,引人来买。一日正在卖药,忽听得人说:"城上选内官哩,我们看去。"进忠忙拉住那人问,那人道:"闻得旨意上是要选身长力大的内官管门,都在中城兵马司里挑选哩。"进忠忙把摊子收了,寄在左近人家,换了青衣小帽,竟奔中城察院衙门里来。只见人挨挤不开,有数千人拥着。进忠分开人挤上去,见人都挤在那里报名,有二百文钱才上个名字。进忠也取出二百文,交与书办上了号。伺候到晚,才听见上头吩咐:"明日早来听选。"只得随众出来。

　　次日清晨便来伺候。千余人中,只选中了二百五十名,进忠竟不在选。原来那选中的,都是用了三两银子才中,正是非钱不行。进忠回寓,心中甚是纳闷。只听得外面有人喊道:"魏兄为何不去应选?"进忠忙出来看时,却是张小山。二人作了揖。小山道:"你时运来了,怎么不去应选?"进忠道:"去的,没有选得中,没有钱使,故未得妥。"小山道:"容易,同我来。"二人走到中城衙门前。小山道:"你在此等一等,兵马司与我相好,我进去代你说去。"小山进去。

　　不多时,长班出来传进。去到后堂,只见那官儿与小山对坐谈心,进忠上去叩了头道:"小的魏进忠,肃宁县人,自幼净身的。"兵马司道:"他人材到生得魁伟,很去得。"叫书办把册子上添了名字,送他到礼部去。次日,礼部会同东厂太监逐一选过,取了一百二十名,有进忠在内。又到司礼监过堂,分派在各宫服役。好差使总被有钱的谋去了,

　　进忠没钱用,就拨在东宫监守门去了。正是:

　　　一日咸名显,时来大运通。

　　　有缘分此役,天遣入东宫。

　　毕竟不知进忠选入东宫守门,后来若何?且听下回分解。

第二十一回

郭侍郎经筵叱陈保　魏监门独立撼张差

诗曰：

举世忙忙无了休，寄身谁识等浮鸥。

谋生枉作千年计，公道还当万古畜。

西下夕阳难把手，东流逝水绝回头。

惟存正气完天理，可甚惊心半夜愁。

却说魏进忠选在东宫监门，终日无事，只供洒扫殿廷，每日支请俸粮，只够盘费，却无多余之钱。见那些管事的太监，大小品级不同，一个个锦衣玉食，前呼后拥，好不气焰。

光阴瞬速，不觉过了年余，时值上元佳节，帝里风光迥乎不同。但见：

风锁焰烛，露丰洪炉。花布光相射，桂花流瓦。纤云散耿耿，素娥欲下。衣裳淡雅，看楚女纤腰一把。箫鼓喧，人影参差。满路飘香麝，阊阖①齐开放，夜望千门如画。嬉笑游冶，钿车②罗帕，相逢处，自有暗尘随马。灯光灿也，见双凤六鳌齐驾。宫漏移，飞盖归来，尚歌舞休罢。

是时神宗皇帝在位已久，仁恩洽于天下，四海熙恬，年丰岁稔③。是年闰正月，又从新大张灯火，与民同乐。怎见得闰元宴的好景？但见：

三五重逢夜，元家景更和。花灯悬闹市，齐唱太平歌。只见六街三市影，横空一鉴升。那月似冯夷推上烂银盘，这灯似仙女织成铺地锦。灯映月，增一倍光辉；月照灯，添十分灿烂。观不尽铁锁星桥，看不了银花火树。梅花灯，雪花灯，春冰剪碎；绣屏灯、画屏灯，五彩攒成。蟠桃灯、荷花灯，灯楼高挂；青狮灯、白象灯、灯楼高擎。虾子灯、

---

① 阊阖（chāng hé）——神话中传说的天门，宫门。

② 钿（diàn）车——装饰华丽的车子。

③ 稔（rěn）——庄稼成熟。

鱼儿灯,棚前游戏;羊儿灯、兔儿灯,山下狰狞。雁儿灯、凤儿灯,相连相并;犬儿灯、马儿灯,同走同行。仙鹤灯、白鹿灯,寿星骑坐;金鱼灯、长鲸灯,李白高乘。鳌山灯神仙聚会,走马灯武将交锋。千万家灯火楼台,十数里烟云世界。那壁厢索琅琅玉鞯①飞来,这壁厢毂辘辘香车辇过。看玉箫楼上,何着阑、隔着帘、并着肩、携着手,双双美女交欢;金水楼边,闹吵吵、锦簇簇、醉醺醺、笑呵呵,队队游人戏耍。满城中箫鼓喧哗,彻夜里笙歌不断。

时人又有诗曰:

高列千峰宝炬森,端门又喜翠华临。

宸游重过三元夜,乐事还同万众心。

天上清光畜此夕,人间和气阁春阴。

臣民尽上华封祝,四十余年惠爱深。

殿前搭起五座鳌山,各宫院都是珍珠穿就、白玉碾成的各色奇巧灯。至于料丝、羊皮、夹纱,俱不必说。群臣俱许入内看灯,各赐酒饭。嫔妃、彩女成群作队的游玩。内相阁中俱摆着盛宴,作乐饮酒。正是:金吾不禁,玉漏莫催。却也各宫门添设人员,把得铁桶相似。

进忠职在监门,不敢擅离,虽不得出外玩耍,却也与那些同事的备酒,在班房中赏灯、饮酒、猜拳、行令。饮至更深,进忠道:"咱们这闷酒难吃,来行个令儿,点到饮酒,酒干唱曲,不会唱的吃一大杯,寻人代唱;会唱不唱者,罚饮冷水一大碗,明日再罚东道。"众人于是鼓起兴来痛饮。虽无檀板共金尊,却有清讴与明月。照点数该到进忠,进忠饮毕,唱了几个小曲。众人见他唱得好,不会唱的都来央他唱。正在欢笑,忽见外面走进两个小黄门②来,说道:"好唱呀!"众人住声一看,却都是穿大红直身、腰系金扁绦的。众人认得是文书房的人,齐站起来道:"请坐。"小黄门道:"好快活,有趣!"进忠道:"穷汉们吃杯淡酒,聊以遣兴,不意惊动贵人下降。"小黄门道:"咱们监主陈爷听见你们唱得好,着咱们来唤你们去耍耍哩!"众人听了,都各面面相觑③,不敢回答。小黄门道:"不妨的。公公们也都

① 鞯(jiān)──马鞍。

② 黄门──宦官。

③ 面面相觑(qù)──无可奈何地相互望着,都不说话。

在那里赏灯吃酒,故来唤你们去唱。是哪个唱得好的,就同去罢。"众人说:"进忠唱得好。"进忠没奈何,只得跟着走。正是:不怕官,只怕管。

小黄门领他从庑下走进文华门,向东去一所公署。入门来,见上面花灯灿烂,光同白昼,厅上一字儿摆着四席:中间坐的是文书房陈保,左首是东宫掌班孙成,右首是东宫管家王安,下首是秉笔的崔文升。小黄门引进忠上去,叩了四个内相的头。陈保问道:"唱的是你么?"进忠道:"是孩子们斗胆胡乱哼了耍的,不知惊动诸位老爷,死罪!死罪!"王安道:"这何妨!如今万岁爷与民同乐,咱们也在此看灯玩耍,听得你们唱得好,故叫你来唱个咱们听听,也是大家同乐。"进忠只得站在檐前,唱了几个小曲。崔文升道:"果然唱得好,小的们说的不差。"内官们是一窝蜂的性子,一个说好,大家都说好。王安便叫小的们拿酒与他吃,随即廊上摆下一桌齐整酒饭。先同来的个小黄门走上来,邀进忠到廊上,陪他吃了。进忠上去谢了赏,又取提琴过来,唱了套《弦索调》。陈保大喜道:"你又会《弦索》,唱得甚好。咱有几个小孩子,明日烦你教导。"就叫拿坐儿,与他坐了好唱。进忠见他欢喜,又取提琴来,唱一套王西楼所作《闹元宵》。词道:

　　重开不夜天,再造长春境。复游三市月,又看六街灯,连贺升平。闰月今番盛,元宵两度晴。锦模糊,世界重修;光灿烂,干坤又整。沧海上,六鳌飞,层层出现;碧天边,双凤辇,往往巡行。喜新年更遇新时令,猜空诗谜,踏遍歌声。醉翻豪侠,走困娉婷①。饮不竭春酒绳绳,扮不了社火层层。平添上,锦重重五百座琥珀歌楼;再涌出,红灼灼三千珊瑚宝井;又碾开,紫巍巍千里玛瑙长城。前正后正,一年两度元宵盛。酒有情,诗添兴,催逼得雪月风花不暂停,运转丰亨到那元宵盛,张灯燎断银河影。这元宵连迓②鼓敲残玉漏声,更倩③取天上人间两重欢庆。喜天清地宁,爱风清月明。这的是太平年,夜夜元宵四时景。

进忠唱罢,把四个内相引得十分欢喜,直饮到五更方散。

回到班房里,一觉睡着,不知天晓,醒来时,红日满窗才起来。陈保也

---

①　娉婷(pīng tíng)——形容女子的姿态美。

②　迓(yà)——迎接。

③　倩(qiàn)——请人代替自己做。

着人来叫他到宅里,赏了十两银子,唤出十二个小内官来学唱。都一齐拜过师父,每年束脩五十两并四季衣服。进忠尽心教演,一二月间个个都可以唱得。陈保大喜,凡有酒席,都带他一处坐。众太监要他玩耍,都抬举他起来,就如兴时的姊妹一般,时刻都少不得他,赏赐甚多;又有钻刺的送他礼物,身边日渐饶裕。他平日本是挥洒惯了的,手笔依旧又大起来了。内里大大小小都结交得欢喜,遇见宫人托他买东西,他便赔钱奉承,无一人不道他好,终日与众内官一处行乐,吹弹歌舞的玩耍。

一日,饮至更深,王安道:"明日小爷出阁讲书,要起早伺候,咱们早些歇了罢。"众人起身,吩咐各门管事的俱要打扫洁净,说毕各去安歇。次日黎明起来,只见天争昏暗,北风凛冽,虽是二月初的天气,北风甚紧,自觉严寒,冷不可当。门才开,早已有太监领着校尉随皇太子出阁,法驾伺候。进忠洒扫殿庭,同几个小黄门到文华殿上,早已摆得十分齐整。但是:

> 东壁图书,西园翰墨。黄扉初启,晋耆硕①以谈经;紫阁宏开,分儒臣而入直。牙签锦轴,尽帝典王谟②;宝笈③琳函,满座圣经贤传。玉墀下师师济济,佩声响处集夔④龙;御座上穆穆皇皇,扇影开时瞻舜禹。一堂喜气,果然吁咈都俞⑤;万国咸宁,不外均平格致。
> 正是:圣德日新资启沃,元良天纵赖熏陶。

御几上灯烛辉煌,香烟馥郁。孔子位前,金盘满贮时新果品,清酒香茶,金炉内爇⑥着百和名香。有侍班官、引礼官、日讲官、侍讲官、东宫师保渐次而来。天气极寒,各官都冻得脸上青紫色,一个个浑身抖颤,口噤难言,都挤在东厢房内避寒。

是日该是礼部侍郎兼翰林学士郭正域值讲,他却后到,见殿上无火,也走到东厢房来,恰遇着文书房太监陈保也来值讲。二人揖罢,郭公道:

---

① 耆硕——年老的有学问之士。
② 谟——策论、计划。
③ 笈(jí)——书籍。
④ 夔(kuí)——古代传说中一种奇异的动物,似龙。
⑤ 俞——允许。
⑥ 爇(ruò)——点燃,焚烧。

"如此天寒,殿上何以不设火?"陈保道:"旧例:春日讲筵不设火。"郭公道:"礼因义起,物由时变,怎么拘得成例? 似此寒极口噤,连话也难说,怎么进讲?"陈保道:"祖制谁敢变更?"郭公喝道:"胡说! 若依祖制,仲春则当御罗绢,你怎么还衣重裘?"陈保见他发话,就不别而去。郭公对各官道:"此等寒天,殿上无火,怎么开讲? 无论太子为宗庙社稷之主,即我辈一介书生,荷蒙皇上知遇,得列师保,也非等闲;今面色都改,倘受寒威,有伤身体,岂尊师重道之意?"便叫阶下校尉:"去各内官直房里,看可有火,都去取来。"众官见他说得有理,齐声称是,都各领校尉去搜火。少刻,就搜出二十多盆火来,摆在殿上。两旁众官围定烤火,才觉稍和。

　　过了一会儿,才闻辘轴之声,太子驾到。众官出殿分班,打躬迎接。惟此日不跪班,亦尊师重道之意。太子到殿门首下辇,两边引礼官引至先师位前行四拜礼,复引至御案前,从官排班行四拜礼。侍讲官供书案,日讲官进讲章。太子道:"天气严寒,诸位先生先各赐饮椒汤再开讲。"只见王安同三个玉带蟒衣的内臣,各捧椒汤一盘上殿,先进一碗御前,其余各官一碗,都是跪奉。众官接过立饮毕,谢过恩,始觉遍体温暖。太子也饮毕。郭侍郎走近御案,先讲《易经》复卦,辞理敷畅,解说明晰。众官俱啧啧称赞。仰窥圣容大能领略,忻忻①有喜色。传旨赐茶,众官退入庑下,早摆下香茶点心,围炉休息了一会。鸿胪寺②喝礼,众官复至,殿上班齐,翰林院官又进《论语》三章,太子反复问难。讲毕,郭侍郎道:"才讲的巧言乱德,何以就乱德?"太子道:"只是颠倒是非,移人视听,故德被他乱了。"众官叩头谢讲。谢毕,驾起,见龙袍下不过御一寻常狐裘耳,众官皆称其仁孝恭俭。各官送至殿门外,候驾起,方退入直房。少刻,内官传旨:"如此天寒,皇太子讲书不倦,力学可嘉,着赐衣币羊酒,众讲官俱着赐宴。"众官谢恩,饮食毕而散。正是:

　　　　储圣临轩受学频,每从讲《易》见天心。

　　　　他年仁德齐尧舜,皆赖儒臣启沃深。

　　是日讲延散后,时已过正,众太监无事,才来直房里围炉饮酒,御寒休息。只见陈保默默无言,崔文升问道:"陈爷何事烦恼? 叫小魏来唱曲解

----

　　①　忻忻(xīn)——高兴的样子,喜悦。

　　②　鸿胪寺——官署名,掌朝祭礼仪。

闷。"陈保道:"怎耐郭家那狗弟子孩儿,当面辱我,着实可恼!须寻个计策摆布他才好。"进忠在旁道:"要摆布他何难。"崔文升道:"你也有些见识,可设个计儿来。"进忠道:"只须启奏皇爷,说他当殿辱骂,故违祖制,无人臣礼。轻则斥逐,重则治罪。"陈保道:"有理。有理,明日咱们去面奏。"旁边一个内侍道:"不可。"崔文升道:"怎么不可?"内侍道:"早间就有人奏过,皇爷对中宫娘娘说:'郭正域颇识大体,通权变,有宰相才。'中宫娘娘道:'既有相才,何不就用他入阁?'皇爷说:'他是东宫的先生,就留与孩子们用罢,让他们君臣好一心。'"陈保大惊道:"真有这话么?"内侍道:"孩子在中宫上早膳,亲听见的,怎敢说谎?"崔文升道:"他们一党俱是执固的,小爷既然喜他,皇爷又要用他,若大用了他,非我等之福也。"众人俱闷闷不乐。进忠道:"也不在乎一时,慢慢的寻他破绽也容易。"众人依旧欢喜道:"有理。"这就是他日害东林的祸基。后人有诗道:

矫矫①名臣正气完,忠言直节镇朝端。

谁知恶党生奸计,冤惨人闻鼻也酸。

进忠终日同众人行乐,不觉光阴迅速,转眼风光又是一年。早已冬残春至,又是除夕。但见:

残腊收寒,三阳初转,已换年华。东皇律管,迤逦②到皇家。处处笙歌鼎沸,会佳宴坐列仙娃。花丛里金嫩满蒸,兰麝烟斜。此景转堪评,深意祝寿山福海增加。玉觥满泛,且自醉流霞。幸有屠苏美酒,银瓶浸几朵梅花。试看取,千闾爆竹,岁火交加。

是夕,众内官有家者都回私宅度岁,有事的都在宫中执役。唯有进忠独自无聊,思念母亲存亡未保,妻子生死若何,心中闷闷不乐,倒在炕上惑伤了一会,竟和衣睡去。猛听得有人唤道:"快起来看门!"睁开眼,却不见人,翻身又睡去了。少顷,忽又听得有人叫道:"魏监!这是什么时候,你还睡么,还不快去救驾!"猛然惊醒,跳起身来,冒冒失失的走出门来,也不见一些动静,绝无人影。定了定神,带上门去伙房里讨茶吃。

刚走下台基,只听得宫门外乒乒劈扑之声,忙出来看时,只见一条彪形大汉,手持一条粗棍乱打进来。进忠吃了一惊,要去悬阻他时,无奈手

---

① 矫矫——强,勇武。
② 迤里——同迤逦(yǐ lǐ),连绵曲折。

无器械,慌得倒退入来。那汉子随后打来,进忠忙奔到仪杖架上,拿了一把钺斧,上前挡住。那汉子一棍打来,把手中钺斧就如折葱一般打做两三截,手都震得疼,只得忙往殿上跑。那汉子也打到殿上来。进忠慌了,忙提到迎面挡众来打他,虽没有打得着他,却也拦住那汉子的脚步。退了两步,复又打上来。进忠没处躲藏,那汉子早又打到身边,急忙里无处躲,只得提起一把交椅来抵他。那汉子的棍重,一棍来把椅子打得粉碎,却是铜钉钉住了棍,急切难开。

二人你扯我拉,不肯放松。那汉子力大,进忠见势头不好,就连交椅用力一推,把那汉子推了一跤,倒在地下。进忠正要去夺他的棍,那汉子早已跳起身来。正在危急之际,外面来了四五个火者,拿着棍棒迎上来。那汉子便转身迎敌。进忠忙抽身下殿,到班房里。进忠便拿那棍子来,见众人渐渐抵敌不住,便大叫道:"你们快去传人,等我来拿此贼!"挺着棍迎上来。这一场好斗,但见:

两条龙竞宝,一对虎争餐。两条龙竞宝,万千鳞甲总施张;一对虎争餐,无数爪牙多快利。两条龙竞宝,翻翻覆覆,水晶宫击碎珊瑚;一对虎争餐,往往来来,摩天岭惊伤兕①豹。两条龙竞宝,为云作雨助威灵;一对虎争餐,撼树摇林施猛烈。龙战败血见玄黄②,虎争伤精凝弹石。龙争虎斗难分解,竞宝争餐两不降。

二人战了多时,进忠原不会棍,况那汉子拼死的打来,他一人怎么抵敌得住? 正是圣天子百灵暗护。二人又斗了一会儿,渐渐进忠又招架不住了。忽听得外面喊声大起,锦衣卫官校领着百余人,手持兵器拥进宫来。那汉子见了,手慌脚乱,棍法也乱了,被进忠偷空一棍,打倒在地。众校尉上前按住,捆起,押至午门外候旨。旨下,着法司严讯。

太子也十分危惧,即过乾清宫问安。阖宫人役俱带着愁帽子,恐圣怒难测。纵然恩宽,监门人役少不得要问罪。傍晚,小爷回来下辇,众人见天颜和悦,王安唤随身的小黄门来问。黄门道:"皇爷震怒,问'监门的在何处? 却容人打进来?'小爷伏地不敢回答。中宫娘娘道:'今日是除夕,想是有事去了,哥儿不要怕,回去将那不到的打他几棍儿罢! 那汉子着外

---

①　兕(sì)——雌的犀牛。
②　玄黄——天地。

官问来回话。'皇爷道：'外人打进宫来，岂不惊坏了孩子？这人不必说定该死了，只是监门的也该治罪。'娘娘道：'那汉子敢于持棍打入禁城，定不是善良之辈，门上几个人怎么拦得住？哥儿起来，莫怕。'皇爷才息了些怒，赐小爷坐，吃了茶，又说了半日话。小爷才起身时，娘娘又吩咐道：'可传与外官，叫他们速问了来说，不可乱扳平人。'"方才放了心。早有中宫着女官赐酒与东宫压惊，又宣温旨慰劳。正是雷霆之下，不得圣母在内调停，不知要贻害①多少人！东宫领旨，着王安查不到的各打六十棍。进忠赏元宝二锭，并衣币酒馔。众人向进忠称贺。

次日元旦，百官朝贺毕，又朝贺东宫。太子传旨道："昨奉母后懿旨②，着法司速问拟回奏，不许乱扳平人。"法司领旨。过了初三日，即会同严审。元宴后题覆。审得罪犯张差，大兴县人，素患疯颠，发时好持棍打人，四邻皆受其害，每被妻子锁禁在家。因除夕其奔有事，未曾防备，被他挣断铁绳，持棍逃出。不合打入皇城，误闯进东宫，并无别情，亦无主使。

次日旨下，道："张差虽系疯颠，但持棍打入东宫，岂无一人见证。该法司再行严讯，毋得故纵，有伤国体。"法司奉旨，又题出张差来细审，加以重刑，便招出："是勋戚郑国泰、内相庞保、刘成主使，有三十六个头儿，商议三四年了。欲托红封教高一奎做龙华会，便于中举事。"又说："正月初二日封我为张真人，教令使棍。昨到黄花山撞见马三，道：'李守才、庞保、刘成俱说道："来得好。"'遂同到石寺小庵内院吃茶，吩咐道：'明日去罢！只用你的名字，里面老公便与你棍一条。'次日离山，庞公公骑着马，我跟他走到一个大宅子内，有刘公公与我饭吃，说：'你先冲一遭。'领我从厚载门入。又说：'你的力大，逢一个就打死他一个。闯进宫，若能够打死太子，便与你地土，你就吃不了，穿不了，富贵受用，还有大好处哩。'还给我红封印票，今现收着，他的人多哩。"众官听了，俱各面面相觑，不敢言语。令将张差收监，即到方从哲相公家，告以审问张差之事，将供词呈上。

原来方相公是结连郑贵妃的人，看毕，便屏退左右，将座儿移近，附耳

---

① 贻(yí)害——留下祸害。
② 懿(yì)旨——皇太后或皇后的诏令。

说道："此事有关宫禁，不可轻动。皇上护局，必不肯认这题目，岂不反与储君不便？"四人计议了一会，方相公道："且具疏要这两太监出来质审，探探皇上之意，看可肯不肯，那时再处。"法司辞出，果题一本道："张差招出太监庞保、刘成主使，乞发出二人对理。"本上，留中不发。刑科又催一本，方下道："张差既系疯颠，何得妄扳太监。该部再严审，定拟具奏。"

法司见不发出二人来，又来与方相公计议。方相公道："即此可知圣意，你们可速拟罪处决为妙。段将口词删改作疯颠口气具奏。"太子又传令催："速审结，毋得停留滋事。"到后来访得两个太监，是郑贵妃打死。法司不敢迟延，竟将张差拟了凌迟①，其妻不行防守，拟流。本上去，奉旨依拟。

不日提出张差来，只见他以手拍地道："你们同做的事，如今事败了，他们都不问罪，只教我独死。"监斩官那里听他，押赴市曹，典刑示众。此后那些科道闻此风信，便你一本我一本，俱说张差擅敢打入东宫，必非疯颠，定有主使之人，分明妖书、梃击同一线索，无非欲谋害东宫。又有劾方相公故纵罪人，其中不无情弊。甚至词中说皇上不慈爱。神宗见了，天威震怒，即刻传齐文武大臣、九卿科道入乾清宫面谕。众官齐集阙下，到已牌时，司礼监传百官进宫来。但见：

宫殿宏开紫气高，风吹御乐透青宵。

云移豹尾旌旗动，日射螭②头玉佩摇。

香雾细添宫柳绿，露珠微润苑花娇。

山呼舞蹈千官列，喜起赓③歌一统朝。

其时神宗久不设朝，虽辅臣亦难得见。众官此时得瞻天表，不胜之喜。众官班齐，司礼监请皇上临御。其时有慈圣皇太后之丧，几筵④未彻，只见皇上素服，立在几筵东道，西向。皇太子并二皇孙立于几筵西首，东向，稍下一肩。众官行五拜三叩首礼。神宗面谕道："张差之事，朕始而惊骇特甚。及法司奏系疯颠，朕又着法司勘问，追他主使之人。后法司

① 凌迟——古代一种残酷的死刑，分割犯人的肢体。
② 螭（chī）——传说中没有角的龙，其形状常用作建筑装饰。
③ 赓——不久，立即。
④ 几筵——指灵座。

覆本道：'委系疯颠，更无他故。'朕思此非美事，不可使闻于天下，故将张差速速处决。昨科道官本上说：'妖书、梃击同一线索。'妖书的事，空害了许多无轴，究竟没有实据。朕因鉴前事，恐又妄板，故着速结，科道等竟加朕以不慈之名，不肯深究。今太子并二孙俱在此，且太子素常仁孝恭俭，朕不胜爱惜。前日恐惊了他父子，随即差人宽慰。中宫又宣来抚慰了几次。二孙今皆成立，读书写字，日有进益，朕爱之如掌珠。今忽以此言加朕，使天下闻之，以朕为何如主！"遂执二孙手与众臣看时，众臣见二皇孙丰厚庄重，一个个是：

　　隐隐君王像，堂堂帝主容。

　　仪容多厚重，行动现真龙。

　　圣谕才毕，忽班中一人面奏道："父慈则子孝，乞陛下不必浮词遮饰，惟祈真爱滂流，臣民均仰。"皇上听了，天颜震怒，问："是何人如此无理？"众官看时，乃是山西道御史刘光复。旋①命着缇骑②拿下。其时锦衣卫官不敢入宫，没人答应。天颜更怒，即着太监押赴工正司，重打问罪。这才是：

　　词组未能回日月，一身先已犯雷霆。

　　毕竟不知刘光复性命如何？且听下回分解。

①　旋——不久，立即。
②　缇骑(tí qí)——古代当朝贵官的前导和随从的骑士。

第二十二回

御花园嫔妃拾翠　漪兰殿保姆怀春

诗曰：

> 为家宜春令去游，风光绝胜小梁州。
>
> 黄莺儿唱今朝事，香柳娘牵旧日愁。
>
> 三棒鼓催花下酒，一江风送渡船头。
>
> 嗟子沉醉东风里，笑别银灯上小楼。

话说皇上天威大怒，将御史刘光复拿送法司问罪。众官叩头俯伏，不敢言语。驾起，各官退出，仍传旨赐辅臣酒饭。各官退至朝房，相与私议："皇上久不临朝，今日召对，乃千载一时，正好从容讽谏，不意为书生所激。"各各嗟叹不已。法司将刘光复拟绞监候，后来光宗登位，方才赦免，此是后话。

却说魏进忠因撼张差有功，太子将他升做尚衣局管事，仍带管皇庄籽粒，遂出入有人跟随，手中有钱使用，外边又买了一所住宅。但没有个亲人眷属往来，也着人去肃宁寻他子侄，终日依旧跟着孙成等玩耍。

不觉光阴似箭，只见青归柳眼，红入桃腮，早是艳阳天气。内官们都去踏青游玩。有花园别墅的，有互相请酒，进忠日日遨游于诸贵之门。一日有旨："中宫驾幸御园赏花，各管事的都不许擅离，各各伺候。六宫嫔妃俱要随侍游赏。"

次早，东宫嫔妃先去候驾。进忠同一班内侍，簇拥着齐到御花园来。嫔妃下车入内，进忠也跟进去观看。好去处，但见：

> 径铺彩石，槛作雕阑。径边石上长奇葩，槛外阑中生异卉。天桃鸣翡翠，嫩柳啭黄鹂。步觉幽香来袖满，行沾清味上衣多。凤台龙沼，竹阁松轩。凤台之上吹箫，引凤来仪；龙沼之间养鱼，化龙而去。竹阁诗章，费尽推敲裁白雪；松轩文集，考成珠玉注青篇。假山拳石翠，曲水碧波深。炙丹亭、蔷薇架，迭锦铺绒；茉莉槛、海棠畦，堆霞砌玉。芍药异香，蜀葵奇艳。白梨红杏斗芳菲，紫蕙金萱争灿烂。木笔

花、丽春花、杜鹃花，夭夭灼灼①；含笑花、凤仙花、山丹花，颤颤巍巍。一处处红染胭脂润，一簇簇芳溶锦绣图。更喜东风迎暖日，满园娇媚逞花辉。

园中观看不尽。走到殿上。见摆着筵宴，正中是中宫娘娘，东西对面两席是东西二宫，侧首一席是皇太子妃，其余嫔妃的筵席都摆在各轩并亭馆中。果是铺得十分齐整。但见：

门悬彩绣，地衬锦裀②。正中间宝盖结珍珠，四下里帘栊垂玳瑁。异香馥郁，奇品新鲜。龙文鼎内香飘蔼，雀尾屏中花色新。琥珀杯、玻璃盏，金箱翠点；黄金盘、白玉碗，锦嵌花缠。看盘簇彩巧妆花，色色鲜明；接席堆金狮仙糖，齐齐摆列。金虾干、黄羊脯，味尽东西；天花菜、鸡鬃菌，产穷南北。猩唇熊掌列仙珍，黄蛤银鱼排海错③。鹿茸牛炒，鲟鲊④螺干。蟹螯满贮白琼瑶，鸭子齐堆红玛瑙。燕窝并鹿角，海带配龙须。莱阳鸡、固始鸭，肥如腻粉；松江鲈⑤、汉水鲂⑥，美胜题苏。黄金迭胜，福州橘对洞庭柑；白玉装盘，太湖菱共高邮藕。江南文杏兔头梨，宣州拣栗姚坊枣。林檎⑦橄榄，沙果苹婆⑧。荣松莲肉蒲桃大，榧子⑨、瓜仁密枣齐。核桃、柿饼、龙眼、荔枝。金壶内玉液清香，玉盘中琼浆潋滟⑩。珍馐百味，般般奇异若瑶池；美禄⑪千钟，色色馨香来玉府。

进忠四下看了一遍，只见各宫妃嫔陆续俱到。众太监远立伺候，不敢仰窥。

---

① 夭夭(yāo)灼灼(zhuó)——形容花草繁茂，夺目。

② 锦裀(yín)——华丽的地毯。

③ 海错——海味。

④ 鲟鲊(xún zhǎ)——鲟，鲟鱼；鲊，腌制的血。

⑤ 鲈(lú)——鲈鱼。

⑥ 鲂(fáng)——一种淡水鱼。

⑦ 林檎(qín 音秦)——即"花红"，果品名，也叫沙果。

⑧ 苹婆——别称凤眼果。

⑨ 榧(fěi)子——一种果品，榧子树的果实。

⑩ 潋滟(liàn yàn)——形容水波流动。

⑪ 禄——古称官吏的俸给。

少刻,小黄门飞报:"娘娘驾到。"众嫔妃起身到园门外迎接。众内官都俯伏道旁接驾。只见一对对仪从过去,先是引驾太监,约有百余人,都是大红直摆。然后是一班女官,拥着中宫的七宝步辇。将进门,各院嫔妃两旁跪道迎接,女官喝声:"起去。"后面东西两宫跟随,一队队的进去。步辇到殿前,中宫下辇坐下。东西二宫上来叩头毕,又是太子妃行礼,然后各嫔妃及六尚女官分班朝见。各监太监也来叩头,行毕礼,太子妃上来献茶。茶罢,中宫起身,率众下阶游玩。众太监远远立着观望,就如王母领着一群仙子一般。到各处亭榭,俱有茶汤伺候。游览多时,回殿饮宴。只见两班彩女拥列,着似蕊宫仙府,强如锦帐春风,真个是:

> 娉娉袅娜,玉质冰肌。一双双娇欺楚女,一对对美赛西施。支鬏高盘飞彩凤,娥眉轻画远山低。笙簧杂奏,丝管齐吹。宫商角徵羽①,抑扬②高下齐。清歌妙舞真堪爱,锦绣花园色色怡。

殿上安席已毕,众嫔妃各归坐位,花攒锦簇的饮酒。众宫娥俱下来玩耍,各随其伴,寻芳拾翠的游玩。在假山边、曲池畔、画阑前、花径中,一丛丛也有谈笑的,也有看花的,也有石上坐谈的,也有照池水整鬏的,也有倚阑拔鞋的。宛如千花竞秀,万卉争妍,令人应接不暇。进忠本是花柳中串惯了的,正是虎瘦雄心在,四下里偷看。走到粉墙东首,杏花深处,有十数个宫人,在花阴下铺着锦褥,盘膝坐在那里斗百草③玩耍。有《绮罗香》词为证:

> 绡帕藏春,罗裙点露,相约莺花队里。翠袖拈芳,香沁笋芽纤指。偷摘下绿径烟霏,悄扳下画阑红紫。坢花阶褥展芙蓉,瑶台十二降仙子。芳园清昼乍来,亭上吟吟笑语。妒秾④夸艳,夺取筹多,赢得玉托瑜珥。凝素大雷香粉添娇,映黛眉淡黄生喜。绾⑤腰带穿佩宜男,皇恩新至矣。

---

① 宫、商、角、徵、羽——中国古乐曲的调式。

② 抑扬——声音高低起伏。

③ 斗百草——也叫"斗草",以草为比赛对象的游戏,或对花草名,或斗草的多寡、韧性等。

④ 秾——草木茂盛。

⑤ 绾(wǎn)——把长条形的东西盘绕起来打成结。

进忠看了一会,笑语生香,香风满面。又走过假山前,忽听得一簇莺声燕语,回过头来看时,见几个女子,手执白纱团扇,在海棠花下扑蝴蝶玩耍。也有《绮罗香》词为证:

> 罗袖香浓,玉容粉腻,妆斗画阑红紫。浪蝶游蜂,故故飞亲罗绮。窃指香绕遍钗头,爱艳色偷戏燕尾。猛回身团扇轻招,隔花阴盈盈笑语。

> 春昼风和日丽,双翅低徊旖旎①,拍入襟怀,漏归衫袖,搵入海棠花底。蹴②莲钩踏碎芳丛,露玉笋分残嫩蕊。更妒他依旧双双,过粉墙东去。

众宫女赶拍了一会,未曾拍得住,飞过墙去了。正在懊恼,见进忠立在旁看,便说是他惊飞去的,拿起花片,没头没脸的洒来,又赶着他打。慌得进忠笑着跑去。竟到曲水桥边,见一簇宫娥坐在地下弹琴,弦声清亮。有《梁州序》为证:

> 绿茵铺绣,红英却扫,雅衬腰肢纤小。焦桐③横膝,试将玉指轻调。只听高山流水,别鹤孤鸾,尽听钟期④妙。朱弦声续处,轸微抛,无限春情个里消。宫将换,移他调。暗中忽作求凰⑤操。情脉脉,许谁道。

那女子弹了一曲,抚琴长叹,正是:欲知无限心中事,尽在枯桐一曲中。那女子才起身,又一个坐下来弹。进忠不解琴趣,遂过那边去。只见太湖石畔也攒着一群女子,在石上下棋。亦有《梁州序》为证:

> 楸枰闲对,石床斜靠,玉笋惊飞风电。分边入腹,何妨坐老仙樵。只见凝眸审视,握子沉思,各运神机巧。人人争国手,慢推敲,先后惟求一着高。齐拍点,同欢笑。局终不减商山乐。分胜负,见奇妙。

一局才终,只听得背后笑语喧闹,走来看时,见杨柳丛中露出一座秋

---

① 旖旎(yǐ nǐ)——娇柔。
② 蹴(cù)——踏。
③ 焦桐——古称琴。
④ 钟期——传说中琴师俞伯牙和矢音,俞伯牙弹《高山流水》,钟期能听出他的志向。
⑤ 求凰——即凤求凰。

千架来,有十数个宫娥在那里打戏耍。有诗为证:

> 画架双裁锈络偏,佳人春戏小楼前。
>
> 飘扬血色裙拖地,断送玉容人上天。
>
> 花板润沾红杏雨,彩绳斜挂绿杨烟。
>
> 下来闲处从容立,疑是蟾宫谪降仙。

两个宫娥打了一遍秋千下来,又有两个上去。那女子先自笑软了,莫想得上去,笑做一团儿。两个小黄门挟不住,叫进忠上前抱她上去。又推送了一回,那秋千飞到半天里去,果然好看。进忠也混在内笑耍。那女子下来,都神疲力倦的去歇息。

进忠走过锦香亭,见荼蘼架旁有一簇宫人,围着一个女子踢气球耍子。有诗为证:

> 鞠蹴①当场三月天,仙风吹下玉婵娟。
>
> 汗流粉面花含露,尘染蛾眉柳带烟。
>
> 翠袖低垂笼玉笋,湘裙斜拽露金莲。
>
> 几回踢罢娇无力,云鬟蓬松宝髻偏。

那女子钩、踢、拐、带,件件皆佳,旁边监论补空的也俱得法。一个钩带起来,一个接着一拐打来,张泛②的张不住,那球飞起,竟到进忠面前。进忠将身让过,使一个倒拖船的势,踢还她。那女子大喜,叫个小黄门扯进忠来踢。进忠下场,略踢了几脚,又有个宫妃要来圆情③。进忠忙走开,绕斜廊向西而去。只听得乐声,见两个乐师领着几个小鬟在亭前按舞。有《二犯江儿水》为证:

> 宫花争笑,见无数宫花争笑。盈盈掌上妖养,香茵衬稳,莲瓣轻翘。细腰肢,一捻小。回雪满林梢,轻风扬柳条。衣蝶齐飘,钗凤频摇。小弓湾,合拍巧。西施醉娇,绝胜那西施醉娇。小蛮清妙,好一似舞《霓裳》一曲小。

那女子一个个花态翩跹,柳腰婉转,真有流风回雪之妙。舞够多时,下场少息。进忠又往南去,听得歌声嘹亮,见对面小轩中许多宫人唱曲。

---

① 鞠蹴——亦作蹴鞠,即踢球。

② 张泛——张狂。

③ 圆情——求得满足。

也有《江儿水》一阕为证：

> 歌喉清峭，百转歌喉清峭，似流莺花外巧。更舒徐嫣润，圆转轻
> 扬，比骊珠，一串小。《白雪》调须高，《阳春》曲自操。声振林皋，响
> 遏云霄。按中州，音韵好。染尘暗消，直绕得梁尘暗消。吴歈清妙，
> 直个是吴歈①清妙。又何须娱秦晋，返驾邀。

那些女子果然唱得清音嘹亮，按腔合节。进忠是个会唱的，站下来
听，脚下按着板，口里依着腔哼。

正听到美处，忽有人叫道："魏掌事，你来。"忙回头看时，见沉香亭畔
几个小内侍招他道："你快来！"进忠来到跟前，小内侍道："小爷要花耍
子，这树高，咱们够不着，你去摘几枝来。"进忠也够不着，去取了个白石
绣墩站上去，才摘了三四枝碧桃文杏，递与小内侍拿去。又去摘了一枝大
开的蜀海棠，送上亭子来。见小爷坐在上面，旁边四五个小内侍拥着弄花
玩耍。左边站着个保姆，伸手来接花。进忠定睛一看，吃了一惊，四目相
视，不敢言语。只听得宫娥叫道："客巴巴，请小爷进膳哩。"众内侍与那
保姥带着小爷蜂拥而去。

进忠想道："这保姆好生面熟，却想不起是谁。"倚在亭子边想了半
日，忽猛省道："好似月姐的模样，举止相貌一些不错，只是胖了些。他如
何得到这里来？天下亦复有相貌相同的，恐未必是他。"忽又想道："才宫
娥叫他客巴巴，岂不是他？天下也料不定，我一个堂堂男子，尚且净了身
进来，安知不是她应选入宫做保姆么！且缓缓的访问。"少刻，中宫驾起，
从妃嫔陆续回宫，一哄而散。正是：

> 艳舞娇歌乐未央，楼台灯火卸残妆。
>
> 园林寂寞春无主，月递花阴上画廊。

进忠同一班内相，晚间依旧饮酒作乐。孙成道："咱告了假，往西山
上坟，魏官儿同咱去耍几日。"进忠不敢违命，只得答应。次日清晨同去
不提。

且说那保姆，正是客印月。自与进忠别后，同侯七官打做一伙。后来
的布客知得他的风声，都来勾引七官玩耍。因此花下官钱，没得还。后来
事体张露，侯少野气死了，蓟州难住，只得搬到客家去。其母程氏身故，只

---

① 歈（yú）——曲调。

得又搬进京来。七官赌钱吃酒，绝不顾家，贫苦难过。因印月生了个孩子，却遇着宫中选乳婆，遂托李永贞在东厂夤缘①，选中了。过了三年，小爷虽然断乳，却时刻不肯离她。过后侯二死了，遂不放她出来，至今有十余年。因她做人乖巧奸猾，一宫中大大小小无一个不欢喜。

是日在亭子上，见了进忠，觉得面熟，想道："好似魏家哥哥的模样，虽然没得胡子，身体面貌无一不像。"遂时刻放在心里。次日，问小黄门卜喜儿道："昨日那摘花的官儿姓什么？叫甚名字？是那个衙门的？"卜喜儿道："他姓魏，不知叫甚名字。他是本宫尚衣局的少长。"印月听见姓魏，心中疑惑。晚间等小爷睡了，又来问卜喜道："那魏官儿平日怎么不见？"卜喜儿道："他的官儿小，不敢进来"。客巴巴道："你代我寻他来，你说我有话问他哩。"卜喜儿道："你也不认识他，怎么忽然就有话说起来？"客巴巴骂道："遭瘟的猴头，专会说刁话。"说毕，回到倒在炕上，不觉昏昏睡去，梦见同进忠在家行乐，依旧是昔年的光景，十分欢乐。醒来却是一梦，情思凄怆。但见：

> 沉沉宫漏，隐隐花香。绣户垂珠箔，闲庭绝火光。秋千索冷空畜影，羌笛声残静四方。绕屋有花笼月影，隔窗无树显星芒。杜鹃啼歇，蝴蝶梦长。银汉②横天宇，白云飞故乡。正是相思情切处，风摇嫩柳更凄凉。

客巴巴熬煎了一夜，次早央卜喜儿去访问他的名字并乡贯。去了半日，来回话道："问不出他名字籍贯来。"客巴巴道："你去叫他来。"卜喜儿道："他同孙老爷往西山上坟去了。"客巴巴道："几时回来？"卜喜儿道："早哩。"客巴巴恨不得一把抓到面前。今日也不见来，明日也不见到，心中郁闷，酿成一病，恶寒发热，头痛昏沉，终日不思茶饭。起初还勉强起来，过后竟睡倒了。宫人启奏，娘娘遣医官诊视，写下方用药，莫想有效。古语云，百病可治，相思难医。过了几日，一发昏沉不省人事。小爷又时刻要他，中宫传旨，着太医院官用心调治。都知是七情所感之症，无如百药不效。太监见他病势沉重，只得奏过皇上，着他回家调理，病痊日再来。众人扶起他来，穿好衣服，着内官背到长安门外上轿。到家，秋鸿接着，吃

---

① 夤(yín)缘——攀附上升，比喻拉拢关系，向上巴结。

② 银汉——银河。

了一惊,便说道:"怎么就病到这个样子?"问她,总是不言语,昏昏沉沉,如醉一般。正是:

柔弱纤腰力不支,全凭侍女好扶持。

恹恹一种伤春病,懒向人言只自知。

不说印月患病在家。且说进忠同孙成去了个月方回,也留心打听,常时缉访。见小爷出来玩时,只有宫娥同小内侍跟随,并不见那保姆。一连数日都访不出,又不敢问人。一日偶尔闲坐,只见卜喜儿捧着四个朱红盒子走出宫门,叫校尉来挑。进忠上前问道:"送谁的?"卜喜儿道:"到客巴巴家问安的,是娘娘赐他的果品。"进忠道:"客巴巴怎么不好?"卜喜道:"自那日从花园回来就病了。回家调理有一个月了,尚未曾好。"进忠道:"他住在哪里?"卜喜道:"顺天府东道便是。"说毕,去了。

进忠便要去寻访,适因有事,耽搁未去。至晚,备了好酒肴,去寻卜喜儿来对酌。遂问他道:"你去看客巴巴,可曾好些么?"卜喜道:"还是那样,也未见好。他有了病,就是咱们的晦气。小爷没人带,终日不是打,就是骂。"进忠道:"他家有谁服侍?"卜喜道:"他有个小叔子叫做侯七,夫妻两个带着巴巴的孩子,手下男女有二三十人哩。"进忠道:"有病须要吃药。"卜喜儿道:"也不知吃过多少大夫的药,总不见效。"进忠道:"我到有绝好的药,包管一服就好的。"卜喜儿道:"不要说嘴,他这跷蹊①病难医。你若是个外官儿或者还可医,你我是个没本钱的货,纵有神针妙手也无用。"进忠道:"我从不说谎,我这灵丹,任你什么跷蹊病,我手到病除。"卜喜道:"果如此,我明日同你去。他前日也曾问你的,你若医得好,咱们也省多少打骂哩。"饮毕各散。

次日饭后,进忠同卜喜儿出了东长安门,上马来到候家门首下马。卜喜儿先进去道:"奉旨差医官来看病的。"侯七官不在家,只有他娘子带着个小孩子出来谢了恩。那女子才来拜见,进忠看时,正是秋鸿,比当日长大了些,更觉丰致。秋鸿不转睛的看着进忠。等吃了茶,丫头请进卧房。见纱窗半掩,罗幔低垂,香气氤氲,锦花璀璨。进忠叫将帐幔挂起来,道:"天气和暖,此时春天发生之时,不可遏抑阳气。"卜喜儿揭开帐子,见印月朦胧星眼,面色微黄,奄奄一息。秋鸿掀开被,捧出手来。进忠没奈何,

---

① 跷蹊——奇怪;可疑。

也诊了诊脉。又捧出左手来，黄金钏下，露出两颗明珠来。进忠一见，不觉一阵伤心，忍住了泪，说道："此是七情中感来的病，心口饱闷，饮食不思，痰喘时作，精神恍惚。"秋鸿道："各医家俱是这样说，只是吃药不效。"进忠道："不难，我有妙药，一服即见效的。"向袖中取出小锦囊，解开，拿出一块膏子药，用戥子①兑了三钱，叫他取开水化开调匀。秋鸿到印月耳边说道："吃药。"扶起他头来。卜喜儿把药慢慢的灌下，放他睡好。进忠道："午后自好。"秋鸿请进忠到厅上待茶。丫头捧出个朱红盘子，内放白封红签银十两。这是旧例，凡差小内官来，俱有礼物酬谢。进忠见了道："咱们是东宫服役的，小爷面上，怎敢受此礼？"秋鸿道："例皆如此。"进忠道："岂有此理，快收回去。"进忠说毕出来，连卜喜儿也不好收。二人起身时，秋鸿道："请公公明日还来看看。"进忠应允。

次日巳牌时，独自骑马来到侯家。秋鸿接入，谢道："承公公妙药，昨日午后就清爽了些。早间吃了些粥汤，觉得好了有一半。"进忠道："我说一剂就好，果然应手。还要诊诊脉看。"秋鸿请他到房里。见丫头扶着印月坐在床上。进忠看了脉道："脉渐平伏了，病也减动了，药固要吃，却以戒思虑为主。这病原是从心思上来的，只要心开，便好得快了。"印月睁开眼看着他。丫头取开水来，调了药与他吃下。进忠道："午后还要吃一服，才得全好。"遂走出房来。秋鸿留着他吃饭，二人就在中堂坐下。

茶罢，摆上饭来。品物丰盛，美味馨香，非复昔年光景，都是内府的烹炮。秋鸿举杯奉酒。三杯后，进忠问道："侯七兄怎么不见？"秋鸿道："往赤林庄收租未回。"进忠道："赤林庄客家还有什么人？"秋鸿道："他家也没有什么人，只有一个孩子，是太太的兄弟，年纪尚小，田产都被人占去了。这几年都是我家代他管理，才恢复过来些。"进忠道："好个人家，几年间就衰败了。"秋鸿道："公公怎么知道的？"进忠道："他是咱的至亲，咱在他家住的久哩。"秋鸿道："公公上姓？"进忠道："姓魏。"秋鸿想了一会，道："魏西山可是一家？"进忠笑道："不是，不是！七嫂何以认得他？"秋鸿道："他也与客家有亲，就是太太的姨兄。他的容貌也与公公相似，年也相仿，至今十余年绝无踪迹。太太时常想念他。"进忠道："可是蓟州贩布的魏进忠么？"秋鸿道："正是"。进忠道："闻得他现在京中，要见他也不

①　戥(děng)子——一种小型的秤，用来称金、银、药品等分量少的东西。

难。"秋鸿道:"他既在京,为何不来看看我家太太?"想是因落剥①了。"进忠道:"他也不甚落剥。"秋鸿道:"公公既知他,请公公差人找他来走走。"进忠道:"七嫂,不可白使人。"遂斟了一大杯酒,递与秋鸿道:"即要我找人,须饮此杯。"秋鸿笑道:"我尚未奉客,怎敢动劳。"也斟一杯回敬。进忠接过,一饮而尽。秋鸿也饮过。

进忠笑着说道:"你乖了一世,一个人坐在面前,你也不认得。"秋鸿便笑起来,道:"原来就是你这天杀的! 我说天下哪有面貌声音这样相同的哩。你为何许久不来? 我只说你死了,你如何到这田地?"进忠便将历来的事,细说一遍。"我并不知道你娘儿们俱在此,只因前在御花园里遇着你娘一次,我就有些疑惑。"秋鸿道:"娘的病就是为见了你起的。"二人又叙了半日的情。

只听得印月在房中叫人,秋鸿忙进房来。印月道:"这个医官的药果然好,这一会更觉清爽些。我要起来坐坐哩。"秋鸿道:"却也该起来坐坐,如今又有个医官,比前更好些,不消吃药,一见即愈。"印月道:"你又来疯了,那有个见面就好的? 纵是活神仙,也没有不吃药的。"秋鸿道:"娘若不信,等我请他来你看。"遂将进忠拉进房来。印月道:"请坐! 贵衙门是那一局?"秋鸿道:"他是离恨天宫,兼管鸳鸯册籍。"印月道:"似曾在那里会过的?"秋鸿道:"会的所在多哩!"秋鸿印月道:"这丫头只是疯。"秋鸿道:"疯不疯,如今少了个钻心虫。"进忠道:"曾在御花园会过一面。"印月道:"正是那日摘花的,就是长使?"秋鸿道:"楼上看菊花,也曾会过他的。"印月道:"上姓?"进忠道:"姓魏。"印月道:"你莫不是魏西山哥哥么?"进忠道:"正是。"印月听了,一把扯住进忠,放声大哭道:"冤家! 你一向在何处的? 几乎把我想杀了。"这正是:

　　十年拆散鸳鸯侣,今日重逢锦绣窝。

　　毕竟不知相会后如何? 且听下回分解。

---

　　① 落剥——同"落魄",潦倒失意。

第二十三回

谏移宫杨涟捧日　诛刘保魏监侵权

词曰：

名利中间底事忙，何如萧散与疏狂。给来玩水游山券，上个畜云借月章。

诗万卷，酒千觞，大开白眼看侯王。蝇头蜗角①皆成梦，毕竟强中更有强。

话说进忠与印月哭了多时，秋鸿劝道："太太病才好些，不要过伤。"二人才各收了泪，共诉离情。进忠道："我当日被老七误了。当日他出京时，我原说若你嫂子到宝坻去，务寄一信与我。谁知他一去杳无音信，使我终日盼望。后来在京中，又为了官事，把钱花尽了，十月间才得脱身。及到姨娘家，说你八月间回去了。我见遇不着你，就要回家去。姨娘苦苦相留，直过了年才得起身。及到了涿州时，又被贼偷了行李，盘缠全无。因此恼出一场病来，流落了，不得还乡。"秋鸿道："你花去了银钱，失去行李，怎么连那话儿都不见了？"进忠道："是后来害厉疮害去的。"印月道："老七回来，拿了些银子，日夜在外赌钱，连遭了几场官事，公公气死了，婆婆受气不过，又嫁了。蓟州住不得，只得搬到我家庄上住了几年。母亲去世后，田产都被房族占去，兄弟幼小，守不住，只得搬进京来。他依然终日去赌，撑持不来，只得叫我就了这着。过了四年，厌物也死了。小爷没人体心，常留我在宫中不放出来。孩子又没人领带，遂将秋鸿与老七完成了。我只道今生没有相会你的日子，谁知今日相逢，亦是奇事。"

丫头捧了茶来吃了。秋鸿道："太太劳碌了，可吃些粥儿。"印月点点头。丫头忙移过小桌子来，摆下肴馔。金镶盏内盛着香白米粥。印月手颤，进忠捧着与他吃。吃了一杯，放下问道："哥哥可曾吃饭么？"进忠道："没有哩。"印月叫备饭来。丫头重新摆上饭来，秋鸿陪着吃了。进忠对

---

① 蝇头蜗角——指虚名微利。

印月说："你歇息歇息，我再来看你。我来了好一会，要回去了。"秋鸿道："你有甚事这样忙？再谈谈去。"进忠道："孙掌家约了我的，恐去迟了要怪。我明日告假出来玩些时。"

正欲起身，只见卜喜儿进来，见了进忠道："你好人呀！就不叫咱一声，哄我那里不找过，孙老爷也着人寻你哩。"又对印月道："巴巴好了，进去罢。"印月道："才略好些，还起来不得哩，你这小油嘴儿到着忙了。"卜喜儿道："你病着，咱们被小爷都殴杀了，终日家猫嫌狗不是的，不是打就是骂。今日又变法要三尾玳瑁鱼，各处都寻不出来，又要挨他打哩。"印月笑道："你闲着屁股不会打的。"秋鸿道："你好个东宫侍长，活羞杀人，两条鱼买不出来。"卜喜儿道："若有得卖，不过多与他些银子罢了。"秋鸿道："一万两一条，我代你买。"卜喜儿道："一两一条也罢了。"秋鸿道："不要钱，磕个头儿就舍你。"卜喜儿道："若真，我就磕你的头也肯。"秋鸿道："你磕了头，我把你。"卜喜儿道："你拿了来，花子不磕头。"秋鸿道："先磕了头，我才拿出来哩。"印月笑道："你又来没搭撒了。"向卜喜儿道："你只问他要。"卜喜儿真个朝他作揖。秋鸿笑着往外就跑，被卜喜儿一把扯住，道："好七娘，与我两条罢。"秋鸿道："果真没有，哄你玩的。"那孩子便没头没脑的搅做一团，衣服也扯碎了。秋鸿嚷道："这是怎么样，莫要讪①。"进忠笑道："谁教你惹他的，有便与他两条儿罢。"印月向卜喜儿道："你来，我和你说话。"卜喜才丢了手，气吁吁的坐在床沿上。

印月道："头都蓬了。"伸手去代他理好了，道："鱼便与你两条，你回去不可说我好了些，只说还不能起来哩。我再等调理几日，内里实在些，才得进去。你可偷个空儿来耍耍。"卜喜儿道："在我，小爷只是有了鱼，去哄他玩几日再处。"印月道："秋鸿，你去把几条与他罢。"秋鸿道："真个没有。"进忠道："你还是这样狠，专一勒镶人。看我面上，与他几条罢。"秋鸿道："苍蝇包网巾，你好大面皮。"印月道："不要玩了，恐小爷要寻他。"秋鸿道："原说要磕头的。"进忠道："我代他磕罢。"秋鸿道："你的狗头，就磕一百也算不得一个。"卜喜儿道："我也不要你的，我自会叫小爷来替你要。"秋鸿道："好个镶法儿，你就叫小爷来，我也没得。"卜喜道："我只催巴巴进去。"印月道："快打发他去罢。"秋鸿才笑着往后走。

---

① 讪(shàn)——讥讽。

进忠同卜喜儿跟他进来,到屏门后,一道斜廊,往后去,又有一重小门儿,进来是一所小小园亭,却也十分幽雅。朝南三间小楼,槛外宣石小山,摆着许多盆景,雕梁画栋,金碧辉煌。廊下挂十数笼各色雀鸟,一见了人,众声齐发,如笙簧齐奏。天井内摆着几只白瓷缸,内竖着小小的英石,青萍绿藻之下,尽是各色金鱼,翻波激浪。卜喜儿见了,满心欢喜。秋鸿取过青丝小网儿来,罩起四条玳瑁斑的鱼,都有五六寸长,拿了个白瓷小缸盛了,朱红架子托着。丫头拿去与印月看过,交与卜喜儿,同进忠相辞上马,从人提着鱼回宫去了。

次日,进忠告假回私宅,备了许多礼物送与印月、秋鸿。二人终日在他家玩耍,朝欢暮乐,极力奉承。怎当得印月春心甚炽,哪里禁得住?只得叫几个苏杭戏子来,尽他轮流取乐。卜喜儿不时也来玩玩。不一日,七官也倒来了,大家浑闹做一处。

早又过了两个月,忽皇后不豫①,小主无人看管,一日内就六七次来召印月进宫,使者络绎不绝。印月无奈,只得收拾进内,随侍小主。进忠也来奉承,凡小爷一应服食玩物,俱是进忠备办。二人日日相偎相傍,内里细事都是卜喜儿传递消息。

不觉光阴迅速,又过了数年,皇上大渐②于四十八年七月杪③升遐④,是为神宗,深仁厚泽,流洽人心。贤者不忘圣德,有诗赞之曰:

农桑不扰岁常丰,边将无功吏不能。

四十八年如梦过,东风吹泪洒皇陵。

文武勋戚大臣,于八月四日奉皇太子登极,发政施仁,克绍⑤前烈。首释刘光复于狱,起用原官。次取熊廷弼,垄赐蟒玉,经略⑥辽阳,以期恢复。励精图治,万几无暇。凡内外一切表章,件件亲阅,犹恐下情难达。一月间,施惠政四十余事。谁知天不慭⑦遗,四海无福,圣躬过劳,致成脾

---

①　不豫——不高兴;旧指帝后生病。

②　大渐——(病)加重。

③　杪(miǎo)——年月或四季的末尾。

④　升遐——古称帝王去世。

⑤　克绍——能够继承。

⑥　经略——镇守边疆的主帅的官职名。

⑦　慭(yìn)——愿。

泻不起。太医院用尽良心，不能痊可，下询草泽名医进方。有鸿胪寺寺丞李可灼，与专管药料的太监崔文升比邻交好。文升见自己终日用药无效，便去与李可灼计较。可灼入内，取出红丸药六七颗与文升道："此丸乃异人传授神方，专治虚脱之症。虽至危殆，三服再无不愈的。此方以女子红铅为君，百发百中，管你见效。"文升拿了丸药，竟至宫中进御。皇上服下，觉稍稍精神清爽，口称忠臣者再，命赐可灼金帛。俟诸臣退后，可灼复进一丸。谁知不数个时辰，至次日遂大渐了。果使二臣有神方妙药，可以起死回生，亦须具奏，俟太医会同文武大臣议定，依方修合再用，而何以小臣近侍，轻率妄进，如此遂成千古不白之案，可胜罪哉！

次日即召诸臣及众臣才齐集朝门，时龙驭早已上宾矣。是为光宗。恺悌①君子，有道圣人，仅一月而崩。时贤有诗悼之曰：

廿载青宫育德深，仁心仁政合天心。

皇天若假岗陵②寿，应使膏流四海春。

九月朔日，光宗升遐。因皇储未定，中外纷纷。此时英国公、成国公、驸马都尉及阁部大臣，俱因应召齐集在乾清宫外。只见管门的内侍持梃拦阻，不放众臣入内。情景仓皇，各怀忧惧。惟给事中杨涟大声道："先帝宣召诸臣，今已晏驾，皇长子幼小，未知安否，汝等闭宫悬阻，不容顾命大臣入宫哭临，意欲何为？"众大臣皆齐声附和，持梃者方不敢阻。众官遂进宫哭临，至大行皇帝灵前行礼。

哭临毕，即请叩见太子。良久不见出阁，遍问小爷何在，内侍皆言不知。及遇司礼监王体干，众问道："小爷何在？"体干道："在暖阁内。"杨涟道："此时还不出见群臣，何也？"体干道："咱已屡请，都不放出来。"杨涟道："你引路，我们同去。"于是各官跟着体干到暖阁前，不由通报，竟自请驾。小内侍们犹自乱扯乱嚷，只听得王体干高声叫道："小爷在此，各官来见！"众官急走到殿前，只见小爷素服面西而立。各官叩见毕，英国公张惟贤上前捧着右手，阁臣方从哲捧着左手，同出乾清宫，来至文华殿上，请正皇太子位。复行五拜三叩头，礼毕，群呼万岁。

原来小主不出，却是被选侍李氏阻住不放出来，要占据乾清宫，望封

---

①　恺悌——平易近人。

②　岗陵——山冈和丘陵，这里借指帝皇。

母后，想效垂帘听政故事，所以不放皇长子出见。及群臣固请，没奈何只得放出。又命太监李进忠拉住小爷衣服，教他对众官传说："先帝选侍李氏，诞育皇八妹。自皇姒①见弃后，选侍抚视青宫，积劳已久，理宜加封号尊隆。即着该部速议仪注。"时吏部尚书周嘉谟、御史左光斗等，俱各上疏说："选侍既非嫡母，又非生母，何得俨然占居正宫。而殿下反居慈庆宫，殿下仍回乾清宫守丧，次而成大礼。"礼部启请九月初六日即皇帝位，选侍之封难以并举，另待选择奏闻，奉令旨依议。

至初五日，选侍尚据宫，勒请封号。给事中杨涟又奏道："登极已定，明日既登大位，岂有皇上复处偏宫之理？选侍怙恃②垄灵，妄自尊大，实为非法。且人言李进忠、刘逊等擅开宝库，盗取珍奇，岂必欲尽取乃出乎？抑借贵妃名色遂目无幼主乎？况册立虽是先帝遗命，推恩尚在今上，渐不可长，仁不可过。宜敕令选侍内使李进忠、刘逊等，传示内廷，立候移居别殿，安分守礼。而李进忠亦当念三朝豢养之恩，及此报效，毋谓殿下年幼，尚方三尺不足畏也。"

礼部又奏："选侍封号，必俟山陵已定，三圣母加号之后乃可举行。"此时众官才退至左顺门。忽遇右军都督金事郑养性，众人说道："先帝嫔御，恩典自有定例，只宜安分。若再妄求，恐非后福。"郑养性唯唯而去。原来李选侍是神宗郑贵妃的私人，朝臣所谓张差之梃③不则，投以藘④色之剑者此也。此时选侍骄横，全仗郑贵妃在内把持；即郑氏，此时亦萌非分之望。故各官警戒养性，正是使之闻之之意。时内官传入诸臣章奏，选侍犹占据不移。

次早，忽传郑贵妃已迁入第一号殿去，选侍势孤，大惊道："呀，郑娘娘尚且移宫，必不容我在此。"遂亲自到小爷前面诉。及至阁前，小爷已出阁去了，不觉手足慌乱，莫知所措。王体干见其着忙，遂道："奉旨请娘娘居住哕⑤鸾宫，实时迁移，不得迟延。"选侍终是个女流，正在着忙，听得

---

① 姒——旧称已死去的母亲。

② 怙恃——依仗。

③ 梃(tǐng)——棍棒。

④ 藘(biāo)——草名，紫色。

⑤ 哕(huì)——鸟鸣声。

如此说,越发慌了,遂抱着小公主,也等不得车驾,竟徒步而行。后面宫女等才收拾起身,众内侍趁哄打劫,假倚迁徙之名,竟将内库宝物偷盗一空。时人有诗曰:

> 志大心高笑女流,妄希非分亦堪羞。
>
> 一朝失势徒空手,称后称妃一旦休。

次日乃九月初六日,新君即皇帝位。过了廿七日,各官吉服候朝,一个个红袍乌帽,紫绶①金章,真个是:

> 山河扶绣户,日月近雕梁。莲漏初停,绛帻②鸡人报晓;鸣鞭乍动,黄门阁使传宣。太极殿钟鼓齐鸣,长乐宫笙簧迭奏。黄金炉内,游丝袅袅喷龙涎;白玉阶前,仙乐洋洋谐凤律。九龙座缥缥缈缈,雉尾扇映着赭黄袍;五凤楼济济锵锵,獬豸③冠配着白象简。侍御昭容袅娜,纠仪御史端严。万方有道仰明君,一德无瑕瞻圣主。

天子御文华殿,鸿胪官喝礼,各官拜舞已毕,群臣共瞻天表。传旨:改明年为天启元年,颁示天下。礼部领旨,各各退朝。

自此中外无事,皇上万几之暇,不近妃嫔,专与众小内侍玩耍,日幸数人。太监王安屡谏不听,只得私禁诸人,不得日要恩坏,有伤圣体。且自恃老臣,知无不言,皇上亦渐有厌倦之意。魏进忠窥伺其旁,遂生觊觎④之心,但自己官卑职小,难邀圣眷。因与客巴巴说道:"历年皇爷用度,都是咱们两人备办,几年间花费咱无数银钱,也只望今日。谁知皇爷一向都不理咱,不知是忘记了,还是薄情不理了。"客印月道:"皇爷不是薄情,连日事多,等有闲时,我送信与你。你可如此如此,依计而行,管你有好处。"

又过了几日,皇上在宫中无事,看着那些小内侍们斗鹌鹑。进忠也拿着袋子在旁插诨⑤。连斗过几个,各有胜负。进忠才开袋取出鹌鹑在手,将指甲弹着引了一会,轻轻放在盘内。有个连胜的,放下便来奔他。那鹌

---

① 绶(shòu)——绶带。

② 帻(zè)——头巾。

③ 獬豸(xiè zhì)——古代传说中的异兽。

④ 觊觎(jì yú)——希望得到(不应得到的东西)。

⑤ 诨(hùn)——戏谑、开玩笑。

鹌鹑缩着头、扇着翅膀沿盘而走。那鹌鹑连啄了几嘴，见他不动口势，便渐渐慢了。那鹌鹑窥他不防备时，猛跳起来，咬着他的项皮，两三摔咬得血流。那鹌鹑护疼飞去了。

皇上见了，大喜道："这是谁的？取金钱赏他。"进忠跪下道："是奴才的。"皇上道："你是魏官儿，怎的一向不见你？"进忠道："奴才因无事管，不敢入内。"皇上道："你既无事管，可到司礼监去查，有什么差使来说。"进忠忙起身来到司礼监，口称"奉旨查差"。文书房即刻查出七件好差事。第一件是东厂缉捕事。进忠即将七缺回奏毕，皇上道："你领那一件儿管管？"进忠道："奴才就管东厂罢。"皇上道："你自去文书房，叫他们给牌与你。"恰值王安进来禀事听见，忙跪下奏道："各差俱有资格，管厂乃是大差。差满时即管文书房，再转司礼监掌印。魏进忠官小，且不由近侍差出，且先管件中差，再依例升用。"皇上听了，沉吟不语。客巴巴在旁道："这老汉子也多嘴，官是爷的，由得你，爷反做不得主么！"皇上即着他到文书房领牌任事，遂不听王安之言。后人有诗叹道：

　　奸佞①之生不偶然，半由人事半由天。

　　当时若纳王安谏，怎使妖魔弄大权。

进忠领了牙牌，入宫谢恩。次日东厂到任，从长安门摆开仪仗，大吹大擂的，两边京营官将俱是明盔亮甲，直摆到东厂堂上坐下。在京各衙门指挥、千百户等并各营参游、五城兵马司，俱行庭参礼，各具花名手本参谒，一一点名过堂。及点到锦衣卫左所副千户田尔耕，进忠看见他却是东阿县的那人，心中暗喜。点完吩咐各散。堂下一声吆喝，真是如雷贯耳，纷纷各散。上轿回至私宅，内外各衙门俱来拜贺，一起去了，又是一起。忙了两日才得闲。

一向无事，此时正是天启元年三月下旬。皇上大婚吉期仅有一月，京师结起彩楼，各州县附近之人俱来观看。进忠做厂分拨指挥等官，把守九门，盘诘奸宄②，以防不测。那些校尉并番子手沿街巡缉，酒肆茶坊留心查访。

有一东厂校尉黄时，走了半日，腹中饿了，去到御河桥一个小酒店内，

---

① 奸佞(nìng)——奸邪谄媚的人。

② 奸宄(guǐ)——坏人(由内而起叫奸，由外而起叫宄)。

恰好遇着两个相知在里面。二人拱手道："哥连日辛苦。"黄时道："皇帝老官将快活了，只苦了咱们熬站。"三人遂一桌儿坐下，酒保拿了一盘肉，一角酒，摆下共酌，一面讨饭吃了。正欲起身，只听得间壁有人讲话。黄时留心侧耳听时，唧唧哝哝不甚明白。过后只听得一句道："原说是今日已时入城，怎么这早晚还不见来？"黄时心中疑惑，看那壁是秫秸隔的，上糊着纸。便向头上拔下根簪子，刺个孔儿张时，见三个人共饮，一个是本京人，似常见过的；那两个是外乡人，一个摊着银袋子称酒钱，内有四五锭大银子。黄时悄悄的走到门前，那人已出来了，黄时猛然喝道："奸贼哪里走。"伸手去揪时，那人眼快，把手一隔，夺路要走。黄时将门拦住，喊道："咱们的人在哪里？"外面抢进七八个人来，上前拿住了两个，一个跳上屋走了。众人连店家一同锁解到厂里来。

正值魏监升堂，黄时上堂禀道："小的在御河桥下拿到两个奸细。"将前事细细说了。进忠叫上一个来问道："你是何处人？好大胆来做细作①！"那人道："小的是本京人，叫陈远，在兵部前开篷子卖布，就是老爷衙门里人都认得，小的怎么敢做细作？今日因遇着这个相知，和他吃酒的。"进忠道："你怎得有这许多银子带着？"陈元道："是小的卖布的本钱，零星卖下，总倾成锭好还客人。"进忠道："你的相知是哪里人？他来京何干？"陈远道："他是临清人，姓张，贩皮货来京的。"进忠叫他下去，又叫那人上来，问道："你是哪里人？姓甚名谁？"那人道："小的是大同人，姓王名祚，来京贩药材的，现有大同府批文在下处。"进忠笑道："你二人语言不对，其为奸细无疑，取夹棒上来！"阶下吆喝一声，把各种刑具摆了一堂。那夹棍非比寻常，只有一尺二寸长，生檀木做的。校尉把王祚拿下，扯去鞋袜，内有匕首藏着，套上夹棍，收了两绳，又是二百敲，并不肯招。进忠叫扯下去，叫陈远上来，也是一夹二百敲，也不肯招。又把二人上起脑箍来，犹自不招。又上起琵刑来，王祚熬不过刑，才招道："小人原是李永芳标下家丁，因辽阳失守，散走来京，依一个亲戚叫做刘保。因与陈远相识，故他请我吃酒。"进忠道："刘保在哪里住？"王祚道："他是兵部长班。"进忠吩咐收监。随即点齐缉捕人员，票仰五城兵马司，会同捉拿刘保。

---

① 细作——旧指暗探、间谍。

　　已是黄昏时候，众人各带器械，都到城隍庙前取齐，一同打入刘家。刘保正与妻妾饮酒喧笑，众人上前捉住，并妻妾都锁了。入卧房内搜掳金银财帛后，于床上搜出一包书信，细看，都是辽东各边将来往的书札，唯有李永芳的多。兵马司吩咐将刘保的家小都押出来，带着书包，把家私都封锁了，着人看守。一行人齐解到东厂来。进忠坐在堂上等候，押过刘保来拷问。刘保亦称不知。把书包打开，同兵马司一一细看，都是诸边将谋求升转送礼的书札。底下又一小封，拆开看时，俱是李永芳的机密事，上面俱有年月，总是李永芳既反以后之事。进忠叫刘保到案前，问道："你如何与反贼同谋？"刘保只是不言。叫拿下去夹，众校尉拖下去，扯去衣服，到贴肉处，搜出一粒蜡丸子来，取上来到灯下打开看时，一个白纸团儿，扯开看，上写着两行蝇头小字。众官看了，一个个吓得魂飞天外，魄散九霄。正是：

　　臂开八片顶梁骨，倾下半天冰雪来。

　　毕竟不知看出什么来？且听下回分解。

第二十四回

田尔耕献金认父　乜^①淑英赴会遭罗

诗曰：

搔首长吁问老天，世情堪恨又堪怜。

良心丧尽供狐媚，佛道讹传作野禅。

强合天亲称父子，妄扳路柳当姻缘。

昏昏举世如狂瞽^②，废去伦常只爱钱。

却说众人看罢蜡丸内书，为何大惊？只因上写着的"于四月廿四日皇上大婚之日，放火烧彩楼为号，里应外合，抢夺京城"。进忠将刘保下了死监，着人飞报九门，仔细防守。凡一应出入，俱要用心搜寻盘诘。

次日，三法司提到刘保等一干人，当堂审问。刘保也不等加刑，便招出："与李永芳相通，约于大婚之日烧着彩楼。李永芳以兵外应，要取京城。事成之日，封我为燕王。王祚是李永芳的家丁，同周如光先来通信，在酒店内走了。陈远是小人的表弟。二十日先有五百边兵，分头入城。"法司听了，尽皆愕然。又问道："各门把守甚严，他们从何处进来的？"王祚道："咱们是初十日从哈德门进来的。"又问了一遍，众人口词相同。公拟定通同谋叛大逆，刘保、王祚、周如光俱应凌迟；陈远为从，应立决。带去收监。着东厂并城上沿门缉拿周如光。次日于娼家拿到，对了口词，具本复奏。旨下依议，着即处决。四月十五日，两棒锣鼓，押赴市曹，登时处决。正是：

堪笑奸奴似毒蝤^③，妄求非分媚毡裘。

一朝身首分西市，血肉淋漓犬也羞。

刘保等诛后，着兵部传谕：各边镇严加防守。京城内把得水泄不通，

---

① 乜(niè)——姓。

② 瞽(gǔ)——盲人。

③ 蝤(yóu)——一种蟹名。

只等到大婚之后，拆去彩楼，方才放心。

忽一日，圣旨下来，道："魏进忠初任厂职，即获大奸，勤劳为国，忠荩①可嘉，着赐名忠贤。赏内库银八十两、彩缎八表里、羊八腔、酒八瓶。"忠贤谢过恩。次日坐厂行牌，提究把守哈德门的锦衣卫千户。

是日，正是田尔耕当值，闻此信息，心中忧惧，在家行坐不安，饮食皆废，无计可施。妻子许氏问道："你为甚事这等烦恼？"尔耕道："只为我前日把守哈德门，王祚从那日进来。昨他招出，故此厂里提问。"许氏道："不过罚俸罢了，怕什么！"尔耕道："此事非同小可，不止坏官，竟要问罪哩。"许氏道："太监的买卖，不过是要钱，你送他些礼儿，就可无事。"尔耕想了一会儿，道："有理！老魏原是皇上旧人，如今声势渐大，后来必掌司礼监的。我不若办份礼，就拜在他门下，他日也受他庇荫。"许氏道："不可！你是大臣嫡派，到去依附太监，岂不被人笑骂？"尔耕道："如今时势，总是会钻的就做大官。"正是：

笑骂由他笑骂，好官我自为之。

遂连夜备成礼物，先到门上打点。正值魏监入内去了，先央掌家说合停当，里外都送过礼。伺候了两日，方出来。轿到门首，田尔耕迎着跪在道旁，禀道："锦衣卫戴罪千户田尔耕叩见老爷。"从人喝道："起去。"跟着轿后，来至厅前。

忠贤下了轿，升厅坐下。田尔耕执着手本跪下，小内侍接上手本，行了庭参礼。忠贤接过礼单，上写着："金壶二执，玉杯四对，玉带一围，汉玉钩绦一副，彩缎二十端，纱罗各二十端。"看过说道："你何以送这厚礼？"尔耕慌忙叩头道："小官得罪老爷台下，望天恩宽恕，足感大德。"忠贤道："这事非同小可，你怎么不小心盘诘，皇爷着实恼你。如今幸的没有下法司，咱替你包涵了罢。你只来说过就是了，又费这些钱送礼，收一两件儿罢。"田尔耕忙又跪下道："些小薄礼，送老爷赏人，略有一点敬意。"忠贤道："既承厚意，不好再却，收了罢。"

尔耕复又拿过一个手本，跪下道："小官蒙老爷赦宥，恩同再造，情愿投在老爷位下，做个义子。谨具淡金几两送上，以表儿子一点孝意。"忠

---

① 荩(jìn)——忠诚。

贤接过手本,上写着:"倭①金二百两。"忠贤十分欢喜,大笑道:"田大哥,你太过费了!才已领过,这定不好收的,咱也不敢当,此后还是弟兄相称的好。"尔耕道:"爹爹德高望重,皇上倚重。儿子在膝下,还怕折了福。"于是朝上拜了八拜。忠贤见他卑谄足恭之态,只是嬉着嘴笑。邀他到书房里坐,二人携手入来。尔耕先扯过一张椅子,在中间道:"请爹爹上坐。"忠贤笑道:"岂有此理,对坐罢。"让了半日,忠贤下坐,他在左边,只把屁股坐在椅子边上。家人捧上茶来,他先取过一杯,双手捧与忠贤,然后自取一杯。

忠贤道:"田大哥一向外违,还喜丰姿如旧,咱们到老了。"尔耕道:"爹爹天日之表,红日方中;孩儿草茅微贱,未尝仰瞻过龙颜,爹爹何云久别?"忠贤笑道:"你做官的人眼眶大了,认不得咱,咱却还认得你!"尔耕忙跪下道:"儿子委实不知。"忠贤扯起来道:"峄山村相处了半年多,就忘记了?"尔耕呆了半晌,道:"是了,当日一见天颜,便知是大贵之相。孩儿眼力也还不差。如今为凤为麟,与前大不相同。"

家人捧上酒肴,二人对酌。忠贤道:"田大哥可曾到东阿去走走?可知道令亲的消息么?"尔耕道:"别后二三年,姨母去世,孩儿去作吊时,姨妹已生一子。闻得刘天佑那屡次相逼,已出家了。"忠贤听了,不觉泪下道:"只因咱当日不听良言,以至把岳母的二千金麦价都费尽了,不得还乡,流落至此。几次差人去打听,再没得实信。可怜他母子受苦,若有老成人,可央个去讨讨信。"尔耕道:"孩儿有个侄子田吉,由进士出身,新选了东阿县。他去,定有实信。明日叫他来拜见爹爹。刘天佑那畜生当日既极无情,后又见姨妹有姿色,要强娶为妾,受了他许多凌辱,此仇不可不报。今幸舍侄到那里去,也是天理昭彰。"二人谈话,饮至更深才别。正是:

> 天亲不可以人为,何事奸奴乱走之。
>
> 三畏四维俱不顾,忍从阉寺作干儿。

这田尔耕乃原任兵部尚书田乐之孙,原何受刘天佑许多辱?只因他与沈惟敬同恶,沈惟敬坏了事,他逃走在外,故不说出,恐惹出事来。如今事平了,又做了官,故思量要报仇。是日酒饭毕,归家对妻子说道:"我说

---

① 倭(wō)——古称日本。

老魏是谁,原来是傅家姨妹的丈夫魏西山。我只道他死了,谁知他竟到这地位!他还认得我,说起来他要差个人去访姨妹的信。我举出侄儿田吉来,明日领他去见一见。"

次日清晨,尔耕同田吉来见忠贤,又送些礼物并土仪①,也拜在他门下。忠贤甚是欢喜,道:"你到任后,就代咱到峥山村傅家庄访个信来。"田吉应诺回来。尔耕又将刘天佑的事托为报仇,田吉亦允了,领凭辞行赴任,带了家眷往山东来。不日到了东阿,一行仪从鼓吹上任,行香谒庙后,交盘收清,上省参见各上司。回来即差了个能事家人,到峥山村来探访傅家消息不提。

忽一日升堂时,有巡抚里文书下来,当堂开看过,即唤该房书吏抄写牌票,忙唤捕快头目听差。只见走上一人来参见。那人生得甚是雄壮,但见他:

赋就身长体壮,生来臂阔腰圆。光芒两眼若流星,拂拂长须堪美。力壮雄威似虎,身轻矫健如猿。冲锋到处敢争先,说甚天山三箭。

此人姓张名治,乃济宁人氏,年近三旬,现充本县快头,上堂叩了个头跪下。田知县又叫传民壮头。下面答应一声,又上来一人,也是一条彪形大汉,但见这人生得:

赤黄眉横排一字,雌雄眼斜斗双睛。浑身筋暴夜叉形,骨头脸绉纹侵鬓。裹肚闹妆真紫,丝绦斜拽深青。威风凛凛气如云,河北驰名胡镇。

这胡镇乃大名府人,也只在三十余岁,充当本县民壮头,上堂叩头听令。田知县吩咐道:"才奉抚院大老爷的宪牌,着本县示禁白莲、无为等教。我闻得此地多有讲经聚众之事,特差你二人领这告示,去各乡镇会同乡保张挂,传谕居民,各安生理,毋得容隐说法惑众之人并游食僧道。十家一保,犯者同罪。你们与地保若受赃容隐,一定重处。"叫书吏取告示交与二人领去。

两个人出了衙门,到巡风亭,聚集他手下的副役说知。内中一个说道:"烧香做会,合县通行。唯有峥山村刘家庄上,每年都要做几回会,这

---

① 土仪——用土产作送人的礼物。

事如何禁得住？这也是做官的多事，他又不害你什么事，禁他做什么！"张治道："上命差遣，我们也不得不去走走。"各人回去收拾。

　　次早，各人备了马，带几个伴当出东门来。二人在路上商议道："我们这里竟到刘家庄去，只他一家要紧，别家犹可。"不一时，已到刘家庄前。庄客见是差人，忙去报与庄主。张治等下了马，庄客请到厅上坐下。少顷，里面走出一个青年秀士来，却也生得魁伟，但见他：

　　磊落①襟怀称壮士，罡星又下山东。文才武略尽深通。立身能慷慨，待士有春风。仗义疏财人共仰，声音响若洪钟。腰间长剑倚崆峒。浑如宿山虎，绰号独须龙。

　　这庄主姓刘名鸿儒，年方二十六岁，乃刘天佑之子。自幼读书，爱习枪棒，惯喜结交天下豪杰。人有患难，他却又仗义疏财，家中常养许多闲汉。是日闻庄客报，即出厅相见。与二差见过礼，坐下问道："二位枉顾，必有见教。"张治道："无事不敢轻造。今早大爷接得抚院宪牌，禁止烧香聚会等事。发下告示，着我二人知会各乡保，不许坐茶、讲经、做会，一则恐妖言惑众，二则为花费民财。不许容留游方僧道，要各具结状，十家一保，因此特来贵庄报知。"遂取出告示，拿了一张递与刘鸿儒看。只见上写着：

　　巡抚山东等处地方都察院右副都御史加七级纪录十次王为严禁左道，以正风化事。照得邹鲁乃圣贤之邦，风俗素皆醇正，人存忠孝，家事诗书。近有一等隐怪之徒，倡为邪说，倚佛为名，创为烧香聚会之事，立无为、白莲、混同等教，名虽各异，害则相同。一人倡首，千百为群，玉石不分，男女混杂。灭绝名教，任其邪淫奸盗之谋。鼓惑愚蒙，证以生死轮回之说。蔽其耳目，中其膏肓。万里可聚，积愚成乱。所谓惑世盗名充塞仁义者，莫此为甚。到于破财生乱，深可痛恨。除已往不究外，特刊成告示，分布各州县乡村市镇悬挂，晓谕居民人等。俟后再有此等奸民，容畜游方抄化僧道，仍前怙恶不悛，着该地保随时报县，严拿究治。该州县逐月禀报，不时巡柑。如有司容隐故纵，拐出，定行参处，地保拿究，决不轻贷。有人出首者，该有司赏银三十两。须至告示者。

――――――――――

　　①　磊落——（心地）光明正大。

天启元年十一月　　　日示

刘鸿儒笑道:"俱是迂儒之见,做官的也要从民之便。小庄一年也做好几次会,寒家已相传四代,就没有见乱在哪里。"胡镇道:"小弟也料得不能禁止,只是新官初到,也要严密些,避避风头。自古道:'官无三日紧。'淡下来就罢了。"庄客摆上酒饭来,吃毕,二人起身。刘鸿儒取出十两银子来相送。二人道:"我们素手而来,忝在教下,厚赐断不敢当。"鸿儒道:"些须之物,何足挂齿。此事拜烦遮盖。"张治道:"小弟也常要来赴会,只是寂密些要紧,内里事在我们二人。"收了银子,辞别出去。

刘鸿儒回内,觉得心神不宁。走到书房,与先生闲谈。这先生姓叶名晋,是本县秀才。因问道:"才县差下来,有甚事?"鸿儒道:"抚台发下告示,要禁做会的事,甚是严紧。新县尊没担当,故此叫他们下来搅扰。"叶晋道:"闻得老兄已去请憨①山禅师开讲,这却怎处?"鸿儒道:"我正筹划此事。今已收了许多钱粮,远近皆知,如之奈何?"

说话间,只见庄客报道:"门外有人僧人要见。"鸿儒道:"有便斋与他一顿。我没心绪,不会他。"庄客去了一会,又来说道:"那和尚说,有憨山大师的书子,要面交与爷的。"鸿儒道:"请的人尚未回,他到先有书子来了。"于是出来相会。只见这僧人真个有些异样:

头戴左笄②帽,身披百衲衣。

芒鞋③腾雾出,锡杖拨云归。

腹隐三乘④典,胸藏六甲⑤奇。

洪眉兼大鼻,二祖出番西。

刘鸿儒迎到厅上,见礼坐下,"请问老师宝山何处? 求赐法号。"和尚道:"贫僧草字玉支,家世西蜀。少时曾历游名山,在伏牛戒坛禁足已二十年矣。憨师因患目不能来,故托山僧来贵处,以了檀越胜会。"袖中取出憨山书子来,递与刘鸿儒。鸿儒拆开看时,却是一首诗,上写道:

---

①　憨(hān)

②　笄(jī)——古代束发用的簪子。

③　芒鞋——草鞋。

④　三乘——佛教用语,指引导教化众生达到解脱的三种方法、途径或教说。

⑤　六甲——古代术数的一种。

珍重中峰老玉支,好将慧力运金篦。

卯金合处龙华胜,得意须防着赭衣。

鸿儒看罢,不甚明白,忙叫办斋,请叶先生来陪。吃毕,问他些经文要旨,静定宗乘。那玉支应对如流,辞旨明畅。鸿儒十分欢喜,夜分时亲送到庵堂宿歇。

次日,与叶先生商议道:"憨山不来,荐玉支来,倒也有些道行。只是官府严禁,奈何?一则收了许多钱粮,何以回人;再者,恐难再得这样高僧。"叶晋道:"据弟想来,只有这一法可行。本县田公为人古怪,既不能行,不如到九龙山尊府园中去好,地方宽大,又是邹县地界。刻下县尊引见未回,现是二尹署事,料地方乡保也不敢多管。只有缉捕上人,要送他几金,瞒上不瞒下,方保无虞。"刘鸿儒道:"有理。明日就烦先生上城与张、胡二人说声,并就约会他们,何如?"叶晋道:"事不宜迟,今日就去。"鸿儒即进去,取出二十两银子来,交与叶晋。忙叫小厮备马相送,并候回信。

叶晋放了学,出来上马。傍晚抵家,即到张治家来说知,送了他五两银子。张治道:"官府严厉,不当稳便怎处?"叶晋道:"好在他往九龙山庄上行事,不是我东阿的境内,就与足下无干了,只当拾他银子用的。"张治道:"且同相公到胡镇家计较。"二人来到胡家坐下,胡镇道:"叶相公,贵人何以踏贱地?"张治道:"叶相公近在刘家庄设帐,刘家要在新正内讲经做会,特托相公来见教。"胡镇道:"使不得!官府利害。"叶晋道:"他也知本地方不便,如今要往九龙山庄上建只。好在不是本县地界,求二位担待一二。薄仪五金奉敬。"袖中取出银子,放在桌上。胡镇道:"既不在本地方,还可遮掩,只是过菲些。他这一遭,要收好一宗钱粮,也该分惠些才是。"叶晋道:"不必说,明日再送五两来与二位买果子过年。"张治道:"事虽在我们,却也要寂密①些。"叶晋答应,别了二人回家,灯下写成书信。次日天明,打发小厮回去报信。

刘鸿儒见了大喜,次日,即往九龙山园上,收拾坛场,庄严佛像。叫四个为首的斋公,远近传香,订于天启二年正月元旦吉日,开讲《法华》妙品真经。怎见得这道场齐整?但见:

---

① 寂密——机密。

庭台壮丽,功德庄严。庭台壮丽,三层宝级列诸天;功德庄严,九品琼函①包万象。金钟一响,满堂合掌尽皈依②;云板初敲,大众斋心齐人定。迎佛处天香缭绕,半空中花雨缤纷。微动慈徨之口,讲的是五蕴三除;大开方便之门,度的是四生六道。唱梵字仙音嘹亮,持秘咒法律森严。青娥红粉念弥陀,白叟黄童齐礼佛。

至日纷纷拥拥,远近赴会者不计其数。富贵的远乘车马,贫贱者徒步携囊,都有钱粮上会,多寡不等。一一上号,收的收,打斋的打斋。又有供小食、供中斋的,一日也花费两百金,甚是热闹。那玉支起初也还精严法律,渐到后来,就诙谐戏谑起来,引得那些男女们嬉笑难支,都无纪律。

将近二月初旬,天气渐暖,各处妇女渐渐来得多了。鸿儒一日正在门首看司簿的上簿,只见一丛女人来到槟边,报名送钱。内中一个女子,约有十六七岁,举起手来,向手上除下一只银镯来,递与朦上。鸿儒定睛细看,那女子生得十分美丽。但见:

凤梢侵鬓,层波细剪。明眸蝉翼垂肩,腻粉团搓素颈。芙蓉面,似一片美玉笼霞;蕙兰心,如数朵寒梅映雪。立着似海棠带露,行来如杨柳随风。私语口生香,呖呖莺声花外啭;含颦眉锁黛,盈盈飞燕掌中擎。翠翘金凤内家妆,淡抹轻描真国色。

刘鸿儒一见这女子,不觉神魂飘荡。那女子笑嘻嘻随着众妇女进来,鸿儒也跟他进来,走到禅堂看了一会,又到方丈内来。那玉支讲经初毕,才放参,众妇女齐齐跪下叩头。那和尚公然上座,合掌吩咐道:"众位女菩萨既入讲堂,俱是佛会中有缘之人。须要信心念佛,勉行善事。你们听讲时,佛心发现,言言善果,念念菩提。及至归家,又为七情六欲所迷,依旧日坐红尘中,求一点清凉境界也不可得。受无限的熬煎,死后堕入沱犁地狱中。"众妇女又叩头哀告道:"阿弥陀佛,弟子们只为轮回③,敢求老爷解脱。"玉支道:"若要解脱轮回,先要闻经悟道,常常在此受戒虔修,则凡念日远,道念日坚,乃有进益。若暂去暂来,徒担个吃斋念佛之名,凡火不

---

① 琼函——玉匣。
② 皈(guī)依——佛教的入教仪式,后泛指虔诚地信奉佛教或其他宗教。
③ 轮回——佛教指有生命的东西永远像车轮运转一样在天堂、地狱、人间等六个范围内循环转化。

灭,罪孽日深。"内中就有一半的连连叩头道:"弟子等情愿常时在此听老爷法旨。"玉支道:"既尔等情愿精修,可到斋主处报名,给尔等净室宿歇,不愿者不必勉强。"说罢,起身下榻而去。众妇女还叩头念佛不已。

刘鸿儒先到方丈中来等他们,忙取笔砚、号簿过来,说道:"女菩萨情愿悟道的都来报名。"众女人都团团的围着他,一一报名。写到第二十名上,才是乜门周氏女儿淑英。后又逐一写完,共有四十三人。鸿儒道:"随我到后面来,拨房与各人居住。"也有六七人同住一房的,也有三四个一房的,唯有乜氏母子,独居一旁。鸿儒自己看着人代他收拾,一双眼睛只顾看着那女子。淑英也自低头含笑。看了一回,欲火更盛,恨不得即刻就与他做一处才好。觉得没情没绪的,便走到方丈中榻子上,竟自睡着了。梦中与那女子百般调戏,十分和洽。正待欢会,只听得有人叫道:"檀越!巫山梦好呀,快起来,莫为邪魔所迷。"睁眼看时,却是玉支。鸿儒被他说着机关,慌得手足无措。玉支笑道:"不要惊慌,来,我与你商议。"扯着手同到卧房中来。正是:

　　半枕未成巫峡雨,一声惊破楚天秋。

　　毕竟不知同鸿儒商议些什么?且听下回分解。

第二十五回

跛头陀①幻术惑愚民　田知县贪财激大变

诗曰：

斗间妖气起东方，黯黯行云蔽日光。

萤焰只应依草木，怒螂空自逞魍魉。

文翁化俗还随俗，黑闼②称王却悔王。

路入青徐徨往事，嗟哉白骨卧斜阳。

话说玉支把鸿儒扯进房坐下，道："檀越有何心事，神情恍惚？"鸿儒道："没有甚事，睡熟惊醒，故此心神未定。"玉支笑道："罢是罢了，只是丢得那梦中人冷落些。"鸿儒道："没有什么梦中人。"玉支笑道："就是施银镯的那人。"鸿儒惊讶道："这和尚真是异人，竟能未卜先知，不但知我心上之事，连这梦寐中事他都晓得，真是异事。"于是答道："弟子道不坚，尘缘未断，有犯吾师法戒。"玉支道："非也。人皆从欲界生来，这一点种子怎么脱得？莫说凡人难脱，即吾辈修到无上之境，亦不能无欲。须直修到无欲天人之地，方能解脱。男女之际，虽圣人亦不能忘情，何况公等少年？但此事亦要有缘。夫妻相配谓之正缘。调情相受谓之旁缘，我看此女不但俊俏聪明，且多贵气。我留他在此，亦非无意，且看公的缘法如何，若有缘，管你成事。"鸿儒道："老师若与弟子玉成，弟子生死不忘！"玉支道："再迟数日，等他住定了再处。"

又过了数日，乃二月十九日观音大士降诞之辰，起建庆贺道场。早斋后，玉支领众登坛焚香，赞诵过，然后登台，说一回法，讲一会禅，无非是三丰喻品外像皮毛，午后才收卷。只见许多男女拥在台下叩头道："弟子等蒙老爷法旨，在此听法悟道，日听老爷发明经旨，略有解司，但不知从何处悟起。望老爷大发慈惑，使弟子明悟真空，脱离苦海，永不忘恩。"玉支

---

① 头陀——行脚乞食的和尚。

② 黑闼(tà)——刘黑闼，隋末人，曾参加瓦岗军，后称汉东王，为唐军所杀。

道："道在人心,原要明朗的。但你等众生生身之后,为情欲所迷,掩了本来面目。那一点灵明本体,原未尽绝。就如镜子一般,本是光明的,为尘垢所污,把光掩了,一加磨洗,依旧光明。惟在大众自家努力。尔等既有诚心,今晚可都到方丈里来,各领神水一口,回去默坐存想,自见本来面目。"说罢下台入内去了。众男女叩头念佛,起身各散。

傍晚时,玉支叫执事僧众,取洁净缸一口,放在方丈当中,满贮清水,焚香念咒,书符三道焚之。叫大众入来各衔一口,慢慢咽下,回去宁神打坐。那和尚却也古怪,不知用何法术,人人所为之事,一生善恶皆见,吓得众人毛骨悚然。次早,往方丈中叩头念佛,称谢道："老爷法力玄妙,使弟子等回光返照。"玉支道："也算不得什么法力,不过拨开你们的尘迷,现出本真,于尔等亦无大益。若果能于此一明之后,日日加功刮磨,方有进益。若今日稍明,明日又蔽,依旧于道日远。然此等工夫,必须死心塌地,先要把脚跟立定了,生死不顾才可。若有一点疑惑,终成画饼。"众男女叩头哀告道："弟子们愚蒙半世,如梦方醒,望老爷超脱苦海。"玉支道："尔等不过片时回照,所谓在境厌境;若遇火宅,又被他焚了。必先于死生性命关头,打迭得过,方有根基。然后方得入静定戒。但悟虽有迟早,闻道有难易,早的放下屠刀,立刻成佛;迟的千魔万炼,方得成空。传道要因材而荐,受戒要勉力而行。虽日夜不离,受苦中之苦,方能入门,心无系恋,志向不移方可。汝等大众,须要自己斟酌定了,另日再报。"诗曰:

似嫌慧口破愚顽,白日常寻一钓竿。
男女倾诚来受戒,个中秘密不能言。

玉支说毕,退了众人。那周氏母女走到他房前,却好迎着刘鸿儒。周氏道："山主,请坐拜茶。"鸿儒巴不得这一声,便道："岂敢!"即随他进屋里来。那周氏取过竹椅子,请鸿儒坐下,说道："连日在此,搅扰不安。"鸿儒道："好说。忙中有失,管待甚是有慢。老爷问你们中可有些省处否?"周氏道："老爷虽是法言教诲,但我们愚蒙,不能领略,如今还是面墙。"鸿儒道："老爷在大众前,也不过这几句劝人为善的常言;若要认本心,没有下手的工夫,怎能入道? 那真切的道理,要人自己去探讨恳求,才得到手。常言道:'六耳不传道,勿作等闲看。'"周氏道："我只为讨不着丈夫,多行杀戮,故此回头悟道,求脱轮回。幸得老爷提拔,只不过随众参求,早晚欲求一见也不可得。"鸿儒道："这不难,老爷每晚悟出定后,必与我们清谈妙果。今晚我引你母女去见他,你们须要斋心静念,方可见他。至于肯传不肯传,就看你们的缘法了。"周氏道:"好极,若得山主大恩引见,我就死也求他一个结果。"鸿儒怕人知觉,连忙起身出来,嘱咐道:"黄昏后我来叫你,不可乱行。"

果然,母子沐浴斋心。等到晚点灯时,禅堂钟鼓齐鸣,众僧课诵毕,小侍者放了施食,各各归寝。鸿儒悄悄与玉支说过,才来引周氏母女到方丈里来。走到静室内,问侍者道:"老爷在何处?"侍者道:"入定未回。"鸿儒轻轻揭开帘子,见几上香烛齐排,玉支垂头打坐。鸿儒叫周氏母女跪在几前,他便抽身出来。二人跪有半个更次,玉支才开眼问道:"下面什么人?"周氏叩头道:"是弟子周氏,志心朝礼,恭叩老爷法座,恳求道法。"玉支道:"你不去信心悟道,却半夜来我静室搅扰,是何道理?还不快去!"周氏道:"弟子皈身、皈神、皈命,望老爷大发慈悲,俯垂教诲。"玉支道:"何人引你进来的?"周氏道:"是山主刘老爷。"玉支道:"本当即刻逐出,且看山主分上,且起来讲。"玉支也下禅床,叫侍者取茶来吃。只见两个清俊小童,捧着一盒果品,一壶香茶,摆下几个磁杯。玉支道:"请山主来。"

少顷,鸿儒进来道:"二位女菩萨请坐!"周氏道:"老爷在此,不敢坐。"玉支道:"坐下好讲。"于是一桌坐下。那乜淑英坐于周氏肩下,未免遮遮掩掩的害羞,不肯吃茶,只低着头。玉支道:"你们要闻的什么道?"周氏道:"弟子只望老爷超脱苦海,免堕轮回。"玉支道:"法有大乘小乘,有家教象教,皆能超脱轮回,毕竟以大乘为主。凡学道者先守三皈,后遵五戒。何为三皈?皈依佛、皈依法、皈依僧。何为五戒?要不贪、不嗔、不爱、不妄、不杀。五者之中先要戒妄,凡事妄言、妄念,最难收拾。惟静、定二字最难,极为紧要。静则诸念不生,定则诸妄不乱,然此静定须从悟中来,故入道者先看你悟性何如。既有心学道,只在静室中。"侍者又斟上一杯茶,鸿儒将果子递在那淑英面前,乜淑英含羞不接。玉支道:"你为何不吃?"周氏道:"他害羞哩。"玉支道:"羞从何来?你我虽分男女,在俗眼中看若有分别。以天眼看来总是一个,原无分别,譬如禽兽,原有雌雄,至以人眼看之,总是一样,何从辨别?况我等这教,何以谓之混同、无为,只为无物无我,不分男女人物,贵贱贤愚,总皆混同一样。况我辈修行,只以一点灵明要紧,至于四大色身,皆是假托,终于毁坏。故我佛如来,先撇去色身，刖①足断臂，不以为意，故能成佛作祖。观音立雪投崖、舍身喂虎，凡可以济人利物之事，皆肯舍身为之。你如今先存一点羞念，是从色相中出来，先犯了贪、爱二戒，何以悟道？以后切不可如此！"那乜淑英被他几句胡言，说得果然忍着羞，接过果子来吃。至更深时，安他母女在禅榻前打坐。

自此为始，每日不离。常时花言巧语，谑浪诙谐，把那女子说动了心。正是烈女怕闲夫，妇人家水性，能有几个真烈的，不久已被刘鸿儒弄上手了。正是：

　　一朵娇花出内阃，何人移种傍禅关。

　　狂蜂浪蝶齐飞入，零乱芳红一夜残。

那女子破身后，两个人如胶似漆；那周氏也才四十余岁，也打在网内，做了和尚的老婆，把个静室禅房变做了锦营花阵。

一日，鸿儒在客寮中同几个斋公管账的说："近日钱粮稀少，一日所入，不余一日支用，怎么区处？"几个老斋公道："一日有千余人吃饭，如今正值农忙，人人有事，再一两日《法华经》讲完，且散了人众，到麦熟时再举何如？"众人齐声道："其法甚善。"刘鸿儒口中勉强答应，心中忐忑不宁，想道："若要散会，周氏母女抛舍不得；若不散会，又没钱粮供众。"只得在廊下走来走去，郁闷无计。忽听得一人说道："若无钱粮，何不来问我。"鸿儒抬头看时，只见一个人坐在大殿台基上捉虱子。见鸿儒走来，便起身道："山主为何有不豫之色？"你道此人生得如何？只见他：

　　短发齐眉际，金环附耳旁。

　　双眉常凸千，身体更肮脏。

　　直裰②裁深皂，丝绦束杏黄。

　　声音多响亮，拐李③众称扬。

这头陀乃堂中化油供厨的人，姓李，因跛了一足，人都叫他跛李。鸿儒道："老李，你不去化油，怎么在此闲坐？"跛李道："油已化完，交与厨上了。因为没钱粮，故在此寻个计较。"鸿儒道："正是钱粮不足，不日就要

---

①　刖（yuè）——古代砍去脚的刑罚。

②　直裰（duō）——僧道穿的大领长袍。

③　拐李——指道教八仙之一的铁拐李。

散会了。"跛李道："山主原约要讲《华严》、《楞伽》的,如今一部《法华》尚未讲完,怎么就要散了? 将来何以伏人? 我到有个计较,只要山主请我一斋。"鸿儒道："果有计策,一斋何难? 同我来。"鸿儒同他到禅堂,邀他坐下,叫侍童泡好茶,拿桌盒来与他吃。跛李也不谦让,吃个罄净。少顷,厨上办了好斋来,素菜摆上一桌。他叫了一声："多扰!"便低着头又吃得碗碗皆空。随后点心汤饭来,样样不辞。吃完,才合掌欠身道："谢山主!"说罢往外就走。鸿儒悬住道："你怎么就走? 且说这钱粮从何出处?"跛李笑道："山主好狠呀! 一顿斋你就要换若干钱粮。你且莫慌,自有来处,便见分晓。"说毕,大笑而去。鸿儒也没奈何,只得独立在房中纳闷。

直到半夜时,正在睡梦中,猛然听见人喊道："不好了! 那里火起了!"急坐起看时,窗子上映得通红。忙披衣出来,只见人都乱窜,齐道："是大殿上。"齐拥前去,只见正殿上红光紫焰,有十数丈高。忙叫人取水来救,众僧俗等俱拿火叉、水桶来,只见殿上格扇砖瓦丝毫未动,却又火气逼人。内中有胆大的,便走上去推开格扇,屋里却不见有火。再看时,只见一个新雕的大佛座上安的一面镜光上火光迸出,还未有佛。忽见跛李拉着刘鸿儒进来看了,向耳边说了几句。鸿儒道："汝等不要惊慌,这是我们的功德感动佛菩萨,降祥光普照众生,且请玉支法师来颂圣谢恩。"少顷,只听得一派音乐,两行灯烛,引着玉支和尚上堂诵经。叩谢已毕,说道："神光从镜中出来,必有奇异。可取个锦袱子来盖了,待我入定去恭叩如来,问个明白。"即在殿上放下蒲团跏趺,入定去了。众人皆散,各各安寝。

到天明时,红光渐收。直到辰刻,玉支才出定,宣大众上堂齐集,他便说鬼话道："我定中叩见如来,说山主法会精虔,故降祥光于宝镜,能照人三世:初照前生之善恶,次照今世之果报,三照来世之善果。须以三六九为期。来照者必须虔诚顶礼,若稍有懈息,雷部施行。"说罢,下坛回方丈去了。

是日乃四月初一,到初三日为始,凡在会的都来齐集。玉支便装模做样的念诵。跛李为宝镜护法,乜淑英为捧镜玉女。揭开锦袱,跛李手持法水,口中念了咒,将柳枝蘸水洒于镜上。少顷,那镜子就放出光来,约有三尺高。叫男女们分班来照,果然各照出前生善恶,人畜一一皆见。到初六日,又照今生贫富寿夭。初九日又来照后世,或神人鬼畜一一不同。引得那些愚民，皆死心塌地。十数日间，四外传遍这个消息。那三山五岳的人，都引了来。每日人山人海，施舍金银、财帛，不计其数。米粮车载驴驮，堆集如山。也不讲经说法，只是照镜。

正是无巧不成辞，却好东阿的田知县上府，打从九龙驿过，见满路上男男女女，纷纷攘攘的行走不绝，便叫地方上人来问。地方禀道："这是前面九龙山，有个山主刘鸿儒启建讲经道场，于本月初一日感动佛爷降祥，天赐宝镜，能照人三世的事，故此远近乡民俱来照因果。"田知县道："你可曾去照？"地方道："小的已照过，果然今世一毫不差。"田公道："那刘鸿儒是何处人？何等人家？"地方道："是东阿县人，祖上说是做过官的，他父亲叫做刘天佑。他家三世好善，年年建会。"

田公听了刘天佑三字，不觉触着叔子相托之事。回到县中，即叫传张治、胡镇来问道："前日上司有牌来禁止邪教，我差你们领告示晓谕各乡镇，为何如今依旧盛行？尔等坐视不拿，何也？"张治道："本县并无此事。"田公大怒，说道："胡说！九龙山妖镜惑众，你们难道不知？"胡镇道："九龙山是邹县的地界，小的们怎敢越境去拿？"田公道："地界不属东阿，山主可是本县？人犯出来，关乎本县的考成。他今敢于如此横行，必是先买通了你们的，得了他多少钱，快快直说。"张治道："小人们颇知法度，何敢受赃？"田公道："我也不问你得钱不得钱，你只代我拿刘鸿儒来见我。"取一根板签标了，交与二人道："限你们三日内缴！"

二人领了下来，即刻上马，竟到九龙山来。见那里人众，不好说话，只说是来照镜子的。寻到刘鸿儒，邀二人到静室里吃斋，俟无人时，才说："本官叫请相公去，因欠了钱粮要算。"鸿儒道："舍下钱粮各项俱完，至于杂事差役，自有管事的。我知道二位的来意。"遂进去取出一百两银子来，道："二位请收，凡事仰仗。"张治道："一文也不敢领，只屈驾到县一走，没甚大事。"鸿儒道："也不难，明早同行。"安排他们在客房歇了。

次早催促起身，那里见鸿儒之面。二人发作了半日，只见一个老者道："二位在上，刘山主并不曾犯法，县主拿他做甚？想是衙门里诸公要吃他。这里是二百金，奉送二位；分外一百金，托带与堂上管事的，诸公善言方便。若要人去，大约不能。"他二人见了六封银子，先早软了半边，想道："这里人众，料也难拿得去，不如收了他的银子，且回他一头再讲。"只得上马并辔回来。

　　却值知县座堂,二人跪下缴签。知县道:"人在哪里?"张治道:"刘鸿儒于两月前往徐州买粮食去了,未曾回来。"知县大怒,喝道:"九龙山做会惑众,岂有不在之理! 你们得钱卖放,故来遮饰。"说着丢下八根签子,每人重责四十。先捉两家奔小寄监,然后复遣二人去拿。二人道:"小的们去了没用,求老爷改差。"田公道:"你们得钱,叫别人做活。如不去,活活夹死你们!"一面叫备文详上司。回文批道:"刘鸿儒既以妖言惑众,该县速行拿究,毋得缓纵。九龙山系邹县地界,现在缺员,着该县暂署,便宜行事。"那张、胡二人,只得又领了签票,去往九龙山来。坐了两日,每日好酒好食的管待,只不得见鸿儒一面。没奈何,叫斋公转达。斋公道:"山主已不在此,二位枉自劳神。闻得田爷也是个要钱的,竟托二公通个门路,我们孝敬他几百担米罢了。"二人无奈,平日也知田公的心事,只得回县。且不去销差,便去寻着平日过付的人通了路,送进三千两银子,才缓了下来。

　　这里田公到邹县上过任,即上省谢各上司。抚院问及刘鸿儒之事,道:"此事不可漠视,贵县可曾获住正犯否?"田吉忙打一恭道:"卑县才接清交代,即来见大人,回去即办理。因前属隔县,不便拐拿。"说毕出来。到寓所独自踌躇:"既得了钱,如何好再拿? 若不拿,又难回上司。"复又想:"叔子曾托我报仇,如此大事不下手,此仇何时得报。"做官的人把心一变,早将三千金抛入东洋大海。

　　次日回县,即拘原差张、胡二人来见。田公喝道:"你拿的刘鸿儒在哪里! 胆敢得钱卖放,今各上司立等要人,你们速去拿来起解。"二人面面相觑,心中说道:"你得过他三千两,也该罢了,怎么忽然又要拿人?"只得大着胆回道:"小的们去了两次,委实不在。前已禀明老爷。今再去亦是空走,求老爷详察。"田公大怒,喝道:"大胆的奴才! 你们得了他多少钱,敢在我面前支吾!"掠下签子,各责了三十大板,下在死囚牢里。又另差了邹县的四个快头、四个壮丁,限三日要正犯回话,"如仍卖放,抬棺木来见。"八人吓得目瞪口呆,只得拿了火签,竟奔九龙山来。这一来正是:

　　　　青龙与白虎同行,吉凶全然未保。

　　毕竟不知这回可能捉得刘鸿儒否? 且听下回分解。

第二十六回
刘鸿儒劫狱陷三县　　萧游击战败叩禅庵

诗曰：

　　妖人簧鼓①害东林，贪令无谋漫请缨②。

　　渔色渔财皆利己，盈城盈野不聊生。

　　正为一日修夙愿③，至今三县泣残氓④。

　　将军鼠窜几无命，幸有禅关可避兵。

　　不说田知县差人拿刘鸿儒。但说玉支和尚与跛李头陀兴妖作祟，在九龙山越发大肆猖獗起来，引得那一班愚夫俗子，信以为真，四言响应，千万景从⑤。一日，玉支引鸿儒到大殿上，命跛李将法水一喷，传谕大众上堂共照真主。众人团团围看，但见刘鸿儒：

　　头戴冲天翼善冠，身穿蟒龙赭黄袍，腰系蓝田碧玉带，脚蹬金线无忧履，手执金镶碧玉圭。俨然东岳长生帝，浑似文昌开化君。

　　众人齐声道："一个皇帝，一个皇帝。"跛李道："我自海外望气而来，帝星明于青、徐分野之地，我在此三年，今日始遇真主。你们俱是从龙辅佐的，且回去，明日分班来照。"都拥着刘鸿儒回到方丈前坐下。跛李喊道："玉支，此是什么时候了，还不出来议事。"玉支笑着出来道："日期近了，还有何说？"那刘鸿儒如泥坐木雕的一般，莫知所措。只见一个斋公唤做黄统，说道："如今虽是天数，但无兵将安能成事？"玉支道："有，有，有！目下俱来也。"叫取斋簿来。管事的将簿子呈上。又叫鸣鼓聚众，一同来到殿上。玉支道："数皆前定，你我俱是一会之人。富贵福禄各人分

①　簧鼓——摇唇鼓舌，散布谣言。

②　请缨——请求杀敌。

③　夙愿——一向怀着的愿望。

④　氓（méng）——古指百姓。

⑤　景从——景仰、跟从。

定,强勉不得。尔等愿留者可到池边去照各人的官爵,不愿者即今便行,不可在此搅扰。"那些愚民前被镜子照过,已早惑动了,今又照出真主来,便各思做官图富贵,没一个不肯去照,于是齐志道:"弟子等蒙老爷教诲,众人皆情愿辅佐老爷,官禄大小,各听天命,何敢妄求。"玉支道:"既汝等齐心,须照簿上次序,十名一班,去照文武官爵,各注在本人名下;若无官爵者,亦不必烦恼。"众人应声,逐一点名,随着跛李往照去了。

少刻,只听得一片笙歌细乐,迎着一簇妇人,往西首静室里去。人传说道:"照出三宫皇后来了,中宫是乜淑英,东宫姓缪,西宫姓梁,俱是有丈夫的。"此时也顾不得她丈夫肯不肯,竟自送到刘鸿儒房里,听其受用。随后跛李拿出几个簿子来,对玉支道:"照出文官四十二员,武官五十一员,其余头目不算。"文官以叶晋、黄统为首。武将为首四员:一个叫做龙胜,果然生得魁伟:

虎头燕颔气昂藏,凛凛身躯八尺长。

惯使钢鞭多勇猛,纵横到去不能当。

一个名唤戚晓,原是戚总兵①的家丁,却也生得十分骁勇:

胆大心强志气高,冲锋入阵夺头标。

家传韬略人争美,却是东莱产俊髦②。

一个姓车名仁,陕西人,生就一身斑纹,也是一条好汉:

生成虎体锦斓斑,炯炯双眸贯斗寒。

赤发黄须真异像,双刀举处没遮拦。

一个就是东阿人,姓陈名有德,其人生得身材瘦小,却也狡捷:

凹鼻尖头两眼圆,身轻捷便胜猱猿。

飞墙走壁浑闲事,万马军中敢占先。

玉支将四人用为头目,选内中精健者分作四队,往前山操演,就令防守山场,不许闲人出入,恐传扬出去。且治酒与真主并三位皇后贺喜。

正在分派未了,忽有人报道:"邹县有差人来了。"刘鸿儒忙起身躲避。跛李道:"放他进来。"却是四个快手、四个皂头气昂昂的走进来。黄统陪他们坐下。茶罢,问道:"列位到此有甚公干?"一个道:"我们奉本县

---

①　戚总兵——戚继光,明抗倭名将。

②　俊髦——英武之士。

田爷之命,来拿刘鸿儒的。"黄统道:"刘鸿儒久不在此,二月间往徐州买米,至今未来。"一个快手道:"胡说,他的妻子现拿在县里,招出他在此做会。可快叫他出来,你们各散的好,不然,滚汤泼老鼠,一窝儿都是死哩!"管事的摆上斋来,众人不吃。黄统再四央求,才做张做势的吃了。此须取出四十两银子出来,道:"委实不在此地。这些须薄敬,求列位笑纳,方便一二。"众差人道:"方便不得,张治、胡镇已打得快死了,监禁至今。他若不出来,我们先带你等去回话。"一个拿着铁绳就来锁黄统。众人忙上前来劝。那起差人狐假虎威的,那里睬他,只是乱骂。只见跛李大叫道:"公门中好修行,自古道:'与人方便,自己方便。'人是果然不在这里,你们弄几两银子家去的到便宜,何苦这般凶狠!"一个少年快手骂道:"你这饿不死的黄病鬼,也来硬嘴,连这秃驴也带了去!"就向前来锁。跛李笑道:"来!来!来!一不做二不休,我到与你说好话,你到来太岁头上动土了!"众差人齐嚷道:"是哪里来的这个野畜生?先打他个半死再讲!"齐奔上前。跛李也不慌忙,掣出戒刀,将先上来的一刀砍下头来。那七个慌得乱嚷乱窜,被众人一个个都拿下。跛李指着骂道:"本该都砍了你们的驴头,但官差吏差,来人不差。我今且放你回去,与你那诈害百姓的狗官说:我们在这里讲经教善,害他什么事?他既诈了我们几千两银子去,又要来拿人,刘爷可是他拿得去的!叫他把颈脖子洗洗,来领刀去罢。"七个人战兢兢的抱头鼠窜而去。

跛李叫人把尸首拖到后山烧化,便请众人出来商议道:"如今杀了差人,势不容己,可传令吩咐四将,谨守山口。即令人往邹县、东河两处探信,早晚必有兵来,我们好作预备。我去请两个人来御敌。"说罢,竟自去了。晚间仍置酒与三个妇人玩耍。鸿儒道:"不意弄假成真,把事弄大了,身家难保,屈陷父母、妻子在狱,如何是好!"心中忧惧不安。

过了三日,跛李自处叫进来道:"快些来接客。"玉支同刘鸿儒等忙出门迎接。只见一男一女,骑着黑白二驴。鸿儒上前施礼,二人下驴相见,迎入方丈内坐下。二人俱是道妆打扮,那男子是:

> 白袍四边沿皂,丝绦双穗拖蓝。手摇羽扇透天关,头上纶巾彻岸。颔下长髯飘拂,耳边短鬓弯环。冲虚雅度出尘凡,堪作三军师范。

那女子也是雅淡妆束:

　　玉质梨花映月，芳姿杏蕊生春。凌波点点不生尘，卸却人间脂粉。

　　素服轻裁白纻，竹冠雅衬乌云。轻烟薄雾拥湘裙，小玉双成堪并。

　　二人俱是清年秀质，叙礼坐下。鸿儒道："远劳二位仙师俯临，有失远迎，罪甚！罪甚！敢问尊号？"跛李道："这位仙丈道号元元子。这位就是他阃君①真真子，是我昔日海上的相知，叨在他爱下，故请来扶助真主。"玉支道："敢问尊姓？"元元子道："山野之人，不挂姓名于人世久矣，只称贱字罢了。"茶罢，摆斋。跛李道："探事的可曾回来？"黄统道："来了。邹县见杀了他差人，便十分防守，已详上司请兵来剿，城门上严谨的盘诘哩。前日张翰林往南京去的，马牌都是从城上吊进去的。"元元子道："必须先发制人，事不宜迟，先去取了邹县，一则救取家眷，二则取仓库钱粮，以供军需。"玉支道："我已有计了，只须如此如此。"跛李道："好计，此是初出茅庐第一功。"即刻传令，派人办起行头来起身。真真子便到内里去相见。

　　却说田知县见说杀了差人，大惊道："这厮们敢于如此横行，其心大不善。"连夜备成详文，请兵征讨。一面拣选民壮士兵把守城池，严查出入，盘诘奸细。又恐东阿土城难守，遂将县事托与县丞，他往东阿去料理。这县丞本是吏员出身的，到也谙练②，各事谨慎，昼夜提防。到第三日，探马报道："张翰林到了，离城只有四十里。"县丞便吩咐预备下程，打扫公馆伺候，传夫迎接。自己却不敢擅离，只在城下迎接。午后先到了三个家人，押着八抬行李，逐一拐明进城。至将晚时，许多家人拥着一顶官轿，后随六顶小轿，十六匹马，一哄而入。县丞迎接到了公馆，谒见过，复到城上柑点。更夫、巡守回衙，犹不敢脱衣，只得连衣而睡。

　　到三更时，睡梦中忽听得一片呐喊之声，忙跳起来看时，只见窗子上照得如同白昼。只说是城中失火，忙赶出堂上。只见衙役报道："不好了，贼兵已进城了。"忙问道："是哪里的贼？"报事的道："北门已开了，不知是从哪里来的。"正说间，只听得外面一片响声，早有数十人抢入衙门

────────

①　阃（kǔn）君——阃指妇女居住的内室；阃君即妻子。

②　谙练——熟悉、老练。

内来，手持器械打开狱门，把众囚尽行释放。四围火光烛天。县丞见事不谐，忙转身入内。不意隔壁察院衙内墙上跳下几个人来，手起刀落，将衙内的人，不论男女，杀的罄尽。直到天初明时，刘鸿儒进城，才传令救火，将老母、妻子安插后堂，复升堂聚众。诸将都来请功。

原来昨晚之张翰林，就是玉支等着人妆来的。玉支、跛李等也到堂上坐下，叫人把张治、胡镇带来，二人战兢兢地跪下。刘鸿儒扶起道："为小子的事，连累二位吃苦。如今敢求同举大事，共享富贵。"张治道："小人是守分良民，如何可随你做这样事？"黄统道："田知县怪你二位卖法受赃，他得了银子，将二位过付的必要灭口，以表他之清廉。你不如随了我们，以全性命，并可图下半世的快活。如今上司有甚分晓，官兵单弱，谅无我们的敌手，惟二公上裁。"二人逆料不能脱身，只得应允。

玉支道："今得了县治，可尊刘爷为主，我等序起爵位来好行事。"将公座移上暖阁，请刘鸿儒上坐。鸿儒道："小子无德无才，焉敢当此大任？请那一位老师为尊，小子执鞭可也。""你不为主，何人敢僭越①？"

跛李大叫道：何人敢僭越？我们不过是紫微垣中小星，遂把刘鸿儒抑上座位按住，让众人上堂行五拜三叩首之礼。拜毕，鸿儒只得封玉支为左国师，元元子为右国师，跛李为护法国师，叶晋为左长史，黄统为右长史，龙胜、戚晓为左右指挥，车仁、陈有德为左右护军校尉，张治为冲锋将军，胡镇为破敌将军，母洪氏为太夫人，乜淑英为正夫人，缪氏、梁氏为左右夫人，自称为冲天将军东平王，封真真子为执法仙师，其余文武，待有功时再行授职。一面盘查仓库，修理官房。众人无妻室者，强娶民间妇女，凡美貌者，不论贵贱、有夫无夫，一概掳抢。正是：

　　乱杀平人不怕天，生民无计乐熙恬。

　　深闺多少如花女，风雨摧残更可怜。

这个消息传入东阿，那田知县惊得手足无措，连夜通报各上司，请速调兵征剿。上司正在议兵、议饷未定，又被他连下了郓城、汶上、费县三处。山东、淮、徐俱皆震动。兖州、徐州两处连忙发兵拒之。徐州营守备姓王，是个武进士出身，提了一千兵望沛县来。一路上打探，飞马报道："贼兵已拒夏镇。"王守备将人马扎驻夏镇山口，尚未安定，忽听得一声炮

----

①　僭(jiàn)越——超越本分，冒用在上的名义或物品。

响,山坡下拥出一队人马来。但见:

　　人人虎面,个个狼形。火焰焰赤锦缠头,花斑斑锦衣罩体。诸葛
弩①满张毒矢,笔管枪乱逞新锋。当当响动小铜锣,狠狠思量大
厮杀。

　　来了约有五六百人,不分队伍,横冲直撞而来。王守备传令放箭。谁
知都是些市井无赖、游手好闲之人,何曾会上阵冲锋;况又走了一日,腹中
饥饿困乏了的人,一见贼势勇猛,个个都吓得手软脚麻,那里挡得住? 押
阵的千把总先自逃走,被贼兵四面围住,如砍瓜切菜一般,杀个尽绝。只
有百余名马兵,保着王守备逃命。贼兵也不来追,只抢夺器械、马匹而归,
回去请功。叶晋道:"我们乘胜即去取徐州,顺流而下驻扎淮安,以阻南
北咽喉,大事就有几分了。"元元子道:"不可! 徐州兵虽然败去,淮安乃
南北重镇,有河漕两标重兵把守,不可轻取,且无退步。不如先取兖州②
为家,借现成王府,免得修造,那时或南或北,进退由我。"跛李道:"仙师
之言有理。"遂拨龙胜、张治领兵二千为前队,车仁、胡镇为后队,亦带兵
二千。元元子带副将四员,二千兵为中军。戚晓引一千兵把守夏镇山口,
邀截粮般船。跛李同陈有德领一千兵取郯城③。不题。

　　且说兖州兵备道奉巡抚火牌,调登州营守备苗先,会同道标把总吴成
等,领兵五千剿捕。巡道亦亲自出城扎营,俟各将参谒过,放炮起身,浩浩
荡荡的往邹县来。不上五十里远,早有探马报道:"贼兵到了。"忙传令下
营。苗守备在马上欠身道:"待卑职先去冲他一阵。"道尊道:"须要小
心!"守备道:"喏。"催马上前,不上里许,贼兵早到。但见他:

　　青山缺里卷出一阵没头神,绿柳阴中撞出许多争食鬼。扁扎头
巾尽蒙赤绢,棋子半臂皆插黄旗。簇拥刀枪似雪,飘摇旗帜迎风。人
人勇健敢争先,个个威风思斩将。

　　苗先把枪一挥,众兵列成阵势。那贼兵本不按纪律,只是一字儿摆
开。当先一员贼将,手挺长枪,跃马冲来。苗先忙上前敌住。战有三十余
合,张治渐渐枪法抵敌不住。龙胜见了,舞刀来助,胡哨一声,贼兵齐上,

────────

①　诸葛弩——诸葛亮造的弩机,这里指射箭的弓弩。
②　兖(yǎn)州——县名,在山东。
③　郯(tán)城——县名,在山东。

把官兵阵脚冲乱。苗先敌不过二人,只得拨马先走。众兵无主,各自乱窜。贼兵乘势赶来,遇着吴成的兵到悬住,各收军下寨。

次日,吴成出马,贼的中军已到。当不得他的兵多,官兵又折了一阵,巡道只得退入城中保护。贼兵齐集城下,四面攻打。城上矢石如雨,贼兵多伤。元元子叫且退去。晚间与张治商议道:"我看此城破于反掌,只是连日日辰不利,七日后才是庚申日,方可破,今日且去惊他一惊。"遂于袖中取出一条树皮雕成的小龙来,口中念一个咒语,吹一口气,那龙身上生出火来,鳞甲皆动,冲天而去。少刻,南门城楼上火起。元元子又令车仁领兵去南门,呐喊擂鼓,城中惊得一夜不能安枕。及至天明,见贼兵已退去了。午后探马入城报道:"淮安发了两路兵来收复邹县,故贼兵退去,一路是庙湾营游击萧士仁,一路是淮安营参将王必显,共领一万兵来了,随后游御史领兵来接应。"巡道方才放心。

那萧士仁乃山西大同人,原是总兵麻贵的家丁,后以有功升到今职,经过多少大阵,军令严肃,兵皆整练,标下有三四十个家丁,都是能征惯战之人。次早方抵邹县城下,摆开阵势。听到城中炮响,早飞出一彪人马来,为首一员将官,头戴红锦抹额,身穿白罗袍,坐下黄骠马,手执钢枪。后面马上坐着一个头陀,身空皂布直裰,手提浑铁禅杖,背上挂着三四个葫芦。萧洲击问道:"来将何名?"贼将叫道:"吾乃刘王驾下折冲将军张治,前日杀得你们不怕,还来送死!"萧游击骂道:"你这些大胆贼奴,天兵到此,还不下马归降,自思改过,还敢胡言!"提刀直取,二人斗有三十余合,张治卖个破绽,拖枪回马便走。萧士仁拍马举刀赶来,只见那头陀舞动禅杖,放马来迎,让过张治来斗萧士仁。略战数合,也拍马回身。萧士仁大叫道:"哪里走!"驰马来追。那跛李等他追得将近,口中念念有词,哨了数声,背上葫芦中冲出一道火光来,直奔官军队里来。萧士仁忙叫退兵。须臾①火光熄处,又是天昏地暗,对面不见人,飞沙走石。官兵道尾不能相顾,各自逃走。

萧士仁伏在马上,不分南北,任马乱走。高高低低走了半日,天才明亮。定睛看时,却是月光,但不知是何地方,只远远望见一座树林子。心中想道:"林子内定有人家,且去借一宿再处。"于是把马颠进林子。下马

---

① 须臾(yú)——极短的时间,片刻。

定睛四望，见对面山坡下有灯光射出。萧士仁道："好了，有人家了。"把
马牵出林来，跳上去对灯光而走。正是：

　　未能勋业标麟阁，先向山中叩草扉。

　　毕竟不知是个什么去处？且听下回分解。

第二十七回
傅应星奉书求救　空空儿破法除妖

诗曰：

虚室旄①头夜有光，独驱士马向沙场。

金戈铁甲寒威重，白马红缨志气昂。

阴沴②灭时阳德健，天心正处孽妖亡。

将军功奏明光殿，亩得声名四海扬。

话说萧游击匹马空林，向灯光处来，只见山坡下茂林深处现出一所庄院来，倒也甚是幽邃③。只见那庄子：

　　小径通幽，长松夹道。前临溪涧，泠泠④流水绕疏篱；后倚层岗，迭迭野花铺满路。寂寂柴扉尽掩，悄悄鸡犬无声。月侵茅檐，屋角老牛眠正稳；霜封古渡，桥边渔叟梦俱清。远看灯影隔疏林，近听梵音盈客耳。

萧士仁过了小桥，下马来，将盔甲卸下，稍在马后，走到诘门首叩门。连叩数声，才有人应道："何人黇夜⑤至此搅扰？"萧士仁道："是过路的，错过宿头，敢借贵庄一宿。"里面开了门，却是个童子，看见萧游击生得魁伟，忙喝道："这里是清净禅林，没什么，你敢是个歹人么？"萧士仁道："我是过路孤客，迷了路的，并非响马。"又见一老妪出来说道："你且在此，待我进去说过，再来请你。"不一刻，老妪手提灯笼出来，引萧士仁进去。开了侧首一间小房与他住。点上灯道："客官请坐。"萧士仁将马牵进来。老妪见上拴盔甲刀枪，惊道："爷爷，你说是客人，怎么有这行头？必是歹

---

①　旄(máo)——古代在旗杆头上用牦牛尾做装饰的旗子。

②　阴沴(lì)——阴气，灾气。

③　幽邃——幽深。

④　泠泠(líng)——形容清凉。

⑤　黇夜——深夜。

人。"萧士仁道："老人家,你不要害怕。我实对你说,我是领兵征那白莲教的军官,被他用妖法冲散,迷了路到此的。"说着,只见那童子出来道："官人说,既是位老爷,叫请到草厅上奉茶,官人就出来。"

童子执灯引到草厅上,只见里面走出个少年后生来,生得眉清目秀,体健身长。头戴纱巾,身穿士绸道袍,见礼坐下。茶罢,道："不知大驾光临,有失远迎。敢问尊姓大名?"萧士仁道："贱姓萧,名士仁,乃庙湾营游击,奉河台调来收捕刘鸿儒的。早间一阵胜了,一阵后遇一头陀,交锋只数合,被他行妖法放出火来,后又天昏地暗,走石扬砂,对面不见人,在下只得信马行来,故此轻造惊动。敢问先生上姓台甫?"那少年道："学生姓傅,名应星,敝庄唤做傅家庄。不知大人降临,村仆无知,多有得罪。"童子摆上酒肴,二人相逊坐下,应星道："夜幕荒村,山肴野蔬,不足以待贵客。"萧士仁道："夜深扰静,蒙见留宿,已觉不安,何敢当此。"数杯之后,上饭,吃毕起身。应星道："大人鞍马劳顿,请到小斋安置。"

二人携手从侧首小门进去,三间小楼,说不尽院宇清幽,琴书潇洒。见壁上挂几副弓箭,床头悬一口宝剑。萧士仁称羡道："先生清年积学,涵养清幽,真是福人,我辈效力疆场,对君不啻①天渊。"应星道："山野村夫,愚蒙失学,自分老于牖下②,坐守田园而已,怎如老先生干城③腹心,令人仰止。"萧游击道："你先生正青年美质,博学鸿才,何不出而图南,乃甘泉石,何也?"应星道："学生生来命苦,先君早逝,与老母居此,启迪无人。自幼爱习弓马,书史不过粗知大义,心中却也要赴武场,奈老母独居,无人侍奉,田园无人料理,故尔未能如愿。"萧士仁道："男子生而以弧矢射四方,大丈夫以家食为羞。就是老夫人在堂,令正夫人必能承顺田园,租税亦有定额。岂不闻立身行道,扬名于后世,显荣父母,方成大孝?目今天下多事,以弟匪才④,尚忝列簪缨⑤,以先生之高才,拥麾⑥持节可操

---

① 不啻(chì)——不止;不只。
② 牖(yǒu)下——窗户下。
③ 干城——干,盾牌。干和城都喻捍卫者。
④ 匪才——谦辞,不才。
⑤ 簪缨——簪和缨都是古代达官贵人的冠饰,旧因以为做官者之称。
⑥ 麾(huī)——古代指挥军队的旗子。

券百得。学生身列戎行，若肯俯此，同往净此妖氛，共成大绩何如？"应星道："多承指数，待学生禀过老母，方敢应命。夜深且请安置，草榻不恭，恕罪，恕罪！"别过进去。

你道傅应星是谁？乃傅如玉之子，自魏忠贤去后，数月而生应星。如玉见丈夫不回，抚养儿子长大。几年后老母又亡。应星到十六岁时，就与他完了姻，自己立志修真，把田园家事都付与儿媳掌管，应星夫妇也十分孝顺。如玉诚心修炼，也是他夙根所种，已入悟后。当晚应星来到佛堂候母，如玉道："来的是个什么官长？"应星道："是庙湾营游击，姓萧的，来征白莲教的。"将前事说了一遍，如玉道："如此妖魔，也恁的厉害。"应星又将萧游击要他同去剿寇立功的话，对如玉说知。如玉道："男子志在四方，你这年纪也该是进取之时，只是建功立业，也要看你的福分如何，你且去安歇，待我替你看看休咎①如何？"他夫妇归房，如玉参禅入定②。天明时，应星起来，吩咐备早饭。只听得佛堂钏罄齐鸣，如玉念早课念毕，拜过佛，应星夫妇才问安。如玉道："夜来我已待你看过，此人可以成功，妖氛不久可净，你的后禄也长，只是贼中有三四个会法术的，诸人犹可，有一个女子十分利害。须去寻个人降他，这壁上有三枝竹箭，是你小时出痘时几危，曾有个道人医好，临行留下此箭，说日后你的功名就在这箭上。你可取下带去，上阵时须防他飞刀厉害，我有书子在此，你可拿往云梦山水帘洞去访孟波老师投下。你须到诚恳求他，自有降妖之法。此老师性最严急，你却不可怠慢他。小心前去立功。"应星领命出来。陪萧游击吃了饭，整顿鞍马，吩咐妻子早晚侍奉母亲，同萧士仁出门上马，齐奔邹县来。

到半路上，遇着手下兵丁寻访，同回营中。各官兵俱来参见，说："昨晚被砂石打得各不相顾，至二更月上方各回营。不知老爷在何处过这一宿？"萧士仁道："我信马③而行，投到这傅爷庄上借宿，军士们伤损多少？"中军道："兵丁虽被打伤，却未丧命。"萧游击命紧守营寨，置酒与傅应星接风。忽探子报道："游御史带了江淮三千兵至郯城，遇着贼兵，被他杀得全军皆没。王老爷兵已到了，约老爷明早会剿。"萧士仁与傅应星

---

　　① 休咎——吉凶。
　　② 入定——佛教徒的一种修行方法，闭目静坐，控制身心的各种活动。
　　③ 信马——听任马随便走。

出营到王参将营中，相会而回。各营传令:五鼓造饭,平明出阵。

次早,各自出营,摆下阵场:上首王参将,下首萧游击,中间是傅应星,俱是全装披挂。远远见贼兵纷纷出城,摆定队伍:上首是陈有德,下首是龙胜,中间马上坐的是右军师元元子,头带竹箨①冠,身穿素罗道袍,手持宝剑,背上挂一个竹筒。官兵阵上擂鼓催战,龙胜手舞大刀,竟奔垓心,大叫道:"你们不怕,又来送死!"王参将把马一拍,一条枪竟奔龙胜。二人战到三四十合,王参将兜回马,龙胜赶来,等到将近,王参将猛反身,一声大喝,龙胜的马被他一惊,前蹄已失,几乎把龙胜掀下来。连忙带起,被王参将一枪刺中左肩,负痛拨马而回。再来追赶,却被陈有德抢出救回。元元子见王参将追来,忙口中念着咒,把剑向东方虚画一道符,那背上竹筒内嗖的一声响,飞出一把雪亮的刀来,竟奔王参将顶上落来。官兵看见,一齐逃奔。

傅应星看见飞刀,猛想起母亲曾说以竹箭破之,忙取弓搭上一枝竹箭射去,只听得当的一声响,那刀已落去。元元子见了,心中大怒,复念咒,习起第二把刀来,又被应星射落。一连三次,把三口飞刀都射去了。元元子急了,口中又念动真言,忽卷起一阵黑风来,吹得官兵驻扎不定,依旧四分五落。他也不来追赶,忙念咒收刀回去。入得城来,心中闷闷不乐。玉支道:"仙师动劳。"元元子道:"我的飞刀百发百中,谁知被他射落,费了许多事才收回来。再取出看时,就如顽铁一般,绝无光彩。"元元子道:"罢了,罢了!他不知用甚秽物魔样的,可恨之至。"真真子笑道:"今夜不得让他们安逸,且闹他一闹。"袖中取出一道符来,叫一个头目过来道:"你把此符拿到战场,拒死尸多处焚之,拨马就回,不可回头,要紧!"那头目领命去了。

再说官兵俟风过去,各寻咱而回。王参将向傅应星称谢道:"若非先生神箭,几为他所害。"命营中置酒与应星贺功。饮至更深,忽听得营外喊声四起,只疑是贼兵劫营。傅应星道:"此时黑夜,玉石不分,只宜谨守寨门,用枪、炮、箭以御之。"只听得人马绕寨喧阗,直至鸡鸣,方渐退去。日高时探子才来报道:"凡营外中枪中炮中箭的,皆是没足僵尸,并非人马。"萧游击道:"这又是这贼道人的妖法,似此,何日才得剿除?"傅应星

---

①　箨(tuò)——竹笋上一片一片的皮。

道:"不难,二位大人守好营寨,勿与交兵,待学生去请个人来破他。"于是选了个精细伴当①,带些干粮,二人上路奔云梦山来。果然好一座大山,只见:

> 遮天碍日,虎踞龙蟠。遮天碍日,高不高顶接青云;虎踞龙蟠,大不大根连地轴。峰峦苍翠刹芙蓉,洞壑幽深真窈窕。远观瀑布,倾岩倒峡若奔雷;近看天池,浪卷飞绡腾紫雾。满山头琪花瑶草,遍峰巅异兽珍禽。妆点山容,花石翠屏堆锦绣;调和仙药,疏松丛竹奏笙簧。青黛染成千片石,绛纱笼罩万堆烟。

这山乃鬼谷子修真之所,十分幽秀,与诸山不同。傅应星上得山来,看不尽山中胜景,静悄悄杳无一人,不知孟婆住于何处,来到一座山神庙前,且下马在门槛上小憩②,坐了半日,也不见个人影。渐渐日色西沉,正在彷徨③之时,只见远元的来了一个小孩子,渐渐走到面前,入庙中来烧香。应星等他烧过香,上前问道:"小哥,问你,这里有个孟老师父,住在何处?"那孩子道:"这里没有什么孟老师。"应星道:"孟婆呀。"孩子道:"孟婆婆么,过南去那小岭下便是。"应星遂同伴当牵着马,走过岭,远远望见对面小山下有几间茅屋。下了小岭,来到庵前,真好景致,但见那:

> 苍松夹道,绿柳遮门。小桥流水响泠泠,老竹敲风声戛戛。传言青鸟,时通丹篆下蓬瀛;献果白猿,每捧仙桃求度索。自是高人栖隐处,果然仙子炼丹庐。

傅应星来到门首,见柴扉紧闭,不敢轻敲。少刻,见一青衣女童,手执花篮,肩荷铁锄而来,问道:"二位何来?"应星道:"峄山村傅家庄有书奉叩孟老师父的。"女童推开门进去,一会儿出来,引应星进去,到堂上,见一个老婆子,怎生模样?但见他:

> 头裹花绒手帕,身穿百衲罗袍。腰垂双穗紫丝绦,脚下凤鞋偏俏。鹤发鸡皮古拙,童颜碧眼清标。仙风道骨自逍遥,胜似月婆容貌。

应星见了孟婆,倒身下拜。孟婆上前扶起道:"郎君不须行礼。你自

---

① 伴当——同伴。
② 憩(qì)——休息。
③ 彷徨——徘徊,犹疑不决。

何处而来？因何到此？"应星向袖中取出书子来，双手呈上。婆子拆开看罢，收入袖中，道："原来是傅老师的令郎，请坐。令堂纳福①？"应星道："托庇粗安②。"孟婆道："自与令堂别后，我习静于此，今三十余年。郎君青春多少？"应星道："虚度二十九岁了。"婆子道："记得当日在贵庄时，令堂正怀着郎君，不觉今已长成了。可曾出仕么？"应星道："山野村夫，惟知稼穑③，未曾读书，且以老母独居，不能远离。近有官兵来征妖贼，有一相知萧公，欲引小侄立功，奈妖术难降，故家母奉书老师，乞念生民涂炭，少助一二，足感大德。"孟婆道："令堂见教，果是慈惑东土生灵。只是杀戮之事，非我们出家人所应管。且请安置，明日再议。"女童摆上晚斋吃毕，请他到前面小亭上宿。应星心中有事睡不着，只听得隔壁有人读书，于是披衣起身，向壁缝中看时，只见一个小童子，只好十余岁，坐在灯下读书，书上尽是鸟书云篆。不敢惊动他，复回寝处睡下。

　　天明起来，梳洗毕，女童邀至后堂，婆子摆早斋相待。吃毕，应星又求道："望教师开天地之心，救拔五县生灵于汤火之中，度日如年，惟求俯允。"孟婆道："妖孽虽横，也是天灾之数。那一方该遭此劫，数尽自灭，何须我去。"应星又跪下道："邹县五处，已遭残毁，白骨如山，伤心惨目。渐渐逼近兖州，小庄亦不能保，老师若不大发慈悲，吾母子皆死无葬身之地矣。"言罢，涕泣不已。孟婆道："郎君请起，这事出家人原不该管，但是却不过令堂情意，与郎君爱民之真诚。老身已离红尘，不便再行杀戮，我着个人同你去，管你成功。"便叫道："空空儿何在？"只见外面走进一个小孩子来，向婆子施礼道："母亲有何吩咐？"婆子道："且与客见礼。"应星看时，正是夜间读书的孩子。二人见过礼。婆子道："傅家郎君从征破贼，因妖法难除，傅师父有书来请我，你可代我一走。内中两个僧家是劫内之人，不必说的；还有两个道家，只可善降，不可害他性命。你可收拾，即同了去。"应星想道："这样一个小孩子，能干得什么事。"却又不敢言。婆子早已知道，笑说道："郎君嫌他小么？他的手段高哩。不要小觑他呀！"少顷，空空儿收拾了，同应星作别起身。过了岭来，把伴当的马让与空空儿

---

①　纳福——享福。

②　托庇粗安——托你的福还算平安。

③　稼穑(sè)——泛指农业劳动。

骑,空空儿道:"不用,我自有脚力在此。"向林子里喝声道:"孽畜,快来!"只见那林内走出一只小小青牛来,他飞身跃上。

三人同行,不一日到了官营,下马。探子早已报过萧、王二人。二人领众将出营迎接,进中军帐中相见过,请空空儿上坐。众人见是个小孩子,个个惊疑。傅应星道:"连日曾交兵否?"王参将道:"逐日来讨战,我们皆坚守未出。只夜间被他闹得不能安寝。"空空儿道:"怎么样闹?"萧游击道:"黄昏时,每日都有人马绕寨喊杀,直到五鼓方得宁静。"空空儿听了,向袖中起了一课,笑道:"贼婢可恶可笑!此等伎俩,也来哄人,等他今晚再来,自见分晓。"军中摆了筵宴。

众人饮到黄昏时,中军又来报道:"营外又来喊杀了。"空空儿起身道:"同诸公出营看一看。"走到寨外,只见四下里乌黑,萧游击叫人点起火把来,空空儿道:"火把也不能远照。"便口中念动咒语,向南方吸了一口气吹去,一霎时天地明明如白日一般。少顷,喊声渐近,细看时,原来都是些没头的死尸,皆是战死沙场之人。空空儿把手向空中一招,大风一阵吹过去,来了无数的夜叉,将死尸一个个叉去。众人见了,才各各心服钦敬,回营称谢。宁息了一夜。

那真真子见破了他的法,心内大惊。次日,领大队出城,分成三座阵势。空空儿道:"我们也分三队御之:王将军居左,萧将军居右。我同傅兄居中。"也将人马列成阵势。远远见贼兵甚是整齐,只见中军竖着大纛,上面九个金字是:"冲天上将军东平王刘。"旗下三沿黄伞,罩着主帅刘鸿儒金鞍白马。只见他:

　　金甲金盔凤翅新,锦袍花朵簇阳春。

　　宝刀闪烁龙吞玉,凛凛威风黑煞神。

左首青鬃马上,坐着护国左军师玉支长老。但见他:

　　五彩袈裟七宝妆,玉环挂体紫绦长。

　　毗卢①帽顶黄金嵌,手执昆吾②喷火光。

右首黄骠马上,坐着右军师跛李头陀,看他怎生打扮?

　　素色罗袍结束新,梨花万朵迷层阴。

———————————

①　毗卢——僧帽。

②　昆吾——宝剑名。

金箍闪烁光璀璨，禅杖狰狞冷气森。

两边摆着二十员大将，各执兵器，后随一班游兵，那左首引军旗上大书金字，乃"清真妙道护国仙师元元子"。只见他怎生妆束？

如意金冠碧玉簪，绛红霞缀簇金纹。

匣中宝剑藏秋水，腹内丹书隐阵云。

左右两员将官，乃戚晓、张治，引着十数员牙将。右首阵上引军旗，上写的是："冲应玉真护国女师"。那真真子却也打扮的十分俏俪：

锦袍护体玉生香，双凤金钗压鬓①光。

两瓣金莲藏宝镜，十枝嫩玉绾丝缰。

左右两员将官保护，乃车仁、胡镇，也领着十数员牙将。两边弓弩手射住阵脚。

官军营里门旗开处，拥出一员少年骁将，侧首马上是一个小小孩童。贼将见是中军如此两个人，人人皆笑。两边擂鼓催战，一声炮响，贼营中胡镇、张治飞马出来。官军队里萧、王二公接住厮杀。四马踏起征尘，八臂横生杀气，战有四十余合，张治被王参将一枪刺中左臂，负痛败回。王参将把马赶来，这里玉支忙念动真言，将剑指着官军队里，喝声道："疾！"只见就地卷起一阵怪风来。风过处，奔出多少豺狼虎豹来，张牙舞爪，蜂拥而来。马见了，先自战栗不行。这里空空儿见了，亦念动咒，将衣袖一抖，袖中放出无数火来，把那些猛兽烧得纷纷落地。细看时，却是纸剪成的。这边跛李在阵上见破了法，旋将背上葫芦揭开，冲出一阵黑气来。霎时间天地昏暗，满天的冰块雪雹打将下来。空空儿便不慌不忙，向袖中取出一面小杏黄旗儿，迎风一展，那冰雹应手而散，依旧天明地朗。空空道："今日晚了，且待明日再战。"贼兵也自着惊，只得将计就计，各自收兵回营。正是：

劝君且莫夸高手，底事强中更有强。

毕竟不知来日怎样破妖？且听下回分解。

_____

①　鬓——同"鬓"。

第二十八回

魏忠贤忍心杀卜喜　李永贞毒计害王安

诗曰：

千古兴亡转眼过，乱蝉吟破旧山河。

兵临鲁地犹弦诵，客过商墟自啸歌。

山气青青余故垒，江声黯黯送寒波。

图王定霸人何在，衰草斜阳一钩蓑。

话表真真子收兵回城，心中郁郁不乐。玉支道："胜负常情，何须介意？且取酒来解闷。"席散，各归帐中，真真子终是烦恼。元元子道："那人必非等闲之人，高我们一等哩！"真真子道："我们数百年修炼之功，被他破了，如何是好？这样一个小孩子，竟有此等手段！"元元子道："此人亦是我辈中人。"真真子道："待我今夜用摄魂法弄他一弄。"元元子道："不可。一则此法未免太毒，二者恐出不得他的手，反遭其害。且安寝，明日再处。"真真子终是郁郁睡不着，起来秉烛而坐。正自寻思，忽听得屋梁上簌簌有声。抬头看时，只见一个柬帖儿凭空飞下。真真子忙拾起，唤元元子起来，拆开同看。只见上面写着道：

翻云覆雨笑真真，元儿山中自有春。

何事不归空着力，却教铅汞送他人。

后写道："空空封寄。"元元子看毕，大惊道："原来是他！"真真子道："一向只闻他的名，怎么是这等一个小孩子？"元元子道："你也数百岁了，怎还这样少年？他是猿公亲授的高徒，为古今剑仙之宗。我等来错了。近来看刘公专以酒色为事，不像个成大事的，不如见机早去。等他破败之时，再要脱身就迟了。"真真子道："我们为跛李所误矣。"二人遂收拾了，乘夜飞身跃出城来。真真子向怀中取出纸剪的两个驴子来，吹一口气，喝声道："起。"就变成两个活的，夫妻各跨一头，向南而去。

次早，萧、王二公升帐，请空空儿计较道："昨承仙师破了他法，今日必来死战。"空空儿道："不来了，此刻已去有千里了。"傅应星道："师兄何以知之？"空空儿笑道："略施小计，彼必远去，昨夜我有个帖儿送与他，他见了，知道是我，他必含羞而去。只有那个跛头陀，他若不早见机，今日阵上先结果了他。那和尚越发无能为矣。二公可领兵至城下索战，诱他出战，自有道理。"萧、王二人便叫传令，拔寨起身，把人马齐集城下催战。

贼兵见元元子、真真子去了，正在着忙。刘鸿儒道："我们所赖者二位仙师，今日不别而行，后事如何是好？"跛李大叫道："主公何以自诿①！这样没始终的人，说他做什么！难道没有他我们就不能成事么？"气愤愤地出来，点齐人马，也不带副将，只自己出城迎敌。官兵见有兵马出来，少退两箭之地。只见跛李头陀匹马当先，手持禅杖，高叫道："你那不怕死的，速来纳命！"这边王参将接住，大战数十合。空空儿取出杏黄旗来，望着跛李一展，那手中禅杖早已坠落。跛李没了兵器，只得掣出戒刀悬住。萧游击又挺枪夹攻。他如何抵挡得住？欲待要走，无奈二人逼住，难得脱身！于是口中念念有词，弃了马，架起一朵席云，腾空而上。空空儿将手中棕扇向上一拂，只见他从空中滴溜溜的倒坠下来。傅应星放马上前，手起一戟，刺中咽喉而死。可怜定霸图王客，化作沙场浪荡魂。贼兵无主，官军乘势掩杀，直抵城下。城中见杀了头陀，不可出战。官兵围住，四面攻打。

空空儿回到寨中，对萧游击道："如今妖人已灭，贼众气数将尽，不过旬日间可破。我在此无事，要告辞回山。"萧、王众人道："感承仙师，成此大功，方欲申奏朝廷，题请封号，何以便行？"空空儿笑道："山野之人，素不以功名为念，何须爵禄荣身。傅兄可略送我几步。"拱手别了众人，同应星上马，他骑了青牛。走到二三里，到一林子内，空空儿道："承兄相招，幸不辱命。兄此去，拖金衣紫，且有权贵引援，富贵自不必说。据我看来，兄命中福禄不长，须及早回头，方能解脱，若稍贪富贵，祸且不测。切记我言。"应星道："小弟凡胎浊骨，惟求师兄指教，怎敢贪禄忘亲。"空空儿道："令堂道行已成，佛果将证，老兄若肯早早回头，千日之内弟自来接你。三年之后，不能脱身矣！慎之！慎之！从此一别，后会有期。"说罢，竟入林中，转眼已无踪迹，后人有诗曰：

　　云踪雾迹杳难穷，挥手功成一笑中。

----

① 自诿——这里作自己灭自己的志气。

词组投机应解脱,谁云仙佛路难通。

傅应星下马,望空拜谢,上马回营,与萧、王二公计议,申文抚按。一面装起云梯架炮,连夜攻打。直到半月后,贼军无粮,夜开北门而逸。走不上二里,遇着王参将引兵拦住。贼兵饥饿,无心恋战,队伍杂乱,尽皆被擒。萧游击入城安民,将刘鸿儒、玉支并女眷乜淑英等共十七人,俱上了囚车,解上省来。这里大排筵宴,犒赏三军,抚按题名。迟日旨下,俱斩剐于西市示众。萧士仁、王必显、傅应星等入京升赏。当日憨山和尚诗上说"得意须防着赭衣",玉支以为吉兆,今日之着赭色衣,可见数已前定,惟至人①先知之。

傅应星回庄省亲,将上项事细细说了一遍。如玉道:"既朝廷命你入京受职,也是你建功一场,你可放心前去。只是你富贵虽有,只是你命薄,不能保终。若有权贵来引诱你入党,切不可陷身匪类,图不义之富贵,亦不可说出我来。有个姓田的若问我,只说我已死久了,只说你是三母舅傅襄之子。早早抽身回来,免我牵挂。媳妇不必带去,留他与我作伴。"应星领命,洒泪拜别而去。

三四日间与萧、王二公一同入京。先到兵部里过堂,与科道衙门参谒毕。田尔耕知道,先具眷生名帖来拜。相见坐下,问道:"亲家是那一位的令郎?"应星道:"先君讳襄。"尔耕道:"哦,原来是三哥的令郎,青年伟器,建此大功,可敬!可羡!有一位四令姑母,孀居多年,于今安否?"应星道:"久已去世了。"尔耕叹息了一回。又问道:"他曾生了个令郎的?"应星道:"也殁了。"尔耕道:"若论亲家的功,只好授个外卫所之职。此等官清淡,且为人所轻,必须放个京职才好。明日同兄去拜见魏公,他也是府上的至亲,得他的力,留在厂里就好了。明早奉候同行。"说毕,别去。

次日,应星回拜,田尔耕留饭。饭后道:"却好今日魏公在私宅,我同兄就去一见。"二人来到魏公府。尔耕先入,去不多时,着长班出来请到后厅相见。尔耕引应星拜于堂下。魏监答了个半礼道:"亲家不须行此大礼。"应星拜毕,扯倚安坐。忠贤上坐,尔耕与应星东西列坐。忠贤问道:"亲家是三舅的令郎,令尊去世久了,令堂万福?"应星道:"老母多病。"忠贤道:"四令姑母去世有几年了?"应星道:"有四五年了。"魏监垂

---

① 至人——最聪明最有智慧的人;圣人。

泪道："这是咱不才,负他太甚,九泉之下必恨我的。亲家可曾受职否?"应星道："昨已过了部,尚未具题。"尔耕道："论功,只好授个外所千户。毕竟是在京衙门方成体面,爹爹何不发个帖留在卫里?"魏监依允,着人去说,一面待饭。饭罢,魏监道："咱有事要进去,外边若有人问亲家,只说是咱的外甥。"二人答应,别了出来。应星方知是忠贤之子,为何母亲叫不要认他,心中甚是不解。想道："或者我原是舅舅之子,承继来的,也未可知。"又不敢明言。这也是魏监亏心短行,以致父子相逢亦不相认,如此已就绝了一伦了。诗人有诗叹之曰:

　　不来亲者也来亲,父子相逢认不成。

　　堪叹忠贤多不义,一生从此灭天伦。

　　不日兵部奉旨："傅应星授为锦衣卫指挥佥事,萧士仁授为登莱镇总兵。王必显授为松江总兵。余者计功升赏有差。"各人谢恩辞朝不题。

　　却说魏忠贤自平妖之后,朝廷说他赞襄①有功,加赐他蟒玉表里羊酒。他便由此在朝横行无忌,把几个老内相都不放在眼里,串通了奉圣夫人客氏,内外为奸。内里诸事都是卜喜儿往来传递。惟王安自恃三朝老臣,偏会寻人的过失,一日因件小事,把个卜喜儿押解回真定原籍。

　　卜喜儿辞客印月,大哭一场。起身时,印月赠他许多金银,又从身上脱下一件汗衫来,与他穿在贴身道："你穿这汗衫,就如见我一样。从容儿时,等我奏过皇帝,再叫你回来。"卜喜儿叩头,挥泪而别。忠贤知此事,心中大怒道："我们一个用人,他也容不得,也要弄他去!"于是心中要算计杀王安,即便叫过四个心腹老实来,吩咐道："你们去如此、如此。"四人领命去了。

　　却说那卜喜儿,带了一个伴当,雇了牲口上路。走到三河县一带,尽是山路,行人稀少,心中抑郁,看着一路的山水。正行之间,只见前面山凹树林内,跳出四个人来,手持利刃,大喝道："过路的,快快献出宝来!"卜喜儿惊得魂不附体,做声不得。伴当道："行李在此,大王请拿了去,只求饶命。"四人道："行李也要,命也要。"伴当见势头不好,撇下行李,先自逃命去了。这里两个人上前,将卜喜儿按倒,剥下衣服,手起刀落,斫②下头

_____

①　赞襄——帮助。

②　斫(zhuó)——用刀斧砍。

来。可怜二八青年客,血污游魂不得归。

四人取了行李、汗衫回复忠贤。忠贤将行囊中金珠财物尽分散了四人,自己将那件汗衫袖人宫来寻客巴巴。宫人道:"午睡哩。"忠贤走到房内,只见桌上焚着一炉香,面前放着一杯茶,印月坐在榻床上,手托着腮,闷恹恹地坐着痴想。忠贤道:"姐姐有何不乐? 特来问候。"印月道:"不知怎么的,一些精神儿也没有。"忠贤道:"想是记挂着那人儿哩。"印月道:"放屁! 想谁?"忠贤道:"不想那人,可想那汗衫儿看看么?"印月道:"果是那孩子可怜,又小心又从不多事,不知这老天杀的为什么不喜他?等迟几日,还要取他回来。"忠贤道:"今生大约不能了,只好梦儿中相会罢。"印月道:"我偏要弄他来,看老王怎么样的。"忠贤道:"我把件东西儿你看看!"向袖内取出汗衫来与印月面前。印月见了道:"莫不是他没有穿了去?"忠贤道:"我实对你说罢,老王恼他与我们一伙,只说发他回籍,谁知他叫人在半路上将他杀了,我先着人送他去,临死时叫把这件汗衫儿寄与你,代他报仇。"印月听了,柳眉倒竖,星眼圆睁,满眼垂泪,骂道:"这老贼怎么忍心下这样毒手! 我若不碎剐了这老贼,我把个客字儿倒写了你看。"咬牙切齿,忿恨不已。忠贤道:"你不必发空狠,等寻到个计较,慢慢的除他。"印月道:"我恨不得就吃这老贼的肉,还等慢慢的!"忠贤道:"不难,事宽即圆。"

谁知王安也是合当该死。二人正说之间,只见个小黄门来寻忠贤,忠贤道:"什么事?"小内侍道:"刑科有本送来魏爷看。"忠贤接过来看时,却是为移宫盗宝、内宫刘成等事的覆本,"刘成等三人已经打死,其羽党田寿等理宜从轻发落"。忠贤袖了此本,起身向印月道:"你莫恼,等咱计较了来,管情在这个本上结果他。"便走出宫来,到私宅,叫人请李永贞来计较。

这李永贞原在东厂殷太监门下主文,后忠贤管厂,亦请他来主文,凡事都与他计议。后又访得刘现充长陵卫军,也取了来,改名若愚。因出入不便,哄他吃醉了,也把他阉割了,留于手下办事。这日把本递与他们看,又说道:"客巴巴急欲报仇。"李永贞道:"只须如此如此,便可送他之命。"忠贤大喜,忙进宫来,与印月说明了。

次日,把本呈上道:"他盗去内库宝玩,岂可从轻?"客氏也在旁插口道:"李选侍移宫时,这些人也不过是搬的娘娘随身金珠簪珥,何曾盗着乾清宫宝玩，只因王安与这般人有仇，要乘机诈他们的钱，故将他们陷害。李娘娘也十分苦恼，当日也曾奉过泰昌爷的旨看管皇爷，他生的八公主，也是先帝的骨血、皇爷的手足。因王安恼他，说他交通外官，诬他要僭称太后，要垂帘听政，把他逼迁到冷宫，也不等皇爷的旨意。选侍急得上吊，公主急得投井。皇爷也该看先帝面上，怎使他母子受苦、衣食不周？总是王安倚着王爷的势，擅作威福，说皇爷件件事都是他主张，后来与外官交结，不知得了多少钱哩！"皇上道："既不是盗的乾清宫的宝玩，可将田寿们放了罢。"忠贤答应。传旨出来，即皆省释。忠贤又于中主张，叫他们谢恩时就上个本，说："王安要陷害李选侍并奴婢等，因要诈银二万两未遂，故任意加赃，欲置之于死地。"又嗾①给事中霍维华劾②王安。客氏又在傍簸弄，激恼皇上。遂至天颜震怒，传旨道："王安结纳朝臣，弄权乱政，诬陷无辜，逼迁妃主，着革职，发南海子净军处安置。所有恩典，尽行缴回。一应家财产业，籍没入官。"

忠贤得了此旨，即刻差出四个心腹牌子头，竟到王安私宅内宣旨，取了他司礼监印，摘去牌头帽，押着起身。王安道："移宫盗宝，皆有实据，咱须亲见圣上辩个明白。"牌子们道："皇上只教押你去充军，谁敢带你去进宫，谁敢带你去见驾！"可怜一个王安，要辩无处辩，只得听他套上铁索，押出朝门，大热天雇了头驴，往南海子来。牌子头复了旨。

魏忠贤满心欢喜，回到私宅，对李永贞道："李二哥好计，亏你拔了咱眼中之钉。"永贞道："这是爷的本事，据我的意思，还该早些打发他往南京去才好，如今他虽在外边，他的羽党甚多，过几日或有他的人代他称冤，或是皇上一时心回，取他回来，那时悔之晚矣！"

忠贤道："很是，怎处哩？"永贞道："除非摆布死他，才得干净。"忠贤想了一会儿道："有了。"又进内来与印月商议了。

一日，皇上同一班小内侍在宫中玩耍，忽然对客巴巴道："如今没有王安，朕也玩得爽快些。"印月乘机说道："他虽去了，还在外边用钱买嘱官儿代他出气，说他是三朝老臣，皇爷也动他不得。"皇上道："他竟如此大胆，可恶之至！"即着传谕到南海子去，道："守铺净军王安，不许交通内

---

①　嗾(sǒu)——挑动指使别人干坏事。

②　劾(hé)——揭发罪状。

外人等。如有人仍敢违禁往来,即着锁拿,奏闻治罪。"先王安一到南海子时,还有两个掌家、三四个贴身的老实跟随,其余的都逃散了。王安对众人道:"不知道皇上是什么意思,把咱处得这般。"有一个掌家道:"这还是霍给事说爷掌监印的根子。"又一个道:"这是爷前日要赶客巴巴出宫,他如今要报仇害爷的。"

正猜疑间,只见一个小黄门传了上谕来宣读了。众人听见,皆面面相觑,不敢不去,又不忍去。王安垂着两行泪说道:"罢了!咱一人做事一人当,怎么连累你们? 你们各自散了罢。"两个掌家含泪道:"孩子们平日跟爷,吃爷的,穿爷的,撰爷的钱,今日落难时,怎忍丢了爷去?"那老实道:"小的们自幼跟随爷,叫小的们到哪里去? 生死都随着爷罢了,王安哭道:"这也是你的好意,只是你们在此也做不得甚事,又替不得咱的苦,不要连累你们受苦,不如散去的好,你们此去,须寻个有福分、有机谋的跟随他,再莫似咱这没福的,这等疏虞①,被人陷害,不能管你们到头。"说罢,放声大哭。众人都哭了一会儿,只得拜辞而去。小黄门才去缴旨。只丢得王安一人,冷冷清清,凄惶独坐,终日连饭也无人做。饥饿难挨,正要寻自尽。

忽一日,有四五个人,抬着食盒酒饭,进来道:"孙公公拜上王老爷,送酒饭来的。请爷多用些。"王安道:"承你爷的情,他还想着我哩。"说着,众人摆下酒饭。王安也是饿急了,不论好歹,只顾乱吃,斟上酒来,吃了几杯。众人收拾家伙,王安还说道:"多拜上你爷,没钱赏你们,劳你们空走。"才说完了,忽然大叫一声,跌倒在地,只是乱滚,没半个时辰,七孔流血而亡。来人看着他死了,才去报与忠贤。忠贤即差人来,将他尸首拖到南海子边空地上,一把火化为灰烬。可怜他:

　　正是三朝美老臣,从龙辛苦自经营。

　　荣华未久遭谗死,魂断孤云骨化尘。

一霎时将王安烧完,将灰扬去,不留踪迹。题了一本,说王安畏罪自缢身死。那二十四监局都怕魏、客两人的势焰,谁敢代他伸冤? 一个个摇头乍舌,不敢惹他。

忠贤又夤缘掌了司礼监印,将李永贞、刘若愚升为秉笔,凡一应本章,

----

　　① 疏虞——疏于防范。

不发内阁,竟自随意票拟①,又以王体干、石文雅、涂文辅等为心腹。一个太监李实,原与他交好,就把苏州织造上等一个美差与他。李实也见他威权太重,恐惹他疑忌,忙领了敕,便星夜驰驿②往苏州去避他。忠贤送行时,席间托他访问魏云卿与他母亲的消息。一个管御药局的崔文升,因泰昌皇帝崩驾,说他用药不慎,科道交章劾奏,已革了职,此时也来依附他,升了美缺。其余掌家及门下的官,或近侍,或各处的要津,皆使他们时刻在御前打听消息,大半是蟒衣玉带,就是王安手下的人也来投靠。那不服气投他的,俱被他摘去牌帽,或降为火者,或发回私宅闲住。把个皇帝左右,布得满满的私人。

　　客印月又从中调遣六宫妃嫔,非与他相好者不得进幸。忠贤又差人到肃宁,访他亲兄魏进孝。本县熟人问道:"进孝出赘③人家,死已十余年,只有二子。"于是把他长子魏良卿取来,纳粟④做了中书,如今重又题改了武职,荫⑤了个锦衣指挥。又将客巴巴的儿子侯国兴并兄弟客光先、侄儿客瑶都荫作锦衣指挥,傅应星、田尔耕俱各升一级。又与尔耕计议,要选三千精壮净身男子入宫,习为禁军。正是:

　　　　已同红粉联心腹,又取青年壮爪牙。

　　毕竟不知选得何如?且听下回分解。

---

① 票拟——明制,内阁接到奏章后,用小票写所拟批答,再由皇帝批出,名为票拟,亦称条旨或调旨。

② 驰驿——旧时各省均设有驿站,凡官吏因急召入京或奉差外出,由沿途驿站急供夫马粮食,兼程而进,不按站停止耽搁,谓之"驰驿"。

③ 赘(zhuì)——入赘,招女婿。

④ 纳粟——古代富人捐粟以取得官爵或赎罪的手段。

⑤ 荫——封建社会由于父祖有功而给予子孙当官或入学的权力。

第二十九回
劝御驾龙池讲武　僭乘舆泰岳行香

诗曰：

堪恨奸雄大恶生，乱于禁闼①弄戈兵。

旗翻太液军声壮，剑拥长杨杀气横。

忍向昭昭欺国法，却从冥冥媚神明。

泰山妄祭非今日，漫道威名思也惊。

话表魏忠贤将二十四监局布满他的心腹爪牙，又见辽左多事，皇上留心武备，遂自逞雄心，选了三千青年雄壮净身男子入宫操练，以充禁军。又将他名下官儿，充为把总、哨长。于御营中选进几个教师来教习武艺，着小内侍们引诱皇上到后海子里玩耍。一则引荡圣心，二则假此奉承皇上欢喜。把一座后海子收拾得十分齐整。但只见：

花砖砌岸，文石甃②堤。暖溶溶百顷净玻璃。妆就曲江春色；静娟娟十洲通窈窕，造成隋苑风光。织女机丝，直接天河星海；石鲸鳞甲，移来翠水瑶池。到春来和风习习，堤边杨柳绿如烟；到夏来旭日炎炎，水面荷花红似锦。秋来时水天一色，落霞与孤鹜③齐飞；冬来时雪月交辉，玉鉴共冰壶相映。时迎凤舸日边来，常有锦帆天上至。

后海子内原有金章宗李后的梳妆楼在内，左右有金鳌、玉蛛二坊，又新添上许多楼阁，也都十分壮丽：

亭台卷画，岛屿潆洄④。平桥夹镜落双虹。高阁凌霄飞五凤。月轮映水，波纹澄镜浸楼台；宝槛凌风，花瓣随风粘荇藻⑤。山河扶

---

① 禁闼——禁门，指皇宫大内。

② 甃(zhòu)——用砖石砌(井、池等)。

③ 鹜(wù)——鸭子。

④ 潆洄(yíng huí)——水流回旋。

⑤ 荇藻——荇菜、水藻。

绣户，日月近雕梁。画栋雕甍，结绮临春增壮丽；金铺绣幌，瑶宫琼室竞豪华。

又造起许多龙舸凤舰，总选些清俊的小内侍撑篙，鼓棹演习。又选民间十五六岁美丽女子，唱吴歌于其上。那楼船造得十分华丽，但见：

　　双龙齐奋，彩鹢①争飞。双龙齐奋，荡开水面天光；彩鹢争飞，穿破波心月色。珠帘绣鹄②，掩着殿脚女、司花女，尽皆皓齿明眸；桂楫兰桡，忽听得采莲歌、鼓棹歌，都是吴歈越调。驾万里长风，锦缆牙樯天上坐；泛五湖明月，玉箫金管镜中游。

魏忠贤将海子收拾整齐，请皇上游玩。又于海子左边空地做一教场，终日操演。凡兵部的马匹、户部的钱粮、工部的衣甲器械，俱拣上等的关进来，时刻都不敢违误。那班人俱穿了鲜明的衣甲，拿着精利的器械，鸣锣擂鼓，放炮摇旗，日逐的呐喊鬼闹。他要买那些人的心，不时来看操、犒赏，又常请皇上赏赐。待操练纯熟，又请皇帝亲阅。自厚载门至教场，一路都是明盔亮甲的官兵。

皇上至演武厅坐下，上列着锦袍玉带的内臣，帘下立着四员金盔金甲的镇殿将军，下面都是勋卫，全妆披挂。将台上高悬着一面大纛，旗旁立着一个守旗将士，看他怎生样打扮：

　　金甲斜穿海兽皮，绛罗巾帻插花枝。

　　茜红袍束狮蛮带，守定中军帅字旗。

站台边立着四员巡哨官儿，也结束得齐整。但见他：

　　三叉宝冠珠灿烂，两条雉尾锦斓斑。

　　柿红战袄银蝉扣，柳绿征袍金带拴。

　　蜀锦袍遮锁子甲，护心镜挂小连环。

　　手中利剑横秋水，肩插传宣令字旗。

台下旗幡队队，戈戟森森，列成阵势，各按方位。东边一簇尽是青旗、青甲、青马、青缨。但见他：

　　轻云晓映春堤碧，簇簇旗幡拖柳汁。

　　锦练斜穿翡翠袍，金盔半掩鹦哥帻。

---

①　鹢(yì)——古书上说的一种水鸟。

②　鹄(hú)——天鹅。

狻猊①绣甲衬猩绒，宝带玲珑嵌绿琮。

蓝靛包巾光闪闪，牙幢②开处现青龙。

正南上皆是红旗、红马、红甲、红缨。正是：

斗大朱缨飘一颗，猩红袍上花千朵。

狮蛮带系紫玉团，狻猊甲露黄金锁。

岸帻锁金簇绛纱，龙驹千里跨桃花。

祝融③天将居离位，朱雀旗摇映晓霞。

正西上尽是白旗、白甲、白马、素缨。但见：

旗飘白练走如雪，戈戟森森多皎洁。

素色罗袍腻粉团，兰银铠甲层冰结。

獬豸吞头银闹妆，麒麟腰带玉丁当。

太阳凝处寒霜护，白虎生威守兑方。

正北上一簇多是黑旗、黑甲、黑马、玄缨。一个个：

铁骑腾空如地煞，堂堂卷地乌云杂。

雪花乱点皂罗袍，日光掩映乌油甲。

剑似双龙气吐虹，马如泼墨晓嘶风。

牙旗开处飘玄武，黑雾漫漫锁坎宫。

中央皆是黄旗、黄马、黄甲、黄缨。真个似：

一簇黄云分队伍，熟铜锣间花腔鼓。

杏子黄袍绣蟠龙，饯金护领镌飞虎。

翻风锦带束秋葵，出水雏鹅染号旗。

坐镇中央戊己土，高牙大纛拥前麾。

五方阵势摆得齐整威严，只听得一声号炮，站台上三声画角，鼓乐齐鸣，将台上扯起一面黄旗来。军中两骑马一对蓝旗，飞也似地来到站台边，下马起奏道："请皇上开操。厅上内臣传旨道："奉上谕，小心操演。"蓝旗答应一声。飞身上马，报入五营。又听得一声炮响，将台上将旗一展，只见摆成一个八卦阵。少顷，又一声炮响，那阵中纷纷滚滚，顷刻间变

---

① 狻猊（suān ní）——传说中的一种猛兽。

② 牙幢（chuáng）——刻有佛号或经咒的（象牙材料）柱子。

③ 祝融——传说中的古帝，后亦指司火官。

成一字长蛇。阵势摆过,先演枪炮,后演牌手长枪。正是:箭穿杨叶,齐夸七札之能;枪滚梨云,共羡五花之妙。芦管频吹,胡茄竞奏。

操演已毕,龙颜大悦,即伟下旨:"众军将俱着赏金花、金功牌并白银十两酬之;余者各赏银花、银牌;军士各赏银二两。魏忠贤训练有功,亦赏金花牌、锦缎八表里。"各各谢恩,领赏归营。然后大摆筵宴,军中打起得胜鼓来,众乐齐鸣。乐止收兵,尚未尽收,忽正南上鼓角齐鸣,飞出一彪人马,但见得:

> 杂彩旗幡映日,暄阗鼓角连天。呆绫蜀锦趁风旋,铁甲霜戈布满。灿烂金麾玉节,轻盈宝镫丝鞭。浑如月孛下云端,魔女天仙出现。

那枝人马,却是一队女兵,来到站台下扎住。门旗开处,有几十对旗幡簇拥着一员女将,妆束得十分艳丽。但见他:

> 玉叶冠满簪珠翠,锦花袍巧绣蛟龙。鸳鸯双扣玉玲珑,宝甲连环穿凤。十指轻笼嫩玉,双钩斜踏莲红。娇姿秋水映芙蓉,宝剑精光吐逆。

那女将直至御前下马,叩见皇上。看时,却是客巴巴,妆扮得异常娇艳,比平时更觉风流。皇上大喜,亲举金杯赐酒三爵,特赐金花、金牌表里。手下女兵个个颁赏,命御去戎妆侍宴。饮至半酣,皇上下来,走了一回马。魏监也领着一班小内侍,客巴巴也领一班宫女来走马。正是:

> 殿前宫女总纤腰,初学乘骑怯又娇。
>
> 上得马来才欲走,几回抛鞚①抱鞍桥。

客巴巴上了马,如星流电掣一溜烟的去了。只见:

> 袅袅身轻约画图,轻风习习扬衣裾②。
>
> 双钩斜挂新生月,疑是明妃乍入胡。

各走了一回马,至御前下来。魏忠贤骑的匹玉面龙驹是天闲选乘,谁知走发了性,收不住缰,竟冲上御道来。左右内侍不敢悬他,竟冲到御前。皇上动了怒,取箭将忠贤的马射倒,哈哈大笑。左右扶忠贤起来,竟不到御前请罪,他竟先自去了。皇上同客巴巴又饮了一回才起驾。客巴巴令

---

① 鞚(kòng)——马笼头。

② 裾(jū)——衣服的大襟或衣服的前后部分。

中军打得胜鼓,直送至宫。

魏忠贤见皇上射死了他的马,心中郁郁不快。回到直房,李永贞等都来问候。忠贤说了一遍。又道:"那马平日骑惯了的,到也驯熟,今日不知怎么溜了缰,再收不住?咱昨夜梦一金甲神人,把我一推,不意今日就有此事。我想从前没甚事得罪神圣,只有当年曾许过涿州泰山庙的香愿,至今未还,须要自去一走。"遂叫永贞写了个告假的本,先差人送银子去启建道场。至日,亲来拈香。本下,次日辞朝,把一应事都叫李永贞照看管理,凡奏章紧要者即飞马来报,其余都俟回来票拟。沿途地方官闻得此信,早预备下轿马人夫,一路迎接。也不知费了多少钱粮。他领了一班内兵,簇拥着往涿州来。百官远迎,不须细说。一行仪从甚是齐整。但只见:

> 羽葆翠盖,凤帜龙旗。职方负弩净风尘,方伯持筹清辇路。轰轰雷响是黄幄车、大辂车、金根车,高卷着珠帘绣幕;层层雾卷是红罗伞、曲柄伞、方沿伞,尽都是翠点珠悬。飞龙旗、飞虎旗,相间着黄旄白钺;日月扇、龙凤扇,相对着玉节金幢。捧香帛的都是锦衣玉带,金鞍白马从容;护乘舆的尽是铁甲金戈,绣袄金盔猛烈。一路上红尘滚滚,半空中香雾漫漫。恍疑凤辇看花回,浑似鸾舆巡狩出。

不日到了涿州,知州等离城五十里迎接。一路来廪给中伙。俱如进御膳的一般。将近泰山庙时,众道士响动乐器,出庙俯伏迎迓。众官俱跪在道旁。进得庙来,至大殿前下轿,礼生迎上殿。忠贤看那醮坛,却铺设得十分齐整。但见那:

> 琼台九级分,宝笈千函列。数千条绛烛流光,几万盏银灯散彩。对对高张羽盖,重重密布幡幢。风清三界步虚声,月冷九天垂沆瀣。金钟响处,高功进表上虚皇;玉佩鸣时,都进步虚朝玉帝。紫绡衣星辰灿烂,芙蓉冠金碧辉煌。监坛神将貌狰,直日功曹形猛恶。道士齐宣宝忏,上瑶台酌水献花;真人暗诵灵章,按法剑踏罡布斗。青龙隐隐开黄道,白鹤翩翩下紫宸。

大殿上贴着一副黄绫织成金字对联,上写道:

> 贝阙珠宫,鉴草莽之微忱,一诚有感;

> 金书玉简,降海山之福庆,万寿无疆。

礼生引忠贤上殿,小内侍铺下绒毡,小道士用银盆捧水,净手上香。

小内侍捧着香盒,礼生喝礼,上了香,拜了四拜。游览一遍,至方丈内坐下,知州引众道士一一参见。忠贤问道:"合庙多少道士?"住持跪下禀道:"共有四十二众。"又问道:"都有度牒①么?"住持道:"只有十二名是有度牒的。"忠贤道:"你去把名字一个个都开了来,没度牒的,我都给与他做一个胜会,也不枉来此一遭。"道士答应去了。少顷,逐一开了来。忠贤一一看过,并不见有陈元朗在内,心中疑惑道:"怎么不见他? 当日只好十七八岁,如今才好有四十外年纪。又不大,何以不见他?"道士摆上斋供,遂与田尔耕吃罢,心中甚是不快,便早早睡了。

次早起来,吃过早斋,高功禀道:"醮坛各色文表齐全,请老爷用押。"忠贤换了蟒衣玉带,众道士一齐响动乐器,引至殿上。礼生喝礼拈香,礼拜毕。东首一顺摆着四张桌子,都铺着龙凤彩袱,上面堆着各色文卷,高功一一指点道:"这一宗是借地建坛表文,这一道是上奏后土皇都地只关牒,这一道是土府值年太岁并本庙土地,这一宗是开发文书关牒。这六道是本处城隍、四值功曹、本庙护法诸神、泰山顶上传宣急流马元帅、流金大锭帐元帅、九凤破秽上将军。这一宗是本日早朝启上元赐福天官笺文,启请五师真君笺文,启请监坛监斋神将文牒。这一宗是五方五老、玉符云篆五朝真文,启请赦罪地官签文。这一宗是晚赞星关灯祝寿、解劫、上斗姥元君云篆、上奏紫微大帝表文。一桌已完,又一桌上是次日早朝关白庞、刘、荀、毕、陶、辛、张、邓八表天君文移,开天总召名职神员文移,上九天应元雷声普化天尊文表。一总是次日早朝开关门、劈地户、取水火、炼度真文,上南极丹霞大帝取水文移,上东极扶桑大帝取水文移,关白司玉磬神霄劈非大将军,关白司金钟神霄禁坛大将军关牒。这是次日晚朝解结上释厄水官笺文,劈暗灵符。这是正日早朝启请东岳天齐仁圣帝群笺文,上太乙救苦天尊文表,上冥府十王笺文,又上度老爷三代祖考,下及冥阳界内十类孤魂。这是黄白简,告下斗府七元君一转元灵妙道真经,告下南极长生大帝二转元灵妙道真君,告下东极东华帝君三转元灵妙道,告下东方木公真君四转元灵妙道真君。这是正日早朝关召,交龙金龙关符,启请三清上帝清司黄白简,告下斗姥九凤元君五转元灵妙道真君。告下南岳魏夫人关召青鸾白鹤六转元灵妙道真君,告下南极老人寿星七转元灵妙道

---

① 度牒——旧时官府发给和尚、尼姑的证明身份的文件。

真君,告下东华福禄二星八转元灵妙道真君。这是晚朝启请五师笺文,黄白简,告下青城可韩司丈人真君九转妙道真君,告下三天辅教天师十转元灵妙道真君并总醮都公诸疏。这是老爷虔许香愿青词。"道士一一查出,与忠贤画了字,旁边小内侍捧过五十两一封银子、四表礼,做画字礼拜表仪。各神前都拈香,再拜而退。

高功发毕文书,请忠贤到方丈内用午斋毕。同田尔耕在庙闲步,见昔年光景宛然在目,想道:"我当初在此与死为邻,若非陈元朗师父,怎有此日?我今富贵了,到此却不见他,难道他是死了?"睹物伤心,忍不住凄然泪下。又不好哭,又不住泪,只得暗暗拭干,没情没绪的回来。睡了一刻,又起来,叫小内侍唤一个老年的道士来。那道士不知为甚事,战兢兢的跪下。忠贤道:"不要害怕,我问你,这庙中曾有个陈元朗的,怎么不见?"那道士回道:"那是小道的师兄,他于二十年前同个云游僧家往青城山朝峨嵋,至今未回。"忠贤道:"他俗家有人么?"道士道:"他俗家没人了。"忠贤叹息不已。三日醮事已完,忠贤吩咐知州拨腴田①十顷,为庙中香火。每一个道士给度牒一张。吩咐:"如换住持,不许妄举匪类,须择有德行者当之。于庙傍空地上建陈元朗生祠,亦拨田三顷,以供香火祭礼,我自着人来住持。"知州一一答应钦遵。

忠贤正料理起身,只见一个小黄门气吁吁地下马入内。叩了头,走向忠贤耳边低低说了几句。忠贤传令,即刻起马,兼程而回。正是:

　　洪恩未报先违愿,词组传来又恼人。

　　毕竟不知传来甚事?且听下回分解。

---

①　腴田——肥沃的田地。

第 三 十 回

侯秋鸿忠言劝主　崔呈秀避祸为儿

词曰：

　　万事转头空，何似人生一梦中。蚁附蝇趋终是幻，匆匆，枉向人前独逞雄。

　　何必叹飘蓬，祸福难逃塞上翁。狐媚狼贪常碌碌，烘烘，羞恶良心却自蒙。

　　话说魏忠贤因醮事已毕，正欲起身，只见小内侍飞马而来，向耳边说道："客太太被中宫娘娘赶出宫去了。"忠贤惊问道："为甚事？"小内侍道："因皇上前日在西宫玩耍，一时要往中宫去，客太太说：'中宫娘娘有恙未痊。'皇上道：'既有恙，你可去看看。'客太太领旨去问安，回过了皇上。谁知次日退朝，驾幸中宫，娘娘好好的出来迎接。皇上问道：'闻你有恙，朕来看你，可曾服药？'娘娘道：'不曾有甚病。'皇上道：'昨日朕要来你宫中，客巴巴说你有恙，朕后差了他来看你的。'娘娘道：'他并没有来。'皇上说：'如此说，竟是他的谎了，既欺了朕，就该处他。'皇上在中宫宿了两夜，第三日到李娘娘宫中去了，中宫娘娘即宣了客太太进宫，问道：'我有何病，你就欺瞒皇上？皇上着你来看我，你不来，又说谎。当日太祖爷铁牌上镌着道："宫人说谎着斩。"你今期瞒皇上，就该死。诅咒我也该死，说谎也该死，随你拣哪一件认去。'客太太无言可答，只是叩头求饶。娘娘道：'且看圣上之面，姑饶一死，逐出宫去。'即刻着四个内宫押着出去，不许停留。客太太用了钱，才得见皇上。皇上道：'你本不该说谎，娘娘若不处分，那法度何在？既叫你出去，这还是从轻，朕也不好挠他的法。你且出去，等娘娘气消一消，朕再来召你。'客太太忍着气回家去了。故此孩子星夜来报爷知道。"

　　忠贤听了，吩咐即刻起身，兼程回京，百官迎接一概不见，径回私宅。内外官员都来问安，也一概免见。忙换了便服，走到侯家。秋鸿迎接，忠贤问道："太太在哪里？不要恼坏了。"秋鸿道："没得扯淡，恼甚的，来家好不快活，日高三丈，此刻还未起哩。在宫里起早睡晚的，有什么好处？你去烧香，带了什么人事来送我的？"忠贤道："可怜那是个什么地方，还有物事送人？"秋鸿道："你从毛厕上过也要拾块干屎的人，难道地方官就没有物事送你的？好一个清廉不爱钱的魏公公，专一会撇清①。"忠贤道："有！有！有！那里出得好煤炭，送几担与你搽脸。"秋鸿道："那是你这老花子，在那里讨饭时擦惯了脸的。"忠贤道："我把你这油嘴臊根，还是这样出口伤人。"赶上来打他。秋鸿笑着跑进房去，忠贤赶上一把按住道："我不看世界面上，就一下子弄杀你才好。"秋鸿道："这才像个皇帝的管家，学了句大话儿来吓人。你只好说得，行不得。"二人闹了一会。忠贤道："趁着月儿没有起来，吵她吵去。"秋鸿道："他在后头楼里睡着哩。"二人携着手往后面走，过一重小门，见一带长廊，秋鸿道："从这小廊转弯进去就是了，你自去罢，我去办早饭来你吃。"说着去了。忠贤转过回廊，见一座小小园亭甚是精致，但见：

香径细攒文石，露台巧簇花砖。前临小沼后幽岩，洞壑玲珑奇险。百卉时摇翠色，群花妖艳栏边。五楼十阁接巫天，绝胜上林池馆。

朝南三间小厅，后面一座花楼，许多斜廊、曲槛、月榭、花台，十分幽雅。正是：

画栋巧缕人物，危楼尽饰沉香。花梨作栋紫檀梁，檐幕铜丝细网。绿绮裁窗映翠，金铺钉户流黄。石脂沱壁暗生光，不下骊山雄壮。

从花楼下一道斜廊东去，才是一座楼，面前小山拳石，盆景花木，见许多丫环在廊下梳头刺绣，或依栏看花，或共相戏耍，一个个都是：

眉蹙巫山攻黛，眼横汉水秋波。齿编欠玉莹如何，唇吐樱桃一颗。鬖髯②轻云冉冉，脸妍莲萼猗猗。翠翘绿绮共轻蛾，燕赵选来婀娜。

---

① 撇清——在上面轻轻地舀清水，把混水（钱财）留在下面，自己不取，谓把自己说得清白。这里说反话。

② 髯(duǒ)——下垂。

那众丫环见忠贤进来,都站立两旁,有两个即走进去报信。忠贤道:"太太起来了没有?丫环道:"还未起来哩。"刚走到棬前,丫环出来道:"请老爷坐,太太才起来。"忠贤看那棬①内,摆列的古玩书画,无一不精,但只见:

> 囊里琴纹蛇腹,匣中剑隐龙文。商彝②翠色列苔茵,周鼎朱砂红晕。逸少③草书韵绝,虎头小景怡人。哥窑百圾④列鱼鳞,汉篆秦碑道劲⑤。

忠贤闲看了一回,欣羡不已。等得心焦,不见印月出来,只得走进他卧房。只见他房中摆得更十分精致:

> 箪⑥密金纹巧织,枕温宝玉镶成。水晶光浸一壶冰,七尺珊瑚红映。屏列玻璃色净,榻镶玳瑁光莹。锦衾绣幕耀光明,玉笋金钩双控。

进得房,只见印月初起,在大理石榻上裹脚。忠贤与他并肩而坐,问他出宫之故。但见他:

> 眉压宿醒⑦含翠,腮边枕印凝红。宝钩斜溜鬓云鬃,渺渺秋波懒送。软抹酥胸,半軃蜻蛴⑧,纽扣微松。梨花带露倚春风,似怯晓寒犹重。

印月未曾开言,先呜呜咽咽的哭起来。忠贤道:"你莫恼,等我代你出气。"印月道:"你说的好大语!是他说的,天下只有他大,他是个国母娘娘,要我们早上死,谁敢留到晚?连皇爷也不在他心上。我们纵大,杀了无非是个奴才!今日处了我,明月就要轮到你了,你还说代我出气!"忠贤道:"皇上也该有些主意,有事说罢了,怎么就叫你出来?"印月道:

---

① 棬(quān)——环门。
② 彝(yí)——古代酒器。
③ 逸少——晋书法家王羲之的字。
④ 哥窑百圾——宁宋龙泉名瓷,章生一、章生二兄弟二人各有千秋,章生一的哥窑胎细质白,叫百圾碎。
⑤ 遒劲——雄健有力。
⑥ 箪(dān)——盛饭的圆形竹器。
⑦ 宿醒——睡眼惺忪之态。
⑧ 蜻蛴——本指白色的天牛的幼虫,这里当指颈项。

"皇爷的心都是他引偏了,一连在他宫中过了两夜,不知怎的撺哄,自然两个人说同了,次早才叫我出来的。"忠贤道:"你休谎我,任凭怎样也要代你出这口气。"印月把手向他脸上一抹道:"不羞,你弄得他过?"忠贤道:"弄不得他,难道他爷老子也处不得!"印月道:"皇爷的耳根子又软,岂不护他丈人?你代我将就些罢,莫要惹火烧身。只是我不进去就罢了。"忠贤又温存他一会,代他揩干了眼泪。丫头捧上茶来,忠贤拿了一杯,送到他嘴边。印月吃了两口。

只见秋鸿进来道:"日已中了,吃早饭罢。"忠贤道:"我也饿了,今日还未曾有点水下肚哩。"秋鸿道:"想是害噎食病①吃不下去,不然为什么这时候还未吃饮食?"忠贤道:"我连夜来到家即来了,哪里还记得饿?"秋鸿忙叫丫头拿妆盒来,与印月梳头。印月起身略通了通头,洗了脸,穿上衣服。丫头收去梳盒。忠贤对那丫头道:"借耳爬子用用。"丫头向梳盒内寻了一会道:"太太的耳爬子不在梳盒里。"印月道:"汗巾子上有,在床上哩。"丫头便去揭开帐子,向枕边拿汗巾。

忠贤在帐缝中见被中有些动,像有人在内的,便走起来把帐子揭开,只见红衾被内有个人睡着。忠贤将被揭开,只见个后生,浑身洁白,如粉妆玉琢的一般,约有十六七岁的年貌。忠贤道:"好快活!"说着便睡上床去,摸摸他。只道是个小内侍,及摸到前头,却是个有那话儿的。这小郎见他摸到前面,忙把两腿夹住,动也不敢动。秋鸿在旁掩口笑道:"不要罗,起来吃饭罢。"忠贤把那小郎拉起来,穿上衣服。下床来,脸都吓黄了,浑身抖战。忠贤道:"你不要害怕,快去梳洗了来一同吃饭。"小郎才去梳洗。印月站在廊下调鹦哥玩耍,未免有些羞涩。忠贤出来拉他一同进来,二人上坐,秋鸿也坐下,叫丫头摆饭。说不尽肴口精洁,只见:

> 南国猩唇烧豹,北来熊掌驼蹄。水穷瑶柱海参肥,脍切银刀精细。

> 翅剪沙鱼两腋,髓分白凤双丝。鸡松鹿腿不为奇,说甚燕窝鲟嘴。

秋鸿用金杯斟酒,三人共饮。

那小郎梳洗毕了,来见忠贤,叩下头去。忠贤忙拉他起来道:"你是

---

① 噎食病——食道癌。

太太的人,不要行这个礼,好生服侍太太。"再细看他,果然生得标致,只见他:

> 的的眸凝秋水,猗猗脸衬娇莲。柳眉皓齿态妖妍,万种风流堪羡。

> 冠玉美如女子,汉宫不数延年。梨花风格自天然,阵阵口脂香遍。

忠贤叫他坐在印月肩下,那小郎未免有些悚惧不安之状。印月亦有羞涩之态。只有秋鸿在旁嘻嘻哈哈的斗嘴玩耍,对忠贤道:"你说娘的珠子当在涿州,你去烧香,没人事送他罢了,怎么他的珠子也不赎来与他?"忠贤道:"一者年远,二者也不记得当在谁家。"秋鸿道:"你是张家湾的骡子不打车,好自在性儿,终不然就罢了么?"印月道:"你可是枉费唇舌,他如今尊贵了,哪里还用得着人,有心肠来记这样事!"忠贤笑着,把手拍拍那小郎道:"有了这样个美人儿,还用别人做什么?"这一句话把个印月说急了,红着脸起身。忠贤也自觉言语太讪,便打了个淡哈哈,起身走到房中,向印月道:"咱权别了,再来看你。"印月也不理他。秋鸿送他出来,忠贤道:"我斗她耍子,她就认起真来了。"秋鸿道:呆哥儿,我对你这寡醋少吃吃罢。"忠贤相别上轿去了。

秋鸿回到里面,见印月手托着香腮,恹恹地闷坐。秋鸿便坐了,劝道:"娘不要恼。"印月道:"都是你风张倒致的,惹的他嘴里胡言乱语的。"秋鸿道:"我还有句话要对娘说,若不中听,娘不要恼。"印月道:"你自来,那句话儿我不听的?"秋鸿道:"古人云:'知足不辱,知止不殆①。'又道:'识时务者为俊杰。'我娘儿两个好好的在家,何等快活? 只为他来我家,费了许多唇舌,受了许多气,后来被爹爹撞见,他往京中来,约他到外婆家相会,你看他这负心的可去不去,代累我们吃尽了苦,才得到这地位。他如今这泼天的富贵,盖世的威权,也总是娘带牵他的。如今一切事都要娘在皇爷面前调停,娘的一个珠子他就不记得赎了来,他还说他有掀天的手段,难道这样一个珠子就找不着的? 即此就可见他的心了! 娘在宫里起早睡晚,担惊受怕的,他在外边狐假虎威,渐渐的事做得不好了。娘在内里倚着皇爷的恩坏,如今皇爷比不得小时离不得娘,他上有三宫六院,下

---

① 知足不辱,知止不殆——知道满足不会受辱,知道中止不会遭危险。

有嫔妃彩女,上下几千人,眼睁睁看着,不知怎么妒忌娘哩,娘一个人怎么弄得过这些人?况皇爷少年的心性,又拿不定,倘或一朝有些破绽,虽无大患,却也没趣味。就是前日中宫叫娘出来,皇爷若要留娘何难,毕竟他夫妻情分上不肯违拗。他老魏说代娘出气,那都是浑话,中宫是个主母,他一个家奴,能奈何得他么?娘在外边何等快活,又封了二品夫人,哥儿又是禁卫大臣,锦衣玉食,受皇家的恩宠,歌音舞女,高堂大厦,哪一个官儿不奉承你。若到里面去,未免到要做小伏低,撑前伺后的。虽然皇爷宠爱,不如家中行乐的长远。据我说,只是不进去的好。切不可听老魏啜哄,明日做出坏事来,还要连累娘也不得干净。"印月听这一席话,也不言语,只略点点头而已。这才是:

侃侃①良言金石同,如何徒说不能从。

当年若肯将身退,安得身靡奸党中。

且说魏忠贤一路回来,心中懊悔不已,因一时不存神,言语激恼了印月,遂不进去。次日,李永贞、刘若愚等俱来参见。永贞道:"涿州泰山庙住持来谢,说本州岛已拨了田给他领了。"忠贤道:"叫他进来。"道士进来,叩了头跪下。忠贤道:"前日多劳你们,本庙仍着你做住持,陈师祠我迟日就有人来侍奉香火。"道士领命叩谢而去。忠贤就叫李永贞行文到蓟州去,取城隍庙道士玄照来京听用。

永贞金②了文书,着个校尉到蓟州,下了文书。知州出票传玄照。那玄照自师傅死后,家业渐凋。是日见了差人来叫,只是拆措些酒钱,与他同到州里来。知州见了道:"奉东厂魏爷的钧旨来叫你。你速去收拾行李,明早来同去。"玄照听见东厂叫他,吓得面如土色,魂不附体。知州道:"你不要怕,必不难为你。"叫原差同他回庙收拾,次早知州当堂交与,校尉带了出来,向他要钱。玄照本无甚家私,此刻又无处供贷,只得把住房典出五十两银子来,将四十两送与校尉,留十两为路上盘费。他一个师叔对他道:"俗话说得好:'朝里无人莫做官',你到京师举目无亲,没人照应,我想这里的崔呈秀老爷现在京做官,你去求他家封家书,去请他照看你一二。况他平日也曾与你相好,有封书子去,也好歹有些照应。"玄照

---

① 侃侃(kǎn kǎn)——形容说话理直气壮,从容不迫。

② 金——同"签"。

道："甚是。"遂拉了他师叔并两三个相好的道士,来到崔家。正值崔公子送客出来,众道士上前施托,将求书之事说知。崔公子道："好,我正要寄信去,苦无的人。诸位请进来少坐,我就写来奉托。"众人到厅坐下,茶毕,崔公子拿了家书出来,道："拜烦到京,就送与家君。内中有两件紧要事,立等回信的。"众道士作揖相谢出来。

玄照即同校尉星夜进京。到了时,即至魏监私宅交令。恰好忠贤在家升厅发放①,校尉带上玄照,忠贤吩咐校尉退出。玄照在阶下叩头,忠贤道："起来罢,随咱来,有话对你说,不要害怕。"把他引到侧道一个小厅上,忠贤上坐,叫玄照旁坐。玄照跪下道："贫道怎敢。"忠贤道："不妨,你是方外之人,又是旧交,坐下好谈。"玄照只得叩头,起来坐下。忠贤道："你师父好么?"玄照道："师父去世久了。"忠贤道："你家私何如?"玄照道："淡泊之至。"忠贤笑道："想是你不成才,大赌大吃的花费了。我叫你来,有事用你,我如今在涿州泰山庙旁起了一座藏经阁,缺少个住持,今授你做个护藏的道官,有香火田二顷,再送你五百两银制备衣履盘费,你可去么?"玄照道："蒙老爷天因差遣,敢不如命。"

忠贤叫看饭来。小内侍摆下饭,恰好侯七官也进来,相见坐下,同吃了饭,忠贤道："你且在朝天宫住着,等涿州的祠宇完了工,便来请你。老七可同他去走走。"二人辞了出来。那玄照平白的得了这一套富贵,喜出望外,上了马同到朝天宫来。道士见说是厂里送来的,各房头都来争了去住,玄照坐定,向侯七道："厂里这位老爷有些面善。"侯七道："就是当日贩布的魏西山,你不认得了么?"玄照愕然道："原来是他!我说他怎么认的我的。老爷府上住在哪里?"侯七道："手帕胡同,问奉圣府便是。"玄照道："明早奉谒②。今日先要到崔爷处下书子,因他公子立等回信。"侯七道："这等我且别过。"侯七上马去了。

玄照取出书子,雇了驴到顺城门来,问到崔御史的下处。门上人回道："老爷注了门籍,概不会客。"玄照道："我从蓟州来的,有你老爷家书在此。"把门的不肯代他传。却好一个家人出来,认得玄照,问道："师傅几时来的?"玄照道："才到的,大相公有家书在此,说要立候回信的。"家

---

①　发放——发落,处理事务。

②　奉谒——拜见。

人领他到厅上,道:"师傅请坐,我请老爷出来。"少刻,崔呈秀出来。玄照跪下,呈秀忙扯住道:"行常礼罢。"坐下,问道:"东厂叫你为何?"玄照将前事说了一遍,呈秀惊讶道:"好呀,你竟得了这般际遇①!他怎么认得你的?"玄照道:"他就是当年在我们那里贩过布的魏西山。"呈秀点首嗟叹道:"哦,原来是他!"玄照道:"闻得老爷巡按淮扬的,那里有个花锦地方。"呈秀道:"地方虽然繁华,这却是个中差,只落得有食用,赃罚有限,要不得钱的。我只因多劈了几块板用,也是慈惑念头,谁知堂尊高功说我受赃,把我参了,故此注了门籍,不便会人。"玄照道:"老爷何不寻个门路挽回?"呈秀道:"也想要如此,奈无门路。"玄照道:"贫道到有条好门路。"呈秀道:"是谁?"玄照道:"布行侯少野之子老七,今早在魏爷府中会见,贫道问他的住处,他说在奉圣府中便是。他原是魏爷的厚人,老爷何不托他引进,魏爷内中解释,自可挽回。"呈秀欣然道:"妙呀,就劳你代我介绍,事成定当厚谢。"玄照道:"事不宜迟,我就代老爷说去。"呈秀道:"好极!"即着长班拿马来,吩咐道:"你随这位师傅到奉圣府拜客去。"

玄照别了出来,同长班上马,来到侯家门上,用了钱,传贴进去。侯七出来相见,问道:"可曾会见崔少华?"玄照道:"会过了,正为他的事而来。"把前事细细说了一遍。侯七道:"事也可行,只是上司参属官,恐难于调护。我也不得深知,我去寻他个贴己的人来问问,他说可行便行。"玄照道:"事紧了,速些为妙。"侯七道:"晚间你来讨信。"玄照道:"如此说,我先别过,晚间再会。"侯七道:"你在客边吃了午饭去。"二人吃了饭。玄照回来回复呈秀,呈秀留住吃酒。侯月上时,玄照又来侯家问信。侯七道:"我问他掌家的李永贞,说上司参属下难以调护,老爷不肯管,如今只有一着,他若肯拜在老爷名下为义子,不但可免降调,并将来有得美差。若行时,须在今晚议定,先会老李说过,明后日就好行事。"

玄照作别回来,到呈秀寓所。呈秀在书房等信。玄照对他说了,呈秀事到其间,也说不得了,随即换了衣服,同玄照到了侯家,会见侯七,便允侯七一千两谢礼。然后领来见李永贞,等了一个更次才出来,呈秀见了礼,呈上礼单,约有千金之物。永贞道:"学生无功受禄,决不敢领厚赐。"

① 际遇——(多指好的)遭遇。

侯七道:"有事相烦,仗鼎力①,不必过推却了。"永贞道:"礼过重了,何以克当②。"呈秀道:"些须薄敬,幸勿见笑。"永贞才叫家人收了,问道:"七兄可曾对崔先生说?"侯七道:"说过了,但凭主张,只求速为妙,恐迟了,本下来就难挽回了。"永贞道:"咱明日进去,先把本查了,按住这里,崔先生速速备礼,后日老爷回宅时,咱自差人奉请,老爷是好奉承的,先生须要谦退些。一则老爷有事,轻易难得见面,你既在他门下,出入就可不拘时刻;二则是他义子,他就好代你委曲,人也说他不得。"呈秀道:"多谢公公抬举。"永贞道:"只是以后你们是父子之亲,把咱们都看不上眼了。"说罢哈哈大笑。呈秀告别,同玄照回寓。

留住过了三日,李永贞差人来说:"明日魏厂爷回宅,可清晨来见。"呈秀重赏来使,连夜收拾停妥,五鼓时,即穿了素服角带,到魏府门首伺候。钱都用到了。等到辰牌时,李永贞才出来道:"老爷穿衣服,将出厅了。"呈秀到厅前伺候,只见厅上猩毡铺地,金碧辉煌,中间摆一张太师椅,锦绣坐褥。

少刻,有几个穿飞鱼系玉带的内官出来,站立两旁。忠贤是立蟒披风,便服出来,朝南坐下。李永贞带崔呈秀上厅相见,拜了八拜,忠贤把手略拱一拱。拜毕,复又跪下,呈上礼单。忠贤看见上开着是:

五色倭缎蟒衣二袭	夔龙脂玉带一围
祖母绿帽顶一品	汉玉如意一握
金杯十对	玉杯十对
金珠头面全副	银壶二执
花绉四十端	锦缎四十端
绫罗四十端	白银一万两

忠贤笑道:"只来见见罢了,何必又费这事?咱不好收得,还收回去。""呈秀又跪下道:"不过是孩儿一点孝心,求爹爹莞纳③。"忠贤道:"也罢,随意收一两色儿,见你个来意。"呈秀长跪不起道:"爹爹一件不收,孩儿也不敢起来。"忠贤笑着,只得叫人全收了。下坐携着呈秀的手

---

① 鼎力——敬辞,大力。

② 克当——能当得起。何以克当:担当不起。

③ 莞(wǎn)纳——笑纳。

到内书房来,只见筵席已摆现成。忠贤要安席,呈秀再三恳辞道:"为子者怎敢当,请爹爹尊重。"说毕走上去,将自己一席移到东首。忠贤不肯面南坐,也将席移斜些坐下。传杯弄盏,说说笑笑,直饮至更深方散,宛如父子家人一般。可叹:

　　爹生娘养浑如戏,不当亲者强来亲。

　　毕竟不知呈秀拜在忠贤门下,后来如何? 且听下回分解。

第三十一回
杨副都劾奸解组　万工部忤①恶亡身

诗曰：

　　碎首承明一上书，严严白简映青蒲。

　　旁观下石犹堪笑，同室操戈更可虞。

　　漫把高名推李、杜②，已看蜀党锢黄苏③。

　　片言未落奸雄胆，徒惜孤忠一夕俎。

　　却说崔呈秀拜了魏忠贤为干父，饮酒回来，何等快活。次早，又备了礼，写上个愚弟的帖子，拜魏良卿与田尔耕。先拜过尔耕，才到魏府谢酒。见忠贤，拜谢毕，坐下。忠贤道："咱昨日想起来，当日在蓟州时与二哥原是旧交。咱如今怎好占大，咱们还是弟兄称呼罢。"呈秀离坐打一躬道："爹爹德高望重，今非昔比，如今便是君臣了。"忠贤呵呵大笑道："好高比！二哥到说得燥脾，只恐咱没福，全仗哥们扶持。"茶罢，呈秀起身。忠贤对侄儿良卿道："你同崔二哥去看看姑娘，说咱连日有事，迟日再来看他。"

　　二人领命，同上轿往奉圣府来。呈秀的长班传进两个眷弟的贴去，同良卿下轿，到厅上。侯七同侄儿国兴出来相见。那侯国兴才有十五六岁，生得美如冠玉。见了礼，坐下。良卿道："姑母起来否？"国兴道："才起来，尚未梳洗。"对小厮道："进去对太太说，魏大爷要进来见太太哩。呈秀躬身道："拜烦也代弟说声，要谒见姑母。"国兴道："不敢当。"吃过茶，小厮来回道："太太尚未梳洗，多谢崔爷，教请魏大爷进去。"呈秀对国兴道："小弟特为竭诚来谒见姑母，务必要求见的，请老表兄委婉道意。"国兴道："小弟同家表兄先进去，代吾兄道达。"二人进去一会，同出来，国兴

---

① 忤——不顺从。

② 李、杜——唐代诗人李白、杜甫。

③ 黄、黄——宋代诗人黄庭坚、苏轼。两人都曾遭贬。

道："家母多拜上崔先生,有劳大驾,因连日身子有些不快,改日再请会罢。"呈秀道："岂有此理! 同是一样的子侄,大哥可见得,小弟独不可见,姑母见外小弟了。"良卿道："委实有恙,才小弟就在榻前谈话的。"呈秀道："不妨。小弟亦可在榻前请安,定要求见,少表孝念,就等到明日,弟也是不去的。"国兴只得又进去说。又回了数次,呈秀只是不肯。

直等到午后,才见两个小厮出来,请呈秀等同至内堂。只见猩毡布地,沉香熏炉,摆列的精光夺目。客巴巴身穿元色花袍,珠冠玉带,如月里嫦娥一般。呈秀上前,拉过一张交椅在当中,请印月上坐。印月谦让道："岂有此事。不敢当,行常礼罢。"说罢立在左首。呈秀向上拜了四拜,复呈上礼单。客巴巴接了道："多承厚赐,权领了。"众人分宾主坐下。茶罢,印月对国兴道："留崔先生便饭。"四人起身来到厅上,早已摆下酒席。崔、魏二人上坐,侯七侧席,国兴下陪。侯七安席已毕,阶下响动乐器,本府的女班演戏,说不尽看核精洁,声韵悠扬。至晚席散,呈秀重赏,入内称谢而散。

次日,魏良卿与侯国兴都来回拜呈秀,呈秀也备席相留。第二日,长班来回道："高大人的本批下来了,着爷照旧供职,只罚俸三个月。"迟不数日,就改授了河南道御史,时人有诗叹曰:

　　消祸为祥又转官,奴颜婢膝媚权奸。

　　还将富贵骄妻子,羞杀峨峨獬豸冠。

呈秀从此扬扬得意,大摇大摆的拜客。他同衙门的并魏党中人,都来拜贺,他一一置酒相请。

一日,请了几个科道,内中就有个中书,姓汪名文言,原是徽州府的个门子,因坏了事,逃走到京,依附黄正宾引荐,到王安门下纳了个中书。他先就打勤劳递消息,也与士大夫熟识,及至纳了中书,他也出来攒份子,递传贴,包办酒席,强挨人缙绅里面鬼混。这些缙绅也只把他作走卒。及后王安事坏,他又翻转面皮,依傍魏党,得免于祸。他却旧性不改,凭着那副涎脸、利嘴、软骨头、坏肚肠,处处挨去打哄。今日也在崔家席上,见呈秀也是他一路上人,他便轻嘴薄舌,议论朝政,讥讽正人,调弄缙绅,一席上俱厌恶他。内中有个刑科给事傅櫆①,是个正直人,耐他不得,恰好一杯

———————

① 櫆(kuí)

酒到了他，他只是延挨不吃，恣口乱谈。傅给事大怒，当面叱辱了他几句，他就不辞而去。傅给事道："这等小人，岂可容他在朝？也玷辱朝班。"次日，便参了他一本道："汪文言请托过付。"又带上佥都御史左光斗、给事魏大中与他交往。左光斗、魏大中俱上本辩理。

魏忠贤见了这本，大喜道："好个机会！我把那些不附咱的畜生，都拿他们下去，看他们可怕不怕！"此时要害众人，也顾不得借汪文言用用。着李永贞票本，着锦衣卫官即行拿问。那北镇抚司指挥姓刘名侨，却是个正直官儿，见了参疏，道："汪文言原是个邪路小人，只是这些株连的都是些正人君子，平日交往则有之，若说过付，却无实据，岂可枉害无辜。"故审问时，连汪文言也不十分用刑，只说他不合依附内监，滥冒名器。左光斗、魏大中得赃，实无明证，但不合比近匪人，只拟革职。呈了堂，田尔耕看了，先自不快道："刘指挥，你得了他们的钱，也该把事问明白了，参本上说有许多赃证，你怎么审得一些儿没有？叫我如何回话？"刘侨道："得赃须有证据，本上说汪文言过付，亦无确证，他也不肯妄认。"尔耕道："着实的夹他，怕他不招！"刘侨道："徒仗威逼，恐他们妄板平人，于心何安？"尔耕道："我实对你说罢：这干人都是厂里老爷要重处的，你今从轻问了，只恐你当不起魏爷的性子。"刘侨道："这也不妨，无不过坏官罢了。"田尔耕冷笑一声道："好个正直官儿！"刘指挥便自题一本上去，只把汪文言拟徒①，其余概不波及。时人有诗赞他道：

　　誓把回光照覆盆，宁思豚报在高门。

　　公平岂为权奸夺，四海应令颂不冤。

这本上去，魏监见了，大怒道："快传田尔耕来。"一见，便问道："汪文言这事，咱原叫你从重问的，怎么还是这等问法？"尔耕道："是北镇抚司刘侨问的，孩儿曾吩咐过，他不肯依。"忠贤道："他怎么不依？"尔耕道："他平日是个固执人。"忠贤道："若是这等，咱明日就另着锦衣卫堂上官儿问，你可代我出力。"尔耕道："孩儿只依参本上问就是了。"忠贤留尔耕饮酒。只见李永贞差人来说道："副都杨涟有本，劾爷二十四罪款。"忠贤道："他的本在哪里？"来人道："在御前，尚未拆封哩。"忠贤叫请李永贞、刘若愚、崔呈秀等都来商议。不一时俱到。忠贤道："杨涟为何参我？"呈

---

　　① 拟徒——拟判徒刑。

秀道："孩儿访得外面的光景,不止杨涟一个,附会而起者甚多。"永贞道:"总因爷拿了汪文言,里头牵连了众人,那些人恐不害爷爷就要害他的,这些人急了,故此结党而起。这也是骑虎之势。据我想,不如把汪文言依拟问徒,准他纳赎,这些人放了心,气息下去,自然不上本。"尔耕道:"不好,认他们上本,只是按住了不与圣上见,怕他怎么?"呈秀道:"这些官一窝蜂的上本,若知道留中不发,他们就越来得多了。须寻他们个空隙,重处他几个,自然怕。"五人饮酒计议,不题。

且说副都御史杨涟,见忠贤乱政,心中大怒。近日又见拿了汪文言,要诬害无轲,对谕德缪昌期道:"弟受先帝顾命,凭几之时,犹言致君当如尧舜。今日反使欢、共①在庭,弟有何面目见先帝于九泉。"遂于六月初四日,将忠贤恶迹大罪,列成二十四款上奏,其略曰:

都察院副都御史臣杨涟题:为逆珰②怙势作威,专权乱政,欺君蔑法,无日无天,大负圣恩,大干祖制。恳速奋干断,立赐究问,以救宗社事。太监魏忠贤,原一市井无赖,中年净身,窜入内地。皇上念其服役微劳,拔于幽贱。初犹谬为小忠小信以幸恩,既而敢为大奸大恶以乱政。祖制,原以票拟托重阁臣。自忠贤揽权,旨意多出传奉,真伪谁与辨之?乃公然三五成群,喧嚷于政事之堂,以致阁臣求去,坏祖宗二百年之政体。其大罪一。

阁臣刘一亲定大计,冢宰周一谟力阻后封,忠贤急于剪己之忌,不容皇上有不改父之臣③。其大罪二。

先帝一月宾天④,进御进药之间,普天实有饮恨。执春秋讨罪之义者,礼臣孙慎行也。明万古纲常之重者,总宪邹元标也。忠贤一则逼之告病去,一则喙言官论劾去;顾于气殴圣母之人,曲意绸缪,终加蟒玉。亲乱贼而仇忠义,其大罪三。

王纪、钟羽正为司徒,清修如鹤,忠贤皆使人陷之,不容有正色立

---

① 驩、共——指驩儿、共工,尧的臣子,后与三苗、鲧并称为"四罪",被舜流放于幽州。

② 珰(dāng)——宦官。

③ 不改父之臣——秉承君父旨意的臣子。

④ 宾天——古称帝王之死。

朝之臣。其大罪四。

国家最重，无如枚卜①，忠贤一手握定，力阻孙慎行、盛以弘，更以他辞锢其出，是真欲门生宰相乎？其大罪五。

爵人于朝，莫重廷推。太宰、少宰所推皆点陪贰。致名贤不安位去，忠贤则颠倒铨②政，掉弄机权。其大罪六。

圣政初新，正资忠直满朝，荐文震孟等十九人，抗论稍忤忠贤，则尽遭降斥。屡经恩典，竟阻赐环。长安谓"皇上之怒易解，忠贤之怒难测。"其大罪七。然犹曰外庭臣子也。传言宫中贵人，荷上垄注。忠贤恐其问已，托病掩杀，是皇上亦不能保其贵幸矣。其大罪八。然犹曰无名封地。裕妃有喜得封，忠贤以抗不附已，矫旨勒令自经③，是皇上又不能保其嫔妃矣。其大罪九。然犹曰在嫔妃矣。中宫有庆，已经成男，乃绕电流虹之祥，忽化为飞星堕月之惨。忠贤与客氏实有阴谋，是皇上又不能保其子嗣矣。其大罪十。护持先帝于青宫四十年，操心虑患者，王安一人耳。王安于皇上受命，亦有微功，而忠贤以私忿，矫旨掩杀于南海子。是不但仇王安，实仇先帝于皇上矣。其大罪十一。奖赏祠额，要挟无穷。近又毁人房屋，以建牌坊，镂凤雕龙，干云插汉，茔地规制，僭拟陵寝。其大罪十二。今日荫中书，明日荫锦衣。如魏良弼等，金吾之堂口皆乳臭，诰敕④之馆目不识丁，甚亵⑤朝廷之名器。五侯七贵，保以加兹？其大罪十三。近更手滑胆粗，枷死皇亲家人者，竟欲扳害皇亲，摇动三宫。若非阁臣立持，椒房之戚又兴大狱矣。其大罪十四。良乡生员章士魁，以争煤窑伤其坟脉，托言开矿而杀之。假令盗长陵一抔土，又将何以处之？是赵高⑥鹿可为马，忠贤煤可为矿。其大罪十五。生员伍思敬、胡遵道等以侵地纳事，以致囚阱，使青磷赤壁之气，先结于辟宫泮藻之间。其

----

① 枚卜——原意为——占卜。古代以占卜法选官，因泛指选用官员为"枚卜"。

② 铨——选拔审查。

③ 自经——自缢。

④ 诰敕——（起草）皇帝命令。

⑤ 亵（xiè）——亵渎，轻慢不敬。

⑥ 赵高——秦奸相，指鹿为马，挟持秦二世。

大罪十六。未也,明悬监谤之令于台省。科臣周士朴在工言工,忠贤停其升迁,使吏部不得专其铨除,言官不得司其封驳,致令士相困顿以去。其大罪十七。未也,且将开罗织之毒于缙绅矣。北镇抚刘侨,不肯屈杀媚人,忠贤以不善锻炼,竟令冠借。明示大明之律可以不守,忠贤之律不可不遵也。其大罪十八。未也,且示移天障日之手于丝纶矣。科臣魏大中到任,已奉明旨,鸿胪司忽传诘豚,煌煌天语,朝夕纷更,令天下后世,视皇上为何如主也。其大罪十九。东厂原以察奸,不以扰民也。自忠贤受事,鸡犬不宁,词组违忤,驾帖立下,不从票拟,不令阁知,而傅应星等造谋告密,日夜未已。其大罪二十。奸细韩宗功,潜入京打点,实往来于忠贤之家,事露始令避去。又发银七万两,更创肃宁新城,为鄢坞之计,其大罪二十一。祖制不畜内兵。忠贤谋同沉崔,创立内操,而复轻财厚与之交纳。昔刘瑾招纳亡命,曹吉祥倾结达官,忠贤盖已兼之。不知意欲何为?其大罪二十二。忠贤进香涿州,警跸①传呼,清尘垫道,人人以为驾幸。忠贤此时自视为何如人?想亦恨在一人之下耳。其大罪二十三。

忠贤走马御前,上射其马,贷以不死。忠贤不自畏罪,乃敢进有傲色,退有后言。从来乱臣贼子,只争一念放肆,遂至收拾不住,奈何养虎儿于肘腋间乎?其大罪二十四。

伏乞敕下法司,逐款严究正法,以快神人共愤。其奉圣客氏,亦并令居外,无令厚毒于宫中。其傅应星等,亦着法司勘问。

其时有给事魏大中、陈良训、许誉卿,御史周宗建、李应升、袁化中,太常卿胡其赏,祭酒蔡毅中等,并勋臣抚宁侯朱国弼,南京兵部尚书陈道亨,侍郎岳元升等,交章论劾。

又有工部郎中万,因陵工不敷,奏请内府废铜铸钱足用,为忠贤所阻,也上一本论他。大略曰:

臣见魏忠贤毒捕士庶,威加缙绅,生杀予夺尽出其手。且自营西山坟地,仿佛陵寝,前列祠宇,后建佛堂,金碧辉煌。使忠贤果忠、果贤,必且以营坟地之急,转而为先帝陵寝之急;必且以闉美梵刹之资,为先帝陵寝之资。乃筑地竖坊,杵木雷动,布金施粟,车毂如流,曾不

---

① 跸(bì)——帝王出行时,开路清道,禁止通行。

闻一痛念先帝之陵工未完，曾不一蒿目先帝之陵工无措，靡金数百万。乞加显戮，以安人心。

李永贞将本俱拿到魏忠贤面前，一一读与他听。忠贤道："杨涟仗首顾命大臣，欺咱也罢了，这些科道小畜生，还说是言官，那万不过是个部属，前日要内里发废铜，因咱没有允他，他就怀恨也来论咱，朱国弼是个武职世爵，有多大的面皮，也跟着他们文官里头鬼混，岂不可笑、可恼！"刘若愚道："这几个本，只有杨涟的本来的厉害，件件都是实事。爷须先到里面讲明，说各大臣之升迁，都是言官论劾，阁臣票旨，缉拿人犯原是东厂执事，荫袭赏赐都是皇上的天恩。宫中之事，外面何由得知？这总是风闻陷害。哭泣不止，皇上自然不难为爷。"永贞道："不是这话，上前泣诉，纵洗清身子，皇上也必不肯十分处他们。及本批到阁下票拟，那韩老儿就与爷不睦，前日害了赵选侍与成、裕二妃，他们都是敢怒而不敢言的。皇上设因此本问起那些嫔妃们来，必是直言无隐。如今客太太又不在内，何人代爷辨白？不若只是把本按住，不与皇上见面，竟自批发，称把杨涟放倒，看阁下怎么票拟。"

计较停当，就批在本上道："杨涟寻端沽誉，凭臆肆谈，是欲屏逐左右，使朕孤立，着内阁拟旨责问。"大学士韩爌见了，甚是骇然，便具揭道："忠贤乱法，事多实据，杨涟志在匡君，且系顾命大臣，不宜切豚。"魏广微道："圣意如此，大人与他做甚冤家。"韩相公道："今日杨大洪之弹章不效，则忠贤之势愈炽矣。"遂不听魏相公之言，竟自具揭进去。忠贤竟自不理，批出旨来道："大小各官，各宜尽心供职，不得随声附和。"果然众官都不敢做声。次后传旨道："朱国弼出位言事，且事多遮饰不的，着革职查问，本人交锦衣卫重处。万燝次抗旨请铜，语多谤讪，已经宽宥；今又借端渎扰①，狂悖无理，着革职，廷杖一百。"此时内阁具疏，两衙门具疏救理。御史李应升有本："乞念死谏之臣，大作敢言之气。"忠贤俱蔽抑②不下。

田尔耕得了旨，次早即差校尉到寓所，把万郎中拿下。其时正当酷暑之时，才进得长安门，遇见几个小黄门骂道："你这该死的蛮子，谁叫你说

① 渎扰——轻慢不敬。
② 蔽抑——挡住、压住。

咱祖爷的。"揪着头发一齐乱打,也有拳打的,也有脚踢的。那万双手被校尉用铜手铐子扭住,不能遮挡,只得认踢打。及到午门时,头发已被揪去一半,气到将没了,身上的青衣扯得粉碎。拿到衙门丹墀下,只见两边的:

刀枪密布,朵杖齐排。刀枪密布,是羽林军、锦衣军、御林军,个个威风凛冽;朵杖齐排,都是叉刀手、围子手、缉捕手,人人杀气狰狞。堂檐前立着狐群狗党,红袍乌帽掌刑官;丹墀下摆着虎体狼形,藤帽宣牌刑杖吏。缚身的麻绳铁索,追魂的漆棍钢条。假饶铁汉也寒心,就是石人须落胆。

只见黑丛丛的几群校尉,把万郎中抓过来跪下,叫道:"犯官万燝当面。"两六一声吆喝,声如巨雷。锦衣卫掌堂指挥田尔耕,将旨捧的高高的,宣读过了,道:"拿下去打。"那些行刑的早已将他捆缚停当。内官又传旨道:"着实打!"阶下答应一声,每一棍吆喝一声。田尔耕不住的叫重打。打到五十棍,皮开骨折,血肉齐飞,万郎中早已没气了。那些行杖的犹自拿着个死尸打,直打完了一百,才拖到会极门外,一团血肉中真挺挺一把骸骨,正是:

欲把封章逐虎狼,反遭淄涅①一身亡。
炎炎浩气冲牛斗,长使芳名史册扬。

可怜万郎中血污游魂,骨肉离析,抛在街上,家人自行殡殓。行路生怨,缙绅惨目,却也无人敢指责他。

魏监虽打死了万燝,心中还不肯放他,说他监督陵工坐赃三百两,行旨江西追比。杨副都见谏诤不行,也不安其位,上本告病回籍。忠贤票旨冠夺,韩中常主持具贴,申救不准。杨副都归里,忠贤更无顾忌,又把当日上本的各科道,渐次逐回。正是:

曹节奸谋先乱汉,陈蕃大老漫安刘。

毕竟不知忠贤处治各官,后来如何?且听下回分解。

---

①　淄涅——淄和涅都是黑色染料,这里喻被加上罪名。

第三十二回
定天罡①尽驱善类　拷文言陷害诸贤

词曰：

> 目击时艰，叹奸恶，真堪泪滴。镇一味迷天蔽日。汉室曹王，宋家章蔡，只弄得破家亡国。鹰击狼贪，任仕路，总堪溪刻。缚一网尽笼健翮。兰锄当室，阳明几息，险些子铜驼荆棘。

话说魏忠贤打死了万朗中，逐去杨副都，心中犹不足意。一日，正与崔呈秀闲坐，只见田尔耕进来道："舍侄田吉升了兵部，先来见过爹爹，才敢谢恩到任。"忠贤叫请他进来。田吉素服角带入见，向上拜了四拜，呈上送礼手本，约有千金之物。复又拜谢道："昔日刘鸿儒之事，非爹爹提拔，焉有今日？孩儿铭泐②至今，虽万死亦难图报。"忠贤道："坐了，拿饭吃。"四人坐下，吃了饭。忠贤道："前日杨涟的本，闻说是缪昌期代他做的，你们可知道？"田吉道："缪昌期与孩儿交往，他却是个才高有识见的人，怎肯代他做本？"崔呈秀道："他在院中悻悻自负，与杨涟相好，他在湖广主试，所作试录中，历指古今中贵的弊端。这做本之事未必然，知情或有耳。"忠贤道："试录是他进呈的，里面伤及咱们，也就与劾咱们一般。杨涟的本虽未行，然情理极毒，这定是缪昌期帮他做的。要乘机处咱的是韩爌，怎么容得他们在朝？就是那赵南星、左光斗、魏大中、袁化中这几个人，咱前日原要在汪文言案内处他们，如今若处他们不得，也不见咱的手段，须尽行区处才好。"田吉道："有一法：如今外边官儿都在那里争梃击的真假，红丸、移宫的是非，老爷何不从中做主。梃击一事是王之寀③功罔上，把何士晋为首，其余把当日上本的科道都纳在里面。红丸一案是孙慎行偏执害正，他与刘一为首，当日参议者韩爌、周家谟、张问达可借此驱

---

① 天罡（gāng）——这里指《水浒》中三十六天罡。

② 铭泐（lè）——铭勒、铭刻。

③ 寀（cǎi）——同采。

除。移宫之事是惠世扬与杨涟做的,他却推不去。只有赵南星,三案里头网罗他不着,他做吏部时怕没有差错处?不怕他飞上天去!"忠贤道:"这计较也好。还有向来因谏东宫起用的老臣,颇立崖岸;那些新考选的科道,一个个轻嘴薄舌,却也要防着他。"李永贞道:"若要一网打尽,莫如加他们一个党字最好,这就同宋时章惇、蔡卞弄伪学的法子。向来原有个东林党,如今邹元标、高攀龙聚众讲学,就是结党的明证。是有不快意的,都牵他入内,何难?"忠贤道:"这东林中人,其实悫赖。曾记得泰昌爷御经筵那遭,因天过冷无火,那郭正域就把陈掌家当面叱辱了一场。想来要着实处他处也不为过。"五人在此计较已定,只待乘机而发。

谁知处面这些科道,你生我强的,可可的撞入他网中来。其时宣抚缺了,巡抚会推了太常卿谢应祥,因他当日曾做过嘉善县的,是给事魏大中(字廓垣)的父母官。就有个陈御史(九)畴论他一本说:"谢应祥是魏大中的恩师,魏大中故将此美缺推他。"李永贞看了此本,与忠贤计议过,就在本上批道:"魏大中既借会推为报恩之地,殊可骇异,姑从宽,着革职回籍。"那冢宰赵南星因事关本部,便上本辨理。又说他朋比示恩,也着他闲居归里。正是:

数载铨衡重莫加,可堪鬼域暗含沙。

拂衣两袖清风满,渺渺浮云白日遮。

不日,都察院同科道等会推吏部尚书,忠贤又在本上批道:"左都御史高攀龙等,所推俱赵南星私人,亦系东林邪党。高攀龙朋比为奸,着革职回籍。"这是为崔呈秀报仇。那高总宪只得挂冠而去。正是:

霜飞白简报朝端,剔弊除奸铁面寒。

谁料奸权多冒嫉,拂衣归去老渔竿。

忠贤将一个"党"字又逐去高都堂,举朝谁敢再救他?又在会推上自文书房传出旨来道:"陈于庭、左光斗(字沧屿)、杨涟(字大波)等,恣肆①欺诬,无人臣礼,着拿问。"方韩相公再三申救,才只追夺诰命,�职而已。正是:

挂却衣冠玄武门,归栖水竹渭南村。

从来恶草残芳芷,莫向湘江吊屈原。

---

① 恣肆——放纵。

　　不两月间,连逐去五个大臣、一个台谏。这些科道并各部堂官,多有会推本上列衔的,各人心上不安,皆上本引罪乞休。数日之中,不待追逐,又去了数十人。台省为之一空。忠贤便布置私人崔呈秀、田吉等俱各升补。李永贞又与崔呈秀商议道:"这班人赶则赶去了,只是他们平日俱有虚名,若不妆点他们些过恶,外边人反要怜其无辜刹夺,必说咱们排陷好人,须要做他些结党横行的光景赃私,方可绝他们后来的门路,遮掩人之耳目才好。"遂串通几个门客,撰出一个《东林衣钵图》来,把吏、兵二部,都察院、吏科,河南道几个要紧衙门,都拟上赵冢宰相好之人在内。又拟出两个陪的。前面那个升迁,这两个就依次递补。不与赵、高二公相好者,再轮不到此图。做成了传出去。那些图上有名的,唯恐陷入党中;那不上图的,好不忿恨,道:"若果如此把持继述,塞定贤路,我们终身难得好缺。"又有一等原与东林有隙的,你也说东林擅权,我也说东林植党。于是这个参东林,那个劾东林,举朝乱纷纷的把东林为仇。若说是东林党人,都就一齐来攻,不论贤愚,都被他愚弄了,代忠贤做鹰犬,驱逐正人。

　　崔呈秀等暗暗欢喜,那些人受他们的笼络,替他出力。忠贤就他们攻击的本上,降的降,革的革,削的削,好不省力。一时如谕德缪昌期(字当时)、御史周宗建、李应升(字仲达)等,都拿入东林党内,追夺诰敕,真是一网打尽。既做出《东林衣钵图》来激怒那些朝臣,又撰出一本《天罡图》来,说东林人自比《水浒传》上的三十六天罡,七十二地煞。李三才比做晁盖,赵南星是宋江,邹元标是卢俊义,缪昌期是吴用,高攀龙是公孙胜,魏大中是李逵,杨涟是杨志,左光斗是关胜。凡是魏忠贤、崔呈秀所恼之人,都比在内做强盗。又留三十名,说:"这些人尚未查得的确,姑隐其名,以存厚道。"空名之意不过为后来好增入,欲令人人自危,好个个求免。这是个大罗网。

　　那些百姓们见了此书,都道东林果然结党。此一举不惟蔽了朝廷的聪明,乱了百姓的是非,又且颠倒百姓的好恶。正是:

　　　　可恨权奸心太恶,倾谋正士如猱攫①。
　　　　欲将盗贼陷东林,不思忠义梁山泊。

　　忠贤又与李永贞商议道:"连日事却做得十分妥当,只是杨涟这厮情

————————————————

　　①　猱(náo)攫——古书上说的一种猴;攫,抓取、掠夺。

理难容,必要杀了他,方泄我恨。"永贞道:"要害他何难,只须再差人把汪文言拿来拷问,叫他扳他们出来,轻则抚按提问,重则扭解来京。断送他的性命,易如反掌。"忠贤也不题本,竟自给出驾帖,差锦衣卫官拿解来京,吩咐道:"汪文言是要紧的人犯,要拿活的,若死了,着你们抵偿。"官校们领命,星夜前去。忠贤逆料杨、左诸人不能脱出他的手,只恐韩相公作梗,又与崔呈秀等计较,翻出梃击、红丸、移宫三案内原有岳元声与王之寀争张差之事,本上批道:"王之寀贪功冒进,上诬皇祖,并负皇考,陷朕不孝,又致毙内外无轴多命,身列显官,于心何忍? 本当着法司审拟,姑从宽革职。"

过了月余,官校已将汪文言拿到,下了锦衣卫狱,又怕韩相公申救,又翻出红丸一案,着文书房传旨道:"刘一专权为祸,韩爌护庇元凶,孙慎行借题红丸,悦党陷正,张问达、周家谟改抹圣旨,朋比为奸,俱着冠籍。"行时内阁顾秉文、朱延禧、朱国桢、魏广微具揭申救,忠贤一概按住不下。一时顾命旧臣尽皆去位。诗以叹之曰:

　　岩岩底柱障狂澜,报主心灰一寸丹。

　　唐室已尊李辅国,邰侯从此卧南山。

韩相公既去,忠贤愈无忌惮,于是吩咐锦衣卫严刑勘问。是时掌卫事的仍是田尔耕,掌北镇抚司的是许显纯,原是钻刺忠贤方得掌印,又看了前官刘侨的样子,怎敢不用心勘问? 故审时,先把汪文言打了个下马威,然后三拷六问,要他扳出杨、左诸人的赃款来。汪文言抵死不肯招认。许显纯只得约了田尔耕同见魏忠贤,讨他的示下。参见毕,忠贤便问道:"汪文言的事怎么样了?"许显纯道:"他不肯招认,特来见爷求示下。"忠贤道:"你也与刘侨一样! 这也不消要他招,你只照原参的本上题,咱便去拿他们来。到时也不必留汪文言对理,先摆布死了他,不怕杨涟等不认。你若不肯依咱办,咱自有人来问。"把个许显纯吓得面如土色,忙跪下叩头请罪,道:"回去定从重问。"田尔耕在旁道:"许指挥也是极会干事的。"许显纯辞了出来。

次日,就差了崔应元、孙云鹤、杨寰等三人来同审。许显纯怕来夺他的职掌,只把个汪文言乱打乱敲,拶了又夹,夹了又敲,打得个汪文言死而复苏者再。许显纯在上面一片声叫画供,汪文言也不知招个什么,他便竟题个问过的本道:

汪文言以防犯逃入京师，投托黄正宾荐入王安门下，光宗上宾，潜同科臣惠世扬至值房倡造移宫。杨涟首先建议，左光斗、魏大中从而附和，广结朝官。左光斗、杨涟、魏大中、袁化中、毛士龙、缪昌期等交通贿赂霍维华改迁，吏部得伊银二千两、金壶二执。李若星推升甘肃巡抚，得伊银五千五百两。邓推升苏州巡抚，得伊银二千两，代送赵南星。又杨镐、熊廷弼失守封疆，杨涟、左光斗各得银二万两，周朝瑞得银一万两，为伊请托。通政司参议黄龙光得杨镐、熊廷弼银二万两，为请廷刑。郎中顾大章亦得银四万两，为改入矜疑。魏大中得银二千两，袁化中亦乘机得银二千两。李三才营谋起用袁化中、毛士龙，得分银八千两，皆汪文言过付。又有谕德缪昌期、副使钱士晋、施天德、王之寀、徐良彦、能明遇都做结交人员。穿插在本内题上。

这本一上，忠贤便矫旨道："杨镐、熊廷弼既失守封疆，又公行贿赂，以希幸免，杨涟、左光斗、魏大中、袁化中、周朝瑞、顾大章从中市利，护庇大奸。俱着官校扭解来京严审。具奏。赵南星等着该抚按审追。"时人有诗叹之曰：

无端酿出缙绅灾，大狱频兴实可哀。

任尔冰清同玉洁，也须牵入网罗来。

旨下，魏忠贤即着官校分头提拿各犯。那些官校都在田尔耕处谋差，用了钱，出来好生无状，见有司便上坐，过驿站，拣马匹、要折夫、索常例，一路上凌虐官府，打骂驿丞骚扰。早有一起来至湖广应山县。此时杨副都冠籍在家，杜门不出。一日家人来说道："闻得处面传说有锦衣卫官校来县里，不知为何？"杨公道："这无别事，必是来拿我的。"一面叫人请出八旬老母并夫人来，又叫人到书房中请出三位公子。杨公向母亲道："孩儿为国抒忠，曾劾过魏忠贤二十四罪案，与他结下深仇，才闻有缇骑来县，定是来拿孩儿的。孩儿此去，自分必死罢了。这也为国当然。只是母亲养育之恩未报，孩儿死有余恨。"又对三个儿子道："我虽历官三品，依然两袖清风，家私产业仍是祖宗传流的，其是淡泊。只要你们能体先志承随顺祖母，孝养母亲，就与我在一般了。想我读书一场，平生未曾得罪圣贤，今日何至到这地位？可见这书读也罢，不读也罢"

举家正在凄惶，只见家人进来回道："本县老爷要会老爷，已到门首了。"杨公拜别母亲，欣然出见。知县邀同杨公到馆驿中去。杨公便叫家人带了青衣小帽,来到驿中,只见人山人海的在那里看开读。杨公到了堂前,上面已摆了香案,锦衣卫官立在龙亭左首,校尉等拿着弄具立下面。抚按等分班行礼毕,随即带过杨副宪来跪下。读罢驾帖,上面喝一声叫"拿下"下面校尉吆喝一声,如鹰拿燕雀一般,把个杨副宪套上刑具,拥入后堂去了。

外面百姓见了,也有为他称冤的,也有喊叫的,闹了一回才散。这里府县各备些银两打发官校,并代杨公讨情,宽些刑具。那官校们犹自做张做智的不肯道:"他是魏爷的对头,况且魏爷一路都差了人密访,我们怎敢做情?"各官无可奈何。杨公子又拆措了几百金送与官校,那官校们还乱嚷道:"我们这差事,魏爷与田爷两处也用了几千两银子,怎么送这点儿?还不够做下程、小菜哩!现放着杨镐、熊廷弼的二万银子在家,少分些儿与我们就够了。"

那杨公子是个本分读书人,见他们发出这些话来,吓得半日不敢作声。到亏了满城乡绅、生监、富户人等,又凑了些银子与他们,终是不满所欲,仍要难为杨公。将起身时,满城的百姓都填街塞巷的来看,见杨公枷锁缠身,十分狼狈。想起他平日居乡的好处,都一齐喧嚷起来道:"这是魏太监假传圣旨,我们不许他拿杨老爷去!"一片声阻住去路。那官校正自张威作势的发狠,见了如此光景,都一齐手慌脚乱的放起刁来道:"这是地方官叫他们如此的,若有差池,我们回去对魏爷说。"把那府、县官惊得忙来弹压,那里禁得住?杨公见了这样光景,只得跪下哀告众人道:"承众位乡亲的美意,原是为我杨涟的,若我今日不去,是违旨了,违了旨,一家都有罪,列位岂不是为我反成害我么?"带着刑具磕头不已。众人还围绕不放。杨公道:"列位之意,是要保全杨涟的性命,今若不听我言,我便撞死此地,领诸位乡亲的厚爱。"说罢挺身向石上便触。那些校尉连忙抱住。府、县等道:"杨爷原无大罪,到京必有人保奏,料亦无碍,你们到不要悬阻,若迟了钦限,反替杨爷添罪。"众人才略让开路来。那些校尉抢着飞跑,簇拥而去。

杨老夫人早在前面,见了儿子枷扭缠身,放声大哭道:"自你父早丧,我视你如珍宝,千辛万苦看养,教你读书成名,只望你荣祖耀宗,谁知你这样结果!虽如今做了个忠臣,只恨我不早死,见你受人这般凌辱,怎不叫我痛心!"杨公虽是慷慨,听了老母之言,也不觉心伤泪滴。这正是:

一经留得传孤子，画荻①丸熊心更苦。

荣华未久受颠连，伤心一似范滂②母。

那三个公子与夫人又牵衣哭泣不放，长子要随进京，次、三两子也要随行，杨公道："安见覆巢之下有完卵？尔等在家犹恐不免，进京何为。"那些官校催促起身，杨公只得拜别老母、妻子，各皆痛哭而别，只带两个家人，飘然而去。

不日由德安府过，那些士民争先来送，不下数万，哭泣之声，昼夜不息。官校见了，亦觉心动，稍存恻隐之心，将他的刑具略松了些，也不难为他。一路上同年亲友，有的道他此去断难生还，送他没用，竟都不理他。又有那怕事的，见他是魏忠贤的对头，恐栋连在内，只推不知。到是一路的百姓，互相传说道："可怜杨大人为国除奸，遭此横祸。"经过乡村镇市，人人来看忠臣。

行到河南许州，有个吏部郎中苏继欧，为人长厚多情，与杨公同年。闻他被逮，甚是怜悯，又闻一路百姓到怜他，士大夫们反避他，心中甚是不平。想起他在院中掌堂时，那个不奉承？那个不钦敬？今日就没人理他，仕路人情如此可慨。欲要去见他一面，又闻得官校做作，不容人会，只得写了个名帖，差个停当家人，备了一桌酒饭送到舟中，以表年谊。这才是雪中送炭。杨公见了，到甚心酸，反至食不下咽。想当日掌院时，趋奉者无数，到今日都绝不一顾；唯有苏郎中多情送饭，论平日相交的，岂止他一人而已。正是：

炎凉世态可长嘘，覆雨翻云片刻时。

若谓绨袍怜范叔，从来此事世间稀。

杨公饮食略用些许，打发家人回去，起身进京。

再说嘉善魏给事，亦因刹夺回家。那些亲友俱在背后议论，有的道："这时候还做什么官，是在家的好。"又有的道："这样的时势，认什么真，如今宰相还与太监连宗哩，你与他拗什么？却弄得在家清坐。"魏给事闻之自笑。一日听见又拿了汪文言并科道等官，知道是必要害他的，在家坐卧不安。不料官校已到，出来听宣了旨，校尉将他上了刑具。又托言怕他

①　画荻——"欧母画荻"。
②　范滂——东汉妆南人，因反宦官两度被捕，死狱中。

寻死,将两手俱用竹筒贯了,屈伸不得,不能饮食,其意不过要诈钱财。魏公子见了这个光景,只得倾尽家私送他,才买得去了两手的竹筒。在城乡宦并门生亲友,俱各传帖敛分,以助盘费。有一等义气的,虽素不相识,亦不要传帖,即自来输分,只为他无辜被害,怜他一腔忠义,罹①此荼毒。至起身时,亲族交好以及邻舍,无一个不来送他,各各洒泪而别。

官校们带了上船,向北进发。不两日行至苏州,那官校们都向地方官勒索常例,把船泊在驿前。内中惊动了一个士大夫,姓周名顺昌,苏州府吴县人,以吏部员外给假在家。他居官清正,谨慎居乡,平日非公事足迹不入公庭。因见魏监擅权,他故绝意仕进。当日在部时,原与魏公相好,闻他被逮过县,心中不能忘情,要去问候他。众亲友劝道:"魏公虽是旧交,因魏监与他为仇,恐他知道又要迁怒,不若只送些礼以尽其心的好。"周公叹息道:"'一死一生,乃见交情;一贵一贱,交情乃见。'若他是个贪婪不法的匪类,就是他势焰熏天,与他绝交何妨;他是个为国锄奸的正人,遭此横祸,正当惜他,岂可因在患难而弃之。若说他迁怒,我律身颇无可议,且为朋友,也难顾厉害。"遂不听众人言,封了书仪,竟来看他。

此时魏公独坐舟中,正想此后生死未知,家道又清苦,妻子靠何人,好生愁闷。急闻周吏部来拜,叹道:"空谷足音,何以得此!"又怕官校阻拦。只见周吏部走进舱来,魏公见了,便泪下诉说:"无辜被害,此去生死未知。"周公正色道:"从来人臣为国除奸,纵剖心断胫,陷狱投荒,皆无所顾。幸则奸去而身存,不幸则奸存而身死。我自尽职分所当为,至于成败利钝,俱不必计。况兄此去,未必就死,何必戚然殊少丈夫之气。"魏公听了,才收泪道:"弟捐躯报国,一死何憾。只为长子虽现随身,只一幼男在家,伶仃无倚,世态炎凉,谁来顾恤!况如今动辄②坐赃,家寒将何充抵?恐家中不免追比之惨,家破身亡,宗祀欲绝,是以不觉痛心。"周公道:"此事不必挂心,弟自为兄料理,家中我自照管,即坐赃,亦当为君措办,兄可放心前去。"魏公感泣拜谢道:"若得兄垂念,弟虽在九泉,亦当瞑目。"周公将书仪送与魏公,也送了官校些银两,才别了。周吏部自去看管他家。正是:

①　罹(lí)——遭遇;遭受(灾祸或疾病)。
②　动辄(zhé)——动不动就。

臣职当为死不辞，交情友谊更当持。

丈夫自去身中事，羞杀人间无义儿。

一路上官校嗟叹周吏部人好，能顾穷交。也有怜悯魏公的，也有赞叹周公的。不知忠贤早已差人密访得二人做的事，记在心中。正是：

良朋未必全张俭，恶党先思杀孔褒。

毕竟不知魏给事此去如何？且听下回分解。

第三十三回

许指挥断狱媚奸　冯翰林献珠拜相

词曰：

攻假城孤，看威冷，雷轰电掣。更无端，豺虎排忠陷烈。肃肃衮衣何日补，琅琅廷槛无人折。重张密网及幽潜，遭缧绁①。

清泪洒，芟弘血；白刃断，常山舌。羡身骑箕尾，精灵难灭。板荡始知劲劲草，炉炎自识铮铮铁。只教厉鬼杀权奸，冤方雪。

却说锦衣官校拿了杨副宪、魏给谏等将到，魏忠贤的差人已先进来报信。忠贤听了，哈哈大笑道："好笑这班黄酸子，一个个张牙舞爪地道：'咱是顾命老臣，咱是台省要职。'今日也算计咱老魏，明日也弹论咱老魏，把咱老魏当为奇货，要博升转，谁知今日也落在咱老魏手里。"就问那缉事的："官校们在路上可曾放松这干人？"缉事地道："祖爷紧要的人，他们怎敢放松？"又问道："咱上可有什么事？"缉事地道："杨涟在许州，有个苏朗中送饭，魏大中在苏州，有个周吏部来会。"忠贤都记在心。

便叫请田爷、崔爷、许指挥来。少刻，三人到了。忠贤道："杨涟等一干人拿到了。"田尔耕道："还未曾销驾帖哩。"忠贤道："路已知将到了。只是这干人既费了事拿来，若放他们挣了性命回去，终是祸根。"崔呈秀道："纵虎容易擒虎难，如今势不两立，怎肯轻易饶他？"许显纯道："不难。待他到镇抚司来，我代爷一顿打死他。"尔耕道："若如此，到便宜他们了，须把各种的狠刑具，件件与他受过。等千磨万折之后，再与死期，庶几②后来才有怕惧。"许显纯道："在我，我自会处他。"三人辞去。

一二日间，各路官校俱到。此时内阁等衙门俱各具本申救，忠贤俱留中不发。等销了驾帖，忠贤不批法司，竟批交锦衣卫严审。先过了堂，田尔耕已预备下大样的刑具，新开的板子、夹棍摆了一丹墀。那田尔耕坐在

---

①　缧绁（léi xiè）——捆绑犯人的绳索。

②　庶几——连词，表示在上述情况之下才能避免某种后果或实现某种希望。

堂上,排过衙,摆列着虎狼般的一班校尉。但见:

> 阴沉横杀气,惨淡暗无光。惊飞鸟雀,避杀气而高翔;欹径高松,蔽天光而失色。陈列着枷镣棍棒,沾着处粉骨碎身;问过的斩绞徒流,拟着时破家亡命。红绣鞋步步直趋死路;琵琶刑声声总写哀音。仙人献果,不死的定是神仙;美女插花,要重生须寻玉帝。猪愁欲死,鹰翅难腾。堂上一齐吆喝,雄抖抖阎罗天子出森罗;阶前两翼摆开,猛狰狰铁面夜叉离地府。

那田尔耕大模大样,做出无限的威风,高声叫道:"把犯人带过来。"堂下一声吆喝,那些校尉将众官带了过来。一个个:

> 愁容惨态,垢面蓬头。趑趄①行步,踢不断响琅琅脚下铜镣;屈曲身材,劈不开重沉沉手中铁钮。任你冲霄浩气,今朝也入短檐来;纵教铁铸雄躯,此日却投炉火内。

一个个唱过名,田尔耕道:"你们这起奸贼,朝廷将大棒大禄养着你们,却不为朝廷出力,终日只是贪财乱政,树党害人,平日专会嘴喳喳的谈人不是,再不管管自己。"喝声:"拿下去打。"两边答应一声,走上许多恶狠狠的校尉来,如狼似虎的把六个犯官揪翻在地,用尽气力各打四十大板。打毕,又叫拶起来,拶了,又叫敲,各人敲了二百敲,放了拶子②,又叫夹起来。也各敲了一百棍。你想这些官儿都是娇怯书生,平日轻裘细葛,美酒佳肴,身子娇养惯了的,哪里受得住这样刑法? 也有叫冤枉的,也有喊神宗的,一个个打得皮开肉绽,夹拶得手足几折。田尔耕坐在上面,拍着惊堂连声喝声"用力打。"用完了刑时,那些官员血肉淋漓,或驮或抬,俱送往北镇抚司下监,又听许显纯拷问去了。

那些牢头禁子,一则要诈线,二则怕魏忠贤访问,不许一人进监,他们在监相对,只得彼此安慰。不到三四日,许显纯便来勘问。正是:才驱白虎丧门去,又有黄幡豹尾来。那许显纯领了勘问的旨,又领了魏忠贤言语。那日堂上下人都挤满了,显纯忙叫拿闲人,长班悄悄地禀道:"这都是魏爷差来的人,拿不得。"许显纯吃了一惊。正是要松也松不得了,只得叫带杨涟上来,喝道:"杨涟! 汪文言招出你创议移宫,陷皇上于不孝,

---

① 趑趄(zī jū)——行走困难;想前进又不敢前进。

② 拶子——旧时夹手指的刑具。

又得了杨镐、熊廷弼二人许多赃,你怎么说?"杨公道:"乾清宫非臣妾所当居,当日原奉明旨道:'李选侍每行揑阻,不容圣人临御,是君侧不当留此,以为肘腋之祸①。'人臣志安社稷,念切皇躬,自宜远之,这事犯官故不辞创首。至于杨镐、熊廷弼失守封疆,国法自有轻重;有喜停刑传自宫中,岂关外官得贿。"许显纯听了,觉得辞严义正,无可驳责,只有没奈何法,假狠喝道:"胡说,当日圣旨,多是王安假传,你就依着他行,这就是结交内侍,就该死了,至于杨镐、熊廷弼问罪,你现是法司,且又与熊廷弼同乡,岂有不为他钻谋打点的?"杨公道:"交通须有实据,四万金非一人可致,又无证见,枉害无辜!"许显纯道:"这是汪文言招出来的,你如何赖得去?"杨公道:"就叫汪文言来对质。"许显纯道:"汪文言虽死,亲口招词现在。"杨公道:"既无活口,招词何足为凭!身可杀而名不可污!"许显纯道:"还要强辩,掌嘴!"飞奔上几个校尉来,提起铜巴掌来,一连十个掌嘴,打得杨副宪脸似蒲桃一般,红肿了半边。

又叫带左光斗上来,问道:"你有何说?"左佥都道:"移宫实参末议,分赃委实诬扳。"许显纯道:"都夹起来。"把杨、左二人夹在丹墀下。又叫上魏大中、袁化中、周朝瑞、顾大章问道:"你们已是汪文言供定了,要辩也辩不去,快招了,也少受些刑。"魏给事道:"一出家门,已置死生于度外,任你苦我,这赃难认。"袁御史道:"问事必须两造对质,怎么把汪文言一面虚词陷害人?"周给事道:"酷刑威逼,自然乱招,这是无辜易陷,此心难昧。"顾郎中道:"奸权之意已定,纵辩也无益,认他拷问罢了。"许显纯道:"正是辩也难辩了,都夹起来!"这里才问得一句,便有人报与忠贤;才答一句,即有人飞禀,不独许显纯不敢放松,即用刑的亦不敢做情。问毕,各人寄监。迟了两三日,具了一个问过的本,先送与魏忠贤看过,然后具题道:

勘得杨涟、左光斗,位居显要,欲速功名,邀誉矫情,乱谋坏法。律之重者,失守封疆,乃借四万多金代为脱卸;法之严者,交结内侍,敢倡附和之说,妄议移宫。考选所以遴才,杨涟每视为奇货。荐扬所以奏最,光斗何以儌官邪!袁化中、魏大中窃居言路,侧倚冰山。瓜分卸罪之贿,不耻贪婪;宁作倡乱之谋,周知国是。周朝瑞、顾大章利

---

①　肘腋之祸——在离自己最近的地方发生祸患。

欲熏心，弁髦国法。丧师衄国，谁开使过之门？罪当情真，敢辟回生之路！汪文言交深肺腑，语出根心，前案已明，后审更切。

本朝旧例，打问本上，即送法司拟罪。许显纯也巴不得推出去。谁知忠贤料法司不受节制，竟不发法司拟罪，仍传旨道："杨涟等既已复辜，着不时严比，五日一回奏，追赃完日，再送部拟罪。"这明是把个必死之局与他，所坐赃动经数万，家乡又远，何能得清？在京挪借，那些乡亲做官的都怕魏监波及，谁敢惹火烧身？那放京债的，怎肯借与这失时的犯官？到了五日，忠贤便着人来看比。许显纯如何敢违？没奈何，只得提出来夹打一番。比过几限，内中只有顾郎中家私富厚，每限还完些。许显纯暗中也得了他千余金，上下钱都用到了，追比时还不大吃苦。这五人都是五日受一遭夹打。比不到月余，周、魏二给事、袁御史等三人受不住刑，都相继而死。可怜那里有妻子亲人送终，只有这几个同在监的官儿相与痛哭他一场。正是：

> 冤血千年碧，丹心一寸灰。
> 死无儿女送，谁哭到泉台。

此时杨副都、左佥都、顾郎中虽然未死，却也仅余残喘。不料比到后来，人越狼藉，刑法越酷，两腿皮肉俱尽，只剩骨头受刑。那许显纯真是铁石为心，只顾将别人的性命去奉承魏忠贤，哪一限肯略宽些许？可怜这限疼痛未止，那限夹打又至，体无完肤。各自相顾，有时掩面流涕，感伤一回；有时咬牙怒目，愤激一番；有时委之命数，叹息一回。可怜并无一人服侍，又无茶水，常时晕死复苏，疼痛时万刀攒心，晕眩时一灵无倚。不日杨、左二公也相继而殁。死之夕，白虹贯斗，天地为之愁惨。正是：

> 只手擎天建大功，亲承顾命美奇逢。
> 一朝血染圜扉土，谁把沉冤控九重。

许显纯报过忠贤，然后具个罪臣身故的本。忠贤停了三日，才批下本来道："杨涟、左光斗既死，尸首着发出去，其名下赃银，着各该抚按严提家属追比解京。"及发出尸首时，正值秋初酷热，蝇蚋①丛满，时日延挨，都成一块血肉，尸虫满地，面目皮肤俱莫能辨。唯有杨公尚存一手，家人识得，各各相向痛哭一回，哪里还有三牲羹饭、美酒、名香祭奠，只得将村醪①奠浇，各自痛哭一场，行人为之堕泪。这时岂无亲友同乡同年在京

---

① 村醪(láo)——乡村酿造的酒。

的，只因惧怕魏监，谁敢来管闲事？不过是几个家人在此，就将他们身上血污的衣服乱装入棺内，权厝①在平则门外，俟后人便才搬回。这便是两个忠臣的结果。

只有顾郎中，赃已追完，才送到法司拟罪，毕竟不敢翻供，也问成死罪。挨到九月，也究竟死于狱中。魏忠贤又行文着抚按追赃。唯杨公做赃独多，抚按虽怜其冤，却又不敢违旨，只得行文着应山县追比。杨公子将一应家产变卖，也不得十分之一。产业俱尽，只弄得个三品命妇、寿高八十的太夫人没处安身，亲戚家都不敢收留，只得寄居在城上窝铺中。又有严旨屡催监比，杨夫人婆媳并三个公子俱禁在狱中，其家人漂泊流离。时人有诗怜之曰：

自古忠臣祸最奇，可怜延蔓及孥妻。

伤心共对圜扉月，叫断慈乌总不知。

话说魏忠贤处死了杨、左诸人，心中甚快，只有一件事在心撇不下来：那五人到也无碍，只有杨涟是个顾命大臣，皇上认得他的，恐一时问及，外面各官没人敢说，到愁内里的人在上前直言，遂终日留心打听。适值一日，皇上退朝闲坐，忽问小内侍道："以前请朕出宫的那个杨胡子，怎没见他上本？连日朝廷中也不见他，这是何也？"那小内侍们明知之而不敢言。却好有个妃子奏事，就混过去了。忠贤在旁听见这话，正是贼人胆虚，吓矮了一寸。急走到直房里，唤李永贞来商议。永贞道："这话有因，莫不有人泄露？皇上左右虽有爷的人，只好打听事，内里却无人遮盖，须要得客太太进来才好。"忠贤道："咱请过他几次，他只推病不出，没他在内，咱却也老大不便。"永贞道："还是爷亲去请他，自然不好再推"

忠贤只得即刻出朝，且不回私宅，竟到侯家来。门上报过，才请忠贤入内。相见坐下，忠贤道："数月未见，丰姿倍常丰满。连日奉请进宫，怎不见去？皇爷问过几次，若再问时，就难回了。"印月道："面色虽好，只是心里常时不快，故未进去。皇爷心上的人多，哪里还念得到我？"忠贤道："你是自在惯了，像咱终日里操心，一刻也不得闲，还不知该怎么样的不好哩。"秋鸿在旁道："像你终日里只想害人，怪不得时刻操心。别人也像你，狗血把良心都护住了哩。"忠贤虽是个杀人不眨眼的魔君，被他几句

---

① 厝(cuò)——把棺材停放待葬。

话说着他的真病,登时间把脸涨红了,又不好认真,只得骂道:"臭尖嘴骚根子,再说胡话,咱就送你到前门上去!""我就到前门上去,"秋鸿道:"你也还到厚载门干你的那旧营生去。"二人斗了一回嘴。

忠贤到坐了这半日,茶也没杯吃。印月笑着叫丫环拿茶来。茶罢摆酒。忠贤道:"皇上几次着人请你进宫,你何以不进去?咱今日竭诚来请你,明日是个好日辰,进去走走罢,莫辜负皇爷的情意。"印月道:"我不去。在家好不自在,我到进去讨气受么?"饮酒之间,被忠贤说方说圆的哄骗,印月也快被他说动了,渐有应允之意。秋鸿道:"太太,你莫听他这涎脸调谎的老花子胡话。杨、左诸人与他有仇,他千方百计的弄来打杀了。娘受了人的气,他原说代娘报仇的,他一丢几个月,保①也不保,他的话可听的?"忠贤道:"好姐姐,你把人都屈杀了!你娘的事刻刻在心,只因他是个主母,急切不好下手,比不得别人,若是偏宫也还好处。况内里的事咱不十分详细,须要你娘进去,方好寻他的破绽。"秋鸿道:"你这张嘴,除得下来,安得上去,专会说鬼话!我问你:杨、左诸人与你有仇,谋杀他罢了,他得了人的银子与你何干,要你假公济私?人已死了,还不饶他,处处追逼,使他家产尽绝,妻离子散,追来入己,是何天理?别人的东西你还要了来,难道娘的一颗珠子就不要了?对你说过千回万遍,总是不理,也要发到镇抚司,五日一比才好,即此就可见你的心了。"把个魏忠贤说得哑口无言,只是淡笑,说道:"要珠子何难!明日差人到广东去拣几斗好的来送你。"秋鸿道:"一颗尚难寻,还想要几斗哩!专会说大话。认你照乘珠、辟尘珠都不要,只要娘的原物,若有原物才进去,若没得,莫来缠扰。"忠贤道:"可有这话?"秋鸿道:"有这话。"忠贤道:"你做得主么?"秋鸿道:"与你拍个手掌,今日有了,今日进去;明日有了,明日进去。"二人真个打了赌赛。忠贤随即辞了,起身而去。真个是:

　　搜山煮海寻将去,捉虎擒龙觅得来。

忠贤回到私宅,李永贞等便来问信。忠贤将前话说了,刘惹愚道:"这珠子在当店中,虽是年远,毕竟还在本处,不然也只在京城富贵之家。可差人往涿州去查,各当店年久的一一查问,再悬重赏,不日自有。"忠贤果然随即差人去查访。去了月余,俱无踪迹。也是天缘凑巧,其时正是枚

① 保——同睬。

卜在迩①，几翰林名望者皆冀大拜。有个翰林冯铨，乃涿州人，万历癸丑进士，论资格年俸也还尚早。他因父亲冯盛明做过蓟辽兵备道，奴酋陷辽阳，他便弃官而归。后来熊廷弼论他擅离汛地②，问了军罪。他因家私颇厚，顾不得多费几万金谋升入阁，可以从中救父。他与崔呈秀同乡同年，要日间去托他，恐有人知觉，遂至晚间便服到呈秀寓所。先送他若干礼物。呈秀道："年兄见委，敢不尽心？只是里面说越次，甚是推阻。小弟再三开谕，始有可图之机，但所费甚多耳。"冯铨道："小弟也非过望，但有不得已之私情，兑所心谅，凡事听兄裁酌，就多费些也说不得了。"

二人对酌。只见一个小青衣来，向呈秀耳边说道："里面退出来了，不是的。"把个小纸盒子递与呈秀，呈秀打开来看，却是几粒大子。冯铨道："这珠子也就好了，何以还退出来？"呈秀笑道："这珠子有个缘由。"二人饮至更深，冯铨辞回寓所，只见一个家人来呈上家书。冯铨拆开看过，家人道："本州岛当店，惟爷家的最久，今魏爷来要珠子，终日差人来吵闹。"冯铨想道："正欲图大事，又有这件事来缠扰。"甚是烦闷。对家人道："你们莫慌，且等我明日问过崔爷，自知缘故。"

次日，呈秀来回拜，坐下，冯铨问道："魏公要珍珠，何以到差人到涿州当店中寻？寒家虽有两典，却无好的，若要好的，还是这京中才有。"呈秀道："非也！中有个缘故。"

把椅了扯近，向冯铨耳边道："魏公当日微时，曾有颗珠子当在涿州，有二十余年了，如今必要寻那原物，故到宝典去寻。"冯铨想了一回，忽猛省道："是了，昔年曾记得有个人拿人一颗珠子来当，管典的见他衣衫褴褛，疑他来历不明，不肯当。正是那里闹，适值弟到典中牙祭，他便泣诉于弟。弟叫他卖与我，他再三不肯，只得叫柜上当银十两与他，或者是那珠子也未可知？那珠子不叫什么好，还不及昨日年兄拿的哩。"呈秀道："若是原物，兄之大事成矣！"冯铨忙入内去了一会儿，出来递与呈秀看道："不知可是此物？"呈秀看了道："此珠虽小，却圆洁得好，弟带去就送与他看，若是的，包你停妥，会推时内事在弟，外事在兄，善为谋之。"

呈秀带了珠子别过，即到魏府来。却好忠贤正与李永贞计较枚卜之

---

① 迩(ěr)——近。
② 汛地——驻防巡逻的地区。

事，见了呈秀，道："昨日那珠子虽好，却不是原物。"呈秀道："今日又找了一颗来，未知是否？"呈与忠贤看，忠贤细细的看了，大喜道："这才是的！你从何处得来？妙极！妙极！"呈秀道："是翰林冯铨，昨日会见说起。他今日送来的。"忠贤道："却难为他，日后再重酬他。"呈秀即把他求大拜的话说知，忠贤道："也罢，就点他罢，只叫他把外面弄停当了，不要被人谈论才好。"呈秀领命辞出，即叫冯铨送礼拜做门生。一二日后，会推的本上去，十人中点了三人，冯铨果然竟越次大拜了。这才是：

　　昔闻三旨中书，今见一珠宰相。

　　毕间不知枚卜后来事体如何？且听下回分解。

第三十四回

倪文焕巧献投名状　李织造逼上害贤书

诗曰：

浩歌拍碎石阑干，触目深感时事艰。

扬子传经还附荐，赵师讲学更超韩。

从他匝地施罗网，任尔冥鸿戢①羽翰。

日日风波随处险，谁将一柱砥狂澜。

　　却说魏忠贤得了原珠，心中喜极，便将冯铨越次拜相。随即袖了珠子，到侯家来相见。假意道："珠子竟寻不着，怎处？"印月道："没得也罢了，本是年远了。"秋鸿道："娘莫信他的胡话，他不上心寻罢了。也送他到镇抚司五日一比，打断他的狗筋，包管就有了。"忠贤道："咱什么事伤了你的心，你这等骂我？"秋鸿道："你怎晓得不毒手弄人的？　人骂你就骂不得了，别人的性命是拾了来的！"忠贤遂搂着印月道："莫睬这骚货，咱把件物事儿你看看，你可认得？"才向袖内拿出了锦袱子来，就被秋鸿劈手抢去，往外就跑。忠贤赶来夺时，他那里把他，两个扭在一团。忠贤急了，只得央他道："好姐姐，好亲娘，赏你儿子罢！"秋鸿道："满朝的人都做你的儿子，你今日又做我的儿子。你也是折了福，如今来一还一报的人了。我养出你这样不学好的儿子，不孝顺我老娘，本该不赏与你，且看我那些做官的孙子分上，赏与你罢。"将袱子掠在地下，忠贤拾起来，打开，递与印月。

　　印月见了他原物，甚是欢喜。秋鸿道："日久见人心，你将珠子藏着，却三番五次说谎哄娘。"忠贤道："藏着呀，我不知费了多少事哩！"秋鸿道："费事却未费着你的钱。"忠贤道："钱虽未要，却是一个宰相换来的。"秋鸿道："那人寻到你，也是有眼无珠；你把这样人点入阁，也是鱼目混珠。"忠贤道："罢了。你骂也骂够了，我气也受足了，珠子也有了，请你娘

---

① 戢（jí）——收敛，止。

进去罢。"秋鸿道:"去不去在娘,干我甚事!"忠贤道:"好呀! 你一力担当,打过赌赛的,今日怎么说不管的话? 这才要送你到镇抚司比哩。"秋鸿道:"好孝顺儿子,只差要打娘了。"忠贤又央求印月,印月道:"我怎好自己进去,惹人借口。"忠贤道:"你若肯去,我自支请旨来。"秋鸿道:"哥儿,旨意要真的哩。比不得那外官儿。拿假旨去吓他。"忠贤道:"小骚奴! 你莫忙。"秋鸿道:"咳,你莫吓我,你咬去我膆子①,我也会去杀人。"忠贤赶着打了两拳,笑着去了。

秋鸿道:"娘,你可真去?"印月道:"你已允他有珠子就去的。怎好失言?"秋鸿道:"娘要去,我也不好挡阻,只是我一身的病,受不得劳碌。前日医生说叫我静养调理服药才有效,我要到石林庄养病去,今日先对娘说过。"印月道:"你去了,我家中之事何人管理?"秋鸿道:"家中事俱自有执掌的,哥嫂也会料理。我也去不多时就来了。"印月道:"可是淡话,不在家里养病,到往乡里去,就请医生也不便。家中事虽有人管,毕竟你做个总纲,他夫妻尚小,晓得个什么事体?"秋鸿叹道:"若是我死了,也要他们料理哩。"印月听了,心中不悦道:"哦,要去由你去,难道死了王屠,就吃连毛猪哩。"秋鸿道:"我只为病欺了身子,故此要去将息些时。"说毕,便叩头拜辞。印月便转身不理。他便去收拾了几日,夫妻二人上了轿马,竟往石林庄去了。这才是:

　　一身不恋繁华境,半世常为散淡仙。

次日,两个小黄门捧着圣旨,来宣客巴巴进宫。印月忙打扮整齐,吩咐了一切家事,上轿进宫。见过皇上与中宫,依旧与魏监连手做事。又把家中教的一班女乐带进宫来演戏,皇上十分欢喜,赏赐甚重。真个是:

　　舞低夜月霓裳冷,歌满春风玉树高。

客巴巴此番进宫,比前更加横暴。家人屡在外生事。一日,侯国兴在咸宁伯园中饮酒,跟随的人役都在对门酒店中吃酒,吃了不还钱。店家向他讨,众人反把店里家伙打碎。四邻来劝解,也有那气不忿的在内生事,闹在一处,挤断了街。适值西城御史倪文焕经过。也是他该管地方,便叫长班查什么人打降。那店家正在没处出气,见巡城的官到了,忙跑到马前

───────────

①　膆(sù)子——鸟类食管后段暂时贮藏食物的膨大部分,形如口袋。(这里借指食管,谓你咬断我的食管,我也会去杀人,我不怕。)

泣诉道："小的开个小酒铺子，本少利微。才有一起光棍来吃酒，不独不还钱，反把小的店内家伙打碎。"倪御史吩咐地方都带到察院去。地方将一干人证都带到衙门。店家补上一张呈子投上。倪文焕叫带上来。只见两个人都头戴密帽，身穿潞绸道袍，走上来，直立不跪。倪文焕道："你是什么人？怎么见我不跪？"二人道："咱是侯府的掌家。"倪文焕道："是那个侯府？"二人道："奉圣府。"倪文焕大怒，喝道："在京多少勋戚文武的家人，见官无不跪之理。况你主人不过是乳媪之子，尔等敢于如此横暴放肆，先打你个抗倨官长！"掠下签子喝声道："打。"左右走过几个皂隶，将二人揪倒。二人犹倨傲不服，被众人按倒，每人重责三十大板。打得皮开肉绽。吩咐收监，明日再审。

早有人报与侯国兴。国兴得知，在席众官内有的道："倪御史这等可恶，怎敢擅打府上的人？"那老诚的道："这还是尊管不该，他是察院的宪体，岂有不跪之理？"又有的道："打虽该打，也该先着人来说过，主人自然送过来，打了赔礼才是个礼。这明是欺人！"国兴到底是少年人性儿，平日是人奉承惯了的，怎受得这样气？忙起身，别了众人上轿，竟到魏府来。魏监叔侄俱不在家，他便写了封家书，央个小内侍送与他母亲。书中回护家人，把不跪的事隐起，只说倪御史擅打他家人。

印月看了大怒，把书子送与忠贤看。忠贤道："他如此大胆，叫他莫恼，我自有处治。"随即回私宅，叫速请崔爷。少刻，呈秀到了。见过礼，忠贤气愤愤的道："西城倪御史，可是那扬州的倪蛮子？"呈秀道："正是。"忠贤道："这小畜生如此可恶！他当日进学，也亏咱代他维持，敬咱如父辈。今日才得进身，就如此狂妄。昨日无故把奉圣的家人毒打，可恶之至！须寻件事处他。"呈秀道："倪文焕平日甚醇谨，只因姑母的管家在法堂不跪，不成个体面，故他发怒。爹爹请息怒，待孩儿去叫他来请罪，姑母处赔礼。"忠贤道："你去说，上覆那小畜生，叫他仔细些。"

呈秀答应辞出，即来拜倪文焕。相见待茶毕，呈秀叫屏退从人，附耳将前事说了。文焕道："昨因他家人无礼，一时不检，今甚悔之，仍求老大人俯教。"呈秀道："你不知奉圣的事更比魏公紧要些。老兄必须去赔个礼，再看事势如何。"说罢，去了。倪文焕在家，行坐不安，自悔一时失于检点，弄出事来怎处？又想道："罢，拼着不做官，怕他怎么！"忽又转想道："什么话！罢、罢的，一生辛苦，半世青灯，才博得一第。做了几年冷局,才转得这个缺,何曾受用得一日?况家贫亲老,岂可轻易丢去?还是陪他个礼的好。"正是进退两难,打算了一夜,毕竟患失之心胜。

次日下朝后,便来回拜呈秀,央他婉曲周旋。呈秀道:"弟无不尽心的,只是还须托他个掌家附和才好。"这明是托词要钱之意。文焕只得告别回来。路上忽想起个刘若愚来:"他原与我相好,今现做他的掌家,何不去寻他?"于是便道候他。却值在家,出来相见坐下,便道:"先生怎不谨慎,做出这样事来?此事非同儿戏,奉圣必不肯放的。杀身亡家之事,都是有的。咱代你想了一夜,没个计较,怎处?"倪文焕听了此言,心中着忙,双膝跪下道:"小侄一时失于检点,望老伯念当日家岳相与之情,救小侄之命。"若愚忙拉起道:"请坐,再谈。"文焕道:"适晤崔少华,叫赔个礼,小侄故来请教。"若愚道:"光赔礼也不济事。若是触犯魏爷,咱们还可带你去赔个礼。你不知,爷如今奉承客太太比皇上还狠些哩,正要在这些事上献勤劳,这事怎肯甘休?除非你也拜在爷门下为义子,方可免祸。"文焕道:"但凭老伯指教,要多少礼物?"若愚道:"你是个穷官儿,那礼物也不在他心上。况你若拜他为父,就比不得外人,平时又无嫌隙,礼不过些须将意就罢了。如今倒是有了投名状,还比礼物好多哩。"文焕道:"请教什么叫做投名状?"若遇道:"你莫有见过《水浒传》么?《水浒》上林冲初上梁山泊,王伦要他杀个人做投名状。你只拣爷所恼的官儿参几个,就是投名状了。咱们先向爷说过,你将本稿呈问后,再备份礼拜见,包你停妥。"文焕道:"我哪知魏爷恼的是谁?若愚道:"我却有个单子,取来你看。"少刻取出,只见上写着有十多个人。

文焕看了,自忖道:"这干人,内中也有同乡的,也有相好,其余的平日与他无仇,怎好论他?"若愚道:"如今的时势也顾不得许多,只要自己保全身家性命罢了。也不要你全参,只拣几个也就罢了。"文焕道:"也没有访得他们的劣迹,把什么论他?"若愚道:"你拣那几个,咱自有事迹与你。"文焕只为要保全自己,没奈何也顾不得别人性命,昧着天良,点了四个人。正是:

　　功名富贵皆前定,何必营谋强认亲。

　　堪恨奸雄心太毒,欲安自己害他人。

刘若愚道:"你去做了本稿送来看过,再备两份礼,不必太厚,只是放快些。"文焕辞回,连夜做成本稿,誊写停当,先办下礼物,亲送到刘若愚家来。若愚道："你可是多事,咱与你相好,怎么收你的礼? 快收回去。"文焕道："小侄一向欠情,少申鄙敬。"若愚道："岂有此理! 决不敢领。只将本稿存下,后日爷出朝,老兄须早来伺候。本该留兄少坐,因内里有事,改日再奉贺罢。"文焕辞去。

过了一日,刘若愚引倪文焕到魏府拜见忠贤,呈上礼单。忠贤道："你是个穷秀才,钱儿难处,怎好收你的。"文焕再三求收。忠贤道："请坐,咱自有处。"文焕道："孩儿得罪姑母,望爹爹方便。"忠贤道："这原是他家人无理,但他们妇女家护短,不好说话,如今去请他令郎来,当面说开就罢了。"遂叫人请侯爷。问文焕道："令尊高寿?"文焕道："七十一岁。"又问:"令岳生意还盛么?"答道:"妻父已作古了,妻弟们读书,生意无人照管,迥①非当日了。"凡扬州当日相熟的,一一问到。

少刻侯国兴来相见,忠贤道:"只是倪六哥为前日的事来央我,故请你来当面说过。虽是他一时之怒,毕竟还怪你家人无礼,哪里有这样大的家人,岂有见察院不跪之理? 你母亲处咱已说过,总是一家弟兄,倪六哥也带了些礼送你。"就将送他的礼单送与侯国兴看。又说道:"他是个穷秀才的人情,没什么七青八黄的,看咱面上,将就些收了罢。"国兴道:"舅舅吩咐,怎敢违命。"二人又重作了揖,摆酒相待。崔呈秀、田尔耕、魏良卿等都来叙兄弟之礼。饮酒至晚方散。

次日,即上本参给事中惠世扬,辽东巡抚方震孺,御史夏之会、周宗建。忠贤随即批旨,着官校锁解来京勘问。那班奸党置酒与倪文焕作贺,席间各说些朝政。李永贞道:"今日倪六哥虽然论了几人,还有几个是老爷心上极恼的,也该早作法处治才好。"田吉道:"是哪几个?"永贞道:"李应升曾论过爷的,又申救过万燝的。还有周顺昌,曾受魏大中托妻寄子的,他若再起用,必为他出力报仇。此两人没人论他,弄不起风波来。你弟兄们怎么作个计较才好。"

崔呈秀一向要报复高总宪,未得机会,听了此言,恰好与周顺昌、李应升俱是吴江人,正好打成一片,便说道:"这个容易,如今吴、楚合成一党,南直是左光斗、高攀龙为魁,周顺昌、李应升为辅。彼此联成一片,使他们不能彼此回护,须处尽这干人,朝野方得干净。"刘若愚道:"咱到有个极

---

① 迥(jiǒng)——差得远。

好的机会在这里。"永贞道："什么机会?"若愚道："前苏杭织造李实垄,用
了个司房黄日新。他就倚势镶诈机户,又谋娶了沈中堂之妾。有人首在
东厂,爷因看旧情,恐拿问便伤他的体面,遂着他自处。李织造便将黄日
新处死了。他因感爷之情,差了个孙掌家来送礼谢爷。昨日才到,今日打
进禀贴,明日必来见我。我留他吃饭时,等咱凭三寸舌,管叫这一干人一
网打尽。"众人齐声道："妙极,妙极,好高见。"当日席散。

　　次日,果然孙掌家送过礼,即来送刘若愚的礼。若愚留饭,问些闲话,
谈些苏、杭风景。因讲到袍缎事宜,孙掌家道："只是那些有司勒镶,不肯
发钱粮,织趱不上。"若愚道："前已参革周巡抚了。"孙掌家道："只都是蒙
爷们看衙门体面,家爷感恩不尽。"若愚道："前日来首告的人,说黄日新
倚着你爷的势吓诈人,又夺娶沈阁老之妾,许多条款。咱爷便要差人来
拿,咱道:'那些外官正要攻击咱们,咱们岂可自家打窝里炮? 这体面二
字是要顾惜的。'再三劝爷,才肯着你爷自处的。"孙掌家道："这是爷们周
全的恩,咱爷报答不尽。咱爷终日念佛,并不管有司之事,有甚势倚? 只
因黄日新与御史黄尊素认为叔侄,故敢如此横行。其实不干家爷的事。"
若愚道："既如此,还不早早说明。依咱,你回去对你爷说,再上个本参周
巡抚,后面带上黄御史,省得皇上怪你爷织造不前。外面说你爷纵容家人
生事哩。"孙掌家道："蒙爷吩咐,知道。"便要告辞。若愚道："还有件事:
咱爷还有平日几个对头,都是江南人,你爷可带参一参。"便于袖内拿出
个折子来,上面是参左都御史高攀龙,检讨缪昌期,吏部周顺昌,御史李应
升、黄尊素的劣迹。本稿递与孙掌家,接去辞出,星夜回到杭州,将前事一
一对李织造说了,呈上本折。

　　李实看过,心中踌躇道："前日因钱粮不敷,参去周巡抚,已有几分冤
屈,已损了几分阻骘①;至于高攀龙等,都是几个乡官,平日与我毫无干
涉,又无仇隙;就是黄御史,咱亦不过是借来解释,原无实据,怎好当真参
害他们?"两旁众掌家与司房人都道："爷,这织造是个美差,谁人不想?
况又有黄日新这个空隙,更容易为人攘夺。今全亏魏爷周全。爷才得保
全,若不依他,恐惹魏爷怪爷,就不能居此位了。"李实听了,只是不言。

　　停了几日,掌家与司房都急了,又去催道："爷就再迟些时,也救不得

―――――――――

①　阴骘(zhì)——阴德。

这干人，只落得招怪，还是速上的好。"李实道："咱又不是个言官，怎好不时的参人？况这些人又没有到我衙门来情托，将何事参他？就要参周起元，也难将他们串入。"孙掌家道："本稿也是现成的，只依他一誊，爷不过只出个名罢了。"李实被他们催逼不过，只得点点头道："听你们罢了。"司房得了这句话，便去誊好本章，其大略云：

为欺君灭旨，结党惑众，阻挠上供，亟赐处分以彰国体事。内中参苏州巡抚周起元，莅吴三载，善政无闻，惟以道学相尚，引类呼朋，各立门户。而邪党附和者则有周顺昌、缪昌期、周宗建、高攀龙、李应升、黄尊素，俱吴地缙绅，原是东林奸党。每以干谒，言必承周起元之意。不日此项钱粮只宜缓处，将太、安、池三府协济袍缎银二千两，铸钱尽入私囊。然黄尊素更为可耻，辄与掌案司房黄日新，因其桑梓①，甘为叔侄，往来交密，意甚绸缪。俾日新窃彼声势。狐假虎威，诈害平人等事。

本写成了，便差人星夜赍②送入京。魏忠贤已等得不耐烦了，本一到时，即批拿问。差了几员锦衣千户同众校尉，分投江南、浙江、福建而来。此时邸抄已传入杭州来。字实见了，只是跌足埋怨那些人道："这是何苦，都是你们撺弄我干出这没天理的事来。"那些官校一路下来拿人，正是：

搏风俊鹘③苍鹰出，向日翔鸢鸣凤灾。

毕竟不知先到何处拿人？且听下回分解。

---

① 桑梓——故乡。

② 赍(jī)——把东西送给人。

③ 俊鹘(gǔ)——古书上说的一种鸟。

第三十五回

击缇骑五人仗义　代输赃两县怀恩

诗曰：

斜阳明灭浮云卷，叩阍①谁烛忠臣怨。唯有黔黎②不死心，泾渭昭然难为掩。志抒丹，岂称乱，一呼直落奸雄胆。手附势徒，口指奸雄呼。朝廷三尺自有法，曷③为肆把忠良屠。一身拼共贼臣死，为国除奸事应尔。剩取猩猩一寸丹，染入霜毫耀青史。

话说锦衣官校领了差，见江、浙、闽都是好地方，一个个摩拳擦掌的，想要觅个小富贵回去。分头下来，早有一起先到江阴。此时李御史早已知道了，拜别父母道："孩儿此去，或邀天幸君恩，得以生还，望勿忧虑。"先安慰了父母妻子，然后向众亲友作别道："李某论劾权托，褫夺④而归，原图燕喜雍睦之乐，不料祸不旋踵⑤。此去多死少生。一死报国，人臣之分，只是父母深恩未报，反不得如乌反哺，于心歉然。幸而有兄有子，不乏奉事之人，我也可放心前去。"亲友闻之，尽皆流涕。李公反绝无愁惨抑郁之容，乃作诗别友人徐无修曰：

相逢脉脉共凄伤，讶我无情似木肠。

有客冲冠歌楚些，不将儿女泪沾裳。

其二：

南州高士旧知闻，如水交情义拂云。

他日清时好秉笔，党人碑后勒移文。

又别妹丈贺说兹曰：

---

① 叩阍（hūn）——敲打宫门。

② 黔黎——老百姓。

③ 曷（hé）——怎么；何时。

④ 褫（chǐ）夺——剥夺。

⑤ 旋踵——把脚后跟转过来，比喻极短的时间。

莫说苍苍非正色，也应直道在斯民。

怜君别泪浓如酒，错认黄粱梦里人。

亲友们安慰了一会儿，都回去了。他只留好友徐元修在书房同宿，逐日谈论诗文，不及家事，父母叫他内里去宿，他也不肯，恐对家人妇女哭泣之状，方寸要乱。他竟一无所顾。及至县尊到门，他便挺身就道，只同一个表兄飘然长往。终日路上吟诗作赋，每得佳句，便击节叹赏，全无一点愁苦的光景。途中又作《述怀诗》一首，道：

便成因伍向长安，满目尘埃道路难。

父母惊心呼日月，儿童洗眼认衣冠。

文章十载虚名误，封事千言罪业弹。

寄语高堂休苦忆，朝来清泪饱盘飧。

又过丹阳，道中作：

已作冥鸿计，谁知是僇①民。

雷霆惊下土，风雨泣孤臣。

慢患思贤圣，艰难累老亲。

生还何敢望，解网美汤仁。

诗句甚多，不能尺述，无非思亲、念友、咎己、望君之意。这也不题。

再说那班官校到无锡来拿高总宪，高公早已知之，说道："我当日掌院时，因要整肃纲纪，惩创奸贪，才劾崔呈秀，乞行遣成也。只欲为国除奸，他却避祸投在魏阉门下为子。官校此来，必是仇人陷害我，怎肯把父母遗体去受那无轴的刑法？此去必为杨、左之继矣。我果结党欺君，死也心服；今为仇人所害，岂不是忠孝两亏？我不如死于家，也得保全父母遗体。"暗暗自己筹划定了，也不现于辞色。及闻官校已渡江而来，便叹道："罢了，今日是我的归期了！"遂吩咐下些家事，命人备酒，大会亲友，与众人作别。此时亲友也来得少了。高公道："刻因赴京在即，故与列位相别，开怀畅饮。"这些亲友也有要劝解他的，也有要为他筹划的，见他全无忧愁之态，反畅饮取乐，倒不好开口。

酒散后，叫取水来沐浴，吩咐家人："各自休息，不要惊恐，料无甚大祸。让我独坐片时再睡。"先家人都怕他寻死，时刻提防，却不见他着意，

---

① 僇（lù）——侮辱；杀戮。

此时上下人都倦了，果然不防他。大家散去，高公独坐书房，整肃衣冠，焚了一炉好香，展开一幅纸来，写下一回遗疏道："臣今虽蒙冠夺，昔日却为大臣。大臣义不受辱，今欲辱大臣，是辱国也！臣谨遵屈平之遗策，愿效犬马于来生。愿使者持此以复命。"其大略如此。写毕封固，上书"付长男世儒密收"。到三更时，开了花园门，走到鱼池边，把焚的香带了摆下，向北叩头毕，又遥拜谢了祖宗、父母，起身向池内一跳。正是：

昔闻止水沉江相，今见清池溺直臣。

同是汨罗①江上派，英灵应结子胥②魂。

公子高世儒终是放心不下，潜自起来到书房来，见书房门开着，绝无人影，吃了一惊；见桌上放着遗书，知是去寻死，急出来，且哭且寻。来到后边，见园门也开了，急急来到鱼池边，只见炉香未绝，池水犹动，似有人在内，便放声大哭。惊动了夫人，唤起外面众家人来，下池去捞，抬上来，已是没气了，免不得一家痛哭，备办后事。

次早，具报各地方官，无锡县闻报，吃了一惊，忙详报各上司抚院，随即差官来验看。府、县俱到，只见高公湿淋淋的一个尸首停在厅上，合家围着哭泣。各官拜过，揭开面帕看，确是高总宪的真尸，也都没得说，只埋怨公子道："年兄们怎不小心防护，致令尊翁老先生自尽？尊翁是朝廷大臣，就到京也无甚大事，何至如此！倘或朝廷要人，怎处？"知县道："只好待官校来看过再殓。"知府道："岂可暴露多日。"不一时道尊也来拜了，也没得说。高公子求他做主收殓，道尊向府、县道："高大人投水是实，我们公同目击，各具结详报，待上台具题。"这里竟入殓。各官候殓而散。

不日官校到了，闻高公已死，他们就当做一桩生意放起刁来，道："这必是假死；就是真的，既奉圣旨拿人，你们做有司的就该预先拘管，如何容他自尽？我们不独不能回旨，先就不能回魏爷，一定要开棺看。"各官俱无言以对。只有无锡县教谕上前道："不是这样说，你们说他是假死，各上台亲自验过，才具结审报，各宪具题，谁敢担欺君之罪？若为有司不拘管，这机密事我们如何得知？你们既奉旨拿人，就该星夜而来，迅雷不及

① 汨罗——指屈原忧国投汨罗而报君。

② 子胥——伍子胥，吴国重臣，破楚有功，后劝吴王拒绝越国求和而被疏远，吴王赐其自杀。

掩耳才是，为何一路骚扰驿站，需索有司，致违钦限，使他闻风自尽。我们到不参你罢了，你反来掯诈么？"官校虽还勉强争闹，终是他的理正，只得又掯高公子，说他不预先防守救护，要把他抵解。高公子道："罪不及妻孥①，若旨上有我的名字，我也不敢违旨；若无我名，你却也难说。"公子只得央人出来，做好做歹的送他几十两银子作程仪，把遗本交与他复命。府、县也都厚赠他，恐他在魏监面前说长说短。那些官校也怕耽搁日期，那苏杭要拿的人效尤，便不好回话，只得丢手，讨人夫马，星夜往苏州来拿周顺昌。

苏州府县知道无锡如此受官校的掯诈，都早差人将周吏部的宅子时刻巡逻，吩咐他家人防守。周吏部闻之，仰天大笑道："我也不走，我也不死，直等到京说个明白。大丈夫就死也须痛骂奸权，烈烈轰轰而死，岂可自经沟渎②，贻害地方，连累家属？"官校一到，知县来请，他即拜辞了祠堂，别了妻子，禁止家人啼哭，也略吩咐了些家事：叫儿用心读书，好生做人。"魏掌科当日曾托妻寄子与我，今不可因我被祸，便置之不理，须常时照旧周恤，不可负我初心。"这正是：

  千金一诺重如山，生死交情不等闲。

  世上几人如杵白，高风独步实难攀。

苏州三学生员见周吏部被诬，相约去见抚院毛一鹭，求他缓些开读，好上本申救。毛抚院道："旨意已下，谁敢乱救？诸生此举，到是重桑梓而薄君臣之意了。"诸生齐声道："生员等于君臣之义不薄，只是老大人父母之恩太深些。"毛抚院见诸生出言不逊，只得含糊答应，支吾他们出去。谁知市上早有一班仗义的豪杰，相议道："前日无故拿了周御史、缪翰林，如今又来拿周吏部。若说他贪赃枉法，他是极清廉正直，人所皆知；若说他是东林一党，他又杜门不出，从不轻与人交接；况且与李织造素无干涉，为甚事拿他？这分明是魏太监与李织造通同害人，假传圣旨。我们只是不容他去就罢了。"

及到开读的清晨，只见周公青衣小帽，早在此伺候。院道各官相继到

---

① 妻孥——妻子和儿女。

② 自经沟渎——沟渎即沟渠，自经即自杀，这里指在家乡自杀。因沟渠相对河海小，当指家乡。

了,只见一路上的人填街塞巷,人集如山,赶打不开。有司只道是来看开读的,不知内中有个豪杰,起了个五更,在街上敲梆喝号叫道:"要救周吏部的都到府前聚齐!"故此满城的挨肩擦背,争先奋勇来了无数。各官迎接龙亭,进院分班行礼毕,才宣驾帖。忽听得人丛中一片声喊道:"这是魏忠贤假传的圣旨,拿不得人!"就从人肩上跳出一个人来,但见他:

阔面庞眉七尺躯,斗鸡走狗隐屠沽。

胸中豪气三千丈,济困扶危大丈夫。

这个豪杰手中拿了一把安息香,说道:"为周吏部的人,各拿一枝香去!"一声未完,只见来拿香的推推拥拥,何止万人,抚按各官哪里禁压得住? 有一个不识时务的校尉李国柱乱嚷道:"什么反蛮,敢违圣旨!"只见人丛中又跳出几个人来,一个个都是:

凛凛威风自不群,电虹志气虎狼身。

胸中抱负如荆、聂①,专向人间杀不平。

几个豪杰上前将李国柱拿住道:"正要剿除你们这伙害人的禽兽!"才要动手,人丛中又抢出几个来,把李国柱揪翻乱打,各官忙叫"不要动手",哪里禁得住? 打的打,踢的踢,早已呜呼了。那锦衣千户惊得飞跑,只恨爷娘少生两只脚,走得没处躲藏,一把抱住抚院,死也不放。那些校尉都丢下刑具,除下帽子,脱去号衣,混在人丛里逃命去了。宣旨的礼生怕打,战战兢兢地把驾帖左收右收都收不起,早被那班豪杰抢过去扯得粉碎,把桌子一推,把礼生从上面跌下来跑了。院道各官再三安抚,忙出了一面白牌道:"尔民暂且退散,俟本院具题申救。"把个周吏部急得遍处磕头,哀告道:"诸位乡亲不是为我,到是害我了!"众人道:"是我们仗义的打死校尉,扯毁驾帖,都等我们自去认罪,却不有累。"

众人又相议道:"李实这阉狗诬奏,我们去烧他的衙门去!"此时李实正差孙掌家在苏州催缎匹,听见此话,吓得连忙换了衣帽,要叫船逃回杭州。却好遇着这班好汉,有认得的将他拿住,登时打死,将行李货物都抛在河内而去,直闹到晚方散。

次日又来,足闹了两三日。府县恐有不虞,叫将城门关了,一面着人访拿为首的,一面具题道:"三月十八日开读时,合郡百姓执香号呼,喧闹

---

① 荆、聂——荆轲(刺秦王)、聂政(刺韩相侠累)。

阶下,群呼奔拥,声若雷鸣。众官围守犯官周顺昌,官校望风而逃,有登高而坠者,有墙倒而压者,有出入争逃互相践踏者,遂至随从李国柱身被重伤,延至二十日身故。"本之外,毛抚院又具了禀帖到魏忠贤。不期路上又被众好汉悬住搜下。那城中百姓有胆小的,怕打死了校尉,扯碎了驾帖,要波及满城,竟弃下家产物件,挈家而逃,有搬下乡的,有逃出境的,官府虽安抚示禁,人只道是哄他们的,越逃得多。官府见逃人甚多,料这班作乱的羽翼已衰,正好拿人;又恐再走了,忙禀过抚院,尽行拿住到监,不知那些好汉既挺身做事,岂肯私逃?

只有周吏部见百姓逃亡,到为我受害,好生不忍,想道:"我若不随官校进京,又失了臣节。"遂自来见抚院道:"罪人得罪朝廷,蒙旨拿问,自应受逮,不意酿成大变,几累老大人。但为臣子者,没有呼而不来之理,乞老大人解罪人进京。"先抚院要解他去,又怕百姓激怒,今听见他自己要去,便趁水推舟道:"正是!弟等都要具书保留老先生,又恐违了钦限,得罪反重,还是去的为是。"此时官校逃去的已都来了,府县也打发了他们些银两,叫他们都到浒墅关等候。次日,周公恐惊动众人,候至夜间,悄悄的上船。至浒墅关,寻到了官校,才一同星夜入京。抚院打发周吏部起身后,怕魏监怪他,随把一干人犯题上去道:"敲梆喝号者马杰,传香者颜佩韦,打死随从者沈扬、周文元、杨念如。"又央李实致书与永贞,求他从轻发落。

李实是个慈心的人,向日听见拿这起人,已自不过意;又见乱了苏州,打死孙掌家,苏州抚院如此处治百姓,一发跌足道:"都是我造的罪孽!"连忙写书子星夜进去求情。原来魏监听见激变了苏州,心中也觉慌张,后接到毛抚院的本,知已调停了,便唤李永贞来商议道:"苏州滨湖近海之地,人民撒野的地方,若株连杀戮,恐致民变。况江南是漕运重地,不比他处,不如依样葫芦,从宽些罢。"却好顾内阁当国,他也是苏州人,因念桑梓,再三解说,忠贤便假做人情,止批将为首五人立决,其余着有司严缉。又恐拿黄御史的到了杭州,百姓也要效尤①,即于本上批道:"黄尊素着该抚提解来京,锦衣卫官校着即撤回。"因此黄御史一路上少吃多少苦。可见得百姓一乱,其功不小。正是:

———————————

①　效尤——明白别人的行为是错误的而照样去做。

　　皇天视听在斯民，莫道黔黎下贱身。

　　曾见一城堪复夏，果然三户可亡秦。

　　群呼未脱忠臣死，壮气先褫奸党魂。

　　遥想五人殉义日，丹心耿耿上通神。

　　不说苏州百姓仗义，浙江黄御史到得了便宜。且说吴江周御史宗建初任湖广武帐县时，官清如水，决断如流，才守兼优，声名大振。抚按交章题荐，后改了浙江仁和县。这仁和县是附省的首县，政务繁冗，民俗淳厚，他下车以来，莅事精明，立法极简，审理词讼，任你有钱有势的来请托，他概不容情，并无冤枉。征收钱粮，任你顽梗，他都设法追捕。合县百姓都呼之为周清天。稍有闲时，便下学训课，士子蔼然一堂。若再得余闲，或与乡之贤士大夫逍遥湖上，或偕德望父老访民风于四野，所以士民德之。及六年，奏最行，取为御史，合郡为他建祠。不料为倪文焕所劾，道他侵蚀仁和库帑①，坐赃冠职，着抚院追比充饷。此时合县缙绅为他到苏州抚院衙门面禀，毫无此事。抚院含糊答应而退。后又有浙江与本处生监、百姓，纷纷具呈保留，为他分辩。抚院只得面谕道："如今官员坐赃，概不能辩。若略追少些，便与参本不合，里面就要拿问，岂不是反害了周御史了？此事本院非不知是冤枉，非不欲委曲保全，但是不认赃、不问罪，言者亦不肯止。不如认了，到可杜后患。诸生等此呈，本院只好存之，以彰厚道。"众人知道此言近理，只得俯首而回。

　　不多几日，又因李实论劾，解了缪翰林进京，这两处的百姓怜他没处叫屈，见苏州有打校尉的事，其中有仗义的道："苏州人有侠气，我们杭州人独无人心？周爷此去，我们虽不能击登闻鼓为他伸冤，只是坐赃如许，将何抵偿？必致害及一身，累及妻子。不若我们为他纠合些银，代他完赃，虽然救不得他的罪，也可免他妻子追逼破家之苦。"先是几个人出名写帖子，知会满城人道："前任本县周父母，六年仁德，恩惠在民。今遭诬害，坐赃数千金。家道清贫，力难完帑，凡我士民，各怀仗义之心，可各量力乐输，共成义举。"苏、杭两处士大夫，见百姓如此倡议，也相议道："小民尚知仗义，我辈岂独无心？"便有几个绅衿出来为首，内中有悭吝的，延挨不出，众人也就恶极，俱公同面议，照家私分派，分上中下三等，不怕你

――――――――――

　　①　库帑(tǎng)——国库里的钱财、公款。

不出。其余那些生监酸子，虽所出有限，却也集少成多。又有本县大户并盐、当店，俱各十两五两的相助，又有一等过往的客商，也道："我们自周爷在任，钞税杂差一些不扰，也输财相助。"又有衙门各役，也感周爷一味爱民，不肯纵容我们索钱害人，却从来未曾风打一人，不意如今受此冤屈！吏书门役也各以贫富派银，有在工食上扣支的。百姓们多在城隍庙建醮，祈保生还。又设槟在大殿上书簿乐输，助周爷完帑，亲手入柜。来往烧香的士女，或一钱二钱，三分五分，十文五文，都入柜。每逢朔望一并，后至五日一并，统共不下数千金，这都是江浙之民感恩之报。正是：

　　　　昔沾恩德邱山重，致使钱财毛羽轻。

　　毕竟不知可能救得周公性命否？且听下回分解。

第三十六回

周蓬洲慷慨成仁　熊芝冈从容就义

诗曰：

> 男儿浩气比山高，百折千回不可挠。
>
> 热血一腔虽溅地，忠魂万古尚凌霄。
>
> 身倾道济①长城怀，独泛鸱夷②霸业消。
>
> 他日董狐③书定案，采将清话付渔樵。

话说魏忠贤矫旨拿了缪翰林、周御史等，先后起身。那些官校知道缪公是个清苦词臣，料得诈不出什么钱钞来，到让他软舆进京。直至涿州地方，缪公恐怕耳目渐近，设有缉访，反带累官校不便，自己要上起刑具来。一路上听他缓行到京。只有周公的官校道："他曾任县令，必多宦囊，狠要诈他些银子。"虽与了他们些，终不满所欲，一路上受了许多苦楚。比及到京，周公恐迟了钦限，星夜赶来。这里周吏部也到了，同下锦衣卫狱。那许显纯将他们任意拷打，问他们结党、通关、请托等事。

过了几日，缪公年老受不起刑，先死了。夏御史亦相继而亡。只有周御史、周吏部等，许显纯定要他招认是东林一党，与周起元请托。周吏部道："东林讲学，我并未到。就是东林党内纵或有一二不肖的，也不失为正人君子，总比那等邪党专权乱政，表里为奸的人好多。至于周起元行时，我虽为他作文，这也是缙绅交际之常，我自来非公事从不干谒，有甚请托？"许显纯大喝道："这厮犹自硬口，不打如何肯招？拶起来！"拶了又夹，夹了又敲。那些校尉因苏州打死了同伙的人，好不忿恨，将他分外加重的夹打。此时周公愈觉激昂，言语分外激烈，竟似不疼的，任他凌辱，只

---

① 道济——本姓李，宋天台人，在灵隐寺出家，举止若狂，不受戒律约束。

② 鸱夷——皮制口袋。这里指范蠡（自称"鸱夷子皮"），范蠡助勾践灭吴，知勾践为人不可共安乐，因浮海出齐。

③ 董狐——春秋晋史官，以秉笔直书著名。

是不招。从来这些拿问的官儿,起初受刑也还尊重不屈,及至比到后业,也就支撑不住,也只得认作犯人,把他当做问官。唯有周吏部志气昂昂,绝不肯有一句软话,只与他对嚷对骂。许显纯见他身子狼藉,若再加刑,怕他死了不便,忙叫且收监。

过了数日,又提出来拷问他。见周公嘴狠,偏要折磨他。周公却偏不怕。到审时要他招认,周公道:"魏阉害杀忠良,何止我周顺昌一人! 要杀就杀,有什么招?"显纯道:"你这干结党欺君、贪赃乱政的禽兽,自取罪戾,怎敢反怨骂魏爷? 也就与怨骂天地的一般,神鬼也不容你!"周公道:"何人乱政似那阉狗! 政朝廷上布满私人才是结党,枉害忠良方为乱政。"许显纯听了,怕他再说出什么来,被忠贤的差人听见去说,连叫掌嘴。那些校尉飞奔上前,打了一顿,把个瘦脸打得像个大胖子,青紫了两边。周公兀自①高声大骂道:"许显纯你这奸贼! 你只打得我的嘴,打得我的舌么?"千奸党、万贼奴骂不绝口,把个许显纯气得暴躁如雷,却又无可奈何。他想了一会道:"把他牙敲了。"

校尉上前将铜巴掌侧着,照定牙根敲了几下,可怜满口鲜血直流,门牙俱落。周公并不叫痛,越骂得凶,声气越高。许显纯假意笑道:"你其意要激恼我,讨死么? 我偏不让你就死。且带去收监。"

隔了数日,李、黄二御史也从浙江解到,显纯也故作威势,摆下许多狠毒刑具,并提出周吏部同审。周公上去,开口便骂道:"贼奴! 你徒与阉狗作鹰犬,把我等正人君子任意荼毒! 我们不过一死而已,你这奸贼除死之外,你还再有甚法儿加我? 我死后名传千古,那阉狗蒙蔽圣聪,荼毒忠良,少不得神人共诛! 你这贼奴也少不得陪他碎尸示众,还要遗臭万年!"骂得许显纯哑口无言,几乎气死。又叫敲他的牙,把个周吏部满口的牙齿几被敲完。周公立起来,竟奔堂上,校尉见了,忙来拉时,他已走到公案前,把口中鲜血劈面喷去。许显纯忙把袖子来遮,早已喷了一脸一身,连忙叫扯下去打。又打了一顿。又连众人都夹了一番,才收监。

谁知魏忠贤差来看的人,早已飞报进去。连魏贼闻之也大觉不堪,随与李永贞商议,未免学秦桧东窗的故事,差人到许显纯家说道:"爷叫说:'法堂上如何容周顺昌等无状,体面何存?'"显纯道:"其实可恶! 因未得

① 兀自——仍然,还是。

爷的明旨,故此留他多吃些苦。"差官道:"爷心中甚是着恼,着我来吩咐你如此而行。"许显纯听了此言,如领了敕书的一样,忙送了差官出去,随即唤了管狱的禁子来,吩咐去了。

次日到衙门升堂时,禁子便来递犯官周顺昌、周宗建昨夜身故的病呈。许显纯看了,便叫写本具奏。过了两日,才发下来。发出尸首,周御史还是全尸,只是压扁了。周吏部身无完肤,皮肉皆腐,面目难辨,止有须发根根直竖,凛凛犹有生气。许贼奉忠贤之命,一夜摆布死了两人。此时两家的家人草草具棺收殓。时人有诗吊二公道:

> 慷慨成仁正气宽,直声犹自振朝端。
>
> 清风两邑沾恩泽,友谊千秋见肺肝。
>
> 血染圜扉应化碧,心悬北阙尚存丹。
>
> 谁将彩笔书彤史,矫矫西州泪共弹。

二公殁后,仅存李、黄二御史在狱。二人也自分必死,却快然自得。李公道:"昔日黄霸被陷在狱,从夏侯胜授《春秋》,苏长公读书赋诗不辍。我朝胡忠宪,年八十被杖在狱,尚咏《治狱八景》。古人意气高尚如此,我辈何妨相与谈论,访前辈之高踪,为后人谈柄。况对着这一庭荒草,四壁蛩声,也难禁此寂寞。"两人带着刑具,指天画地,或时商略古事,或时痛惜时贤,或时慷慨徨歌,怕国事日非,或于愁中带笑,或时掩面流涕。虽有禁卒在外伺察,知他是临死之人,与他做甚对头?有那等好事的却来看,只见他们笑一回,哭一回,只道他们思家,或是畏刑,不得不强勉排遣,都不理会他们。哪知他们何曾有一念在自己身家性命上。及至追比时,每比一次,李御史只喊:"二祖十宗在天之灵,鉴我微忱!"那些行杖的都惊骇不知何故,依限追比,怎肯稍轻?到后来也就支撑不来。二人自料死期将近,李公想道:"一身虽为国而亡,了无遗憾,只是亲老子幼,岂可死无一言?"遂于身上扯下一块布来,啮指出血,写下一幅遗嘱,藏于裤腰内。大略总是训子俭以惜福,让以守身,孝以事亲,公以承家。临终时又溅血题诗于狱壁曰:

> 十年未敢负君恩,一片丹心许独醒。
>
> 维有亲恩无可报,生生愿诵法华经。
>
> 丝丝修省业因微,假息余闲有梦归。

灯火满堂明月夜,佛前合掌着缁衣①。

李公毙了,黄公抚尸痛哭道:"兄今先见二宗于地下,弟亦相继而来。倘英灵有知,早得相从,共斥奸邪,当作厉鬼以击贼。"言罢哽咽失声,死而复苏者再。及到命下发尸时,黄公又对那发尸的人道:"此忠臣之尸也! 愿从容无致损坏。"又大哭,作诗一首以送之云:

手抚忠躯泪雨流,棘林寂寞更谁俦②。

独怜今日身相送,他日遗骸孰与收?

发出遗尸,家人代他沐浴更衣,拾得遗书,知是他临终之言,为他珍重收藏。收殓毕,寄停僧寺,将血书星夜带回。父母妻子捧书痛器,人皆知他视死如归,临终不乱,都叹息不已。后来黄御史一人独坐狱中,郁闷无聊,又遭过几番追比,也是死于狱中。正是:

自知身列名难死,谁料人亡己也亡。

相会九泉还共笑,好将忠荩诉先皇。

许显纯也题个犯官身故的本,着家属领尸殡殓。

再说拿周巡抚起元的官校,见苏州的人吃了亏,又怕福建效尤,故不敢经由州县,止由海迁道进京,故迟了些日子。一到京,官校就投了文。许显纯叫下了软监,就将参本上道他侵挪十余万钱粮的卷案做成。次日升堂,少不得恶狠狠的夹打一番,也不容他分辩,道他将太、安、池三府协济鼓铸的钱粮十二万侵匿入己,强坐在他身上。也不行文到苏州查勘开消过多少,竟自照参书上题个拷问过的本。一面逢卯③追比④,一面行文原借地方官严追。周巡抚虽历任多年,家中纵有些须,怎得有如许? 自陶朗先、熊廷弼之外,也没有似他坐上这许多赃的,怎能免得一死,保得一家? 正是:

舞凤蟠龙锦作机,征输犹自竭民脂。

谁知血染圜扉土,化作啼鹃永夜悲。

魏忠贤数十日内害了五个忠良,心中大快。想他连兴大狱,料定外边

---

① 缁(zī)衣,黑衣。

② 俦(chóu)——伴侣。

③ 逢卯——天天。

④ 追比——旧时官吏限期交税交差,逾期就受杖责,谓"追比"。

科道不敢有言。况内阁又与他合手,当刘一在位时,与韩爌当国,犹不敢放手大为。及二公去后,内阁皆是他的私人,故敢横行无忌,把胆越弄大了,心越弄狠了,手越弄滑了,终日只想害人,就如石勒,一日不杀人,心中便郁郁不乐。一日,与那班奸党商议道:"杨涟等俱是为受了熊廷弼的银子才问罪的,岂有熊廷弼到安然无恙? 死者亦难心服。"傅应星道:"此不过借端陷害众人,原未实有其事。杨、左等被诬屈死,已伤天地之和,今再以此害熊廷弼,所谓'一之已甚,岂可再乎?'欲服人心,须存天理。"倪文焕道:"表兄此论甚迂。当今之世,讲甚天理? 只是狠的,连天也怕。"田吉道:"要杀他,何难?"向忠贤耳边道:"只须如此如此,便万全无弊了。"忠贤听见大喜,随即叫人下帖,请内阁众位老爷明日吃酒。

次日大开筵席,只见:

陆穷岩薮①水穷川,锦簇花攒色色鲜。

象管鸾笙和宝瑟,吴姬越女捧华筵。

午后,四阁下齐到,忠贤出来迎接,安席坐下。说不尽品物之丰,仪文之盛。换席时,各人起身,更衣闲话。忠贤道:"有一事请教诸位先生:当日杨涟、顾大章、魏大中等,招出得了熊廷弼赃银四万代为卸罪。今三人皆已赴法,而熊廷弼乃罪之魁首,何以独免? 恐不足以服三人之心。"顾相公道:"熊廷弼已有定罪,纵有此事,已罪无可加。"忠贤道:"罪虽不再加,也该速决。"沈相公道:"罪已拟定,谅无脱理,赴法自有其时。若遽然②即处,一则恐防同坐者不便,再则似非圣朝宽大之政。"忠贤道:"二位先生俱是南人,故尔软善。"复对冯相公道:"曾记昔日他待尊翁,不情甚矣,先生岂竟忘之耶?"冯铨道:"赃证既明,何患无辞。"众人俱各唯唯。

席散后,忠贤即矫旨道:"熊廷弼临阵脱逃,失守城池,罪已难逭;仍敢公行贿赂,冀脱罪愆③,国法安在? 着内阁议覆。"这分明是把个担子与内阁担,且挟以不得不杀之势,故预先把话挑动了冯铨。旨意一下,一则众宰相不敢违他之意,二则冯铨要报父仇,必假公济私,眼见得熊经略断无生理了。

① 岩薮(sǒu)——山岩聚集之处。

② 遽然(jù rán)——突然。

③ 罪愆(qiān)——罪过。

这熊经略原以进士起家，后仕至辽东巡按，号令严明，军民畏服。就是一带属夷，也无不想望其丰采。每临一处，事毕，便单身匹马出来看山川之险阻。就是逼近外地，他也要去，且一些护卫不带，只马前着一人手执白牌，上书"巡按熊"三字。那辽东都畏其威，服其胆，到十分恭敬迎接他。把个辽东地方，西起宁远，东至开原，没一处不看遍了。后因王巡抚失陷广宁，兵部本意主战，恐于己不利，便把经略本按住，只等王化贞本到。兵部也上一本，说熊廷弼按本不救，逃回关中，将放入逃兵功劳搁起。都是一班奸党无风起浪，不日本下道："王化贞、熊廷弼俱着拿问。"竟与王化贞同问了罪，坐在监中。可见公道何在？

大抵熊经略之死，不在失中屯卫，而在摆仪从出大明门之时，便种下祸根了。再者与兵部王巡抚等争守战，已造下一个死局。魏忠贤以熊、杨两经略为名，杀了杨、左诸人。又想到为他请托的到死了，他失守封疆，又添上个钻刺的名目，如何还留得他？况他又是楚人，正与杨涟同乡，更容不得。若只论失守封疆，杨、王都该同斩；若论行贿，杨、熊也难都留。只得把个题目放在阁下，又先激恼了冯铨暗报父仇。旨到阁下，冯铨只得另寻出个枝叶来，说他在监常与犯事的刘中书相与，常将辨揭与他看。捏出这个名色来，说他钻刺请托，先将刘中书杀了。又捏造几句谶语①道："他名应妖书。"票旨出来，将他枭首②，传示九边。命下之日，差监斩。此时熊经略在监中，一些不知。

忽一日清晨，只见一人来监中道："堂上请熊爷。"熊公觉得古怪，遂从容梳洗，穿了衣服，取出一个辩冤本，随着那人到大堂上来。只见个主事穿了吉服，坐在旁边，道："熊老先生，奉旨着送老先生到西市去。"熊公道："罪人失守封疆，久已应死，何必另寻题目。只是有一本，求大人代罪人上一上，死也瞑目。"那主事道："老先生事已至此，上本也没用了。"熊公道："今日既无人为我伸冤，后来自有人为我辩明，所恨者如孟明不能

———————————

① 谶（chèn）语——迷信人指事后实验的话。

② 枭（xiāo）首——旧时刑罚，把人头砍下并悬挂起来。

复崤函之仇,终被失守之名①耳。"言毕,长叹数声,向北拜辞了皇上,又转身向南拜谢了先人,从容解衣就缚。刽子手绑好,拿过酒饭来,熊公叫拿去,绝不沾唇。两边代他插上花,犯由牌上标了斩字,押到西市。旨意一到,炮声响处,刽子手刀起首落。只见天昏地暗,日色无光,阴风四起,黄雾迷天。见者心伤,行人抱屈。监斩官叫取过桶来,盛了首级,传示九边。可怜一个熊经略,当沈阳陷没时,挺身往守,亲冒矢石,屡建奇勋,躬亲土木,筑就沈阳城,反至一身不保,竟死于阉贼之手!后人有诗吊之曰:

> 冤起东林日,株连尽正人。
>
> 祸奇缘极垄,功大不谋身。
>
> 骨散要离②日,魂随杜宇③春。
>
> 有家归不得,洒泪控枫宸④。

正是:

> 汉家已见条侯列,宋室谁明武穆冤。

毕竟不知杀了熊芝冈后又有何事?且听下回分解。

---

① 孟明不能复崤函之仇,终被失守之名——孟明,春秋时秦将,名视,字孟明。奉命袭郑,回师经崤(xiáo),为晋所袭,兵败被俘。被释回秦再度伐晋,又败。后终于打败晋军。被,背。

② 要离——春秋时刺客。

③ 杜宇——即子规(杜鹃)。

④ 枫宸——汉宫殿多植枫,这里泛指宫殿。

第三十七回

魏忠贤屈杀刘知府　傅应星忿击张金吾

诗曰：

　　天乎至此欲如何,匝地弥空①尽网罗。

　　已见谗言诛道济,还将文字锢东坡。

　　昏昏白日浑无色,湛湛清泉亦作波。

　　好趁一桴②浮海去,海门东畔有岩阿。

　　话说魏忠贤用计激恼冯铨,杀了熊经略,有怜他的道:"他有全辽之功,不能保其首领!"也有惜他的道:"只因他恃才傲物,以致遭此奇祸。"又有的道:"一样失守封疆,何以独杀他一个? 还是借杨副都累他的。"其时就有个刘铎,现任扬州知府,是个清廉耿介之人,当日曾做过刑部司官的,知道此事的原委。及今阅朝报,见熊公被害,心中甚是不平,叹息道:"若论失守封疆,先是杨镐短谋丧师,后来王化贞失陷广宁,熊廷弼弃师而逃,死则该三人同死。若论熊廷弼,也还是个有用之人,他有存辽之功,何以独杀他一个,还要传首九边? 正是'硗③硗者易缺',日后边庭有事,谁肯出力?"于是愤愤不已,遂作诗吊之,自己吟咏了几遍。

　　正在书房里读诗,忽宅门上传进帖来道:"有个京里下来的僧人了明求见。"这僧人颇通文墨,是刘公在京相好的。刘公正要访京中之事,便叫请到穿堂来会。相见过坐下,了明送了些礼物,刘公收了两色,留他吃饭。问及京中近日的光景,了明道:"幸喜老爷升出来,如今京中一发不成事体了,只弄得不敢题一个魏字儿。就是各衙门的老爷们,除在魏爷门下的,没人敢去访他,其余的也不敢轻送人一分礼,轻收入一文钱,轻收发一封书子,整日的只有在家静坐。若有公会酒席,只一两杯便散,恐酒后

---

①　匝地弥空——遍地满天。

②　桴——小筏子。

③　硗(qiāo)——坚硬。

不谨,有错误处。连私会都断绝了。就是同衙门的人,也不敢多说话,唯恐一时触着忌讳,俱各存神,受无限的拘束。科道衙门都箝口结舌,不敢轻言。"刘公叹息道:这还成个世界么! 若我在里边,真一日也难过。"吃了饭,送了明出去。迟了两三日来辞行,送他几十两程仪、几色土仪。内中有一柄真金扇子,上写着一首诗,后书自己名字。那诗不是别的诗,就是前日吊熊经略的那首诗,大意总是惑他的功名不终,为奸臣所害。别后就都两忘了。

那了明回到京师,常把这扇子拿在手中,见得他与现任官相交。这也是僧家之故态。偶然一日,有个施主周老三来请了明念经,了明备了几样素菜留他吃酒,恰把扇子放在桌上。周老三拿起扇子! 打开看了道:"好扇子,这刘铎是谁? 字倒写得好哩。"了明道:"是扬州知府,先做过刑部员外的,与我相好。这诗就是他吊熊经略的。"周老三道:"扬州是个花锦地方,有多少抽丰①的?"了明道:"果是好地方,在天心里哩,繁华无比。他也送了我几十金。"周老三道:"刘爷好情哩。"了明道:"他是一清如水,一文不爱,他若肯要个把,一年就不丑②了。"饮了半日,周老三把扇子扇着,作别而去,就忘记还了明。

走到半路热起来,就把扇子从袖内拿出来扇。路上遇见一个表弟,叫做陈情,是锦衣卫杨寰的长班,站住谈心。陈情道:"哥好华扇。"周老三道:"不是我的,是了明和尚的,才留我吃酒,我就扇了来。"陈情拿过来看道:"字倒写得好。"周老三道:"这是扬州刘知府吊熊经略的诗。了明去打抽丰,他写了送他的。"陈情看了,忽然笑道:"哥呀! 恭喜你造化到了,包你有顶纱帽戴。我领你去见我们杨爷,定有个百户之职。"周老三道:"怎么说?"陈情道:"熊经略是东厂魏爷所恼的人,才杀他的。今刘知府做诗吊他,竟是与魏爷作对了。我同你去出首他,包你有顶纱帽戴。"周老三道:"没要紧的事,何苦去害人! 我不去,把扇子还我罢。"陈情拿住不放道:"如今由不得你了,你若不去,我就去出首了,连你也不得好。"周老三没奈何,只得跟着他竟到杨指挥私宅来。

陈情进去,请了杨寰出来,将扇子呈上,说了缘由。杨寰大喜道:"好

① 抽丰——旧称找关系走门路向人求取财物。
② 不丑——发大财,暴富。

会办事,你我都有场富贵的。"即把陈情做首告第一个,周老三到是第二,竟到魏监私宅。先见了掌家说过,侍候了半日,才见魏监出来。杨寰叩过头,呈上诗扇,道其详细。忠贤看了,却不认得草字,叫过侧首一个善书的掌家来读与他听,却不懂诗中的意味。便道:"难为你,咱上你一功就是了,陈情赏他个百户,周老三赏他个校尉。"两人欢天喜地的叩谢而去。次日,了明来周家念经,问他要扇子。周老三道:"咱已送到魏爷处了,魏爷还要来寻你哩。"了明听了,吓得魂不附体。他又把陈情找了来,两人商议定了吓他,把他的衣钵诈得罄净,才放他逃走。

这里魏忠贤便叫李永贞等来商议。倪文焕将诗一一解说与魏监听。永贞道:"这也无凭,知道可是他的笔迹?"傅应星道:"前日杀熊廷弼,也是莫须有之事。今若再以文字罪人,不独此心难昧,即朝廷亦无此律。"刘若愚道:"这也不是无因来的,若在一首诗上罪人,未免过苛,只好说他当日做刑部司官时,曾为熊廷弼居间脱罪,且拿他来京再处。"果然忠贤出了个驾帖,差人来拿刘知府。

官校来到扬州,刘公也不知其故,一路上打听,才知是为那首诗。刘公道:"从未见以文字罪人者。"便也扬扬而去,全不介意,同官校到京。扬州合城百姓感他恩泽,要进京保留他,扶老携幼何止二三千人。又有盐商等,因他加意惠商,各出盘费助他。众百姓等刘知府进京,也随至京,在通政司上民本,说他为官清廉,欲保留再治扬州。后又在各官里递揭帖,也只当在鬼门上占卦。因此魏监也知他是个好官,也就不难为他,止发在锦衣卫打了一顿,送到刑部寄监,说他代熊廷弼钻刺说事,问了个罪。正是:

> 持戈荷戟向关西,五字裁成是祸基。
>
> 掩卷几回伤往事,西湖虽好莫吟诗。

不得要金妻①,一时尚未发遣。

比时有个人,叫做李充恩,本是嘉靖皇帝之女宣宁长公主的儿子,原任锦衣卫指挥。因同僚田尔耕与他不合,寻他的空隙,差番子手访他的过失。闻他在家穿蟒衣,就去揭他,却无实据。打听得他家人李才做人奸猾,因坏了事,李指挥屡次责罚他。田尔耕便叫他去出首,许他有官做,叫

---

① 金妻——当时处流刑者,妻妾应随同前往,叫金妻。

他说主人身穿蟒衣，令家人呼万岁，谋为不轨。首在东厂。李指挥也去上下请托，费尽家私。只是田尔耕这班干弟兄要扭他列罪，发刑部收禁，与刘知府同在一监。渐渐相熟，李指挥谈及前事。刘公是个口快心直的人，遂说道："若论足下是长公主之子，也该看皇亲面上，就是蟒衣，也是先朝赐驸马之物，子孙也可穿得，怎么把来陷害人？都是这起奸贼遇事生风。"不料被忠贤缉事的人来法司衙门探听，恐有在监之人论他的长短，听见他二人之言，忙去报知。忠贤大怒道："我到饶了他，他到来讪谤①我！"于是吩咐厂卫各官校，再访他的不法之事，定砍去他的驴头才得快意。正是：

> 从来君子慎枢机，只为多言惹是非。
> 灭族杀身皆是口，何如三复白圭诗②。

刘公因在临中，缺少盘缠，叫家人刘福回家措置得二百五十两银子来京用。才进彰义门，就撞见个光棍赵三，旧日原在寓所旁边住，知他是刘公的家人刘福，便抓住道："你家主儿诽谤了魏爷，正差我来拿你。"把刘福吓得面如土色，不得脱身，只得许他银子隐瞒。同时僻静处，与了他一百两银子，赵三不依，只得又添了二十两才去。这刘福心中不平，想到："若主人看了家书，问起这银子，少了怎处？就说了，他也未必信。"急急走到原下处主人的表兄彭文炳家与他说知。文炳道："这赵三是附近的人，他怎么白日里诈人的银子？我明日同你到城上告他去。"

次日告准了，城上出票拿人，不知已被京城内外巡捕张体干那边拿去了。原是为他装假番役诈人的钱，及审时，才知赵三吓诈的是刘知府家人。体干便把赵三丢开，却要在刘福身上起事，便叫收监，明日再审。细想着："若只说他夤缘，不至于死。"思量了一夜，猛省道：有了！前日东厂曾拿一起犯人方景阳，平日靠符咒与人家禳解③的术士，娶奔王氏，容貌丑陋，又无子嗣，遂娶了一妾郭氏，却有几分姿色，他便不睬王氏。王氏时常争闹，景阳他出，便于郭氏厮打，彼此俱不相安。一日景阳道："等这淫

---

① 讪谤——讥讽毁谤。
② 白圭诗——圭，古代帝王诸侯举行礼仪时所用玉器。白圭，即白玉。白圭诗，当为歌功颂德的诗。
③ 禳（ráng）解——迷信的人向鬼神祈祷消除灾殃。

妇再作怪时，我便一道符压死他。"不过是句戏话，那郭氏便恃坏断要这符。景阳被他缠不过，便随手画了一道符与他。郭氏便当真藏在梳盒内。不料王氏因丈夫不睬他，郭氏又专垄，便气出个气怯的病，恹恹待毙。他兄弟王六来看姐姐。这王六是有名的王骚子，本是个不安静的人。王氏便向兄弟哭道："我被这淫妇同忘八将符厌魅我，我死之后，你切记为我报仇。"王骚子见姐姐说得可怜，便躁起来道："姐夫原是个会符术的人，却不该咒你。等我先去打这淫妇一顿，与你出气。"竟跑到郭氏房里来。郭氏早已闻风而逃，那王六将他房中床帐家伙乱打，从梳盒中拾得一道符来，便来向姐姐道："有证见了，明日只拿这张符讨命。"适值方景阳回来，王六还在房中乱嚷，景阳问道："你乱的什么?"王六见了景阳，气愤愤的指着大叫道："你两人做的好事! 厌魅得我姐姐好! 若死了，不怕你两人不偿命!"景阳道："有何见证?"王六道："这符不是见证?"景阳道："我终日画符，难道都是咒你姐姐的? 你无故打坏我的家伙，抄抢我的家私，该得何罪?"两人扭在一团。王氏原是病久之人，再经此气吓，早已死了。王六见姐姐已死，忙跳到门外喊道："四邻听着! 方景阳画符把我姐姐咒杀了。"景阳忙来掩他口时，也不及了，只得且买棺收殓。王六已去告在东厂里了，掌刑的是都督同知杨寰，接了状子，差人拿方景阳与郭氏到案。景阳正待分辩，谁知杨寰先把郭氏掯起，已一一招出这符是丈夫画了厌魅王氏的。既有此符，又有郭氏亲供，也不消辩得，夹了一夹俱收禁，一面拟罪具题。张体干想了一夜，忽想到这案事，不觉手舞足蹈的道："有了，方景阳符咒杀人，是人所共知。我如今便说刘福送银二百五十两，买嘱方景阳画符厌魅魏爷，赵三知风吓诈，其事更真。如今魏爷富贵已极，所最怕的是死，若知道拿住咒他的人，自然感激我。"

次早，叫了个心腹的把总谷应选来道："刘铎恼魏爷问了他的罪，他今差了家人刘福同他亲戚彭文炳、曾云龙、辛云，买嘱方景阳画符，要咒杀魏爷。你可与我去拿这干人来，用心搜这符来，事成，你我升迁不小。"谷应选领命，满心欢喜，随即带了许多番役来搜两家。不见有符，便吩咐心腹翻役去寻了一张小符，藏在身上。等搜到彭文炳家，便拿出来，说是搜出来的，便骂道："奸贼如此胆大! 果然这符与方景阳咒死王氏的符一样。"彭文炳道："我家并无符，这是哪里来的?"谷应选道："你家没有，难道是我带来害你的? 你自见张老爷说去。"随即押了一干人同符来见。

张体干道："如今赃证俱在,只须把求符送银子的人审实便罢了。"遂把一干人带上来,每人一夹棍,不招又敲。这些人也是父母皮肉,如何熬得起? 昏聩中只得听他的供词,把刘福为招头,道是:"原任扬州府知府刘铎,嗔恨厂臣逮出遣戍①,着家人刘福持银二百五十两,同伊②亲彭文炳、曾云龙、辛云等,贿嘱缘事之方景阳,书符厌魅厂臣,希图致死。彭文炳等不合不为劝阻,反为过付。方景阳亦不合受贿,代为书符,潜藏于彭文炳之家。已经把总谷应选搜获,赃证见存,诅咒有据。"又题一个勘问过的本道:"神奸贿嘱左道:冀害重臣,伏乞圣明,急正国法,以昭天理。"忠贤便票旨道:"刘铎已拟遣戍,乃法所姑容,又贿嘱妖人,诅咒大。并奴犯方景阳、彭文炳、曾云龙,家人辛云、刘福等,俱着交镇抚司严讯问拟具奏。"镇抚司也并不提刘知府来对质,竟自打问成招,题个本送交刑部。旨下道:"张体干巡捕有功,着授为都督同知,谷应选着以参将用。"

此时堂批会审,才提出刘知府来团案。刘公道:"罪人拘禁本部,内外隔绝,何曾知有个什么方景阳? 何常央人买嘱他? 我也曾读过几句书,岂不知诅咒为无益? 竟不证实,妄成一片招词,将人诬害,天理何存?"那司官道:"这事冤枉,行道皆知,只因巡捕同镇抚司都把供词做杀了,叫我们如何改得过来? 且从轻拟个不合书符镇魇,为首者律应绞,监候秋后处决,暂且延挨,把招眼都做活些,等堂上审或朝审时,你再去辨罢。"刘公见不能挽回,道:"罢! 拼一死罢。"余者把曾云龙、彭文炳、刘福拟杖一百,流三千里;辛云拟杖八十,解堂。刘公料得无人代他出罪,侯大审时便说道:"一时功名有限,恐千秋公论难逃。"大堂听了,怒道:"我又没有问差了人,怎么这等说!"打了二十板,照招具题。

谁知还大拂忠贤之意,批下来道:"刘铎左道为妖,罪仅拟绞过轻。曾云龙等既系同谋,岂止徒仗③? 司官不遵堂批,徇情卖法,本当惩治,姑从宽,着重依律另拟具奏。"众司官烦恼道:"拟绞已是冤屈,旨上叫依律另拟,有甚律可依? 怎么再重得?"又难以抗指,没奈何只得又改拟道:"刘铎合依卑幼谋杀尊长,律拟斩,监候。"题上去,批道:"刘铎、曾云龙、

---

①　遣戍——旧时发送犯人戍边,使效力赎罪。

②　伊——他的。

③　徒仗——古刑罚。

彭文炳、刘福等，着即处斩；辛云加恩从宽遣戍；方景阳虽已监毙，仍着戮尸；刑部堂高默等，初拟徇情卖法，及严行申饬，方行更正，俱着降三级补外用。"可惜那四个司官：

> 已知棘寺多丛棘，不若山林赋小山。

竟将刘铎等遵旨皆斩于西郊。只见：斩首者热血淋漓，疑是丹心蹴地；绞死者断肠哽咽，犹惊死口号天。可怜刘知府一经至贵，竟成五字杀身。

> 一经致贵传清白，五马行春惠泽流。
>
> 花外子规燕市月，犹随客梦到扬州。

魏忠贤以一首诗又杀了一个知府，那班奸党更扬扬得意。唯有傅应星心中愈加不快，道："前此杀了熊经略，已是冤枉；今又无故以一首诗杀了刘知府，屈杀五条性命，这班人将来必做不出好事来，不止于杀身之祸。我母亲却有先见之明，叫我莫依附权贵。"因此来辞忠贤，要回家养亲。忠贤哪里肯放？再四恳求，只是不允。忠贤对田尔耕道："傅家哥儿只是要回去，不知何意？你表妹分上，我一毫也没有尽情，若他嫌官小，我就转他为都督。"先差人送了许多宝玩与他，应星一件不收，只得又着魏良卿送去。应星道："多承母舅厚赐，表兄高谊，奈弟一介乡民，生性淡泊，受此物也无用处。"良卿道："这固是老表兄高尚之意，岂不闻'长者赐，却之不恭'？"应星没奈何，只得收下。又过了几日，心中终是抑郁。那班众弟兄见他不乐，便轮流置酒与他解闷玩耍散心。

一日，轮到侯国兴做主人，一班俱到，饮酒作乐。戏完，换席行令，崔呈秀是令官，张体干是照察。体干自害了刘铎，升为都督之后，想呈秀是个尚书，自己是个都督，就是田尔耕，也在他下，便做张做致的狂放起来，在席上胡言乱语，目中无人，寻事罚酒。众人已是不快。傅应星忍着气把眼瞅着他，他也不懂。也是合当有事，恰值一杯酒轮到应星，应星道："弟不吃酒，求代罢。"体干道："不准人代，定是要吃的。你平日是不大量，今何以假推？"应星道："非好为推辞，因有小恙，故不敢饮。就是昨日在家母舅外，也未曾饮。"体干道："你拿这大帽子来压我，再罚一大杯。"拿一只大梅花金卮杯斟满送来。魏良卿道："委实傅表兄昨在家叔处却未曾吃酒，小弟代吃罢。"体干道："兄要代饮，另敬一杯。"良卿道："也罢。"遂吃了两大杯。应星只得忍着气，吃了一小杯。体干道："如何？你们看我老张的手段罢,不怕你不吃。"应星吃完,体干又取过杯子去查滴①。倪文焕道:"原先无查滴之令,这是朝四暮三了。"体干道:"令无一定,因人而施。"应星听了,勃然大怒道:"放你的狗屁! 什么因人而施!"就把手中的梅花杯劈面打去,正中体干的鼻梁,杯上的枝梗打了,陷在脸上,打得血流满面。体干急了,跳起来骂道:"你这小……"忙忍住口没有骂出来,应星也立起来,二人隔席大骂。体干醉了,应星却未吃酒,兼之少年精壮,隔席把张体干轻轻一把提过来,丢翻在地,拳打脚踢。众人上前劝住。应星骂道:"我把你这害人媚人的禽兽,你不过在我母舅门下做犬马,才赏你个官做的,你敢在我面前如此放肆! 本该打死你这畜生,为那些无辜的报仇,只是便宜了你! 且留你,等那些冤魂来追你的狗命,碎剐你的皮肉!"众人见打了他,心中也觉畅快;及听见后来骂的话,连众人也觉没趣,只得做好做歹的劝得应星去了。扶起张体干来看时,眼都打肿了,头脸都踢破了,衣服也扯碎了。侯家取水来与他洗脸,又拿出衣服与他换了,送他上轿。体干满面羞惭而回。众长班见了,不伏道:"老爷官居一品,还有人敢打老爷? 何不拿他到衙门去,一顿夹打,害了他的命才快心。岂有受他的凌轩就罢了的?"体干叹口气道:"他是太岁头上的土,动也不敢动的! 罢了! 这也是我平日屈害人之报,莫怨他,是自取也。"

次日应星便推病不出,体干怕忠贤怪他,又来应星处百般赔罪。忠贤后来晓得了,又见教了体干一场,又亲来看应星,忙叫太医院官来看脉。应星只是不服药,推病要回家。忠贤死也不肯放他,对田尔耕道:"你表妹只有这条根,我要留他在此同享富贵,这个痴孩子性情偏直,医官用药不效,怎么处?"尔耕道:"太医院不过执定官方,不能变通,须招个草泽名医才有奇效。"忠贤忙叫出告示招医。正是:

　　药医不死病,果然佛度有缘人。

　　毕竟不知可有人医得傅应星否? 且听下回分解。

_____

　　① 查滴——检查酒是否喝干。

第三十八回

孟婆师飞剑褫奸魄　魏忠贤开例玷儒绅

诗曰：

> 五云深处凤楼开，中外欣欣尽子来。
>
> 道是鹭鸶能割股，须知鹦鹉可禳灾。
>
> 司空见惯浑间事，村仆无知叹破财。
>
> 安得黄金高北斗，即教三殿赛蓬莱。

话说傅应星推病，只要回家。魏监执意不放，见太医用药无效，只得依田尔耕之言，出示招医。早哄动了一座京城，凡一应挂牌有名的医生，不消说是用钱求人引荐，就是提包摇铃、推车牵驴、摆摊卖药的，也都来鬼混，总指望撞太岁，医好了，便有一个小富贵。数日之间，来了无数的。这些人何尝晓得什么《素问》、《内经》章旨，张、李、刘、朱的议论？有的不过记几句王叔和《脉诀》并医方快捷方式的歌词，还竟有一字不识的，也来满口胡柴；心中黑漆一般的，也来乱闹。这正是：

> 奇秘良方值万金，国医曾费一生心。
>
> 谁知髽髻①提筐者，也向人前说点针。

整整闹了十多日，不论煎剂丸散，应星接来放在半边，何尝一滴入口？众人见没效验，才败兴而去。

忠贤十分烦闷，那班干儿子都来侯问。田吉道："刻下有个星士，闻得他推算极灵，现在京城，何不请他来算算?"忠贤道："住在哪里？姓什么?"田吉道："姓白，寓在前门上。"随即叫差人去请他。如同奉了旨的一般，少顷，飞马接来，走到阶下叩头。忠贤细看，原来就是白太始，当日在边上曾代忠贤算命的。忠贤忙起身下阶扶起，道："原来是故交白先生，请坐。"二人行宾主礼坐下。忠贤道："久别了，一向在何处?"白太始道："连年在江南，去岁游福建，今同兵部吴淳夫来京。别爷金面，不觉二十

---

① 　髽髻(zhuā jí)——梳在头顶两旁的髻。这里谓年少无知。

多年了,星士之言,可为不谬!"忠贤道:"承教——不爽,常时渴想,今日才见。"又对众人道:"咱当日微时,在边上遇见白先生代咱算命,说咱日后必定富贵至极,咱也半信半疑。谁知至今所历之事,一字不差,就是个活神仙。你们都请先生推算推算。"随即差人到傅应星处,划了八字来。

太始排下五星运限,细细查了一遍,说道:"这个贵造四柱清奇,官禄也旺,只是目下有些晦暗。"忠贤道:"这是舍亲,病在这里,服药不效,大限还不妨么?"太始道:"若说死却也不得死,要说不死却又运限阴煞,流星扰乱。须向山林幽僻之地躲些时再来才好。过了三年,才身离五浊之中,神游八极之表。后来一段清贵的福分不可限量。"忠贤道:"先生之言定然不错,等他略平复些,叫他到西山习静三年,再来做官。"说毕,随置酒相待。

只见门上进来禀道:"外面有个婆子,揭了榜,说善医奇症。"忠贤道:"叫他进来。"少刻,门役领了一个年老婆子进来,但见他:

　　手拄香藤拐杖,身穿百衲缁衣。萧萧短发领头齐,行路越趄
少气。

　　清健身躯奇古,昏花老眼迷离。花篮药袋手中提,腹有神方
妙技。

那婆子一手拄杖,一手搀着个小孩子,才有十余岁,走至檐前,放下杖,合起双手,打了个问讯道:"贫道稽首①了。"两边人喝道:"村野乞婆要死了!怎么见祖爷不磕头?"婆子道:"我们山野之人,不知尘俗的礼,就见至尊,也不过是如此。"忠贤道:"你这老乞婆,三分像人,七分似鬼,有甚奇方,可以疗病?"婆子道:"有!有!有!绝妙奇方,能医古怪跷蹊病,来救忠良正直人。"忠贤淡笑道:"这等胡说!你药在哪里,就来医病?"婆子向那孩子道:"药拿来"。只见那孩子将双手向两耳边扑了几下,取出两个小小弹丸子来,拿在手中道:"这不是药?"婆子道:"我这两丸药,不但可医人,且能医国;可救人,亦能杀人。"忠贤笑道:"胡说!药只可医人,怎么医得国?"婆子道:"我这药方儿,是以仁义道德为君,以贤良方正为臣,以孝弟忠信为佐,以礼义廉耻为使,岂不是可以医国么?"忠贤道:"既是救人的,怎么又可以杀人?"婆子道:"若是忠臣孝子,义士仁

---

①　稽(qǐ)首——古时的一种礼节,跪下,拱手至地,头也至地。

人,服之不独疗病,且可延年;若欺君罔上,昧理瞒人,陷害忠良,阴谋不轨的奸权,只须我这双丸子,轻轻飞去,就可取他的首级来。"忠贤听了,大怒道:"你这老乞婆,敢于在此胡说,把药拿来看!"左右接上来看时,却是两个泳丸子,一发大怒道:"这泥丸子医得什么病? 打这奴才。"李永贞道:"这老婆子与鬼为邻,怎敢来祖爷前胡言? 必有指使之人,可送他到镇抚司拷问去。"忠贤依言,即差人拿送镇抚司。

见了许显纯,免不得一顿夹打,那婆子只当不知,口中也不叫痛,身上也不变色。显纯道:"自来多少豪杰,一打便昏,从未见这样个病婆子,转熬得住刑。"便大喝道:"你这乞婆不招,我真夹死你。"婆子道:"招什么?"显纯道:"谁使你来讪谤魏爷的?"婆子道:"哪个魏爷? 我未曾见他。"显纯道:"这疯乞婆! 你在他府里,与你说话的就是魏爷。"婆子道:"就是魏忠贤那个奸贼么? 我还要骂他哩!"显纯喝道:"谁使你来骂他的?"婆子道:"没人使我,就是你指使的。"左右皆掩口而笑。显纯恐打坏了她,叫且收监。娘儿两个倒在丹墀下,酣呼如雷,摇也摇不醒,叫也叫不应。众人没奈何,只得把他们抬到狱中,上起刑具而散。

二人直睡到半夜才醒,只见:

> 萧条圜土①已三更,铃柝②时传四壁声。
>
> 寂寂空庭月正午,墙阴鬼火尚邺邺。

婆子道:"是时候了,起来做正经事去。"看看手脚皆被拴锁,忙把手一拂,轻轻脱了下来。门已锁着,口中念动真言,使一个解锁法,那门好好自开。二人走出门来,飞出层垣③,竟到傅应星寓所来。

应星因长夜无聊,尚未去睡,在花阴下步月解闷。只见树下一只小狗儿中哞哞④的乱叫,应星喝了一声,那狗跑过去。少刻,又来叫。应星仰面看时,只见树上跳下一个人来。应星吃了一惊,细看时,却是空空儿。忙上前挽住手道:"师兄何以到此?"空空儿道:"兄忘了临别之言? 时日至矣!"应星道:"小弟在此度日如年,不能脱身而去。师兄此来,何以救

---

① 圜土——监狱。

② 铃柝(tuò)——铃声和打更的梆声。

③ 层垣——一层层的墙。

④ 哞哞(láo)——象声词。

我?"空空儿道:"兄可能摆脱得尽否?"应星道:"弟一无所恋,时刻怕陷入奸党,身家不保,早去一日,免受一日熬煎。"空空儿道:"我母子昨借医为名,到他府中,指望一席话点化他回头。谁知触恼了他,送我母子到镇抚司拷打了一顿,受了半夜的囹圄。"应星道:"老师何在? 可曾爱伤么?"空空儿笑道:"尘世中刑法,岂能伤我母子?"应星道:"我们就此去罢。"空空儿道:"缓些。你若就这样去,他只当你逃去,必要到你家中找寻,反添一番骚扰。我有个法使他绝望。"走向竹丛边,折了一根竹子,同应星一样长,放在应星床上,仍将被盖好。口中念动咒语,吹上一口气,顷刻变成应星的模样,睡在床上,却是个没气的。二人走到天井里,空空儿将指头在应星腿上画了一道符,在他腿上一拍,喝声道:"起。"挽着手,二人腾空飞出墙头。

过了正阳门,一齐住下,见孟婆已在那里。应星上前倒身下拜,婆子拉他起来,道:"郎君能不恋繁华,超脱恶业,可羡,可敬! 昨日那奸贼拿了双丸去,本该就取他的首级;但他气数未终,冤债未完,还有几处人民,尚有罪孽未消,我今且吓他一吓。"三人席地而坐,孟婆口中念念有词,没一刻,只见两道清气从空而下。空空儿忙伸手接住,依然是两个丸子,纳在耳内。走不数里,已有三个童子,牵着一头青牛、两头驴来伺候。三人骑上,飞也似的去了。这正是:

　　脱却樊笼①汗漫②游,飞空一剑度沧州。

　　回思昔日繁华境,赢犊纷纷未得休。

话分两头,却说魏忠贤袖了两个丸子进宫来,晚间同印月对坐饮酒,袖中摸出两个弹丸子来笑说道:"日间有件好笑的事。"细说了一遍,把丸子递与印月看。印月看时,果然是黄泳弹丸两个,上面却有几道红丝现出。看罢,放在桌上一张小几子上边,二人遂去饮酒看月,令宫女们吹弹唱曲。直饮到三更时分,正欲去睡,忽见那两个丸子托的跳在地上,就如活的一般,在地下一上一下乱跳。二人吃了一惊,忙叫拿住,一班小内侍并宫女们满地乱扑,那里扑得住? 跳了一会儿,忽然"嗖"的一声响,化为两条白练,在二人身上旋绕不定。二人吓得"哎呀"一声,都倒在地下。

------

① 樊笼——即鸟笼,喻不自由的境地。

② 汗漫——广泛,不着边际。

少刻,又化作两口雪亮的宝剑旋绕,离身寸许,险些儿砍着。二人魂不附体,伏在地下,只叫"饶命"。但见舞了有顿饭时,仍旧化为白练向空飞去。

二人在地下几乎吓死,有一个更次惊魂才定。听不见响,忠贤才敢抬头细看,那里有什么刀剑,还是月明如昼。爬起来叫人,哪里有个人?宫女内侍都躲个罄尽,只有印月在地下哼。忠贤抱他起来,犹自抖战不已,说道:"吓死我了!"忠贤道:"去了,莫怕。"印月才睁眼说道:"可是见鬼了。"忠贤把他抱了,坐在床上,才出来叫人点起灯。看时,屋内丝毫未动,只不见了两个丸子。印月道:"那婆子必是个妖人。"忠贤道:"已收他在监内,不怕他飞上天去。"二人说毕,收拾安寝。

次早,宫门上传进来说:"傅应星昨夜身故。"忠贤听见,痛哭不已,随即出宫来到他的寓所,又痛哭一场,忙备衣衾棺椁,请田尔耕来代他主丧。满朝大小文武都来吊慰。许显纯来说:"昨夜狱门封锁完好,那婆子并小孩子都不见了。"众人有的道他是妖怪,有的说他是神仙,有的说是幻术,纷纷议论不已。

且说魏忠贤因夜间之事,吓得不敢深究,忙叫僧道代傅应星修斋醮设祭,着田尔耕告假,护送灵柩回峄山村安葬。及回到家,始知应星即忠贤之子,傅如玉尚在,一月前同个老婆子朝峨嵋去了。田尔耕安葬毕,回京把此话向忠贤说了,忠贤更加伤感。众义子并那班掌家都来宽慰,道:"死者不可复生,恐过哀有伤贵体,致失天下臣民之望。"忠贤才勉强起来,心中只是闷闷不乐,便着人吩咐东阿县着落峄山村傅家庄乡保,访到如玉朝山回时,星夜来京报知,他依旧入宫办事去了。

一月中不觉积下许多事来,小事总是李永贞、刘若愚分发,大事俱等忠贤裁决,足足忙了数日,才打发清楚。内中只有工部议覆大兴三殿的本,内道钱粮不敷。忠贤道:"田舍翁多收十斛①麦,尚且修造房屋;况堂堂大明天子,没有临御的正殿,何以壮观?"遂批下去道:"该部再速妥议具奏。"工部见了本,都面面相觑道:"部库钱粮皆有定数,三殿需用,非百万不可,今纵设处,能添几何?"尚书着人请工科来会议,科里复上一本道:"三殿工程费用浩大,钱粮无从出处;况今辽左多事,海内空虚,民不

---

① 斛(hú)——旧量器,方形,口小底大,本为十斗,后改为五斗。

聊生,即使神运鬼输,亦难一时毕集。伏恳圣恩,俯念生民膏血,暂行停止,以舒民力。"忠贤见了大怒,即批旨将工科概行刹夺,即日传旨兴工。那工部各官哪个再敢直奏? 现有万郎中的样子,谁敢向内里搜刮? 只得议开捐例。

先因辽饷不足,户部开了个捐贡例,那些有钱的秀才都来纳银加贡,监生亦来加捐;就是布衣,既纳之后,府县也都送旗匾。这些贡监,也备几色厚礼茶果申谢。又当赘敬①终日,得意扬扬,在府县前如跳傀儡。及至上京廷试,便央人代考,只拼着银子讨科道翰林的分上。又有向选司讲铨选的价目,一千两选通判,二千两选知县,三司首领、州同、州判皆有定价。人又加些银子,不论年分,即刻选出。时人有诗嘲之云:

　　虎榜龙门总未经,青灯黄卷亦何曾。

　　时人不识玉簪子,乌帽红袍罩白丁。

又有人作一只曲子笑他们道:

　　这官儿何处来? 闹烘烘仪注排,四围暖轿三檐盖。门前高挂郎官第,架上双悬锡落牌,不登科忽系起光银带。这正是:官生财旺,利去名来。

此时那些有钱的出去做官,无非图个名色好看,馈送上司骗个升调,还不敢十分诈害百姓,回家时补服乌纱,也杂在缙绅摇摆,做一个赔钱货。还有一等不足的,也去设法做官,才到任,席还未暖,债主就来索逋②。原是想来寻钱复本的,又经欠户逼迫,如何熬得住? 只得见一个上司去了,便谋去护印,有差出便去钻谋,不管批行便去需索,就如饿蝇见血,苦打成招,屈陷百姓。时人也有诗笑这等人道:

　　非关故把心肠坏,无奈目前来逼债。

　　只图自己橐囊③充,那管群黎皮骨败。

这总是因工开例之弊。忠贤又与李永贞等创议着百官捐俸助工。又要结武官的心,除武职不捐外,那些文官有钱寻的捐还不难,那穷苦的如何捐得起? 那些杂职佐贰微员,无处设法,少不得在百姓身上剥冠。这

---

① 赘敬——旧时拜师送礼。

② 索逋(bǔ)——索债;逋,施欠。

③ 橐(tuó)囊——口袋。

正是：

　　辽左征求未息肩，又穷土木费骚然。

　　却将弱肉滋强食，营得功成骨已煎。

先因辽饷不足，户部请开了个辽生例纳银一百两，准充附学纳监。这还是白借秀才之名。此番纳银一百三十两，竟准作附学生，同生员等一体附考。大县十名，小县五名，若县中不足，即着乡保举报四乡八镇富户家子弟充补。也有一字不识的，都带起头巾来入学。等学院按临之日，才行文侯一起送学。那些人家的彩亭旗仗鼓乐，摆列得十分齐整，图炫耀人之耳目。

谁知那班新进生员，耻与他们为伍，不肯与他们一同送学。那些村子①不知世事，乱嚷道："你们不过是那里抄来的现成文章，于国家何补？我们是白晃晃的大锭与国家助工，反不如你们这无济于世的字纸么？"于是争竞到府县面前。官长虽心匪②其人，无如开例的旨上明叫有司一体作养，且又利其厚馈，教官利其贽仪，相与计较，竟不待天明，不等新生齐集，竟先把这班人送了学。只可惜许多极盛的彩亭旗仗，没人看见。他们却独自扬扬得意送府县的谢礼，乘此走动衙门，居然称老公祖、老父母、太宗师。备厚礼拜门生，遇时节送贺礼，遇寿诞制锦轴围屏称祝。渐渐熟识，出入衙门，包揽词讼，告债追租，生事诈钱，恐吓乡民，动不动便道凌辱斯文。时人便编出美谈来嘲之道：

　　数合论升田舍郎，也充俊秀入宫墙。

　　孔门当日多如此，陈蔡如何得绝粮？

又曰：

　　俗状俚言③意气憨，乌巾在首袖拖蓝。

　　问伊文字知多少？惟道家中有百三。

自忠贤开了这个例，玷辱宫墙，真堪发指。就将这宗银子聚来，终是工大费少，仍旧难支，只得又要百官捐助。内面京堂科道，以及部寺各属，外面督抚以至州县，那得敢不遵旨捐输？就如挑雪填井，如何足用？又行

---

①　村子——指腹中无学或目不识丁花钱买的生员。

②　匪——同非，不以为然。

③　俚言——粗俗的言语。

文各省,搜查税契银两,变卖入官的田产赃物,竭力搜刮。

那时白太始举荐吴纯夫、李夔龙来拜为义子。忠贤留众人饮酒,在席上谈起大工之事。吴纯夫道:"舍亲徐缙芳曾巡盐两淮,他说运司库内存积下挖河银余,约有数十万,再者有商人加罚的银子,也有数十万,扬州府库还有鲁公公家私,这都是无用之项,何不着人去查查,也可济大工之用。"刘若愚道:"扬州这宗钱粮确是有的,只恐被前官取去了。崔二哥曾巡察过江北的,可请来问问便知。"呈秀因在工上,故是日席间无他。

次日差人请来,忠贤问道:"崔二哥,大工需用甚多,急切难得这些,尚缺着物料怎处? 昨日吴七哥说起扬州尚有开河并鲁保加罚等项,约有百十万银子,可以协济大工。你可知其详细?"呈秀道:"这各项银子,或者是有的,大约只得盐院项下有些。"倪文焕道:"银子或者有些,也未必有这许多,可着人去查一查,也难定数目。"吴纯夫道:"每常清理钱粮,部里行文,抚按再批到州县,耽搁时日。及盘查,皆为前任官取去,都为着体面,不肯纠举,或是书吏侵挪,把册籍改补,用钱搁起,总是模棱了事。须是差个内里人去方好。"忠贤道:"有理!"随与众人议差内官去清查。这正是:

已纵豺狼吞海内,又驱虎豹入淮南。

毕竟不知差个什么人去清查? 且听下回分解。

第三十九回
广搜括扬民受毒　攘功名贼子分茅

诗曰：

野人日日习禾黍，荷鉏①宁复辞寒暑。

无奈连年水旱多，征输况又如狼虎。

闻是朝廷兴大工，可怜十室九家空。

权宜广把青衿②卖，捐俸那顾寮庶③穷。

司徒仰屋叹无粮，补疮谁肯怜黎苍。

我闻此语心欲碎，从军自古多艰伤。

话说魏忠贤与众义子商议，差内官到扬州清查开河等项钱粮。内中就有人钻刺李永贞谋差，于是差了一个刘文耀，一个胡良辅。二人领了敕，星夜驰驿前来，一路上骚拢不必言。那扬州官吏不知为何，百姓亦都惊悸。一到时即忙迎接，预备下齐整公馆安插，日逐送的都是上等供应。他们还装模做样的，竟俨然以钦差上司自居，要运司府县行属官礼，讨册籍，要将这几项钱粮即日起解。

其时，扬州知府颜茂暄才到任月余，运司汪承爵到任也才三个月，都不知这事的首尾，只得各传书吏来问。书吏等俱道："挖河银两逐年支销，久已无存；至于鲁太监的家私，当日原无银两，不过是些家伙物件，俱是各上司取用已尽，若盐商加罚，俱是盐院项下支销，从不奉盘查，一院临行就查清提去，并无册籍存留，何从查起？"两个官只得去禀知盐抚两院。两院俱道："此事实难调处，这班人不是可以理讲的，多少处些与他才好，不然恐生出别事来，到不美了！"颜知府道："卑府库内并无一文，各县钱粮俱有定额，部里移文提取各项解京，挪移不来，那里有这闲空银子？卑

---

① 鉏——同锄。

② 青衿——衣服。

③ 寮（liáo）庶——寮，茅屋；寮庶指百姓。

府宁可以命与他,若要拢害百姓,实难从命。"两院也没法,只得含糊答应。

各官辞出,只得备酒请他们。席间,便以实告,二人道:"胡说,咱们钦限甚紧,明日就要册籍,三日内就要起解的。莫说大工急需,就是咱们讨这差来也不容易,每人也该送几万银子才是,若不然,咱们就参你们了。"那两个官着了气,散席后并轿而回。颜太守道:"罢了! 我等自科第起家,位至刺史,也须有些体面。今日被这两个阉狗当场叱辱,何可尚居民上? 随他怎么,我拼着像刘铎一死而已。"次日便托病不出,并不理他。两个太监竟上一本,把个颜知府参去,刹籍而归。

护印的是推官许其进,这人是个阿谋小人,他见参了知府,他知硬不去,便来软求二人。他原籍临清,与胡太监认起亲来。胡良辅道:"许亲家,这钱粮是魏祖爷十分指望的,须少不得。你若催得起来,咱保你高升,莫学那颜老儿倔强。"许知府道:"这几宗款项委实无多,如今也说不得没有,只求老公公题疏减去一半,待我设处。"两内相道:"你这话也还通,你须先设处些解去,才好说话"许知府出来,与汪运使计较,两下库里搜刮出十数万,又向各州县库中挪移了几万,凑成二十万送去。又送了许多礼物。他只是不肯收,说道:"至少也得五十万解去,才好求情。"许知府没奈何,只得又送上些并老实的礼,共又费了千余金,才写了个禀帖与魏监告减,带着保荐许推官,说他竭力清查,办事能干。忠贤见银子来得爽利,定要一百万。许推官着升吏部郎中,今且暂署扬州府事,俟饷银解清,再来京供职。

许其进见了朝报,竟俨然以吏部自居,便坐察院衙门,各府州县俱用手本相见,行属下庭参礼。他原只望骗升了去好卸肩走路,不意如今到专著在他身上要这项银子。他只图要自己做官,便顾不得丧良心,伤天理,把个汪运使拘在公所,不容回署,说他侵匿钱粮十九万。又将前任运使谭天相拿来,说他偷盗库币二十万,监比。又将两淮商人名下派出二十万,余下二十万,派在经承书吏身上完纳,要凑足这百万之数。可怜一个汪运使,年纪高大,被他拘留公所。那两个太监同许其进到他私衙,指望掳掠一番,谁知没有家眷,只随身行李用物,逐一搜查,不过一二百金并几件银器、几十件衣服。把两个家人打着要他招,家人道:"我家主才到任三个月,能有多少宦囊?"三人大失所望,又把库吏夹起来,问他本官有多少银子在库。库吏急了,才说道:"先原有一千两赃罚寄库,十日前家眷回去提去了。"

许知府听见,随即差干役二十名,去沿途追赶汪运使的家眷。那班人星夜前去,直赶到徐州才赶上,不由分说,把船拦住。船上只认作强盗,甚是惊慌,妇女们都啼哭起来,早惊动了徐州城守营守备,连忙带兵来救护。众人才说是扬州府的差人,拿出批文来看了,就把公子拘住不放。汪公子道:"我是现任官员的家眷,并未犯法,有甚事该好好的说,何得如此罗?"差人道:"我们奉许太爷朱票,说你父亲偷盗库币,拿你们回去。"两下里争论不已,免不得打发他们些银两。

汪公子去见淮徐道,道尊说:"他如今倚着内官势儿,一味横行,这差人怎肯放你?我有一法:我先打发你的家眷回去,你把行李物件同差人到扬州回话。"汪公子没奈何,只得随道尊上船。眼同差人看着将箱笼开看过,淮徐道逐一封锁,众女眷止带随身衣服、梳笼过船回家。淮徐道发了一架公文与原差,押着汪公子回南。正是:

> 堪嗟奴辈利人财,却假狐威降祸胎。
>
> 独美清操刘太守,囊中不带一钱回。

原差回到扬州,把汪公子并箱笼俱抬进府堂上。许知府忙请两内相来眼同开看,内中只有一二千金的东西,三人大扫其兴。内相去了,许知府提汪公子当堂审问,说他父亲侵盗钱粮。汪公子道:"我父亲才到任三个月,有无尚不知,怎说到侵盗钱粮?也须查盘册籍,缺少何项,才是侵盗。况这些箱子,我又未曾到家,难道银子都飞去了?"

许知府道:"原知不是你父亲侵盗,只是如今没法,你可权认几万,以免他二人搜求。"汪公子道:"银子岂是可以权认得的。认了就要,如今拿什么来还?有一说,这三项只有一款属运司,说我父亲浸盗,也还有典守之弊。至于挖河并鲁太监家产,都是在你扬州府库内的,怎么也要着在我父亲身上?"许知府道:"颜太守已参去了。"汪公子道:"颜太尊是刹夺而去,我父亲也只该朝迁冠夺,何致为内官拘系,并且累及妻孥?即内官贪婪之性无厌,老大人也该兴狐兔之徨,'昔为座上客,今作帐下虏',于心安乎?"许知府道:"本府非不怜恤,只因内里将这事着落在本府身上,如今推托不去!"公子道:"当日能如颜太尊以死相争,以不致有今日。自图升转,遂杀人以媚人,其如良心天理何?"许知府原是心中有毛病的,被他一席话触着心病,大怒起来,要把他收监。汪公子道:"何须如此,我走到哪里去?老父病危,已命在旦夕,岂能远去?"随讨了保归署。

次日,许知府申详盐院,把文书做坏了。监院咨了抚院,行文到他原籍将家产抄没,变卖完赃。可怜汪运使历任四十余年,所积俸薪并房产田地变尽也不到一半。那地方官也只知奉承宦官,哪管人的生死。可恨这一群狐群狗党,依声附势的害人,把汪运使仍旧软禁,汪公子只得往附近江浙相识处挪借。不题。

许知府又寻到两淮商人,照盐引加派,轮千累万。那些盐商连年被需索余盐的银子,预借过十数年,盐又阻滞不行,本多利少,支撑不来;又遇见这件事,无中生有的硬派,追比不过,只得纳些。还要加平重火耗,原派一千的,见他完的爽利,又吹毛求疵,或勒借弄得个不了。众商情急,只得全家搬去,撇下许多在空屋来,门上都贴了贴子,上写道:"此房为完钦币,急卖。"到处皆然。把一座广陵城,弄做个破败寺院一样。但只见:

朱楼复阁隐颓垣,却有东风为锁门。

几树好花消白昼,一庭芳草易黄昏。

放鱼池内蛙争闹,栖燕梁空雀自喧。

回首可怜歌舞地,只畜明月伴苔痕。

许知府激走了众商,只追出一小半来,又只得拿经承书吏来比追。这些人平日虽用过官钱,但弄到手,都嫖赌穿吃花费去了,那里积聚得住?况内中还有死绝逃亡的,也有把钱捐官做去的。凡出仕的,都行文到任所提来;死亡的,捉子孙追比。现在也有富的,也有赤贫的,都也派千派万。起初变卖产业,共也追不上几千。过后寄监追比,把运司府县几处监都坐满了。逢期都提出来夹打,比过几限,也追不出些须来。许知府叫他们扳出些亲戚来,又追不起,于是因亲及亲,兼及朋友邻里。竟还有素不相识的,也扳来搪塞。你想那些穷百姓,一两五钱的怎么凑得起许多来?又着落卖妻子完纳。可怜人家少年恩爱夫妻,也不知拆散多少!依旧无多,又没法再追,只得又把当日曾买过房产与人的,再追买主,半价入官。起初还是产业、家伙、物件,后来连婆儿女的,也都有拔根杜绝。把些人家都弄得水穷山尽的,还不得丢手。并且拿房产变卖,又没人敢买。连乡农殷实的也诬扳他数千,家产立尽。犯人牢里容不下,连仓里也坐满了,扬州城里的人少了大半。许知府又想出个毒计来,真是丧尽天良!竟把这班人的妻女拘来,拣有姿色的着落水户领去完价。那些水户落得便宜,只可怜那些妇女,也有好人家的,也有贞烈的,投河、坠井、悬梁、自刎者不一而足,不知逼死多少。天理何在? 正是:

一朝飞祸起萧墙①,忽若杨花委路傍。

不惜此身作秋叶,肯随浪逐野鸳鸯。

也有些软善的,起初还羞涩,后来也就没奈何,只得顺从了。这正是:

身世漂流产业荒,向人强作倚门妆。

含羞坐对窗前月,一曲琵琶一断肠。

可怜把个扬州繁华之地,直弄做个瓦砾场。又凑起有一二十万解去。

许知府又思量要脱身,将此事委江都、泰兴、兴化三县追比,他却假托上省到抚院处挂号,竟私自逃走。三县知这个风信,赶至徐州追回。没奈何只得备些厚礼,差人上京,求倪文焕向魏监处求宽限。又求他儿子的家书,谆嘱差人,星夜进京。文焕收了礼,看过家书,未免也动怜悯桑梓之心,随到魏监私宅,将家书念与忠贤听,说扬州之事不妥。魏监差去缉事的人回,也是如此说。忠贤才叫李永贞来计较,永贞道:"恰是追急了,恐其生出事来,如今且将二人唤回,宽下去不催他,自然安静。只把汪运使问个轻些罪儿,再处。"忠贤应允。

只见门上传进塘报来道:"袁崇焕保守广宁,建立奇功。"遂密差人吹风兵部,归功于他。各部也只得循例,题请礼部题本,请撰给券文。工部题本,奉旨发银一万九千两造第;户部题本,奉旨着给田七百顷。魏良卿又晋封肃宁伯,岁加禄米,举朝谁敢违拗? 唯有礼部尚书李思诚道:"目今国家多事之秋,有死戎事而不封,立大功而不赏者。袁崇焕奇功与他何干,怎么便要封伯? 若画了题,岂不被天下后世唾骂?"司官屡次说堂,李公都按住不行,意图引病抽身。忠贤衔恨。许显纯亦以选妃宿怨,乘机献媚,谋陷思诚,说道:"厂中正有件事,系道员邱志充差家人邱德,带银入京谋内转的,被番役缉获。因他是求崔二哥的,所以至今停搁监禁。只消吩咐能事的番役,暗嘱邱德,叫他审时咬定是投李思诚的,既为崔哥洗脱,又可把思诚逐去,岂不是一举两得么?"忠贤喜允。

次日,显纯吩咐心腹番役到监来探邱德口气,道:"你主儿可与礼部

---

① 祸起萧墙——萧墙,照壁。喻内部发生祸乱。

大堂李爷来往么?"邱德道:"没交往。"又问道:"他的家人甚多,你可有认识的?"邱德道:"并不相识。"番役来回复,显纯又道:"你再去问他,是要死,是要活,要死,便供出崔尚书来;如要活,便叫他咬定是投李尚书的,包他无事。"番役又来向邱德说。邱德被番役吓动,便依了。番役回了信。

次日,显纯提出邱德来问,邱德果然说是投李尚书代主人谋内升的。显纯立刻拿了李思诚的家人周士梅与邱德面质,彼此都不认得。显纯也不管他认得认不得,一味非刑拷打,士梅血肉淋漓,腿骨俱折,抵死不认。显纯不用①他认不认,即硬坐②周士梅脱骗招摇,李思诚不能觉察。本上,忠贤矫旨,将周士梅追赃遣戍,李思诚竟行刹夺而去。崔呈秀独逞奸私请封。本上,魏良卿公然封了伯。正是:

　　权奸巧设移花计,臧获翻存救主心。

　　毕竟不知封伯后又有何事?且听下回分解。

---

① 不用——不管。
② 硬坐——硬定罪。

第四十回

据灾异远逐直臣　假缉捕枉害良善

诗曰：

> 普天有怨不能平，致使灾殃处处生。
>
> 烈焰乱飞宫观尽，横涛怒卷室庐倾。
>
> 堪嗟修省成闲事，多把忠良逐远行。
>
> 可恨奸雄犹四志，只言天道是如盲。

话说魏忠贤残害扬州，又攘夺他人之功，将侄子分茅列土，忽把个村夫牧竖①平白的与元勋世爵同列，朝班不独人心不服，天道也是恶盈的。于是四方生出许多灾异来，各处告灾的文书纷纷似雪报到各衙门。且说扬州，因怨气所结，自冬至次夏，江淮南北半年不雨，赤地千里。但只见：

> 田畴无润泽，禾黍尽枯焦。炎炎赤日，青畴绿野尽扬尘；滚滚黄沙，阔涧深溪皆见底。数千里炎蒸似，一望处桑柘生烟。林中不见舞商羊，岸上惟看走旱魃②。神灵不应，漫言六事祷商王；黎庶惊疑，想是三年囚孝妇。

大旱半年，高田平野俱是枯焦，人都向深湖陂泽中耕种。谁知七八月间，又生出无数的飞蝗来，但见：

> 营营蚁聚，阵阵蝇飞。初时匝地漫崖，次后遮天蔽日。随风飘堕，禾头黍穗尽无踪；作阵飞来，草实树皮风声尽。浑如蚕食叶，一似海生潮。浮江渡水，首连衔尾结成球；越岭过山，鼓翅腾空排作阵。

江滩财赋之区，不独民不聊生，即国赋亦难供给。

同时，山西大同忽然地震起来。只见：

> 动摇不定，初时众骇群惊；簸荡难休，顿觉天翻地转。家家墙倒，东藏西躲走无门；户户房颓，觅子寻爷行没路。峰摧城陷，非兵非火

---

① 牧竖——牧童。

② 旱魃(bá)——传说中引起旱灾的怪物。

响连声;血海尸山,疑鬼疑神人莫恻。不信巨灵①排华岳,真同列宿战昆阳②。

　　自西北至东南,声若雷霆,震塌城楼、城墙二十余处。又浑源州忽然自西边起,城撼山摇似霹雳,震倒边墙不计其数。有个王家堡地方,半夜时天上忽然飞起一片云气,如月光从西边起,声如巨雷,自丑至午不时震动,摇倒女墙③二十余丈,官民房屋仓廒十塌八九,压死人民无数。各处俱有文书,纷纷报部。

　　到了五月六日巳刻,京师恰也作怪,但只见:

　　　横天黑雾,遍地腾烟。忽喇喇霹雳交加,乱滚滚狂风暴发。砖飞石走,半空中蝶舞蜂翻;屋坏墙崩,遍地里神嚎鬼哭。在家的当不得梁摧栋折,胆丧魂飞;行路人苦难支石压土埋,尸残肢解。莫言变异非人召,自古奇灾衰世多。

　　京城中也自西北起,震天动地如霹雳之声,黑气冲天,彼此不辨。先是萧家堰,西至平则门、城隍庙,南至顺城门,倾颓房屋,平地动摇有六七里,城楼、城墙上砖瓦如雨点飞下。人先但见烟雾满前,不辨路头,后又被震倒墙屋的响声聒耳,弄得人进不得出不得,路上压死、惊死的人何止万余。个个都是赤身裸体,焦头烂额,四肢不全。工部衙门至十驸马街一带,五六条胡同内,就是官员,也多有死的。顺城门内象房震倒,象也惊得发狂,东奔西走,不知踏死多少人,一城中惊得鬼哭神号。此时官民死伤者甚众。直至两三日后方定。后边讹传,是王恭厂火药走发,所以如此。不知火药走发,何以与大同地震同时。钦天监只得按占候书题一本道:"地震者,阴有余也,占为主弱臣强,天下起兵相攻。妇寺④,大乱之象。"忠贤见本,不知修省,反大怒,说他"妖言惑众",将司天官矫旨杖死,岂不可笑? 这正是:

　　　天心原为奸雄警,地震反贻司历灾。

　　皇上因此避殿,撤乐减膳,仍敕各官素服修省。有兵部尚书王永光

---

①　巨灵——巨灵神,斧劈华山。

②　昆阳——昆阳大战,刘秀以兵三千大败王莽十万兵于昆阳。

③　女墙——即女儿墙,城墙上面呈凹凸形的短墙。

④　妇寺——即妇侍,指阉人。

道:"今天变,实有所为,圣主既见灾知警,我辈为大臣者,岂可避祸不言?"便上疏道:"敬竭葵藿①之诚,修陈灾情之实,仰启圣明,亟赐采择,以回天心,以维天运。"大意是说"灾异渐臻,必朝廷政臣有险人,颠倒悖谬,以逢天怒。如刑狱系人生死所关,今累囚半是诏狱,追赃即以毕命,上天好生之德有所未忍,乞悉付法曹。至于军储告匮,土木频兴,与其急土木,不若急军需。议搜刮曷若②议节省,请于皇极殿告成之日,暂停工作,惜海内之物力并于军前。若夫传宣诏旨,或以误而成讹,不知票拟归之政府。甄别流品,或以疑而成混,不如平讨付之铨曹。"这本内虽未直说忠贤,却都是说的他所做之事。忠贤见了大怒,竟留中不下。次日,礼科给事中彭汝南也上一本:"为天灾人灾同时互见,触目惊心,恪遵明旨,恭陈修省之实,以重天戒,以保泰运。事望圣明除烦去苟,布宽大之政,轻毂薄赋,停不急之工。"同时有个御史高宏图,也上一疏,与彭给事所论大概相同。忠贤把两个本都留中不发。

谁知地震未已,民心尚未定,忽然二十日的丑时,京师又反乱起来,但见:

> 初时半天皆黑,后来满地通红。烁烁的光分万点,夜阑天畔落疏星;纷纷的焰散千条,天曙晓光开赤雾。遍地上大龙飞舞,半空中火鸽盘旋。人畜争喧,吴骑东风驰赤壁;楼台没影,秦兵三月溃咸阳。

原来是朝天宫正殿火起。这殿只有大朝会百官习仪才开,平时紧闭的,不知何故,忽然烧起。顷刻间,烟焰烛天,沿烧殿后及两廊房屋,共有一百二十余间,俱化为灰烬。直弄得那些道士,驮神像、搬私囊,也有找师父寻徒弟的,一个个哭哭啼啼,东奔西跑。五城御史率领着兵马司工部街道,锦衣卫提督街道等官及各坊番役人等,都带着挠钩火搭来救。那火势越大起来,哪个敢动手?只有袖手看烧。

一月之中两次奇灾,真是小民惶惑,臣工所当修省的时候。那王司马见前疏不下,已知拂了奸阉,便道:"我既不能弭灾③转祥,就是失职,该罪;又不能驱奸正法,也该罢。我若不决然求去,感悟君心,反待他片纸出

---

① 葵藿——草本植物,有向日性。

② 曷若——何如。

③ 弭(mǐ)——消除灾殃。

朝,斥逐而去么?"便又上疏道:"天心仁爱,无穷修省,未见明效,谨陈辞求罢,以答天谴。仍乞圣明立行实政,亟赐挽回,乞圣上之行念刑、减税二事。"吏部尚书王绍征也题一本:"为钦奉圣谕事,乞崇养士节。"忠贤见了,大怒道:"朝天宫火灾,必是奸细在内。因前日地震,百姓惊恐,思欲乘机生乱。可着厂卫各衙门缉捕的用心缉访,三日一比,定要捉拿奸细。如十日内无获,各官一体治罪。这两个老儿就事生风的烦渎①,须把他刹夺了才好。"李永贞道:"这两个老儿前日的本都被留中,却也有些没趣。他毕竟要去的,爷若因此逐他们,外面又说爷不能容物了,须再停几日。他若不见机而作,就先把那一班为灾异上本的官处他几个,他们自然要去,那时便与爷无干了。"正在那里计较,要去两个大臣。

　　不料外边的灾异越凶。武清县天降淫雨,只见:

　　　　无明无夜,如注如倾。白茫茫六街三市尽横波,急攘攘万户千门皆巨浪。苔生屋角,蛙产灶前。扳楼入阁,浑如野鸟栖巢;逐浪随波,一似游鱼翻浪。正是:只为奸雄干帝怒,却教百姓受飞灾。

　　数日来水深丈余,运河一带河西务、棉花寺、杨村驿等处,田禾尽皆冲没。这边又来报灾,东阿县运河泛涨,良乡自西门灌入,官署仓廒②尽行冲塌;大兴水高二三丈,须臾风雨大作,射入卢沟桥。又陡长三丈有余,决开塘坝堤工二三十处,庙宇民房冲倒无数,淹死漂没者不可胜数。可怜这一方呵:

　　　　白浪涌天高,横波随地滚。漂沙走石,便太华难使回流,渭谷连山,任神禹也难即治。更可恨没面皮的海若③,冲州撞县,那里顾荡尽官舍民房;最可惧少恻隐的冯夷④,播虐扬威,全不管漂没田禾树木。正是:村舍全无火,人民少有家。树梢存败甑,屋角闹鸣蛙。

　　时贤又有诗曰:

---

①　烦渎——轻慢不敬。
②　仓廒(áo)——储藏粮食等东西的仓库。
③　海若——传说中的北海神。
④　冯夷——河神名。

湖埭①观秋秋可怜,萧然四顾爨②无烟。

门前水长高于屋,堤上风翻不系船。

天漏只今成累岁,官捕谁为乞回年。

杞人无限慢时泪,好借飞凫达帝前。

古来虽有灾异,却未有水、火、地震并于一时,都在神京一处的。魏监犹以天变不足畏,听了李永贞之言,见南京河南道御史游凤翔的本道:"天心仁爱,人君多降威以示警;明主克谨,天戒每修德以弭灾。恳竭诚修省,挽回天变,以保国祚③于万年事。内陈求直言、惜物力、扩仁恩三事。"忠贤正要寻几个官儿逐去做个样子,遂矫旨道:"游凤翔先经考察,劣转知府,乃从宽姑复原职;今又逞辞市恩,摭饰④琐渎,仍着以知府用。"先外转了游御史。那王尚书、鼓给事、高御史,都各见机引退,或乞休,或引疾,或告养,纷纷求去。旧例:大臣求去,俱有温旨慰留。忠贤已是要他去的,便留也不留,竟传旨俱准回籍,一切恩典全无,亦不许驰驿。可叹一个王尚书,身列九卿,位至宫保,也不能起个夫马,只得自雇牲口,寄宿村店。鼓给事等亦自买小舟,悄悄而去。一路上门生、故旧、亲戚都不敢接见,恐惹出事来。正是:

喉舌专司思补衮,权托微忤拂朝衣。

一肩行李扁舟小,犹似当年下第⑤归。

自来遇灾异,便求直言,忠贤却把几个直言的都刳了职;古来遇灾异,便省刑罚,忠贤偏要寻事害人。那朝天宫的火灾,他认定是奸细放火,着落各衙门缉访。那巡视街道的杨寰,五城兵马司并东厂各官,俱三日一比,拷打那些军校们。沿街入巷,不论大小人家、市井铺面都布了人。

忽一日,捉住了两个辽东人,一个叫做吴国秉,一个叫做武永春,解到东厂来。那吴国秉系内地盖州卫人,因广宁城陷,逃出边外,路上遇一女子,因此二人遂成就了。女子将银镯兑换做了些盘缠,夫妻商议进京投

---

① 湖埭(dài)——湖坝。

② 爨(cuàn)——烧火煮饭。

③ 祚(zuò)——君主的位置。

④ 摭(zhí)饰——用来粉饰。

⑤ 下第——不第,没考中。

亲,谁知猪羊走入屠户家,一步步来寻死路。雇了驴子与妇人骑了,不日来至京城,寻房安下,才去访亲戚。偌大个京城,是天下九州岛聚会之地,人山人海,哪里去寻? 终日寻访不见,盘费又用尽了。正是人急计生,只得就在前门上做个窝家,做私巢子接人。却不当官差有一班做客的,怕娼家脱空,每要走小路。那女子一则生得好,引得动人;二则性情温柔伶俐,嫖客来得多,到也丰衣足食的起来。

一日,有个帮闲的送银子来做东道。晚间来了一个大汉,也是辽东中屯卫人,姓武名永春。他因兵克广宁时,收拾了些细软并人参十斤,进京避乱。原来就是这妇人的紧邻,永春平日就羡慕这女子,今日相会,大遂心愿,一连宿了十数夜。后来便带他家去住,把了几两银子与吴国秉做生意。起初只说包着他,到后来竟占定了,不但不许他接客,并也不许国秉沾身。国秉因图他携带,遂不敢言。一日武永春酒醉回来,见妇人与吴国秉说话,他到反吃起醋来,乱骂。国秉道:"你占了我的老婆,反来骂我?"武永春道:"你的老婆是哪里来的? 你也是拐来的,送你到城上,直拷死你。"国秉大怒,举手就打。二人打到街上,却被巡捕的一条绳子锁了,解到厂里来。

掌刑百户孙云鹤升厅,番子手带二人上堂跪下道:"这是两个辽东的细作。"云鹤道:"快快招来。免得动刑。"吴国秉道:"小的是盖州卫人,前广宁陷时,被兵擒去,后广宁兵退,同被擒的有千余人,有三岔河逃回到山海关水口,水师把总渡小的们过关,来至京中投亲。后遇着这武永春,也是中屯卫人,与小的妻子有亲。他曾借些本钱与小的做生意,不幸折了几两银子。今日因酒后算账,相嚷有之,并没有做甚细作。"孙云鹤道:"且带下去,把那武永春带上来。"永春道:"小的是小屯卫人,因广宁陷时,领家眷进京,来此已住了半年。后遇着这吴国秉,他的妻子与小的是亲,常时往来,小的有几斤人参与吴国秉卖。因他亏折了几两本钱,故此相嚷,不知什么细作。"孙云鹤喝道:"胡说,吴国秉才已招了,你既是逃难的,怎么就有这许多人参贩卖?"武永春道:"小的原有些产业,虽是避难,也还带得些赀囊来。"孙云鹤道:"这厮不打如何肯招?"喝令:"打!"两旁皂隶雄纠纠的拖翻了,每人各打四十板,拍着惊堂,叫他们招。永春道:"就打死小的,也没得招。"又叫夹起来,夹了又敲。武永春还硬挣。那吴国秉夹急了,只得口里乱招。孙云鹤道:"且收监。"随差番子手提他家眷。

番子手到武家细细搜寻,也无多细软之物。众人拿起一半,带了妇人并两个包袱到厂。云鹤也知是无辜,因不敢违忠贤的意旨,只得借此讨好,又把二人次日提出来夹打一番。吴国秉急了,想道:"看此光景,断无生理,不如乱招了,还可免些刑罚。"因恨聂廷瑾无情,便妄扳道:"小人无知,一时做了细作,奉令来京探信的。若问同伴,还有个聂廷瑾等七人,尚在山海关等信,武永春也是一伙,他先到京的。"

孙云鹤审了供词,来见忠贤。禀知忠贤与李永贞,计较要差人到山海关拿人。李永贞道:"关外兵民进关来京者极多,今若差人出去拿,又恐生变,不如行文与督抚,教他严审定拟,即于彼处正法。"此时督师内阁是孙承宗,批行山海关主事陈祖苞审理。七个人皆是良民,绝无奸细影响。又有同来辽阳的军民三百余人,到陈主事衙门伏地痛哭道:"我等皆是朝廷的赤子,只因生在关外,兵马来往,因此入关的。如今忽遭诬害,到是来投死的了。如果他们是奸细,我们三百余人情愿同死。"陈主事听了,却也难诬,只得将他们并非奸细情由回详阁部。

阁里复命,忠贤见了大怒,驳下来要行速处。阁部又行文与主事。再行严审,并无影响,只得再呈阁部,拟将聂廷瑾等七人分配关外各官名下当差,庶不至枉杀无辜,亦可防微杜渐,不阻边民归赴之城。把忠贤一片心都拂了,越加其怒,遂矫旨道:"陈祖苞防奸不力,问事循情,着革职;聂廷瑾等着解京听审。"陈主事落得卸肩而去。孙阁部只得将七人解京,竟送镇抚司。

许显纯见面就是每人一顿夹打,不到几日,早死了三个。又提出武永春、吴国秉来拷打,夹了又拶,又上起脑箍来,把二人眼珠都箍出来,死而复苏者再。吴国秉道:"武哥招了罢,招也是死,不招也是死,招了还免些痛楚。"永春道:"当日离了兵马到京中,只说是安身立命,谁知竟遭此横祸?罢!罢!总是一死,依着你招了罢。"便道:"小的扮作逃民,混入关内,潜至京师,打探消息。同伙吴国秉携妇来京为娼,好招揽后来的人。聂廷瑾等住山海关以传消息。"许显纯题了一本,忠贤不下法司再审,竟票旨道:"武永春潜入辇下,探听虚实,吴国秉、聂廷瑾皆后合谋,不分首从,俱着凌迟。"旨下,可怜将六个人无轲同剐于市。正是:

　　脱难怕为刀下鬼,逢冤还作怨愁魂。

毕竟不知剐了六人之后又有何事?且听下回分解。

第四十一回
枭①奴卖主列冠裳　恶宦媚权毒桑梓

词曰：

富压江南堪敌国，金穴铜山，回首如风烛。奴董利财生蝮毒，石家何处寻金谷。

十万牙签如转毂②，任尔通神，难脱钳罗狱。日食万钱惟果腹，何曾千古称知足。

话说魏忠贤因朝天宫火灾，言官都道是天灾，他定说是奸细放火。各官顺他之意，枉杀了武永春等一班良民，妻子都给与功臣之家为奴。他自己又邀功讨荫，他的亲丁都荫完了，恰好苏杭织造李实送魏鹏翼到京。那魏鹏翼乃魏云卿的孙子——云卿与侯一娘又生了一子，到二十余岁娶了媳妇，生下这个孙子鹏翼来，儿子就死了。后来云卿夫妻皆亡，这孩子便依着寡母开了个机房度日。因忠贤托李实访问云卿的消息，却好访出这个魏鹏翼来，特差掌家护送到京。算起来是他嫡侄，他却认他为侄孙。因他缉捕奸细有功，矫旨荫为右军都督，把个十岁大的孩子，平白的红袍玉带，一样到任升座。是日都来送礼庆贺，忠贤置酒请那班奸党。算来鹏翼却是他嫡亲的瓜葛，连魏良卿都不是的。

一连请了几日。酒席散后，倪文焕回来，门上禀道："扬州有个姓吴的来见爷。"文焕拿过禀帖来看，名唤吴天荣，不认得是谁。因他说是同乡，只得叫请会。那人进来，一见便跪。文焕道："既是乡亲，如何行此大礼？"扯起来作了揖，细看时，才认是就是吴安保，相让坐下。文焕道："一向久别，何事到京？"天荣躬身道："小人因两个官人连年争讼不息，小人不忍坐视，两下调摄③，官府中打点是有之，无非欲两家息事，怎敢偏护？

---

① 枭（xiāo）——强横而有野心。

② 转毂——如车轮转动，形容迅速。

③ 调摄——调解。原意调养。

至去岁四官人去世后,后二官人名养春的,怪小人不偏为他,屡次难为小人。又将我送到抚按衙门,说我偷盗本银二万。他势力大,情面多,又是个家主,小人怎敢与他争执?今特来叩见爷,要求爷两封书与两院,代小人明一明心迹。"说着向袖中取出个帖子来,双手呈上。上写道:"呈上白米千担。"文焕道:"只道按院陈爷,是我同年,抚院我不相熟,不便发书。"天荣又跪下道:"如今之事,非老爷的书子不能救,老爷若嫌轻,再奉叶金二十两为老爷寿。"文焕道:"多承厚贶,已不敢当,金子断不敢再领,且请坐再商也罢。我也作一札与你,只是我与他不甚相熟,恐未必肯依。"天荣见他应允,即起身拜辞道:"书子再来领。"出来走到寓所,用食盒装了金银,贴上河南道的封条,叫人抬到倪文焕寓所来。一路上缉捕的见有河南道的封条,故不敢来盘问。文焕收下,随即写了两封书子,从马上飞递到江南去了。

天荣谢过文焕,次日收拾回南。比及到家时,差人已早有回书在天荣家等候他。到家看过,送他些盘缠回京,再问官事时,两院见了倪文焕书子,奉为神明,极力祖护,若不因是主仆,吴养春还要受辱哩。养春见官司输了,心中恨极,又要向别衙门去告。料理衙门的人道:"切不可再告了,他是求了倪御史的书子才如此灵验,你再告也是枉然,他就再花些银子,也总是用的你的,不若捉他家来,锁禁住他,慢慢的常打他几次出出气。"众人齐声道:"此法甚善。"养春果然暗暗差人四路踩缉,不料日竟捉住了。抬到家按倒打了一顿,锁在后花园密室内,终日用酒食养着他,过几日拿出来打一次,打过几回,气也渐息,未免就懈怠下来,锁禁也不甚严了,渐渐可以出来行动。几次要越墙而逃,奈墙高难跳。

禁有半年,已是中春时候。那一夜月明如昼,园中梅花盛开。天荣睡不着,忽听得外面有人说话,他悄悄的起来伏在假山后看时,只见梅树下立着两个女子,香肌粉面,映着月色,分外娇妍。何以见得?有诗为证:

　　比花还解语,似玉更生馨。
　　洛浦逢双俊,尧庭降二英。
　　动衣香满路,移步袜生尘。
　　二八盈盈态,罗浮梦里人。

那两个女子都是吴养春的侍妾,天荣认得,内中有一个姓郁,名叫燕玉,原是他经手在扬州娶的。两个女子嗅花玩月,游了一会儿,对坐在梅花下谈笑。少刻,有几个丫环,提了茶果摆在石桌上。二人对月谈心。众丫头四散玩耍,一个偶走到假山后,忽遇见天荣,便大叫道:"你是个什么人? 夜晚闲躲在这里做什么?"众丫头听见,都跑了来,抓住天荣乱拉乱打。那两个女子听见,也走来道:"你们不要嚷,且问他是什么人。"天荣只得走上前,叩了个头道:"小的是吴天荣,被爷禁在这里已有半年多了。今夜因月色甚明,出来看月,不意冲撞二位小娘。"燕玉道:"你可是扬州的吴老官么?"天荣道:"小的正是。"燕玉道:"你也是无心,不怪你,好好去睡罢。"

天荣回到房中,过了半日,只见一个小丫头送了四盘果子、一壶茶来,道:"郁小娘叫我送来的。"天荣道:"姐姐,你回去代我谢谢小娘。"那丫头答应而去。此后,不时燕玉即着这小丫环送茶送酒,天荣常把些银钱打发她。

一日,那丫头又送出酒来天荣道:"姐姐,央你回去代我说声,常时多谢小娘,求小娘在爷面前代我方便一言,放我出去,后当重报。"丫头道:"小娘已曾代你说过几次,爷总不肯。叫你再耐心等几日,再寻个方法放你。"又过了月余,忽一日,那丫头来对天荣道:"小娘叫对你说,明日老太太同孺人们下园来看花,叫你取个空儿哀求老太太,小娘再从旁帮你,管情停妥。"天荣大喜。原来这老太太就是养春的母亲,一生仁慈好善,极喜施舍,若遇人有患难,他却不惜财物济人。天荣软禁在此,人都瞒着他,他若知道,也不待今日了。

天荣又挨了一夜。次早,见童仆们纷纷收拾亭台,铺设酒席,摆列得十分齐整。但见:

　　袅袅东风小院通,鸾軿①飞下百花丛。

　　香浓宝鼎沉檀细,花压金瓶梅杏红。

　　绣幕漫遮金翡翠,锦茵半戏玉芙蓉。

　　凤箫象管随瑶瑟,疑是仙娃宴蕊宫。

这正所谓天上神仙府,人间富贵家。这吴养春乃江南第一富户,两淮盐务的领袖,一派豪华的气象,虽难比上苑天家,却也不减石崇、王凯。是

---

①　鸾軿(píng)——鸾指凤一类的鸟,軿是古代贵族妇女乘坐的有帷幕的车子。这里作华丽的轿车。

日辰牌时,先是一班家人、媳妇、丫环使女数十人,穿绸着缎,珠翠盈盈,拥拥而来。次后才是老太太率领着许多女眷姬妾们入园来。一个个生得:

> 盈盈粉面媚含春,疑是凌波出洛神。
>
> 罗绮生香笼白雪,钿钗曳玉掠乌云。
>
> 残红浅衬莲钩印,落片轻沾玉笋痕。
>
> 忽向花间闻笑语,晓莺枝上弄新晴。

一班女眷看过花,才上厅吃茶。至午上席,杯盘交错,笑语喧阗①。日晡②时,各各起身闲步。

吴天荣在假山后伺候,不敢出头。等到老太太同燕玉散步看花,燕玉把他挽到假山边花深处赏玩,只见天荣连忙走出来,向老太太叩头。老太太道:"你是安保呀!几时来的?为何这样落魄?"天荣道:"小的在此半年了。"老太太道:"你来了这许久,怎么不来见我?"天荣道:"小的因四官人的事,被二官人锁禁在此。"老太太道:"四官人已死了,还说他怎的?"燕玉道:"因二官人恼四官人,故此连累及他。论起来其实也不干他事,禁他在此也无用,老太太做个好事,放他回去,让他骨肉完聚。"老太太本是个仁慈之人,又平日极喜燕玉,听了这话,大动恻隐之心,便说道:"罢了,你起来,我自有道理。"遂走来对媳妇道:"你官人可成得个人?四官儿已死,就是弟兄们有些言语,如今也该丢开了,怎么又将安保锁在这里?他家也有妻儿老小,何苦离间他!"孺人③道:"我也曾屡劝他,无如他不肯依。"老太太道:"依我说,放他去罢。"孺人道:"老太太主张,我们怎敢不遵?只恐官人回来不依。"燕玉道:"既是老太太做主放了,等官人回来,老太太向官人说声就罢了。"孺人瞅他一眼,道:"又好惹他回来一场吵闹了。"老太太道:"不妨,我自会向他说。"便叫人赏他一桌酒饭,叫了天荣来,吩咐道:"你去吃了酒饭回去罢,官人回来,我自代你说,你以后须要学好,生意上须要尽心为主,各房的事须要一例,不可偏护。"天荣叩头感谢道:"蒙老太太的恩典,小人知道。"又向孺人叩了头,走到卧处,连酒饭

---

① 喧阗(tián)——声音大而杂,喧闹。

② 日晡(bū)——晡,申时;日晡指下午三至五时。

③ 孺人——古代称大夫的妻子,明清七品官的母亲或妻子封孺人。也作妇人的尊称。

也不吃了,卷起行李,出了园门,飞奔到寓所,收拾行囊,雇了牲口,星夜回扬州去了。这正是:

　　鳌鱼脱得金钩钓,摆尾摇头再不来。

　　过了数日,吴养春回来,他母亲向他说知放了天荣。养春虽然面允,心中却甚不快。出来又与那班帮闲的朋友商议,还要再去捉他。这也是财主性儿,若是些良朋益友,也便劝阻他,无如那班匪人,都要奉承他。还有一等坏心术的,巴不得撮起件事来,好于中取利。随即撮弄他差了几个家人,带领一二十个粗使人,来扬州分头缉拿吴天荣。

　　谁知吴天荣早已差人在外打听,一闻此信,着了忙,无处潜身。正是人急计生,随即带了万把银子,丢下家口,逃往京师。不一日又到京城,进得城,寻个寓所安插下来,便来见倪文焕。二人相见,坐下。天荣谢道:"外日①蒙爷情,发书子搭救,奈家主必不肯恕,又被他拿去锁禁了半年多,蒙老主母怜念释放,今又四路差人访拿,定要置小人于死地。无可奈何,只得又来求爷庇荫。"文焕道:"你虽逃到京师,终非长策,我也难庇你许多。如今有个道理,我们厂里魏祖爷,昔日也曾与你有一面之识,除非投在他门下,方可免祸。"天荣道:"若得老爷玉成,刻骨难忘。"

　　次日备了礼物,文焕引他到魏府来。文焕先进去,天荣等到傍午,才有人出来唤他到书房里来等。忠贤出来,天荣朝上叩了头,复又跪下,呈上礼单。忠贤看也不看,递与掌家,命他坐。天荣道:"小的怎敢坐。"忠贤道:"即是旧交,坐下何妨。"天荣才告坐坐下。忠贤道:"远劳你来,只是我们无白衣,须要做个官儿才好。武职恐你做不来,只好代你上个中书罢。"天荣称谢不已。少顷,摆上酒来,忠贤道:"你家主人富压江南,实有多少家私?"天荣道:"约有一二百万。各处盐引当铺,每年有十余万利息。唯有黄山木利最多,每年足有四十余万。"李永贞道:"朝廷各项钱粮,每年也只有五六百万,他一家每年就有十分之一,如今大工正在缺少钱粮,就向他借几万用也不妨。"天荣道:"当年征关北时,他也曾进过五十万充边饷,万历爷曾赐他中书衔的。"忠贤道:"这厮却也可恶!万历时他既助得饷,咱们如今大工缺少钱粮,他就不助些饷了?他这富足,难道不是害众成家的么?你可开他些过犯来,咱好差人去拿他,来问他要。"

---

　　①　外日——昔日,往日。

席散后，天荣回来，便来见倪文焕，讨他主意。文焕道："既是祖爷起了这个念头，你也顾他不得，必须开他些过失才好。"天荣道："他家虽是富足，却世代忠厚，未曾刻剥一人。就是盐务当铺，只有人骗他些的，却无甚过失可说。"文焕道："事到其间，也讲不得天理了，你若不开，连你也不好。"天荣道："但凭吩咐。"文焕道："你去做个揭帖：上开他父子是歙①县土豪，惯囤窝射利，阻挠盐法，遍开典铺，刻剥小民，侵占黄山，每年获木植租息六十余万，以致家累巨万，富堪敌国，赴东厂出首。"

天荣依命，没奈何，次日只得写了个揭帖，投到东厂。杨寰见了，如获至宝，即刻转上来。忠贤随即矫旨拿问，票了驾帖，差锦衣官校星夜到江南来拿人。校尉等诈了万金，吴养春只要救命，也顾不得银子，随即吩咐伙计："将各处典铺盐店都收了，我又未曾犯法，朝廷也不过是要我的银子，家中姬妾都着他母家领去，听其改嫁。"老母、妻子免不得抱头痛哭而别。

不一日，到了京，发镇抚司拷问。吴养春遍行买嘱，许显纯也得了他有万金，心里却也怜其无辜受害，又怕魏监差人打听，不敢放松他，就照原揭上题个拷问过的本进去。一二日批下来道："吴养春赃银六十万，着刑部行文与该抚，照数比追解京。其山场木植银四十余万，着工部遣干员会同该抚按估计变价解库；其山场二千四百余顷并抛荒隐匿地亩，均着查明入册。此皆厂臣为国忠心发奸，巨手搜剔黄山之大蠹②，克襄紫极之浩繁，省国币而工度饶，不加赋而财用足，宜加优奖，以励忠勤。着赏给绿缎四表里，羊八双，酒八瓶，仍着荫弟侄一人为锦衣卫指挥，世袭其职，给与应得诰命。钦此。"那吴养春父子生来娇养惯的，那奈刑法？熬不过几次追比，俱死于狱中。正是：

　　百年富可拟陶朱，却笑持家术也无。
　　致使一身亡犴狴③，只因轻自放豪奴。

工部奉旨，差了个主事来徽州变产。先时吴养春家私原有数百万，后因养春被拿，他妻子各处寻分上救他不惜钱，要一千就是一千，要一万就

---

①　歙(shè)——县名，在安徽。

②　蠹(dù)——蠹虫，比喻损害集体利益的坏人。

③　犴狴(àn bì)——即狴犴，牢狱。

与一万。那些亲友有实心为他的，道："只要钱用得到，自然灵验。"亦有借此脱骗的，那些女流如何知道？就如挑雪填井一样。及到抚按追赃时，家私已用去一半了。只见家人回来说："主人都死了，原来此事是安保陷害的。"举家切齿，痛哭一场。

不日工部司官到了，会同抚按清查。那些亲友见事势不好，都不敢来管，只有一个老家人吴良出来撑持。那主事同抚按上了察院，传集府县，将山场木植变价，少不得要报人买，未免高抬价目。那些富户见值一百的，就要卖人二百。那些怕买的花钱求免，或贿嘱延搁。那买不起的便来告免，反被豚逼，以致妄扳别人，株连不已，及至纳价时，书吏又作弊，用加二三的重平子①收银，及完清了价，又无产业领，他又报别人来买，设成骗局哄人。那报买的也不能听他缓缓上价，还要当钱粮追比。无奈这是个钦差官儿，不受抚按的节制，无处告理。正是：天高皇帝远，有屈也难伸。把一个徽州城搅得不成世界了。赃银出过六十余万，也就艰难了。众童仆都偷盗财物，各自逃散，日日只带这老仆吴良追比。这吴良年近七旬，渐渐打得不像样而死。这主事又差人拿他家眷，那老太太年老，出不得官，便来拿他妻子。那孺人是宁国沈相公的孙女、南京焦状元的女甥，见人来拿他，放声大哭道："我为世代簪缨之女，富贵家的主婆，岂可出头露面，受那狗官的凌辱？罢！与其死于此贼之手，不如死在家里的干净！"于是解下丝绦，悬梁自缢。她两个女儿见她娘吊死，她们也相缢而亡。可怜：

> 愁红惨绿泪成丝，弱柳迎风自不支。
>
> 断送玉容魂弗返，分明金谷坠楼时。

那老太太听见媳妇、孙女都死，吓了一跌，也呜呼哀哉了。众亲戚闻知，皆来吊问，备棺收殓。

那些差人犹自狐假虎威的诈钱，街坊上看的人都动不平之气。内中有那仗义的道："你们逼死了他一家人口，还在此吵闹，我们打这起狗才。"众人一齐动手，把几个差人登时打死，渐渐聚了几千人，打到察院衙门里来。那些衙役正要上前阻挡，见人多势众，都一哄而走了。众人便放起火来。主事的家人见事不谐，都扒墙破壁而逃，那里还顾得本官？那主

---

① 平子——当时的一种衡器。

事还未起来，忽梦中惊醒，只道是失了火。忽听得外边嚷道："要打主事！要杀主事！"才知是激变了地方上人。此刻并无一个牙爪，只有一个门子在旁，即忙越墙而逃，跑到初门驿暂住。这边府县等忙来救火安民，一面通详抚按，据实奏闻。魏忠贤见激变了徽民，只得把主事刹职，便把这事缓下去了。

不料又走出个许寺丞来。这许寺丞名志吉，本是徽州许相公的孙子，以恩荫仕至苑马寺丞，与吴养春是至亲。他见徽州打了钦差，恐魏监恼，不肯休歇，又恐连累到自己，遂央倪文焕来对忠贤说："许寺丞本籍徽州，深知吴养春所放天津、淮扬、两浙各省的债务，并各处盐当产业，若差他去，不到半年，赃可全完。"许寺丞又送了许多礼，才得了这个差。

南直士大夫在京者，只道他是好意，或者因徽州困极，他出来自然设法调停。谁知他竟是个人面兽心的畜类，只要保全自己，奉承权托，不顾乡里，一路来各处清查，丝毫不能遗漏。及到家乡，他便想道："本地府县是我父母官，恐他要假借起来，后日难以行事。"他便以宪体自居，公然坐察院。地方官勒令庭参。府县见他如此，都不理他，他也只得厚着脸行事。众乡绅来见时，他便十分倨傲①起来。内中有个方给事，才说得几句话，便抢驳他，反被方给事当面羞辱一场。他也只得皮着脸，不以为意。有个秀才吴守仁，是他的姨丈，当面来告免，竟被他笞②辱了一场。放告后，今日报这家买山，明日派那家买地；今日冤某人领吴家的本钱，明日赖某人受吴家的寄顿。影响全无的，只凭他说的便是，他那里管甚宗族亲眷，就是他亲伯叔弟兄，也报来买产，都是一例追比。黄山田地，旨上原教歙县人领买，他见休宁人富足的多，突然派过二十万去，便把休宁的富户程八元等数百万的家私，都弄得一贫如洗。各处都有谣言道："派一千，礼仪三百；缴一万，威仪三千。"以至远年私债，家人身银，都入赃册。

休宁有个程寡妇，乃孝廉程有政的继室，却十分美丽，也是官家之女。那程有政死了，寡妇年少无子，家私十余万。程举人临终留下亲笔遗言，把两个前妻之子分出去住，留了一所典铺、本银二万与寡妇取利日用，以为养赡。这许寺丞平日与程有政相交最厚，他慕他妻子姿色，新寡时便要

————————————

① 倨傲——骄傲，傲慢。
② 笞(chī)——用鞭、杖或竹板子打。

谋娶他。寡妇执意不允,他便记恨在心。今日便派寡妇买山银一万两,差人来催。那寡妇却有见识,回道:"疾风暴雨不上寡妇之门,就是朝廷也没有拿妇女当差的,我有儿子,有事你去向他们说去。"他连茶钱也不出一个。差人闹了一日,无法奈何,只得来回话。

许寺丞本意,原要拿寡妇出头,见差人拿不来,次日又差了许多孤贫来吵闹。那些疲癃①残疾之人,人又不好打他,他们便一窝蜂的在程家乱闹。这寡妇却有算计,便出来对他们道:"你们既是官差,没有白使人的理,且坐下来吃了饭,我同你们去见官。"随即摆下几桌齐整酒饭来。那些乞儿何曾见过这样好东西,一齐坐下狼餐虎咽的大碗斟酒吃,一个个吃得东倒西歪的烂醉如泥。寡妇忙把一切细软都寄在左近亲族家,他便坐上轿子,竟回母家去了。

他弟兄子侄多有在庠的,都到学前约齐了三学朋友,候按院下学讲书毕,公同禀道:"许志吉假倚差官,残害乡里,求大人做主。"按院道:"虽他奉旨清查,未曾教他无端扳害,他既无桑梓之情,诸生又何必存畏缩之念?此与小民触犯乡绅不同。"这分明是恶他,叫众人打他之意。众秀才正要生事,今见上官许他,众人等送按院上轿后,齐至公署前,蜂拥进去。那许寺丞犹自做张做势的狂吠,众人上前一齐动手,打得个落花流水,将手下人打死了几个,那许寺丞早逃走个不见。众人见他走了,竟打到他家里去,放火烧他的房屋。百姓都恨他,也齐来帮助。家财尽遭掳掠,妇女们剥得赤条条的,赶出街坊。这一场丑辱,却也不小。还要寻到许寺丞,打死才称众意。这正是:

　　未害别人先害己,果报分明定不差。

　　毕竟不知许寺丞逃得性命否?且听下回分解。

---

①　疲癃(lóng)——年老多病。

第四十二回

建生祠众机户作俑①　配宫墙林祭酒拂衣

诗曰：

朝廷养士首成均，由义居仁三百春。

何事阉阿供媚态，却捐廉耻丧天真。

宫墙数仞追先圣，功德千年诵德深。

堪美戎行生俊杰，昂昂正气过儒绅。

话说徽州士民，打了许寺丞，烧毁了他家产，妇女俱被凌辱。各路找寻许志吉不着，谁知他躲在县丞衙门内。众人见找不着，才歇了，他还不敢出头。这里府县申文各上司，抚按一面具题："许志吉残害桑梓，激变士民。"忠贤见两次差出的人都如此，忙请李永贞商议。永贞道："吴养春原无罪，当日不过为要他几万银子。到害了他一家之命并两县的人民，此皆是差官不善体谅，如今只把许志吉撤回，余赃着该抚追解。"忠贤如其言，把这事就缓下去了。

那吴天荣上了个文华殿中书，他见事体停妥了，便思量衣锦荣归，夸耀乡里。却讨了个苏杭催趱织造的差，他便起夫马行牌，一路上虚张声势，坐察院、打驿丞。沿途地方官知他是魏监手下的人，都来送下程、折酒席，奉承不迭。他还狐假虎威的来至扬州，坐四人轿，打钦差牌拜院。道、府、县各官，都来迎接请酒，十分热闹。旧日相与的朋友也有羡慕他的，也有趋奉他的，也有正人菲薄②他的，也有恨他的，也有褒贬他的。他去受贺请客，扬扬得意。

访得郁燕玉在母家未曾另适③，想起昔日看顾之情，遂送了许多京中礼物。燕玉甚是正气，见了礼，便骂道："这害主恶奴，把我一家坑害得家

---

① 作俑——制造殉葬用的偶像，喻倡导做不好的事。

② 菲薄——瞧不起。

③ 适——出嫁，嫁人。

破人亡,他还来送什么礼?"连盒子都摔碎了。他父母慌忙拾起来,瞒着他收下,重赏来人。次日,他父亲又自去面谢。

那吴天荣见燕玉收了他的礼,只认他有情于己,便想要娶他,于是央媒来说合。那媒人原知他们有主仆之分,恐燕玉不肯,便先来向他父母说。他父母道:"论起他这等荣耀,就嫁他也够了,就是碍着这一点,恐他不肯,又怕人议论。"那媒婆道:"他主人家已没人了,怕谁议论? 姑娘虽是激烈,也不过是一时的性气,妇人家的水性儿。及他到了那边,见那等富贵荣华,他就罢了。如今须是瞒着他,我明日去寻个少年标致人来,把他相一相,只说是个过路官员要娶他做补房,哄得姑娘中了意,你老人家受了财礼,拣个吉日嫁过去,不愁他不成。"老夫妻听了此言,满心欢喜。一则怕天荣的势要,二者又可以多得些财礼,欣然应允。这正是:

> 可恨虔婆①太丧心,无端设下阱机深。
>
> 纵教布定瞒天网,难把娇鸾雏凤擒。

次日,两个媒婆来对燕玉道:"恭喜姑娘,喜事到了。如今有个翰林院王老爷,是浙江人,现住在河边上,有三四号座船,二三十房家人,新没了夫人,要娶个补房。昨日叫我们到船上,亲口吩咐,不论初婚、再醮,只要人品标致,性格温柔。那老爷年纪三十上下,人物好不风流俊俏。我们想了一夜,把扬州城都数遍了,除了姑娘,再没第二个配得过,故此先来通知一声,随后老爷就到。姑娘请快些收拾。"燕玉犹假意羞涩,坐着不肯动。他母亲忙来撮弄,代他理鬓添妆,又买了几盘点心与媒婆吃了。须臾妆扮完了,果然十分美丽,犹如姮娥离月殿,西子出吴宫。

少顷,只听得门外人声嘈杂,敲门声急。媒婆忙来问道:"原来是老爷来了,请进来。"只见门外一乘四轿,打着黄伞遮阳,一对银瓜,跟着十数个家人,拥着个少年官儿。人来坐下,吃了茶。媒人挽燕玉出来拜见,转过身来细细看了那官儿,十分欢喜。问了年纪生日,留下一两银子拜钱。家人捧上聘礼:金簪一对,金戒指一对,锦缎二端。燕玉见这人少年貌美,倒也欢喜。

隔了两日,媒人送过衣服首饰,说定吉日来娶。至期,大吹大擂的娶上船,只见妆奁铺设极其华丽,有许多丫头养娘在面前忙乱,却不见有个

---

① 虔(qián)婆——旧时开妓院的妇女。

新郎进来。外面人声嘈杂,只听见讨赏钱,传拜帖,也只得是官府来贺。看看晚了,点上灯烛。将交更时,丫头伴婆收拾床铺,都出去了。少刻,新郎进舱来,叫丫头脱了靴。燕玉留心偷看,却是个胡子,不似那少年的模样,心中甚是疑惑,忽想道:"不要是被那两个乞婆哄了?"少刻,丫头出去,新郎执着烛到房舱里来,揭起幔子,将烛放下,便来搂抱燕玉。燕玉抬头一看,才认得是吴天荣,心中不觉大怒,猛把手一推。那天荣未曾防备,一跤跌倒。燕玉厉声骂道:"你这欺心害主的恶奴! 害了主人全家的性命,今日又要奸占主母么?"走到妆台边拿起手镜来,劈头打下,把天荣的头也打破了,大喊大骂。伴婆使女们忙将天荣扶起,再来劝新人时,燕玉已站在舱外,高声叫道:"两岸上并过往贵官客商听者:恶奴吴天荣,是徽州吴养春的家人。他送了主人一家性命,今又要逼奸主之妾郁氏。皇天后土有灵,快来共杀此贼!"言毕向河里一跳。可怜:

　　玉碎花残邗①水滨,无惭金谷坠楼人。

　　香魂不逐东风散,好拟湘灵作后身。

　　呆天荣见逼死了燕玉,忙吩咐放舟南下。次日,扬州人都传遍了。郁氏父母知道,赶到镇江悬住放泼,要进京去告状。天荣忙寻人与他讲说,措诈了二三千金方回。

　　天荣一路上没情没绪的,也不似以前的威势,到了杭州,上公馆清查织造钱粮,李实将上样的厚礼馈送他,公馆供应无一不丰美,先催了赏边的缎匹与天荣去。每年解京缎匹的旧例,除承运库垫费外,应有司礼监茶果银三千两。魏监便在这上面市恩,将此项蠲免②了。众机户便乘机钻谋他掌家道:"魏祖爷虽免了茶果银两,无奈承运库还勒索加增。求爷回去吩咐库上,莫似以前需索,小人们万代沾恩。穷机户无可报答,只好各家供奉祖爷的长生牌位,终日烧香,祝祖爷福如山海,寿比冈陵。"那掌家道:"你们家里供奉牌位,难道祖爷往你们小户人家去受享? 你们感祖爷的恩德,何不代祖爷建个生祠,与万人瞻仰。"众机户道:"爷说得是,我们回来便择地开工。"

　　那掌家得了他们的钱,到京时,就代他们恳求忠贤。忠贤是个好奉承

────────

① 邗(hán)——邗水,在江苏。

② 蠲(juān)——免除(免除)(租税、劳役等)。

的人，便欢喜道："既然机户们感戴咱要建生祠，这也是他们的好意。你去对库上说，他们连年苦了，将就些收了罢。"此言一出，库上怎敢留难？解户也省许多使费。及回到杭州时，你有我无，众心不齐，便把这建祠的事就搁起了。不意忠贤竟认了真。

那一日，又有个督运的太监进京来见，忠贤便问道："你那里的机户为咱建祠，可曾兴工么？"那太监不知就里，便含糊应道："已将动工了。"出来回到杭州，禀知织造道："众机户哄骗祖爷，须要处治他们才好。"那些机户知道，着了忙，只得来向李实借币买地建祠。正要兴工，忠贤又差出人来看。李实留下，忙差人看基址。回说："在僻静处，且基址矮小。"忙与司房掌家讨较，另拣了一块宽厂地，画成图样进呈。又重重送了来人一份礼，叫他善于复命。那基址正在岳墓之左、断桥之右，果然好块地。但见：

龙飞天目①，沙接栖霞②。迭嶂层峦，百十仞苍分翡翠；风纹雨縠，三百顷光动琉璃。桃李醉春风，一带白嫩红娇开锦绣；蓉菊描秋色，满堤黄英紫萼列瑶屏。雨余烟断，一条白练绕林飞；日落霞明，万点紫绡蒙岭上。哑哑的莺簧蝶板，开早衙两部鼓吹；嘻嘻的钓叟莲娃，好丹青一幅图画。东西南北，围远的是周鼎商彝；春夏秋冬，酣畅的是名花皓月。真是：宇内无双景，南中第一山。

李实见工程浩大，穷机户做不来，只得自己发出二万金，差了两个掌家，四个小太监，买木料、采石头、烧砖瓦，择日开工。真个斧斤之声昼夜不绝。又因祠前路窄，不能建牌坊碑亭，便将西湖填起数丈来，将跨虹桥改前数丈，接着新填之地。内外人工凡有稍懒的，那管工的不时大棍子乱打。还有那采买来迟的，内相便二三十的重责。果然人众钱多好做事，监督又狠，正殿先完，次完了大门。说不尽雕梁画栋，绿户朱扉，备极人工之巧。正面一座大白石牌坊，两面都斫③着游龙舞凤，左右又有两座碑亭，上镌着《祠堂记》，都假着时相的名字。不但是西湖第一，就连天下也无双。但见：

---

① 六目——天目山。

② 栖霞——栖霞岭。

③ 斫（zhuó）——用刀斧砍，这里作雕刻。

巍峨夸峻宇，奇巧美神工。流丹耀碧映中流，浮沉霞绮；宿雾畜烟插霄汉，隐现楼台。羽欲翔，鳞欲跃，鬼工斫出鸾螭①；萼半吐，芽半抽，巧手绘成花木。连阶砌玉，朱户流金。高飞绰楔，三山半落青天；俯瞰平湖，二水中分白鹭。峰峦环宝阁，龙飞凤舞尽朝宗；日月近雕梁，翠点金铺皆入胜。富丽绝胜陈结绮，崔巍不让鲁灵光。

李实出了告示："禁止闲人，不许擅入游览。"那些小民谁不来看，见有告示禁人，只得遥望而去。有一等惯妆乔②高巾大袖的假斯文，棋子帽时新衣服的帮闲假浪子，不识势头，强要入去，被那些京班大棍打得一个个东奔西跑。内中就有个真相公，也未免受他些凌辱。又有几个乡绅孝廉，因游玩泊舡苏堤，乘着酒兴也来看看，不免有几句愤言，或带些嘲笑，也被那内官凌辱，却又认不得真。

祠成后，李实差了两名堂匠进京报完，候了几日，才得一见。叩了头出来，李永贞吩咐叫抚按上本请祠额。堂匠回来，叫为首的到三院具呈，求三院请额。三院不理，李实只得置酒相请，说这请额是魏监之意，若不依他，恐拂其意。三院没奈何，只得会疏题请，忠贤便矫旨道："生祠赐额，以彰功德，着有司岁时致祭。"李实得了旨，忙摹勒匾额，又雕成一座沉香小像，上戴九曲簪缨，大红蟒衣，玉带象笏。会同三院，率领各官穿了吉服，并众机户俱持香送入祠内，置酒演戏，奏乐庆贺。有那些趋炎附势的做几道歪诗，刊德政碑，刻功德祠录。又于《西湖志》上增入《祠堂记》、《魏司礼小像传》。忠贤又矫旨将捐修生祠为首的机户沈尚文，准作杭州卫百户，世守香火，如岳祠例。于是想建祠的诸媚成风，以致儒林中生出一班禽兽来，也思献媚于阉宦。正是：

土木之功遍九垓③，工师搜尽豫章④材。

谁知至圣宫墙里，生出无端鬼魅来。

人见机户创祠，为首的做了百户，个个心动。其时文教中出了一个监生陆万龄，也思量要献媚奸权。一日，有个同堂的祝监生来候，二人谈起

---

① 鸾螭——龙凤。

② 妆乔——即乔妆。

③ 九垓(gāi)——谓兼该八极的九州地面。

④ 豫章——古书上指一种树，一说即樟树。这里指好木材。

"监例壅滞,极难铨选,纵选也难得美缺。不如寻件事奉承魏监,图个出身到好"。祝监生道:"我辈要奉承他,除了建祠没甚事;若仍照外边一样,也不足为奇,他也只视为泛常。我们须上个条陈,说他德侔①孔子,当配享馔宫②,千秋俎豆③,这才哄得动他,也才像是我们监生的公举。"陆万龄道:"他如何比得孔子? 罪过,罪过!"祝监生道:"世上事有甚真假? 但凭我口中说罢了。就说他坐厂而除东林,何殊七日之诛少正④;预操忠勇而退边寇,何异一挥之却夹谷,且力除狡狯,朝野绝奸,屡变民风,别涂成化,素王德固垂于万世,厂臣功亦伟于千秋。况《春秋》只明一代之是非,《要典》却定三朝之功罪。你道这一说何如?"陆万龄笑道:"据你说,竟是居然好似孔子了?"祝监生道:"我原说的,好歹总出在我们嘴里。"陆万龄欣然叫小厮取纸笔来,祝监生道:"做什么? 若要做本,不难,只是一件,我们上头还有个管头哩。那监主林老头儿是最古怪的。你我又不是个官,这本不是可以竟上的,须要由通政司挂号。若被他把副本送与林老儿看,这事不但不成,反要惹他放下脸来,说我们不守学规,变乱祖制,毁谤圣贤,要参革起来,那时怎处? 别的宗师还可用钱买嘱,这个主儿是极难说话的,岂不惹合监人笑骂? 那才是'画虎不成'哩!"陆万龄呆了半日,道:"是呀,如此说,歇了罢。"祝监生道:"歇是歇不得的,须寻条路儿与魏太监说明,他必欢喜,那时通政司再拦阻我们,只说是他叫出的,通政司才不敢留难。命下时,就是林老儿也没奈何了。"二人说以好处,乐不可言,忙叫小厮取酒来吃。陆监生道:"毕竟魏家这条线索到那里去寻?"祝监生道:"只求孔方兄⑤一到,这门路就有了。"酒毕别去。

次日,祝监生来道:"所事如何?"陆万龄道:"夜间却想出一条门路来,可以不用孔方。有个朋友姓曹名代,现在魏抚民家馆。魏抚民与魏太监同宗。这事到可以托他通个信,这不是条线子么? 只消本上带老曹个名字,他必认真去说。"祝监生道:"甚妙! 事不宜迟,恐为高才捷足者做

---

①　德侔——德配,德同。

②　馔(hóng)宫——古代的学校。

③　俎豆——俎和豆都是古代用来祭祀的器具,引申为祭祀、崇奉。

④　少正——即少正卯,为孔子所杀。

⑤　孔方兄——钱。

去。"于是二人同到魏家来,见了曹监生,叙了些寒温,陆万龄道:"借一步说话。"曹代道:"请后面书房里坐。"三人同到书房,见那书房倒也幽僻。只见:

> 架上书连屋,阶前树拂云。
> 草生拳石润,花插胆瓶①芬。
> 窗绿分蕉影,炉红沸茗纹。
> 短琴时遣兴,暖气自氤氲。

三人坐下,陆万龄将上项事细细说知,又道:"若得事成,富贵与人。"曹代道:"陆兄,这事欠通些,行不得。"祝监生道:"老兄若通得时,到不做监生了。请教:如今拜义子,杀忠臣,哪一件是通得的? 此事原是不通,如今不过且图目前,还讲什么道学?"二人别去。少刻,魏抚民回来,恰好出来与先生闲话。曹代便将此事谈及,抚民道:"这事到是我家叔欢喜的,待我与家叔谈过,看是如何。"

过了一日,抚民见忠贤,问安后,说些禁中的事体,又谈些外边感德的话。便说道:"外面有几个监生,说叔爷功德高大,与孔夫子一样,当建祠于太学,与孔子配享,血食万世。"忠贤呵呵笑道:"咱难道便是孔圣人? 罪过! 罪过! 不敢当。"抚民道:"据他们说起来,叔爷比孔夫子还多些哩!"忠贤道:"咱又不会教学,又没有三千徒弟、七十二贤,怎比得过他?"抚民道:"论起来,内外大小文武各官,都在叔爷门下,岂不比孔夫子还多些哩? 就是孔夫子,也没有这许多戴纱帽的门生。"忠贤道:"也罢,既是他们的好意,就叫他们上个本儿罢了。只是这几个穷秀才,那得有这许多钱? 咱要助他们些,又恐不像是他们感激咱的意思,你叫他们做去,咱自有补他之处。"

抚民回家,把这话对曹代说了,曹代便到陆万龄寓所来。他二人已是摩拳擦掌的等信,一见,便问道:"如何?"曹代道:"果然甚喜。"祝监生道:"何如? 我说他必欢喜。"曹代道:"他又怕我辈寒儒做不起,叫我们勉力做去,他自然补我们哩。"祝监生道:"我们且逐步做去,待命下时,再设法科派。"三人好不快活,于是呼酒痛饮,合做成本稿。次日誊成要上。正是:

---

① 胆瓶——颈部细长而腹部大的花瓶。

礼门义路原当守,狗窦蝇膻①岂可贪。

堪笑狂生心丧尽,敢污圣德比愚顽。

祝监生道:"如今便去见林老儿也不妨了。"

次日,三人同来监前,假②司成林千升堂时,三人跪下。陆万龄道:"生员等俱在魏司礼亲族家处馆,近日魏司礼嘱其亲族,叫生员等上本,说司礼功德可并先圣,叫于太学傍建祠配享。"林祭酒道:"这事可笑! 就是三生创出此论,欲把阉祠与文庙并列,不要说通学共愤,就是三生也要遗臭万年的。"三人道:"这本稿出自魏司礼,生员等不过奉行而已,欲不上,又恐祸及。"林祭酒道:"三生何祸之有? 若本监还有官可刹,三生可谓'无官一身轻'了。"陆万龄道:"生员等也不独为贻祸于己,并恐贻累于太宗师。"林祭酒道:"怎么贻累到我?"陆万龄道:"若不上,恐说是为太宗师阻抑。"林祭酒道:"就是本监阻抑也何妨。只是尔等为士的,持身有士节,在监有监规,上言德政祖制俱在本监,自不相假③。"恨恨拂衣而退。正是:

堂堂师范戒规严,利欲熏心抗直言。

千古岂无公论在,功名何处志先昏。

三人见他词色俱厉,便不敢拿出本稿来。辞了出来,相与笑道:"世上有这等迂物,不识时务,如此倔强!"

一路谈笑,来至通政司衙门,正值堂务将完,三人慌忙赶进来。那管司事的是吕图南,见了便道:"旧例有公事,俱是司成送过来,三生为何如此慌张?"三人将本呈上道:"这本是要生员们自递的。"吕通政接了,看过副本,吃了一惊道:"秀才们不去读书,怎么干这样没正经的事?"三人道:"魏司礼功德,天下称颂,生员等不过遵循故事而已。"吕通政道:"既是奉行故事,又何必步入后尘,不知此本一上,甚是厉害?"三人道:"厉害自在生员,不干老大人事,只是代生员们进呈罢了。"言毕,把本撇下,悻悻而去。吕公大怒道:"不意有这等丧心的畜生!"叫把本存下不上。回到私宅,长班禀道:"监里林大人有书。"吕公接来,拆开一看,书上道:"弟监内

---

①　狗窦蝇膻——狗洞蝇臭。

②　假——等到。

③　自不相假——自己不欺骗自己,假,虚伪,作假。

生员陆万龄等,不守学规,妄言德政。贵衙门职司封驳,伏乞①大人存下。"吕公道:"我正说林老先生是个正直之人,何以不禁止他们,我只是不代他上就罢了。"

过了三五日,忠贤不见此本,便问李永贞道:"前日说有几个监生要代咱建祠,怎么不见本到?"永贞便将通政司打来的本,逐一查过,并没得。忙传信与魏抚民,叫作速上本。抚民便来向曹代说。曹代道:"本久已上了,是我们亲递与吕通政的,这是他按住了。"

次日,三人又到通政司来问。吕公道:"这本不独本司说不该上,便林大人也说上不得,诸生不如止了罢。"三人大声道:"止不得!这事魏司礼已知道了,若老大人不肯上,恐沉匿奏章,到与老大人不便。"吕图南见他们出言无状,知不可遏,便说道:"既三生必于要上,本司代你上罢了,何必遗臭万年。"三人见允了,才欣然而回。

一面本上去,就批下来道:"厂臣功高万世,宜并素王②。该监生等捐资建祠,准于国子监傍择地兴建。即着该生陆万龄等监督,钦此。"他三人得了此旨,便狐假虎威的公借了三千两银子,买地发木,就于太学之东,买了一块空地。基址还小,又把监内射圃、斋房概行拆去。祭酒差人来唤,他们竟付之不理。后又差人向他们说,也只当耳边风。三人立定条规:凡新纳监要来坐监的,勒捐银十两才许进监;拨历的捐二十;科举的捐五两。再访到同堂富足的,勒令额外加捐;穷的也不顾他死活,勒令典当助工。特置加二三的重平子收银,火耗加三,是三人均分。又将监里堆的旧料,道是公物,硬行变卖。工匠稍迟,便大板子重责,比官还狠些。又有那不通文理的监生李映日等,也上本道:"厂臣可比周公,专礼乐征伐。"亏吕通政按住未上,却越发不成事体了。

林司成见了如此光景,愈加发指,恨道:"我为监主,听着他们如此横行,不能处治!今把太祖原建的射圃、斋房都被狂生拆毁,置我于何地?还要我在此何用?"于是上疏告病。谁知忠贤已知建祠的本是他阻挠的,竟批旨着他冠籍回去。林公欣然束装而归。正是:

---

① 伏乞——伏,敬辞;请求。
② 素王——指孔子,有王之德,而无王之位。

　　职守既不遂，肯将名节污？

　　飘然拂衣去。端不愧师儒。

毕竟不知林司成去后建祠之事如何？且听下回分解。

第四十三回

无端造隙驱皇戚　没影叨封拜上公

诗曰：

世人莫道妇寺柔，从来阴险莫为俦。

世人勿谓妇寺微，反掌实时成䜣巇①。

睚眦②图泄一朝忿，快心何必论名分。

况有从中下石人，怨气飞霜莫为问。

我闻此语心欲酸，昂昂壮气发冲冠。

饮冤岂直在疏远，致令葭莩③之盟寒。

君心愿化光明烛，一洗从前菲葽④毒。

投畀界处⑤城社清，喜起明良太平续。

话说魏忠贤因建生祠，谪了林祭酒。监生陆万龄等愈无忌惮，恣意妄行，搜刮富户监生。众同堂见了，都纷纷告假回去。举朝官员怒目切齿，都敢怒不敢言。行道之人亦皆唾骂。随有诗贴于树上道：

槐影参差覆杏坛⑥，儒门子弟尽高官。

却将俎豆同阉宦，觉我惭惶下拜难。

又曰：

圣德如天不可量，千秋谁敢望宫墙。

岂知据德依仁者，竟使阉人并素王。

三人见了此诗，连忙揭去。不知那缉事的早已传入忠贤耳内，即着工

---

① 䜣(xīn)巇(xǐ)——䜣同欣，高兴、喜悦；巇，险巇，指道路限难。谓反手成云，覆手为雨。

② 睚眦(yá zì)——发怒时瞪眼睛，借指极小的仇恨。

③ 葭莩——苇子里的薄膜，比喻关系疏远的亲戚。

④ 菲葽——形容盛、深。

⑤ 投畀界(bì)处——（把坏人）扔给豺狼老虎吃掉。

⑥ 杏坛——相传为孔子进学处。

部出示,禁止闲人入内,又着缉事的访拿。那些举人、秀才见了这个光景,都不忍去看,农工商贾也不敢去看,把个监前弄得冰清鬼冷的没人行走。

城中有个武进士顾同寅,一日出城代个同年饯行,走监前过,有许多校尉喝他下马。顾同寅道:"过圣庙才下马,怎么这空地上也叫人下马?"校尉喝骂道:"瞎眼囚攮的,你不知道是魏祖爷的生祠地基么?"说毕,便大棍子打来。顾进士没奈何,只得下马,走过圣庙,心中老大不快。到了城外,戏子已到,正戏完了,又点找戏。顾同寅见单子上有本《彤弓记》,一时酒兴,又触起过祠基下马的气来,遂点了一出《李巡打扇》。班头上来回道:"这出做不得,不是耍的。"顾同寅道:"既做不得,你就不该开在单子上。"班头道:"唯恐有碍不便。"顾同寅大怒道:"胡说。"便要打班头。其时在席众同年也都有酒了,不但不劝阻他,反帮着他喝令戏子做。戏子没奈何,只得做了。席上也有几个省悟的,忙起身而去。

不料缉事的早已报入东厂来。杨寰随即差人来拿,到衙门一见,便骂道:"你这胆大不怕死的畜生!"打了一顿,又差人到他家里来搜。差人也是吩咐过的,去不多时,回复道:"搜出一个帖子,上写许多不逊之言,内还有向日街上的谣言,道:'进忠不忠,忠贤不贤。'又有那监前树上的诗在内。"杨寰便扭做是他做的,讪谤朝廷大臣,妖言惑众,拟定立斩。也不送法司,竟矫旨拿去斩首。可怜:

　　武榜堪钦早冠军,丹心欲拟靖尘氛。

　　谁知不向沙场死,怨气飞成瀚海云。

魏忠贤又以演戏杀了顾进士,京中人吓得连梦里也不敢提他一字。那陆万龄等择日兴工,先日亲去请忠贤来看。忠贤便遣侄子良卿同侯国兴领工部尚书崔呈秀来祭土神,就在彝伦堂办酒庆贺。席散后,魏良卿向侯国兴道:"今日尚早,何不到西方寺看看月峰长老去?"国兴道:"甚好!台基厂傍边又添了些店面,顺便就可去看看。"二人换了便服到寺下。那寺中住持迎接,说道:"长老是定府请去了。"二人茶罢,上轿到台基厂看过店房,工已将完。二人正要上轿,只见旁边一个小门内站着一个妇人。侯国兴猛抬头,看见那妇人生得十分标致。但见他:

　　修眉凝黛眼横秋,半掩金钗无限羞。

　　素质婷婷堪比玉,不亲罗绮也风流。

那妇人见人望他,便把门掩上,在门缝内张望。侯国兴问道:"这是什么人家?"管家道:"这是太带伯张皇亲的花园后门。"国兴道:"久闻他的园子甚好,魏哥,咱们进去看看。"长班便去敲门。敲了一会儿,才有人来问道:"什么人?"长班道:"魏爷、侯爷来看花的。"里面才开了中门。二人进去,绕过回廊,果然好座园亭。有诗可证:

> 小院沉沉春事宜,回廊窈窕路分歧。
>
> 假山斜箍玲珑石,古树高盘屈曲枝。
>
> 花气扑帘风过处,沉香落砌燕归时。
>
> 画楼绮门重重丽,翠幌金铺弄晚曦。

二人前后游了一回。时已初夏,芍药开得正好。有诗赞之曰:

> 瑞芍佳名金带围,侯家花发有光辉。
>
> 三枝的历①风披砌,千叶婆娑露染衣。
>
> 奇草根来天上种,华筵客卷席前帏。
>
> 姚黄魏紫②亩春色,满苑名葩字内稀。

侯国兴道:"对此名花,何可无酒?"叫家人备酒来。少顷,摆下酒席,二人对酌,觉得没兴趣。魏良卿叫家人去访才看见的那妇人。管园的回道:"没有。"侯国兴道:"分明才看见的,怎说没有?"只见对过廊外,有个小孩子在那里玩耍,良卿抓了些果子,走来把他吃,便问他那妇人在哪里。孩子指着朝东的屋道:"在那里哩!是我老爷的亲。"良卿道:"你带我去顽顽,我还与你的钱哩。"那孩子道:"我不去,爹要打我哩。"良卿道:"不妨!若打你,我代你说情!我先与你五十个好大钱,回来还把这些与你哩。"向家人身边拿了钱与他。那孩子见了钱,甚是欢喜,便引着他来到门前,道:"在里面哩,我不进去。"那孩子仍到旧处顽去了。

良卿见门半开半掩,那妇人朝里坐着做针线。只见他发光可鉴,颈白如蝤,手如玉笋。良卿要看他的面貌,便把门推了一下。那妇人回头见有人来,便起身往房里去了。良卿呆了半晌才回来,对国兴道:"真个天姿国色,绝世无双。"国兴笑道:"哪里就这样好法?你是情人眼,故说得如此好法。"良卿道:"实是生平未曾见过!说不得,我竟要弄他来吃杯酒。"国兴道:"良家妇女。如何使得?"几个家人道:"爷若要他来,管什么良家

---

① 的历——光亮、鲜明。

② 姚黄魏紫——宋代洛阳两种名贵的牡丹花品种。

妇女,小的们去叫他来。"一起豪奴不由分说,一窝蜂拥了去,把那妇人平抬了去,放下来。

那妇人也没奈何,只得上前道个万福。侯国兴道:"你是哪里人? 姓什么? 可有丈夫?"妇人道:"我是河南开封人,丈夫姓李,母家姓吴。丈夫是监生,来京候选的,因与张皇亲是亲,借他这园子住些时,选了官就去的。"良卿道:"我姓魏,这位是侯爷,随你丈夫要什么官,我们吩咐部里一声,不敢不依。只要你和我们吃杯酒儿,包你丈夫有官做。"吴氏道:"男女七岁不同席,怎样说乱话? 你们虽是官长贵客,我却也非低三下四的人家,当今国母是我嫡亲表妹,青天白日之下,岂可这等横行!"说着就走。众家人拦住道:"不要走,吃杯酒儿罢了,又不咬下你一块来,这般做作怎么? 要等我们硬做起来,叫你当不得哩。"吴氏料道不能脱身,只得坐在旁边。良卿斟杯酒来奉他,他把两手紧紧掩面,不肯吃。国兴道:"不可过急。"二人复猜拳痛饮。

只见了那妇人愁容羞态,分外可人。良卿越觉动火。起初还禁得住,到后酒酣时,便捻手捻脚的起来。吴氏要走不能,急得痛哭。侯国兴忙取汗巾代他拭泪,被吴氏一推,几乎跌倒。良卿大怒道:"好不识抬举! 莫说侯爷官高爵重,就是这样风流人物,如此标致,也可配得过你了,怎么如此放肆? 抬他家去!"众家人答应一声,一齐上前,扯的扯,抬的抬,吴氏急得在地下打滚,当不得人多,竟把他抬上轿去了。

二人才出门,正要上轿,却好遇着李监生回来看见,忙跑到轿前打躬道:"监生是河南李某,闻得妻子冲撞二位大人,特来请罪。"良卿道:"你妻子已取到我府中去了。随你要何处好缺,总在我二人身上,包你即日就选的。把令正①送与侯爷,你再另娶罢。"李监生道:"荆钗裙布,贫贱之妻,不堪下陈。大人府中燕赵佳人尽多,岂少此等丑妇? 监生也不愿为官,却也不肯卖妻求荣。"良卿道:"你既不肯,且权寄在府中,等你选了官时与你带去罢。"说毕上轿而行。李监生此时气不留命,就街上拾起一块石头来掷打,刚刚把侯国兴的轿顶打坏,国兴大怒,叫人带了送到城上去。正是:

男子无才方是福,女人有貌必招灾。

街上番役听见侯国兴吩咐,便把李监生锁了,带上城指挥处审问一

①　令正——对对方嫡妻的敬称。

番。一则情事可怜，二者因是皇亲的亲眷，不好动刑，却又怕侯、魏两家的权势，好生难处。便来见巡城御史，正遇着张皇亲拿帖来说，连御史也没法，便道："且缓两日再处，让李监生讨保回去。"不提。

再说魏良卿，把吴氏抬到家，大娘子知道了叫去。见吴氏貌美，已是吃醋，及问他来历，吴氏哭诉原由，大娘子愈加其怒，便嚷骂起来。良卿吓得不敢拢边，又不敢留在家，只得着人送他到侯家来。国兴一见，如获至宝，温存了半夜，吴氏坚执不从。没法，只得由他，叫仆妇们陪伴劝化他。次日，城上来侯家讨主意。国兴道："叫他将就些罢。"不料缉事的已将此事报知忠贤，忠贤与李永贞等商议。永贞道："这事不好，他比不得别的皇亲，中宫面上，行不得此事，原做得不正，闻得此妇不从，不如叫他们送回，再向吏部要个好缺放他去，以救云梦之失，庶于两下体面都好看。"忠贤应允。

忽见小内侍来回道："客太太请爷说话。"忠贤只得进内来。客巴巴一见便问道："你可知道孩子们被人欺？"忠贤道："这是小孩子家不安分，抢夺良家妇女，他才敢放肆的，如今正要送他去哩。"印月道："咱们侯伯人家，就要个妇女，也不为非分。"忠贤道："这妇人非庶民之妻，乃张皇亲的亲眷，于体面上不好看。"印月道："张皇亲也是惯欺人的，你也太怕他了。"忠贤道："不是怕他。一则孩子们做事悖理，家中岂少这等妇人，却要去乱缠，也不可弄惯了他。再者中宫分上，不比别的皇亲。"那客氏终是妇人家见识，一味护短，不肯说儿子不是，便焦躁道："你不说中宫犹可，若拿中宫来压，我却不怕，偏要与他作对！你不敢惹他，等我自去对他，砍去头也只得碗大个疤。我当日受了他的气，你曾说代我报仇，可见都是鬼话。今日爬上头来了，还只管怕他，你说孩子们做事不正气，你平日做的事都是正气的？大家去皇爷面前说一说！"忠贤见印月恼了，忙赔小心道："好姐姐，不要躁，等我叫永贞来计较。"客氏道："计较什么？你是如今根深蒂固用不着人了，大家开交罢。你这负心的贼，自有天雷打你。"忠贤由他骂，只是笑。

少顷，李永贞进来，见印月坐着气喷喷的，便问道："姐姐为何着恼？"忠贤道："就为兴官儿那妇人的事。"永贞道："这样小事，何须动气？孩子们酒后没正经，有甚要紧，恼怎的？"印月道："没要紧呀！惹了皇亲要砍头哩！"永贞就知其意，便道："不要忙，我自有道理。此地不是说话处。"

二人出到私宅商议,永贞道:"只须如此如此。"

次日,梁梦环便上一本道:"张国纪起造店房,安歇客商,包揽皇税,容隐奸细。"忠贤便矫旨着拿家属刑讯。城上刘御史也上本道:"张国纪纵容亲戚监生李某,包揽各衙门事体,说事过赃。"忠贤也矫旨着拿问。是时张皇亲尚想央分上,要放李监生,不知火反烧身,免不得来会掌刑的扬寰、理刑的孙云鹤,那个理他?把家人打做张皇亲主

使招集客商,私收皇税,代为透漏,侵肥入己。监生李某,倚势害人,包揽各衙门说事过贿,与张国纪均分。题上本去,只因这本事关皇亲,忠贤不敢矫旨批断,只得票了个"拟拿问",听皇上再批。

皇上是个贤圣之君,见是后父张皇亲的名字,想道:"若行了,就要废亲;不行,又废了法。"便叫过忠贤来道:"这事只处他几个家人罢。"客氏在旁,插口道:"闻得此都是张国纪指使,若不处他,恐别的皇亲都要倚起势来,那时国法何在?"皇上道:"看娘娘面上,处他几个家人并那监生罢,张国纪候对娘娘说了,着人吩咐他。"忠贤见皇上主意已定,不敢违旨,只得批出来,将几个家人并李监生重处之后,活活枷死,可怜李监生因奔殒命。正是:

宝槛朱栏紧护持,好花莫使蝶蜂窥。

从来艳色亡家国,试看当年息①国姬。

这张皇亲平日原是个谨慎之人,及见枷死了亲戚并家人,愈加谨饬。只是客家的声势一发大了,便有宰相拜为义子的。朝廷虽在忠贤之操纵,而忠贤又在客氏之掌握。客氏在皇上面前颇说得话,随你天大的事,只消他几句冷言冷语,就可转祸为福。忠贤因此惧他。张皇亲之事,若非他簸弄,忠贤也不敢如此。

过了几日,又有顺天府丞刘志选上本论张国纪,要皇上割恩正法,且微刺皇后。忠贤便把本票拟拿问,送到御前。皇上见了,意颇不然。客巴巴又从旁垫嘴,皇上道:"谁没个亲戚?"客氏才不敢言。皇上幸中宫时,对皇后说知张皇亲包揽被劾始末。皇后道:"既是他生事,不如放他回去,也免是非。"皇上道:"也罢。"皇后便亲自批出旨来,着他回籍。张皇亲得旨,即日辞朝而去。正是:

葭莩义结邱山重,贝锦身随毛羽轻。

_____

①　息——古国名,为楚所灭。

归去好开桑落酒,金梁桥上听啼莺。

客巴巴又逐去张皇亲,人人惧怕,于是子侄家人,便在外生事,强夺妇女,硬占园亭器物,种种不法,人都不敢奈何他,就是个花花太岁,比魏家声势更大。那吴氏被侯国兴奸占了些时,终是大娘子吃醋难容,他却也兴败了,竟把他赏与小唱。后来张皇亲访知,叫人赎回去了。

再说客巴巴势倾朝野,人都来钻他的门路。向日有个尚日监太监纪信,旧曾在东宫伏役过的,与客氏是连手。因他近日尊贵了,不敢常来亲近。一日在宫中遇见,客巴巴未免动故人之念,便问道:"纪掌使,久不见你了。"纪信道:"常在这里,如今有云泥①之隔,老太看不见小的了。"客氏道:"什么话?你可曾管件什么事儿?"纪信道:"不过在营内管几个军士,有甚好执事到小的管!"客巴巴道:"管兵毂干什么事?你去看外边有甚好差使寻件来,我向皇爷讨与你去。"纪信答应出来,查问别缺没得,只有山海关缺了抚守的内臣,他便去备了份礼来求客氏。印月道:"你这老花子,定是有个好差才求,见兔放鹰哩。"纪信道:"没甚好差,只有山海关出了抚守的缺,求老太在皇爷前方便一言。"印月道:"说便代你说,后日割去了头莫怪我。"纪信哎道:"将军怕谶语,说这晦气话,我还是去求魏爷罢。"印月道:"你也对他说声,我允了,也不怕他不依。"晚间,印月先对忠贤说过。

次日,纪信见过忠贤。忠贤就于缺官本上批出来道:"山海关抚守着纪信去。"命下,纪信便来拜辞忠贤,就有本处将领官员来迎接送礼,好不热闹。领了敕就辞朝赴任,一路上前遮后拥,出了关来衙门,在锦州到任。袁崇焕便上疏乞养,忠贤便矫旨道:"近日锦宁危急,实赖厂臣调度有方,以致奇功。袁崇焕暮气难鼓,物议滋多,准终养回籍。"此时忠贤已议了进爵国公,其余凡关着个兵字的官儿,都议荫袭,单把个袁巡抚逐回。其时兵部尚书是霍维华,他却在内力持公道,说崇焕功在徙薪②,反着他回籍,这班因人成事的到得恩荫。于是上本,情愿将自己的恩荫让与袁崇焕,以鼓边臣之气。这明是借己愧人之意,反触恼了魏忠贤,不但不准移荫,反将袁崇焕从前的荫袭都夺去了。可惜那袁公:

———————————

① 云泥——云在天,泥之地,谓地位高下悬殊。

② 徙薪——即曲突徙薪,喻事先采取措施,防止危险发生。

躬膺介胄①固封疆，韩范威名播白狼。

苦战阵云消羽扇，奇谋遍月唱沙囊。

帐无死士金应尽，朝有奸权志怎偿？

一日金牌来十二，何如归去老柴桑？

有功如袁崇焕的反遭斥逐，他那贼子魏良卿，不过一牧豕奴，今日肃宁伯，明日进封侯爵，后又借他人血战之功，票旨进封为宁国公，加太师，准世袭其职。的意要出战，听得人犯的消息，见锦州是他攻关的要路，慌得上本到兵部请救、户部请饷。不知城郭自袁巡抚操练后，都振作起来，也可以御得他了。袁巡抚又行牌，着小堡军民收入大堡。锦州、宁远附近军民屯收的暂行入城，坚垒不出，听其深入。只有锦宁二城多贮火药，以备放西洋大炮。两城各添重兵，附近添驻游兵，以逸待劳。这些敌人因前此广宁之败，知道袁巡抚威名，又怕他西洋炮的厉害。况又不是大队如广宁之寇，只有七八万人马，又知有准备，只得来锦宁二处抢夺些收不尽的牛羊马匹，杀几个走不及的疲老残兵，烧去几间草房，骚扰了几日，不敢近城，竟自回去了。锦宁城中发兵追袭，也斩了他百十颗首级。纪太监便上本报锦州献俘，便叫做大捷，报入京叙功。只说杀了六百余人，这些人都随声附和，这个道敌锋已挫，那个道元臣殚心制胜，无一个不归功于厂臣。

忠贤正在里面慌慌张张的这里调兵，哪里拨饷，哪知边上事久已定了。那纪信不知自己的兵势这等缭乱，反怪袁巡抚懦怯，论他坐视，请国公的禄米。便矫旨道："自有辽事以来，厂臣毁家抒国，土饱其粟，马饱其刍②，禄米宜从优给，着岁给二千五百担。"又因请田土。传旨道："绩着塞垣，劳推堂构，所赐宁国公庄田一千顷，并前七百顷后三百顷，共二千顷，俱着各州县，每年租粒解京转给。"又请第宅。旨下道："厂臣内营殿廷，外靖边塞，奇功种种，着晋爵上公，位居五等之上，第宅宜优，除给过一万九千两外，再给内库银三万五千两，以示优礼元臣之至意。"那魏良卿居然锦袍玉带，立于诸元勋之上，岂不可笑？正是：

谁知带砺簪缨胄，却下屠沽市井儿。

毕竟不知忠贤进爵上公之后更有何事？且听下回分解。

————————

①　躬膺介胄——谓亲自披甲上阵。

②　刍——喂牲口的草。

第四十四回

进谄谋祠内生芝　征祥瑞河南出玺

诗曰：

百岁光阴似水流，荣华富贵等浮沤①。

簪中华发经时变，镜里朱颜不少盫。

金谷楼空珠翠冷，馆娃②人去绮罗羞。

劝君莫作千年计，早早知机急转头。

话说魏忠贤攘别人之功，叨封了上公，富贵已极，四方官员俱送贺礼，说不尽礼仪丰盛，词章褒美。其中就有阿谀的，生出许多没影儿事来奉承他。杭州织造李实差掌家来送礼，又说上公的功德祠内假山上，生了紫芝一本。画成图，做一道贺启上忠贤。内中道："恭惟上公魏殿下：赤心捧日，元德格天；秀产仙芝，祥生福地。聚千年之灵气，钦万木之精英。诚玉京之上品，贯瑶池而独尊。"看此等颂语，竟俨然是以上位尊他了。忠贤也明知事涉虚妄，便与李永贞道："从来真人受命，必假祥瑞以收人心。如今须厚赏来人，回去叫李实夸张其事，以鼓人心。"忠贤大喜，收拾些礼物回答李实。便叫进来人，亲自吩咐道："多谢你爷费心，祠内的灵芝可好生保护。"于是重赏来人而去。

那些阿谀的人，听见此风，都思量去寻访异物来献。于是山东产麒麟，河南凤凰降，陕西献白龟，江南进玄鹿。有的道：某县甘露降，某处醴泉生。凡深山穷谷中一草一木奇异些的，都把来当作祥瑞，纷纷供献不绝。举国若狂，互相愚弄，皆是明知而故昧，一味的乱缠，正是妖由人兴。是时河南果然生出件异事来：

举世纷纷论美新，却将祥瑞惑愚民。

伤残多少麟和凤，何事区区草木神。

---

①　浮沤——浮云、沤粪。

②　馆娃——馆娃宫为西施所造；馆娃泛指美女。

话说许州有个隐士,姓赵名全,家私富厚,才学兼优,不乐仕进,专爱啸傲林泉。夫妻皆年过四十,只生一子,名唤赵祥。年交十六,生得美如冠玉,真个爱若掌珠。家下男女共有三四十人,亲丁实只三口。一日,赵祥自书房回来,他母亲道:"你今年已十六,尚未到外公家去过。明日可备些礼物,往省城探望外公、外婆去。"次日,收拾了行李礼物,赵祥上了牲口,带了两个童仆,一路行来。正值暮秋天气,但见:

　枫叶满山红,黄花斗晚风。

　老蝉吟渐懒,愁蝶思无穷。

　荷破青纨扇①,橙垂金弹丛。

　可怜数行雁,阵阵远排空。

主仆在路,行了两日,贪看景致,只见铜台高峙,济水西流,顺路而来。不觉错了宿头,渐渐天色晚了。只见:

　月挂一川白,霞余几缕红。

　人烟寒橘柚,秋色老梧桐。

　灯火依林出,炊烟隐雾中。

　归鸦飞作阵,点点入深丛。

三人只得顺着济河而行。月光渐上,并无人家可以借宿,心中好生着忙。只见前面山坡下有一道灯光射出,童仆道:"好了,我们依着灯光行去,自有宿头。"便带过马从小路走。不上里许,见山坡下现出一所庄院来。走近跟前,只见一簇房舍,到也轩昂:

　门垂翠柏,宅近青山。几株松冉冉,数竿竹斑斑。篱边野菊凝霜艳,桥畔芙蓉映水寒。粉墙泳壁,砖砌围圆。高堂多壮丽,大厦甚清安。门楼下都镌象鼻垂莲,屋脊上皆绘飞禽走兽。牛马不见无鸡犬,想是秋收农事闲。

主仆走到门前,下马歇下行李,时已夜深。见重门紧闭,仆人上前叩门,半晌才有人应道:"是谁叩门?"仆人道:"我们是借宿的。"里面道:"要投宿,寻客店去。夜半来此叩门,莫不是歹人么。"仆人道:"我们并非歹人,实是过路的相公,因错了宿头,暂借贵庄一宿,乞方便一声。"里面才开了门,请赵祥进来。小厮们牵马搬行李,见开门的是个妇人,将门关上,

―――――――――

　①　执扇——用细绢制成的团扇。

邀进中堂。赵祥坐下,随有几个丫环点上灯,取出茶来。那妇人道:"请问相公尊姓?贵处那里?"赵祥道:"贱姓赵,许州人,因往省城探亲,家人走错了路,赶不上宿店,故此轻造贵庄。得罪!得罪!"那妇人道:"好说,穷途逆旅①,人情之常。"赵祥道:"敢问庄主上姓?"妇人道:"这是萧都尉的别墅,主人久宦在外,家中止有闺阁中人,故此应问无三尺之童。久无外客至此,今得相公光降,大是有幸。想总饿了,且请用夜饭。"丫头们抬桌子摆酒饭,甚是精洁。那妇人进去,等他们饭罢,又出来问道:"许昌赵氏,乃清献公之裔,相公可是嫡派?"赵祥道:"正是。"妇人道:"家主母亦是天水本宗,与相公同一支派,今欲伸宾主之礼,未知可否?"赵祥道:"羁旅之人,以得见主人为幸;况同一脉,何有嫌疑?"那妇人进去,少刻,开了中门,两对绛纱灯,一丛青衣侍女,簇拥着一个妇人出来。看那妇人怎生模样?但见他:

> 头戴皂纱冠,穿珠点翠;身衣纻②丝袄,舞凤团花。腰系结绿白绫裙,下衬着三寸金莲瓣;头梳宫样盘龙髻,斜簪着两股玉鸾钗。窈窕身材色稳重,温和气宇更周详。脂粉不施犹自美,风流宛似少年时。

那妇人约有三十左右的年纪,出来相见,序宾主礼坐下。见赵祥仪容俏雅,气度谦恭,十分敬重。叙起家世,一一皆同;分悉支派,极其详细,赵祥反不能尽知。妇人笑道:"郎君年少,论老身尚是君家祖辈,今已世代相悬,只称姑侄罢。"赵祥是个老实人,真个起身拜了姑娘。妇人道:"郎君祖父世德,今日来此,亦非偶然,郎君曾毕姻否?"

赵祥道:"尚未有室。"妇人道:"请多住几日,我为你觅一佳偶。"女使重又摆上酒来,举杯相劝。妇人道:"你姑丈宦游未归,我在家独守田园,桑梓亲戚颇多,明日都请来与郎君相会。"饮至更深而散。妇人道:"郎君鞍马劳倦,且请安置。"送他到东廊下小轩歇宿。其中精洁华丽无比,一切应用之物,无所不备,命两小鬟伺候。

次日,果然大开筵席,请了许多亲眷,一个个高轩盛从,珠履华裾。或称中表弟兄,或称姻家世丈,与赵祥相见,十分款洽。赵祥皆不知所以。

---

① 逆旅——旅馆。
② 纻(zhù)——指苎麻纤维织的布。

姑娘席间便以赵祥亲事相托众人。一二日间,便有个吴中丞来说亲道:
"今有合尊太师的甥女,年十五岁,言、德、工、容为各亲家所推重。"那姑
娘欣然允可。吴中丞去了。赵祥道:"承姑娘亲爱,敢不如命? 只是不告
而娶非礼也,须回去禀命过,好备聘礼来,再择吉迎娶。"姑娘道:"男子生
而愿为之有室。你今娶了回去,你父母难道不喜么? 有我代你主婚,便与
你父母一样。一应聘礼,都是我代你备办,等娶了新妇,一同双双回去。"
赵祥为人老实,且是年纪小,尚且害羞,不好再言。

隔了几日,姑娘果然备了聘礼送去,择定十二月初八日亲迎。是日亲
友毕集,女家先有人来铺设,真个是锦绣重重,金珠灿烂,堂上大开筵宴。
一时名士戏作《催妆诗》道:

盈盈十五嫁王昌,被被花笺列两行。

千骑使君来作合,一时名士赋催妆。

神女初离白玉阶,彤云犹拥灾丹台。

翩翩彩凤迎萧史,仿佛床头溜短钗。

咫尺天河罢织绡,天风忽忽动金翘。

定教青鸟传王母,不许乌鸢①噪鹊桥。

晚间花烛熏天,笙歌匝地。新人到门,赵祥盛服亲迎。众女眷簇拥着
进房,新郎揭起盖头,行合卺礼。灯下看时,果然十分美丽。但见他:

蛾眉横翠,粉面生香。妖娆倾国色,窈窕动人心。花钿并现色娇
态,绣带飘摇迥绝尘。半含笑处樱桃绽,缓步行时兰麝熏。满头珠翠
颤巍巍,无数宝珠环遍体。幽香娇滴滴,有花金缕钿。说什么楚娃美
貌,西子娇容。九天仙女从天降,月里嫦娥出广寒。

合卺后出来上席,觥筹交错②,席散后送房,看新人玩耍,至夜方散,
让二人成亲。说不尽软玉温香,娇柔旖旎,赵祥如入天台仙境。三朝,众
女眷齐集拜堂,姑娘又摆盛筵款待。新人不独仪容俊雅,更兼德性幽闲,
夫妻和顺,如胶似漆,真是朝朝行乐,便忘却了归期。

不觉光阴迅速,又早春来,只见江梅点雪,岸柳含苞。一日,赵祥对新

---

① 乌鸢(yuān)——乌雅、老鹰。

② 觥(gōng)筹交错——觥,酒器;筹,行酒乏用的小片儿。形容许多人相聚饮
　酒的热闹情形。

妇道:"承姑娘情,得结丝萝,何久不见岳翁?"新妇道:"妾少失怙恃①,寄养外家,与君婚姻,俱是天数。妾亦尚未见翁姑。"赵祥道:"我来时才暮秋,今不觉又是春初,恐家中悬望,欲暂别回家省问,不日即来接你。"新妇道:"你奉父母之命去省外家,今欲回去,未见外祖而归,何以复命?且不告而娶,二罪难逭②。闻此去汴梁甚近,还是先到开封一走,再回家为是。须早早回来,免妾牵挂。"夫妻商议停当,来见姑娘说知。

姑娘道:"郎君来此数月,家中自然悬望。本当令你夫妇同归,既你要先到开封,新妇且缓同行。但是此去却有点是非口舌,须要小心仔细,然亦无碍大事。你到外家,不可说在此处,也不可向外人言及。若到急难时,说亦不妨。"随收拾了行李鞍马。新妇拿出一个小小黄罗包袱,包着一件物事,交与赵祥道:"此乃人间至宝,君收藏好了,带回以奉公公。切不可与外人见,恐惹是非。你到家方可开看。他人亦不识此,公公是博雅君子,方识此宝。可收好了,切记!切记!"赵祥果然也不看,收起去。夫妻一夜绸缪,到天明起来,收拾完备,辞别姑娘、妻子上路。新妇送至门首,不胜眷恋,对赵祥道:"昨晚之言,切记!你若有急难,可速来此。此地名为凤尾坡,去省城甚近,紧记!"二人洒泪分手而别。

童仆把马领上大路,问人,说离朱仙镇三十里。不半日,早进了夷门,竟投外家来。外公、外婆接见大喜,拜见过坐下。外公问道:"去年腊底③,你父亲有信来说,你秋间就来了,一向你在哪里的?"赵祥道:"因路上受了风寒,卧病不起,适遇友家留住养病,今才平复,始得来此。"外婆道:"你在此住些时,先着人送个信与你父母,以免悬望。"一面置酒相待。终日有些中表亲戚来候,赵祥一一回拜,日逐各家请酒,不得闲。夜间想起妻子,巴不得即刻回去。

次日,便辞别,外公、外婆再三相留,只得又住下来。一日,有几个亲戚来约赵祥次日到大相国寺看开宝市。次日早饭后,众人来同去。走过周王府向东不远,便到寺前,却也十分壮丽。但见:

---

① 怙恃——依靠,失怙即谓死了父亲。

② 逭(huàn)——逃避。

③ 腊底——腊月底,即年底。

松阴遮古刹，石径现招提①。公字墙尽泳红粉，大雄殿满布金钉。层层宝阙，迭迭楼台。万佛阁并如来殿，朝阳门对藏经楼。铁浮屠高分七级，一层层宿雾畜云；铜幡杆铸就千层，一节节披霜溜雨。祖师堂、伽蓝阁东西相向；弥勒殿、文殊台南北争雄。松关竹院依依绿，方丈禅堂处处清。参祥处禅僧开讲，演乐房乐演齐鸣。妙高台上昙花坠，说法坛前贝叶②生。正是：云遮三宝地，山拥梵王宫。布金远胜檀那③国，短碣④犹镌⑤贞观年。

赵祥同众人进了山门，见两边都堆满了客货，甚是闹热。看的、买卖的挨挤不开。到了殿上，只见金珠璀璨，宝贝争辉。殿东设一座官厅，是布政司的委员在此监税。许多牙侩商贾俱捧着宝物在那里交易评价。赵祥同众人挤进去，见两边案上摆得精光夺目。只见：

珠光映日，宝气连城。珊瑚树曲曲湾环，牟尼珠团团流走。猫睛石、鸦青石间着桃花刺瓣；祖母绿、鸭头绿对着鸊鹕黄斑。玛瑙盘、琥珀杯红光灿烂；水晶壶、玻璃盏冰色澄清。泪珠来粤海，香玉出于阗⑥。鲛鮹精巧本龙宫，文锦光莹分织女。紫磨金赤如火炭，枣瓢金艳若桃花。摆几箱蜀锦秦绒，列数对文犀异贝。千般奇货穷南北，万种珠玑尽海山。

这些人也有买卖的，也有比赛的。买卖牙侩评定价，当官交兑。比赛的又在一旁。后殿藏经阁下，都摆着齐整酒席。交易定后，即来吃酒，宝货高的便坐上席，直到天晚方散。

赵祥见了这样热闹，便想道："这些宝物都是世上有的。我那黄包袱内的物事，妻子说是人间无二的至宝，何不明日也带来一赛？"天晚归来。次早取出包袱打开看时，只见重重迭迭四五层绫锦袱子，包着一方白玉图书，约有六寸多阔七寸多高，下镌古篆，全不认得，缺了一角，用金子镶着。

---

①　招提——招提即唐招提寺，这里指佛寺。

②　贝叶——用以写经的贝多罗树叶。

③　檀那——即檀越，施主。

④　碣——石碑。

⑤　镌（juān）——雕刻。

⑥　于阗——古西域国名，今新疆一带。

想道："这样一块大玉却也难得，妻子叫我收好，不要擅开，何不带去赛赛？谅亦无碍。"

早饭后，带了家人，竟到寺中。那官儿才到，众商贾俱捧着宝物，齐集之下，两边衙役悬住人。只见吏员手持白牌道："赛宝的上来！"赵祥往上就走，家人忙来扯时，他已上去了。那官儿问道："秀才有何宝可赛？"赵祥道："有！"向袖中取出锦袱，放在分案上。官儿亲手解开，细细看了一会道："这却是人间至宝，秀才从何得来？"赵祥道："是小民家传之物。"官儿笑道："此物岂是家传得的？必有来历。"赵祥道："实系家传。"官儿道："这是传国玉玺①，惟朝廷家才有，岂是民间可以传得的？你年幼不知，我也不必问你，同你见上台去。"随即上轿，把赵祥带着，令吏员捧玺前行。来到衙门，禀知本司。

藩司见了，既同来见抚院，禀过，呈上玉玺。抚院并司道等公同细看，见上面镌着八个字，乃是"受命于天，即寿永昌"。抚院道："这定是传国之玺，当日卞和得璞于荆山，献于楚王，楚王刖其二足。卞和抱璞而泣，楚王使玉工剖之，果得美玉。后此玉入秦始皇，剖而为三，命李斯篆此八字镌于上，屡朝相传。王莽篡汉，命王褒入宫取玺，文明太后举此玺击之，跌损一角，以金镶之。传至宋、元，后为元顺帝带入沙漠，我朝故未得此。今此玺篆文制度皆同，故知之。"司道等皆打躬谢教。抚院叫带赵祥来问。

那赵祥是个少年书生，何曾见过官府？进来，见了堂上威严，先自吓坏。抚院问道："你这宝从何处得来的？"赵祥哪里说得出话来，颤做一堆。两司在旁道："你不要怕，你只直说，不难为你。"赵祥过了半日，才将前事细说一遍。抚院道："你姑娘、妻子今在何处？"赵祥道："现在凤尾坡。"抚院道："且差人押他去拿他姑娘、妻子来问，便知根由。"

随差了两员标下官，带了兵，后押着赵祥，同往凤尾坡来。不半日早到。依旧朱门掩映，画阁凌霄。众人拥着赵祥来至桥边，只见一簇妇女都在树下游玩。赵祥高叫道："姑娘救命！"只见他姑娘、妻子都上桥来问道："你为何这等光景？"赵祥将赛宝被执的事说了一遍。姑娘道："我曾说你此去要惹是非。"妻子也报怨道："我原叫你不要与人看，你不听我言，可是惹出事来了？"那些兵役正要拥上桥来拿人，只见他姑娘大喝一

---

① 玉玺(xǐ)——君王的玉印。

声,那桥便断了,连赵祥也到桥那边去了,众人俱在对岸。标将道:"我们是奉抚院大老爷的令来唤你们去问话,若因大家的女眷不肯出官,也须着个男人去回话,怎么连我押来的人都带去了?"他姑娘道:"拜上你那狗官,他到骗了我的宝贝去,还要来拿人!"言毕把袖一挥,只见一阵清风过去,连房屋都不见了,只见一片荒山。

众人都惊呆了半会,四望并无邻里,只得回衙复命。众官骇然道:"此非仙即鬼,不解其故。"随传阖郡绅士耆老①来问。内中只有一老儒上堂禀道:"生员曾见野史上有二宋少帝昺,入元封瀛国公,元世祖以公主配之。一日与内宴,酒酣,立殿旁楹间,世祖恍惚见龙爪攫拿状,时有献谋除灭者。世祖疑而未决。瀛国公密知之,乃乞为僧,往吐蕃学佛法,同金石公主遁居沙漠,易名合尊。长子亦为僧,名普完。有一女,嫁秦王子顺之,复诞一子。时明宗为周王时亦遁居沙漠,与少帝公主往来最密,遂乞其少子为子,即顺帝也。后我太祖兵入燕都,随率六宫并带玺遁去。成祖命太监三宝下西洋,访求不获。今赵祥之奔云是合尊太师之女甥,其为秦王之女无疑矣。又按宋令后有女六岁,元世祖后普鲁氏爱其聪慧,育于宫中,及长适进士萧浚,后为河南行省右丞,所称萧都尉,无乃是此? 想此宝数当出现我朝,必有中兴之主应运而生。"老儒言毕,一躬而退。各官愕然。遂具表恭进,本内免不得归美于魏公。

忠贤见了大喜,不说是国家的祥瑞,他竟把做自己的祯祥,矫旨将玺收入内库。河南抚按各官皆加一级,各赐表里奖赏。他却在私家受百官庆贺。那班狐群狗党,一个个赞扬称颂,就把他比得高似尧舜。一连大开筵席,吃了数日。

这一日,崔呈秀赴宴归来,乘着酒兴与那班姬妾玩耍,忽的呵呵大笑,想道:"人生在世,不过为功名富贵,终日营营。想我当日为高攀龙所害,几乎弄坏了。幸我有见识,投在魏公门下,至今位高权重。天下归心,四方祥瑞,定非虚生。今有河南进玺,眼见得大事有几分了,开国元勋,非我老崔而何? 但他虽富贵已极,玉泉万方②,无所不有,只有人生要紧的一件,被中受用的事,他却没福受享,岂不输我一筹? 然我已年过五旬,受过

---

① 耆(qí)老——老年人。

② 万方——花色多种多样。

无限风波，才得到此地位。如今百事称心，黄金百斗，玉带横腰，只有燕、赵、吴、越的才貌兼全的美女未得其人。家中虽有几个，皆非绝色。怎么得个十全的，软玉温香如西子、王嫱一般的才妙。不知如今可有?"忽又想道:"当日绿珠、碧玉，也是生在人间的，须尽人力求之，自然有得。"次日，遂即差人吩咐官私媒婆，四外寻访。又叫门下人等传说出去，四路找寻。正是：

不惜屈身求富贵，又思娱老觅婵娟。

毕竟不知求得美女来否？且听下回分解。

第四十五回

觅佳丽边帅献姬　庆生辰干儿争宠

词曰：

一年一度春光好，对此韶华①，莫惜金樽倒。春去春来春渐老，落红满地埋芳草。

花又笑人容易老，静里光阴，暗换谁人晓。不老良方须自讨，无荣无轩无烦恼。

从来元臣大老，功成名立时，富贵已极，无所指望，惟思寿与美色。二者之中，寿不可必，惟美色可以力致，故人皆尽力求之。及至得了美色，反把寿促了。此是千古一辙，但人都迷而不悟。

且说崔呈秀倚着魏监的声势，加了宫保，位列九卿，内外钻谋的无物不送。却笑监不如他有闺房之乐，务要寻个绝世名姝，以娱垂老。四外人传了出去，就有人送美女来的，总非绝色。忽一日，有个宁夏副将，要升总兵，先已有了军功保荐，又恐本兵不肯推升，遂觅到一个绝色女子并千金礼物，差了四个心腹家将送来。呈秀看了礼单，忙叫唤那女子进来。只见仪容秀美，骨气清幽，行动处先不同。有诗为证：

折花冉冉拂花来，稳步金莲不损苔。

绣带软随风不定，阿谁神女下阳台②。

不独行步飘扬，即立处，亦自动人：

独立闲阶若有思，嫣然清影照荷池。

朱颜不共波纹乱，应是临风第一枝。

非但立处娇媚，即坐处，亦有妙处：

刺罢双鸾觅取欢，纤腰无力起时难。

自矜色似芙蓉好，时捻芙蓉绣带看。

---

①　韶华——美丽的春光。

②　阳台——传说巫山神女与先王会于高唐阳台之下，后因指男女合欢之处。

又想见其睡态之妙：

鸳枕欹①斜玉臂横，梦阑展转怨流莺。

频撩云鬓眸还倦，疑是朝来有宿酲。

这女子姓萧，名灵犀，绍兴府山阴县人。父是三考吏出身，官登州府照磨，因管海运，坏了船，失去粮，坐赃赔补死于狱。因无力完赃，只得将女儿出卖。先被媒婆哄骗，只说是良家为妻，谁知是个娼家。那水户却好也姓萧。其时灵犀才年十一，平日在家却也曾读书写字，下棋弹琴，进了门户人家，少不得学吹弹歌舞。她资性本自聪明，一教即会，无所不精，真个是：

空阶月满睡难成，纤手亲调白玉笙。

拂拂好风穿槛过，隔花惟听度清声。

不但笙、箫、管、笛皆精，就是苏、杭的提琴，她也弹得绝妙。正是：

欲将心事寄云和，静里朱弦手自摸。

却笑穹庐②秋夜月，强将清韵杂胡歌。

吹弹固妙，至于歌喉宛转，一种柔脆之音，真可绕梁遏云：

缓起朱唇度韵迟，轻尘冉冉落如丝。

纵饶座有周郎在，应为频倾金屈卮③。

若论翠袖翩跹，舞腰袅娜，真是掌中可立，屏上可行，真有扬阿激楚的丰神，飞燕的妙技。正是：

一片清音响佩环，腰肢回处似弓弯。

轻盈花在微风里，不数当年白小蛮。

灵犀到了十四五岁时，生得姿容绝世，美丽倾城。只因她有了上等姿色，又学出过人的技艺，便眼孔大了，看不上那般倚门献笑、送旧迎新的故态。门户人家既有这等好货，怎肯放他闲着？龟子要她接人，有客来要梳笼她，她只是不肯。起初还是好说，后来便打骂了几次，无如她抵死不肯，只思量要嫁人，自恃着未曾破瓜，要拣个中意的才嫁。穷的出不起钱，富

---

① 欹（qī）——倾斜。

② 穹庐——天空。

③ 卮（zhī）——古代盛酒的器皿。

者谁肯来做龟家女婿？遂耽搁了一二年。

龟子萧成忽然病故，儿子叫做萧惟中，年幼难支持。妈儿没奈何，只得对灵犀道："姐姐，世上没有望着馒头忍饿的。我已年老，你几个姐姐又无姿色，拿不住人，放着你这如花似玉的人儿不肯接脚，叫我衣食从何而来？我如今事已急了，你若再不从，我就打死你了。左右是养着你也没用，不如打死你罢。"灵犀到底不从。又打骂了一回，又叫两个粉头来劝他，一个名叫文楼的劝道："妹子这几年没人来说亲，眼见得婚姻错过了，况我们花柳行中，谁肯来作婿？你又不见个人，谁知你这等标致？你不如还是在这里面寻个好子弟，叫他代你赎身。况你既有这等姿色，还怕没有贵官才子作对么？岂不强似耽搁的好。妈妈如今已穷极了，若等他恼起来，你未必受得起！"灵犀虽然口强，终是拗不过，想道："文楼之言也有理。"只得允从了。

隔了数日，便有个总兵之子来梳笼他，送了他一百两银子，过了一个月才去。这三河县没甚富家，俊角子弟亦少，也难中他之意，又不够用度，娘儿们商量搬到密云县来，赁了房子住下。那城中虽有几个浮浪子弟、帮闲的嫖头，总是粗俗不堪之人，不是妆乔打官话的军官，就是扯文谈说趣话的酸子，甚是可厌。一日有个南客来，也还撒漫，灵犀转也与他打得热。当不得那班人吃醋，醉后便来胡闹，直到更深夜半才去，误他的生意。那南客被他们闹得不敢上门。灵犀大不能堪，常埋怨文楼道："都是你害了我！你们有了食用，却累我逐日受气。从今后我再不见客了，不拘与人家做大做小罢。"萧惟中道："姐姐，你若去了，叫我们靠谁度日？"灵犀道："假如我死了，你家难道就不过日子了么？你须存好心，代我打听个好人家，我日后自然照应你。"遂从此杜门不见客。惟中没奈何，只得代他寻人从良。

一日，有个旧帮闲的毛胡子来，灵犀托他寻人家。毛胡子道："如今崔尚书正要寻个美女，我前日在个徐副将家，他要升总兵，正要寻个绝色女子送他。我看你却去得，只是他正夫人有些利害哩！再者他家姬妾也多，怕你挨不上去，那时熬不过，又要埋怨我老毛了。"灵犀道："不妨，他夫人虽狠，我只是不专坏，他自然不妒忌我。只一味奉承他，料他也不好打骂我。若说他姬妾多，正好结伴玩耍。若怕我挨不上，我原因避祸而去，岂是图风月的？"毛胡子道："这是你情愿的。还有一件，那武官未必能多出财礼,你妈妈若索高价,就难成了。"灵犀道:"你去对他说说,看他出多少财礼。"毛胡子道:"大约至多只好二百金,多了未必出得起。"灵犀道:"须三百两才得妥哩。你去讲了看。"毛胡子去了。

灵犀便来对妈妈、兄弟说。妈儿道:"你好自在性儿! 你要从良就从良,我不知费了多少气力,才养得你一朵花儿才开,要去,也须待我挣得个铜斗般的家私再去。"文楼来劝道:"妈妈不是这话,妹子立心如此,不如随他去罢。"妈儿道:"好容易! 就要去,也须得千金财礼才能去哩。"灵犀道:"妈妈,我也是好人家的儿女,不幸流落风尘,一向承妈妈恩养,我年来也寻了千余金报答过你。我只因受不过人的气,故要从良。这崔尚书是当今第一个有权势的人,我若到了他家,得些宠爱,自然照管你,莫说铜斗,就银斗也可有。这个穷武官能有多少家私? 肯出三百也就算好的了。你且收着,至于养老送终,都在我身上,必不负你;你若执意不肯时,我便悬梁自尽,看你倚靠何人!"妈儿虽是口硬,心里已允。徐府的管家来兑了三百两银子。灵犀随即收拾作别,上轿而去。

徐副将办成妆饰衣服,送到崔府来。呈秀一见,神魂飘荡,快乐难言。果然夫人颇作威福,当不得灵犀放出拿客的手段来,竟把个女将军骗服了。众姬妾也被她笼络得十分相好。呈秀在此中年,得了这个绝色,朝夕欢娱,那顾作丧? 正是:

　　凌波窄窄眼横秋,舞落金钗无限羞。

　　任你铁肠崔御史,也应变作老温柔。

呈秀心满意足,终日不离。

一日,正在房中打双陆①,只见门上传进帖来道:"侯爷请酒。"呈秀接来看,上写道:"谨詹②十五日,薄治豆觔③,为家母舅预庆,恭候早临。愚表弟侯国兴顿首拜。"呈秀道:"晓得了。"门上出去。呈秀道:"我还没有与老爷称觔④,他到占了先去!"于是丢下双陆出来,问办礼的可曾备齐。

――――――――

① 双陆——古代博戏。局如棋盘,左右各六路,故名。

② 谨詹——谦辞。谨,恭请;詹,同占,预定。即"慈定于"。

③ 豆觔——豆为食器,合在一起谓酒席、宴席。

④ 称(chēng)觔——举酒杯(祝寿)。

一面差人约田尔耕等订馃①寿日期。

原来忠贤是三月晦日六十生辰，各省出差的内臣，都差心腹家人，各处寻好玉带古玩，织造好锦缎，置造好酒器，不惜价钱，只要胜人。写成异常阿谀祝寿的禀启，先期进送。其余各省外官，只得随例置办尺头金银酒器方物，武职也都有礼解进。才到三月初旬，早有庆贺的来了。先是客巴巴率子侄到忠贤私宅馃寿。这酒席非寻常可比，不但竭人间之美味，并胜过内府之奇珍。但见：

> 海错山珍色色鲜，金齑玉薤②簇华筵。
>
> 麻姑手劈苍麟脯，玉女亲裁白凤肩。
>
> 芍药调羹传御府，珍珠酿酒泻清泉。
>
> 奇香异味人间少，浪笑何曾十万钱。

客巴巴举杯上寿，互相酬酢交拜了，然后安席。忠贤道："在咱家该是姐姐首坐！"印月再三不肯。忠贤道："崔二哥，你是个读书人，该是谁坐，你说，自然停妥。"呈秀道："爹爹虽然是主，今日之酒是姑母代爹爹称觞的，又有主道在焉，莫若只叙家庭之礼，还是爹爹首坐，姑母二席，亦同是上坐。"忠贤笑道："这是来不得！也罢，咱也谦不过你，咱有僭了。"客氏道："李二哥、刘三哥请上坐。"永贞道："我们怎敢与爷并坐？"忠贤道："姐姐你坐罢，不要过谦罢。今日承姐姐厚爱，咱弟兄们同坐了罢。"永贞等才告坐坐下。二席是李永贞，三席是刘若愚，印月坐了第四席。两边都是侯、魏二家的子侄并众干儿子，一个个佩玉横犀，红袍乌帽，各人安席序齿坐下。那席上用的不是寻常黄白器皿，俱是异样杯盘。只见：

> 黄金错落紫霞觞，玛瑙为盘竟尺长。
>
> 更有玉精来异域，杯传五色夺奎③光。

不独器皿精奇，地下都是铺的回文万字的锦毡，厅上锦幛布满，幔顶上万寿字的华盖，四围插着灾丹芍药各种名花，那桌围椅褥都绣的松柏长春。一会间女乐齐鸣，玉箫鸾管，仙音缭亮。只见：

---

① 订馃(nuǎn)——即"暖女"。旧时女儿嫁后三日母家馈送食物之称。

② 金齑(jī)玉薤(xiè)——齑，调味用的姜、蒜或韭菜细末儿；薤，其鳞茎可供食用的草本植物。这里指名贵的蔬菜。

③ 奎——奎星，二十八宿之一。

纤纤玉手漫调筝,依约传来天上声。

更促柳眉歌楚曲,顿教钗嚲玉斜横。

演戏的子弟也是客巴巴家的女班。真是:

清讴雅调出三吴,便是秦青①亦返车。

娇面如花肤胜雪,恍聆②仙乐列华胥③。

直饮到玉漏将残,晓钟初动,大家沉醉而散。

次日,忠贤亲往谢酒。那些子侄,李、刘二弟兄并众干儿子,都轮流置酒称庆,在席并无外客,总是他一家儿的人,就如杨国忠姊妹一般。正是:

金凤冠裁佩纫霞,已惊秦虢④骑如花。

更饶几个杨丞相,袍绕绯龙玉带斜。

到了正日,大厅上中间悬起寿轴,乃兜罗绒边,尽是珠宝翡翠妆成的"寿山福海,八仙庆寿。"中间以蜀锦为心,寿文以黄金为字,钉在上面。两边高烧彩烛,围屏上都是唐宋人画的寿意,配着时贤的赞颂。寿联也是美锦为的,上铺翠云龙剪金为字。其联句道:

一身全福德,极富极贵以履极尊;

首出冠群龙,九二九三以至九五⑤。

皇上赐他金花一对,彩缎八匹,羊四只,酒八瓶。中宫也是金花彩缎,各妃嫔俱以珠宝穿成福寿字及金八宝织金妆花福寿字的缎匹。二十四监局、忠勇营掌印,凡有名号的,各自送礼。其余的内监、各自浇成灌香大烛,捧来分队叩头。早间,先是刘、李二掌家叩头;次后侯、魏二家子侄并崔、田等俱行八拜礼。摆列着礼物都是金玉福寿炉、金玉福寿杯、金玉八仙、金玉秦汉拟的鼎彝,唐宋名公寿意、玉带、蟒衣、朱履、玉绦,无所不备。进酒的是珍珠琥珀妆成的果盒,金玉嵌成的酒壶,猫睛祖母绿镶嵌的八宝杯,摆列得苍翠夺目、黄白争辉,不数石崇、王恺。直把个魏上公的私宅,摆得似龙宫海藏一般。其中又有几件极奇异的宝玩,都是那班干儿子送

① 秦青——古代传说中的人物,善歌,"声振林木,响遏行云"。

② 恍聆——仿佛听到。

③ 华胥——传说中黄帝梦游之国,后因用为梦境的代称。

④ 秦虢(guó)——即秦国夫人、虢国夫人(杨贵妃姊)。

⑤ 九五——指帝位。

的：一件是祖母绿洗的个东方朔，肩上担着一枝蟠桃，枝上三个红桃子，就如生就的，绝不似人工，实如天巧。有诗为证：

　　瑶池桃熟几千年，春色须教醉列仙。

　　是子三偷今四度，又骖①云驭赴华筵。

一件是个琥珀盘，盘内金丝编就葡萄架，金枝翠叶，上穿三十六颗走盘大珠的蒲桃。也有诗赞之曰：

　　采得蒲桃向酒泉，露滋仙果缀珠悬。

　　尽收六六人间福，一粒期公寿八千。

一件是碧玉寿星，高尺余，骑一双胎玉鹿，乃生成的一块二色玉洗就，雕得十分工细。也有诗道得好：

　　海屋筹添福寿增，金丹宝庆长龄。

　　从今鬼柳天文理，南极光中见两星。

不但礼物摆满，亦且人烟凑杂，阶下潮也似的，一起拜过，又是一起。少刻，各官到了。先是阁下，忠贤出来对拜，待茶而别。后是大九卿到，只答一揖，留茶。以下皆该用帖者收帖，该手本的收手本。至于饮天监、太医院等，只好摆来上个号。武官公侯伯驸马也只相见留茶。以下各官俱各到门投手本而已。又有朝天宫神乐观的道士，西山五台山僧，俱送延龄文疏缴入。其外文武中只有李太常、吴太仆、田武选、倪御史、东厂杨寰、孙云鹤、锦衣许显纯等人，是必于要见的，直等到午后才得叩贺，送上私礼，俱各备茶。那些不相见的官儿，挨着要各送私礼，都争来送掌家的银子，送足了才代他开上册子，掌家们也得了许多银子，才得进来叩头。忠贤不过手一拱便进去了，礼单连看也不看。不知那些人费了多少钱力，他只视为泛常。午后身子倦了，吩咐崔、田二人道："你们不要去，在此吃面。凡有送礼的，叫家人概行入册，等咱闲时再看。"这里掌家才敢收外官的礼。各省督抚按及各差御史，并部属南京大小衙门三司道府，才到各边镇总兵、副参、游击、都司，那送礼的唯恐漏号，不知用了多少钱。凡内中有线索的才收得一二件，便得意夸张道：魏祖爷与他交好，才收他礼的。正是：

　　昏夜乞哀堪愧死，赔了夫人又折兵。

毕竟不知庆寿后又有何事？且听下回分解。

----

　　①　骖(cān)——古代驾在车两旁的马。

第四十六回

陈元朗幻化点奸雄　魏忠贤行边杀猎户

词曰：

　　忌念不复强灭，真如何必营谋？本原自性佛前修，迷悟岂居前后。

　　悟即刹那成正，迷难万劫感流。若能一念返真求，迷尽恒沙①罪过。

　　话说魏忠贤生辰，富倾山海，荣极古今，足忙了个月，都是人为他上寿，尚未复席。直至四月中旬，才出来谢客，殿下公侯伯驸马并皇亲才到厅面谢，大九卿止到门投刺，至于小九卿以下，只不过送帖而已。其余各小衙门，皆是魏良卿的帖谢人。谢毕，备酒酬客。凡文武得在请酒之列者，犹如登龙门一般，六部尚书外，皆不能在请酒之列。他们客如白太始、张小山并工头陈大同、张凌云等，俱带着卿贰的衔，也来赴席，整整又吃了一月的酒。

　　一日清晨，门尚未开时，忽有一道人，骑着驴到门前，以鞭叩门。里面门公问道："什么人？"外边番子手也齐来喝道："你是何处来的疯道人？好大胆！敢来千岁爷府前敲门。"那道士哈哈大笑道："咱自涿州来，要见上公的。"门公也开了门，出来喝道："千岁爷的府门，就是宰相也不敢轻敲，你这野道人敢来放肆！还不快走，要讨打哩！"道士道："山野之人，不知你主人这样大，敲敲门儿何妨？须不比朝廷的禁门。"门公骂道："你这野道人，不知死活，咱爷的府门比禁门还狠些哩！前日涿州泰山庙曾有两个道人来祝寿的，已领过赏去了，你又来做什么？"道士道："我不是那庆寿讨赏的。"门公道："是来抄化的？"道士道："咱也不化缘，咱是要见你家上公的。"门公道："你也没眼睛没耳朵，便来放屁！千岁爷可是你得见的？就是中堂尚书要见，也须等得几日，你好大个野道人，要见就见呀！"

---

　　①　恒沙——"恒河沙数"的简称，言多至不可胜数。

说着就来推他。谁知他就如生了根的一样，莫想推得动。门公想到："他是使了定身法儿的，叫番子手来拿他。"走去唤一声，便来了二三十个，齐动手，莫想得近他身。众人忙取棍子来打他，反打在自己身上，莫想着他的身。那道士也不恼，只是呵呵大笑。

正喧闹时，魏良卿出来谢客听见，问道："什么人喧闹？"门上禀道："是个野道人，从清晨在门外，闹至此刻，不肯去。"良卿走出来看时，只见那道士：

穿一领百衲袍，系一条吕公绦。手摇尘尾，渔鼓轻敲。三耳麻鞋登足下，九华巾子把头包。仙风生两袖，随处逍遥。

魏良卿问道："你是何处的道人，敢来我府前喧嚷？"道士道："我是涿州泰山庙来，要见上公的。"良卿道："你是前日庆寿送疏的，想是没有领得赏。"叫管事的："快些打发他去。"门上道："前日那两个道士已领去了。"良卿道："既领过赏，又来何干？"道士道："我来见上公，有话与他谈的。"良卿道："上公连日辛苦，此刻尚未起，有甚话可对我说，也是一样，或是化缘，我也可代你设处。"道士呵呵笑道："这些儿便叫苦，此后苦得多哩！你也替他不得。"良卿大怒道："这野畜生！我对他说好话，他到胡言起来，扯他出去！"众人道："若扯得动他，也不到此刻了。"良卿道："送他到厂里去。"吩咐过，上轿去了。众人上前拉他不动，又添上些人，也莫想摇得动，依旧喧哗。

李永贞听见，忙出来看。盘问未了，早惊了魏监。着人出来问他。小黄门上前问道："千岁爷问你叫什么名字？"那道士道："我叫陈元朗。"小黄门入内回复，忠贤听了，慌忙出来。那道士一见，便举手道："上公别来无恙？"忠贤走上前扯住手道："师父！我那一处不差人寻你，何以今日才得相见？"遂携手而入，把门上与家人们都吓呆了。同进来到厅上，忠贤扯把椅子到中间，请他上坐，倒身下拜。元朗忙来扯起道："上公请尊重，不可失了体统。"忠贤复作揖坐下，把阶下众掌家内侍都吓坏了，都道："祖爷为何如此尊他？岂不活活的折死了他么？"

少顷茶罢，邀到书房内坐下。忠贤道："自别老师，一向思念，前往泰山庙进香，特访老师，说老师往青城山去了。后又差人四路寻访不遇。今幸鹤驾降临，不胜雀跃。"元朗道："自别上公，二三年后，家师过世。因见尘世茫茫，遂弃家访道，幸遇一释友①相伴。这三十年来云游于海角，浪迹在天涯。今日来尘世，欲募善人家。"忠贤笑道："老师好说，有咱魏忠贤在此，随吾师所欲，立地可办，何用他求。"元朗道："非也！我所募者，要有善根，有善心，有善果，还要有善缘，才是个善人家；若有一念之恶，终非善缘。即如上公，泼天富贵，功名盖世，奈威权所逼，负屈含冤者甚众，岂不去善愈远？非我出家人所取。今来一见台颜，以全昔日相与之谊，即此告别。"便起身要走。忠贤忙扯住道："久别老师，正好从容相叙，少伸鄙怀，以报洪恩，何故恝然②便去？"元朗道："外有释友等我。"忠贤道："何不也请来谈谈？"元朗道："他是清净之人，未必肯入尘市。"忠贤忙叫小内侍去请。内侍问："在哪里？"元朗道："他在平则门外文丞相祠前打坐，你把这羽扇拿去请他方来。"内侍答应，持扇飞马而来。

果然祠前有个老僧打坐。内侍忙下马叫道："老师父，咱是魏祖爷府里差来请你的，有陈师父扇子在此。"那老僧睁眼看了，也不回言，起身背上棕团，持着藤杖就走。内侍上马，紧随入城。他就如熟路一样，竟自先走，那内侍在后，飞马也赶不上。到了府前，门上来问，老僧站在门前，也不回答。少刻到了，下马同他来到书房。

忠贤出迎看时，原来就是当年救他上山的那老僧。忠贤请他到上坐，倒身四拜，老僧端立不动。拜毕，老僧将棕团放下，盘膝而坐，吃过茶，才开口道："上公好富贵，好威权，也该急流勇退了。"忠贤道："托二位老师庇荫，颇称得意，亦常思退归林下，奈朝廷事多，急难得脱。"老僧道："上肩容易下肩难，只恐担子日重一日，要压杀了。当日老僧有言，叫你得志时切戒杀性，你不听吾言，肆行无忌，枉害忠良，这恶担子有千斤之重，你要脱，也难脱了。"内侍摆上斋来，二人绝粟不食，止吃鲜果，饮酒而已。忠贤道："前因访陈老师不见，已于宝刹旁建祠以报大恩，拨田侍奉香火，老师曾见否？"元朗笑道："虽承上公厚爱，然皆无益之费。贫道已久出尘埃，安得复寻俗事？近日于西山创一净室，颇觉幽静，云游之暇，聊以延迟。"忠贤想到："他既爱西山，何不就代他起造庙宇报答他？"便道："老师既有净室，不知可肯携我一观否？"元朗道："游亦不难，但恐车驾扰山陵

---

① 释友——僧友。
② 恝（jiá）然——淡然。

耳! 只可潜地一游,如夜间方可。"

三人酒毕,老僧即于棕团上入定,元朗与忠贤对榻。元朗俟夜静登榻,叫忠贤亦盘膝而坐。元朗道:"上公可凝神默坐,心空万虑,方可同游。"忠贤依言,屏念静坐。少顷,不觉真魂与元朗携手出门,同出城来。至人家尽处,只见路旁一个黄衣童子,领着三个牲口来接,元朗叫忠贤骑,忠贤看时,却是一只麒麟,一只白鹿,一只黑虎。忠贤惧,不敢骑。元朗道:"不妨。这是极驯的。"自己骑上麒麟,忠贤骑了鹿,童子骑虎,果然极稳。只见半云半雾,耳中惟闻风声,早上了一座高山。但见:

万壑争流,千崖竞秀。鸟啼人不见,花落树犹香。雨过天连青壁润,风来松卷翠屏开。山草丛、野兰馨,悬崖峭嶂;薜萝①生、奇葩丽,峻岭平畴。白云闲不度,幽鸟倦还鸣。洞边双鹤唳,石上紫芝生。矗矗堆螺排黛色,巍巍拥翠弄晴岚②。

看不尽山中之景。来到悬崖峭壁之下,元朗下了麒麟,向石壁上拍了三下,只见壁上两扇门开,有两个青衣螺髻女童出迎。元朗邀忠贤入内,那洞中景致更自不凡。只见:

珍楼贝阙,雾箔云窗。黄金为屋瓦,白玉作台阶。巍巍万道彩霞飞,霭霭千重红雾绕。千年修竹,双双彩凤为巢;万岁高松,对对青鸾向日。瑶草奇花多艳丽,紫芝白石自苍茫。帘垂玳瑁,金铺翡翠控虾须;柱插珊瑚,瓶注玻璃分海色。垂髫少女面如莲,皓齿青童颜似玉。青鸟每传王母信,玉壶长贮老君丹。

二人携手到亭上,分宾主坐下。童子献茶,以白玉为盏,黄金为盘。茶味馨香,迥异尘世,到口滑稽甘香,滋心沁齿,如饮醍醐③甘露。吃毕起身,各处游玩,果然仙境非凡,心神不觉顿爽。童子来道:"酒已完备,请真人就坐。"元朗邀忠贤过东道小廊,进一重小门,有许多女乐来迎。只见香风习习,仙乐泠泠。两边都是合抱大树,青葱苍翠,老干扶疏,高有千尺。树尽处,一座白石高台,梯级而上,上面一座亭子,乃沉香为梁柱,水晶为瓦。亭上摆着酒席。二人到亭上坐下,元朗举杯相劝,众女乐八音齐

————————

①　薜萝——两种草名。

②　岚——山里的雾气。

③　醍醐(tí hú)——古时从牛奶中提炼出来的精华。

奏,只见那酒器非金玉珍宝,忠贤却不识为何物。饮馔盘盂皆非凡类。忠贤看了,心荡一悟,形神俱化。

少顷,女乐停止。又见青衣女童抱着一个花鸟,走到席前向外,那鸟高叫三声,忽见那大树上奇花满树,如千叶莲花,其大如盘,香风絪缊。少刻,每花中立一美女,有尺余长,身衣五彩。众女乐复吹弹起来,那树上美女便按节而舞,疾徐迟速,毫发无遗。一折已完,众乐停止。那鸟儿又向树叫了一声,树上的美女皆随花落,都不见了。忠贤道:"师父何处得此异种?"元朗笑道:"哪有什么异处! 花开花谢,天道之常,人世荣华,终须有尽,任你锦帐重围,金铃密护,少不得随风花谢,酒阑①人散,漏尽钟鸣,与花无异。只要培植本根,待春再发,不可自加雕琢耳。"

二人出席闲玩,只见东首隐隐一座高山。那山上有明处,霞光炫耀;有暗处,黑雾迷漫。山下银涛迭迭,白浪层层。忠贤问道:"那山是什么山? 何以明处少、暗处多?"元朗道:"那山叫做竣明山,在东海之东,乃三千造化之根,五行正运之主。远看则有万里,近之即在目前。这山本自光明,只因世人受生以来,为物欲②所污,造恶作孽,把本来的灵明蔽了,那贪嗔爱欲秽恶所积,遂把这山的光明遮蔽了。即一人而言,善念少,恶处多;以一世而言,善人少,恶人多,所以山明处少,暗处多。"忠贤道:"怎么那山下之水,有平处又有波浪处?"元郎道:"此水名为止水,这平的是世人俗世以来,父母妻子泣别之泪,人人不免,故此常平;那波浪处是俗世冤家债主怨气怨血所成,冲山激石,怒气不息,千百年果报不已,故此汹涌。"

二人正讲论间,忽见空中一只白鹤飞下,向元朗长唉一声。元朗道:"清冷真人过此相召,我暂去即回,上公在此少坐片时。"遂携手下台,向北一所茅亭内,十分雅洁,药炉丹灶,件件皆精。元朗道:"上公在此少待,少刻即来奉送回去。若要游览,随处皆可,只那北首小门内不可轻入。"嘱毕,跨鹤飞空而去。

忠贤四望,欣羡不已,想着:"我在京数十年,到不知西山有这样个好去处,到被这道士得了。我若要他的做别业,却难启齿。我莫若明日传

---

① 阑——将尽。

② 物欲——想得到物质享受的欲望。

旨,只说皇上要做皇庄,他却就难推托,也难怪我,那时我再另建一所净室与他,又可见我之情。"心中暗暗称妙。独坐一会儿,还不见元朗回来,甚是烦闷。于是信步闲行,两廊下虽有几重门户,俱处处封锁。又走到北首,见一重小门,半开半掩,想道:"他叫我莫进去,必有什么异处,咱便进去看看何妨。"遂轻轻推开门进来。见四围亦有花木亭树,中间一个大池。上有三间大厅,两边都是廊房。房内都满堆文卷,有关着门的,有开着门的。里面有人写字。忠贤沿着廊走上厅来,见正中摆着公座,两边架上都是堆着新造成的文册,信手取下一本来看,是青纸为壳,面上朱红签,写着《魏忠贤杀害忠良册第十三卷》。忠贤看见,吃了一惊,打开细看,只见上写着某年月日杀某人,细想,果然不差,吓得手颤足摇,连册子都难送上去。正在惊怖间,忽听见厅后有人大声喝道:"什么生人,敢来扰乱仙府?"忠贤抬头一看,见一个青脸獠牙的恶鬼,手执铁锤,凶勇赶来。忠贤吓得往外就跑,不觉失足跌下池去,大叫一声,忽然惊醒,看时,仍旧坐在书房床上,吓出一身冷汗来,战栗不已。见桌上残灯未灭,老僧犹在地下打坐,元朗亦垂头未醒,再听更鼓,已交四鼓,心中惊疑不定,只得睡下。

昏昏睡去,到天明起来,见老僧与元朗都不见了。忙着小内侍出来问,门上道:"才出去未久。"内侍回复,即着他飞马去赶,一路问出彰义门来,见二人缓步在前,小内侍喊道:"二位师父!魏祖爷有请。"二人哪里理他,昂然缓步而走,只隔有数十步远,却再也赶不上。将赶到卢沟桥,小内侍喊声愈急。元朗回头道:"我们不回去了,有个帖儿你带回去与你爷罢!"向袖中取出个封袋来,放在桥石柱上。内侍赶到取起,再看二人,早已不见了,只得将帖儿拿回禀复。忠贤叫人拆开读与他听,上写道:

掀天声势倚冰山①,破却从前好面颜。

回首阜安山下路,霜华满地菊斑斑。

忠贤听了,不解其意,唤李永贞来看,也不解。随将夜来之事说了一遍。永贞道:"此无非幻术惑人,有甚应验,不必理他。"众干儿子都来问候,永贞道:"不可外传,且置酒为爷解闷。"众人坐下饮酒。

忽传进蓟州边报来,忠贤道:"边上那些官儿,不以边防为事,专一虚报军情,冒销钱粮,我要自去查查。"那些堂家们也都想要去抓钱,遂极力

---

①　冰山——比喻不能长久依赖的靠山。

撮弄他。李永贞等也不敢拂他之意。随即上本,把内事托与李永贞,外事交与崔呈秀,"凡一应本章,等得的,候我回来批发,紧要的飞送军前。"吩咐已定,择日起马。先是客巴巴,后是众干儿,都到私宅饯行。又送许多下程。忠贤带了许多金帛等,以备中途赏犒,至日辞过,带了三千忠勇军出皇城来,浩浩荡荡,好生威武,但见一路上:

> 干矛耀日,戈戟凝霜。风飘飘旌旗①弄影,彩云中万千条怒蟒蟠身;锦团团幢盖高擎,碧汉中百十队翔鸾振羽。黄旄白钺,微茫浮白,依稀陆地潮生;紫骥黄骝,灿烂成花,仿佛空山云拥。又刀手、围子手、刽子手,对对锦衣花帽都带杀人心;旗牌官、督阵官、中军官,个个金甲红袍尽挟图财意。帷幄前列一对兵符赐剑,果似上帝亲临;宝车边摆许多玉节金瓜,何异君王驾出。

五城兵马司已预督人清道,提督街道的锦衣官早差人打扫,令军士把守各胡同,摆开围子,连苍蝇也飞不过一个去。那两边摆着明盔亮甲的军士,擎着旗幡剑戟,后尽是些开道指挥,或大帽曳楼,或戎装披挂。轿前马上摆着些捧旗牌印剑蟒衣玉带的太监,轿边围绕的是忠勇营的头目。一路上把个魏忠贤围得总看不见。

才出了城,便有内阁来饯行,其余文武各官俱排班相送,打躬的、跪的、叩头的,足摆有十余里。至于各省督抚,直送过境方回。崔、田众义子并彪、虎等,俱送到五十里外。一路来远省抚按都差官远接,自己在郭外相候。提镇等都是戎妆,与司道等俱在交界地方迎接。忠贤吩咐道:"随从的军士皆是本监自行犒赏,上下一概不用供给。"那些地方官怕亲随等讲是非,虽说不收供给,却都暗地送礼,这些人还争多嫌少。忠贤虽不收下程,却不敢不预备,又恐他一时要用。只等过了这处,那处才脱得干系。到一处,不过阅一阅兵,看看城池,拐点钱粮亏空,却又被那些官员奉承得无处生波。那些掌家都捞饱了财物,俱作不起威福来,只增了许多接见各官的仪注。

一日,行至黄花镇喜峰口,夜不收来报,口外墩台狼烟忽起,恐有兵至。忠贤即着守将出战,他也领着忠勇军士上城观看。等了两日,不见兵到,俱各懈怠。到了第三日午后,忽见山坡下尘头飞起,拥出一簇人来,一个个:

---

① 旌旗——各种旗子。

豹皮裁磕额,犁尾缀红缨。

画鼓冬冬响,旗幡对对迎。

绒绳牵白犬,健背架苍鹰。

短箭壶中插,雕弓手内擎。

钢叉浑似雪,匕首利如银。

扢挞①齐眉棍,阎王叩子绳。

獐猫浑丧胆,狐兔尽藏形。

那些人约有二三百个,俱是口外良民,专以打猎为生,官府也不禁他。凡上司要野味,都向他们要。那忠勇军只当是敌人,便一声炮响,杀下关来。众猎户不知何故,一则手无大兵器,二者不敢抗拒官兵,都四散逃走。走得快的逃了性命。走得缓的白送性命,杀死有五六十人,齐上关来献功。忠贤大喜,重加赏赐,具本奏捷。时人有诗曰:

无端生事害良民,赢得功勋诳帝庭。

可惜含冤边外骨,年年溅血洒长城。

忠贤自钦建此奇功,乘兴而返,下令班师回朝。一路所过地方,不知花费多少银钱。这才是:

高牙大纛向边陲,无数衣冠拜路衢。

有石燕然谁与勒,空教将士困驰驱。

大军所至,鸡犬皆殃。忠贤虽禁止部下,背地里何能禁得许多? 虽说不用夫马供应,其实部下俱折钱上腰,岂不是生事扰民? 才一到京,早有大小文武官员排班迎接,只见:

左摆着师济文臣,角带素衣屯紫雾;右列着狰狞武将,锦袍金甲绕层云。跪的跪,伏者伏,浑如乞乳羝羊②;揖者揖,躬的躬,好似舒腰猛虎。呈手本纸飞似雪,听班声响震如雷。只疑巡狩驾初回,除却六飞浑不似。

忠贤进了私宅,一班党羽都来问安,置酒接风,忠贤大喜。不表。

次日早朝,忠贤奉本上殿,奏与主上。毕竟不知此后做出什么样的恩典情备而来? 且听下回分解。

————————————

① 扢挞——同疙瘩。

② 羝羊——公羊。

第四十七回

封王侯怒逐本兵　谋九锡①妄图居摄②

词曰：

这回因果劝人，为善回头须早。一念生神明鉴照，任他颠倒。

富贵何如贫贱乐，惺惺不奈痴愚巧。看满帆千尺挂长江，风威好。

位极人臣，功高盖世，也须自保。若一生三公万贯，人间绝少。

王氏七侯成败壤，杨家六贵终荒草。叹钟鸣漏尽又鸡啼，天渐晓。

话说魏忠贤贪心不足，又要假行边出师之功，又思封公封侯。不意圣躬欠安，客巴巴传出信来，叫忠贤亲往问安。见圣躬日渐清臞。只因他平日要蒙蔽圣聪，常引导以声色之欲，使圣上不得躬亲万机，他得遂其荧惑之私。不料圣躬日加羸弱③，心中也有些着忙，便与李永贞、刘若愚等商议道："皇上渐渐病重，后边的事不可知怎么处哩？"永贞道："如今趁大权在手，先将边功再封一公，后边事再一节一节做去，不要忙。"遂传出旨道："厂臣殚心国事，尽力边疆，除宁国公外，再封一公，着兵部议奏。"

那大司马霍维华，前因忠贤冒功，逐去袁崇焕，曾将自己的恩荫要让与崇焕；今日又见忠贤冒功不已，怎肯容他？次日在朝房中遇着魏良卿，遂正色说道："五等之爵，就是开国元勋也没有几人，如今除非是恢复得辽东的，才可列土封公；若只斩将夺旗，收得一城一堡的，也就不可过望了。"谁知早有人报与忠贤，忠贤大怒。适值皇上不豫④，忠贤也掩禁不住，只得召太医院官入宫诊脉、定方。各官俱到乾清宫外问安，忠贤也不

---

① 九锡——古代帝王赐给有大功或有权势的诸侯大臣的九种物品。

② 居摄——因皇帝年幼不能亲政，由大臣代居其位。

③ 羸（léi）弱——瘦弱。

④ 不豫——帝王有病。

顾是臣子忧心之时,就对众人大言道:"外边有人道咱无功,不该得恩典,咱今也不要了。"与李永贞等恶言秽语的辱霍司马。举朝之人都受不得,齐来劝解,霍公只当不听见,也不理他。

到次日,又传出旨来,要把奉圣夫人客氏的儿子加封伯爵。霍司马道:"客氏不过一乳媪耳,他两个兄弟与儿子都已荫为指挥,也就够了,今日又要封伯! 若客氏要伯就伯,忠贤要公,怕不就是公么? 此事断乎不可!"遂具本题覆道:"祖训无乳媪封伯之例,且五等之爵,非军功不加。客氏加荫一子为锦衣卫指挥可也。"众司官怕忤了旨,好生忧惧。霍公道:"不妨! 此事有我在此,决不累及你们。"催逼俱复本上去。忠贤见了,大怒道:"有这等怪物!"次日就在隆道阁前,说霍司马蔽功违旨,出言大骂,无所不至。客氏也着许多小内侍出来乱骂,拿砖土块子乱打他轿子。霍公回来想道:"此事只我有这胆量与他抗衡,本该与他硬做到底才是,只是我身为大臣,岂可受此阉奴之辱!"遂杜门辞印,打点上疏乞休而去。这正是:

虚名当为繁缨惜,强项岂因权要回。

解组不将名利恋,任他沙蜮①自含猜。

次日,倪文焕就题个告捷请封的本,矫旨道:"厂臣报国心丹,吞仇志壮,严整戎备,立三捷之奇功;御侮折冲,得十全之神算。绩奏安壤,宜分茅土,宁晋彝鼎,昭然世爵,褒封允当。着于弟侄中封一人为安平伯,世袭其职,岁加禄米一千二百担,锡之铁券,与国同休。"命下,又把个五岁的孩童从孙魏鹏翼,加了少师,封为安平伯,也是玉带麟袍。才受了封券文,田土还未曾给,不到半月,又有那阿谋的上本,报三殿告成。又传旨道:"厂臣毕力经营,矢心②赞画③,美轮美奂④,襄⑤成一代之中兴;肯构肯堂⑥,弘开万年之有道。具瞻顿肃,旷典聿新⑦,着于弟侄中封一人为安

① 蜮(yù)——鬼怪。

② 矢心——一心一意。

③ 赞画——帮助筹划。

④ 赞画——帮助筹划。

⑤ 襄——帮助。

⑥ 肯构肯堂——构,盖屋;堂,立堂基。喻子能继承父业。

⑦ 旷典聿新——新的罕见的典礼。聿,助词。

东侯,世袭其职。府第、诰券、禄米、赡田俱照例给,各该部遵例行。钦此。"一门之内,两公、一侯、一伯,锦衣三十余人,也可以知足了。

到圣躬大渐时,正是天日为之愁惨,中外震惊的时候,那等阿谀奉承的吏部尚书周应秋,还上本请封。遂于三殿告成本上批道:"厂臣克成继圣,经营堂构,夙夜匪懈,鼓庶民之子来,精诚默孚;政天心之神助,功昭巨典。戾合彝章①,勋业茂隆,重胙②宜锡。"又把个六岁的从侄魏良栋,封为东安侯加太子太保。又怕家里的锦衣官还少,凡遗下的札付,俱着他党羽填补。又把侄希孟补了锦衣同知,甥傅之琮、冯继先俱补授都督佥事。今日受封,明日受券,今日贺封伯,明日贺封侯,举朝若狂,终日只为魏家忙乱,反把个皇上搁起不理。

圣体不安,上自三宫六院,下而三公九卿,无一个不慌,就是客、魏二人却也是慌的。内外慌的是龙驭难留,继统未定;他两人慌的是恩宠难保,新主英明。故当弥留之计,乘势要加封。贪心难割,又与那班奸党计议。吴顿夫道:"为今之计,须趁此时先立下些根基来,若机有可图,便成大事,若不可图,必定拥立之功,也还在我。纵新主英明,也必念爹爹拥立之功,也可无碍,若仍是寻常之主,内外已都是我们的心腹,就有几个从龙③的,须打做我们一家;若不顺手,便设法驱除了,也还是我们的世界。只是司礼监与东厂,不过是寻常的职衔,内阁又无兼摄之例,公侯伯都是家里人的,须在这公侯之上想个官。待爹爹做了,俟今上崩了驾,趁新主未即位时,爷便可受摄两班文武。"田吉道:"爷若要受摄百官,非封王不可。不若吩咐外边,题请封王。"倪文焕道:"凡图大事,须要先赐九锡。如今先叫他们题请。"忠贤道:"什么九锡?"文焕道:"九锡是九件物事:乃车马、衣服、朱户、纳陛、虎贲、弓矢、铁钺、乐则、秬鬯④,谓之九锡。"忠贤道:"要他何用?"文焕道:"赐了九锡,就可制礼乐,专征伐,统摄百官了。"忠贤道:"这样便可讨一讨。"李永贞道:"这事我们的人请不得,恐人心不服,须到外面寻个人才好。"忠贤次日便去拜丰城侯李承祚,因他是侄儿

---

① 彝章——法度、常规。
② 胙(zuò)——古代祭祀时供的肉。
③ 从龙——跟从皇上。
④ 秬鬯(chàng)——用黑黍和香草酿造的酒。

良卿的亲家，对他说了。果然上疏道："厂臣外靖九边，内成三殿，功烈超常，宜加九锡。"又有个孙如冽，曾具过本在顺天府建生祠的，又上本乞封厂臣王爵。

二本俱下礼部议覆。凡部议的本，俱要科参科行才行堂上，便把这担子卸与科里。其时掌科事的是叶有声，他见了这本，好生难处，想道："若从公论，自来无阉寺封王赐九锡之例，是他们越职言事，就该参处；若参了他们，忠贤必然怀恨，又要生毒计陷害；若行了，却可得他的欢喜，京堂可至。只是明有人非，幽有鬼责，自己良心上也过不去。"审度了一会，道："岂有此理！罢！拼此一官，以持清议为是。"

恰好有亲家杨庶吉汝成来访，见叶掌科面有忧色，便知是为这两件事，问道："亲翁若有不豫之色，何也？莫非为李承祚、孙如冽的覆本么？"叶有声道："正是。据亲翁高见如何？"杨妆成道："弟也曾想，自古宦官惟童贯越例封王，毕竟还实有些边功，赞成的是蔡京、高俅。又有求九锡不得的是桓温，阻挠的是谢安、王垣之，此四人人品俱在，随亲翁择而效之。"叶有声道："此事却行不得，虽刀锯在前，亦难曲从！"杨吉士起身笑道："这事亲翁也要三思，不可听小弟乱谈。"叶掌科道："一定如此！"二人别了，叶公竟托病注了门籍，便把这事搁起来了。忠贤见部里不覆本，访知是科臣阻抑，便寻事把叶有声刹了籍。那叶掌科转得萧然脱身而去。正是：

力阻狂图寝大奸，何防高挂进贤冠。

新诗更向知心道，喜是今朝不旷官。

后来忠贤访知叶有声不肯覆本，乃杨汝成之意，到散馆时，便吩咐不许照科道授官。诗曰：

入直花砖退委蛇①，敢将真谅最相知。

淮南遮莫思狂逞，长孺方将论职思。

忠贤虽逐去叶有声，也知外面公论不容，也只得歇了。但他心中已存了个篡夺的念头，外边又做成了个篡夺的局面。论起他享极富贵，也该感激皇恩，圣体不安，便该与客氏维持调护，才是图报皇恩之意。到皇上疾笃时，便该启请皇上，召新君入宫视疾，请辅臣等入大内请安，共议嗣统，

---

①　委蛇——同逶迤，弯弯曲曲延绵不绝。

早定名位,以绝外藩仰望之心。始不至废荒朝政。这才见得心在社稷,也可略表无利天下之心,无奈他利令智昏,颠倒错乱。前此新君在信藩时,请租请地,忠贤曾攘①为己功,殊不知圣主如天之量,这些小事那里在他心上?他却怕新主不平,又恐知他这历来的穷凶极恶之事,即了位就有一班从龙的人要分他的恩宠,故此把拥立的念头搁起,只在外面分布党羽,希图非望。九边淮浙先差出许多心腹内官,又差个心腹太监涂文甫清查户工二部钱粮,竟坐大堂,勒司官行属员礼。当日奉差原说要节省,反又逼追二部起造衙门,买了一座房子,用银三千余两。及兴工时,又嫌窄小,又强买了晋宁公主赐宅起造。边上钱粮已布满私人经理,却又要逼去霍司马,移本兵与崔呈秀。便差人绕霍维华的宅子,缉访他的过犯,又差人到部里查他的错误。无如他历任未久,居官清正,无过犯处。又要拿他的家人长班来罗织成狱。大亏②辅臣暗通信与霍公,才上本乞休,遂就本立褫夺了。只是这时候正是:

> 龙驭将升鼎欲成,大臣慢国尽心惊。

> 谁知一拂权奸意,未许攀髯泪雨倾。

八月十六日皇上大渐,忠贤与李永贞等计议,要学赵高指鹿为马的故事。永贞道:"皇上宾天时,只叫客巴巴在里面哄住众妃嫔,让问安的依旧问安,进膳的仍旧进膳,进药的还进药,外面百官问安,爷只随口答应,且按住了缓缓行事,再学王莽的故事,且捧了孺子先摄了位,且看众心可服,若服,便可即真。"一席话把个忠贤一片要做皇帝的热肠,说得收煞不住,只思量要居摄。见百官俱在乾清宫外问安,便着人请几位中堂过来,要探他们的口气。说道:"如今皇上时时昏睡不醒,哪里还能亲理机务?若寻常纠劾升迁,也都有例,不甚要紧,只是辽阳兵屡戒严,宁锦又不宁静,延绥套虏又不时骚动,这都是要紧的军务,何可缓延?这怎么处?须要请皇后垂帘摄政方好。"众宰辅道:"皇后摄政,虽汉、唐、宋俱有,我朝从无此例,且祖训有禁。"忠贤道:"不然,列位先生帮咱暂理如何?"他料得这班宰臣平日都是依惯了他的,自然不敢违拗。殊不知这些大臣,平日小事可以俯从,不与他立异,至于在事,怎肯听令?岂不知居摄乃篡字之

---

① 攘——抢夺。

② 大亏——多亏。

先声，他们怎肯容他？诸臣闻言，大是骇然。此时都正欲发言，只见施相公道："若要居摄，景泰时却也有例，当是亲王摄政，老先生以异姓为之，恐难服天下之心，且把以前为国的忠心都泯灭了。"忠贤听了，不觉满面通红，怫然道："施先生！咱待你们浙人也还不薄，怎么这件事儿就不肯俯从？"竟入禁中去了。

众辅臣见他词色不善，都各俱揭问安，就请新主入宫视疾。崔呈秀见阁臣不从，众官纷纷议论，料事难成，恐惹灭族之祸，也不敢入内。忠贤在里面，不过与客氏二人，那妇人家那里计较出个什么来？只有与李永贞、刘若愚、李朝钦这几人计较。若愚道："施蛮子爷平日抬举他，他今日就执拗起来。如今先处了他，竟传旨着爷暂理，看他们有甚法儿？"永贞道："不可，此事非同儿戏，倘爷临朝，百官不到，岂不扫兴？那些人自也有些计较，或向禁中拥出信王来，莫像当日南城的故事，岂不身家难保？"众人议论不定。只弄得魏忠贤想起做皇帝来，便心热一回，又想自己身骑虎背上，外边百官不服，怕事不成反惹大祸，又焦躁一回，客巴巴传出信来，说皇上不时发昏，又慌张一回，好似触藩羝羊，热锅上的蚂蚁一般，终日里胡思乱想，茶饭俱减，走投无路，不知如何是好。

及到二十二日酉刻，龙驭已上升了，正是：

五云深拥六龙车，泪洒宫娥湿降纱。

日落西陵山色里，令人愁咏后庭花。

此时按不住，不免哀动六宫。外面文武各官也都知道，工部议发梓宫及殡殓之物，礼部查举哀即位的仪注，户部打点协济的银两，辅臣拟作遗诏。天未明时，已都齐集隆道阁前。忠贤还不肯息念，又叫人出来寻崔呈秀。各官中有正直的道："这又不是崔家的事，怎么独寻他？"有那诙谐的道："老子叫儿子，怎敢不去？"一连寻了几次。忠贤还想要出袖中禅诏，行自己的奸媒，并要学史弥远立宋理宗、召沂靖王之子，妄思援立之事。又思预定赦书条款，还要加恩客、魏。又要把三案中废锢之臣，不与开释，追比者不准原免，只等崔呈秀进来参决，那呈秀的脚步儿也要慢慢的往里走，无奈众官齐声道："今日龙驭宾天，天无君，以德以分，唯有迎立信王，没甚私议。有话须出来当众人说，不是一个崔家独说得妥的。"

小内侍见众人的话来得不好，便转内去了。呈秀羞惭满面，便不好进去。阁臣施凤来等，国戚张维贤等，九卿周应秋等，率领各衙门俱具笺于信王蕴邸劝进，一面斟酌遗诏。礼部进以弟继兄的仪注，令钦天监择日登极，不由忠贤做主。忠贤见事不谐，便也挨身劝进，冒定策之功，以图后举。正是：

> 高皇百战定河关，圣圣相关累叶还。
>
> 堪笑奸雄生妄念，可知一旦释冰山。

忠贤自恃心腹布置已定，那些小人先便来奉承他道："做皇帝的日子近了。"有的称他为"九千岁"，有的称他为"九千九百九十九岁"，岂不可笑？他就居然认做皇帝在他荷包里了。不期居摄之事不成，在大行①皇帝丧次，对着那些妃嫔，一个个哭哭啼啼，好没兴趣，坐下来垂头丧气。李永贞等一班人便来开解道："爷莫恼，事势还在。如今吴纯夫现管工部，田吉掌着刑部副都，李夔龙现协理院事，只等霍维华去后，把崔二哥会推了兵部，那几个都是听爷指挥的。六卿原在爷门下，其余各镇守的俱是旧人。只有新爷从龙的徐应元，爷可下气些与他交结，料他也不敢与爷作对，岂不爷的权势自在，还与此日一样？"忠贤终是郁郁。众人又置酒与与他解闷。

客氏穿着一身白，妖妖娆娆的走来饮酒，问道："大事怎样了？"忠贤道："已立信王，只等即位了。"客氏便焦躁道："原说是魏爷摄政的，我娘儿们还有倚靠，如今立了信爷，便与我们无干了。连这宫里也不是我安身之处。若待他赶出去时，连自己也没趣，就是积攒下的也带不出去，不如趁此乱时，把内库宝玩先带些出去，也不失为财主。"于是着人通知侯国兴来取。

那侯国兴人虽小，却到有些见识，想道："如今皇上死了，谁不知我娘儿们没有倚靠，宫中人谁怕我？我进去搬运，倘被人拿住怎么好？不若约魏良卿同去，就弄出事来，便有他叔子支撑。"算计已定，便来会良卿道："才家母叫人来说，宫中许多宝玩，趁皇上驾崩忙乱时，没人照管，叫小弟去取些来，我一人能拿得多少？因来约老表兄同去搬些来，我想钱财易得，宝玩是难得的。"果然利动人心，良卿欣然同往。一个央母亲相厚的太监，一个叫叔子手下的官儿搬运，不半日，把大内的宝玩盗去十之三四。

---

① 大行——古时称刚死的皇帝。

那些管库的看着侯国兴也要来拿,见有魏良卿在内,便不敢下手,听他搬,不敢做声。这才是:不得朝元受白璧,却思郿坞①积黄金。两人盗了珍宝,欢欢喜喜做守奴去了。

再说施相公,先期着礼部把即位与哭临的仪注送入禁中,着管禁军的叉刀手围子手官,督领所部士卒,俱自皇城内直摆到十王府前,以备不虞。礼部三上表笺,文武大小官员俱躬诣信府劝进,百官早已齐集。但见:

辘辘响春雷,三市走趋朝车骑;辉辉飞紫电,六街集待漏灯光。旌旗拂雾,云生五色拱金銮;戈戟横空,霜满九重连玉砌。驯象舞虞庭百兽,铜螭开汉殿千门。锦袍玉带骏鶂②冠,济济两班鸳鸯;宝剑金盔唐猊铠,狰狞万队貔貅。真是:趋跄尽万国衣冠,人物极一时俊乂③。

次日五鼓时,文武大臣并勋戚等先至信邸,躬引法驾至灵前,宣读遗诏道:"大行皇帝以国事焦劳,不获三殿于既成。今上文武圣神,英明睿哲,遵祖制兄终弟及之谊,宜缵承大统。天下军民,遵以日易月之例,服二十七日而除,禁民间音乐嫁娶。各藩府并抚按各官俱于本处哭临三日,毋得擅离职守。"读完了遗诏,簇拥新君受了遗诏,冕服拜过天地祖宗,然后御极。只见:

管弦缭亮,乐声间漏声俱来;篆缕氤氲,炉烟并晓烟共起。双垂紫绸,几多红粉绕金舆;高卷珠帘,一片祥光凝宝座。龙衮新一时气象,虎拜罄百职欢呼。

各官拜贺已毕,皇上入临丧次,服升经④行哭临礼。阁臣率百官朝夕入宫哭临,差官遗诏分投各王府并各省告哀。辅臣拟即位的赦款。凡一应有因公诖误的官员,斥革者准给还原职,闲住者准与致仕,只有因触忤忠贤刳夺者,不在加恩之例。凡一应钱粮久经追比,家产尽绝者,查勘减免;只触忤魏监坐赃者不得与恩赦。凡十恶大罪不赦,其余杂犯俱着减等

---

① 郿坞——汉董卓在郿坞藏金。

② 骏鶂(jùn yì)——古籍中鸟名。

③ 俊乂(yì)——贤能的人。

④ 缞绖(cuī dié)——丧服。

发落;唯触忤忠贤坐罪者如耿副使、胡副使、李主事、方御史、惠给事、李都督等,皆不稍从末减。正是:

圣明已得汪恩沛,奸党犹然大毒藏。

毕竟不知忠贤此后又如何设谋? 且听下回分解。

第四十八回

转司马少华纳赂　贬凤阳巨恶投环

诗曰：

循环天理自昭昭，何苦茫茫作猿枭①。

惨结烟云冤掩日，贵脣朱紫气昂霄。

党奸拟作千年调，陷正终归三尺条。

金穴冰山在何处？也知报复不相饶。

话说魏监听了李永贞之言，果结好徐应元。当日眼中哪里有他？如今便把他当为骨肉一般，称他为徐爷，又送他许多珍宝，时常备盛筵请他。会见时又做出许多假小心奉承丑态来，道："咱如今老迈了，做不得事，管不来机务了，不久也就要将监印厂印送与爷掌。咱只求个清净所在，养老去了。爷是当今的宠臣上位，皇爷若问起咱时，烦爷道及咱这几年来赤心为国，费了许多辛苦。如今老了，没账了，恐有人道咱有不是处，还求爷代咱遮盖一二。"这徐应元当日随在藩邸时，见忠贤那等横行，却也恼他；此时见他从前昂昂之气不敢在他面前使，又如此卑躬屈节的奉承他，未免动了些怜悯之念。又受了他许多宝物，俱是自来未曾见过的，又动了贪心。那太监性儿是喜人奉承的，竟被他笼络住了，便欢喜道："魏爷说什么话？咱不过是皇爷的旧人，皇爷念咱平日勤劳，略看咱一眼儿，其实是个没名目的官儿，全仗爷抬举，诸事望爷指教，咱怎敢欺心占大？"两人便打成一路了。

忠贤即于从龙恩典内，又把一个侄子荫了锦衣卫指挥，一个兄弟荫了锦衣卫千户，后又上一老病不堪任事的本，辞厂印。他料皇上必不准辞；就准了，他在徐应元面前只说是我让与他的，好做个人情，他必感激，果然竟不准辞，止着徐应元协办。皇上不过要分他的权，不知他二人就是一个。他既调停了徐应元，托他在皇上前做耳目传消息，分明是去了一个客

---

①　猿（jīng）枭——有野心的、像虎豹一样的恶人。

巴巴，又有了一个客巴巴，他便放心，不怕人在皇上前说他的是非，依旧又嚣张起来。这正是：新看成六翮①，依旧声摩天。

再说崔呈秀，先见忠贤居摄之事不成，便惧祸不敢来亲近，这些时见他又有些光景，便又挨身入来，假意安慰道："问日的事到有八九分了，无奈那些阁臣作鲠，孩儿正急于要进来计较，被他们冷言热语的抢白得不能进来，真好机会错过了。他们嘲笑孩儿，就如嘲笑爷一样。孩儿也都访得，要处治他们才好。喜得明春考察在迩，这些科道部属有自外转来的，正要考察，权柄全在吏部、都察院、考功司、河南道这几个紧要衙门，须早布置几个心腹，要驱除他们何难？"忠贤听了，欢喜道："二哥见识果然出众。"二人依旧爷子相投。忠贤竟不由会推，就把呈秀转补了兵部。呈秀有个兄弟名凝秀的，要升总兵。呈秀恐已到任后再升他，便恐事涉嫌疑，为人议论，先为他嘱托，升了浙江的总兵。乃兄掌兵在内，兄弟总戎在外，真是王衍②三窟。他一到兵部后，便招权纳贿，又将吴司空加了宫保，倪文焕升了太常寺卿。

呈秀有个儿子崔铎，本是膏粱子弟，也曾读过几句书，侥幸进了学，在顺天乡试揭晓时，又中了第二名乡魁。此时哄动了一城下第的举子，有的说："他只做了三篇文字到中了，也是奇事。"有的道："他二场已贴出过的，如何还得中？"有的道："魏家时常送书子与主考，内帑官常管魏家的人参，这不是关节么？不然何以二十四日折号，二十六日才揭晓？停了两日，都是为他。"纷纷扬扬的讲，外边也有要动本的，也有要用揭帖的。崔家只推不知，任那些趋奉的牵羊担酒、簪花送礼的来庆贺。常例送旗匾之外，置锦帐对联、照耀异常。他便大开筵宴，接待亲友。不独崔家炫耀，南京又中了周冢宰的儿子。时事一发可笑：

两都彻棘育英才，画鼓冬冬虎榜开。

不为皇家网麟凤，却阿权贵录驽骀③。

崔呈秀做了兵部，便大开贿赂之门，公然悬价总兵、副将是多少，参、

① 翮（hé）——鸟的翅膀。

② 王衍——晋人，官至尚书令、太尉。有盛才，善玄才，善玄言，谈老庄，义理若不合，随即更改，世称"口中雌黄"。

③ 驽骀（tái）——劣马，喻庸才。

游是多少，用大天平兑银子。一日，正与萧灵犀在花园内小厅上打双陆，呼幺喝六的玩耍，丫头来报道："萧舅爷来了。"呈秀叫请来见。那萧惟中也戴顶方巾，摇摆进来，眼中看时，真个是化乐天宫。但见：

> 文梓雕梁，花梨栽槛。绿窗紧密，层层又障珠帘；素壁沱封，处处更糊白纻。云母屏晶光夺目，大理榻皎洁宜人。紫檀架上，列许多诗文子史，果然十万牙签；沉香案头，摆几件钟鼎瓶彝，尽是千年古物，瑶琴名焦尾，弄作清声；石砚出端溪，却饶鸲眼①。玉注落清泉，春雪般茶烹蟹眼；金炉飞小篆，淡云般香袅龙涎。纤尘不到，只余清景可人；半枕清幽，更有红妆作伴。

萧惟中见了呈秀，行过礼，又与姐姐作了揖。呈秀道："坐了。"惟中旁坐下。呈秀问道："外边可有什么事？"惟中道："如今有个广东的副将，要升总兵，出一万两。老爷肯作成小的，寻他几两用用。"呈秀道："广东是上好的缺，至少也得二万金。"惟中道："小的也正说少了些，先还要他三万哩。他说此地没处挪借，到任后再补五千罢。"呈秀道："谁与他讨欠帐。"惟中道："他死生升降，总在老爷手中，他怎敢虚言？"呈秀道："也罢，广东的珠子好，再叫他再送三千两银子的珠子与你姐姐罢。"灵犀笑道："那须这许多。"惟中道："穿件汗衫儿也好。"呈秀道："也罢，现的一万，赊一万，就选你去做个官，好代我讨账。"惟中道："我不去，常言道：'少不入广'。莫贩一身广货来罢。若老爷肯抬举，竟把我选到密云，做个中军罢。"呈秀道："怎么到要密云？那里现有人做着哩。"灵犀笑道："想是你受过边军气的，你要去报复么？"惟中道："姐姐分上，决不报复，只因向日在那里落魄，如今要去燥燥皮，风骚风骚，做个衣锦荣归。"呈秀不觉呵呵大笑道："好个衣锦荣归。"把个萧灵犀羞得满面皆红。呈秀见他没趣，恐他不快活，忙说道："这是小事，不难，等我吩咐选司，把他升到别处去，让与你。"丫头捧桌盒酒来，一把金壶，三只玉杯，三人吃了几杯。惟中恐碍他们的兴趣，便起身作别。又问："广东总兵之事如何？"呈秀道："他若要升，不怕他不送银子来。不赊，不赊。"惟中道："还求老爷让些，小的好撰他几两银子做上任的使用。"惟中别去。

呈秀次日便嘱选司硬把个密云中军都司杨如梗推升了去，将萧惟中

---

① 鸲（qú）眼——石上圆形斑点，比端砚还名贵的砚。

补出。那副将也送了银子，越次升了总兵。呈秀又一单子推上了十几个武职。两衙门各官看他不得，有吏科给事杨所修道："这厮三纲绝矣。背君父向阉奴，不奔母丧，贪图富贵。前此不去，犹借口大工；今日还不去，难道又托言军旅？我若发他的赃私，他便倚着冰山必来强辩。我只赶他回去终制，这也是天理人情，他也说不去。"遂上了一本，他还皮着脸不睬。到了十月，御史杨惟垣道："这厮恶贯满盈，岂可久据本兵，颠倒朝政？不若尽发他的罪恶，与他做一场，除得他去，不独朝政肃清一二，并可挫魏阉一臂之气。"便上一本道：

朝野望治方殷，权臣欺罔久着，谨据实直纠。以赞圣明更始之政事。崔呈秀立声卑污，居身秽浊，上言大臣德政，律有明条，况在内臣。呈秀则首逢之而不知耻，贿赂公行，辇金钻之者不止。一邱志充，而乃嫁祸于李思诚。河南掌察旧规，以素有名望资俸深者补之；呈秀必欲越十数，用其奸党倪文焕。文焕在任报满，然后具题。又未几，推其弟崔凝秀为浙江总兵。岂有兄为本兵，而弟亦握兵于外者乎？盖厂臣信呈秀为心腹，呈秀即借厂臣以行奸私。朝廷之官爵，徒为呈秀充囊植党之具。是皇上之臣子，皆为呈秀所宠幸威制之人，天下事真有不忍言者。乞正两观之诛，或薄示三褫之典；即不然，听其回籍守制，亦不失桑榆之收。其次略如此。

这疏一上，呈秀才着忙去求忠贤。此时皇上新政，亦欲优容以全大臣之体，遂批旨道："奏内诸臣，俱经先帝简擢，惟垣敢于妄诋，本应重处。姑从宽免究。"

又有御史贾继春，也上一疏道：

崔呈秀狐媚为生，狼贪成性，才升司马，复兼总宪。进阶宫保，逞无忌而说事卖官；家累百万，娶媚妓而宣淫作秽。知有官而不知有母，思拜父而忍于背君。纲常废弛，人禽莫辨。

这本连忠贤也劾在内。忠贤便央徐应元为他遮护。皇上批本时，见呈秀罪恶多端，遂着他回籍守制。礼科参对试卷，又参了他儿子崔铎，请革去举人严勘。这件事便要株连多人，圣旨只着他复试以辨真伪。

崔呈秀此时心绪如麻，正是没兴一齐来，也不去辞魏监，忙着人雇了几辆车子，先把细软与金银装回。后来见攻击得紧，忙忙动身，便把带不尽的金银都埋在一间小房内，其衣物箱笼俱贴上封条，交与几个家人看

守,俟再来取。自己带着夫人与一班侍妾出京。正是:

　　一朝已失相公威,颓马长途落寞归。

　　恨锁双蛾消浅黛,愁深两泪湿征衣。

　　依依送别惟衰柳,隐隐追随有落晖。

　　回忆当时离京邸,几多朱紫拜旌旗。

　　才出宅未远,只见青鸦似的一簇人来围住轿车。呈秀只道是各衙门差来送行的,谁知都是来倒赃的。那些人扯住家人嚷道:“事既不成,还我银子再去。难道赖我的么?”有的拦住道:“你如今既不做官,就该还我银子,待我另寻别人。”呈秀只当不闻,叫催车马前进。那些人一路跟着乱嚷,虽未尽还,却也退了一半才去。

　　后又有个工部主事陆澄源,上疏开陈四款,直提时事道:

　　一曰正士习。台省不闻谏诤,惟以称功诵德为事。一曰劾奸邪。崔呈秀强颜拜父,安心背母。一曰安民生。宜罢立械之法,缉事当归五城。一曰足国用。省事不若省工,今各处俱立生祠,是以有用之财靡无用之费。

　　皇上览奏,明知是他说得是,只因先帝升遐未久,不忍即处忠贤,恐其太骤。便批旨道:“陆澄源新进小臣,出位多言,本当交部议处,姑加恩宽免。”

　　那贾继春又上一本,更加厉害,开列八条道:

　　一曰保圣躬。食息起居之际,时存睥睨①非意之防。深闱邃密之中,亦怀跬步弗缓之念。一曰正体统。善则归君,人臣之职。今有事则归重厂臣,正食不下咽之时,章奏犹称上公。一曰重爵禄。黄口稚子,不应坐膺公侯。一曰教名义。假以亲父之称,何以施颜面于人间。一曰课职业。门户封畛②,不可不破;奈何不问枉直,以凭空谇号为饰怒之题。一曰罢祠赏。生祠广建,贻笑千秋,撤以还官,芳徽万世。一曰开言路。高墙可射,不当袖手旁观。一曰矜废臣。先帝创惩颇僻,原非阻其自新。

　　这八款,竟把忠贤平日所为都说尽了。

---

①　睥睨(pì nì)——斜着眼睛看,形容高傲的样子。

②　封畛(zhěn)——封界,界限。

又有个主事钱元悫①，直将古来大奸大恶比拟他，也上一本道：

称功诵德，遍满天下，几如王莽之乱行符命；列爵之等，畀②于乳臭，几如梁翼之一门五侯。遍列私人，分置要津，几如王衍之狡兔三窟；舆珍辇玉，藏积肃宁，几如董卓之郿坞自固。动辄传旨，钳封百僚，几如赵高之指鹿为马；诛锄士类，伤残元气，几如节甫之钩党③连重。阴养死士，陈兵自卫，几如桓温④之复壁置人；广开告诉，道路侧目，几如则天⑤之罗织忠良。乞贷以不死，勒归私宅。魏良卿等宜速令解组归回。以告奸得坏之张体干，夫头乘轿之张凌云，委官开棍之陈大同，长子田尔耕，契友白太始、张小山等，或行诛戮，或行放逐。

此疏劾忠贤，款款皆真，疏语更狠。那班党羽吴纯夫、李夔龙、田吉、倪文焕、田尔耕、许显纯、崔应元、杨寰、孙云鹤等，凡挂弹章的，都来告病乞休，自陈不职求罢。本下，俱批准回籍。平日布置的私人去了一空。

忠贤见遭人弹劾，就该辞印。他又怕失了势，从前枉用许多心机，终日自己怨恨一场，想起先帝的恩来，又哭一回，一日倒有大半日睡觉。外面人见攻他不去，又有浙江嘉兴府贡生钱嘉征，论他十罪，自本到通政司来投。通政吕图南见他奏疏违了式，不敢上，他就劾吕通政附权党恶，逼得吕图南具本申辩道："臣职司封驳，因疏款违式，故未敢上。即如忠贤盛时，狂生陆万龄疏为忠贤建祠于国学，李映日比忠贤为周公，曾经停搁，臣岂立异于盛时，而党恶于既衰。"并二疏一齐封上。奉旨："魏忠贤之事，廷臣自有公论，朕心亦有独断，青衿小儒不谙规矩，本当斥革重究，姑加恩宽免。"又于吕通政本上批道："陆万龄、李映日故为何附，俱着三法司严审定罪；各处生祠俱着即行拆毁。"旨下，忠贤怎不寒心？没奈何？只得题了个老病不堪任事的本，辞印。旨下，批道："准辞。着闲住私宅。"

忠贤只得交了印，辞了皇上并大行皇帝灵，退居私宅。想起当日兴头

---

① 悫(què)。

② 畀(bì)——给；给以。

③ 钩党——相牵引为党。

④ 桓温——晋人，明帝女婿，官至大司马，专朝政，谋篡未成而死。

⑤ 则天——武则天。

时,要这一日何其艰难;今日失之,何等容易! 当权时,今日打关节,明日报缉捕;今日送本来看,明日来领票拟! 今日人送礼,明日人拜见,何等热闹! 到此时,连刘、李并几个掌家,因无事也来得稀了,干儿子们一个也不来了。自知局面已更,料得封爵难守,再等人论时便没趣了,遂题一个世爵承命未收的本,辞封爵。批旨道:"先帝旧赏优隆,尔今退归私宅,控辞具见诚恳,准将公爵改为锦衣卫指挥,侯爵改为锦衣卫同知,伯爵改为锦衣卫佥事。该部知道。"忠贤没奈何,只得将诰券、田宅等缴进。好笑那些麟袍玉带,今日都改为金带虎豹补服。忠贤心中好不烦闷,面上好不惶恐。岂知后来连一顶纱帽也不能保全,正是:

村夫只合去为农,妄欲分茅拜上公。

欹器已盈难守贵,则销则刻片时中。

当日把那班闲住的官员,硬行冠夺不了,又要拿问,都是他陷害的。如今穷凶极恶,种种有凭,事事俱实,渐渐一节一节的来了。

又有礼科给事吴宏业等上疏。有的攻崔、田、许、倪等,攻击无虚日,总说他们是鹰犬,忠贤为虎狼酿祸之首。论罪者不约而同。皇上见上本的大半是论他们的,于是细询内外,他逼死贵妃,擅冠成妃,甚至摇动中宫,事事有据;参之奏章,谪出言官,刹夺大臣,滥杀忠良,件件不诬;分布心腹,克扣兵粮,结交文武,把持要津,哪一件不实? 到先帝弥留之际,连传圣旨,两据侯封。便赫然震怒,要行处分。便批旨道:"魏忠贤着内侍刘应选、郑帐升,押发凤阳安置,崔呈秀等着锁解来京,法司严审定拟。"内里徐应元,一来倚着是从龙旧臣,二者感激忠贤奉承他,又因忠贤不时着人求,又怜他,便在皇上面前为他分解。被皇上看破他与忠贤通气,于是天颜震怒,当将徐应元打了一百棍,也发往南京安置。这正是:

圣明炳炳振王灵,瞬息奸雄散若萍。

何物妄思回主听,等闲枯朽碎雷霆。

忠贤得旨,忙把私宅中金银珠宝收拾了四十余车,并家下喂养的膘壮马匹数十头,选了蓄养的壮士数十人,各带短刀与弓箭,押着车辆,将那带不尽的家私,都分散与门下众内官。又送些与侯家做忆念。与李永贞、刘若愚等说了半夜,恸哭一场道:"咱兄弟们自幼相交,富贵与共,不知此去可有相会之日?"众人哭个不止。此时,二十四监局见处了徐应元,就要来送的都怕惹出祸来,就是平日受过他恩宠的,也不敢来,连礼也不送,可见人情世态了。只有客巴巴携酒来送行，兄弟又哭了一场。冷冷清清，只有李、刘二人相送，李朝钦跟随。只得向阙①磕头谢恩，见三殿巍峨，叹道："咱也不知结了多少怨，方得成功，好不忍离！"不知洒了多少泪，叹了多少气。

出得朝来，当日哪个敢不回避，如今莫说是官员，就连百姓知道是他，反打着牲口冲来。有一班小孩子，拾起砖块向他轿子上乱打。就是外路客人，也道："这是魏忠贤？怎么不剐他，到放他出去？便宜这狗攮的了。"有的道："你不要忙，少不得还要拿他回来，在菜市口碎剐他哩。"你一句，我一句，忠贤一路都听得不耐烦，唯有忍气吞声的出城来。见向时孙如洌建的生祠，拆得败壁残垣，好生伤感。刘、李等送至三十里，三人执手大哭而别。正是：

　　当年结义始垂髫，今日临岐鬓发凋。

　　怅望南云鸿雁断，可怜身世类蓬漂。

忠贤离了京，一路上心中悒怏②，再不见龙楼凤阁。快活的是脱了虎穴龙潭，一路上虽无官吏迎送，也还有一班部下的亡命簇拥，意气还不岑寂③，行李尚不萧条。不日来到阜城县界，去府不过二十里，只见后面远远的来了四个人，骑着马赶来，就像是番子手的模样，来到轿前。忠贤不知什么事，吃了一惊。只见一个跳下马，向忠贤磕了个头，起来走向耳边说了几句，跳上马四人如飞而去。忠贤在轿中两泪交流。李朝钦不知为何事，打马赶到轿前，见忠贤流泪，已知不妙，便低低问："是何事？"忠贤道："皇上着官校来就解到凤阳，还不许你们跟随哩！"朝钦听了，也泪如雨下。忠贤道："且莫声张，依旧赶路。"一路来不敢投驿。

是日，下了店，吃些酒饭，各自归房。忠贤对朝钦道："前日处了徐应元，我也知没有倚傍，立脚不住了，也只说打发到凤阳来，到也得闲散，随身有些金珠宝玩，料也不得穷，不意这些狗官放不过我，终日上本，激恼了皇上，才差官校来扭解的。这局面渐渐的不好了，再迟迟还要来拿夫勘问哩。那时要夹打就夹打，要杀就杀，岂不被人耻笑？我想不若趁此官校尚

---

① 向阙——向朝廷宫门。

② 悒怏——忧愁不乐。

③ 岑寂——寂静；寂寞。

未到时,早寻个自尽倒也干净。这总因我当日做的事原过当了些,也是我的报应!都不干你们的事,人也不找你,你可把我行李中金珠宝玩带些,远去逃生罢。"朝钦哭道:"孩子是爷心腹的人,蒙爷抬举,富贵同享,要死与爷同死,再无别意。"二人哭说了半夜,换了一身新衣服,等到人静时,抱头痛哭一场,相与投环①而死。

众人见他们不喷声,只道是睡熟了。直到天明时,刘、郑二人起来催他们起身,叫之不应,推开门,只见双双吊挂在梁上,气已绝了。有人叹他道:

> 左手旋干右转坤,移山倒海语如纶。
> 高悬富贵收彪虎,广布钳罗害凤麟。
> 六贵声名皆草莽,三侯簪绂总埃尘。
> 阜城忽断南来路,空有游魂伴野磷。

这正是:

> 万事已随三寸尽,千钧忽断一丝轻。

毕竟不知忠贤死后又是如何?且听下回分解。

---

① 投环——上吊。

第四十九回

旧婢仗义赎尸　孽子褫官伏罪

诗曰：

唾壶击碎烛花残，时时扼腕①羞权奸。

含沙射影阴谋惨，忠良骈首囚狴犴。

村童牧竖衣金紫，城狐社鼠戴峨冠。

拟将富贵同山海，谁知瞬息蜉蝣般。

雷霆一击冰山碎，妖魖血湛②吴钩③寒。

荣华转眼畜不得，空贻余臭万年看。

话说魏忠贤与李朝钦缢死客店，监押的刘应选怕皇上震怒要加罪，遂将忠贤的行李打开，拿了些金珠细软，勾合了几个手下人，只说忠贤黑夜脱逃，快些追赶，一行人跨马如飞而去。那一个监押的郑带升再到房内看时，见二人何曾逃走，却双双的吊在梁上。忙惊动了地方乡保，申报本县，将解官并随从人役留住，一面通报各上司抚按，即刻差官检验。差官会同知县来到南关客店内，却好锦衣官校吴国安等也到了，见忠贤等二人果然高挂在梁上，公同验得："一系太监魏忠贤，尸身长四尺八寸，膀阔一尺三寸，咽喉紫赤色绳痕一条，长六寸，阔五分，八字不交，舌出齿四分。头戴兜罗绒帽，金簪玉碧圈。身穿绸褡，缎貂皮披风、缎裤、缎靴。一系亲随太监李朝钦。尸身长四尺四寸，膀阔尺一寸，咽喉紫赤色绳痕一道，长六寸，阔五分八字不交，舌顶齿。头戴黑绒帽，玉簪金圈，身穿绸褡、麂皮袄，大绒披风、绫裤、缎袜、缎鞋。公同验明。"又查得行李内玉带二条，金台盏十副，金茶杯十只，金酒器十件，宝石珠玉一箱，衣缎等物，尽行开单报院存县。随行人役，交官校并监押官带回京复命。一面着地方买棺收殓，候

---

① 扼腕——用一只手握住另一只手腕，表示振奋或忧惜等情绪。

② 血湛——血流深重。

③ 吴钩——古代吴地所造的一种弯形的刀。后泛指锋利的刀剑。

旨发落。

　　看者须记得，当年生魏忠贤时，他父丑驴向李跛老求课，他曾写下四句卦词道："干门开处水潺潺。"干者天也，开者启也，岂不是天启的年号？忠贤是天启三年后才杀害忠良起的，三年建癸亥属水，岂不是水潺潺么？"山下佳人儿自安"。山下一佳字，乃崔字也：人字加个儿子，乃倪字，岂非崔呈秀之与倪文焕等？忠贤十个干儿子中，惟崔、倪二人用事独多。"佳人"又隐着客氏在内。"木火交时逢大瑞"。天启七年丁卯，丁属火，卯属木，木能生火。大者崇也，瑞者祯也，岂不是丁卯年逢崇祯即位？"新恩又赐玉绦环"，岂不是新君即位要处他，他便投环而死？祸福字字无差，可见奸雄之生，皆由天数。正是：

　　　　奸恶之生不偶然，彼苍立意其幽元。

　　　　谁知一纸羲皇易，参透机微泄后天。

　　罪托投环，抚按具题不言。

　　再说崔呈秀回到家中，见邸报上旨意，着他革职听勘，已知圣怒难回，道："罢了！会勘就是拿问的先声了！想当日杨、左诸人进狱，哪个是逃得脱性命的？我今进去，谁肯放我生还？少不得受无限的夹打，倒不如早些寻个自尽，也免得受那些苦楚！"虽然如此，到底贪生恋财的念头交战，心中怎么舍得就死？当日若不为贪财惜死，到不去做这样人了。又想起京中埋藏的金银箱笼尚未发回，这些田产大半是占来的，尚未得清白。家中只有七岁与四岁二子，尚未知人事。长子崔铎复试，又不知如何？又对着个如花似玉的佳人，如何舍得丢下来？

　　次日，听得家人说萧舅爷回来了，呈秀吃了一惊，问起来，却是为与地方不安，逃回来的。呈秀道："不好了，这又要参到我了！"又听见家人说："闻得初一日有官校出京，不知为甚事？"呈秀道："罢了，这必是来拿我的，这死却挨不去了！"便急急要寻死。

　　此时侍妾中惟萧灵犀得宠，又因呈秀抬举他兄弟做了官，愈觉尽心服侍。后见兄弟逃回，又怕累及呈秀，心里却又不安。见呈秀连日出神，走投无路，自嗟自叹，她做姊妹的早已瞧透了八九分，遂时刻紧紧相随。呈秀见她跟得紧，便对她说道："我今奉旨刹夺勘问，昨闻有官校出京，定是来拿我的。到了京，便有无数的夹打，受无限的苦，少不得也还是死，倒不如先寻个自尽。你不要随着我，你可先收拾起些细软，趁我在时，打发你回去,寻个好人家去罢。切不可再落烟花,惹人笑骂我。"言毕,不觉泪如雨下。灵犀含泪道:"妾虽出身烟花,蒙爷抬举,锦衣玉食,受爷的恩,享用已极,怎忍再抱琵琶,重去腆①脸向人寻?愿随爷于地下。"呈秀道:"我位至宫保,家累百万,富贵已极。平日所行摇山倒海事也过分了一些。今年已望六②,也不为寿夭③了,就死也甘心。你正青春年少,正好受享风流,何必也作此短见!"灵犀道:"妾意已定,老爷勿疑。"

是日乃十月初四日,二人就在书房中取了酒肴对饮,徨歌慷慨,击盘敲箸的饮了一会儿,又抱头痛哭一回。众姬妾因平日灵犀得宠,都有些醋他们,总不来理他,任他们苦中作乐。酒毕,二人犹在苦中送别一回,呈秀换了一身盛服,灵犀也换了艳服。先是呈秀向梁上抛过束身的丝绦来,自缢而亡。灵犀候他气绝了,哭拜过,取下壁上的一口宝剑来,拔出自刎。虽尚有余息,却也不能再生了。时贤有诗笑呈秀道:

  豸冠骢马振朝中,恣意趋炎媚上公。

  玉带金鱼何处去?只今投阁笑扬雄。

又有诗赞萧灵犀道:

  腥红片片点吴钩,义气应轻燕子楼。

  惆怅虞姬当日怨,香魂重为话新愁。

看来崔呈秀枉做显官,屈己逢奸,反不如萧灵犀一个烟花妇女,到还晓得舍生取义如此。时贤又有诗吊之曰:

  霜锷棱棱手自扶,芳名不下石家珠。

  尚书枉自为男子,不及平帐女丈夫。

次早,众侍妾到书房看见,慌忙报与夫人。夫人着次子请了伯父钟秀来计议,随即报了本州岛。赵知州即刻通详兵备道,随委了守备来会同知州相验。只见崔呈秀高挂在书房梁上,萧氏自刎在旁。众官吏到不惜呈秀,到个个都赞叹萧灵犀。二人验过,回报本道,着本家自行殡殓,抚按具题。

又有人劾客氏与魏忠贤通同陷害宫妃,侵盗库宝等事。奉旨将客氏

----

① 腆——挺着。

② 望六——近六十岁。

③ 寿夭——即夭寿,一般谓人过五十,不为夭寿。

拿问。其魏忠贤并客氏家产，俱着太监张邦绍会同厂卫及该城御史等查点入官，毋得欺隐遗漏。此时客氏尚在宫中，中宫拿来审明，件件皆真，着宫正司重打一百，再发法司勘问。及到刑部监时，早已打烂，已死多时了。正是：

> 常沐恩光在紫宸，凤冠珠绂早荣身。
>
> 却工狐媚能移主，自恃蛾眉不让人。
>
> 秦虢风流如草芥，石王富贵亦沉沦。
>
> 香魂梦断围扉月，缥缈飞依杜宇春。

次日刑部题了个罪犯身故的本。

此时侯国兴已监在锦衣卫狱，他的宅子已封锁了，家人逃个罄净，没有人敢来收尸。过了四五日，才有个妇人到监前问客氏的尸首，那狱官禁子要钱，俱回道：“发出去了。”那妇人跪下，哀求道：“我连日访得，尚未发出去。如今他家已没人，他儿子弟侄都在狱中，我是他老家人之妻，念旧主昔日恩义，代他收殓。”向袖中取出两锭银子送与狱官。狱官到也罢了，牢头禁子不肯道：“几年的个客巴巴，泼天的富贵，难道只值得这几两？”妇人道：“若论平日，就是千两金子也有；如今都是皇上封锁去了，连一文也无。这还是我历年在人家辛辛苦苦积下的几两银子。因念他昔日之恩，才凑了来代他收殓，如何得有多钱？”众人还不肯，那妇人只得又拿出一二两散碎银子来，众人才做好做歹的道：“你到墙外等着。”少刻，牢洞开了，众人将尸推出。只见面目皮肤都已损坏，下半截只剩一团，血肉淋漓。那妇人见了，放声大哭一场，买了几匹绵布，将尸亲手紧紧缠好，雇人背去了。你道此人是谁？乃是侯家的秋鸿。侯七不敢出头，又没个家人敢来收尸，他只得挨了几日，才扮做老家人来代他赎尸。这也是他感恩报主的一片好心。时人有诗赞他道：

> 知机不复恋荣华，回首山林日月赊。
>
> 大厦将倾无可恃，还将巧计返灵车。

太监张邦绍等奉旨籍没客、魏二家，先将皇城内宅子尽行抄没。其中金银缎匹、异宝奇珍俱眼同造册送进。二人的外宅并魏良卿的宅内金珠等物，各橱柜箱笼，皆查点入册，封锁送入内库。其肃宁原籍的家产，传旨着该抚查明具奏。其宁国公赐第，着该城兵马司拨人看守，待东西事定留赐功臣。其田庄等，着太监张邦绍等估价变卖，解交内库，计共四万五千六百五十一两有零。可笑魏忠贤今日乞恩,明日乞赏,克国剥民,何曾留得一件自己受用? 守得一件传与子侄? 何曾留得寸土自己养身? 留得一间与子侄栖身? 后人有诗道得好:

> 黄金白玉碧琅玕,取次输将入大官。
>
> 到底却教输杜甫,囊中留得一文看。

客、魏二家抄没之物,当时那些趋炎附势的人,置造的金玉器皿上,都镂着自己的名字进奉,此时已造成册借进呈,要留也难留得下。又恐皇上见了,传出去惹人笑骂,这班人好生惶恐羞惧。

又有吴、贾二御史上本劾崔呈秀,奉旨道:"逆奸崔呈秀,交结逆宦,招权纳贿,罪恶贯盈,死有余辜。赃私狼藉,应没入宫。着该抚会同地方官,将一切家产严查明白,造册缴进。"顺天巡抚得旨,即刻驰驿到蓟州,率领文武,先将崔呈秀宅子拨兵围住。谁知家人姬妾已预先闻信,多有拐逃的,也不知盗去多少财宝。各官查点得东西,二宅内共有银四万余两,箱笼橱柜共一百二十余件,外当店二所,本银二万两,当时封锁。

抚院因参本上论他赃私狼藉,便追他的寄顿。有人等苦告并无别寄,抚院只得把现在的题奏。旨下,着巡城御史率领司坊官役查崔呈秀在京私宅。众官到了他私宅,只有空屋一所,看守的家人久已逃去,箱笼大半是空的,只得封锁了。此时崔铎正在京候覆试,城上即刻提了来问,用刑恐吓。崔铎只得供出东首小房内有埋藏之物。次日,眼同看掘出银六万三千七百两,金珠宝玩一百九十四件,衣缎绒裘二十八箱,人参沉香各二箱,金银酒器五百余件。城上查明,造册覆奏。旨下:"奸恶崔呈秀,赃私既经查明,着解进内库。钦此。"后来崔铎覆试时幸还写得出来,不过止于褫革而已。

又有都察院司务许九皋劾田尔耕一本。奉旨:"田尔耕职司要地,滥冒锦衣,荣及仆隶,鲸吞虎占,惨害生民,不可胜计,盈室所积,莫非旨膏,不啻元凶之富。侵占故相赐宅,擅毁先帝御碑,尤可痛恨。着刺籍为民,其家产着原籍该抚籍没,解交内库。"抚院得旨,前往抄出他家的金银珠宝,虽不及客、魏两家,却也不减崔氏,一并查解内库。不说田尔耕枉法害人,诈得财物尽数一空,连他祖父田乐做司马时挣下的家私,也都抄去了。这个锦衣千户却是田尚书的恩荫,也革去了。数日间连灭三个大奸,不一月内,抄没三家的家产,这才天理大明,人心痛快。

又有个江西道御史安某，上疏道："方震孺以封疆争论死，耿如杞以不拜生祠几至杀身，李承恩违禁之罪于亲当宥，刘铎之死冤惨弥天。惠世杨、李柱明皆为无事，法所当释。"旨下："诸臣既然被枉，准俱释放。刘铎既有深冤，着提当日问官严究。"张体干忙出揭申辩。刑科奏道："奸弁①媚权，杀人之罪自供甚明，谨据原揭奏闻，仰祈圣明立赐诛戮，以雪沉冤，以正通内②之罪。"奉旨："张体干罗织之罪既确，着三法司会勘，从复位拟。具奏。"刑部得旨，先着司官会同河南道御史、大理寺寺副，把张体干、谷应选等一干人犯提来先问。

张体干道："此事捉人是谷应选，定罪是刑部，与犯官无干。"范郎中道："你说定罪是刑部，只因你的本参重了，到把部中几个执法的司官冠夺了，如今还乱推么？掌嘴！"两边一齐动手，也不免受用几个铜巴掌。将众犯一一夹打成招。呈堂后，三法司又把众犯提出来重审过，才拟罪上去道：

> 会勘得张体干蓄媚奸之心，逞害忠良之毒手，知魏忠贤素憾刘铎，遂同谷应选同谋，捏造符书，诬坐诅咒，致使黄堂郡守与曾云龙、彭文炳、刘福等，一时骈首③西市。体干、应选犹扬扬以杀人媚奸，冒非常之擢，真道路为之嗟伤，天日为之愁惨。从来横诬冤惨，未有若是之甚者。借五人之首领，博一身之富贵，即戮二人于市，尚不足以偿五命之冤。察得当日拷审刘福，逼令诬招刘铎诅咒者，系张体干，有原疏可据。谷应选为补方景阳，即借搜符贴以成之。二犯虽共谋诬杀，献媚邀功，而体干之罪为尤重。张体干合依反坐律，应斩立决。谷应选例应绞，监候秋后处决。庶情罪各当。孙守贵缉获假番，事属可原，应请宽免。

又将前奉钦依及司招，俱载在本上。旨下："览奏刘铎一案，罪织衣冠，骈首西市，献媚权奸，立毙多命，神人共愤，不可胜诛，张体干着即处斩，谷应选着即处绞，余依议。"可笑二人平日杀人媚奸，酷刑炼，今日也不免斩首西郊，同归乌有。

---

① 奸弁——奸臣（位置较低）。
② 通内——与内（魏阉）勾结。
③ 骈首——骈，并列。谓一起被杀，杀也挂在一起。

此时客、魏、崔三犯虽故,罪恶不可不彰,皇上屡下三法司拟罪,刑部
又差司官会同浙江道御史、大理寺寺正,将魏良卿、侯国兴、崔铎等提来,
细加审问。先叫侯、魏二人上来,问道:"你叔子魏忠贤和母亲客氏,内外
交通,陷害裕妃,革退成妃,逼逐皇亲,摇撼中宫等事。"二犯俱推道:"这
事属宫禁,犯官等实不知情。"又问良卿道:"那矫旨打死万燦,逮系杨涟、
左光斗、周朝瑞、魏大中、袁化中、顾大章、王之寀、周宗建、缪昌期、夏之令
等,先后毙于狱;又唆使李实上本,捏参高攀龙等,以致高攀龙自溺,周起
元冤死,你有何说?"良卿道:"这都是我叔子做的事,犯官一字不知。"又
问他以诗句陷刘铎,立杀五命,诱吴天荣首告家主,以致吴养春全家冤死。
又将吏部尚书张问达诬赃追比。又将耿如杞、唐绍尧等诬赃问罪。良卿
道:"这虽是我叔子不是,却也因外边迎合诬奏所致,与犯官无干。"又问
他:"多养死士,阴谋不轨,遍置心腹,以便呼应,可是有的?"良卿才无言
可对。

又叫崔铎上来,问道:"你父结拜义父,计杀高攀龙;假借门户,排陷
忠良,怨苏继欧勒令自尽。移邱志充赃银陷害李思诚,闻母丧不请守制,
不由会推竟转兵部,又将亲弟越升总兵,乐户萧惟中补密云都司,妄称功
德,广建生祠,滥冒边功,妄叨恩荫。"崔铎也只推:"是父亲做的事,犯人
俱不得知。"问官道:"你们当日享荣华富贵,冒膺封爵时,也道不干己事
么? 就是你等若不父母,是为子孙计,怎肯下这样毒手? 你们想是要尝尝
各样的刑具哩。"三人听了,都怨恨起父母叔子来。

侯国兴道:"你们的父叔还是个男人也罢了,我母亲是个女人,何苦
也做出这样事? 我实是一字不知,这冤从何处伸去!"崔铎道:"这也说不
得了,当初勘问杨、左诸人时,那个容他分辩的,这也就是个还报了。"良卿
道:"我本是个乡农,叔子只荫个中书与我罢了,他们外官要奉承我叔
子,今日请封侯,明日请封公,都是他们请功受赏与我,到今日又要我死
了! 没得说,请定个罪等我们书招罢。"问官依律拟定罪,具招呈堂。

又将侯、魏盗宝一案提出,二人隔别严审。二人犹自强辩,问官道:
"天以出自内库宝物,俱一一载明册上,便是真赃实证,如何赖得去?"叫
都夹起来。二人受不过刑,只得画供,立案具本题覆道:

> 会勘得魏良卿市井拥奴,逆托犹子。值忠贤窃柄之日,胆大包

天;乘爵赏暗昧之秋,荣张盖世。腼颜①五等,有何汗马奇勋! 冒爵上公,已犯刑书重辟。而且内结妖姆,表里为奸;外构国兴,朋比共济。盗内藏归私橐,则窃帑窃珍,隐然有窃国之势;视祖制若弁髦②,则无章无法,居然存无上之心。幸遇皇上宪天为刑,既殪③四凶之恶,与众共弃,宜昭两观之诛。魏良卿除文职,非有大功奇勋辄封公侯者,罪当斩不坐。外良卿、国兴俱应照擅盗内库物、乘舆、服御例,律应斩,立决。至客光先、客璧扬、杨六奇等,或借假儿之威,毒流乡国;或仗妇寺之势,殃及忠良。滥冒续貂,冠羞沐猴久占;磨牙奋爪,翼添饿虎饥鹰。所当发往烟瘴地方,永远充军。特题。

批下本来道:"魏良卿市井佣奴,冒叨上爵,全恃妖姆逆托,表里交通。僭窃无等,阴谋叵测。侯国兴、崔铎既问明,着与张体干等一并既行处决,余依议。"十二月二十日,命下。次日,交众犯斩首西郊。魏良卿时年三十,侯国兴年仅十九。这才是:

　　妖魔小丑窃冠裳,佩玉横犀立庙廊。

　　终是难逃三尺法,却将颈血溅鱼肠。

正是:

　　蔓草几年承雨露,冰山一旦碎雷霆。

毕竟不知侯、魏等人伏诛后,彪、虎并假子等又是如何处治? 且听下回分解。

---

① 腼颜——羞面。

② 弁髦——马弁、小孩子。

③ 殪(yì)——杀死。

第 五 十 回

明怀宗旌忠诛众恶党　碧霞君说劫解沉冤

诗曰：

　　昏昏尘世皆蕉鹿①，蚁附蝇营，何事常征逐。刘项功名如转轴，乱蝉声后秋容促。谁能享尽人间福，乃至完成，却又添蛇足。栖稳一枝饮满腹，回头一笑寒山绿。

　　话说法司既报斩了侯、魏等人，因其时岁阑年尽，把一切案件都到灯节后才会议定了，将魏忠贤、客氏、崔呈秀三人的罪状上闻道：

　　人臣无将，将则必诛②，况刀锯之余孽乎。魏忠贤要先帝之坏灵，钳制中外，结交客氏，睥睨宫闱。其大者如嗔怒张国纪，则立枷而杀数命。且连纵鹰犬，意必动摇乎中宫；私撼成、裕二妃，则矫诏而革封衔。至摧抑难堪，竟甘心于非命，是不知上有君父矣！其余臣僚何有？于是言官死杖，大臣死狱，守臣死于市。缇骑一出，道路魂惊；密告一闻，都民重足。生祠遍海内，半割素王之宫；谋诵满公交车，宛如新莽之世。至尊在上，而自命上公。开国何勋，而数封茅土。尚喉无耻之秽侯，欲骈九锡；迭出心腹之内党，遍据雄边。至于出入内门，陈兵自卫；战马死士，充满私家。此则路人知司马之心③蓄异谋，非指鹿之下者也。天讨宜首加寸磔为快。客氏妖嬜④食月，翼虎生风。辇上声息必闻，禁中摇手相戒。使国母常怀慢愤，致二妃久抱沉冤。且当先帝弥留之日，诈传荫子尚以五等，为私盗内藏在册之赃，绝代

---

① 蕉鹿——古时有一郑人，击鹿毙之，恐人见，以蕉覆之，后忘其所藏之处。后用以喻人世真假杂陈，得失无常。

② 人臣无将，将则必诛——将，指逆乱谋反。谓人臣不得谋反，否则就必被诛杀。

③ 路人知司马之心——即"司马昭之心，路人皆知"。司马昭有篡魏自立之心。

④ 嬜（mó）——传说中的丑妇。

奇珍皆据尚方之积。通天为罪，盗国难容。呈秀则人类鸱枭①，衣冠狗彘②。谁无母子，而金绯蟒玉，忍不奔丧；自有亲父，而婢膝奴颜，作阉干子。握中枢而推弟总镇，兵权尽出其家；位司马③而仍总兰台④，威势欲箝乎言路。睚眦之仇必报，威福之焰日熏。总宪凤仇，迫为池中之鬼；铨郎乍唬，惊悬梁上之环。凡逆托之屠戮缙绅，皆本犯之预谋。帷幄选娼狎妓，歌舞达于朝昏；鬻⑤爵卖官，价直高乎北斗。假山冰泮⑥，游釜魂消。虽已幽快于鬼诛，犹当明示乎国法。其魏云鹏、魏良栋、魏鹏翼、魏志德、崔镗、崔钥等，或赤身狙狯，或黄口婴孩，济恶而玷贤书，无功而樱世爵。俱应投之荒服，以大快乎舆情。臣等会议得：首犯魏忠贤，应着该抚行文河间府，开棺凌迟。崔呈秀于蓟州开棺枭首。客氏着臣部司官开棺凌迟。其魏志德等，应请发往边远烟瘴之地充军。各犯诰券，概行追夺奏缴。恭候圣明裁夺，饬下臣部施行。谨题。

二十六日旨下："览奏。魏忠贤扫除厮役，凭借宏灵，睥睨宫闱，荼毒忠良。非开国而妄分茅土，逼至尊而僭号上公。盗帑弄兵，阴谋不轨。交通客氏，传递消息，把持内外。崔呈秀委身奸阉，无君无亲，擅攘威福之权，大开缙绅之祸。无将之诛，国有明典。既会勘明白，众犯诰券概行追缴，魏良栋、崔镗等既系孩稚无知，着加恩免戍，以彰法外之仁。余依议。"刑部得旨，即刻行文各处巡抚，行文地方官，将魏忠贤开棺凌迟。崔呈秀开棺枭首。其时俱在寒天，尸尚未坏，都正了法。不独见者抚掌称快，即天下闻之，莫不庆奸雄之伏诛。正是：

　　共食侯景⑦肉，争燃董卓脐⑧。

---

① 鸱（chī）枭——鸟类的一科，吃鼠、兔等，凶猛，猫头鹰等属鸱枭科。

② 彘（zhì）——猪。

③ 司马——掌握军政军赋。

④ 兰台——史官。

⑤ 鬻（yù）——卖。

⑥ 泮——分，散。

⑦ 侯景——南朝梁人，曾附梁为河南王，后叛变破梁自立为汉帝，到处烧杀抢掠，后被梁将击败，逃亡时被部下杀死。

⑧ 董卓脐——汉奸相董卓被诛后，市人在其尸体脐处点烧，以泄仇恨。

人心皆畅快，王法定无私。

只有客氏尸首，遍寻不见，逃了数十刀之罪。

法司又于二月间，将勘问五虎五彪的招款，拟定罪具奏道：

国家立法，百司所以律身。故奉法惟谨，不敢趋权开贿赂之门；守法不阿，何至杀人为媚奸之具。乃有身居缙绅之列，名为彪虎之凶，若李夔龙、田尔耕者。钦奉明旨，再将纠参之疏拐究，其参五虎，有谓典铨不公，李夔龙立地为常，皆知挟卖官之资，以至吴纯夫不数月便跻卿贰，虽蔡邕①一岁九迁，速不过是。又与崔呈秀受孙织锦银六千两，有谓河南道报升，呈秀欲推倪文焕，必俟其差满时始具题坐补。又与呈秀植党骗财，赃至巨万。有谓田吉已被激变良民之参，瓦全已幸。乃三载曹郎，骤至尚书极品，满载而归。总之如圣明云："附权骤擢，机锋势焰，赫奕逼人。"足以蔽其罪矣。按《律例》云："职官受赃至满贯者，罪应绞，减等发边远充军。"如吴纯夫以六千计，倪文焕以万计，皆明明私受，列于参疏，可以追缴。至于李夔龙、田吉，虽疏中赃数未开，乃一称挟卖官之赀，一称累陶朱之富，非纳贿何以至此。既经参劾，难以轻宥。二犯应各追赃二万。众犯事同一体，俱应遣戍，以警官邪。乞敕行该抚追比，以助边需。赃完日发遣可也。至于五彪——有谓田尔耕、许显纯、孙云鹤、崔应元、杨寰等，狐假鸱张②，戕害③多命，皆出于二人之手。许显纯鞭扑缙绅，淋漓血肉，尸伤虫钻，绝不一瞬。许显纯署镇抚司，田尔耕掌锦衣卫，忠贤草菅人命，皆二人为门下之刽子手。许显纯、孙云鹤、杨寰、崔应元等，网罗炼，株连无轷，惨于炮烙，冤魂摄于公庭。受害如杨涟、左光斗、周顺昌等十余人，皆毙于镇抚之狱。总如明旨云："受指怙威，杀人草菅，幽囚缙绅，沉冤莫白。"足以蔽其轴矣。按《律》："以官刑勘人因而致死者，罪应斩。同僚知情共助者同罪。不致死者减等。杖一百，流三千里。武职官发边远充军。"许显纯、田尔耕系掌印参勘之官，应照

---

① 蔡邕——东汉陈留人，少博学，好辞章，精音律，善鼓琴，工书画，灵帝时拜郎中。

② 狐假鸱张——同狐假虎威。

③ 戕（qiāng）害——伤害。

《律》议斩。崔应元等共在勘问之列，应照末减例，尽投之边裔，以御魑魅可也。谨奏。

旨下："奸逆盗权，阴谋叵测，凡阙党羽，尽当严惩。五虎五彪，既会勘明确，着行文与该抚照数追赃，缴完日，即于该处概行处决。追缴各犯诰敕，以为附权蠹奸之戒。"命下，行文各省遵行。正是：

张牙舞爪佐奸权，多少忠良丧九泉。

机阱一朝还自陷，问君入瓮①有谁怜。

不惟驱除了几个大奸，又剪除了一班羽翼，朝廷肃清，一时整理。

还有那说杨、熊诸党的人不该起用，这还是"门户"二字未化。但那班忠臣，身死之惨，追比之苦，皇上久已洞鉴。一日，就户部郎中刘应选本上批出道："逮死诸臣，所追赃银其已经奏报者，着该抚按册给还；其未完者，概行蠲免，家属等着俱释放。追赃一事，拖累堪怜，如熊廷弼之妻、杨涟之母，俱着宽释。其梅之焕、程注着该抚即与查豁具奏。"

翰林院编修倪元璐又上疏道："门户二字宜破，不可以讲学锢人，如已故赵南星、邹元标，俱当于清介中议。"这本一上，便是大翻从前积案。他条奏极明，议论极正，其中备说："杨涟之死，为劾忠贤；缪昌期为代杨涟删润本稿；万燝为论忠贤；李应升为申救万并阻忠贤陵土叙功；魏大中为不肯与阉奸通谱为仵；周顺昌为魏大中寄子；左光斗、袁化中、周朝瑞皆为触奸；高攀龙为劾崔呈秀贪赃；夏之令为奸细傅孟春之事，与呈秀相忤；周起元、黄尊素俱是太监李实诬害。此数人者俱系为国锄奸，无轴受害，并无赃证，何为朋党？况魏良卿招词内说是因挟私枉害，极是明白。"皇上见了，不觉恻然道："移宫一事，也是人臣忧国防微之苦心。杨涟劾他二十四款，款款皆真，他上本明说与奸珰势不两立，竟被他惨刑所害，以至家破人亡，八旬老母追比几死！至如高攀龙死以执法，其余皆因触忤奸权。今逆托已诛，诸臣若不隆加赠谥②，则无以鼓劝后人。"遂传谕各衙门道："朕承祖宗基业，嗣统大宝，夙夜思维，锐精图治。稔知臣恶魏忠贤等，窃先帝之宠灵，擅朝廷之威福，密结群奸，矫诬善类。稍有忤触，即行惨杀，年来戕害刹夺不知凡几。幽囚蔽日，沉冤弥天，屈郁不伸，上干元

---

① 问君入瓮——请君入瓮，喻拿某人整别人的方法来整他自己。

② 谥(shì)——旧时帝王、贵族、大臣等死后，依其生前事迹所给予的称号。

象，以致星殒地裂，岁祲①兵连，不可谓非逆辈所致。今元恶典刑已极，臣民之怨稍舒。而在狱游魂，犹郁沉冤未雪，岂足以照朕维新之治意！着各该衙门即将以前杀害诸臣从公酌议，采择官评，有非法禁死情理可悯应褒赠者，即予褒赠；应荫恤者，即予恤荫；其冠夺牵连应复官者复之；应起用者用之；有身故捏赃难结，及家属被累犹羁者，应请开释。勿致久淹狱底，负朕好生之意。呜呼！天网恢恢，无奸不烛；王道荡荡，有侧宜平。朕兹宽恩解郁，咸与昭苏，偕之正直。以后诸臣咸以国事为重，毋寻玄黄②之角，体朕平明之治。钦此。"

各衙门奉旨会议，拟将高攀龙加赠太子少保、兵部尚书，谥忠宪，追封四代。杨涟加赠太子少保、兵部尚书，谥忠烈，追封四代。周起元赠兵部左侍郎。苏继欧赠太常寺卿。周顺昌、魏大中俱赠太常寺卿。万燝赠太常寺少卿。袁化中、周朝瑞、周宗建俱赠太仆寺少卿。缪昌期赠詹事府詹事。左光斗赠都察院左副都御史。刘铎、顾大章、吴裕中、李应升、黄尊素、夏之令俱赠太仆寺少卿。丁朝学赠侍读学士。张汶赠刑部员外。各追封三代，俱荫一子入监。旨下，依议着将杨涟已追在官赃银八百两，给还其母养赡。可怜一班忠臣，当时虽藁葬③荒丘，今日也得重叨谕葬，列石坟前。那些禁锢的子孙才脱去囚衫，换了衣冠，到坟前改葬，焚黄设祭展拜，宣示皇仁。岂不可荣可羡！那个过往的不啧啧称叹道："这是忠臣之墓。"正是：

死忠原是完臣节，岂为褒封纸一张。

却喜大奸新伏法，殊恩荣赐九泉光。

回想当日杨涟劾忠贤的祖墓牌坊上镂龙凤僭似宸居，万劼他制模陵寝，今在何处？此时也是荒烟蔓草，与人牧牛放马而已。吏部又将应起用的袁崇焕、文震孟、王永光、霍维华、李思诚等二十余人，又将应起用待缺会推者七十一人具题。批下道："自古帝王御极，首眷亲亲，嘉与贤贤。财赋系百姓之脂膏，刑法关民生之命脉。鹰鹯搏击，兰蕙诛锄。若不除根，难免再发。张国纪系先帝懿亲，王仲良乃皇祖妣之嫡侄，逆托敢行无

---

① 祲(jìn)——旧时迷信称不祥之气，妖气。

② 玄黄——谓天地，喻高下。

③ 藁(gǎo)葬——藁同高，干枯。藁葬谓草草薄葬。

忌。张国纪着即名还供职；王祚盛着袭祖职。太监王安系先帝勤劳旧臣，遭诬冤死，着追复原职；荫一侄为锦衣卫千户，所籍家产着给还。许志吉以参革秽吏，投身逆托，鱼肉乡里，几至激变。吴天荣以奴诬主，冤杀一家，深可痛恨。俱着拿问，严审定罪。黄山着给还吴养春幼子，坐赃免追。许其进逢托图禄，荼毒扬民，亦着拿问治罪，钦赃免追。太监李实逢奸害正，情罪难逭，即着扭解来京。苏杭织造着派外官管理。各差太监俱着撤回，皆派外官更换。各问刑衙门，着刑部查看刑具，非祖制者概行毁去，不得再用。"刑部奉旨，行文各省，将众犯解到三法司严审，众犯也无可辨。会议将许志吉、李永贞、刘若愚、崔文升等照律拟绞。吴天荣害主全家，照叛逆例拟凌迟。许其进拟绞。本上奏，旨依议。刑部即于九月间将众犯行刑西市。正是：

狼贪虎噬气何豪，恶满今朝赴市曹。

最是千年遗臭在，书生笔底秽名标。

是时群奸尽戮，朝野一清。吏部又奉上谕道："大恶既诛，小过宜宥。所有拥戴依附建祠称颂赞导者，按律推情，再三定拟，首正奸恶之案，丽于五刑稍宽，协从之谋，宏开一面，其情罪轻减者，另疏处分。此外原心宥过，纵有漏网，亦置不究。只陆万龄等，妄分太学，建生祠为媚奸之具，毁轩先圣，着国子监各杖一百发戍，余俱免究。着该部定为逆案，颁示中外知之。"此时天下人民欢欣鼓舞，快睹新政初更，于是四方传诵，恩遍草野。

谁知惊动了一个人。你道此人是谁？乃魏忠贤的妻子傅如玉。自从孟婆救了傅应星回来，又怕忠贤差人来庄上查访，遂假进香为名，带了儿媳到云梦山焚修，把家产交与族人管理，他便去精心修炼。此时功夫已有八九分了，傅应星随着空空儿学导引击刺之法。一日如玉听得人传说朝中新君即位，魏党皆诛，不觉动了慈悯之心，遂合掌向孟婆师说道："弟子一向蒙吾师教诲，已脱尘缘；今闻朝廷新诛大恶，因悯孽夫积恶深重，虽受阳诛，难逃阴谴，冤仇山积，何时得解？弟子欲发宏誓至愿，尽弃家产，修建无碍道场，超度幽魂永离苦海。"孟婆道："善哉！善哉！正是：人心生一念，天地尽皆知。你既有此善念，天必佑之。但他们罪恶如山，非寻常忏悔可解。你可先去备办钱粮，我代你到岱岳东峰历代封禅坛傍，起建道场，列佛道两家功德，释家忏悔，道家炼度。我再代你出入三界，访求一位真人来作证盟。"说罢,乘云而去。

　　如玉母子、儿媳即日下山,回到庄上,至族家,将历年租粒尽卖出千金,带至泰山进香。择于正月初九日启建,至十五日上元,圆满七昼夜道场。坛上列着僧、道两家法事,请了高僧道侣各二十四众。那道场却也十分齐整。但见:

　　幡幢①飞舞,音乐和鸣。巍峨列九品之莲台,清净建三层之宝座。金身璀璨,西方释老真容;玉貌端严,东极慈尊圣像。满堂功德,排着十地九幽;四壁庄严,高挂四生六道。三官四圣度雍容,罗汉金刚威猛烈。瓶插仙花,锦树辉辉漫宝刹;炉焚沉降,香烟霭霭透青霄。朱盘内供养新鲜,彩桌上斋筵丰盛。高僧说偈,振锡杖敲开铁锁重关;羽士飞符,执玉简惊破罗酆②黑狱。咸翼冤愆齐解释,俗教孤独尽超升。

　　傅如玉至心朝礼,终日在坛上跪拜忏诵。四外来看的人如山积,也有施钱粮的。坛上挂着济孤榜文道:

　　伏以金身入梦,檀那阐二百字之真诠;紫气迎真,太上泄五千言之秘典。灵通三界,洞彻九幽。统摄阴阳,上归无始。今据大明国山东兖州府东阿县信女傅如玉,同男傅应星、媳王氏,共秉丹诚,拜于洪造。伏为亡夫魏忠贤积恶如山,沉冤似海。罄南山之竹,书孽无穷;竭东海之波,流恶何极。谨发宏深至愿,仰祈神佛力神功,大开方便门庭,广运慈惑舟揖,普济群生,免耽六道。西方佛老,指云路以逻升;南极真人,放祥光而接引。邀赏清都绛阙,脱离地狱樊笼。早登极乐任逍遥,永注天堂真自在。谨疏。崇祯三年正月十三日给示。

　　一连数日。到十四日午斋后,众僧道放参去了,如玉执香向各神前舒身下拜,忽见一个老僧走上坛来,四边看了一回,叹息道:"可惜费了许多钱粮精力,付之流水。"如玉听见,忙持香来向老僧叩首道:"师父,敢是弟子心不虔,斋筵不整齐么?"老僧道:"心也虔,斋也好,只是终归无用。"如玉道:"佛道二圣,设立斋醮,救度亡魂,老师怎说没用?"老僧道:"二教虽以救苦为心,悯念地狱泥犁,设为斋醮,此不过是皮毛外像,其中精微奥

---

　　① 幡幢——同幢。
　　② 酆——酆都,鬼城。

妙,岂在这几卷经典上? 况如今主坛的又非出世名流,只凭着这几个庸夫俗子,诵几卷赘句残篇,就望超升滞魄,解脱沉冤,岂不是水中捞月?"如玉道:"老师见教极是。但如今怎得名师?"老僧道:"你若是真心求礼,自然有得。"应星夫妇也跪下道:"恳求老师,慈悲救度。"三人再三哀求,请他到方丈中献茶。

老僧道:"既是你母子心虔,今日且为大众说法。"茶毕上坛。鼓乐法器一齐响动,老僧先礼拜了四方神圣,先说些外象比喻,后谈些五蕴三乘,说一回法,谈一会禅,果然天花乱坠,地涌金莲。下坛时已将晚,如玉等又拜求普度,明彰报应。老僧道:"要明彰报应却也不难,只要你母子精虔,舍身救苦,不顾皮肉疼,痛方可。"如玉道:"但凭吩咐,虽粉身碎骨亦所不辞,只要眼见为真。"老僧道:"你心既虔,今夜你们可燃指为香,夜静时叫你们见些光景。"

三人果将中指剖开,用清水洗净,将麻紧裹,加上清油,三更时点起,随老僧上坛,见一天星斗,满地月光。那老僧绕坛念咒,三人忍着疼遍地礼拜。只见他将手中拂子一挥,向西念咒数句,忽的一阵冷风,风过处,现出十八重地狱。见那些罪囚皆带着铁锁沉枷,号泣之声不忍闻。又见牛头马面、恶鬼夜叉往来不绝,有无限刀山剑树、磨挨油煎之苦。如玉等见了,心胆皆裂。老僧把袖一拂,早随风而灭,领他们下坛来。如玉又跪下道:"已见地狱之苦,仍求吾师超度沉魂。"老僧笑道:"且去安歇,明夜与你证盟。"言毕,跌坐入定去了。

次日,孟婆已回,众僧道:"仍各行法事。"是日已是十五日,上元佳节,善事将终,晚夕施食,至三更后方毕。坛上收拾干净,静悄悄的,月光如昼。三更时,如玉等又燃指,随着老僧一步一拜,拜上坛来。老僧手持锡杖,绕坛念咒,将杖向东南上连掉三下,喝了一声,只见一道白虹渐渐起至中天。忽西北上又起了一道金光,光尽处又是一条彩虹,和风习习,香气氤氲。虹下又现出一道霞光。老僧道:"天门开了。"只见霞光中现出琼楼玉宇,贝阙珠宫,往来皆乘鸾跨鹤之辈。天门内又飞出一簇云霞来,老僧厉声高叫道:"吾乃达观是也,蒙孟婆师相邀来作证盟,今有一位神圣来也,大众看者。"又将锡杖一掉,早不见了霞光白虹,只见祥云内鸾凤齐鸣,笙歌迭奏,龙车上坐着一位女真人。但见他:

> 瑞霭散缤纷,祥光护法身。九霄华汉里,现出正元神。那神圣头

戴垂珠缨珞,身穿素色罗袍。绿发盘云黑,香环结宝明。盈盈玉面天生喜,点点樱桃一粒红。万寻万应,千圣千灵。惟拔八难,度三灾,大徨悯世;故镇泰山,居南海,救苦寻声。这是圆通普惠天仙女,永护漕河福德神。

那真君龙车离坛数尺停住,傅如玉母子三人伏地叩头,不敢仰视。真君道:"吾乃碧霞元君是也。善哉!吾因汝等精心佛果,发愿解冤三界,共钦神天点佑。吾今法驾亲临,为汝证盟功德。"遂将手向正南上一指,只见一朵白云中,两个黄巾力士,拥着一班峨冠博带之人,来至坛前礼拜元君。又向西北上一指,一朵乌云中两个鬼使押着一班披枷带钮的囚徒,也来坛前跪下。元君道:"汝等夙世①冤仇,今已八十余年,当年因淮河水决,漕运不通,城郭淹没,皇家命朱衡治水。有赤蛇名赭②,已现身设法效劳,暗示黄达以筑堤之法。他也是为自己身家性命。岂知黄达违了前言,竟筑到他巢穴。其时仍该依他指示别筑,何致一火焚之,烧死他二百余命!吾神彼时适奉玉旨,押服水猿总理黄淮,彼众将沉冤上诉。中界主者会勘,命他转生宫禁,以报前冤。魏忠贤、客氏,乃雌雄二蛇转世,其余党羽,皆二百余蛇族所化。杨涟乃朱衡后世,左光斗即黄达再生。万燝是扬州通判,即定意下火者。故尔三人受害尤惨,死于溽暑中,皮肉俱烂,以报他焦头烂额之灾。其余被害诸人,皆是当年河工人员。汝等冤仇相报,何时得了?赖今有傅如玉宏发誓愿,吾神运起法力,为汝等解脱沉冤,各归觉路。魏忠贤,你虽是冤报当然,只是你既锦衣玉食,富贵等于王侯,也足以酬你前世之苦,却不该凌尊逼上,非分无等,发汝五世为牛。客氏导上宣淫,逞妖无耻,亦发作猪五世。其余诸人虽受阳诛,难逃阴谴,俱发为边方各畜,也受那彪虎吞噬③,以彰党恶害善之报。吴天荣害主一家,逼死主妾,发入阿鼻受罪。完日再十世变马,与吴氏子孙骑坐。吴养春你身生膏筍,不知稼穑,暴殄天物④,自奉过分,故受此惨报;虽许你仍生富贵之家,切宜樽节⑤天物。杨涟、左光斗等,着早生贵道,仍作良臣,辅佐明主。

---

①　夙世——前世。

②　赭(zhě)——红褐色。

③　吞噬(shì)——吞咬。

④　暴殄(tiǎn)天物——任意糟蹋东西。

⑤　樽节——节省。

郁燕玉、萧灵犀,一知守节不辱,一知慷慨杀身,俱着生于富贵之家为子。熊廷弼理当开释,姑俟后案定日,超生乐土。傅应星不恋荣华,刚正嫉邪,知机勇退。其妻奉姑尽孝,志行可嘉。陈元朗少多慈悯,长得元修,俱送梯仙国修正。孟婆母子虽精剑术,未入真流;然辅正驱邪,积功累行,令赐金符秘箓,再修炼一甲子,方入仙班。侯秋鸿劝主收尸,义气可嘉,着他寿登百岁,二子贵显。傅如玉,你本是黄浦潭中白龙,因懒于行雨,被吾以至大法力收服,令尔今世生于人间,力除懒癖。汝能谏夫教子,不恋繁华,精心佛果,又发愿解冤,功德无量,须急归西,早证金身。"元君一一说过法旨,又说偈①道:

　　不无中无,不有中有,不空中空,无无非空,色色非有,无色非空,
　无空非色。问汝众生,冤冤何塞。

　　元君说罢,手指两道彩虹,将众魂一齐驾起到半空中,结成一朵莲花,一齐进开,化作数十道金光而去。元君才冉冉升空,忽然不见。傅应星夫妇同孟婆母子俱乘风飞升而去,只留下如玉一人,在坛上顶礼望空摇拜毕,跏趺②而坐。

　　次早,众僧道来作别,只见她在坛上瞑目端坐而逝。齐宣出去,四外人山人海,俱来焚香礼拜,用沉香合成龛子,请出个有道的高僧与她作偈,举火焚化。众人见火光中一股清气上冲半天,傅如玉合掌端坐,冉冉腾空而去。正是:

　　善恶到头终有报,劝君勿作等闲看。

　　这一部书,只因一小小阉奴,造下弥天大罪,以致冤仇深重,沉郁难解,后之为宦官者,不可不知所警也。

---

① 偈(jì)——佛经中的唱词。
② 跏趺(jiā fū)——盘腿而坐,脚背放在股上,是佛教徒的一种坐法。